KB252929

韓國漢文學槪論

閔丙秀 著

太學社

序

　　漢文學의 原産地는 물론 中國이다. 그래서 우리나라의 漢文學도 그 기본틀은 中國에서 빌려온 것이다. 특히 漢文學은 그 淵源이 깊고 멀어 그 역사만큼이나 종류와 형식도 복잡하고 다양하다. 그러므로 漢文學은 어쩌면 형식의 문학이요 예술이라 할 수 있다.

　　이 책에서도 이러한 한문학의 특징적인 史實을 고려하여 全篇을 詩와 文章으로 대별하고, 보다 구체적으로 詩形과 文體를 보이었으며 일일이 例文을 붙이는 것으로 작업을 끝냈다.

　　例文을 현대 국어로 번역할 엄두도 내었지만 그 많은 物量을 감당할 수 없어 註를 달아주는 것으로 만족할 수밖에 없었다. 아쉬움으로 남는 일이다.

　　漢文學의 研究 現場과 공부해야 할 課題까지도 제시해보고 싶었지만 뜻을 이루지 못했다. 처음부터 끝까지 이 일에 수고한 李鍾默君에게 고마운 뜻을 보낸다. 그리고 出版을 맡아준 太學社 池賢求 社長께 마음 깊이 감사를 드린다.

1996년 11월

著　者

차 례

<부록>

제1장

序說篇

1. 文學, 文章, 文

　　文學이란 용어가 최초로 사용된 예는 대개 孔門 四科에서 구할 수 있다. 『論語』「先進」에서 "德行은 顔淵과 閔子騫과 冉伯牛와 仲弓이요, 言語는 宰我와 子貢이요, 政事는 冉有와 季路요, 文學은 子游와 子夏이다(德行 顔淵·閔子騫·冉伯牛·仲弓, 言語 宰我·子貢, 政事 冉有·季路, 文學 子游·子夏)."라 하여 이른바 十哲을 그 所長에 따라 四科로 나눈 가운데서 文學에 子游와 子夏라고 했음이 그것이다. 여기에서의 文學은 물론 文學批評對象으로서의 純文學 그것이 아니고, 文章과 博學의 意義를 兼有하고 있는 廣漠無限한 槪念으로 사용된 것으로, 이에는 일체의 書籍과

일체의 學問이 내포된다. 揚雄이 그의 『法言』「吾子」에서 "子游
와 子夏는 그 書를 얻었다(子游・子夏 得其書矣)."고 한 것과, 邢
昺의 『論語疏』에 "文章博學에는 子游와 子夏가 있다(文章博學,
卽有子游・子夏)."고 한 가운데서, 書 또는 博學이라 함은 곧 이
文學을 두고 이른 것이다.

　그러나 邢昺이 말한 文章, 博學이 文學에 두 개의 分科가 있다
는 의미는 아니며, 孔門에서 이르는 文學 속에는 이 두 가지 意
義가 함께 내포되어 있다는 뜻이다. 그러므로 孔門에서 비롯된
文學이라는 名號가 근대적인 의미에서의 文學이 아님은 물론이
다. 그리고 당시에 이미 詩, 書, 文 등의 명칭이 사용되고 있었지
만 이는 典籍의 성질을 분류할 때 詩 또는 書라 하거나 文辭의
體裁를 구별할 때 詩, 文이라 한 것이다. 그러므로 孔門에서 이
른바 詩라는 것은 邢昺이 말한 文章과 같은 의미이며, 文 또는
書라고 한 것은 邢昺의 博學과 같은 뜻이어서 결국 이들은 文學
이라는 이름으로 統攝되는 것들이다.

　그리고 周・秦 시대에 있어서의 이와 같은 文學의 개념에 대해
서는 淸末의 學者인 曾國藩이 儒學思想을 분류 개관한 가운데에
도 나타나 있다. 曾國藩은 爲學之術의 기원을 孔門四科에 두고,
儒學思想을 다음과 같이 네 부분으로 분류한 바 있다.

  1. 義理 : 孔門의 德行의 科. 오늘날의 宋學. 예로는 周敦頤・程
          顥・兄弟・張載・朱熹 등.
  2. 考據 : 孔門의 文學의 科. 오늘날의 漢學. 예로는 許愼・鄭
          玄・顧炎武・姚鼐 등.
  3. 詞章 : 孔門의 言語의 科. 從古의 藝文과 今世의 制・義・
          詩・賦. 예로는 韓愈・柳宗元・歐陽修・曾鞏・李白・

　　　　杜甫·蘇軾·黃庭堅 등.
　4. 經濟 : 孔門의 德行으로 政事를 겸한 것. 前代의 典禮, 政書
　　　　　와 當世의 掌故. 예로는 諸葛亮·陸贄·范仲淹·司
　　　　　馬光 등.

　여기서도 孔門에서 이르는 文學은 考據之學, 또는 經學에 가까
운 것으로 지적되고 있다.

　이상에서 孔子의 文學觀의 一端을 살펴보았거니와 여기서 다
시 한번 분명히 해두고 넘어가야 할 것은 孔子에 있어서의 文은
어디까지나 학술적인 경향에 다분히 치중하고 있다는 사실이다.
『論語』「公冶長」에서 "子貢이 물어 말하였다. '孔文子는 어째서
文이라고 부릅니까?' 孔子가 말하였다. '민첩하면서도 배우기를
좋아하고 아래 사람에게 묻는 것을 부끄러워하지 않으므로 이를
일러 文이라고 한다(子貢問曰, 孔文子何以謂之文也. 子曰, 敏而
好學, 不恥下問, 是以謂之文也)."라 한 것이 바로 그것이다.

　이에 대하여 栗谷 李珥도 「雜著」에서 다음과 같이 말한 바가
있다.

　　그 門人이 四科의 과목을 설정하고 이르러 子游와 子夏가 文學
　으로 일컬어진 데 이르러서는 비록 道를 도외시하고 文을 말한 것
　같으나, 그러나 三代의 學은 모두 人倫을 밝힌 것이다. 그러니 古
　人이 이른바 文學이라 이르는 바를 알 수 있다. 어찌 후세에 벌레
　모양을 새기듯이 字句를 다듬는 것과 같겠는가? 漢 이래로 위로
　善治가 없었고 아래로 진정한 儒者가 없어 道術은 날로 무너지고
　뭇 유파가 잡되이 흘러 나와서, 세상에서 유자로 이름난 자들은
　단지 文이 있음만 알고 道가 있음을 알지 못하여 부화하고 잡박한
　것을 숭상하니 斯文의 폐단이 극에 달했다.……子游와 子夏의 學

은 知와 行을 겸한 것이다(及其門人, 設四科之目, 而子游子夏以文
學稱焉, 則雖若外道言文, 然而三代之學, 皆所以明人倫, 則古人之所
謂文學者, 可知已, 豈若後世之雕蟲篆刻者哉. 自漢以來, 上無善治,
下無眞儒, 道術日壞, 衆流雜出, 世之儒名者, 徒知有文, 而不知有道,
浮華爲尙, 駁雜爲宗, 斯文之弊 極矣.……游夏之學, 兼知兼行).

孔門에서의 文學은 비록 道를 소외하고 文을 말한 듯 하지만
夏·殷·周 三代의 學이 모두 人倫을 밝힌 것이므로 古人의 이른
바 文學이 무엇인가를 알 수 있겠다는 것이다. 孔門의 文學은 곧
三代의 學과 다를 바가 없다는 입장이어서 이 또한 다분히 文學
을 學術的인 意義로 파악한 것이며 부화한 수식만 일삼던 漢代
이후의 文과는 스스로 구별이 된다고 본 것이다. 그리고 子游와
子夏의 文學은 知와 行을 겸하고 있다고 하였는데 이것은 곧 孔
門의 文學觀에서 가장 중요한 방면으로 지적되고 있는 尙文, 尙
用의 양면성과도 부합되는 所論이다.

이상을 요약하면 周, 秦 시대에 있어서는 文이 곧 學을 의미하
였으며 이른바 文學이란 文章과 博學의 二義를 동시에 겸유하고
있는 넓은 의미에서의 文學의 개념이며 최초의 文學觀念이라 할
것이다.

그러나 兩漢 시대에 이르면 文과 學을 분별하여 부르게 되었고
이에 따라 文學과 文章도 분별하여 사용되었다. 單字로써 말하면
文과 學이 같지 않으며 連語로써 말하면 文學과 文章이 같지 않
은 것이다. 그러므로 漢代에 있어서 文學은 다만 學術的인 意義
만 함유하게 되었고 文 또는 文章은 오직 詞章만을 지론하게 되
었는 바, 이에 이르러 근대인이 일컫는 文學의 의의와 가까와졌
다. 『史記』나 『漢書』에 나오는 文學은 대개 學術을 지칭하였으며

이에 반하여 美而動人하는 文辭를 다른 文件과 구별해서 文 또는 文章이라 했던 것이다. 敍上한 李珥의 「文策」에서 "雕蟲篆刻"은 곧 漢代 文學의 경향을 지칭한 것으로 보아야 하겠고 "浮華爲尙 駁雜爲宗"은 六朝時代의 純粹文學을 가리킨 것으로 이해할 수 있겠다.

魏晉南北朝時代에 와서야 비로소 文學이 學術과 획연히 구별이 되어 스스로 그의 독자적인 領域을 구축하게 되었으며 오늘날의 文學과 그 意義를 같이하게 되었다. 文學批評의 전문적인 작업이 시작된 것도 물론 이때의 일이다. 한편으로 六朝의 文學은 그 文辭의 성격에 따라 文과 筆로 나누기도 하는바, 이에 따르면 文은 주로 情이나 美感을 중시하는 것으로 파악되어 純粹文學이라 불리고 筆은 그 중히 하는 것이 知와 應用에 있다 하여 雜文學이라 불린다.

그러나 唐·宋에 이르면서 다시 復古의 風이 일어나게 된다. 隋唐 五代의 창작계가 淫靡浮濫으로만 흐르게 됨에 따라 이때에 六朝文學에 대한 근본적인 회의를 가지게 된 것이다. 六朝에 있어서는 文學의 본질을 주로 문학의 내질에서 변별하려 함으로써 문학을 論하는 표준으로서의 文學觀을 學의 바깥에서 구하려 들지 않았다. 그러나 唐代에 있어서는 文學을 論하는 표준을 이미 聖賢의 著作에서 구하게 되었으며 따라서 성현의 저작을 통해서 道를 밝히려 하였기 때문에 마침내 文에 치우친 결과가 되고 만 것이다. 그래서 唐人은 文以貫道를 말하고 文以載道는 말하지 않았던 것이다. 貫道라고 하면 이미 文을 인하여 道를 보는 것이 되므로 도는 반드시 文에 依憑해야만 비로소 나타나게 된다. 여기에서 文과 道의 輕重이 나타나게 되며 결과적으로 文과 道는 반드시 서로 다른 것이 되고 만다. 李漢이 「韓昌黎集序」에서 "문은 도를 꿰뚫는 그릇(文者貫道之器)"라고 한 것이 이를 뒷받침해 주는 단적인 설명이라 하겠다.

宋代에 있어서는 한걸음 나아가 聖賢의 思想이 文을 論하는 標準이 됨으로써 文學은 한갓 道學의 附庸에 지나지 않는 것이 되고 말았다. 周敦頤가 『通書』에서 밝힌 "문으로써 도를 싣는다(文以載道也)."가 그 대표적인 발언이 될 것이다. 載道에 있어서의 文은 道를 전하는 수단에 지나지 않게 되고 마는 것이다.

우리나라의 경우 朝鮮時代에 있어서는 國初에 이미 麗末에 수입된 宋代의 儒學이 政治理念으로 채택됨에 따라 그 文學觀에 있어서도 唐宋 이래의 "文以貫道"나 "文以載道"가 文學理論의 支配原理로 君臨하게 되었다. 그래서 鄭道傳은 「京山李子安陶隱文集序」에서 "日月星辰은 하늘의 文이요, 山川草木은 땅의 文이요, 詩書禮樂은 사람의 文이다. 그러니 하늘은 氣로써, 땅은 形으로써, 사람은 道로써 하기 때문에 文이라는 것은 道를 싣는 그릇이라고 말한다(日月星辰, 天之文也, 山川草木, 地之文也, 詩書禮樂, 人之文也. 然天以氣, 地以形, 而人則以道, 故曰, 文者載道之器)."고 하여, 日月星辰은 天의 표현으로, 山川草木은 地의 표현으로, 그리고 詩書禮樂은 人間의 표현으로 보았다. 그리고 그 표현질서는 天에 있어서는 氣, 地에 있어서는 形, 人間에 있어서는 道에서 구함으로써 인간에게 詩書禮樂을 나타내는 질서는 道요, 이 道라는 질서의 표현수단이 곧 文이라는 것이다.

徐居正도 「東文選序」에서 "精一中極은 文의 體요, 詩書禮樂은 文의 用이다. 이 때문에 시대마다 각기 文이 있고 文은 각기 體가 있다. 典謨를 읽으면 唐虞의 文을 알 수 있고, 訓誥誓命을 읽으면 三代의 文을 알 수 있다(精一中極, 文之體也, 詩書禮樂, 文之用也. 是以代各有文, 而文各有體, 讀典謨, 知唐虞之文, 讀訓誥

誓命, 知三代之文)."고 말하였다. 詩書禮樂은 文의 用이므로 한 시대에 한 文이 있다는 것이다. 그러나 그는 같은 글에서 다음과 같이 부연하고 있다.

文이라고 하는 것은 道를 꿰뚫는 그릇이다. 六經의 文은 文에 뜻을 두지 않아서 절로 道에 합치된다. 후세의 文은 먼저 文에 뜻을 두어서 혹 道에 순수하지 못하다. 지금의 학자가 진실로 道에 마음을 두어 文을 文으로 여기지 아니하고 經典에 근본하여 諸子書를 엿보지 아니하며, 雅正한 것은 높이고 浮華한 것은 내치며 高明正大하면 이로써 聖經에 보탬이 되고 반드시 道가 있게 될 것이다(文者貫道之器, 六經之文, 非有意於文, 而自然配乎道. 後世之文, 先有意於文, 而或未純乎道. 今之學者, 誠能心於道, 不文於文, 本乎經, 不規規於諸子, 崇雅黜浮, 高明正大, 卽其所以羽翼聖經者, 必有其道矣).

六經의 文은 文을 짓는 데에 뜻을 두지 않았지만 자연히 道와 짝한다고 하고, 그러므로 文을 위한 文을 하여서는 아니 되며 經典에 근본을 두어야 한다고 하였다. 文以貫道의 처지를 밝힌 것이다. 같은 시대의 金宗直은 「尹先生詩集序」에서 "詩書六藝는 모두 經術이요, 詩書六藝의 文이 그 文章이다.……지금의 이른바 文章이라 하는 것은 아로 새기고 엮어대는 기교에 지나지 않는다(詩書文藝, 皆經術也, 詩書六藝之文, 卽其文章也.……今之所謂文章者, 不過雕篆組織之巧耳)."라 하여, 六經之文이 곧 文章이라 하고 오늘날의 文章이라고 하는 것은 한갓 文字를 다듬는 기교에 불과할 뿐이라 하였다.

舊韓末의 文章家인 李建昌의 所論에도 이러한 주장이 확인된다. 다음은 「征邁夏課錄序」의 일부이다.

儒者의 學에는 두 가지가 있으니 性理와 文章이다. 文章의 學은 두 가지가 있으니 하나는 古文이요 하나는 時文이다. 時文의 學에는 두 가지가 있으니 하나는 經義요 하나는 詩賦이다. 時文은 儒學에 있어 두 번 나뉘어서 따로 계승된 것이다. 經義는 그래도 그 嫡子요 詩賦는 또한 그 庶類이다(儒者之學, 有二, 曰性理, 曰文章. 文章之學, 有二, 曰古文, 曰時文. 時文之學, 有二, 曰經義, 曰詩賦. 時文之於儒學, 再支而繼別也, 而經義猶其嫡也, 詩賦又其支庶也).

儒學을 性理學과 文章之學으로 二大別하고 있으며 또 文章之學을 古文과 時文으로 구분하고 있다. 특히 時文과 儒學의 관계를 논함에 있어 時文은 사실상 儒學에서 분리되어 별도로 계승이 되어 왔음을 시사하고 있는바, 이는 주목할 만한 발언이라 하겠다. 時文은 물론 科文을 지칭한다. 經義가 時文의 중요한 내용으로 되고 있고 또 經義는 聖言의 緖餘이기도 하기 때문에 時文에 대하여 극단적인 무용론을 주장하는 데까지는 이르지 못하고 있지만, 文章을 이미 古文과 時文으로 구분한 李建昌 자신이 古文을 숭상해온 文章家라는 처지에서 보면 한갓 상투적인 문자의 유희로 타락한 당시의 科文을 폄시했던 것만은 사실일 것이다.

이상에서 文章으로 鳴世한 諸氏의 所說을 일별해 보았거니와, 이는 對經典 관계에서 文章이 가지고 있는 스스로의 의미를 현실 문맥 속에서 찾아본 것에 지나지 않는다. 그러므로 文章을 한갓 小技로만 보아 온 朝鮮時代에 있어서의 文이나 文章은 적어도 六經에 대한 고려를 그 기반으로 하는 위에서만 설명될 수 있는 것이어서 근대적인 의미에서의 文學은 용인될 수 없으며 오직 六經을 바탕으로 한 文 또는 文章(사실상 같은 의미로 쓰였음)만이 문학으로 존립할 수 있었다고 하여야 할 것이다.

2. 經術文章一道觀

　　전통적으로 文翰을 숭상하는 것이 風尙이 되어 온 우리나라에
서 과거제도가 실시된 고려 이후에 있어서는 士類를 試取하여 고
급 관료로 등용하는 것이 제도화됨으로써 우리나라의 정치 풍토
는 사실상 士類 정치로 일관해 왔다. 이러한 풍상이 전통시대의
학자요 고급관료인 지식층의 의식 구조에 있어서도 지대한 영향
을 끼쳤음은 사실이다. 그러므로 조선시대의 문학관을 연구함에
있어 科擧 制度의 趨移 과정을 考究하는 것은 중요한 의미를 가
지며 특히 科試科目의 변이과정을 추적하는 작업은 당시의 학문
내용이나 문학관의 편향을 溯考하는데 있어 종요로운 구실을 하
게 될 것이다.

　　우리나라에서 최초로 과거제를 실시한 것은 高麗 光宗 때의 일
이다. 後周의 歸化人인 雙冀를 知貢擧로 하여 科試를 보인 것이
그 시초이다. 이때의 과거는 製述科(進士科)와 明經科의 兩大種
이 있었고 雜科로서 醫業, 卜業 등이 있었다. 科試科目은 製述科
에 있어서는 詩・賦・頌・時務策 등 詞章을 課하였으며 明經科에
서는 經典을 외우게 하는 것이었다. 科試科目의 내용은 그 시기
에 따라 다소의 출입이 있기는 하였으나 대체로 製述科에는 詞章
이 중심이 되었고, 兩大業중에서도 詞章을 課하는 製述科가 明經
科보다 훨씬 중요시 되었다. 1032년에 새로이 실시된 國子監試
(朝鮮時代의 進士試)에 있어서도 그 과시과목은 詞章이었다. 이
러한 과거제도의 편향은 당시 士風의 향방을 크게 자극하였던
바, 詞章이 크게 떨쳤던 고려시대의 文風은 결코 우연한 결과의
소치가 아니라 할 것이다.

　　그러나 朝鮮王朝가 성립되자 國初의 文物制度를 정비하는 과정에 있어 人事政策의 中核이 되어 온 과거제도는 일대 변혁을 가져오게 되었다. 새로이 文武散階가 실시되고 文武兩科가 아울러 실시되어 名實이 상부한 양반 관료체제가 구축되었던 것이다. 太祖는 그의 卽位敎書에서 다음과 같은 사실들을 강조하였다.

　　첫째 文武兩科의 균형 있는 운영, 둘째 高麗의 遺風인 座主門生制와 監試의 革去, 셋째 官學의 육성, 넷째 九經을 科試科目으로 채택할 것 등이 그것이다. 특히 監試는 高麗時代의 國子監試이며 朝鮮時代의 進士試이다. 이 監試의 革去는 詞章을 숭상하던 高麗朝의 文風을 抑勒하는 충격적인 조처이며, 朝鮮時代 文學觀의 형성과정에 있어 중요한 의미를 던지는 것이다. 開國功臣인 新進士類들이 前朝의 詞章을 배격하고 대신 經典之學을 科試科目으로 하는 生員試를 중시하게 됨에 따라 취해진 당연한 귀결이라 할 것이다. 이에 따라 詞章을 取試하는 進士試 대신에 經典을 科試科目으로 하는 生員試를 중시하게 되었다. 太祖 4년(1395)에 禮曹가 제정한 과거법에 따라 혁파된 進士試는 그 뒤 世宗 20년에 일시 부활되었다가 6년 후인 世宗 26년에 다시 폐지, 端宗 1년에 재부활될 때까지 60여년 동안 우여곡절을 겪어야 했다. 이는 大科의 科試科目에 九經이 등장한 사실과 아울러 朝鮮前期의 文學觀 연구에 중요한 사실로 지적되어야 할 것이다. 과거제도의 개혁은 외형적으로는 물론 새 왕조의 지배 질서에 따른 제도적 정비 작업에 지나지 않는 것이지만, 그러나 그 창업이념으로 채택된 朱子學的 질서는 新王朝의 政治・經濟・社會・制度・文化 등의 思想的 諸體系를 宋代의 性命哲學으로 재편성함으로써 중앙 집권적인 통치체제의 확립에 결정적인 구실을 하였다. 그러므로 이러한 철학적 사고는 마침내 문학의 세계에 있어서도 文學理論

을 규정하는 지배원리로 군림하게 되어 문학이 스스로의 내적 질서에 의하여 그 본질을 변별하는 계기를 이룩하지 못하고 文以貫道나 文以載道와 같은 철학적인 문학관에 의하여 규제됨으로써 조선시대의 문학 이론은 그 형성의 단계에서부터 위축될 수 밖에 없는 숙명을 감수하게 되었다.

고려시대에 있어서는 중기에 접어들면서 형식적으로는 儒敎理念으로 粉飾된 중앙집권적인 정치체제가 그 완성을 보았지만, 이러한 유교적인 정치이념은 불교의 신앙이나 철학에 대치할 만한 사상체계의 기반을 동시적으로 갖지 못하였기 때문에 國初에서부터 文風이 크게 떨쳐 우리나라 詞章學의 전통이 이에 이르러 그 빛을 발하게 되었던 것이다. 그러나 麗末에 이르러 朱子學이 수입되고 또 이러한 朱子學的 이념으로 무장된 新進士類에 의하여 새 왕조가 창업됨에 따라 前朝에서 크게 떨친 詞章學의 風尙은 新王朝의 開國功臣인 新進勢力에 의하여 일시에 맹렬한 공격을 받게 되었다. 鄭道傳은 『朝鮮經國典』의 도처에서 다음과 같이 설파하고 있다.

오직 科擧 한 가지 일이 『周禮』「賓興」의 뜻에 가깝다. 그러나 詞章으로 試取하면 浮華하고 실질이 없는 무리가 그 사이에 한 귀퉁이를 차지하게 되고, 經史로써 취시하게 되면 편벽되고 꽉 막힌 선비들이 혹 있게 되니 隋唐 이래의 痛患이다(惟科擧一事, 庶幾周禮賓興之意矣. 然試以詞章, 則浮華無實之徒, 得側於其間, 試以經史, 則迂僻固濡之士, 或有焉, 隋唐以來之痛患也).

이는 詞章學에 대한 공격은 물론이고 전통적인 科擧制 자체에 대하여 불만을 토로한 것이다. 그는 또 "혹 技術 있는 선비를 초

치하려 해도 단지 詞章의 學만 헛되이 일삼아 그 익힌 바가 오히
려 마음을 잃게 하는 도구가 되니 심하면 헐뜯고 면전에서 아부
하는 무리들만 믿게 되고, 놀고 안일한 선비만 좋아하게 되어 마
침내 제 지위를 보존할 수 없게 되는 경우가 많다(或有招致技術
之士, 徒事詞章之學, 其所習者, 反爲喪心之具. 甚者, 有讒謟面諛
之徒是信, 娛遊逸豫之士是好, 卒無以保其位者, 多矣)."라고 하였
다. 經術에 뛰어난 선비라고 해도 불러보면 모두 詞章學을 일삼
고 있을 뿐이어서, 國本을 정함에 있어 詞章學을 하는 무리들에
게 이끌리다가는 끝내는 그 지위도 보전치 못하는 자가 속출할
것이라 경고한 것이다.

계속하여 그는 文章觀에 대하여 다음과 같이 피력하고 있다.

삼가 우리 殿下는 潛邸時로부터 儒士와 더불어 經史諸子를 읽고
義理를 講하고 밝히기를 좋아하여 古今 成敗의 일을 논함에 매우
자세하고 익숙했다. 문장은 비록 餘事이기는 하나 學問이 지극해
대개 자득한 바가 많았다(恭惟我殿下, 自在潛邸時, 好與儒士, 讀經
史諸子, 講明義理, 論古今成敗之事, 甚悉甚熟, 文章雖其餘事, 而學
問之至, 皆有自得者多矣).

文學이 비록 餘事이긴 하지만 그러나 學問이 이루어지게 되면
대개 스스로 얻어지는 것이 많다고 하여 文章을 學問의 附庸으로
보았던 것이다. 이와 같이 詞章을 浮華無實한 것이라 하여 여기
에 공격의 화살을 집중시켜 온 조선 전기의 문학관은 대개 唐宋
以來의 文以貫道나 文以載道를 그대로 수용하고 있다. 唐代의 文
以貫道는 이미 전항에서 설명한 바와 같이 옛날 聖賢의 저작을
그 표준으로 삼았기 때문에 비록 도를 중시하기는 하였지만, 그

러나 역시 文章에 치우치게 되었으며 道는 반드시 文에 의빙해서 나타나는 것이 되었던 것이다. 이른바 "도는 반드시 문에 의지하여 드러난다(道必藉文而顯)"라 한 것이 이것이다.

그런데 宋 以來의 文以貫道는 『朱子語類』에서 "文은 모두 道 가운데로부터 흘러나오는 것이니 어찌 文에 도리어 道를 꿰뚫수 있는 理가 있겠는가? 文은 文이요, 道는 道이니, 文은 단지 밥을 먹을 때 채소로 손이 내려가는 것과 같을 뿐이니 만약 文으로 道를 꿰뚫는다고 한다면 이는 문득 本으로 末을 삼고 末로서 本을 삼는 것이니 되겠는가?(文皆是從道中流出, 豈有文反能貫道之理? 文是文, 道是道, 文只如喫飯時下菜耳. 若以文貫道, 却是把本爲末, 以末爲本, 可乎)."라 하여 道와 文을 本과 末의 관계로 파악하고 있어 文은 모름지기 道를 인해서만 이루어질 수 있는 것이다. 이를 "문은 모름지기 도를 인하여 이루어진다(文須因道而成)."라 하였다.

그런데 朝鮮朝에 있어서의 貫道나 載道는 전시기에 걸쳐 혼용되고 있으며 이들 사이에 상호 異同을 분명하게 지칭한 소론도 찾아보기 어렵다. 文以貫道나 文以載道는 결국 文과 道의 관계를 論한 것으로, 구체적으로는 道를 중시하는 정도에 따라 貫道와 載道의 구별이 있는 것이라 하겠다. 전자는 聖賢의 저작을 표준으로 하였기 때문에 文에 치우친 결과가 되었고, 후자는 聖賢의 사상을 표준으로 삼았기 때문에 道를 중시하게 된 것이다. 이로 보면 貫道나 載道의 구실을 다하지 못하는 文字行爲는 그것이 文이나 文章이 될 수가 없다는 결론에 이르게 된다(詩는 文章의 靡者라고 본 것이 당시의 詩觀이었으므로 詩에 관한 문제는 여기서는 일단 논외의 일이다). 그러므로 여기에서 해명되어야 할 문제는 貫道나 載道에 있어서의 文字行爲가 구체적으로 어떠한 성격의 것인가에 귀착되지 않을 수 없다. 그러므로 聖賢의 道를 나타낸 經術文字가 아닌 모든 文字行爲 즉 이른바 詞章之學과 같은 것은 이 貫道나 載道의 文에서 배제될 수 밖에 없다.

이러한 관점에서 보면 조선시대에 있어서의 文學觀은 곧 文章觀으로 집약되며 이러한 文章觀에 입각한 구체적인 文字行爲가 곧 經術文字로 이것이 朝鮮時代의 文章이며 文學인 것이다. 이러한 文章觀을 당시 현실문맥 속에서 찾아 보면 대략 다음과 같은 것이 있다. 먼저 「尹先生詩集序」에서 말한 金宗直의 소론을 보인다.

　　經術이 있는 선비는 文章에 모자라고 文章이 있는 선비는 經術에 어둡다. 세상 사람들은 이와 같이 말한다. 내가 보기에는 그렇지 아니하다. 文章이라는 것은 經術에서 나오니 經術은 곧 文章의 根柢이다. 草木에 비유컨대 어찌 根柢가 없으면서 가지와 잎이 무성할 수 있고 꽃과 열매가 좋을 수 있겠는가? 詩書六藝는 모두 經術이요, 詩書六藝의 文은 곧 그 文章이다(經術之士, 劣於文章, 文章之士, 闇於經術, 世之人有是言也. 以余觀之, 不然. 文章者, 出於經術, 經術乃文章之根柢也. 譬之草木焉, 安有無根柢, 而柯葉之條鬱, 華實之穠秀乎. 詩書六藝, 皆經術也. 詩書六藝之文, 卽其文章也).

　　經典의 文이 곧 文章이므로 經術과 文章을 一道로 본 것이다. 朝鮮 前期의 文學觀을 피력한 대표적인 발언이라 하겠다. 26년 동안 文衡의 자리를 고수하면서 文柄을 잡고 있던 四佳 徐居正도 이미 앞에서 보인 바와 같이 六經之文은 文을 짓는데 뜻을 가진 것은 아니지만 자연히 道에 짝하는 것이라 하여 六經之文이 곧 文字行爲의 典範임을 시사하였으며 또한 文을 하기 위하여 文을 해서는 아니되고 經典에 그 근저를 두어야 한다고 강조하였다.

당시의 經世家로 國初의 文物制度를 정비하는 데 크게 기여했던 訥齋 梁誠之도 「請殿講兼講史學」에서 "臣이 삼가 생각컨대 經으로써 道를 신고 史로서 일을 기록합니다. 經이 아니면 政治의 根源을 證憑할 수 없으며, 史가 아니면 理亂의 자취를 考究할 수 없습니다. 一經과 一史는 한쪽만 폐지할 수 없습니다(臣竊惟, 經以載道, 史以記事, 非經, 無以證出治之源, 非史, 無以考理亂之迹. 一經一史, 不可以偏廢也)."라 하여 理亂의 자취와 出治의 根源을 證考하는 데 있어 經史가 必須의 業임을 강조하여 經史家의 면모를 잘 드러내고 있다.

麗末鮮初에 朱子學을 창도한 陽村 權近은 「三峯文集序」에서 "文은 天地間에 있어 儒道와 서로 消長을 함께 하여 道가 위에서 행해지면 文이 禮樂政敎의 사이에 드러나게 되고, 道가 아래에 밝게 되면 文이 簡編과 筆削의 안에 깃들게 된다. 따라서 典謨나 誓命의 文, 刪定 贊修한 책이 道를 신고 있음은 한가지다(文在天地間, 與斯道相消長, 道行於上, 文著於禮樂政敎之間, 道明於下, 文寓於簡編筆削之內, 故典謨誓命之文, 刪定贊修之書, 其載道一也)."라 하여 道가 上下에 널리 행해지면 文은 禮樂과 政敎에 나타나고 簡編과 筆削에 留寓하게 되므로 盛世의 文이야말로 載道의 구실을 다하게 된다고 말한 것이다. 周가 쇠한 이래 道가 행해지지 않아 文이 이에 병들게 된 것을 개탄한 것이다. 그리고 慵齋 成俔은 그의 『慵齋叢話(卷一)』에서 다음과 같이 말했다.

經術과 文章은 두 갈래가 아니다. 六經은 모두 聖人의 文章이요, 事業에 措處된 것이다. 지금 文을 하는 자는 經에 根本을 두어야 함을 모르고, 經에 밝은 자는 文을 할 줄 모른다. 이러한 것은

비단 氣習이 편벽되어서일 뿐만 아니라 이를 하는 자가 힘을 다하
지 않기 때문이다(經術文章 非二致, 六經皆聖人之文章, 而措諸事業
者也. 今也爲文者, 不知本經, 明經者, 不知爲文, 是則非徒氣習之偏,
而爲之者不盡力也).

文章과 經術을 一道로 본 金宗直의 所說과 일치하고 있다. 文
章을 하는 자가 모름지기 聖賢의 文章인 六經之文에 힘써야 한다
고 강조한 것이다.

朝鮮中期에 文章으로 鳴世한 象村 申欽은 『晴窓軟談(上)』에서
"文章은 小技여서 道에 해당하는 것이 없다. 그런데도 文을 찬양
하는 자가 貫道之器로 지목한 것은 무엇 때문인가? 대개 비록 지
극한 道가 있더라도 홀로 宣揚할 수 없으니 文에 이를 기탁하여
야만 전할 수 있다. 그러므로 필수적이지 않을 수 없는 것이다
(文章小技也. 於道無當焉, 而贊文者, 目以貫道之器, 何也. 蓋雖有
至道, 不能獨宣, 假諸文而傳, 然則不可爲不相須也)."라 하여 文은
한갓 小技에 지나지 않는데도 文章을 하는 자가 이를 가리켜 貫
道之器로 지목하고 있는 所以를 밝혔다. 道는 文을 빌어서만이
전할 수 있으므로 道와 文은 서로 기다려야 하는 관계에 있음을
말하고 있다.

비록 시대를 달리하기는 하지만 舊韓末의 學者요, 文章家인 雲
養 金允植의 다음과 같은 소론도 前記 諸家의 그것과 다른 것이
없다. 「曠齋先生文集序」의 논의를 보인다.

　지난 날 顧炎武 先生이 말하였다. "文이 經術과 政理의 大綱에
관계되지 않으면 하기에 족하지 않다." 대개 經術이라는 것은 修
己의 근본이요, 政理라는 것은 安民의 근본이다. 君子의 道는 修

己安民일 뿐이다. 이 둘을 버리고 文을 논한다면 어찌 貫道之器라고 할만 하겠는가? 따라서 文은 道를 좇아 나타나고 道는 文으로써 드러난다. 비유컨대 초목 중에 꽃이 있는 것은 반드시 열매가 있음과 같으니 열매가 없는 꽃은 君子가 부끄럽게 여긴다(昔顧亭林先生有言, 文不關於經術政理之大, 不足爲也. 夫經術者, 修己之本也, 政理者, 安民之本也. 君子之道, 修己安民而已. 舍是二者而論文, 豈足爲貫道之器乎. 故文從道出, 道以文見, 譬如草木之有華者, 必有實, 無實之華, 君子恥之).

經術과 政理는 修己와 安民의 근본이므로 이 二者를 버리고는 文을 논할 수 없음을 지적한 것이다.

敍上한 諸家의 所說을 통하여 經術과 文章을 一道로 보는 당시의 文學觀, 즉 文章觀의 一端을 살펴보았거니와 다음에는 이러한 文章觀의 所重處를 재확인 하기 위하여 國初부터 그 攻斥의 대상이 되어 온 詞章學에 대한 여러 時論을 아래에 보이기로 한다. 물론 이는 詞章學을 숭상하던 당시 士風의 저력을 간접으로 추인하는 반대 사실로서도 설명될 수 있겠지만, 이는 당시의 文學觀을 재확인케 하는 방증자료로서도 충분한 의미를 가지는 것이라 하겠다.

먼저 『世宗實錄』(十九年 六月條)에 나타나는 上疏文의 내용을 보면, "司憲府에서 上疏하였다.……'詞章은 편벽되이 폐지할 수 없다. 그러나 반드시 먼저 孔子와 孟子의 말을 연구한 다음 餘力이 있은 후에야 이에 이를 수 있다'(司憲府上疏曰,……詞章不可以偏廢, 然必先究孔孟之言, 有餘力然後, 可以及之)."라 하여 詞章學의 필요성을 인정하고 있지만, 이는 經典之學에 전념하지 않고 浮華한 詞章學에만 침잠해 있는 士習의 폐단을 공격하고 있는 것이다. 『中宗實錄』「十二年 正月條」에 보이는 "우리나라는 비단 事大에서뿐만 아니라 交隣에 있어서도 詞華는 중요하니 권려하지 않을 수 없다(我國 非徒事大, 至於交隣, 詞華爲重, 不可不勸勵之也)."와 같은 기사는 事大와 交隣에 있어 詞章의 위중함을 사실로 용인하는 詞章派의 생각을 잘 드러내고 있다.

그러나 道學으로 士林의 重望을 받고 있던 靜菴 趙光祖는 이에 대해 詞章을 숭상할 수 없음을 누차 강조하고 있다. 다음은 大司憲에 복직되었을 때 올린 「復拜大司憲時啓·五」의 일부이다.

> 그러나 그 習俗이 단지 文辭를 높게 여기고 원대한 고려를 하지 않아 마침내 연산조(燕山朝)의 참혹한 禍를 만나 士林은 板蕩하게 되었습니다. 대저 우리 朝廷은 開國 以來로 士林의 禍가 끊이지 않아 만약 君子가 있어 國事에 힘을 써 거의 功을 이룰 수 있을 때쯤 이를 그르치게 하지 않음이 없었습니다(然其習俗, 只以文辭 爲尙, 不懷長遠之慮, 卒遇廢朝慘酷之禍. 士林板蕩, 大抵我朝開國以 來, 士林之禍不絶, 若有君子力於國事, 庶幾有成, 則無不敗之).

당시의 士習이 文辭만 숭상한 나머지 마침내 燕山朝에 慘酷한 禍를 당한 것을 상기하면서 君子로서 國事에 힘쓰는 자가 있어 거의 일이 이루어지는 듯하다가는 모두 실패하고 마는 당시의 사정을 개탄하고 있으며 이러한 책임은 전혀 詞章을 숭상하는 小人들에게 있음을 시사한 것이다. 그는 또 「三拜副提學時啓·四」에서 다음과 같이 말하고 있다.

> 근래 科擧에 應試하지 않는 것을 폐습이 있기 때문이라고 여기고 조정과 成均館에서도 모두 이러한 뜻을 가지고 있습니다. 저 廢朝時에는 儒者로 하여금 輦을 짊어지게 하는데도 儒者들은 이를

安然히 받아들였고, 또 詞章으로 不時에 사람을 취하여 이 때문에 儒者가 늘 筆墨을 짊어지고 擧動을 살폈습니다. 이와 같은 사람들은 단지 제 몸을 영화롭게 하고 살찌우고자 했을 따름이니 어찌 딴 뜻이 있었겠습니까?(近來以不應科擧者, 爲有弊習, 朝廷及泮宮, 皆有此意. 夫廢朝時, 使儒者荷輦, 而安然受之, 且以詞章不時取人. 故儒者常佩筆墨, 以伺動止. 如此等人, 只欲榮身肥己而已, 豈有他志哉).

道學文字를 힘쓰지 않고 詞章만 일삼는 小人輩의 作弊를 신랄하게 비판하고 있다. 이러한 일련의 사실에 대해서는 李珥도 前記「文策」에서 다음과 같이 말한 바가 있다.

　　선비는 爲人之學에 몰려들어 재주가 높은 자는 오로지 詞章에만 일삼고 재주가 짧은 자는 科場에만 좇아 다닌다. 六經은 祿을 얻기 위한 도구가 되었고 仁義는 멀리 돌아가는 길이 되었으니 文은 貫道之器가 되지 못하고 道는 經世의 用이 되지 못하고 있다. 文의 폐습이 이에 이르렀으니 世道가 어지러운 것을 따라서 알 수 있겠다(士趨爲人之學, 才高者, 專事乎詞章, 才短者, 奔走乎科場. 六經爲祿之具, 仁義爲迂遠之路, 文不爲貫道之器, 道不爲經世之用. 文弊至此, 則世道之汚隆, 從可知矣).

栗谷의 이 말은 詞章을 숭상하는 士習의 폐단으로 말미암아 科場의 풍속이 더러워져서 聖賢의 六經之文은 한갓 求祿의 도구로 타락하고 있음을 정면으로 공격한 것이다. 그러나 道學者들의 文學觀은 이에서 그치는 것이 아니었다. 文章은 어디까지나 餘技에 지나지 않는 것이다. 그러므로 文章을 業으로 하는 것은 道學者에게 있어서는 금물이다. "한번 文人이라 불리면 족히 볼 것이 없다(一號以文人, 不足觀)."고 한 退溪는, 文章은 학자의 敎養으로 알아두지 않을 수 없는 것이지만 그러나 애써 익힐 것이 되지 못하는 것으로 보았던 것이다. 또 「言行錄」에서 "辭는 뜻을 통하게 하면 될 뿐이다. 그러나 學者가 文章을 이해하지 않을 수 없으니 만약 文章을 이해하지 못하면 비록 조금 文字를 안다 하더라도 言辭에 뜻을 통달시킬 수 없다(辭達意而已. 然學者不可不解文章, 若不解文章, 雖粗知文字, 未能達意於言辭)."라 하여 學問을 전달하는 표현수단으로 본 것이다. 그래서 그는 인물을 논함에 있어서도 家學으로 道學의 淵源을 後世에 전해준 金宗直을 가리켜 文人으로만 간주하였던 것이다. 같은 글에서 "金宗直은 學問한 사람이 아니다. 終身의 事業이 단지 詞華上에 있으니 그 文集을 보면 알 수 있다(金佔畢, 非學問底人. 終身事業, 只在詞華上, 觀其文集可知)."라 하여 그를 學者가 아니라고 하였다.

이에 대해서는 退溪와 더불어 가장 많은 道學文字를 주고받은 高峯 奇大升에 있어서도 마찬가지였다. 그는 「請褒贈啓」(『靜菴集』, 附錄, 卷三)에서 "燕山朝에 士禍가 있어 士林이 죄를 입었는데, 禍가 그의 門徒에게서 나왔으므로 金宗直이 연루되었다. 또 金宏弼은 金宗直의 제자였는데 金宗直은 대저 文章을 숭상했으나 金宏弼은 力行의 인물이었다(燕山朝有士禍, 士林被罪, 而禍出於其門徒, 故宗直及焉. 又有金宏弼, 是宗直弟子也, 宗直則大抵尙文章, 而宏弼則力行之人也)."라 한 논평은 退溪의 경우와 다를 것이 없다. 이와 같이 經術文字가 아닌 일체의 文字行爲를 詞章學으로 몰아붙인 道學的 文學觀에서 보면 經術이 곧 文章이요 文學이므로 이러한 文學觀은 극단적으로는 文學 否定論이 되고 만다. 흔히 詞章學을 가리켜 詩文之學이라고 규정하기도 하지만 詞章學이란 이를 가늠하는 표준이 된 것이 곧 經術이므로 經術文字

가 아닌 餘他의 文字行爲가 대개 이에 속하는 것이다. 그러므로 詞章學이란 것은 文學의 내적 질서에 의하여 붙여진 문학 양식상의 호칭으로 사용된 것이 아니고 文學과 非文學을 가늠하는 문학관에서 연유하는 것이다. 따라서 조선 시대의 文學觀에서 보면 經術이 곧 文學인 것이며 근대적인 문학이론에서 보면 詞章學이 문학이 될 것이다.

3. 重文 輕詩觀

詩는 본질적으로 性情을 읊조린 것이다. 이에 대해서는 췌론의 여지가 없다. 그러나 역사적으로 詩를 인식하는 시대인의 의식은 그 단계에 따라 다르기 마련이다. 그래서 우리나라 高麗時代에 있어서의 詩는 그 內質이 중요시됨으로써 詩를 논하는 이론적 전개가 활발하게 나타났다.

그러나 朱子學的 사고가 문학 이론 위에 군림하게 된 朝鮮時代에 있어서의 詩는 小技요, 文章의 靡者로 인식되어 왔다. 이른바 詞章學이 經術文字에 의하여 攻斥의 대상이 되어온 당시의 풍토 위에서, 사실상 詞章의 중핵이 되어 온 詩文學이 그 독자적인 영역을 인정받기란 기대하기 어려운 일이다. 전통시대 文集의 대부분이 詩로써 충당되어 있을 정도로 詩가 양산된 것은 사실이다. 그러나 이는 "없어서는 안될 것(不可無)"이지만 또한 勸勵할 것도 못되는 것이었다. 그래서 일찍이 士大夫 文章家 중에서도 詩를 구제하여 君子의 所取物로 수용하려는 노력이 없지 않았다. 效用論的인 詩觀의 기반이 되어 온 風敎의 측면을 강조하여 그 意義를 부여하려 한 것이다. 徐居正은 『東人詩話』에서 "詩란 小技이나, 그러나 或 世敎에 관련이 되기도 하니 君子가 마땅이 취할 바가 있다(詩者小技, 然或有關於世敎, 君子宜有所取之)."라 하여 世敎에 관계되는 것은 君子로서 마땅히 취해야 할 것이라 하였다. 麗末에서 鮮初에 걸친 과도적 詩觀을 집약적으로 설명하고 있는 것이라 하겠다.

같은 시기의 金宗直도 "文章은 小技요, 詩賦는 더욱 文章의 하잘 것 없는 것이다. 그러나 性情을 다스리고 風敎에 이르게 하며 當世에 울리고 無窮히 전함에 있어서는 詩賦에 실로 힘입은 바가 있다. 진실로 호걸의 재주가 아니면 그 누가 이에 참여할 수 있으리요(文章小技也,   而詩賦尤文章之靡者也.   然而理性情達風敎, 鳴于當世, 而傳之無窮, 詩賦實有賴焉, 苟非豪傑之才, 其孰能與於此)."라 하여 風敎를 전하는 수단으로서의 시의 구실을 인정하고 있으나, 그러나 진실로 豪傑之才가 아니고서는 여기에 참여하기 어려움을 말하고 있다. 수준 높은 차원에서만 詩를 구할 수 있음을 시사한 것이다. 退溪도 詩는 緊切한 것은 아니지만 그러나 경치를 만나거나 興이 일 때에는 없을 수 없다고 하였다.

先生은 詩를 짓기를 좋아하여 평생 功을 들인 것이 심히 많다. 그 詩는 勁建典實하고 華麗하지 않아 처음 보면 無味한 것 같아도 보면 볼수록 좋다. 일찍이 말하기를, '나의 시는 枯淡하여 남들은 많이들 좋아하지 않으나, 그러나 詩에서의 用力이 자못 깊어 이 때문에 처음 보면 비록 冷淡한 것 같아도 오래 보면 意味가 없지 아니하다.' 하였다. 또 '詩는 學者에게 있어 가장 緊切한 것은 아니나 경치와 흥을 만나면 시가 없을 수 없다.' 하였다(先生喜爲詩, 平生用功甚多. 其詩勁建典實, 不衒華彩, 初看似無味, 愈看愈好, 嘗言吾詩枯淡, 人多不喜. 然於詩用力頗深, 故初看雖似冷淡, 久看則不無意味. 又曰, 詩於學者, 最非緊切, 然遇景值興, 不可無詩矣).

詩를 다만 性情의 功으로만 돌린 바 있는 舊韓末의 金澤榮도 또한 詩는 없어서는 안될 것으로 보았다(『韶濩堂集』, 「雜言」). 또 申欽은 『晴窓軟談』(上)에서 다음과 같이 말하였다.

내가 『詩經』 「氓篇」을 읽고 詩가 없어서는 안됨을 알았다. 淫亂한 아낙네가 평소에 남을 대할 때 그 종적을 忌諱하여 가리고 숨기기 위하여 하지 못하는 일이 없다. 혹 불행히 쫓겨나면 이를 忌諱함이 더욱 심했다. 이는 진실로 人之常情이나 그러나 지금 한번 읊조리는 사이에 羞恥스러워 기휘할 만한 것도 입에서 곧바로 튀어나온다. 마치 음식 중에 파리가 있는 것처럼 토해내고 마는 것이다. 이것이 어찌 성정이 감발하여 용솟음쳐서 자신도 또한 그렇게 되는 줄을 모르면서 그렇게 되는 것이 아니겠는가? 詩가 性情에 功이 있음은 이와 같다(余讀氓詩, 而知詩之不可無也. 淫奔之婦, 平居對人, 諱其踪跡, 掩匿覆蓋, 無所不至. 至有不幸而被逐, 則諱之尤甚. 此固人之常情也, 而今乃一吟詠之間, 凡係羞恥而可諱者, 衝吻直出, 譬如食中之蠅, 吐出乃已, 是豈非性情感發油然躍然, 己亦不自知其然而然者歟. 詩之有功於性情, 如是夫).

文章이나 詩가 다같이 勸勵의 대상이 되지 못한 것은 사실이지만 文章은 道를 전하는 도구로서 보편적으로 널리 사용된 표현수단이기에, 詩는 말(詞)을 주로 하고 文은 理를 주로 하는 것이다. 그러므로 形以上者인 詩는 形以下者인 文에 의해서 나타나는 것이다. "詩는 곧 文에 말미암아 구속을 받는다. 詩는 形以上者요, 文은 形以下者이다. 詩는 詞를 主로 하고 文은 理를 主로 한다(詩卽由文而拘爾, 詩形以上者, 文形以下者, 詩主乎詞, 文主乎理)."라 하여 文보다 詩를 경시하는 所以가 여기에 있는 것이다.

그러나 우리가 유의하여야 할 점은 이상과 같은 文學觀에도 불구하고 『東人詩話』에서 제시하고 있는 徐居正의 論詩 기준은 앞에서 진술한 그의 效用論(載道觀)과는 심한 괴리현상을 나타내고 있다는 것이다. 겉으로 표방하고 있는 效用論的인 文學觀은 다만 그의 文學論 위에 군림하고 있는 형식적인 구호가 되고 있을 뿐, 실제 비평이나 문학 이론 전개에 있어서는 사실상 이를 극복하고 있다. 成俔도 徐居正과 마찬가지로 형식적으로는 經術文章一道觀(效用論)을 개진하고 있지만 文章論의 실제에 있어서는 個性主義的인 表現論을 피력하고 있다.

제2장

漢詩篇

1. 資料의 선택과 作品의 평가

1) 資料의 선택 문제

漢文學史는 文章의 역사다. 口語로 된 소설의 역사가 아니라 文言으로 된 詩文의 역사이며, 사실상 그 主宗이 되어 온 것은 詩다. 그러나 우리 문학사의 현실은 이러한 史實이 事實로 통용되지 않았다. 손쉽게 접근할 수 있는 수필이나 소설과 같은 이른바 軟文學에 대한 연구는 시대의 風尙으로 각광을 받아 왔지만,[1] 정작 漢詩에 대한 관심은 작품의 소재 파악이나 기초 자료

1) 趙潤濟의 『韓國文學史』가 이러한 偏向을 조성하는 데 선도적인 구

의 조사 단계에도 미치지 못하고 있는 것이 현실이다.

그러나 문제의 심각성은 여기에서 그치지 않는다. 漢詩 전통이 이미 前時代의 것이 되어 버린 현재의 상황에서, 4만여종을 헤아리는 詩文集을 수집, 망라하여 우리 문학사의 서술에 직접 제공될 수 있는 漢詩 자료를 선발한다는 것은 거의 불가능에 가깝다. 설사 그러한 작업이 가능하다 하더라도 그 성취를 앉아서 기다리고 있을 만큼 安逸을 누릴 여유가 우리에게는 없기 때문이다.

그러므로 우리는 漢詩를 생산한 당시의 詩人·批評家들이 직접 편찬에 참여한 역대의 중요 私撰 詩選集을 조사, 검토하여 이것들이 우리 문학사의 기술에 기여할 수 있는 資料史的 의미부터 따져 보아야 할 것이다. 그러기 위해서는, 첫째로는 이것들이 성립된 과정을 살피고, 둘째로는 그 選拔의 기준이 된 編者의 選觀을 추적하여 이들 詩選集이 지니는 時代史的 의의를 확인하는 차례를 밟아야 할 것이다.

우리나라에서 詩文의 選拔冊子를 편찬하기 시작한 것이 언제부터인지 확언하기는 어렵지만, 현재까지 알려진 것으로는 고려 말 金台鉉의 『東國文鑑』이 그 최초의 것이 아닌가 한다.2) 그러나 이것은 失傳되어 그 내용은 알 수 없다. 이와 거의 같은 시기에 崔瀣의 『東人之文』이 편찬되었지만 현재까지 전하고 있는 것으로는 『東人之文·四六』과 『東人之文·五七』 殘卷을 볼 수 있을 뿐이므로 그 全帙의 모습은 알 수가 없으며, 또한 이것들은 모두 詩文을 함께 選拔한 文選集이다.3)

실을 했다.

2) 「東文選序」에 "金台鉉作文鑑, 失之疎略, 崔瀣著東人文, 散逸尙多"로 기록하고 있는 것으로 보아 選拔冊子로는 『東國文鑑』이 최초의 것으로 보인다.

詩選集으로서는 趙云仡과 崔瀣의 공동작업으로 이루어졌을 것으로 보이는 『三韓詩龜鑑』이 현재까지 流傳하고 있는 것으로는 최초의 것이 되고 있다.[4) 이밖에도 忠肅王 6年(1337)에 간행된 것으로 알려져 있는 『十鈔詩』(『夾注名賢十鈔詩』) 3卷이 있으나 이는 대부분 唐詩로 채워져 있으며, 우리나라 것으로는 崔致遠·朴仁範·崔承祐·崔匡裕 등 數人의 羅代詩篇이 수록되어 있을 뿐이다.

그리고 이들은 그 選詩의 범위가 모두 忠烈王代를 下限으로 하고 있으며 내용 또한 소략하지만 이러한 노력은 본격적인 選拔冊子의 출현을 가능케 한 초기의 시도로서 우리나라 漢詩文學史에 한 시기를 구획케 하는 데 중요하게 기여한 성과임에 틀림 없다. 그러므로 여기에서는 본격적인 私撰 詩選集 가운데서 그 시대사적 의미를 함께 읽을 수 있는 조선 초기의 『靑丘風雅』와 조선중기의 『國朝詩刪』, 조선후기의 『箕雅』, 그리고 中人이라는 특수신분층의 詩篇으로 채워진 『昭代風謠』와 『風謠續選』, 『風謠三選』 및 漢詩 시대가 사실상 끝난 시기에 이를 결산한 『大東詩選』 등을 대상으로 하여 이것들이 지니는 詩學史的 의미를 살펴보고자 한다. 다만 徐居正 등이 편한 『東文選』은 엄밀한 의미에서 선발책자는 아니지만, 漢詩文 연구의 기초자료가 되기 때문에 먼저 다룬다.

---

3) 『高麗史·列傳·金台鉉』의 "嘗手執東人詩文, 號東國文鑑"이란 기록으로 보아 『東國文鑑』은 詩文選集임에 틀림없다.
4) 崔瀣 批點·趙云仡 精選으로 된 筆寫本이, 현재까지 전하고 있는 것으로는 最古의 것이다.

(1) 『東文選』의 類聚

조선 시대 文選集으로는 成三文 등이 편찬하다가 중단한 『東人文寶』를 金宗直이 다시 增編한 『東文粹』를 들 수 있지만 우리 나라의 漢詩文을 대규모로 수집하여 본격적인 총집으로 간행한 사업으로는 『東文選』이 최초라 할 만하다. 이 사업은 徐居正·梁誠之 등을 중심으로 여러 사람에 의해 成宗 9년(1478)에 와서 야 비로소 완성되었다.[5]

『東文選』은 총 130권과 목록 3권의 45책으로 되어 있는데, 당시 大提學이던 徐居正이 중심이 되어 盧思愼·姜希孟·梁誠之 등을 포함한 撰集官 23인이 작업에 참여하였다. 수록 작품으로는 신라의 金仁問·설총·崔致遠 등을 비롯하여 편찬 당시의 인물까지 약 500인에 달하는 작가의 작품 4,302편을 싣고 있으며 상권 첫머리에는 徐居正의 서문과 梁誠之의 「進東文選箋」이 있다.

『東文選』의 체재는 중국 南朝 梁의 蕭統이 편찬한 『文選』의 체재를 원용하여 각 문체를 類로 나누어 찬집한 것이다. 구체적인 분류목록을 보면, 辭賦·五言古詩·七言古詩·五言律詩·五言排律·七言律詩·七言排律·五言絶句·七言絶句·六言絶句·詔勅·敎書·制誥·冊文·批答·表箋·啓·狀·露布·檄書·箴·銘·頌·贊·奏議·箚子·雜文·書牘·記·序·說·論·傳·跋·

---

5) 그 후 中宗 13년(1518)에 申用漑 등이 후대인들의 작품을 추가하여 『續東文選』을 편찬하였고, 肅宗 39년(1713)에는 淸의 康熙帝가 우리 나라의 詩賦를 보여 달라고 청하였을 때 宋相琦가 중심이 되어 새로이 『東文選』을 편집한 일도 있다. 결국 『東文選』은 모두 세 종류가 있는 셈인데 徐居正의 것은 정편 『東文選』, 申用漑의 것은 『續東文選』, 宋相琦의 것은 『新纂東文選』이라 구별하여 부르는 것이 편리하다.

致語・牒・議・雜著・策題・上樑文・祭文・祝文・疎文・道場文・齋詞・靑詞・哀詞・誄・行狀・碑銘・墓誌 등으로 되어 있어, 『文選』에서와 마찬가지로 문체상의 특징을 기준으로 분류한 것이 아니라 동일한 題名을 가지고 있는 것을 한 부류로 모은 것임을 알 수 있다. 문체의 종류가 55종에 걸쳐 있어 중국『文選』의 39종보다 많지만 이는 분류 수준의 문제라기보다는 시대적으로『東文選』이『文選』보다 훨씬 후대에 편찬되었기 때문에 작품이나 문체 자체가 다양해진 것이라 할 것이다. 다만『東文選』에는 단 1편의 작품만을 실은 露布 같은 것도 있고 오직 하나의 작품으로 등장한 작가 또한 200여인에 달하고 있어, 편찬 당시의 상황에서 가능한 한 많은 작품을 選取하려 한 의도를 짐작하게 한다.

徐居正의 서문에 金台鉉의『東國文鑑』과 崔瀣의『東人之文』에 대하여 언급한 부분이 있는 것으로 보아 적어도 이 두 문집은 참고했음을 알 수 있지만『東國文鑑』은 소략하고『東人之文』은 산일된 작품이 많다고 하고 있는 것으로 보아, 위의 두 책자는『東文選』의 편찬에 참조된 대표적인 예에 불과할 뿐 보다 많은 자료가 이용되었음을 알 수 있다.『東國文鑑』과『東人之文』은 시문선집이므로『東文選』과 가장 유사하다고 할 수 있다. 이러한 종류의 총서로서 현존하는 것은 趙云仡이 정리한『三韓詩龜鑑』이 있으나 이는 시만 수록한 시선집이고 분량도 매우 적다. 현재 전하지는 않지만『東文選』과 비견될 수 있는 문장선집으로는『選粹集』을 들 수 있는데 이는 고려말 金祉가 완성한 것이다. 이 책에도『東國文鑑』이나『東人之文』을 언급하고 있고, 적어도 위의 두 책자보다 50여년 늦게 편찬되었으므로『東文選』을 편찬하는 데에 중요한 참고가 되었을 것이다.6) 이외에도 新羅와 高麗의 시문을 한데 묶어 시의 모범을 삼은『十鈔詩』도 참조한 듯하다. 특

히 여기에 실린 崔致遠, 崔匡裕, 朴仁範, 崔承祐 등 4인의 작품
은 순서마저 거의 그대로『東文選』에 전재되고 있어 그 영향관계
를 짐작케 한다.

이와 같이『東文選』은 이전의 시문선집을 토대로 편찬된 것이
다. 하지만 기존의 선집을 단순히 재편집한 것은 아니고 좀더 많
은 인물의 작품을 수록하기 위하여 개인문집도 참고하였던 것으
로 보인다. 현존하는『東文選』의 작품이 개인문집에서 발췌한 것
인지, 아니면 기존의 선집에서 그대로 재수록한 것인지 구분하기
곤란한 경우가 많다. 다만 한 사람의 작품이 여러 편 수록된 경
우에는 개인문집에서 편집된 것일 가능성이 크며, 분량이 적은
경우는 선집에서 재수록한 것이 아닌가 한다. 극소수의 작품을
수록한 작가나 무명씨의 경우에는 사서나 시화집에 수록된 작품
을 轉載하였을 가능성이 크다. 대체로 崔致遠 이전의 인물로서
개인 문집이 간행된 확증은 거의 찾아볼 수 없으므로 그 이전 인
물의 작품인 경우에는 더욱 그렇다.

『東文選』은 우리나라 문학사상 그 유례를 찾아보기 어려울 정
도로 방대한 양의 작품을 수록하고 있으므로 문학사료로서 탁월
한 가치를 지니고 있다. 그러나 三國時代보다 高麗時代의 작품
이, 高麗時代보다는 편찬 당시로 가까와질수록 더 많은 작품이
수록되어 있다. 이는 시대가 오래될수록 자료가 零星하여 그럴
수도 있을 것이며 또는 후대에 올수록 수준 높은 작품이 양산되
어 그렇게 된 것인지 확언하기 어렵지만, 실제로는 편자인 徐居
正 자신의 주관에 따른 選文의 결과로 보인다.

『東文選』은 그 이름에서 드러나듯이 개인의 창조적 저작이 아

---

6) 허홍식,「김지의 선수집—周官文翼과 그 가치」,『규장각』4, 1981.

니라 역대의 시문들을 선발해서 엮은 하나의 選集에 불과하다. 그러나 무작의하게 기존 시문을 집적한 것은 아니기 때문에 편집 동기에서부터 작품의 선발에 이르기까지 편찬 주체의 주관이 개입하고 있음은 재론의 여지가 없다. 徐居正은 序에서 "말의 이치가 순정하여 교화에 도움이 될 만한 작품을 취하여 분류하고 모았다(取其詞理醇正, 有補治敎者, 分門類聚)."라 하여, 儒家的 규범에 입각하여 왕조의 治敎를 도우려 한 것이 『東文選』의 편찬 목적임을 명시하였다.

또 梁誠之의 「進東文選箋」에 따르면 "진실로 체재가 법도에 합치하기만 하면 보잘 것 없는 작품도 수록 대상에서 빠뜨리지 않았다(苟體例有合於規矩, 而採撤不遺於菅菲)."라 하여 가능한 한 많은 작가와 다양한 문체를 망라하여 일정한 한계 안에서 작품을 수록하려 한 選文의 기준을 알 수 있게 한다. 이 때문에 成俔은 『慵齋叢話』에서 類聚요 選이 아니라 하였고, 洪萬宗 역시 "選이 아니라 類聚"라 하였으며,7) 南龍翼은 『箕雅』 서문에서 "博而不精"이라 한 것이다.

『東文選』은 기본 성격에 있어서는 類聚이지만, 그 의식에서는 대내적으로 당대의 政敎를 선양, 과시하고 대외적으로는 『文選』을 비롯한 역대 시문집과 어깨를 나란히 하고자 한 의도에서 간행되었다. 徐居正은 序에서 "우리나라의 문은 宋元의 글이나 漢唐의 글도 아닌 우리나라의 글(我東方之文, 非宋元之文, 亦非漢唐之文, 而乃我國之文也)"이라 역설한 것이 이를 뒷받침해 준다.

한편 수록한 작품을 詩와 文으로 나누어 보면 시보다는 문이 압도적인 비중으로 양적인 우세를 보이고 있음을 지적할 수 있

---

7) 『詩話叢林』 證正.

다.『東文選』에 실린 총 4,300여 작품 가운데 시는 약 4분의 1의 수준에 그치고 있으며 나머지는 모두 文이다. 관찬서로서의 重文輕詩觀이 그렇게 만든 것으로 보인다. 또 文 가운데서도 詔勅·表箋·敎書·制誥·批答·奏議·箚子·帖, 冊題 등 政敎와 관계되거나 祝文, 道場文 등 의례성이 강한 문장이 1,100여편에 이르고 있으며, 특히 表箋은 460여편으로 전체 작품수에 비추어 볼 때 그 비중이 막대하여 公用文字의 자료로 쓰고자 한 의도도 함께 읽을 수 있다.

(2)『靑丘風雅』와 宋詩學의 극복

『靑丘風雅』의 기본적인 성격은 조선 초기 金宗直에 의하여 편찬된 詩選集에 지나지 않는 것이지만, 그러나 이는 다음과 같은 두 가지 사실에서 중요한 의미를 가진다.

첫째, 형식적인 의미에서 보면, 조선초기에 이르러 前時代의 文物制度를 정비하는 작업의 일환으로『東文選』과 같은 大官撰事業이 진행되고 있을 때, 이에 대항하기 위하여 金宗直 개인이 편찬한 私撰 詩選集이라는 것이며, 둘째, 구체적인 내용을 보면, 당시의 騷壇이 이때까지도 宋詩學의 영향권에 있었지만, 金宗直의『靑丘風雅』에 이르러 그 극복의 의지를 보여 주고 있다는 사실이다.

『靑丘風雅』는 신라말에서부터 조선초기에 이르는 126家의 各體詩 503수를 精選하여 7卷 1冊으로 간행한 詩選集이다. 현존하는『靑丘風雅』로는 국립도서관소장 甲辰字本을 비롯하여 여러 개의 필사본이 流傳하고 있으나 甲辰字本은 蒼古하여 印墨이 선명치 않은데다가 훼손된 부분이 많으며 餘他의 필사본(高大本 등)

들도 완전하게 보존된 것을 얻어 보기 어렵다. 『靑丘風雅』의 간행 시기는 甲辰字本에 있는 편자의 서문(成化 9년, 成宗 4년)과 崔淑精의 跋文(成宗 6년)에 따라 일단 成宗初로 추정할 수 있으나 金宗直의 연보에 따르면 成宗 19년(1488)에 『東文粹』와 함께 간행된 것으로 적고 있다.

우리나라에서 詩文選集의 편찬작업이 이루어지기 시작한 시기는 말하기 어렵지만, 『東文選』 서문의 언급으로 보아 고려중·말엽에 金台鉉이 編輯한 『東國文鑑』이 그 선구가 되고 있음을 알 수 있으며, 그리고 詩만 따로 抄選한 詩選集의 편찬 작업도 고려 말기에서 비롯하고 있다. 이 『靑丘風雅』도 이러한 토대 위에서 이룩된 초기 성과 가운데 하나다. 序文의 일부를 아래에 보인다.

> 우리나라의 시는 金台鉉, 崔瀣, 趙云仡 세 분이 각각 選集을 남기고 있다.……이에 짐짓 이 세 분이 편찬한 것에 따라 그 뛰어난 것을 선발하고 또 忠宣王 이후 지금까지의 遺藁 중에서 考覽할 만한 古詩·律詩 도합 300여 수를 뽑았다. 庚寅年에 史局의 자리를 이어받아 崔淑精과 더불어 館을 검색하던 중 오래된 상자 속에서 卞季良등 여러 분이 수집하였다가 미완성인 채로 있는 책을 얻어 또 100여편을 수록하였다(東人之詩, 金快軒崔猊山趙石磵三老各有選集……魚市, 姑就三老所撰, 而拔其尤者, 又採忠宣以下, 至于今日, 遺藁可攷者, 合古律詩三百餘篇. 庚寅歲, 承乏史局, 與國華檢館中舊篋, 得春亭諸公裒集未成之書, 又錄百餘篇).

여기서 快軒은 金台鉉이며, 猊山은 崔瀣(1287~1340), 石磵은 趙云仡(1332~1404)이다. 猊山과 石磵의 選集이 구체적으로 무엇을 지칭하는 것인지 확언할 수는 없으나, 아마 이는 猊山의 編著로 알려진 『東人之文』(詩文選集)과 石磵의 『三韓詩龜鑑』임에 틀림 없을 것이다.

　그러나 앞에서 보인 바와 같이, "三老各有所撰"이라 하고 있지만, 여기서 우리의 관심을 끌게 하는 것은, 崔瀣의 編書8)와 趙云仡의 『三韓詩龜鑑』 사이에도 어떠한 관계가 있을 지도 모른다는 사실이다. 현존하는 『三韓詩龜鑑』에는 "崔瀣 批點, 趙云仡 精選"으로 되어 있지만, 일반적으로는 選者를 먼저 적는 것이 통례로 되어 있다. 그러므로 『三韓詩龜鑑』에서 편자인 趙云仡에 앞서 批點을 가한 崔瀣의 이름을 먼저 적고 있는 것은 이 책에 있어서 崔瀣의 비중이 趙云仡보다 더 큰 것을 의미하는 것이 될 수도 있다. 특히 중요한 사실로 지적되어야 할 것은, 崔瀣와 趙云仡의 선후관계다. 崔瀣의 卒年에 趙云仡은 겨우 아홉 살밖에 안되는 어린 나이였다는 사실이다. 그러므로 여기서 분명히 말할 수 있는 것은, 石磵의 『三韓詩龜鑑』에 猊山이 批點을 가한 것이 아니라 猊山이 抄選하여 批點을 한 어떤 詩選集을 참고하여 다시 『三韓詩龜鑑』을 편집하고, 猊山이 批點을 가한 부분에 대해서는 그것을 그대로 옮겨 놓았을지도 모른다는 사실이다. 『東人之文·五七』로 예상되는 猊山의 『東人之文』이 石磵의 『三韓詩龜鑑』과 有關하리라는 추측을 가능케하는 까닭도 여기에 있다.

　이러한 일련의 사실에서 보면, 『靑丘風雅』는 金台鉉·崔瀣·趙

---

8)　崔瀣의 「東人之文序」에 따르면, 신라 崔致遠에서부터 忠烈王 때까지의 名家 중에서 詩 약간을 뽑아 五七이라 하고 文 약간을 千百이라 하고 騈儷文 약간을 四六이라 하고 이를 합쳐 『東人之文』이라 하였다고 한다. 이로써 보면 현재까지 전하고 있는 『東人之文·四六』은 이때 편찬한 『東人之文』 가운데 하나인 四六인 것으로 보이며, 이 밖에 『東人之文·五七』의 殘卷이 최근 발견되었고, 『東人之文·千百』은 失傳된 것 같다. 그러므로 三老 所撰 選集은 『東人之文·五七』이었을 가능성이 높다.

云仡 등이 편찬한 詩選集과 春亭 卞季良 등의 미완성 舊藁가 기본이 된 '選集의 選集'이라 할 것이다.

『靑丘風雅』와 거의 같은 시기에 『東文選』이 간행되었으며, 柳夢窩의 『大東詩林』이 이 뒤에 나온 듯하나 이것은 함께 논할 수준의 것이 되지 못한다. 『東文選』은 방대한 官撰書로서, 또 詩文의 總集으로서 이것이 갖는 資料集으로서의 의미는 막중하지만, 그러나 『靑丘風雅』는 『東文粹』(文選集)와 더불어 編者의 취향과 藻鑑에 따라 精選한 私撰書이고 또 이것은 詩選集이라는 점에서 兩者는 좋은 대조를 보인다. 이와 같은 兩書의 성격은 다음과 같은 諸家의 기록에서도 사실로 확인된다.

成三問이 살았을 때 우리나라의 文을 편집하여 『東人文寶』라 하였으나 다 이루어지기 전에 죽었다. 金宗直이 뒤따라 이를 편성하여 『東文粹』라 했다. 그러나 金宗直은 文의 번화한 것을 미워하여 다만 醞藉한 文만 취했다. 비록 규범에 마음을 썼으나 나른하고 힘이 없어 볼 만한 것이 못된다. 그가 편찬한 『靑丘風雅』는 비록 시에 있어서는 文과 같지는 않지만 조금이라도 豪放한 듯한 것은 버리고 수록하지 않았으니 이 어찌 고집불통의 편견이냐? 徐居正이 편찬한 『東文選』과 같은 것은 類聚요, 選한 것이 아니다(成謹甫在時, 編東人之文, 名曰東人文寶, 未成而死. 金季醞踵而成之, 名曰東文粹. 然季醞專惡文之繁華, 只取醞藉之文. 雖致意於規範, 而萎茶無氣, 不足觀也. 其所撰靑丘風雅, 雖詩不如文然, 詩之稍涉豪放者, 棄而不錄, 是何膠柱之偏. 至如達成所撰東文選, 是乃類聚, 非選也).

成俔은 그의 『慵齋叢話』에서 위과 같이 두 책의 성격과 金宗直의 문학 세계까지도 함께 논하고 있다. 그리고 南龍翼과 洪萬宗은 그 속편에 대해서도 언급하고 있는데, 南龍翼의 『箕雅』 서문과 洪萬宗의 「詩話叢林證正」을 차례로 보이면 다음과 같다.

　　『東文選』은 널리 취하였지만 精選하지 아니하였으며 『續東文選』
은 收載한 것이 많지 않다. 『靑丘風雅』는 精選하였지만 널리 취하
지 않았으며 『續靑丘風雅』는 어디서 취한 것인지 분명하지 않다(東
文選博而不精, 續則所載無多. 靑丘風雅精而不博, 續則所取不明).

　　徐居正의 『東文選』은 한 類聚이니 또한 選法을 따른 것이 아니
다. 蘇世讓의 『續東文選』은 取舍가 불공평한 것으로 보아 자못 愛
憎에 기인한 것 같다. 金宗直의 『靑丘風雅』는 다만 精簡한 것만
취하여 기상이 뛰어난 것은 빠뜨렸다. 柳根의 『續靑丘風雅』는 버
리고 取한 것이 분명치 않아 그 요령을 얻지 못했다(徐四佳東文選,
卽一類聚, 亦非選法. 蘇暘谷續東文選, 取舍不公, 頗因愛憎. 金佔畢
齋靑丘風雅, 只取精簡, 遺其發越. 柳西坰續靑丘風雅, 與奪不明, 未
得其要領).

두 續集의 성격을 명료하게 지적하고 있다. 이로 보면 『續東文
選』과 『續靑丘風雅』는 각각 正篇에 이어 그 이후의 작품을 수록
하고 있는 점에서 續篇의 의미가 있을 뿐 正篇의 성격과는 현격
한 차이가 있음을 알 수 있다. 『續東文選』에는 正篇에서 볼 수
있는 全集的인 성격은 이미 상실되고 있으며, 특히 『靑丘風雅』와
같은 私撰 選集의 경우, 다른 편자에 의하여 그것을 續補한다는
것은 사실상 의미가 없는 것이다. 그리고 柳根의 『續靑丘風雅』는
南龍翼과 洪萬宗이 각각 지적한 바와 같이 "所取不明", "未得要領"
한 것으로 사실상 『靑丘風雅』를 續補할 만한 수준에까지 이르지
못하고 있는 것이다. 한편 『續靑丘風雅』는 편자 미상인 여러 종
의 필사본(3卷 3冊, 7卷 1冊本 등)이 流傳하고 있는 것으로 보아

柳根의 續篇 외에도 또 다른 異種이 있는 듯하다. 이 경우에 있
어서는 『靑丘風雅』도 조선후기에 나온 것으로 보이는 異種의 印
本이 있는 바, 『靑丘風雅』라는 이름은 이미 보통명사가 되어버린
느낌이다.

　당시의 騷壇이 아직까지도 宋詩學의 영향권에 있었지만, 金宗
直은 당시의 風尙에서 멀리 떨어져 嚴重·放遠한 시세계를 구축하
고 있다. 成俔이 金宗直의 『靑丘風雅』를 가리켜 "稍涉豪放者, 棄
而不錄."이라 한 것도 그 選觀의 편향성을 지적한 適評이라 할
수 있거니와 이는 곧 그의 시가 宋詩學의 豪放한 氣格을 사실상
극복하고 있음을 말해 주고 있는 것이다. 후대인의 비평 가운데
서도 車天輅나 申欽이 「仙槎寺」의 "鶴飜羅代蓋, 龍蹴佛天毬"의 句
를 들어 그의 '放達' 또는 '放遠'함을 稱道한 것이라든가, 許筠이
「神勒寺」의 "上方鍾動驪龍舞,　萬竅風生鐵鳳翔"을 '洪亮·嚴重'하다
고 하여 우주에 기둥을 받치는 句라 하였다.

桃花浪高幾尺許,9)　　　　狠石沒頂不知處.
兩兩鸕鶿失舊磯,　　　　唧魚却入菰蒲去.
　　　　　　　　　　　（金宗直,「寶泉灘卽事」)10)

　또 이 작품을 가장 높은 것이라 평하고 있는 것도 모두 그 '嚴
重放遠'한 金宗直의 시세계를 두고 한 말이다.

　이러한 그의 시세계가 그 選詩 과정에 직접적으로 간섭하여 이
룩된 것이 『靑丘風雅』이다. 때문에 그는 '雄渾'·'放遠'으로 一世

---

9) 桃花浪 : 봄물결을 이르는 말.
10) 寶泉灘 : 善山府 북쪽에 있던 여울. 그 근처 元興寺 앞에 흐르는 물
　　가운데 鷺鶿石이 있었다고 한다.

에 詩名을 드날린 李奎報·李穡·鄭夢周와 같은 시인의 詩作 가
운데서도 豪放한 것으로 定評되어 온 작품들은 選拔하지 않았으
며 또한 ‘婉麗’·‘新警’한 것도 고려하지 않았다. 그러므로 ‘婉麗’한
것으로 널리 알려져 온 李奎報의 「夏日卽事」도 『靑丘風雅』에는
보이지 않는다.

輕衫小簟臥風欞,¹¹⁾　　夢斷啼鴬三兩聲.¹²⁾
密葉翳花春後在,　　　薄雲漏日雨中明.
　　　　　　　　(李奎報, 「夏日卽事」)

　이 詩는 읽는 이로 하여금 산뜻한 기분마저 느끼게 하는 작품
이며, 그의 칠언절구 가운데서도 대표적인 것으로 꼽히어 왔기
때문에 『東文選』을 비롯한 역대 詩選集에선 빼지 않고 수록하고
있지만 『靑丘風雅』에서는 이를 외면하고 있다.
　다만, 橫放한 작품으로 알려져 있는 李奎報의 시편 중에서『靑
丘風雅』에 選入되고 있는 것으로는 七言古詩 「七夕雨」를 들 수
있을 정도다. 그러나 이 시도 그 橫放한 氣象에 앞서 全篇에 넘
치는 富麗한 여유가 그의 眼光을 흡족하게 하였는지 모른다.
　이러한 사정은 鄭夢周의 경우에 있어서도 같은 현상을 보여 준
다. 七言律詩 가운데서도 「定州重九韓相命賦」나 「重九題明遠樓」,
「蓬萊驛示韓書狀尙質」과 같은 작품은 모두 ‘跌宕豪放’한 작품으로
후세의 칭송을 받은 것이지만, 『靑丘風雅』에서는 한 편도 뽑아
주지 않았다. 北關에서 지은 「定州重九韓相命賦」의 경우에 있어

---

11) 小簟은 조그만 대자리. 風欞은 창이나 난간 위에 꽃무늬로 장식한
　　格子窓.
12) 蘇舜欽의 「夏意」에 “樹陰滿地日當午, 夢斷流鴬時一聲”의 句가 보이
　　는데, 이와 意境이 유사하다.

서도

定州重九登高處,13)　　依舊黃花照眼明.14)
浦溆南連宣德鎮,15)　　峰巒北倚女眞城.
百年戰國興亡事,　　萬里征夫慷慨情.
酒罷元戎扶上馬,16)　　淺山斜日照紅旌.
　　　　　　　　(鄭夢周, 「定州重九韓相命賦」)17)

『惺叟詩話』에서 音調가 跌宕하여 盛唐의 風이 있는 것으로 평가한 작품이지만 豪放한 氣象 때문에 選拔에서 제외되었을 것이다. 후세에까지 絶唱으로 불리어 온 것 중에서 『青丘風雅』에 選入된 것은 「江南曲」(七絶)과 「旅寓」(五律) 정도이지만 이 작품은 豪快와 풍류를 함께 읽을 수 있는 명작이기 때문인 듯하다.

　이상을 종합해 보면, 그의 시가 전혀 蘇軾과 黃庭堅에서 나왔다는 견해는 받아들일 수 없는 것이 될 것이며, 오히려 '沈鬱'·'嚴重'한 杜詩에 대한 관심이 그의 시세계에 깊이 자리하고 있음을 알 수 있을 것이다. 이로써 보면 후대의 詩選集에서 唐을 그 選拔의 표준으로 삼고 있는 것도 始源的으로는 金宗直에게까지 소급되어야 한다는 提言이 결코 無用한 것이 아니라는 근거를 여기서 찾음직하다.

---

13) 定州는 咸鏡南道 定平의 옛 이름. 重九는 陰曆 九月 九日. 重陽節이라고도 한다. 이 날은 높은 곳에 올라 菊花酒를 마시는 풍습이 있다.
14) 黃花 : 국화 꽃.
15) 宣德鎮 : 咸鏡南道 定平에 있던 鎮壘.
16) 元戎 : 大將軍.
17) 韓相 : 韓方信. 高麗의 武臣으로 紅巾賊을 격퇴하고 서울을 수복하였다.

(3)『國朝詩刪』과 格調論

『國朝詩刪』의 기본 성격은 許筠이 鈔選한 詩選集에 지나지 않는다. 그러나 許筠은 자신이 選拔한 작품에 스스로 批와 評을 함께 붙이고 있어 이는 우리나라 批評史上 그 유례가 없는 실제비평의 선구가 되고 있다. 시대사적으로는,『東文選』와『靑丘風雅』이후 穆陵盛世에 이르는 150년간은 조선 시대의 騷壇이 전에 없이 다양한 전개를 보이면서 풍요를 누린 시기이기도 하기 때문에, 許筠의 높은 藻鑑으로 이들이 재조명을 받게 된 것은 그 시대에 그 비평이 함께 어울려 이룩한 無比의 성과가 될 것이다. 그리고 이 책에서 許筠이 唐詩를 표준으로 한 것은 사실이지만, 그러나 그가 주로 取擇한 것은 "聲律이 맑고 色澤이 현란한 것"18)이고 보면,『國朝詩刪』은 詩의 소리를 들을 줄 아는 本格派 批評家에 의하여 이룩된 보기 드문 성과라 할 것이다. 文言으로 중국시를 배운 우리나라 시인, 비평가들이 辭語나 聲律과 같은 형식적인 기교에 疎遠한 것은 어쩔 수 없는 것이었으나, 許筠은 이『國朝詩刪』을 통하여 이러한 취약점을 스스로 극복하여 우리나라 批評史上 가장 높은 詩學의 수준을 과시하고 있다.

『國朝詩刪』은 조선조 鄭道傳에서부터 權韠에 이르는 35家의 各體詩 888수를 選輯하고 卷末에 許氏 一家의 「許門世藁」를 附載하고 있다. 그러나 이 詩選集은 오랫동안 간행되지 못하다가 肅宗代에 이르러 朴泰淳에 의하여 다시 편집, 간행되었다. 序文에는 肅宗 21年(1695)의 刊記가 있으나 洪萬宗의 「詩話叢林證正」에 "朴汝厚泰淳이 廣州 고을을 맡고 있을 때 許筠이 撰한『國朝詩刪』을 간행하였다(朴汝厚泰淳, 尹廣州也, 刊行許筠所撰國朝

---

18)「國朝詩刪序」.

詩刪)."라는 기록이 있는 것으로 보아서는 그가 廣州府尹으로 재직한 肅宗 23년(1697)이 간행 연대가 될 것이다.

그의 서문에 따르면, 許筠이 이미 被誅되자 이 選集과 그의 저술들은 거의 湮亡되기에 이르렀고 혹 好事家 가운데 수록하여 둔 자가 있어도 밖으로 드러내기를 좋아하지 않아 빛을 보지 못했다는 것이다. 그러나 그는 그 사람은 폐할지언정 그 所集은 폐할 수 없음을 절감하고, 또 많지 않은 우리나라 詩選集 가운데서도 가장 뛰어난 이 選集을 후세에 전하지 않을 수 없어, 널리 諸本을 구하고 證定을 가하여 數卷으로 撰集, 간행한다고 述懷하고 있다. 朴泰淳은 이로 인하여 그뒤 전라도 관찰사로 재직할 때 (1699)에 전라도 儒生들로부터 규탄을 받아 長淵府使로 좌천되기까지 하였다 한다.

이 책은 9卷 4冊의 木版本이다. 이 밖에도 數種의 異本(필사본 5卷 1冊, 印本 2卷 1冊 등)이 流傳하고 있으나 이것들은 대개 集中의 古詩와 雜體詩를 收載하지 않았거나 卷末의 許門世藁가 빠져 있는 것들이다.

『國朝詩刪』 이전의 詩選集으로는 『靑丘風雅』와 『東文選』(詩文合集) 등이 그 대표적인 것이다. 그러나 이것들은 모두 조선초기의 것들이며, 뒤에 다시 『靑丘風雅』와 『東文選』은 각각 續編이 나오기까지 하였으나 『續靑丘風雅』는 그 所據가 不明하며 『續東文選』은 正篇이 간행된지 불과 40년 뒤에 이루어진 것이므로, 『東文選』 이후 우리나라 詩業이 크게 떨친 조선중기의 詩選集으로서 『國朝詩刪』의 자료적 의미는 기록할 만한 것이다.

그리고 이 選集에는 今體는 물론이요 古調長篇과 雜體에 이르기까지 佳句 絶調마다 편자의 批와 評을 붙이고 있어 이는 한갖 選詩의 작업에서만 그치는 것이 아니다. 그의 『惺叟詩話』가 조선 중기까지의 漢詩略史라 한다면, 『國朝詩刪』은 그 구체적인 실제 비평이므로 이것들이 우리나라 詩史연구에 기여한 功業은 莫重 이상으로 값진 것이다.

한편 이 책에는 작자 또는 詩作과 관련된 題詠이나 故實을, 역대의 詩話·漫錄에서 찾아 陰刻으로 補注를 붙이고 있다. 이는 아마 稿本을 再編輯하는 과정에서 朴泰淳 자신이 붙인 것으로 보인다.

> 이 때에 널리 諸本을 求하여 거기에 訂定을 加하고, 또 諸家의 詩話에서 따서 같은 종류의 것을 보충하고 베껴서 몇권을 만들었다(於是, 廣求諸本, 頗加證定, 又取諸家詩話, 以類補綴, 繕寫爲幾卷).

그의 서문에도 위와 같이 언급한 것으로 보아 朴泰淳이 한 일임에 틀림 없는 듯하다. 補注 가운데는 梁慶遇의 『霽湖詩話』, 李睟光의 『芝峰類說』, 車天輅의 『五山說林』 등도 보이는 바, 편자인 許筠이 동시대인의 저술까지 두루 섭렵했을 가능성은 희박하며, 특히 梁慶遇, 李睟光, 柳夢寅 등은 許筠보다도 뒤에 죽었다. 그리고 前記 詩話書 가운데서 간행 연대가 알려져 있는 『芝峰類說』은 許筠이 죽기 4년전에 간행되었으나, 이때는 이미 『國朝詩刪』이 완성되었던 것으로 보이며19) 許筠의 泰仁 隱居 이후의 시기이기 때문에 그가 得勢한 바쁜 생활 속에 저술을 할 여유는 없었을 것으로 보아야 할 것이다.

許筠은 「洪吉童傳」과 隱士의 전기인 「張山人傳」, 「南宮先生傳」,

---

19) 「惺叟詩話序」에 따르면 丁未年(39세)에 이미 『國朝詩刪』이 完成된 것으로 보인다.

「蔣生傳」 등 敍事體文章을 통하여 그의 散文 능력을 과시하기도 하였지만, 그러나 그가 문학으로 英彩를 발한 것은 시와 비평이다. 朴淳에게 唐을 배운 崔慶昌·白光勳과, 이들로부터 영향을 받은 듯한 李達 등이 등장함에 따라 조선중기 騷壇의 주류가 學唐으로 傾倒하게 되었거니와, 李達로부터 唐을 배워 시인으로 성장하게 된 許筠은 맑고 고운 시로써 定評을 받게 되었으며 이러한 그의 시세계는 비평에 있어서도 탁월한 재능을 발휘하였다. 許筠은 『國朝詩刪』, 『惺叟詩話』, 『鶴山樵談』 등의 저작을 통하여 격조 높은 唐詩의 성격과 學唐의 詩史的 의미를 명쾌하게 개진함으로써 조선중기 詩學의 높은 경지를 모색하는 데 성공하고 있다.

그러므로 『國朝詩刪』은 적어도 다음과 같은 두 가지 사실에서 그 자료적 의미가 기록되어 마땅하다. 첫째, 唐詩에 근접하고 있는 조선전기의 詩作에 대하여 一句一聯에 이르기까지 비평을 붙여 近唐의 사실을 證驗하고 있으며 둘째, 唐詩의 좋은 標準尺으로 우리 詩의 聲韻을 점검하여 시에 있어서 형식적인 기교의 중요성을 제시하고 있는 것이 그것이다.

그러므로 許筠은 『國朝詩刪』에서 이른바 三唐詩人으로 불리우는 崔慶昌, 白光勳, 李達의 詩篇을 중심으로, 조선초기 近唐으로 알려진 李胄·申光漢·金淨·羅湜 등의 各體詩에 대하여 그의 다양한 표현을 빌어 批와 評을 加하고 있다. 그 예를 보면 다음과 같은 것들이 있다.

鐵關天險似秦中,[20]   古塞悲笳落遠空.

---

20) 鐵關은 안변부의 남쪽 83리에 있는 고개. 鐵嶺에 고려에서 관문을 설치하고 鐵關이라 하였다. 秦中은 중국의 지명으로 關中이라고도

凍雨斜連千嶂雪,　　　飢烏驚叫一林風.
百年去住身先老,　　　半世悲歡氣挫雄.
萬里羈懷愁不語,　　　關河迢遞近山戎.21)

(李胄,「次安邊樓題」)

이 작품에 대하여 그는 盛唐의 작품으로 평가하고 있으며,『惺
叟詩話』에서도 盛唐의 風格이 있다고 논급하고 있다.

華月未揚光,22)　　　　層城夜蒼蒼.23)
臨觴忽惆悵,24)　　　　幽意故徘徨.
故國雲烟斷,　　　　　舊園林木長.
歸歟在明發,25)　　　　江海杳難望.

(金淨,「春夜贈奉君朝瑞往松都因返故林」)26)

이 작품에 대해서는 首聯을 들어 “眞接孟王高派.”라고 品評하고

　　　한다. 涵谷關 서쪽 지역으로 戰國시대 말엽 진나라의 고토로 험준
　　　한 지역을 의미한다.
21)　關河는 關山河川. 陳師道의 「送內」에 “關河萬里道, 子去何當歸”가
　　　보인다. 迢遞는 아주 멀리 있는 모습, 또는 높고 험준한 모양. 山戎
　　　은 중국 북방의 소수민족으로 흉노족의 일종, 여기서는 조선 북부
　　　의 여진족을 가리킨다.
22)　華月 : 희고 깨끗한 달. 杜甫,「夏夜嘆」시에 “昊天出華月, 茂林延疏
　　　光”이란 구가 있다.
23)　蒼蒼 : 어둑하여 아득히 끝이 없는 모양. 五代 齊己의 「送人潤州尋
　　　兄弟」에 “閑遊登北固, 東望海蒼蒼”이라 하였다.
24)　王維의 「春中田園作」에 “臨觴忽不御, 惆悵遠行客”이라 하였다.
25)　明發 : 黎明.『詩』「小雅」「小宛」에 “明發不寐, 有懷二人”이 보이고,
　　　王維의 「春夜竹亭贈錢少府歸藍田」 시에 “羨君明發去, 采蕨輕軒冕”
　　　이 보인다.
26)　奉朝瑞 : 미상.

있다. 다른 詩選集에서는 전혀 뽑아 주지도 않은 이 작품에 대하여 이와 같이 深切한 비평을 붙이고 있는 것을 보면 許筠의 唐詩에 대한 관심의 깊이를 넉넉히 짐작할 수 있다. 이 밖에도 세상에서 海東의 江西詩派로 불러 온 李荇의 詩에 대해서도 唐詩風이 깃든 작품에 대해서는 관심을 아끼지 않았다.

晩來微雨洗長天,[27)]　　入夜高風捲暝烟.[28)]
夢覺曉鍾寒徹骨,[29)]　　素娥靑女鬪嬋姸.[30)]
　　　　　　　　　　　（李荇,「霜月」）[31)]

唐人의 高處에 모자람이 없는 작품으로 稱道하고 있다. 그리고 조선 초기 宋詩圈에서 사실상 逸脫한 바 있는 金宗直의 작품에 대해서도 비슷한 입장을 보인다.

卷幔臨江水,　　　　焚香夜寂廖.
鶴鳴淸露下,[32)]　　月出大漁跳.
刮眼占銀漢,[33)]　　齋心禱絳宵.[34)]

---

27) 陳與義의「入山」"微雨洗春色, 諸峯生晩寒"과 유사한 의경이다.
28) 高風 : 높은 곳에서 부는 바람.
29) 寒徹骨 : 한기가 뼈에 사무치다. 陸游의「漣漪亭賞梅」에 "寫眞絶妙橫窓影, 徹骨淸寒樵水枝"가 보인다.
30) 素娥는 嫦娥를 가리킨다. 靑女는 서리와 눈을 관장하고 있는 선녀. 『淮南子』「天文」에 "秋三月, 靑女乃出, 以降霜雪"이 보인다. 嬋姸은 아름다운 자태. 이 구절은 李商隱의「霜月」"靑女素娥俱耐冷, 月中霜裏鬪嬋姸"에서 點化하였다.
31) 朱熹의「霜月次擇之韻」"蓮花峯頂雪淸天, 虛閣霜淸絶縷烟. 明發定知花薿薿, 如今且看竹娟娟"에 차운한 작품이다.
32) 鶴鳴 : 『詩』「小雅」鴻鴈之什에「鶴鳴」篇이 있다.
33) 刮眼 : 눈을 씻다의 뜻으로 刮目과 같다. 韓愈의「過襄城」에 "郾城

篙師知我意, 35)   早整木蘭橈. 36)

(金宗直, 「差祭宿江上」)37)

承聯을 가리켜, 어찌 唐人의 高處에 모자람이 있겠는가 반문하고 있다. 더욱이 유명한 「仙槎寺」에 대해서는 頸聯의 "細雨僧縫衲"을 들어 유독 唐에 逼近하다고 摘示할 정도로 許筠의 唐에 대한 관심은 절실하다.

그러나 許筠이 비평가로서의 높은 藻鑑을 과시한 것은 聲律에 있다. 그는 『國朝詩刪』뿐만 아니라 『惺叟詩話』·『鶴山樵談』의 도처에서 詩의 음악성에 대하여 깊은 관심을 표명하고 있다. 그는 『國朝詩刪』에 崔慶昌과 李達의 詩作을 수십편이나 뽑아 넣으면서 그 경위를 『惺叟詩話』에 다음과 같이 적고 있다.

두 사람의 詩를 내가 『國朝詩刪』에 뽑아 넣은 것이 각각 수십편이나 되는데 音節은 正音에 들 만하지만 그 밖에는 雷同을 면치 못한다(二家詩, 余選入於詩刪者, 各數十篇, 音節可入正音, 而其外不耐雷同也).

이와 같이 그는 이들의 詩를 選拔한 기준이 音節에 있었음을 사실대로 토로하고 있다. 계속하여 그는 다음과 같이 적고 있다.

辭罷過襄城, 潁水嵩山刮眼明"이 보인다.

34) 齋心는 淸心寡欲의 뜻. 孟浩然의 「途經玉泉寺」에 "望秩宣王命, 齋心待漏行"이 보인다. 絳霄는 높은 하늘. 羅隱의 「寄酬鄴王羅令公」에 "正憂末派淪滄海, 忽見高枝拂絳霄"가 보인다.

35) 篙師 : 뱃사공. 杜甫의 「水會渡」에 "篙師暗理楫, 歌笑輕波瀾"이 보인다.

36) 木蘭橈 : 木蘭으로 만든 배. 木蘭舟와 같다. 郞士元의 「朱方南郭留別皇甫冉」에 "縈回楓葉岸, 留滯木蘭橈"가 보인다.

37) 差祭 : 祭官에 임명됨.

　내 일찍이 孤竹의 五言古詩와 律詩, 亡兄의 歌·行, 蘇齋의 五言律詩, 芝川의 七言律詩, 蓀谷·玉峯 및 죽은 누이의 七言絶句를 한 책으로 만들어 보니 그 音節과 格律은 모두 옛 사람에 가까우나 다만 한스러운 것은 氣가 미치지 못하고 있는 점이다. 아아! 누가 그 원래의 소리로 돌이키겠는가?(余嘗取孤竹五言古詩律詩, 亡兄古歌行, 蘇相五言律, 芝川七言律, 蓀谷玉峯及亡姉七言絶句, 爲一帙看之, 其音節格律悉逼古人, 而所恨氣不及焉. 嗚呼, 孰返其元聲耶).

　이 글은 역시 選詩에 기준이 되고 있는 것은 音節이나 格律과 같은 詩의 소리에 있었음을 알게 한다. 그가 『國朝詩刪』에서 개별 작품에 대한 실제비평을 행함에 있어서도 唐과 非唐은 엄격히 구별하고 있으며 특히 近唐의 詩篇에 대해서는 聲韻을 논하는 의지를 아끼지 않았다. 그 구체적인 예를 보면 다음과 같은 것들이다.

通州天下勝,　　　　樓觀出雲宵.38)
市列金陵貨,39)　　　江通揚子潮.
寒烟秋落渚,　　　　獨鶴暮歸遼.40)
鞍馬身千里,　　　　登臨故國遼.41)
　　　　　　　　　　(李胄,「通州」)42)

---

38) 樓觀 : 누대와 같은 말. 原註에 '樓勢'로 된 데도 있다고 하였다.
39) 金陵은 지금의 南京市와 江寧縣에 해당하는 곳으로 六朝時代의 도읍지이다. 중국 역대 시인들에 의해 江南지방의 아름다운 곳으로 일컬어져 왔다. 列은 原註에 '積'으로 된 데도 있다고 하였다.
40) 옛날 丁令威라는 사람의 고향이 요동이었는데, 神仙이 되어 갔다가 천년 만에 학이 되어 다시 돌아왔다 한다.
41) 故國 : 고향.
42) 通州 : 지금의 江蘇省 通縣에 위치한다.

이 작품을 가리켜 老杜의 淸韻이라 칭송하고 있으며, 『惺叟詩話』에서는 王孟에 逼近한 것으로 논평하고 있다.

峻盡滄江遠,　　　沙平水驛開.[43]
炊烟花外沒,　　　夕鳥日邊回.
故國無消息,　　　孤舟有酒盃.
前山侵道峻,　　　何處望蓬萊.[44]
　　　　　　　　（申光漢,「晚望」）

이 작품에 대해서는 특히 전편이 淸新, 婉切하여 바로 韋孟의 高韻이라 격찬하고 있다.

梁王歌舞地,[45]　　　此日客登臨.
慷慨凌雲趣,[46]　　　淒凉弔古心.[47]
長風生遠野,　　　白日隱遙岑.

---

43) 水驛：물가에 있는 선창.

44) 蓬萊：蓬萊宮.

45) 梁王은 한나라 文帝의 아들 劉武로 梁孝王이다. 그는 梁王에 봉해진 뒤 宋州에서 저택과 정원, 누대를 크게 지어 빈객들을 초빙하여 가무를 즐겼다. 후대에는 문사를 좋아하는 제왕을 가리키는 전고로 사용된다(『史記』,「梁孝王世家」). 高適의「宋中十首」에 "梁王昔全盛, 賓客復多少"의 구가 있다.

46) 凌雲趣：구름 낀 하늘을 치솟아 올라가는 기상. 기상이 고매하고 탁월함을 형용하는 말이다. 『史記』,「司馬相如列傳」에 "相如旣奏大人之頌, 天子大說, 瓢瓢有凌雲之氣, 似游天地之間意", 蘇軾의「次韻王定國得潁倅二首」에 "仙風入骨已凌雲, 秋水爲文不受塵"의 구가 있다.

47) 弔古：지난날의 일을 가슴 아프게 생각하는 것. 李端의「送友人」에 "聞說湘川路, 年年弔古多", 陳與義의「登岳陽樓」에 "白頭弔古霜風裏, 老木蒼波無限悲"의 구가 보인다.

當代繁華事,   茫茫何處尋.
(金麟厚, 「등취대」)48)

沈着한 시로서 널리 알려진 金麟厚의 대표작 「등취대」이다. 이에 대해서도 그는, 특히 首聯을 가리켜 盛唐의 高韻이라 稱道하고 있다. 이와 같은 許筠의 聲韻에 대한 깊은 조예는 『惺叟詩話』에서 고려시대의 詩作을 논하는 곳에서도 異彩를 발하고 있다. 豪放한 氣象으로 定評되어 있는 李穡과 鄭夢周의 詩에 대해서도 각각 그 음악성에 촛점을 맞추고 있는 것이 그것이다. 李穡의 대표작으로 꼽히는 「浮碧樓」에 대하여 그는 "꾸미지도 않고 탐색하지도 않았지만 우연히 음조에 합치하여, 읊조린 것이 신묘하고 뛰어나다(不雕飾不探索, 偶然而合於宮商, 詠之神逸)."이라 하여 스스로 格調에도 뛰어나고 있음을 말하고 있으며, 鄭夢周가 北關에서 지은 「定州重九韓相命賦」에 대해서도 "音節跌宕, 有盛唐風格"이라 하여 그 盛唐의 風格을 특히 音節로써 藻鑑하고 있다. 그리고 「江南女」(七律)에 있어서도, "風流가 豪宕하여 千古에 빛나며 詩 또한 樂府와 너무 닮았다(風流豪宕, 輝映千古, 而詩亦酷似樂府)."라 하여 이를 樂府에 비견하고 있다. 이러한 許筠의 높은 안목 때문에 『國朝詩刪』은 후대의 詩人과 墨客들에게 널리 읽혀진 바 되었으며 특히 詩話와 批評書에서 가장 많이 인용되는 책의 하나가 되었다. 이러한 사실을 뒷받침해 주는 것으로는 다

---

48) 吹臺 : 춘추 시대 師曠이 음악을 연주하였던 곳이라 전해지는 곳으로 현재 河南省 開封市 禹王臺 공원 안에 있다. 한나라 梁王이 이를 증축해서 明臺라 하였다. 양효왕이 항상 이곳에서 노래를 불렀기 때문에 吹臺라 부르며, 또 繁臺라 부르기도 한다. 阮籍의 「詠懷」에 "駕言發魏都, 南向望吹臺. 簫管有遺音, 梁王安在哉", 杜甫의 「遣懷」에 "氣酣登吹臺, 懷古視平蕪"의 구가 있다.

음과 같은 기록들이 있다.

許筠이 편찬한『國朝詩刪』가운데 이 시를 뽑아 넣고 評하기를,
"이 늙은이의 이 聯은 壓卷임에 틀림 없다."라 하였다. 許筠은 藻鑑
으로 세상에 이름을 드날렸으니 마땅히 깊은 이해가 있어서 그러
하였을 것이다. 芝峰이 이와 같이 폄하하여 논한 것은 어찌 자세
히 살피지 않고 그런 것이 아니겠는가(許筠所撰『國朝詩刪』中, 選
入此詩而評之曰, "此老此聯當壓此卷." 許筠以藻鑑名世, 則宜有深解
芝峰之有此貶論者, 豈未嘗細究而然也).

金得臣은 그의『終南叢志』에서 위와 같이 許筠의 鑑識眼에 깊
은 신뢰를 보이고 있다. 또 洪萬宗은 그의「詩話叢林證正」에서,
"許筠의『國朝詩刪』만은 澤堂과 여러 사람들이 모두 잘 뽑은 것
이라 칭도하고 있다. 詩刪이 세상에 盛行하고 있는 것도 이 때문
이다(惟許筠,『國朝詩刪』, 澤堂諸公皆稱善揀. 詩刪之盛於世, 盖以
此也)."라 하여 다른 選集들은 모두 그 약점을 가지고 있지마는
오직『國朝詩刪』만은 澤堂을 비롯한 諸公들이 모두 잘 뽑았다고
칭찬하였고『國朝詩刪』이 널리 세상에서 읽힌 까닭도 이 때문이
라 하였다.

卷末에 附載한「許門世藁」는 陽川許氏 一門 가운데서도 頤軒
許琛을 비롯하여 그의 아버지 草堂(曄)과 兄 荷谷(篈) 兄姊 蘭雪
軒 등 6인의 詩를 詩體에 따라 編次, 수록한 것이다. 여기서 許
筠은 직접 父兄의 詩篇을 自選하는 방식을 취하지 아니하고 그가
가장 아끼던 詩友 權韠로 하여금 批選케 했다.

그러나『蘭雪軒集』의 詩文은 대부분이 許筠의 것이라고도 하
며, 또는 許筠이 元·明代의 佳句 가운데에서 눈에 잘 띄지 않는

것을 골라 蘭雪軒의 작품이라 假稱하여 『蘭雪軒集』에 添入, 傳世
케 하였다는 世人의 譏評도 있는 바(李睟光·南龍翼·金昌協
등), 이는 弄筆의 餘技를 좋아하던 許筠의 일면을 단적으로 드러
내보인 것인지도 모른다.

(4) 『箕雅』와 절충론

許筠의 『國朝詩刪』이 조선 중기를 대표하는 詩選集이라면, 南
龍翼이 撰集한 『箕雅』는 『國朝詩刪』 이후 조선후기 搢紳間에 널
리 읽혀진 詩選集이다. 壬丙兩亂의 失意 이후 깊은 靜寂 속으로
빠져 들어간 騷壇이 다시 활기를 되찾은 肅宗 연간에 이 책이 간
행된 것은 시대사적으로도 중요한 의미를 지닌다. 더욱이 肅宗·
英祖 연간에 가열된 黨論으로 말미암아 士林이 다시 빛을 잃고
詩業이 침체하기 시작한 조선후기 詞壇의 현실에서 볼 때 『箕雅』
의 출현은 조선 후기 騷壇의 중간 보고 이상으로 詩史的인 의미
는 값진 것이다.

그리고 撰者인 南龍翼은 詩로써 세상에 이름을 울린 詩人은 아
니었지만 그가 저작한 『壺谷詩話』에서 우리나라 批評史上 가장
다양한 詩品을 제시하고 있는 것을 보면, 『箕雅』의 자료적 의미
역시 스스로 막중한 것이 된다.

그러나 『箕雅』에서 가장 중요한 사실로 지적되어야 할 것은 편
집 정신이다. 역대의 중요 詩選集을 두루 섭렵하여, 넘치는 것은
깍고 모자라는 것은 보태어 상호보완하고 절충하고 있는 것이 그
것이다. 그리고 『箕雅』는 형식상으로는 私撰 詩選集이지만, 간행
當時 南龍翼 자신이 文衡의 자리에 있었기 때문에 採詩 작업 자
체를 文衡의 임무로 생각했던 것 같다. 그러므로 『箕雅』는 단순

히 개인에 의하여 이룩된 私撰 選拔冊子 이상의 의미를 함께 지닌다.

『箕雅』는 신라말의 崔致遠과 崔承祐에서부터 조선조 肅宗代의 金錫冑, 申欽 등에 이르기까지 497家의 各體詩를 選集하여 肅宗 14년(1688)에 芸閣의 筆書體字로 印行한 14卷 7冊이다. 그리고 이 芸閣筆書體字는『箕雅』를 印刷할 때 처음 사용한 것으로 널리 알려져 있다. 이 책의 서문 및『壺谷集』의 「戊子除夕謾記」(권25)에 "芸閣鑄字始用印布"라는 기록이 있는 것으로 보아 이 活字가『箕雅』를 印行할 때 처음 사용 한 것은 틀림없는 사실이다.

서문에 따르면, 이 책을 편성함에 있어 그 기본 자료가 된 것은『東文選』・『靑丘風雅』・『國朝詩刪』 등이다. 그러나『東文選』은 博而不精하고 續編은 所載가 無多하며,『靑丘風雅』는 精而不博하고 그 속편은 所取가 不明하며,『國朝詩刪』은 자못 詳核한 것이기는 하나 조선초기에서부터 宣祖代에 한한 것이므로 首尾가 완비되지 않은 흠이 있어, 三選中에서 繁多한 것은 깍고 疏略한 것은 보태었으며『國朝詩刪』 이후의 것은 名家의 詩文集中에서 후세에 전할 만한 것을 취했다고 하였다. 이로써 보면 편자 자신이 직접 取材한 것은 仁祖代에서 肅宗代에 이르는 70여년간의 것이다. 編制는『唐詩品彙』의 예에 따라 羽士・衲子・閨秀・雜類・無名氏의 작품은 各體詩의 末尾에 附載하였으며 不姓氏 3人을 卷尾에 부록하고 있다. 이들은 모두 謀逆의 혐의로 被誅되었기 때문에 그 이름만 쓰고 성은 붙이지 않는 것이다. 許筠도 물론 여기에 든다.

이 책의 全篇을 보면,『靑丘風雅』이나『國朝詩刪』에 비해 古詩와 排律이 今體의 律詩보다 상대적으로 적으며 雜體詩는 전혀 고려되지 않고 있다. 일반적으로 우리나라 漢詩가 중국에 비하여

古調長篇에서 뒤떨어지고 있으며 絶句가 모자라는 것이 사실이지마는, 그러나 이러한 현상은 곧 詩에 있어서 그 所尙이 시대에 따라 달라지고 있음을 端的으로 말해 주고 있는 것이다. 이것은 詩의 內質에 있어서 더욱 그러하다. 南龍翼 자신이 지은『壺谷詩話』에서도 이는 사실로 확인된다. 그는 역대의 詩家를 논함에 있어, 고려시대의 경우에는 色韻, 聲律, 氣力을 詩品의 기준으로 삼고 있는 반면에, 조선시대에 있어서는 格調, 情境, 體制를 설정하고 있다. 이는 곧 고려 중기부터 宋詩學의 영향권에 있었던 우리나라 漢詩가 조선시대에 이르러 學唐으로 傾倒하게 된 詩史의 의미를 사실대로 看取했기 때문이다.

이로써 보면 이 책에서 南龍翼은 撰者의 취향이나 偏執에 사로잡히기 쉬운 選詩者이기보다는 시대의 風尙과 詩家의 所長을 사실 그대로 인정한 편집자로서의 임무에 충실하고 있는 느낌이다. 그러나 조선초기의 대표적인 詩文集인『東文選』을 편찬한 徐居正에 의하여『東人詩話』가 제작되었으며, 조선중기 詩學의 높은 수준을 과시한 許筠이 또한『惺叟詩話』와『國朝詩刪』의 撰者라는 사실에서 보면, 조선후기의 대표적인 詩選集을 편찬한 南龍翼의 詩學 또한 높은 평가를 받아야 할 것이다.

그가 저작한『壺谷詩話』[49]는 우리나라 역대의 시가 비평에 있어 가장 다양한 詩品을 제시한 것으로 인정되고 있다. 그의 문집 15卷은 대부분이 詩로써 채워져 있으며 특히 古詩와 排律에 있어서는 數十數百韻을 一筆에 구사하는 長篇의 능력을 과시하고 있다. 그러면서도『箕雅』를 편찬하는 과정에서, 排律이나 古體는

---

49)『壺谷漫筆』卷三에 수록된 詩話 부분을 따로 뽑아 이를『壺谷詩話』라 부른 것이다.

世傳하는 詩選集 중에서 選拔하고 있을 뿐, 增選하는 노력은 거의 보여 주지 않았다. 『箕雅』의 撰輯 의도가 처음부터 편집자로서의 임무수행에 主眼이 있었음을 확인케 한다.

南龍翼은 少年 登第하여 40년 동안 官路에 있으면서 文衡의 榮官에까지 올랐지만, 그러나 公餘에는 항상 詩酒를 즐겼을 뿐, 要路와의 절충을 좋아하지 않았다고 한다. 그가 大提學의 現職에 있으면서 『箕雅』를 편찬할 수 있었던 것도 이러한 그의 체질과 깊은 관계가 있을 것이다.

(5) 風謠와 위항시인의 의지

여기서 風謠라고 한 것은 『昭代風謠』와 『風謠續選』·『風謠三選』 등 委巷詩人의 詩集을 지칭하는 것이다. 詩作의 수준에 있어서는 士大夫의 그것에 비길 것이 되지 못하지만, 그러나 그들의 이름을 身後에까지 전하려는 中人, 賤隷들의 피맺힌 소망이 응결되어 있는 특수 계층의 詩集이다. 때문에 그 편성의 과정에 있어서도 여러 사람의 공동참여로 많은 우여곡절을 겪어야 했으며, 사대부의 도움도 큰 몫을 하고 있다. 委巷詩人이란 대체로 醫譯中人, 胥吏 등과 같이 중간 계층의 신분에 속하는 詩人을 가리키는 것이 일반적이다. 사대부의 列에는 참여하지 못하지만, 사실상 平民보다는 우위에 있는 閭井의 詩人들이다. 물론 그 가운데는 『昭代風謠』에서처럼 일반 常人이나 賤隷 출신까지도 포함되어 있는 경우도 있다.

委巷人의 詩集을 간행하려는 노력은 오래전부터 있어 왔다. 顯宗 9년(1668)에 중인 출신 6인의 詩篇을 모은 『六家雜詠』이 나왔으며, 여기에 실린 詩人들은 崔奇男을 비롯하여 南應琛·鄭禮

男・金孝一・崔大立・鄭枏壽 등 모두 一時의 名家들이다. 그 뒤 蕭宗 38년(1712)에 滄浪 洪世泰가 農巖 金昌協의 격려와 협조로 10년 동안 委巷에서 詩篇을 수집하여 『海東遺珠』 1冊을 간행한 것이 본격적인 위항시인의 詩集으로서는 최초의 것이다.

『昭代風謠』는 바로 이 『海東遺珠』를 토대로 하여 增選・續補한 것이며, 이에 이르러 조선초기에서부터 蕭宗代까지의 위항시인들의 詩篇을 정리하는 작업이 일단 마무리된 셈이다. 그러므로 이 책에는 역대의 中庶賤隷 중에서도 문학사에 이름을 전하고 있는 名家의 시작이 많아 詩史的인 무게에 있어서는 輕忽히 할 수 없는 것도 있다.

그러나 그들의 이름을 身後에까지 전하려는 위항시인들의 노력은 여기에서 그치지 않았으며 이 뒤에도 周甲마다 續集을 간행하는 의지를 보여 正祖 21년 丁巳(1797)에 『風謠續選』(7卷 3冊)이 간행되었으며, 그 二周甲이 되는 哲宗 8년 丁巳(1857)에는 『風謠三選』이 나왔다.

『昭代風謠』는 162家의 詩篇을 詩體에 따라 選集하여 英祖 13년 丁巳(1737)에 간행되었으며, 原集 9卷과 拾遺, 別集, 別集補遺 등을 합쳐 2冊으로 편성하고 있다. 그러나 이 책은 뒷날 『風謠三選』을 편찬할 때(哲宗 8, 1857) 『昭代風謠』가 散亡될 것을 우려하여 그 이듬해(戊午)에 芸閣字로 다시 印出한 重印本이 널리 流行하고 있다. 편자는 高時彦으로 알려져 왔으나 蔡彭胤이라는 설도 있다. 그러나 이에 대하여 확실한 증거가 제시된 일은 없다. 吳光運(1698~1745)의 서문과 발문에 따르면 蔡彭胤이 裒集한 것을 李達峰이 刪正하고 吳光運 자신이 補刪한 것으로 되어 있다.

그러나 이로부터 120년 뒤에 간행된 『風謠三選』의 跋文에는

高時彦을 편자로 斷定하고 있다. 이에 대해서는, 高時彦의 題辭가 『昭代風謠』 卷首에 있는 것으로 보아 수긍이 가기도 한다. 그러나 편자로 알려진 이 두 사람은 모두 책이 간행되기 전에 죽었다. 이 사실은 高時彦의 作品이 이미 別集에 수록되어 있는 것을 보아도 알 수 있으며 吳光運의 跋文에 "그 일을 주관한 자 또한 모으고 나서 죽었다(主其役者又衰後死)."는 기록으로도 확인된다. 이러한 一聯의 사실을 종합해 보면, 이 책은 그 選輯에서부터 간행에 이르는 동안 오랜 기간이 所要되어 결과적으로 여러 사람의 공동참여로 이루어지게 된 것임을 알 수 있다. 正集 9卷 외에 拾遺, 別集, 別集補遺 등을 追補하여 正集과 함께 간행한 사실은 이를 뒷받침해 주는 단적인 證左가 될 것이며 卷首에 題辭를 붙인 高時彦의 作品이 別集에 수록되고 있는 현상은 이 책의 간행 경위를 사실로 설명하고 있는 것이다. 이로써 보면, 『昭代風謠』를 選輯한 것은 蔡彭胤이며 高時彦이 간행에 참여했으나 이루지 못하고 吳光運의 협조로 마무리를 한 것 같다.

이 책에 수록된 詩人들은 中庶人을 비롯하여 常人, 賤隷 出身까지도 망라되고 있지만, 그 중심이 되고 있는 것은 醫譯中人과 胥吏이며 이 가운데서도 특히 醫譯中人은 '下大夫一等之人'으로 指稱될 정도로 그 역할을 인정받기도 하였다. 이들은 대부분이 서울의 중인층으로서 그들이 담당하는 업무의 성격상 도시적인 지식인으로 또는 文人으로 성장할 수 있었으며, 때로는 사대부의 知遇를 입어 이들과 忘年之交를 맺기도 하였다. 그러나 國制의 禁錮로 宦路의 진출이 제한되어 있던 이들은 양반 사대부의 誘掖과 推輓에 힘입지 않고서는 그들의 성취가 용이하지 않았던 것이다. 이 책의 간행에 있어서도 사대부의 협조가 컸던 것이 사실이다. 이러한 사정에 대해서는 高時彦 자신이 悲壯하게 七言으로 읊고 있다.50) 그 일부를 보면 "與東文選相表裏, 一代風雅彬可賞. 貴賤分岐是人爲, 天假善鳴同一響"이라 하여, 이 책의 성격은『東文選』과 더불어 표리가 되는 관계에 있음을 천명하고 있으며, 인위적인 신분에는 貴賤의 차이가 있지만 하늘이 준 노래는 같은 소리라는 것이다.

그러나 이들 위항시인은 문학 양식에 있어서도 그들 나름의 새로운 것을 발견하지 못하고 전통적인 사대부층의 詩文을 그대로 수용하였다. 이 책에 수록된 詩篇의 대부분이 今體詩로 채워져 있는 것도 시대의 風尙을 그대로 追隨한 것이며 그들의 능력과도 관계가 있는 것으로 보인다. 排律과 같은 長篇은 劉希慶·崔奇男·洪世泰 등 名家의 작품에서 찾아 볼 수 있을 뿐이며, 古體에 있어서도 前記 六家雜詠의 6人 詩가 그 대부분을 차지하고 있다. 작가 의식에 있어서도 현실 문제에 대한 그들의 인식이 대개 懷古的인 感傷으로 흐르고 있어 스스로 그 한계를 드러내고 있다.

『風謠續選』은 題名 그대로『昭代風謠』의 續篇이다.『昭代風謠』가 간행된 지 60년만에 松石園의 千壽慶과 張混이 중심이 되어『昭代風謠』이후의 위항시인 가운데서 333家의 723수를 選輯하여 그 周甲이 되는 正祖 21년 丁巳(1797)에 芸閣字로 印行한 7卷 3冊本이다. 그러므로『昭代風謠』에서와 같이 이름이 널리 알려진 詩人의 작품은 찾아보기 힘들다.

『昭代風謠』가『箕雅』의 예에 따라 詩體別 編制를 하고 있는 데 반하여,『風謠續選』은 古體, 今體, 五言, 七言을 가리지 아니하고 各人의 성씨 아래 작품들을 列錄하여 考覽에 편하도록 하였다. 凡例에서도 이같은 취지를 밝히고 있으나 대부분 今體詩로 채워

---

50)『昭代風謠』卷首,「題辭」.

져 있는 이 책에서는 詩體別로 편차를 하는 것이 사실상 의미가 없었기 때문인 듯하다. 卷首(卷之一) 所載 32家의 詩篇은 『昭代風謠』의 卷末에 收錄된 拾遺·別集·別集補遺 등을 다시 一卷으로 合輯한 것으로서, 그 體段을 갖추고 미진한 것을 보충하기 위하여 再錄한 것이다.

李德涵의 발문에 따르면, 『昭代風謠』가 간행된 뒤에도 많은 시인들이 계속 쏟아져 나와 그 周甲이 된 지금에 있어서는 그들의 이름조차 逸失한 시인들이 태반이나 되었으므로 松石園이 중심이 되어 다시 詩藁를 수집, 藝苑의 明鑑에 就正하여 奇險한 것은 버리고 平正한 것은 취하여 精選·集約하게 되었다 하고, 또 그 목적은 매몰된 것에 대한 발굴에만 있는 것이 아니라 當世之士로 하여금 더욱 勉勵토록 하여 후일을 기다리는 데 있다고 진술하고 있다.

그러나 위항시인들이 그들의 詩集을 간행하려는 노력은 그것이 단순한 詩集의 간행에서 그치는 것이 아니고, 그 이름을 身後에까지 전하려는 강한 의지의 표현이라 할 것이다. 君子는 "名者外物"이라 하여 이름을 좋아하지 않는다고 하지만, 그러나 불우한 처지에서 今世를 살아야만 하는 위항시인들에게 그것은 가장 소중하고 절실한 것이 아닐 수 없다. 이러한 의지는 委巷詩集의 선구가 된 『海東遺珠』와 『昭代風謠』의 간행에 추진력이 되었으며 마침내 18세기 말에서부터 본격적인 流派的 활동으로 나타나기 시작한 詩社의 결성에 활력소가 되었다. 『風謠續選』의 간행에 구심체가 된 松石園詩社(一名 玉溪詩社)는 그 대표적인 것이다.

원래 詩社의 결성은 사대부들에서부터 비롯된 것이지만, 위항시인이 중심이 된 이 松石園詩社에 이르러 詩社的인 문학활동은 그 절정을 이루었으며, 양반 사대부들에게도 선망의 대상이 되었던 것이다.

　이러한 松石園詩社의 분위기와 성격은 『存齋集』의 다음 글에 명료하게 나타나 있다.51)

　　아! 松石先生이 玉溪 위에 살면서 文史로써 스스로 즐기니 뜻을 같이 하는 이웃 선비들이 날로 서로 松石間에 往來하였다. 모이면 반드시 詩가 있는지라 이 시들이 모여 책을 이루었다. 이것이 詩史를 만들게 된 까닭이다(嗚呼, 松石先生居玉溪上, 以文史自娛, 鄕隣同志之士, 日相與往來於長松老石之間, 會必有詩, 詩之成卷, 此詩史之所以作也).

　이 詩社의 중심 인물은 대부분이 『風謠三選』에 수록되어 있으며, 그 일부가 『風謠續選』의 후반부에 실려 있다. 이 가운데서도 특히 이 책의 편자인 張混은 일생을 奎章閣胥吏, 外閣校書의 吏員으로 있었지만, 四部書를 博覽하고 詩에 뛰어나 그의 讐校를 거쳐 발간된 編書만도 여러 종에 이르렀다고 한다. 그리고 그는 金邁淳·李書九·洪奭周 등 當代의 名門大家들과도 사귀어 往復書로써 문학적인 交遊도 가졌다. 특히 그의 시는 富贍雅順하여 李書九는 "古體深得, 漢魏餘響"이라고 하였으며,52) 洪奭周는 그에게 답하는 글53)에서 다음과 같이 말하고 있다.

　　그대의 文은 詩가 가장 뛰어났으며 詩는 古體에 더욱 뛰어났소이다. 四言은 魏晋에서 그림자를 따오고 五言은 王維와 韋應物에

---

51) 朴允默, 『存齋集』, 「玉溪詩史序」.
52) 具滋均, 「近代的 文人 張混에 대하여」, 『國文學論叢』, 35면에서 再引.
53) 洪奭周, 『淵泉集』, 「答張生混書」.

서 다듬었으므로……또한 그대의 詩가 오늘날의 詩가 아님을 알겠
도다(足下之文, 最長於詩, 詩尤長于古體. 四言隱約魏晋, 五言灑削
王韋,……亦知足下之詩, 非今世詩也).

그 근원이 깊고 먼 데서 온 것임을 이렇게 稱道하고 있다. 今
體가 行世하던 당시의 騷壇에서 古調長篇에서 능력을 과시한 그
의 詩業은 사대부의 그것에 비하여 부족함이 없다 할 것이다.

『風謠三選』은 續選의 續集이다. 稷下社의 詩同友인 劉在建·崔
景欽 등이 『風謠續選』 이후의 위항시인 305家의 詩를 選集하여
哲宗 8년 丁巳(1857)에 印行한 7卷 3冊本이다. 『昭代風謠』가 간
행된 지 60년만에 『風謠續選』이 간행되었고 다시 60년이 되는
해에 『風謠三選』이 나왔다. 『昭代風謠』의 準備期間까지 합치면
120년이 훨씬 넘는 장구한 세월을 거치면서도 위항시인들은 그
들의 의지를 꺾지 않고 三選의 결실을 보게 된 것이다. 이로써
위항시인들의 詩篇이 대체로 수습되었으며 사실상 이것이 독자적
인 위항시인의 詩集으로는 마지막 간행이 되었다. 내용에 있어서
도 續選을 편집한 千壽慶, 張混을 비롯하여 金洛瑞, 王太, 朴允
默 등 松石園의 중심 구성원들이 異彩를 띠고 있으며 趙秀三, 鄭
芝潤과 같은 一時의 名流들이 끼어 있어 이 책의 내용을 더욱 돋
보이게 한다.

編制는 續選을 그대로 따르고 있으나 失名氏 4인, 釋子 13인,
女子 4인을 수록하고 있는 것이 委巷詩集으로서는 이례적이다.
이 책의 발간 경위에 대해서는 『里鄕見聞錄』에 수록된 「崔景欽傳
記」에 詳述되어 있다.54)

---

54) 劉在建, 『里鄕見聞錄』, 「崔景欽傳」.

또 詩文에도 뛰어나 同志들과 더불어 이를 함께 하려 하여 마침내 詩社를 結成하였으며 나도 여기에 참여하였다. 매양 꽃피는 아침 달 뜨는 저녁이면 한데 모여 詩를 읊조리곤 하였는데 癸丑年 봄에 이르러 蘭亭 禊事를 모방하여 稷下社에 모이어 각각 詩를 짓고 마시고 즐길 때 穉明이 風謠를 계속 편찬할 것을 發議하였으므로 모두들 찬성하였다. 곧 여러 곳에 두루 알려 作品을 수집하고 文章大家에게 나아가 質正을 받았다. 丁巳年 겨울에 이르러 편집이 거의 완료되어 이름을 『風謠三選』이라 하고 마침내 誠金을 모아 300餘帙을 印行하였다. 序文은 經山 鄭元容 대감에게 받았으며……(又善於詩文, 欲與同志共之, 遂結社, 余亦參焉. 每於花朝月夕, 會而吟詠, 及癸丑春倣蘭亭禊事, 會于稷下社, 各賦詩飮而樂之, 穉明乃發風謠續編之議. 僉曰可, 卽爲通諭于諸處, 收輯諸作, 就正于文章大家. 至丁巳冬, 編幾完, 名曰『風謠三選』, 遂鳩財刊印三百餘本, 受序文于經山相國……).

이 傳記는 三選의 편자인 劉在建이 직접 쓴 것이므로, 『風謠三選』의 간행이 稷下社의 결의에 의하여 수행된 사실을 상세히 기록하고 있으며 稷下社 성립경위와 분위기에 대해서도 함께 알게 해 준다.

稷下社의 중심 인물로는 崔景欽, 劉在建, 趙熙龍, 李慶民 등을 들 수 있다. 그 활동은 松石園의 그것에 미치지 못하였지마는, 그 중심 구성원들이 저작한 『壺山外史』(趙熙龍), 『熙朝軼事』(李慶民), 『里鄕見聞錄』(劉在建) 등은 委巷詩人의 傳記 자료로서 값진 것이 되고 있다.

三選 이후 다시 60년이 되는 1917년에 幾堂 韓晩容이 風謠四選의 편찬 문제를 崔南善에게 의논한 일이 있었으나, 甲午更張 이후 제도적으로 계급이 타파되었다는 이유를 들어 부정적인 반

응을 보임으로써 중지되었으며,55) 張志淵·李琦·張鴻植 등과도
편집을 기획한 바 있으나 역시 당시 실정이 이를 용납하지 않았
다 한다.

그러나 張志淵 등이 이 해에 편집한『大東詩選』후반에 三選
이후의 委巷詩가 대부분 수록되어 있다. 표면상으로는 甲午更張
이후의 계급 타파를 云謂하고 있지만, 실질적으로도 구한말의 격
동과 일본의 한국 강점 등을 거치는 동안 중인층의 사회적 진출
이 현저해져서 사실상 계층 이동이 실현된 상태였으므로 구차하
게 그 신분을 摘出하면서까지 委巷詩集의 續輯을 기도하는 것은
時宜를 잃은 일이다.

(6)『大東詩選』과 民族意識

『大東詩選』은 漢詩의 選拔冊子로서는 총결산에 해당한다. 標題
가 의미하는 바와 같이, 고조선에서부터 구한말에 이르기까지 역
대 2,000餘家의 各體詩를 選輯하여 12卷으로 출판한 것이다. 구
한말의 학자요 언론인이기도 한 張志淵이 편집하여 1918년 新文
館에서 新活字로 간행하였다. 그러나 張志淵의 연보와 張鴻植의
발문에 따르면, 이 책의 原編은 1917년에 편집된 것으로 보인다.
卷首의 凡例에서는, 서둘러 이를 편집, 刊布하기 때문에 遺漏된
것에 대해서는 補遺의 간행을 기다린다고 하였으나 이 책에 이미
補遺가 붙어 있는 것으로 보아 原編이 편집된 후 출판에 붙이는
사이에 증보의 작업이 있은 듯하다.

이 책의 범례에서 밝히고 있는 바와 같이,『東文選』·『靑丘風
雅』·『箕雅』·『東詩選』·『昭代風謠』·『風謠續選』·『風謠三選』·

---

55) 具滋均,『朝鮮平民文學史』, 111면.

『大東名詩選』 등 역대의 詩選集을 토대로 하여 增選, 續補하였기 때문에 이를 『大東詩選』이라 한다고 하였거니와, 이 책은 편자 개인이 사사로이 詩選集을 간행하는 단순한 選詩 작업에서 그치는 것이 아니고 지나간 전통시대의 문화유산을 정리하는 노력의 일환으로서 더 큰 의미를 지닌다. 漢詩의 전통이 사실상 前時代의 것이 되어버린 현실이기 때문에, 張志淵과 같이 詩業을 專主로 하지 않는 史家에 의하여 이 책이 편집, 출판된 것도 주목할 일이다.

이 책의 體制는, 『全唐詩』의 예에 따라 古近體, 五七言을 막론하고 各人의 姓名 아래 作品을 列錄하여 考覽에 편하도록 하고 있으며 특히 새 시대의 평등원칙에 따라 『箕雅』에서와 같이 不姓氏, 雜流 등을 卷末에 부록하는 방식을 취하지 아니하고 이들을 모두 시대순으로 原編에 편입시켰다.

그리고 이 詩選에서는 우리나라 詩 가운데서 중국의 格律에 맞지 않는 것이 있다고 하더라도, 우리나라에는 우리의 詩가 있고 중국에는 중국의 詩가 있다하여 「箜篌引」이나 「黃鳥歌」와 같은 고대 가요를 卷首에 選入함으로써 이 책의 성격을 분명히 하고 있다. 이에 따라 帝王의 詩는 수록하지 않는다는 전래의 원칙을 깨뜨리고 琉璃王과 眞德女王을 特例로 인정, 수록하였으며, 시대의 구분에 있어도 작품의 제작연대를 고려하여 고조선, 고구려, 신라, 고려, 조선의 순서로 차례를 마련하고 있다. 『全唐詩』 등 중국 문헌에 실린 우리나라 上代의 詩篇들도 앞머리에 채록하여 초기의 漢詩 자료를 그만큼 보태주고 있다. 王巨仁·薛瑤·金地藏·定法師 등의 작품을 보여 준 것이 그것이다.

이러한 의도는 『箕雅』 이전의 전통적인 詩選集에서는 전혀 찾아 볼 수 없는 현상이며, 이는 곧 편자의 該博한 역사 지식과 투철한 민족 의식에서 말미암은 것이다. 그리고 1917년은『風謠三選』이 간행된 지 60년이 되는 해이므로 이때 幾堂 韓晚容 등이『風謠四選』의 간행을 의론해 왔으나 편자는 이에 응하지 않고『風謠三選』이후의 위항시인을 이『大東詩選』의 후반에 選入, 처리함으로써,『風謠四選』의 편찬 임무도 함께 수행한 결과가 되었다. 이러한 사실도 그의 자각적인 시대 정신에서 이해될 수 있을 것이다. 이 책의 이름도 처음에는『大東風雅』라 하였다가 '風雅' 두 자가 거리끼어 '詩選'으로 바꾸었다고 한 것을 보면 이 또한 그 정신에 있어서는 같은 것이라 할 것이다.

이『大東詩選』은 또 작자 미상의 필사본 同名異書가 있다. 그 편집체제는 대체로『箕雅』와 같으나 편찬 연대는 조선 英祖代 이후인 것으로 보인다. 다만 卷首에「麥秀歌」와「黃鳥歌」를 수록하고 있는 것이 이례적이라 할 수 있으나, 箕子의「麥秀歌」를 싣고 있는 의도는 張志淵의 의식과 다른 차원에 있는 것이다.

이상으로, 漢詩를 생산한 당시의 시인과 비평가들이 직접 選拔에 참여하여 이룩한 역대 중요 詩選集을 대상으로 하여 그것들이 지니는 문학사적인 의미를 검토해 보았다. 조선초기의『東文選』를 비롯하여 조선중기의『國朝詩刪』, 조선후기의『箕雅』및 위항시인의 시집인『昭代風謠』·『風謠續選』·『風謠三選』, 그리고 우리나라 漢詩를 사실상 총결산한『大東詩選』을 통하여 이것들이 가지는 시대사적 의미와, 우리 문학사의 기술에 기여할 수 있는 가능성을 타진해 본 것이다.

『靑丘風雅』에서는 宋詩學이 극복되고 있어, 豪放·新警한 것은 뽑아주지 않았으며, 격조 높은 盛唐을 準尺으로 한『國朝詩刪』은 모처럼 漢詩의 음악성에까지 관심을 보여 本格派 비평가로서의 權能을 과시하였다.『箕雅』는 각시대의 所尙을 사실대로 인정했

기 때문에 무난한 자료집으로서 搢紳間에 널리 읽혀진 選拔冊子
가 되었다. 『昭代風謠』·『風謠續選』·『風謠三選』은 작품으로서의
수준은 높은 것이 못되지만, 조선후기 위항시인의 의지를 읽을
수 있는 것만으로도 자료적인 가치는 값진 것이다. 『大東詩選』은
우리나라 漢詩選集의 결산이기 때문에 중요한 것은 물론이지만,
이 책에서 읽고 넘어가야 할 것은 역사의식과 민족의식이다.

2) 작품의 평가 문제

우리나라 고전문학의 경우, 비평은 한문학의 전유물이며 그 가
운데서도 大宗을 이루고 있는 것은 시이다. 오늘날의 문학은 소
설이 판을 치는 강세를 보이고 있지만, 한문학의 역사는 그렇치
않다. 口語로 된 소설의 것이 아니라 文語로 된 文章의 역사다.
다시 말하면 詩나 文의 역사이며 실질적으로는 詩가 主宗을 이루
고 있다.

그러나 우리나라 고전문학 비평의 현실은, 문학 일반에 관한
이론이나 본격적인 詩論과 같은 것은 흔하지 아니하며, 대부분이
소박한 실제비평으로 채워져 있다. 옛사람들이 즐겨 쓰던 방식
그대로 蓋然的인 評語 수준에서 그치고 있을 뿐이다. 그러므로
이 방면에 대한 학계의 연구가 있지 않은 것은 아니지만 고전비
평 자체의 전통적인 체질 때문에 지금까지의 연구 성과도 대체로
사실 확인에서 그치고 있는 느낌이다.

그러나 이러한 실제비평의 노력은, 고전비평 자체의 역사적 체
계화나 내적 질서의 파악에 기여하지 못한 취약점은 어쩔 수 없
는 것이지만 다른 방면에서 한문학의 개별작품 연구에 중요한 準
尺으로서 구실할 수 있다. 더욱이 단순한 예술적 환상이나 시적

충동만으로는 漢詩에 대한 비평적 접근이 사실상 어렵게 된 것이 현실이고 보면, 이것이 오늘의 한시연구에 가져다줄 수 있는 자료사적 의미는 분명히 막중한 것이다. 그러므로 우리는 한문학을 생산한 당시의 시인과 墨客들이 실천한 비평의 현장을 검토하고 확인하기 위하여 먼저 역대 비평서의 실상을 파악하고 각종 詩文集에 散在해 있는 비평관계 자료들을 탐색하여야 하며 이것들이 가지는 역사적인 의미도 함께 溯究해야 할 것이다. 이러한 작업이 성실하게 수행되었을 때 고전비평 스스로의 연구는 물론 前時代의 우리 詩人들이 추구하던 漢詩의 진실까지도 있었던 그대로 파악할 수 있을 것이다.

우리나라 漢詩가 整齊된 모습을 갖추고 나타나기 시작한 것은 삼국시대 중엽의 일이며, 중국에까지 이름을 떨친 시인들을 배출하기 시작한 것은 신라말의 遺唐遊學生들에서 볼 수 있다. 崔致遠·崔承祐·崔匡裕·朴仁範 등이 그 대표적 인물이다. 고려초에 들어 와서도 문학의 俗尙은 前代의 그것과 달라진 것이 없었으며 과거제가 실시되면서부터 詞章에 더욱 열을 올리어 귀족적인 고려시대 문학의 성격이 형성된다. 朴寅亮·金仁存·高兆基·鄭襲明·鄭知常 등 倡始者들이 보여 준 문학세계가 대체로 그러하기 때문이다.

그러나 중국에서도 詩話類의 문학양식이 宋代에 와서 크게 일어나거니와 우리나라에 있어서도 이때까지는 중국의 漢詩를 배우고 익히는 초기 체험 단계다. 詩에 대한 논설이나 記事, 법칙 등을 기술하는 노력은 나타나지 않았으며 시인들에 대한 故實을 기록하는 기도도 騷壇의 기반이 성숙되기를 기다려야만 했다.

李仁老의 『破閑集』은 이러한 기대에 부응한 최초의 성과다. 그는 당시 騷壇의 거점이기도 한 竹林高會의 盟主답게 自作詩를 중

심으로 하여 구성원 상호간에 酬應한 詩話·文談·記事 등 詞壇의
逍遙談을 보고하고 있으며, 名儒·韻釋의 題詠이 인멸되고 있는
현실을 개탄하여 諸家의 글 가운데서 名章·秀句를 채록하고 있
다. 이밖에도 鷄林의 옛 풍속을 기술하고 平壤의 山河와 인물을
談論하며, 수도 開京의 宮廷·寺觀 등 풍물을 기록하는 데도 관심
을 보였다.

그러나 이 책이 우리나라 비평사에서 중요하게 값하고 있는 것
은 李仁老 자신의 체험적인 詩作法을 열성적으로 가르치고 있는
점이다. '무엇을 쓸 것인가'보다 '어떻게 쓸 것인가'에 대하여 세심
하게 시사하고 있기 때문이다. 그는 스스로 "文章은 天性에서 얻
어지는 것"이라 하면서도 후천적인 用功을 특히 강조하였다. 타
고난 逸材가 있더라도 마음을 태우는 鍊琢의 노력이 있어야만 千
古에 그 이름을 드리울 수 있다고 한 것이 그의 지론이다. 換骨
奪胎로써 도달할 수 있는 한계를 스스로 시인하고 新意를 創出하
는 것이 詩作의 上乘임을 말하고 있으면서도 東坡나 山谷과 같이
造語가 工巧하여 斧鑿의 흔적이 없는 경지를 높이 稱譽하였다.
新意는 作詩의 이상이요, 상식이기 때문에 그는 用事와 같은 詩
作의 기술을 특히 강조한 것이다. 이것은 氣豪·該博한 東坡詩를
詩 修業의 표준으로 삼고 있던 당시의 俗尙을 단적으로 말해 주
는 것이기도 하지만, 한편으로는 李仁老의 詩學이 作詩의 상식인
新意를 논하는 수준에서 멀리 뛰어 넘고 있음을 그대로 보여 준
것이기도 하다.

그러므로 이 책에서는, 宋詩 가운데서도 특히 東坡詩의 '該博'
을 배워 수준 높은 詩作을 시범하려 한 李仁老의 노력을 읽어내
어야 한다. '氣豪'는 원래 天性에 속하는 것으로 생각하고 있었기
에 문제삼지 않았을 뿐이다.

　李奎報의 『白雲小說』은 수백 년 뒤 洪萬宗의 『詩話叢林』에서 처음으로 나타나고 있어 이것은 李奎報 자신이 撰述한 것인지 혹은 후대인에 의하여 편집된 것인지 확증을 잡아 낼 수 없으나 李奎報의 文集에 전하는 다른 글, 예를 들면 「論詩中微旨略言」이나 「答全履之論文書」 등과 중복되는 부분이 많은 것으로 보아 李奎報의 것이라 하여 잘못될 것은 없다. 또는 이미 있었던 『白雲小說』이라는 雜錄을 洪萬宗이 『詩話叢林』을 편찬할 때 시화만 따로 뽑아낸 것이라 해도 李奎報의 것임에는 틀림없다.

　『白雲小說』의 要諦는 意氣論이다. 詩란, 무엇을 나타내어야 할 것인가를 문제 삼은 것이 가장 높은 곳이다. 그래서 그는 "詩는 意(意境)가 主가 되므로(詩以意爲主) 意境을 설정하는 것이 가장 어렵고 말을 꾸미는 것은 그 다음이다(綴辭次之). 意境은 또한 氣를 爲主로 하기 때문에(意亦以氣爲主) 氣의 우열에 따라 意境의 深淺이 결정될 따름이다. 그러나 氣는 天性에 근본한 것이어서 후천적으로 배워서 얻을 수는 없다."고 했다. 詩는 意境의 표현이며 그것은 氣의 深淺에 따라서 결정된다는 말이다. 그러므로 그는 修飾과 같은 것은 후차적인 것으로 보았다. 그러나 그의 '詩以意爲主'는 원시주의적인 '詩言志'를 다시 천명한 것이며 '意亦以氣爲主'는 曹丕의 文氣論 이후 개성주의 쪽으로 기울어진 표현론의 경향을 심화하여 수용한 것이다. 그러나 여기서 중요한 것으로 받아들여야 할 것은 그의 氣論이다. 氣의 淸濁은 아버지라도 자식에게 넘겨 줄 수 없다고 한 曹丕의 생각을 그는 배워서 얻을 수 있는 것이 아니라고(不可學得) 표현하고 있으며 曹丕가 막연한 개념으로 써 보았던 '文氣'를 그는 才氣 卽 個人의 개성으로 파악하고 있다. 그러므로 그에게 있어서 詩는 意가 가장 중요한 것이지만 그것을 함축성 있게 표현하는 것은 氣의 權能에 속하는 것이 된다. 그래서 그는 「答全履之論文書」와 『白雲小說』
의 다른 곳에서 자신의 체험적인 사실을 통하여 이를 簡明하게
논증하고 있다.

그는 젊어서부터 구속받기를 싫어하여 六經과 子史 같은 글도
섭렵만 하였을 뿐 그 근원을 窮究하는 데까지는 이르지 못했다고
했다. 그래서 그는 옛 聖賢의 말에 익숙하지 못하고 또한 옛 시
인의 體를 모방하기 부끄러워 창졸간에 시를 읊조릴 때라도 의사
가 고갈하여 써먹을 말이 없으면 반드시 새로운 말을 만든다고
하였으며 때문에 말이 생소하고 난삽한 것이 많아 남의 웃음거리
가 되기도 한다고 하였다. 그는 또 옛시인들은 뜻만 창조하고 말
은 창조하지 않았지만, 자기는 뜻과 말을 함께 창조하고도 부끄
러움이 없었다고 자만하고 있다. 이와 같이 李奎報는 자신의 天
才를 확신하고 있었으므로 그는 新語를 만들고 新意를 創出한다
고 한 것이다. 겉으로는 남의 것을 훔치거나 모방하기가 싫어서
부득이 새로운 말을 만드는 것이라고 하고 있지만, 내면으로는
스스로 자기 시의 개성을 과시하기 위하여 이러한 합리화를 기도
한 것이다. 東坡를 近代의 第一大家로 추어 올리면서도 그는 끝
내 東坡를 본받았다는 말을 하지 않았다. 東坡를 모방하면 東坡
와 비슷해지거나 東坡와 꼭 같아질 수는 있지만 그것은 어디까지
나 東坡詩일 뿐 자신의 시가 될 수 없다는 논리다.

그가 「答全履之論文書」에서, 韓愈·柳宗元·白居易 등이 一時
에 나와 千古에 높이 이름을 남기고 있지만 李白, 杜甫, 王勃을
모방하지 않았으며 歐陽修, 梅堯臣, 蘇軾이 一世에 이름을 빛내
었지만 韓·柳·白을 본뜨지 않고도 一家를 이루었다고 진술하고
있는 것을 보면, 여기서도 詩로써 一世에 이름을 떨치고 빛내려
한 그의 의지를 읽어 낼 수 있다. 東坡詩로 대표되는 중국시를

수용함에 있어 風骨과 意境, 辭語와 用事의 기술에 이르기까지 그 예술적인 경계를 포괄적으로 배운다는 것은 처음부터 어려운 일이므로, 文言으로 중국시를 배운 우리나라 漢詩가 辭語나 聲律과 같은 형식적인 기교에서 도달할 수 있는 한계를 李奎報는 일찍이 간파한 것이다. 당시의 시인과 墨客들의 東坡詩에 대한 일반적 관심이, 東坡의 시세계를 우리 것으로 극복하려는 데 있는 것이 아니고 東坡를 한갓 詩修業의 대상으로만 생각하고 있었던 것이 사실이고 보면 李奎報의 意氣論은 일단 시대사의 의미를 부여받아 마땅할 것이다. 李仁老의 詩學이 漸修頓悟의 점진적인 단련형 취향이라면 李奎報의 그것은 天才로써 詩를 깨친 頓悟漸修의 경지라고 할 수 있을지 모른다.

『補閑集』은 그 題名에 있어서도 『破閑集』을 續補한 것이거니와 시기적으로도 騷壇의 한 시대를 通觀할 수 있는 고려중·말엽의 산물이다. 그래서 崔滋는 위로는 鄭知常으로부터 當世의 名家 등에 이르기까지 그들의 詩作에 品評을 가하고 있으며, 특히 李奎報의 시에 대해서는 日月로도 그 稱譽를 다하지 못할 것이라 격찬을 아끼지 않았다. 이때는 이미 李奎報의 문집이 세상에 行하고 있었으므로 그 詩作의 全鼎을 맛볼 수 있는 기회가 주어지기도 하였지만 그는 "李奎報는 젊어서부터 붓을 달리면 다 新意를 창출해내고 文辭를 토하는 것이 많아질수록 달리는 기운이 더욱 씩씩하여 비록 聲律의 구속을 받는 가운데서 세밀하게 雕琢하고 工妙하게 얽어 나가더라도 豪氣가 넘치고 奇妙하게 우뚝하며 …… 古調長篇을 하는 데 있어서 强韻과 險題 가운데서도 마음대로 분방하여 한꺼번에 100장을 써 내려가도 다 古人을 蹈襲하지 아니하고 우뚝히 자연스럽게 만든다(公自妙齡, 走筆皆創出新意, 吐辭漸多, 騁氣益壯. 雖入於聲律繩墨中, 細琢巧構, 猶豪肆奇峭.

……盖以古調長篇, 强韻險題中, 縱意奔放, 一掃百紙, 皆不踐襲古人, 卓然天成也)."고 하여, 李奎報를 철저한 개성주의자로 부각시키고 있다. 여기서 그는 특히 李奎報의 기교적인 요소를 완강하게 후퇴시킴으로써 崔滋 자신의 반기교적인 詩觀을 간접적으로 제시하고 있다. 그리고 그는 자신의 詩文觀을 개진함에 있어서도 意는 氣에 힘입는 것이고 氣는 天性에서 나온다고 하였다. 이는 개성주의적 표현론의 전형이며 李奎報의 詩觀을 그대로 계승하고 전개한 것이다. 그는 辭語나 聲律과 같은 기교론에 대해서는 직접적으로 言及하지 않았지만, 다른 곳에서 그는 聲病을 排擊했다. "말은 다듬지 않았는데도 氣象이 豪放하고 意境이 넓은 詩는 聲病이 없기 때문이라"한 것이 그것이다. 그래서 그는 風格批評에 있어서도 辭語나 聲律보다는 氣骨과 意格을 앞세우고 있다. 新奇絶妙, 逸越含蓄, 險怪俊邁, 豪壯富貴, 雄深古雅 등 氣骨意格의 표현인 이것들을 모두 上品으로 치고 있는 것이 이를 증명해 준다. 이로써 보면, 崔滋와 李奎報가 그토록 요란하게 주장한 것은, 우리나라 漢詩가 詩로서 성취할 수 있는 기본 방향을 제시해 준 것임에 틀림 없다. 聲律과 같은 형식적인 기교의 추구보다는 氣豪意裕한 내면세계의 寫出을 현실 문제로서 강조하고 있는 것이다.

고려말에 이르러, 李齊賢의 『櫟翁稗說』에도 시평의 단편이 있다. 그러나 우리나라 三千年來 第一大家로 추앙받은 大手로서도 특정한 시인을 褒貶하는 일은 함부로 하지 않았다. 詩風을 같이 하는 일군의 시인들을 한데 묶어 그 長處를 推崇하는 겸양을 보이고 있다. 詩作法의 상식인 用事나 新意 따위를 논의하는 것도 그에게 무의미한 것은 물론이다. 다만 이 책에서 點化의 묘를 논하고 있는 것이 주목할 곳이기도 하지만, 이는 萬象을 구비한 李

齊賢의 시세계가 그렇게 시킨 것에 지나지 않는다. 이때가 바로 우리나라 漢詩의 전통이 정착의 단계에서 안정을 추구하던 시기였던 것을 고려하면 이러한 사정과도 무관하지는 않을 것으로 보인다.

조선왕조의 성립으로 문학관념에 일대 변혁을 가져오게 되며 형식적으로는 道學과 文學이 그 길을 달리하게 된다. 그러나 실질적으로 文壇氣習은 前代의 그것과 크게 다를 것이 없으며 傑出한 시인의 排出도 볼 수 없다. 開國初元이었으므로 文은 대부분 詔命과 章奏였고 詩는 歌詠과 頌禱의 辭가 많았다.

그러나 國初 이래의 文治에 힘입어 前代의 문물제도를 정비하는 작업의 일환으로 『東文選』과 같은 詩文 選拔冊子가 이루어졌으며 그 편찬의 주역을 담당한 徐居正에 의하여 『東人詩話』가 편찬된다. 前代의 축적이 詩評書의 출현을 가능케 하리만큼 성숙된 시기의 것이다. 『東文選』의 성격이 類聚的인 것은 주지의 사실이지만, 私撰으로 이루어진 『東人詩話』도 나말에서 선초에 이르는 詩人 各論으로 채워져 있다. 이때에도 宋詩學의 영향권에 있기는 하였지만, 그가 행한 비평의 양상은 대체로 風骨과 辭語, 用事와 點化의 技術에 이르기까지 예술적인 경계를 두루 포괄하고 있다. 撰者의 시각도 첨예하게 드러내지 않았기 때문에 史實 확인에도 중요하게 값할 수 있다. 이때에는 아직 道學의 보급이 일반화하지 아니하였으므로 徐居正 자신이 효용적인 貫道觀을 표방하기는 하였지만 그러한 흔적을 구체적으로 드러내는 데까지는 이르지 않은 것이 特記할 일이다.

조선왕조는 太祖때부터 文治를 숭상하였으므로 이후 100여년 동안 文風이 크게 떨쳤으며 많은 文士들이 배출되었다. 成俔은 그 태평한 시대에 『慵齋叢話』를 썼다. 그의 쉽고도 아름다운 文

章으로 珍奇한 風物圖를 그린 것이다. 그러나 그가 역대의 文章을 논함에 있어서는 그의 筆下에 완전한 사람이 없을 정도로 森嚴했다. 四字로 된 評語를 사용하여 褒와 貶을 함께 하고 있는 것이 특징이다. 그는 많은 것을 말하지는 않았지만 그의 높은 藻鑑은 後代의 申欽·許筠과 더불어 조선시대 실제비평의 선구가 되고 있다.

徐居正, 成俔 이후의 비평 양상도, 詩의 본질이나 詩作法의 기술과 같은 것은 감쇄되고 있으며 실제비평이 대부분이다. "詩者, 吟詠性情"이나 "詩發於性情"과 같은 것이 詩文集의 서문에서 자주 애용되고 있었으나 이것은 載道的인 詩觀이 제조한 상투적인 구호에 지나지 않는 것이다.

비평의 양상이 이와 같이 흐르게 된 사정은 대체로 다음과 같은 두 가지 측면에서 이해될 수 있을 것 같다. 첫째, '經術이 곧 文章'으로 생각하는 효용론적인 문학관(經術文章一道觀)이 지배하던 시대에 있어서 詩文의 본질이나 기능 따위를 논하는 것은 스스로 道學과의 상호충돌을 가져올 뿐이며 둘째, 漢詩를 이미 우리 것으로 수용한 이후의 문학비평에서 개별작품이 비평의 대상으로 중요시되는 것은 오히려 자연스러운 일이었을 것이다.

그러나 비평은 역시 문장가의 것이며 詞章學의 浮沈과 起伏을 같이 한다. 徐居正, 成俔 이후에도 조선 중기에 이르러 李睟光·申欽·許筠 등이 나타나 穆陵盛世의 풍요를 누리면서 詩學도 시대의 산물임을 증명해 주고 있으며, 조선후기에도 한 차례 호황을 누리기 때문이다.

李睟光의 『芝峰類說』은 백과사전식으로 된 奇事逸文集이지만 그 文章部에서 행한 실제비평의 노력은 단순한 奇聞逸事의 채록 수준에서 뛰어넘어 一字一韻의 형식적인 기교에 이르기까지 높은

안목을 과시하고 있다. 특히 聲韻에 대한 그의 관심은 許筠의
『惺叟詩話』와 더불어 우리나라 비평사에서 가장 값진 것으로 꼽
혀야 한다.

申欽의 『晴窓軟談』도 기본 성격은 雜錄이며 내용 또한 소략하
다. 그러나 조선 전기 詞壇의 흐름을 요약해 준 그의 明鑑은 오
히려 상쾌조차 느끼게 한다.

許筠은 그의 爲人보다도 높은 藻鑑 때문에 후세까지도 그 이름
을 온전하게 할 수 있었다. 『惺叟詩話』는 漢詩 略史도 함께 읽게
해 주는 詩評書다. 『惺所覆瓿藁』의 說部에 있는 다른 글과 더불
어 조선중기 詩學의 대표적인 저술이다. 격조 높은 盛唐을 論詩
의 표준으로 삼고 있지만 당시의 風尙이 纖巧한 晩唐에 치우치고
있었으므로 藻飾을 논한 부분도 수준급이다. 그의 『鶴山樵談』은
당시 騷壇의 風俗圖로서 중요하게 값하는 것이며, 詩選集 『國朝
詩刪』은 형식적으로는 選拔 冊子에 지나지 않는 것이지만, 그 批
注欄에서 企圖한 聲韻의 검색 작업은 역대의 詩選集에서 처음있
는 일이다. 詩의 소리를 들을 줄 아는 許筠의 예술감각을 더욱
돋보이게 한다.

穆陵盛世는 조선전기의 안정이 이룩한 당연한 결과이거니와,
壬丙兩亂을 치르고 난 騷壇의 황량은 이후 70여년 동안 적막 그
대로다. 외세의 압박으로부터 화평을 되찾은 조선후기 肅宗代에
이르러 文風이 다시 일어나고 비평의 문자들이 한꺼번에 쏟아진
다. 金得臣의 『終南叢志』를 비롯하여 洪萬宗의 『小華詩評』과 『詩
評補遺』, 南龍翼의 『壺谷詩話』, 金萬重의 『西浦漫筆』, 金昌協의
『農巖雜識』 등이 모두 이때의 것이다. 그러나 洪萬宗이 역대의
詩話를 집대성하여 『詩話叢林』을 편집하고 있는 것과 마찬가지로
이것의 대부분은 기왕의 중요 批評書에서 시도한 작품론을 재확

인하거나 저명한 시인들의 詩作에 얽힌 주변 이야기에 흥미를 보이고 있을 뿐 독자적인 비평을 행한 것은 극히 제한되고 있다. 洪萬宗이 직접 저술한 『小華詩評』이나 『詩評補遺』도 그러한 것에 지나지 않는다. 이러한 현상은 傑出한 시인의 배출을 보지 못한 당시의 詞壇 사정을 그대로 반영한 것이다. 다만 金昌協이 그의 『農巖雜識』에서 谿·澤·象·月 四大家의 文章을 論覈하여 散文批評으로서는 가장 典實한 것이 되고 있으며, 詩를 논하는 곳에서도 豪放·奇險한 것을 버리고 老健·淸新한 것만 取擇하고 있어 道學과 文章에 兩美한 金昌協의 면목을 여기서도 읽게 해준다.

　그러나 태평성세를 구가하던 肅宗代의 번영은 정치내부에서 불붙기 시작한 黨論의 가열로 말미암아 士林은 빛을 잃고 騷壇은 다시 山林 속으로 雌伏하여 명맥만 유지해 왔다. 때문에 詩文에 대한 논설도 찾아 보기 어렵게 되었으며, 한문학의 전통이 사실상 끝장날 무렵에 金澤榮이 雜言을 남겨준 것이 고전비평의 마지막 문자가 되었다. 그러나 이것 또한 기본적으로는 雜錄이며, 문학을 논한 부분에 있어서도 文論이 詩論보다 양적으로 우세하다. 뒤늦게 나온 曺兢燮이 金澤榮과 주고 받은 往復書 「與金滄江」도 道學者의 文章論이라는 점에서 주목할 필요가 있다. 특히 金澤榮과 曺兢燮이 주고 받은 往復書의 내용은 문인과 학자 사이에 尙存하는 文章論의 거리를 재확인케 하는 자료로서도 일단 중요한 의미를 지닌다. 朴趾源의 文章을 그토록 높은 수준에까지 끌어올린 것은 金澤榮이지만, 학문으로 發身한 曺兢燮의 체질은 朴趾源의 文章을 그대로 받아들이려 하지 않았다. 『熱河日記』와 같은 朴趾源의 발랄한 文章이 曺兢燮의 森嚴한 眼光에는 金聖嘆의 『水滸志』와 같은 것으로 비췄기 때문이다. 다만, 神韻을 좋아한 金

澤榮의 취향이나, 詩의 工拙을 聲調로써 판가름하려 한 金澤榮의 詩學을 알게 해주는 것은 이 雜言이 한 일임에 틀림없다.

　金允植이 편짓글 형식으로 보여준 「答人論靑丘文章源流」도 金澤榮의 雜言과 더불어 文章의 所由來를 가르쳐 준 글로서는 값진 것이다. 그러나 金允植의 長處가 文章에 있었기 때문에 詩를 논한 문자는 찾아보기 어렵다.

2. 漢詩의 種類와 作法

韓國 漢詩는 일단 中國 漢詩를 수용한 것이므로 韓國 漢詩 역시 中國 漢詩와 기본적인 성격은 함께하고 있다. 中國의 漢詩는 殷에서 春秋 시기까지 북방의 시를 모은 『詩經』에서 비롯하여 漢을 거쳐 隋唐에 이르러 형식이 완비되었다고 한다. 漢詩는 여러 가지로 분류가 가능하지만 형식에 의한 것이 일반적이다. 그 기준에 따라 古詩(古體詩)와 近體詩로 크게 나누는 것이 이에 속하며, 이를 구별하는 구체적인 기준은 平仄法과 押韻法, 對偶法 등이다. 이와 함께 또다른 시의 분류로 樂府詩를 들 수 있다. 樂府詩는 형식에 의한 분류라기 보다는 詩風에 의한 분류이다. 따라서 樂府詩는 近體詩가 생겨나기 이전에 성립되어 원래에는 모두 고시의 영역에 있었으나 近體詩 성립 이후에 문인들에 의해 近體詩의 격률에 맞는 樂府詩가 제작되기도 하였다. 곧 樂府詩에는 近體 樂府詩와 古體 樂府詩로 나눌 수 있다. 그러나 樂府詩는 樂府詩 나름의 전통을 거듭해왔다는 문학사의 실상을 고려하여 近體이든 古體이든 樂府를 近體詩와 古詩에 대비되는 하나의 양식으로 구분하는 것이 일반적이다.

1) 近體詩

近體詩는 일명 今體詩라고도 하며 古體詩와 구별하기 위하여 쓰이는 상대적 명칭이며 律詩, 排律, 絶句가 여기에 속한다. 律詩는 首, 頷, 頸, 尾의 4연 8구로 구성되며, 排律은 보통 10구 이상으로 律詩를 확장한 것이다. 絶句는 起, 承, 轉, 結의 4구로 된

시이다. 또한 이들 양식의 시는 각각 5言과 7言으로 다시 나누어
진다.

이 시체가 완성된 것은 唐代이지만 중국의 시가 새로운 형식을
모색하기 시작한 것은 六朝 말기에 四聲論이 발흥한 이후의 일이
다. 魏의 李登이 『聲類』 10권을 편찬하고 晉의 張諒이 『四聲韻略
』28권을 찬하였으며, 특히 梁의 沈約이 四聲八病說을 주장하면
서 시에 있어서 聲律을 중히 여기게 되었다. 이에 대해서는 鍾嶸
등의 반대가 없지 않았으나 何遜, 徐陵, 謝朓 등이 이미 五言律
詩에 가까운 시작을 하고 있었으며 그 영향으로 初唐四傑로 알려
진 王勃, 楊炯, 盧照隣, 駱賓王 등에 이르러 상당한 성취가 이루
어졌다. 王世貞은 그의 『藝苑卮言』에서 初唐四傑의 五言詩를 律
詩의 시조라고 하였다. 그러나 이 시기의 五言律詩는 내용에서는
성숙한 단계에 이르렀지만 형식면에 있어서는 고정된 격식이 아
직 없었다. 沈全期, 宋之問에 이르러 五言律詩의 격식이 확정되
어 平仄의 성조와 句數, 자수를 규정하게 된다.

七言律詩 역시 비슷한 시기에 생긴 것이지만 古詩에서 五言이
七言보다 시기적으로 앞선 것과 같이 近體에서도 五言에 비해 七
言이 시기적으로 약 반 세기 정도 늦은 것으로 알려져 있다.

近體詩는 먼저 매구가 5자 내지 7자의 정형성을 유지한 齊言
詩가 되어야 하며, 동일한 글자를 사용하는 것도 원칙적으로는
금기시된다. 이와 같은 기본적인 것 외에 近體詩의 형식적 특징
으로 押韻法과 平仄法, 對偶法이 바르게 지켜져야 한다. 먼저 押
韻法부터 보기로 한다.

押韻은 짝수구의 마지막 글자에 동일한 韻字를 두는 것이다.
韻字는 聲調와 中聲, 終聲 체계에 따라 한자를 분류한 것이다.
唐宋의 시인은 切韻, 혹은 唐韻이라는 韻書에 의거하여 분류된

운을 사용하였다. 元末에 이르러 약간 변화하여 총 106개의 韻으로 정립되었는데 이를 平水韻이라 한다. 여기에 따르면 平聲은 上平聲과 下平聲으로 세분되는데 上平聲에 東, 冬, 江, 支, 微, 魚, 虞, 齊, 佳, 灰, 眞, 文, 元, 寒, 刪의 15종이 포함되고, 下平聲에 先, 蕭, 肴, 豪, 歌, 麻, 陽, 庚, 靑, 蒸, 尤, 侵, 覃, 鹽, 咸의 15종이 들어 있다. 上平聲과 下平聲은 모두 平聲으로 차이를 두지 않는다. 上聲은 29운으로 되어 있고, 去聲 30운, 入聲 17운이 분류되어 있다. 어떤 글자가 어떠한 운에 속하는지 알기 위해서는 中聲과 終聲의 유사성에서 추측할 수는 있으나 정확성을 기하기 위해서는 韻書나 字典을 통해 직접 확인하는 수 밖에 없다.

韻 중에는 그 운에 포함되어 있는 글자가 많은 寬韻이 있고, 비교적 많은 中韻이 있으며, 글자가 적은 窄韻이 있으며, 글자가 매우 매우 적은 險韻이 있다. 寬韻에는 支, 先, 陽, 庚, 尤, 東, 眞, 虞 등이 있고, 中韻에는 元, 寒, 魚, 蕭, 侵, 冬, 灰, 齊, 歌, 麻, 豪 등이 있으며, 窄韻에는 微, 文, 刪, 靑, 蒸, 覃, 鹽 등이 있고, 險韻에는 江, 佳, 肴, 咸 등이 이에 속한다.

押韻法은 짝수구 마지막 글자에 반드시 동일한 韻字를 쓰는 것이 近體詩의 규칙이다. 窄韻으로 시를 쓰더라도 近體詩에서는 비슷한 다른 韻을 쓰는 것을 금기시한다. 예를 들면, 佳韻은 자수가 매우 작은 窄韻이지만 비슷한 음이나 자수가 많은 寬韻인 歌韻의 글자를 써서는 아니 된다. 다만, 특히 朝鮮 初期의 漢詩나 盧守愼 등 특정한 시인의 작품에서 押韻法이 충실하지 않은 것도 상당수 있다는 점은 특이하다. 일반적으로 寬韻으로 시를 쓰는 것이 窄韻으로 시를 쓰는 것보다 훨씬 쉬워, 대부분의 漢詩는 寬韻이나 中韻을 韻字로 하며, 窄韻이나 險韻으로 押韻한 것은 상대적으로 적다. 특히 險韻으로 押韻된 것은 우리 漢詩나 中國 漢

詩 모두에 매우 드물게 나타난다.

첫구에 押韻하는 것을 首句押韻이라 하는데, 首句押韻은 晚唐 이후의 소산이라고 한다. 首句押韻의 경우에는 東과 冬, 陽과 江 등 가까운 韻의 글자를 쓰는 것이 허용되는데, 이를 특히 孤雁出 韻格이라고도 한다. 晚唐 이후, 특히 宋代의 시에서 이러한 것이 자주 보인다.

平仄法은 매우 복잡한데다 拗體라 하여 예외적인 법칙도 다양 하다. 平仄法은 매 글자의 平聲과 仄聲을 규칙적으로 배열하는 것을 이른다. 平聲을 제외한 上聲, 去聲, 入聲을 仄聲이라 한다. 平聲과 仄聲의 구분은 韻字와 함께 암기에 의존하거나 字典에서 일일이 확인하는 방법 밖에는 달리 방도가 없다. 다만 우리 음으 로 ㄱ, ㄹ, ㅂ 등의 받침이 있으면 모두 入聲字이다.

平仄法은 기본적으로 두번째, 네번째(七言詩에서는 두번째, 네 번째, 여섯번째) 글자의 平仄을 교체하며(二四六不同), 제1구의 平仄의 교체는 2구에서 對를 이루어야 하고 다시 제3구는 제2구 의 平仄 교체와 같아야 하며 당연히 제1구와는 달라야 한다. 律 詩는 이를 거듭한 것이며 排律 역시 이를 거듭한 것이다. 上句와 下句에서 平仄의 對를 이루지 못한 것을 失對라 하고, 前聯의 下 句와 後聯의 上句의 平仄이 나란하지 못한 것을 失粘이라 한다. 그밖의 제1자, 3자, 5자의 平仄은 거의 문제삼지 않는다(一三五 不論).

다만 마지막 세 글자가 나란히 平聲인 것은 下三連이라 하여 近體詩에서는 가급적 피하고, 또 마지막 세 글자 가운데 仄聲 사 이에 平聲을 끼워 넣은 것은 孤平이라 하여 역시 금기시한다. 대 체적으로 聲律의 측면에서 이와 같은 규칙에 맞으면 近體詩라 할 수 있다.

이와는 달리 시인이 의도적으로 平聲의 자리에 仄聲을 쓰거나 仄聲의 자리에 平聲을 배치하는 예가 있다. 이러한 것을 拗體라 한다. 拗體는 원래 律詩에 구어적인 요소나 고유 명사 등의 복합 어휘를 시어로 채용하여 새로움을 추구하려 한 시도에서 비롯한 것으로 杜甫와 晩唐詩人, 그리고 江西詩派에 의해 적극적으로 구사된 바 있다. 우리나라에서는 高麗의 시인 鄭知常, 金之岱, 海東江西詩派로 일컬어지는 시인들과 唐風을 추구한 일부 시인들의 작품에 이러한 破格이 자주 보인다. 拗體에는 대략 四種이 있다.

ⓐ첫째 제1자와 제3자(七言에서는 제3자와 제5자)의 平仄을 바꾸는 本句相救의 방법이다. 즉 平平仄仄平(仄仄平平仄仄平)이 되어야 할 것이 仄平平仄平(仄仄仄平平仄平)으로 되는 방식이다. 이 방식은 워낙 흔하게 나타나는 유형이어서 拗體로 보지 않기도 한다.

ⓑ律詩의 제7구에서 즐겨 쓰이는 것으로 제3자와 제4자(七言에서는 제5자와 제6자)의 平仄을 서로 바꾸는 本句相救의 방식이다. 즉 平平平仄仄(仄仄平平平仄仄)이 정격인데 平平仄平仄(仄仄平平仄平仄)으로 바뀌는 것이다. 이 때 孤平이 되지만 의도적인 것이므로 문제되지 않는다. 다만 五言에서는 제1자, 七言에서는 제3자가 반드시 平聲이어야 한다. 唐詩에 이 구법이 많다. 李荇의 「歲暮雨懷仲說」의 尾聯 "獨立東風問冥漠, 百年能復幾沾巾(仄仄平平仄平仄, 仄平平仄仄平平)"의 上句가 이러한 예이다.

ⓒ上句의 제3자와 對句의 제3자(七言에서는 각기 제5자)의 平仄이 바뀌는 방식이다. 즉 "仄仄平平仄, 平平仄仄平"으로 되어야 할 것이 "仄仄仄平仄, 平平平仄平"으로 되는 것이다. 晩唐의 시인 許渾이 이러한 句法을 애용하였으므로 이를 許丁卯法이라고도 한다. 下句에서 救하지 않을 때도 많은데, 곧 "仄仄仄平仄, 平平

仄仄平"으로 된다. 朴誾의「福靈寺」의 頷聯 "春陰欲雨鳥相語, 老樹無情風自哀(平平仄仄仄平仄, 仄仄平平平仄平)"은 제5자의 平仄을 맞바꾼 예이다. 下三連이 近體詩에서 금기시된다고 하였지만, 이 방식의 拗體에 의해 드물게 下三連이 나타날 수도 있다. 盧守愼의「題龍湫院樓」頷聯 "山容主屹角, 水氣龍湫哀(平平仄仄仄, 仄仄平平平)"는 제3자의 平仄을 對句相救하는 과정에서 下三連이 되었다.

ⓓ이 방식은 여러 형태와 복합적으로 나타나기도 한다. 첫째 방식과 복합적으로 결합될 때는 "仄仄仄平仄, 仄平平仄平(平平仄仄仄平仄, 仄仄仄平平仄平)"으로 되어 下句의 제1자와 3자(七言에서는 제3자와 5자)의 平仄을 바꾸었으며, 여기에 五律의 제4자(七律에서 제6자)가 仄聲일 때는 對句相救하여 "仄仄平仄仄, 平平平仄平(平平仄仄平仄仄, 仄仄平平平仄平)"으로 나타나기도 한다. 또 이 방식에서 제3자와 4자(七言에서 제5자와 6자)가 모두 仄聲이 올 수도 있는데, 특히 五言에서는 五仄體라 한다. 또 여기에다 다시 첫째 방식이 복합되어 七律에서 "平平仄仄仄仄仄, 仄仄仄平平仄平"으로 나타나기도 한다.

예를 들어 盧守愼의「題龍湫院樓」의 首聯 "一宿嶺下縣, 縣樓微雨來(仄仄仄仄仄, 仄平平仄平)"는 이른바 五仄體이며, 下句는 제1자와 3자의 平仄을 바꾼 ⓐ방식의 요체이다. 또 鄭知常의「題登高寺」頷聯 "地應碧落不多遠, 僧與白雲相對閑(仄平仄仄仄平仄, 平仄仄平平仄平)"은 "平平仄仄平平仄, 仄仄平平仄仄平"의 기본율에서 제5자를 對句相救하여 "平平仄仄仄平仄, 仄仄平平平仄平"이 되었고, 下句 제3자와 5자의 平仄이 바뀌어 "平平仄仄仄平仄, 仄仄仄平平仄平"이 되었는데, 제1자의 平仄을 임의로 하였기에 이와 같은 拗體가 나온 것이다.

　　鄭知常의 「開聖寺八尺房」의 頸聯 “石頭松老一片月, 天末雲低千點山(仄平平仄仄仄仄, 平仄平平平仄平)”은 “平平仄仄平平仄, 仄仄平平仄仄平”의 기본율에서 제5자의 平仄을 맞바꾸어 “平平仄仄仄平仄, 仄仄平平平仄平”이 되었고, 제5자와 6자가 仄聲이 올 수 있으므로 “平平仄仄仄仄仄, 仄仄平平平仄平”이 된 것이다. 제1자와 제3자는 문제가 되지 않으므로 平仄을 바꾸어 결과적으로 “仄平平仄仄仄仄, 平仄平平平仄平”의 拗體가 나올 수 있게 된 것이다.

　　鄭知常의 또다른 시 「長源亭」의 頸聯 “綠楊閉戶八九屋, 明月捲簾三兩人(仄平仄仄仄仄仄, 平仄仄平平仄平)”은 “平平仄仄平平仄, 仄仄平平仄仄平”의 기본율에서 제5자의 平仄을 맞바꾸어 “平平仄仄仄平仄, 仄仄平平平仄平”이 되었고, 제5자와 6자가 仄聲이 올 수 있으므로 “平平仄仄仄仄仄, 仄仄平平平仄平”이 된 것인데, 여기에 다시 下句 제3자와 5자의 平仄을 바꾸어 “平平仄仄仄仄仄, 仄仄仄平平仄平”이 되었다. 제1자의 平仄은 수의적이므로 문제가 되지 않는다.

　　또 近體詩에서 拗體로 설명되기 어려운 것도 있다. 특히 律詩 중에 拗하되, 救하지 않은 古調가 많으며, 失對와 失粘이 많아 近體詩의 격률에 맞지 않는 작품도 있는데, 이를 吳體라 하며, 杜甫나 黃庭堅의 시에 이러한 것이 간혹 보인다. 우리 漢詩에서 吳體는 鄭知常과 金之岱, 朴祥, 鄭士龍 등의 작품에서 확인할 수는 있다. 즉 鄭知常의 「開聖寺八尺房」, 「題邊山蘇來寺」, 金之岱의 「瑜伽寺」, 朴祥의 「八陣圖吳體」, 鄭士龍의 「義順館用吳體錄奉明仲仲初」, 「戲用吳體紀夢慢錄博笑」, 「復題」 등이 그러한 예이다. 여기서는 「開聖寺八尺房」을 보인다.

百步九折登巉岏,[1]   家在半空唯數間.
靈泉澄淸寒水落,   古壁暗淡蒼苔斑.
石頭松老一片月,   天末雲低千點山.
紅塵萬事不可到,   幽人獨得長年閑.[2]

                        (鄭知常,「開聖寺八尺房」)[3]

仄平仄仄平平平,   平仄平平平仄平.
平平平平平仄仄,   仄仄仄平平平平.
仄平平仄仄仄仄,   平仄平平平仄平.
平平仄仄仄仄仄,   平平仄仄平平平.

　이 작품은 失對와 失粘이 많고 拗하되 救하지 않은 곳이 많으
며, 首聯 上句와 頷聯 下句, 尾聯 下句는 三平聲이어서 拗體로
설명되지 않아 吳體라 할 수밖에 없다. 다만 鄭知常이나 金之岱
는 이러한 시체를 吳體로 인식하지 못했고, 또 조선 초기 徐居正
등의 비평가도 이 점을 언급하고 있지 않다. 朴祥과 鄭士龍 등
본격적인 江西詩派의 세례를 받은 시기에 이르러 비로소 吳體라
는 사실을 알고 제작하게 된 것으로 보인다.
　對偶는 工對, 隣對, 寬對로 나누어 진다. 工對는 天文 對 天文
(예를 들어 年, 歲, 月, 日, 春, 夏, 秋, 冬, 晝, 夜 등), 地理 對
地理(예를 들어 地, 土, 山, 水, 江, 河 등) 등과 같이 동일한 부
류에 속한 사물끼리 對를 맞춘 것이다. 이러한 부류에는 이외에

---

1) 百步九折은 백 걸음 걷는 동안 아홉 번 꺾어진다는 말로, 산길이
　　매우 구불구불한 모습을 형용한 말이다. 李白의 「蜀道難」에 "靑泥
　　何盤盤, 百步九折縈巖巒"의 句가 있다. 巉岏은 산이 높아 험준한 모
　　습이다.
2) 幽人 : 隱者
3) 開聖寺 : 黃海道 牛峯에 있던 절 이름.

時令, 器物, 衣服, 宮室, 飮食, 文具, 文學, 草木花果, 鳥獸蟲魚, 形體, 人事, 人倫, 代名詞, 方位, 數目, 顔色, 干支, 人名, 地名, 同意連用字, 反意連用字, 疊字, 副詞, 助詞 등이 있는데 이들이 내부적으로만 對가 되는 것이 工對인 셈이다. 隣對는 天文 對 時令, 器物 對 衣服 등과 같이 인접한 부류가 對를 이루는 것이다. 寬對는 名詞 對 名詞, 敍述語 對 敍述語 정도의 비교적 넓은 부류의 對를 활용하는 것이다.

　시인이 모든 곳에서 工對를 써야 하는 것은 아니며, 平仄의 복잡한 규칙 때문에 이것이 쉽게 이루어지는 것도 아니거니와, 오히려 지나친 工對는 시를 단조롭게 하기도 한다. 이 때문에 律詩에서는 工對와 寬對를 섞어 쓰는 것이 일반적이다.

　對偶중에는 특수한 것도 있다. 借對는 해당 글자의 다른 뜻을 빌어 對를 맞추는 지극히 공교로운 것이다. 예를 들어 王維의 「送劉司直赴安西」의 “苜蓿隨天馬, 蒲桃逐漢臣”에서 왕조명인 漢은 天에 對가 되고 있는데 銀漢의 뜻을 빈 것이다. 杜甫의 시에서도 借對가 자주 보인다. 우리나라의 한시에서는 이것이 많지 않은데, 한 예를 보이면, 盧守愼의 「將卜居鷺梁錄此贈人」“坐客不禁周顗淚, 令人長厭武昌魚”에서 “令人”과 “坐客”으로 對를 맞추었지만, 시의 의미에서 보면 “令人”의 “令”은 사역의 의미를 지닌다. 또 申叔舟의 「次上天使遊漢江詩韻」의 頷聯 “渺渺奇觀窮漢上, 漫漫喜氣滿天東”에서 上句의 “漢”은 은하수라는 뜻으로 下句의 “天”에 대를 맞추었지만, 실상은 강물 이름인 漢江을 가리키므로 借對가 된다.

　對偶는 일반적으로 동일한 위치의 글자가 對를 이루는 것이 일반적이지만 錯綜對라 하여 위치가 어긋난 예도 있다. 가령 螢火와 暮鴉가 對를 이룬 시에서 螢과 鴉, 火와 暮가 어긋난 위치에 있는 것과 같은 것이 그 예이다. 또 "朝來又得東川信, 欲取春初發梓州"(白居易의 「得行間書聞欲下峽」)에서처럼 朝와 春, 東川과 梓州의 對가 그 위치가 아예 다르게 나타난 것도 錯綜對라 한다. 우리나라의 漢詩에서는 거의 보이지 않는다. 또 對偶는 일련 내부에서 이루어지는 것이 일반적이나 二聯에 걸쳐 對가 형성되는 隔句對(혹은 扇面對), 한 구 내에서 對가 이루어지는 句中對도 있으나 근체시에는 드물고 古詩나 樂府詩에 자주 구사된다. 隔句對는 주로 古詩나 樂府詩에 보이므로 여기서는 句中對의 예만 보인다.

春去花猶在,　　　　天晴谷自陰.
杜鵑啼白晝.4)　　　　始覺卜居深.5)
　　　　　　　　　　(李仁老, 「山居」)

이 작품에서 起句와 承句는 句中對로 되어 있다. "春去"는 "花在"와, "天晴"은 "谷陰"과 대를 이루고 있는 것이다. 그러면서 起句와 承句는 다시 정치한 대를 형성하고 있기도 하다.

近體詩는 이상과 같은 형식을 공통으로 하면서, 다시 그 聯數에 따라 絶句, 律詩, 排律 등으로 분류되는데, 그 작법이 다소 차이가 있다. 위에서 설명한 형식을 각 양식을 통해 구체적으로 살피고 각 양식의 작법을 알아보도록 한다.

(1) 絶句

먼저 絶句는 近體詩 중에서도 4구로써 완결되는 최소의 시편

---

4) 杜鵑 : 소쩍새. 밤에만 운다.
5) 卜居 : 살 곳을 가려 정하다. 여기서는 居處의 뜻.

이다. 5자로 된 것은 五言絶句, 7자로 된 것은 七言絶句라 한다. 서술 형식이 律詩의 반부분과 같다 하여 小律詩, 半律詩라고도 한다. 律詩의 반을 절취한 것이 絶句라는 설도 있으나 이에 대해서는 이설이 많다. 한 편은 起, 承, 轉, 結로 구성된다. 句數와 字數는 古詩, 樂府에서 기원한 것이라고도 하며, 平仄은 律詩에서 취법한 것이다. 우리나라에서는 전반적으로 五言이 七言보다 열세에 있으며 특히 七言 가운데서도 律詩를 숭상한 우리나라 騷壇에는 五言絶句로서 뛰어난 작품이 많지 않다.

다음 五言絶句의 예를 통해 그 형식을 점검해 보기로 한다.

秋風惟苦吟,　　　　世路少知音.[6]
窓外三更雨,　　　　燈前萬里心.[7]
　　　　　　　　　　(崔致遠, 「秋夜雨中」)

먼저 이 작품의 押韻法을 볼 때, 吟, 音, 心은 平聲 侵韻에 속하는 韻字이다. 제1구가 押韻되고 있으므로 首句押韻의 예가 된다. 五言에서는 首句押韻이 變格이며, 七言에서는 正格이다. 律詩도 마찬가지이다. 平仄法을 보기 위해 이 작품의 平仄을 도시하면 아래와 같다.

平平平仄平,　　　仄仄仄平平.
仄仄平平仄,　　　平平仄仄平.

---

6) 知音 : 자기의 마음을 알아주는 친한 벗. 伯牙와 鍾子期의 故事에서 온 것임.
7) 萬里心 : 만리를 달려가는 마음. 여기서는 정처없이 어디론가 떠나고 싶은 마음을 가리킨다.

여기서 平仄은 위에서 말한 바에 합치되고 있다. 제1구의 제2자가 平聲이므로 제4자가 仄聲이며, 다시 제2구의 2자는 仄聲, 4자는 平聲으로 對를 이루고 있으며, 제3구의 2자가 仄聲, 4자가 平聲이며, 다시 제4구의 2자와 4자는 平聲과 仄聲이 교체되고 있다. 이 시는 두번째 글자가 平聲으로 시작하고 있는데 이와 같은 형식으로 된 것을 平起式이라 한다. 律詩에서도 이와 같다. 絶句에서 對偶는 필수적인 것은 아니지만, 對偶를 통해 정교함을 과시한 예도 많다. 위의 작품은 전 구가 모두 對를 이루고 있다. 다음은 七言絶句의 예이다.

金入垂楊玉謝梅8),　　　小池春水碧於苔.9)
春愁春興誰深淺,　　　燕子不來花未開.
　　　　　　　　　　　（徐居正, 「春日」）

平仄平平仄仄平,　　　仄平平仄仄平平.
平平平仄平平仄,　　　仄仄仄平平仄平.

이 시 역시 近體詩의 형식에 정확히 부합되고 있다. 梅, 苔, 開는 모두 平聲 灰韻에 속하는 글자여서 押韻法이 준수되고 있으며, 특히 七言이므로 首句押韻의 正格을 유지하고 있다. 平仄法에 있어서는 上記한 규율에 적합하다. 제2구의 1자와 3자의 平仄을 맞바꾼 本句相救의 拗를 보이고, 또 제3구 3자 仄聲의 자리에 平聲을 두고 제4구 3자 平聲의 자리에 仄聲을 두고 있어 對

---

8) 金入垂楊 : 수양버들에 노랗게 새싹이 돋는 것을 뜻한다.
9) 何應龍의 「江邊卽事」에 "一江春水碧於藍, 船趁潮來不上帆"의 句가 있다.

句相救의 拗라 하겠지만, 이런 정도의 약한 拗救는 拗體라 하지 않아도 무방하다. 이 작품은 起句의 두번째 글자가 仄聲이므로 이를 仄起式이라 한다.

다만 近體詩에서는 동일한 글자를 거듭 쓰는 것이 금기시되나 이 시는 이 금기를 어기고 있다. 이것은 고의적인 破格으로 반복 효과를 통하여 봄이 오는 소리를 강화하기 위한 문학적 장치이다. 또 韻字에 속하는 글자가 韻字의 자리 이외에 쓰이는 것도 금기인데, 이 작품에서 結句의 "來"는 韻字와 같은 것이므로 금기를 범하고 있다. 그러나 이 역시 음악성을 강조하기 위한 의도적 破格으로 설명될 수 있다.

이를 바탕으로 絶句의 平仄法의 표준을 도시하면 아래와 같다.

   ⓐ 仄起式(平起式)
(仄仄)平平仄仄平   (平平)仄仄仄平平
(平平)仄仄平平仄   (仄仄)平平仄仄平
   ⓑ 平起式(仄起式)
(平平)仄仄仄平平   (仄仄)平平仄仄平
(仄仄)平平平仄仄   (平平)仄仄仄平平

여기서 五言은 앞 두 글자를 제외하면 仄起式이 平起式이 되고 平起式이 仄起式이 되는 정도의 차이만 있다. 그러나 위의 두 작품의 예에서 보듯이 표준적인 평측법에서 2번째나 4번째(七言에서는 2번째, 4번째, 6번째) 글자를 제외하고는 孤平이나 下三連 등의 규칙을 어기지 않으면 平仄이 정확히 지켜지지 않는 것이 오히려 일반적이다.

다만 우리나라의 전통적인 시선집에서 五言絶句로 분류하고

있는 작품 중에서도 상당한 수가 정확한 絶句의 平仄法에 맞지
않는 것이 많으며, 韻字에 있어서도 平聲이 아닌 仄聲의 글자를
사용한 것이 상당히 많다.

江南採蓮女,　　　　　江水拍山流.
蓮短未出水,　　　　　棹歌春政愁.
　　　　　　　　　（白光勳,「有贈」）

　　이 작품 역시 起句의 제3자와 제4자의 平仄이 바뀐 本句相救
의 拗體이지만, 결과적으로는 孤平이 되었으며, 轉句는 제1자만
제외하고는 모두 仄聲字여서 이른바 五仄體처럼 되어 있고, 結句
는 이와 반대로 제1자만 仄聲이고 나머지는 모두 平聲이다. 拗體
로 설명되지 않아 근체시라 할 수 없다. 이러한 작품은 古絶로
처리하는 것이 일반적이다.
　　絶句 중에는 6자가 한 구가 되는 六言絶句도 드물게 존재한다.
우리나라 시 중에도 고려 이후 六言絶句가 가끔 보이는데 다음은
그 한 예이다.

黃鳥百囀千囀,10)　　　綠楊長枝短枝.
彤窓綉戶深掩,11)　　　淚臉愁眉獨知.
　　　　　　　　　（李達,「六言」）

　　六言詩는 平仄法이나 押韻法은 五言이나 七言과 같다. 이 작품
은 仄起式이며 平聲 支韻으로 압운되어 있다. 六言詩는 五言에서

---

10) 黃鳥 : 꾀꼬리. 일설에는 黃雀으로 풀이하기도 한다.
11) 彤窓綉戶 : 붉은 창과 수놓은 문. 閨房을 가리키는 말이다.

2-3의 구법이, 七言에서 2-2-3의 구법이 일반적인 것에 비하여 2-2-2나 3-3의 구법을 택한다. 이 시는 2-2-2의 구법으로 되어 있다. 六言詩는 비록 형식에서 여타의 絶句와 유사하지만 五言이나 七言의 齊言이 아니기 때문에 雜體詩로 분류되기도 한다.

(2) 律詩

律詩는 한 편이 4운 8구로 된 近體詩이다. 五言, 七言의 구분이 있으나 8구를 1편으로 하는 것은 마찬가지이다. 자수와 구수뿐만 아니라 對偶, 押韻, 平仄에 모두 엄격한 규정이 있다. 서술체제에 있어서는 두 구절을 1연이라 하고 제1연을 首聯, 제2연을 頷聯, 제3연를 頸聯, 제4연을 尾聯이라 한다. 律詩는 반드시 首聯과 尾聯을 제외한 頷聯과 頸聯에서 對偶를 이루어야 한다. 押韻에 있어서는 五言律詩는 제2, 제4, 제6, 제8구에 운을 붙이는 것이 원칙이며, 七言律詩는 제1, 제2, 제4, 제6, 제8구에 운을 붙이는 것이 일반적이다. 平仄은 絶句가 律詩의 반이라 한데서 짐작할 수 있듯이 4구까지는 꼭 같으며, 나머지 4구도 이를 반복한 것이다. 우리나라에서는 시인들이 七言律詩에 힘을 기울였기 때문에 五言詩보다는 七言詩가 많다. 아래에 五言律詩와 七言律詩를 한 수씩 보인다.

卷裏天磨色,　　　　依依尙眼開.[12]
斯人今已矣,　　　　古道日悠哉.
細雨靈通寺,　　　　斜陽滿月臺.[13]

---

12) 依依 : 뚜렷함을 나타내는 말.

死生曾契闊,14)　　　　　袞白獨徘徊.
　　　　　　　　　　　(李荇,「題天磨錄後」)15)

擁山爲郭似盤中,　　　　暝色初沉洞壑空.
峰頂星搖爭缺月,　　　　樹顚禽動竄深叢.16)
晴灘遠聽翻疑雨,　　　　病葉微零自起風.
此夜共分吟榻料,17)　　　明朝珂馬軟塵紅.18)
　　　　　　　　　　　(鄭士龍,「楊根夜坐卽事示同事」)19)

　　李荇의 작품은 平聲 灰韻으로 押韻되어 있고 仄起式이다. 鄭士龍의 작품은 平起式이며 平聲 東韻으로 押韻하고 있는데, 首句押韻을 하였다. 두 작품의 平仄은 다음과 같다.

平仄平平仄　　　　　平平仄仄平
平平平仄仄　　　　　仄仄仄平平
仄仄平平仄　　　　　平平仄仄平
仄平平仄仄　　　　　平仄仄平平

---

13) 靈通寺 滿月臺 : 모두 開城에 있었다.
14) 契闊 : 만나고 헤어지는 것이다. 『詩經』「北風」「擊鼓」에 "死生契闊, 與子成說"이 보인다.
15) 天磨錄 : 朴誾, 李荇, 南袞 등 3인이 1502년 開城에 있는 天磨山에서 놀면서 지은 시를 모아 엮은 책이다.
16) 缺月 : 이지러진 달. 여기서는 그믐달을 가리킨다.
17) 吟榻 : 시를 읊조리며 누워있는 침상.
18) 珂는 말을 장식하는 조개껍질의 일종. 軟塵紅은 붉은 먼지. 蘇軾의 詩에 "軟紅猶戀屬車塵"이 보이고 自注에 "前輩戲語, 西湖風月不如東華軟紅香土"라 하였다.
19) 楊根 : 楊平 근처에 있던 縣 이름이다.

仄平平仄仄平平　　　仄仄仄平仄仄平
平仄平平平仄仄　　　仄平平仄仄平平
平平仄仄平平仄　　　仄仄平平仄仄平
仄仄仄平平仄仄　　　平平平仄仄平平

　五言律詩와 七言律詩 중에 "三韻小律"이란 것이 있다. 곧 6구로 구성되는 漢詩이다. 또 한 구가 5자나 7자가 아닌 6자로 구성되는 六言律詩도 있다. 이러한 두 양식은 시인에 의해 널리 제작된 것이 아니며 전통적으로 잡체로 분류되었다.

(3) 排律

　排律의 시체는 6연, 즉 12구로써 한 편을 이루며, 한 구를 五言으로 엮는 것이 中唐 이후 科詩의 正格이나, 七言으로 엮는 七言排律도 있다. 平仄과 押韻은 律詩의 그것과 같으나 句數와 對語의 聯數가 다르다. 즉 제1, 2구가 起聯, 3, 4구가 頷聯, 5, 6구가 頸聯, 7, 8구가 腹聯, 9, 10구가 後聯, 11, 12구가 尾聯으로 되며, 이것들을 모두 對語聯句가 되도록 하는 것이 원칙이다. 이 시체는 원래 南朝 宋代의 顔延之와 謝靈運에 의하여 비롯된 것이며, 唐代에 이르러 排律이라는 명목이 붙여지고 형식도 갖추어졌다.

　正格인 12구 6련을 초과하여 수십 구로 한편을 이루는 것은 長律이라고 한다. 보통 20구, 40구, 80구, 100구, 120구, 혹은 200구에 이르는 작품도 때로 있다. 우리나라에서는 율시와 절구에 비하여 열세에 있었으며 명칭도 排律과 長律을 혼용해왔다. 이 시체는 고려 후기 문집에 가끔 보이며 조선 중기 들어 많이 창작되었다.

다음은 盧守愼의 「酬寄金河西」로 五言排律의 名篇으로 꼽히는
작품이다.

有友多篇翰.[20]　　　　因人問死生.

明年歲在巳,　　　　孟夏日斜庚.[21]

俯仰音容改.[22]　　　毫釐事業傾.[23]

波鷗萬里闊,　　　　櫪馬五更驚.[24]

落月南桃浦,　　　　屯雲古岬城.[25]

須成地下會,　　　　且許夢中迎.

(盧守愼, 「酬寄金河西」)[26]

仄起式이며 平聲 庚韻으로 押韻되어 있으며 모든 연이 정치한
對를 이루고 있어 五言排律의 전형적인 예가 된다.

排律의 일종이면서 二人 이상이 한 구씩 주고 받으면서 계속
써내려간 것이 있는데 이를 특히 聯句라 한다. 이 시체는 漢 武
帝와 신하들이 栢梁臺에서 창화한 데서 기원한 것이라 한다. 朝
鮮 中期 이후 문인들이 詩社를 결성하여 詩酒로 소일하면서 지은
작품이 문집에 자주 나타난다. 正祖가 신하들과 함께 지은 작품
도 상당수 전하고 있다.

---

20) 歲在巳 : 乙巳士禍 후 20년이 경과한 丁巳年(1556)을 가리킨다.

21) 庚 : 西方을 가리킨다.

22) 俯仰 : 俯仰之間, 곧 짧은 시간을 가리킨다.

23) 毫釐 : 매우 작은 양을 가리키는 말이다.

24) 櫪馬 : 자유롭지 못한 신세를 마굿간에 매여 있는 말에 비유한 것
이다. 杜甫의 「奉贈韋左丞丈二十二韻」 “白鷗波浩蕩, 萬里誰能馴”에
서 點化한 표현이다.

25) 南桃浦 古岬城 : 모두 珍島에 있는 지명이다. 杜甫의 「與李十二白同
尋范十隱居」 “落景聞寒杵, 屯雲對古城”에서 點化하였다.

26) 金河西 : 金麟厚. 河西는 그의 호이다.

2) 古詩

　　古詩는 古體詩, 古體, 古調, 古風이라고도 한다. 이는 近體詩에 대한 상대칭으로 쓰인 것이다. 그러므로 古詩는 그 성립 당시는 물론, 성립된 뒤에도 오랫동안 古詩라고 불리지는 않았으며 唐代에 近體詩가 완성되었기 때문에 이때부터 古詩라는 이름으로 불리어지게 된 것이라 하겠다.

　　古詩는 통상 二種으로 분류하기도 한다. 첫째, 近體詩 성립 이전의 시, 즉 隋代 이전의 詩를 지칭한다. 광의로는 『詩經』과 『楚辭』까지 포함시키기도 하지만, 이들을 제외한 太古의 가요로부터 兩漢, 魏晉南北朝 시기의 樂府, 歌行 등을 지칭하는 것이 일반적이다. 둘째, 近體詩 성립 이후라도 近體詩의 율격에 맞지 않는 시를 일컫는다. 近體詩의 성립 시기는 일반적으로 沈佺期, 宋之問 이후라고 하지만 획연하게 선을 그어 말할 수는 없으며, 沈佺期, 宋之問 이전에도 初唐의 律體에 가까운 것은 여기에 들지 못한다.

　　古詩의 체제는 絶句와 같은 起承轉結의 구법이 없고, 律詩처럼 聯의 구성이나 對偶의 엄격성도 없다. 또한 자수의 제한도 없어 五言, 七言, 三言, 四言, 六言이 자유롭게 구사될 수 있다. 다만 대부분의 古詩는 五言과 七言이 위주가 되면서 三言, 四言, 六言, 혹은 그 이상의 구가 끼어 들기도 한다. 엄격한 平仄의 규칙에 제한받지 않으며 押韻法도 비교적 자유롭다. 다만 古詩에도 나름대로의 押韻法이 있다. 古詩의 압운법에는 本韻, 通韻, 換韻의 세 종류가 있다.

　　本韻은 하나의 韻으로만 되어 있는 것인데 唐詩의 태반이 이 방법으로 押韻되어 있다. 이를 一韻到底라고 한다. 七言古詩에서는 제1구와 짝수구에 韻字를 넣고 五言古詩에는 짝수구에 韻字를 넣는 것이 일반적이다. 近體詩와 똑같은 押韻法을 쓰거나 近體에서 드문 仄聲韻도 자주 구사된다. 다음은 一韻到底로 된 작품의 예이다. 平聲 眞韻으로 압운하였다.

荊玉隱璞中,[27)]　　　　長與頑石隣.
一朝遭卞和,[28)]　　　　琢磨爲國珍.
雖增連城價,[29)]　　　　無乃毁天眞.
繁文滅素質,　　　　　　美名戕其身.
至人貴沈冥,　　　　　　處世混光塵.[30)]
　　　　　　　　　　　　(張維,「感興」)

通韻은 인접한 韻을 상통하여 쓰는 것이다. 가령 肴와 蕭가 통용되는 것이 그것이다. 通韻에는 전편이 한 운으로 되어 있고 한 운만 벗어난 偶然出韻, 한 운이 주가 되고 소수가 다른 운으로 되어있는 主從通韻, 두 글자가 대등하게 쓰인 等立通韻, 三韻 이상의 通韻 등으로 나누어진다. 通韻의 범위는 일정하지 않다. 平聲과 去聲, 上聲이 서로 통해 쓰인 예도 있지만, 같은 平聲인 蕭

---

27) 荊玉 : 荊山의 玉. 荊山은 좋은 玉의 명산지이다.
28) 卞和 : 春秋時代 楚나라 사람으로, 璞玉을 얻어 楚 厲王과 武王에게 바쳤는데, 모두 사기라고 하여 두 자리가 잘리는 형벌을 받았다. 楚 文王이 즉위하자 荊山에서 璞玉을 안고 울고 있으니 왕이 이를 알고 璞玉을 가공하여 寶玉을 얻고 그 이름을 和氏璧이라 하였다. 『韓非子』「和氏」에 보인다.
29) 連城價 : 여러 성과 바꿀 만한 값어치. 戰國時代 趙 惠文王이 和氏璧을 얻자, 秦 昭襄王이 이를 탐내어 15개의 성과 바꾸자고 하였다.
30) 光塵 : 和光同塵. 『莊子』에 보이는 말로, 時俗을 따라 처하면서 자신의 뛰어난 능력을 내보이지 않는다는 뜻으로 쓰인다.

와 豪는 거의 통운되지 않아 일률적으로 말하기 어렵다. 다음은
通韻의 예이다. 平聲 支韻(差, 垂, 知, 姿, 思, 奇, 隨, 詩, 時)을
위주로 하고 隣韻인 平聲 微韻(妃, 璣), 平聲 齊韻(低)을 通韻하
였다.

天公好戲劇,[31)]　　　與人多參差.[32)]
春後遣滕六,[33)]　　　入我雙鬢絲.
久知老縛律,[34)]　　　試以群玉妃.[35)]
不貪是爲寶,　　　　何有珠與璣.
用意自有在,　　　　定非兒輩知.
藹藹山氣夕,　　　　漠漠雲陰低.[36)]
强起訪寒梅,　　　　蕭灑塵外姿.
折之欲贈誰,　　　　渺渺余所思.
相看兩不厭,[37)]　　　脈脈空自奇.[38)]
短節吾固有,　　　　麴生亦我隨.
投杖一作醉,　　　　敲杖吟新詩.
天運有相代,　　　　此趣無窮時.
　　　　　　　　(李荇, 「春雪, 用大雪韻」)[39)]

換韻은 도중에 편의에 의해 혹은 의미 단락에 의해 韻이 바뀌

---

31) 天公 : 하늘을 의인화한 말. 天公玉戲는 눈이 내리는 것을 가리킨
　　다.
32) 參差 : 마음이 어지럽고 복잡한 모습을 형용하는 말.
33) 滕六 : 전설에 나오는 雪神.
34) 縛律 : 벼슬살이에 매인 것을 이르는 말
35) 玉妃 : 仙女를 가리키는 말로, 여기서는 눈꽃을 이른다.
36) 杜甫의 「秦州雜詩·九」에 "漠漠秋雲低"가 보인다.
37) 李白의 「敬亭山」 "相看兩不厭, 只有敬亭山"이 보인다.
38) 脈脈 : 말없이 바라만 보고 있는 모습.
39) 大雪 : 朱熹의 『南岳唱酬錄』에 실려 있는 「大雪」을 가리킨다.

는 것을 말한다. 4구에 한번씩 환운하는 것이 일반적이다. 다만 서두에 운을 두번만 쓰고 바로 換韻하는 것이 있는데 이를 促起 式이라 한다. 이에 반하여 마지막 부분에 운을 바꾸어 운을 두번 쓰고 시를 종결하는 것을 促收式이라 한다. 七言古詩에 자주 구 사되며 굳센 느낌을 준다고 한다. 다음은 換韻의 한 예이다.

長安甲第橫靑雲,40)　　高樓絲管遙相聞.

漢代丞相七香車,41)　　轔轔夜入金張家.42)

雕盤綺食天廚來,43)　　宮中美人顔如花.

燭影熒煌淸漏遲,44)　　樽前密語無人知.

門巷斜連夾城路,　　平明冠蓋多如霧.45)

機關欻翕令人迷,46)　　白日鼻息吹虹蜺.

一朝人事忽顚倒,　　玉臺金閣生春草.

寄語世間跨奢子,　　向來浮榮不足恃.

只今人憐賈太傅,47)　　紛紛降灌誰比數.

(權韠,「古長安行」)

이 작품은 平聲 文韻(雲, 聞)으로 시작하여 平聲 麻韻(車, 家, 花)으로 換韻하였는데 促起式이다. 이어 平聲 支韻(遲, 知), 去聲

---

40) 甲第 : 매우 좋은 집을 이르는 말.

41) 七香車 : 각종 향료를 뿌린 아름다운 수레.

42) 轔轔은 수레바퀴 소리를 형용한 말. 金張家는 漢代 金日磾과 張安 世의 두 가문. 후대에는 尊貴한 귀족의 뜻으로 쓰인다.

43) 雕盤은 아름답게 장식한 그릇, 綺食은 성대한 밥, 天廚는 皇帝의 주 방.

44) 熒煌은 밝은 모습을 형용한 말, 淸漏는 맑은 물시계 소리.

45) 冠蓋 : 높은 관리를 이르는 말.

46) 機關 : 궁중에 설치한 여러 기계 장치를 말한다.

47) 賈太傅 : 漢의 문장가 賈誼. 長沙王의 太傅가 되었다.

遇韻(路, 霧), 平聲 齊韻(迷, 蜺), 上聲 皓韻(倒, 草), 上聲 紙韻
(子, 恃) 去聲 遇韻(傳, 數)으로 매우 촉급하게 換韻하고 있다.

　古詩의 압운 중 특이한 것은 栢梁體이다. 栢梁體는 매구에 押
韻하는 방식의 시체를 이르는 이름이다. 다음은 매구 平聲 尤韻
으로 압운되어 있다.

　　　君不見,　　　賈傅投書湘水流.[48]

　　　翰林醉賦黃鶴樓.[49]

　　　生前轗軻無足憂.[50]

　　　逸氣凜凜橫千秋.

　　　又不見,　　　病夫三年滯炎州.[51]

　　　歸來又到錦江頭.

　　　但見江水去悠悠.

　　　那知歲月亦不留.

　　　此身已與秋雲浮.

　　　功名富貴復何求.

　　　感今思古一長吁.[52]

　　　歌聲激烈風颼颼.[53]

　　　忽有飛來雙白鷗.

　　　　　　　(鄭道傳,「公州錦江樓」)[54]

----

48) 賈誼가 大臣의 미움을 받아 長沙王의 太傅로 좌천되어 갈 때「弔屈
　　原賦」를 지어 湘水에 던졌다.
49) 翰林學士 李白이 술에 취하여「黃鶴樓送孟浩然之廣陵」을 지었다.
50) 轗軻 : 수레가 가는 길이 험하여 고생스럽다는 뜻인데, 여기서는 때
　　를 만나지 못하여 불운한 것을 이른다.
51) 炎州 : 남방의 땅을 이르는 말. 여기서는 귀양지 羅州를 가리킨다.
52) 吁는 平聲 虞韻으로 叶韻한 것이다.
53) 颼颼 : 바람이 솔솔 부는 소리.
54) 乙卯年(1375) 여름에 鄭道傳이 司藝가 되어, 당시의 政事의 得失을

古詩는 近體詩의 율격에 맞는 平仄을 피하는 것이 오히려 원칙이다. 唐 이전의 古詩는 近體詩의 율격에 부합하는 부분도 있지만 이후의 古詩는 古風을 풍기기 위해 의도적으로 入律을 피한 데서 생긴 현상이다. 의도적으로 下三連을 쓰는 것이 그 단적인 예이다. 그런데 近體詩와 古詩를 구분하는 가장 큰 기준은 字數, 對偶, 平仄인데 이중 어느 하나만 갖추어서는 近體詩라고 할 수 없다. 古風의 律詩는 흔히 자수와 對偶만 近體詩의 격식에 맞는 것을 말하며 拗律이라고도 한다. 반대로 平仄만 近體詩의 그것과 같은 古詩는 入律한 古詩라 하는데 격조가 낮은 것으로 취급된다. 이와 유사한 것으로 古絶이라는 것이 있다. 이는 近體詩 형성 이후에 律詩의 격률에 따라 지어진 近體 絶句가 아닌, 近體詩 형성 이전에 존재했던 五言四句의 시체를 말한다. 乙支文德의 「遺于仲文」 詩는 여러 시선집에 오언절구로 되어 있지만 이 작품의 성립 시기가 近體詩의 성립보다 빠르고 上聲 紙韻(理)과 上聲 止韻(止)의 通押을 하고 있으며 簾法도 맞지 않으므로 古絶로 보아야 할 것이다.

<table>
<tr><td>神策究天文,[55)]</td><td>妙算窮地理.[56)]</td></tr>
<tr><td>戰勝功旣高,</td><td>知足願云止.[57)]</td></tr>
<tr><td></td><td>(乙支文德, 「遺于仲文」)</td></tr>
</table>

논하다가 재상의 미움을 받아 羅州 會津縣에 좌천되었는데, 丁卯年 (1387) 가을에 三峰의 옛집으로 돌아오던 길에 이 작품을 지었다.

55) 天文 : 日月星辰 등 天體가 운행하는 현상.

56) 地理 : 山川, 土地 등의 환경과 형세. 『周易』 「繫辭上」에 "仰以觀天文, 俯以察地理"의 句가 있다.

57) 『老子』 第四十四章에 "知足不辱, 知止不殆"의 句가 있다. 云은 뜻이 없는 助字.

다음 역시 一韻到底되어 있고, 頷聯과 頸聯이 정확하게 대를 형성하고 있어 律詩처럼 보이나 簾法이 맞지 않으며, 제작의 시기가 唐 이전이라는 점을 고려할 때 古詩로 보아야 할 것이다.

迥石直生空,　　　　平湖四望通.
巖根恒灑浪,　　　　樹杪鎭搖風.[58]
偃流還漬影,　　　　侵霞更上紅.
獨拔群峰外,　　　　孤秀白雲中.
　　　　　　　　　　(定法師,「詠孤石」)

近體詩에는 한편에 동일한 글자를 중복해서 쓰는 법이 드문데 비해 古詩에서는 古詩 특유의 리듬감 형성을 위해 동일한 글자나 어구를 자주 중복하기도 한다. 語法에 있어 古詩는 近體詩에 자주 보이지 않는 助詞나 代名詞, 『詩經』 중의 言이나 云, 載 등의 虛字, 혹은 一何, 何其, 誰云, 無乃 등의 부사어구를 쓰는 일이 많다.

古詩가 近體詩와 다른 가장 큰 특징 중의 하나는 近體詩, 특히 律詩나 排律에 對偶가 필수적이나 古詩는 對偶法을 지키지 않아도 된다는 점이다. 특히 一韻到底한 七言古詩에서는 對偶를 전혀 쓰지 않는 것이 杜甫와 韓愈 이래의 격식이다. 古詩에서 對偶는 近體詩의 그것처럼 공교로운 것보다는 오히려 투박한 것이 선호되어 왔다. 즉 통사 구조가 어긋나거나 부분적으로만 對偶를 하는 것이다. 또 近體詩에서 금기시하는 동일한 글자의 중복으로 對偶를 형성한 것이 많다. 특이한 것은 한 연 내에서 對偶를 형성하는 것이 近體詩의 특징인데 비하여 여러 구에 걸쳐서 중복된

---

58) 鎭 : 부사로 '常'과 같은 뜻.

어구로 對偶를 형성하기도 한다는 점이다.

古詩에는 四言, 五言, 七言, 五七雜言, 三七雜言, 三五七雜言, 錯綜雜言 등으로 세분된다. 그러나 대부분이 五言과 七言이고, 나머지는 雜體로 분류되는 것이 많다.

(1) 五言古詩

五言古詩는 唐 이전의 수백 년 동안에 걸쳐 문학의 주류를 차지한 것이다. 漢代의 소박한 민간 가요에서 비롯한 이 시체는 한 구절 다섯 글자를 2, 3의 격조로 엮는 것이 正式이다. 그 연원은 周代의 『詩經』, 『楚辭』와 戰國時代의 여러 가요에서 찾을 수 있지만 확연히 五言詩로서의 격식을 갖추게 된 것은 前漢時代의 五言詩에서라고 하겠다. 종래의 학설에는 五言古詩의 남상을 『文選』에 실려 있는 蘇武, 李陵의 贈答詩에서 구하고 있으나, 최근의 견해는 이를 後代의 僞作으로 보는 견해가 우세하며, 『文選』 소재 「古詩十九首」 가운데 일부를 枚乘의 작이라고 하는 설도 있는 바, 이에 대한 信否는 확언하기 어렵다. 「古詩十九首」는 동시대에 제작된 것도 아니며 일개인의 작품도 아니지만 현재까지 전하고 있는 십구수는 그 내용에 있어서도 민요의 域에서 일탈하고 있다. 그 표현은 소박하지만 고도의 예술성은 평가를 받고 있으며 후세에 끼친 영향도 자못 크다.

五言古詩는 建安時代에 이르러 대성하였다. 이른바 三曹(曹操, 曹丕, 曹植의 親子兄弟), 七子(孔融, 陳琳, 王粲, 徐幹, 阮瑀, 應瑒, 劉楨)가 활약하였으며 이 뒤를 이어 魏末 西晉에 접어들면서 풍성한 작가들이 나와 활약하였다. 전반에는 竹林七賢의 영수인 阮籍, 嵇康, 후반에는 이른바 三張(張載, 張協, 張亢 兄弟), 二陸

(陸機, 陸雲 兄弟), 兩潘(潘岳, 潘尼 叔姪) 一左(左思) 등이 그 대표적인 시인이다. 5세기 초에 謝安의 일족 중에서 謝靈運이 나왔으며 이와 거의 때를 같이하여 陶淵明이 나타나 田園間에서 은자의 시를 노래하였다. 謝脁는 謝靈運의 일족으로 5세기말의 20년간 齊代에서 활약하였으며 이 무렵에 이르러서는 修辭에 있어서도 세련의 미를 더하게 되었다. 沈約은 또한 이 시기의 대표적인 시인인 동시에 성률의 이론가로서 독보적이었다. 그의 '四聲'의 발견과 '八病說'의 주장은 詩史에 있어서도 한 시기를 구획하게 하였다.

우리나라의 古詩 중에서 五言古詩는 新羅 眞德女王이 唐 高宗에게 보낸 「太平頌」이 문헌에 보이는 초기의 작품이다. 다만 高句麗 乙支文德이 隋將 于仲文에게 보내었다는 「遺于仲文」 詩가 『東文選』이나 기타 詩選集에 五言絶句로 되어 있으나 시대적으로 중국에서 근체시가 성립되기 이전이고 平仄이나 押韻法도 近體詩의 그것과는 다르므로 이 작품이 한국 五言古詩의 最古作이라 할 수 있을 것이다. 「太平頌」을 보이면 아래와 같다.

大唐開鴻業,　　　　巍巍皇猷昌.59)
止戈戎衣定,60)　　　修文繼百王.61)

---

59) 巍巍는 높은 모습을 형용하는 말이다. 『論語』「泰伯」에 "大哉堯之君也, 巍巍乎唯天爲大, 唯堯則之, 蕩蕩乎民無能名焉. 巍巍乎, 舜禹之有天下也而不與焉"이, 『孟子』「滕文公」에 "大哉堯之爲君也, 惟天爲大惟堯則之. 蕩蕩乎民無能名焉. 君哉舜也, 巍巍乎, 有天下而不與焉. 堯舜之治天下 豈無所用心哉, 亦不用於耕耳. 上君哉舜也"가 보인다. 皇猷는 황제의 깊은 헤아림을 가리킨다.

60) 止戈는 干戈의 힘으로 병란을 미리 막는다는 뜻으로 '武'字의 기원이 된다. 『後漢書』「光武紀下」에 "雖道未方古, 斯亦止戈之武焉"이 보인다. 戎衣는 전투복이다. 『書經』「周書」「武成」에 "甲子昧爽, 受

統天崇雨施,62)　　理物體含章.63)

深仁諧日月,64)　　撫運邁時康.65)

幡旗何赫赫,66)　　鉦鼓何煌煌.67)

外夷違命者,　　剪覆被天殃.

淳風凝幽顯,　　遐邇競呈祥.68)

四時和玉燭,69)　　七曜巡萬方.70)

率其旅若林, 會于牧野, 罔有敵于我師, 前徒倒戈, 攻于後以北, 血流漂杵, 一戎衣天下大定”이 보인다.

61) 修文 : 文治에 힘쓴다는 뜻이다. 『書經』「周書」「武成」에 “偃武修文, 歸馬于華山之陽”이 보인다.

62) 統天은 하늘을 잇는다는 뜻이다. 『周易』「乾」에 “大哉乾元, 萬物資始, 乃統天”이 보인다. 雨施는 비를 뿌린다는 뜻이다. 『周易』「乾」에 “雲行雨施, 品物流形”이 보인다.

63) 含章 : 아름다움을 감춘다는 뜻. 『周易』「坤」에 “至哉坤元, 萬物資生, 乃順承天, 坤厚載物, 德含无疆, 含弘充大, 品物咸享, 含章可貞”이 보인다.

64) 深仁 : 『周易』「繫辭上」에 “一陰一陽之謂道, 繼之者善也, 成之者性, 仁者見之謂之仁, 知者見之謂之知. 百姓日用而不知, 故君子之道鮮矣. 顯諸仁, 藏諸用, 鼓萬物而不與聖人同憂, 盛德大業至矣哉”가 보인다.

65) 『書經』에서 舜이 政治를 말할 때 계절에 따라서 하고 평안함을 추구한다는 뜻으로 時와 康이라 하였다.

66) 赫赫 : 밝은 모습. 『詩經』「大雅」에 “明明在下, 赫赫在上. 天難忱斯, 不易維王. 天位殷適, 使不挾四方”이 보인다.

67) 鉦鼓는 북을 치는 것으로, 『詩經』「小雅」에 “鉦以靜之, 鼓以動之”가 보인다. 煌煌은 밝은 모습이다. 『詩經』「大雅」에 “牧野洋洋, 檀車煌煌. 駟騵彭彭, 維師尚父, 時維鷹揚. 涼彼武王, 肆伐大商, 會朝淸明”이 보인다.

68) 呈祥 : 瑞氣를 바치다. 『晉書』「元帝紀」에 “星斗呈祥, 金陵表慶”이 보인다.

69) 玉燭은 四時가 조화로운 것을 촛불에 비유한 말이다. 『爾雅』「釋天」에 “四氣和謂之玉燭”이 보이고 그 주에 “四時和氣, 溫潤明照, 故曰玉燭”이라 하였다. 梁 昭明太子의 「七契」에 “銅律應度, 玉燭調和”가 보인다. 四時는 사계절. 『春秋左傳』「昭元」에 “君子有四時, 朝以聽政, 晝以訪問, 夕以修令, 夜以安身”이 보인다.

維嶽降宰輔,71)　　維帝任忠良.72)
五三成一德,73)　　昭我皇家唐.
　　　　　　　　　(眞德女王, 「太平頌」)

平聲 陽韻(昌, 王, 章, 康, 煌, 殃, 祥, 方, 良, 唐)으로 一韻到底한 五言古詩이다. 典雅한 풍격을 지닌 것으로 후대의 고평을 받았다.

우리나라의 五言古詩는 『文選』의 체를 따르는 것이 정격이라 할 수 있다. 다음 成侃의 「效鮑參軍」은 바로 『文選』의 체를 따른 우리나라 五言古詩의 으뜸이라 할 만한 작품이다.

宛馬紫游繮,74)　　翩翩五陵間.75)
珥弓揷雙鞬,76)　　晨夕騁遊般.
鬪鷄臨東郊,77)　　驅獸上南山.

---

70) 七曜 : 日月과 水火木金土의 五星.
71) 嶽은 높은 산이다. 『詩經』 「大雅」에 "崧高維嶽, 駿極于天. 維嶽降神, 生甫及申. 維申及甫, 維周之翰. 四國于蕃, 四方于宣"이 보인다. 宰輔는 재상으로 申伯과 甫侯와 같은 이를 가리킨다.
72) 忠良 : 충성스럽과 어진 신하. 『書經』(「周書」), 「冏命」에 "昔在文武, 聰明齊聖, 大小之臣, 咸懷忠良"이 보인다.
73) 五三一德 : 五三은 三皇五帝의 합칭. 『書經』(「商書」) 「咸有一德」에 "惟尹躬暨湯, 咸有一德, 惟民歸于一德, 德有一 動罔不吉"이 보인다.
74) 宛馬는 서역의 大宛에서 산출되는 명마. 후에는 북방에서 산출되는 말을 범칭하였다. 紫游繮은 가죽으로 만든 자줏빛의 말고삐. 『琵琶記』에 "香羅帕深護金鞍, 紫游繮牽動玉勒"이 보인다.
75) 翩翩은 경쾌하게 행동하는 모습. 五陵은 前漢의 다섯 황제가 묻힌 곳으로 한나라에서 황제의 능묘를 만들고는 사방의 부호 및 외척들을 능묘로 옮겨 살게 하였다. 후에 五陵에 사는 협기를 지닌 부호가 자제들의 호사스러운 생활을 읊은 시가 제작되었다.
76) 珥弓 : 조각을 한 활.

柔風盪近甸,	丹葩耀陽巒.
陳筵薦美酒,	燕趙發淸彈.78)
留連歲云徂,79)	嘲謔心未闌.80)
巖棲有隱士,81)	逸駕誰能攀.82)
采綠騫春華,83)	班坐蔭秋蘭.84)
潛德旣已殷,85)	十年閉重關.86)
滿盈物之忌,87)	謙益身之完.88)
山從太卑進,	器從太美刊.

---

77) 鬪鷄 : 닭싸움. 이 구절은 下句와 함께 曹植의 「名都篇」에 "鬪鷄東
郊道, 走馬長楸間. 馳馳未能半, 雙兎過我前. 攬弓捷名鏑, 長驅上南山"
을 모의하였다.

78) 燕趙 : 戰國시대 燕과 趙. 「古詩十九首」에 "燕趙多佳人, 美者顔如玉"
이란 구가 있어 후에는 燕趙를 미녀나 가무에 능한 기생을 가리키
는 말로 쓰였다.

79) 留連 : 연연해하며 벗어나지 못함. 逸樂에 깊이 빠짐을 의미한다.

80) 嘲謔 : 웃고 장난하는 짓.

81) 巖棲 : 산 속에 은거하여 사는 것. 둥지 틀고 굴을 파고 사는 것.

82) 逸駕: 내달리는 수레. 여기서는 빼어난 행적.

83) 采綠은 『詩經』「小雅」의 편명. 綠은 조개풀. 부인이 돌아오지 않는
남편을 그리는 심정을 읊은 시이다. 騫은 뽑는다는 뜻. 春華는 봄날
의 꽃. 청춘시절을 비유한다.

84) 班坐 : 순서대로 앉다.

85) 潛德 : 남들이 알지 못하는 숨은 덕망.

86) 重關 : 깊숙한 곳에 있는 문. 또는 문을 가로닫는 목재.

87) 『孔子家語』「三恕」에 "孔子가 魯 桓公의 廟에 참관하였을 때 기우
뚱한 그릇을 보았다. 공자가 묘를 지키는 자에게 그것이 어떤 그릇
이냐고 물었더니 그 사람이 그것은 宥坐라는 그릇(좌우에 놓아두고
자신을 경계하는 그릇)이라고 답했다. 그러자 공자가 말했다. '내가
듣건대, 유좌라는 그릇은 텅비면 기울고, 적당히 차면 바로서고, 가
득차면 뒤집어지므로 명철한 군주가 지극한 경계로 삼았으니 그래
서 항상 좌우에 놓아둔다고 하였다.'" 鮑照의 「代君子有所思」에 "器
惡含滿歃, 物忌厚生沒"의 구가 있다.

88) 謙益 : 겸허함이 이익을 불러들임.

喟焉辈居士,89)　　　　　　持此須鑑觀.

　　　　　　　　　　　　(成侃, 「效鮑參軍」)90)

　　古詩 平聲 刪韻(間, 般, 山, 攀, 關)과 寒韻(孌, 彈, 闌, 蘭, 完, 刊, 觀)으로 通韻한 것으로, 鮑照의 시를 본받아 환락을 마음껏 즐기는 귀족집 자제의 삶을 질탕하고 화려하게 묘사한 부분이 작자의 묘사력을 돋보이게 하고 있다.

(2) 七言古詩

　　七言古詩는 五言詩가 漢魏 이래 성행한데 비해 발달 시기가 늦었다. 六朝의 말기에 본격적인 형식을 갖춘 작품이 나타나기 시작하였으며 이 시체를 五言과 비견할 만한 수준에까지 올려놓은 것은 唐의 李白과 杜甫이다. 七言은 그 표현 범위가 五言보다 넓어 일단 시인의 수중에 들면서부터 五言을 능가하게 되었다. 한 구절 일곱 글자를 4, 3의 격조로 엮는 것이 正式인 이 七言古詩는, 발달에 있어서는 五言보다 늦었지만 그 기원은 오래된 것으로 알려지고 있다. 周代 초기의 『詩經』과 戰國時代의 『楚辭』 등이 七言詩의 시초라고도 하며 또는 燕 荊軻의 「易水歌」, 楚의 項羽가 지었다고도 하는 「垓下歌」, 漢 高祖의 「大風歌」 등에서 기

---

89) 喟焉은 탄식하는 모습. 居士는 고대에 덕과 재능이 있지만 은거하고 벼슬하지 않은 사람을 칭하는 말이다. 『禮記』 「玉藻」에 "居士錦帶"라 하였는데 鄭玄의 주에 "居士, 道藝處士也"라 했다.

90) 鮑參軍 : 南朝 宋의 시인. 자는 明遠, 이름은 照(혹은 昭)이다. 한미한 집안 출신으로 臨海王 劉子頊의 前軍參軍이 되었기에 鮑參軍으로 널리 불린다. 후에 劉子頊이 난을 일으켰으나 실패하여 죽임을 당하였다. 樂府에 능하였는데 특히 7言歌行에 뛰어났고, 풍격은 俊逸한 특징을 지니고 있다.

원한다는 설도 있다. 그러나 단편적인 七言 詩句가『詩經』에 보인다고 하여 이것을 七言의 祖型이라고 할 수는 없을 것이며, 그리고「垓下歌」가 漢初 楚調歌의 전형이 된 것이라고 할 수 있으나 외견상 七言을 갖추었다고 하여 이를 七言詩라고는 할 수 없을 것이다.「垓下歌」의 '兮'자는 뜻이 없는 虛字이므로 내용은 三言이 주가 되고 있다. 漢代에 張衡이 지은「四愁歌」는 起句 외에는 전부 七言으로 되어 있으므로 이것을 흔히 칠언의 과도기적 작품이라고도 한다.

五言詩가 樂府에서 민간을 거쳐 문인의 손으로 넘어온 데 반하여 七言詩는 樂府를 거치지 않고 직접 문인의 손에 들어온 것이라 할 수 있을 것이며 그 試作이라고 할 수 있는 것이 六朝時代의 七言詩라고 할 것이다. 魏 文帝 曹丕의「燕歌行」, 晉 陸機의「百年歌」, 吳의 舞樂을 모의하여 梁의 沈約이 지었다고 하는「白紵舞歌」, 梁 武帝의「東飛伯勞歌」등이 그 佳篇이라 할 것이며 특히 梁 簡文帝의「烏夜啼」를 七言詩의 正體라고도 한다.

唐初의 七言古詩는 陳, 隋의 여풍을 이어받아 화려한 작품이 많다. 初唐四傑에 이르러 스스로 唐의 풍격을 갖추게 되었으며 그 가운데서도 四傑의 필두라 할 수 있는 王勃의「滕王閣」은 그 기념비적인 작품이 되고 있다. 杜甫는 五言古詩에서와 같이 七言의 능력을 유감없이 발휘하였다. 또 李白의 七言古詩는 樂府體를 취한 것이 많은데「烏夜啼」,「梁甫吟」,「蜀道難」등은 그 대표적인 예가 될 것이다.

우리나라에서도 五言보다는 七言이 늦게 나타나고 있어 元曉大師가 지은 것으로 전해지는 "莫生兮其死也苦, 莫死兮其生也苦"나 首露夫人의 부대설화를 가진「海歌」에서 七言古詩의 초기 모습을 볼 수 있다.

七言古詩는 歌行體로 된 것이 많다. 일률적으로 말하기는 어렵지만, 歌는 대체로 主情的인 필치일 때가 많고, 行은 서사적인 필치일 때가 많다. 다음에 보이는 朴祥의 「題李晉州兄弟榮親圖」는 行體에 가까운 七言古詩다.

斑衣且作悅親具,[91]   況此釋褐穿錦袍.[92]

存者以宴歿者祭,   推恩所生均寵褒.[93]

龍駒蟬嫣指李孫,[94]   大小二難俱儁髦.[95]

東堂卻桂擢兩枝,[96]   青雲發軔車已膏.[97]

一朝捧檄下嶺海,[98]   魯衛連城棠棣高.[99]

---

91) 斑衣 : 색동옷. 老萊子가 70에 색동옷을 입고 부모를 즐겁게 하였다.

92) 釋褐 : 미천한 사람이 입는 갈옷을 벗고 官服을 입는 것으로, 처음 벼슬에 나아간다는 뜻이다.

93) 推恩 : 조선 시대, 관원의 부모가 나이 70이 넘으면 나라에서 상을 내렸다.

94) 龍駒는 총명한 소년을 일컫는 말이다. 『晉書』「陸雲傳」에 陸雲이 어릴 때부터 문장에 뛰어나 그 형 機와 이름을 나란히 하였는데, 문장이 형보다 못했지만 논의는 그보다 뛰어나서 二陸으로 일컬어졌으므로 龍駒가 아니면 鳳雛에 해당한다고 남들이 말했다고 한다. 蟬嫣은 이어져 있는 모습이다.

95) 二難은 難兄難弟의 뜻이다. 儁髦는 무리 중에 뛰어난 선비를 일컫는 말이다.

96) 東堂은 시험장이다. 원래 晉의 宮闕 이름이었으나, 郤詵이 여기에서 試驗을 받은 것에서 유래하였다. 『晉書』「郤詵傳」에 보인다. 卻桂는 郤詵의 계수나무로 곧 郤詵이 賢良科에 급제하였다는 말이다. 擢桂는 과거에 급제한다는 말이다.

97) 青雲 : 高官에 오르는 것을 이르는 말이다. 『史記』「范睢傳」에 보인다.

98) 檄은 관청의 文書이다. 嶺海는 嶺南의 해안지방이라는 뜻으로 여기서는 晉州를 가리킨다.

99) 魯衛는 『論語』「子路」에 "魯衛之政 兄弟也"에서 나온 말이다. 魯衛連城은 형제가 이웃한 고을을 다스린다는 뜻이다. 棠棣는 『詩經』

魚軒大家往來穩,100)　　　怡愉不識南征勞.

昨日春官上啓目,101)　　　門下奉敎申地曹.102)

遙賜榮筵古康州,103)　　　九重聖澤傾滔滔.

鳳鳴朱樓壓城敵,104)　　　紫霞萬瓮釀仙醪.

陸海狼藉物其備,105)　　　刲羊擊豕將空牢.

白幕扶雲覆廣庭,　　　　　半千歌舞森週遭.106)

彩棚突兀移造化,107)　　　三山彷彿浮金鰲.108)

是時淸和屬夏官,109)　　　初柳冥冥迷塹壕.110)

雁行袍笏擁雙盖,111)　　　宮花獵獵飜隨도.112)

依然放榜金門廻,113)　　　丫童百隊聲呀嘈.114)

「小雅」의 篇名으로 형제간의 화목한 정을 노래하였다.

100) 魚軒은 婦人이 타는 수레다. 大家는 신분이 높은 부인을 이르는
말이다. 班固의 누이 班昭를 曹大家라 부른 데서 나온 말이다.

101) 春官은 『周禮』의 관명인데 우리나라의 禮曹에 해당한다. 啓目은
임금에게 보이는 글이다.

102) 중국의 門下省은 우리나라의 承政院에 해당한다. 地曹는 戶曹를
가리킨다.

103) 榮筵은 榮親의 잔치자리를 말한다. 康州는 晉州의 옛지명이다.

104) 鳳鳴樓 : 晉州에 있는 누각 이름

105) 陸海 : 뭍과 바다에서 나는 좋은 음식.

106) 週遭 : 빙 둘러 있는 모습을 형용한 말이다.

107) 彩棚 : 잔치를 할 때 소나무 등의 가지에 비단으로 친 가설무대.

108) 金鰲 : 바다에 金鰲가 三神山을 떠받들고 있다.

109) 夏官 : 여름을 가리키는 말이다.

110) 冥冥은 잎으로 가려져 어두운 모습이다. 塹壕는 성 앞쪽에 방어를
위해 파놓은 못이다.

111) 雁行은 기러기 행렬처럼 형제가 나란한 모습. 雙盖는 높은 사람의
뒤에 드리우는 차일.

112) 宮花는 과거에 급제한 사람에게 내리는 꽃이다. 獵獵은 펄럭이는
모습이다.

113) 依然은 옛날과 같다는 뜻이다. 放榜은 과거 급제자의 명단을 공표
하는 것이다. 金門는 궁궐.

114) 丫童 : 여자 아이와 남자 아이라는 뜻으로, 아름다운 옷을 입고 춤

優人散落奏伎倆,[115]　　來觀九里奔波濤.

夫人自慶懷抱中,　　做得兩箇名世豪.

津津色笑擧壽杯,[116]　　鶴髮烔烔顔如桃.

頭流拱翠飛瑞氣,　　靑鶴仙人環羽旄.

鼉鼓逢逢幾通雷,[117]　　鯤絃鐵撥轟檀槽.[118]

抑六龍首頓羲轡,[119]　　窮歡已到棲鴉號.

聞者不量才品殊,　　累月笒兒還怨咷.

人間勝事不可泯,　　丹靑忽落秋兎毫.[120]

菁天夜夜鬼神泣,[121]　　文物江山無一毛.[122]

傳家科第是靑氈,[123]　　雲仍興感承風騷.[124]

(朴祥, 「題李晉州兄弟榮親圖」)

을 추며 급제자의 잔치에 흥을 돋운다.

115) 優人 : 광대.

116) 津津 : 즐거워하는 모습.

117) 鼉鼓는 악어가죽으로 만든 북으로 소리가 우렁차다. 逢逢은 북소리를 형용하는 말.

118) 鯤絃 : 鵾絃과 같다. 唐 賀懷智가 鵾鷄의 힘줄로 琵琶의 현을 만들고 檀木으로 槽(비파의 통)를 만들어 鐵撥로 연주하였다고 한다. 그 소리가 매우 웅장하다는 뜻이다.

119) 曹植의 「與吳質書」에 "抑六龍之首, 頓羲和之轡"에서 나온 말이다. 龍馬 6필이 끄는 수레같이 급히 지나가는 시간을 억제하고, 羲和가 모는 해 수레의 고삐를 멈춘다는 말로 시간이 급하게 흘러가는 것을 막는다는 뜻이다.

120) 秋兎毫 : 붓을 이르는 말.

121) 菁天은 진주의 별칭이다. 鬼神泣은 귀신도 감동시킬 만큼 뛰어나다는 뜻이다.

122) 실물과 조금도 차이가 없게 그렸다는 뜻이다.

123) 靑氈 : 집안에 대대로 전하는 家寶를 비유하는 말.

124) 雲仍은 雲孫과 仍孫으로, 먼 후손을 이르는 말. 風騷는 『詩經』과 『楚辭』를 가리키는 말인데, 여기서는 뛰어난 재주를 이른다.

(3) 雜言

四言은 『詩經』을 모방해서 지은 것으로 『文選』에 陸機 등의 작품이 보인다. 唐代에는 王維와 柳宗元의 작품 1편만이 문헌에 보일 정도로 거의 제작되지 않았다. 우리나라에 있어서도 四言은 드물었고 鮮初 樂章의 제작에 주로 편중되어 나타나고 있다. 樂章이 아닌 일반 文人의 시로는 위항인 張混과 經世家 丁若鏞의 것이 돋보인다. 특히 丁若鏞은 『詩經』의 風以刺上을 통해 현실의 질고를 고발하려는 목적에서 詩經詩를 조술하여 많은 四言을 남기고 있다.

有女蓬髮,　　　箕踞田中.[125)]
放聲號咷,　　　呼彼蒼穹.[126)]
忍而割恩,　　　拔此稻苗.
盛夏之月,　　　悲風蕭蕭.

(丁若鏞,「拔苗四章·二」)

이 시는 제목이 시사하듯이 『詩經』의 제목을 본따 지었다는 데서 제작의 의도가 간취된다. 丁若鏞은 序文 역시 詩序를 단 것처럼 "拔苗는 가뭄든 것을 슬퍼한 것이다. 모가 말라 옮겨 심을 수 없어 농부가 이를 뽑아 버린다. 뽑는 자가 반드시 통곡하여 우는 소리 들판에 가득하다. 한 부인이 하늘을 원망하여 부르짖으며 한 아들을 죽여 소나기 한 바탕이 내려주기를 원한다(拔苗, 閔荒也. 苗槁不移, 農夫拔而去之, 拔者必哭, 聲滿原野, 有婦人寃號極天, 願殺一子以祈一沛焉)."라 하였다. 위 제2수는 모를 뽑는 대목

---

125) 箕踞 : 무릎을 세워 쪼그리고 앉음.
126) 蒼穹 : 蒼空.

을 형상화한 것이다. 詩經의 風以刺上을 통해 현실의 질고를 고
발하려던 丁若鏞에게 四言詩는 매우 유의미한 양식이 될 수 있었
던 것으로 보인다.

　五七雜言은 五言과 七言이 섞여 있는 것으로 七言이 주가 되고
있어 칠언고시로 보기도 한다. 三七雜言은 七言詩 중에 三言의
구가 삽입된 것인데 역시 칠언고시의 범주에서 설명되고 있다.
樂府風이 강한 시나 음악성이 강조된 시에 자주 구사되었다. 三
五七雜言도 七言詩에 三言과 五言이 섞인 것이다. 이와는 달리
구의 자수가 三言, 五言, 七言 뿐만 아니라 四言, 六言, 심지어
八言, 九言에 이르기까지 자유롭게 나타난 예도 있는데 三五七言
의 홀수가 주가 된 것이 있고, 四六八言의 짝수가 주가 된 것이
있으나 이러한 것은 흔한 시체가 아니며 長短句라는 이름으로 불
리기도 한다.

蒼生難 蒼生難,127)　　　年貧爾無食.
我有濟爾心,　　　　　　而無濟爾力.
蒼生苦 蒼生苦,　　　　　天寒爾無衾.
彼有濟爾力,　　　　　　而無濟爾心.
願回小人腹,　　　　　　暫爲君子慮.
暫借君子耳,　　　　　　試聽小民語.128)
小民有語君不知,　　　　今歲蒼生皆失所.
北闕雖下憂民詔,　　　　州縣傳看一虛紙.
特遣京官問民瘼,129)　　 馹騎日馳三百里.130)

---

127) 蒼生 : 백성.
128) 小民 : 미천한 백성.
129) 民瘼 : 백성의 고통.
130) 馹騎 : 驛站에 비치하는 말.

吾民無力出門限,　　　何暇面陳心內思.

縱使一郡一京官,　　　京官無耳民無口.

不如喚起汲淮陽,[131]　　未死子遺猶可救.

（魚無迹,「流民歎」)[132]

이 작품은 근체시에서 회피하는 入聲字로 압운하기 시작하여
入聲 職韻(食, 力), 平聲 侵韻(衾, 心), 去聲 御韻(慮)과 上聲 語
韻(語,所)의 通押, 上聲 紙韻(紙, 里)과 去聲 寘韻(事)의 通押,
上聲 有韻(口)과 去聲 宥韻(救)의 通押으로 네 번 換韻하고 있
다. 또, 五言과 七言을 자유로이 교체하면서 까다로운 근체시의
규칙에 얽매이지 않고 유랑하는 백성의 참상을 잘 형상화하고 있
다. 또 제2연, 4연, 5연처럼 古拙한 對를 쓰는 것이 古詩의 한
특성이며, 1연, 2연이 다시 3연, 4연과 對를 이룬 隔句對 역시
古詩에서 즐겨 사용되는 對偶法이다. 그러나 이러한 작품은 韻文
의 형식을 취하고 있기는 하지만 그 詩體를 논하는 것은 큰 의미
를 가지지 못한다.

雜言 중에는 이보다 더욱 글자의 수에 변동이 많은 것도 있다.
一三五七言詩, 一三五七九言詩, 三五七言詩, 三五六七言詩, 혹은
一至七言詩, 一至九言詩, 一至十言詩 등 글자의 수를 연마다 다
르게 하거나 심한 변화를 주어, 마치 탑의 형상을 방불케 한다.
이러한 것을 寶塔詩라고도 하는데 대체로 희작인 것이 많다. 우
리나라에서는 樂府風의 시편에서 간혹 보이며, 조선 후기 委巷人
들이 神奇를 추종하는 시편을 제작할 때 여러 편 남긴 것이 있

---

131) 汲淮陽 : 漢代의 諫臣 汲黯. 直言을 잘 했으며, 淮陽太守가 되어서
　　정사를 잘 돌보아 누워 다스렸다 한다.
132) 流民 : 고향을 떠나 流浪하는 백성.

다. 여기서는 楊士彦의 三五七言詩를 보인다.

白玉京.[133]   蓬萊島.[134]
浩浩烟波古,   熙熙風月好.
碧桃花下閑來往.[135]   笙鶴一聲天地老.[136]
                          (楊士彦,「楓岳」)

　우리나라의 漢詩가 일반적으로 古調長篇에서 中國보다 뒤떨어지거니와 古詩는 近體詩, 특히 律詩에 비해 상대적으로 수적으로나 질적으로 열세에 있다. 近體에 있어서도 排律이 양적으로 열세인 것은 물론이다. 이러한 현상은 시에 대한 所尙이 시대에 따라 달라져 왔음을 단적으로 말해 주고 있는 것이다. 우리나라 초기의 시선집인『東文選』과『靑丘風雅』, 그리고 조선 중기의『國朝詩刪』에 있어서는 古詩의 비중이 결코 경홀하게 다루어지지는 않았음을 볼 수 있으나 肅宗代에 편찬된『箕雅』의 古詩는 대부분이 기존 시선집의 그것을 그대로 再錄하고 있으며 특히 中期 이후의 古詩 작품은 거의 선입하지 않고 있다. 이러한 현상은 위항인의 시집인『昭代風謠』,『風謠續選』,『風謠三選』에는 더욱 두드러지게 나타나고 있어 古體는 거의 찾아볼 수 없다. 우리나라 최후의 漢詩選集인『大東詩選』에 있어서도 古詩의 비중은 격감되고 있으며 특히 조선 후기의 작품은 현저하게 감소되고 있다. 이는 近體에 치중한 조선 시대의 습상을 반사적으로 나타낸 것이라 하겠다.

---

133) 白玉京 : 天帝가 사는 거처.
134) 蓬萊島 : 신선이 산다는 三神山의 하나.
135) 碧桃花 : 복숭아의 일종으로, 꽃이 겹으로 되고 열매를 맺지 않는 관상용이다.
136) 笙鶴 : 신선이 타는 학을 이르는 말.

3) 樂府

樂府는 원래 漢代에 樂歌를 관장하던 관청의 이름이다. 이 樂府에서 민간의 노래를 수집하고 새로운 樂歌를 제작하였으므로 이 樂府에서 채집하여 보존한 악장이나 가사 또는 그 모의작 및 이와 유관한 작품을 통틀어 樂府詩라 하였으며, 약칭하여 樂府라고 하게 된 것이다.

樂府는 前漢 武帝 때에 창설되었으나, 惠帝 때 夏候湛으로 樂府令을 삼은 것으로 보아 樂府의 명칭은 이미 惠帝 때에 사용되고 있었음을 알 수 있다. 그러나 高祖 때에 唐山夫人이 「房中歌」十六章을 지어 불렀고 戚夫人도 「出塞曲」, 「入塞曲」 등의 曲을 노래하였다고 하는 것으로 보아 樂府(樂章)는 이미 漢 高祖 때에 비롯하였다고 하겠다. 漢 武帝 때에 이르러 郊祀의 禮를 제정하고 크게 樂府의 관제를 개혁 확충하게 되었는데, 舊樂을 배우게 하는 것은 물론 北으로는 趙, 西로는 秦에 이르기까지 널리 천하의 風謠를 수집하였고 또 司馬相如 등을 시켜 새로운 詩賦를 짓게 하고 李延年으로 協律都尉를 삼아 律呂와 八音에 맞도록 하였다. 이에 이르러 樂府官署에서 協律된 시를 樂府라고 부르게 되었으며 樂府가 음악에 반주되는 가곡을 뜻하는 말이 되었다.

그러나, 建安 이후로는 模擬의 風이 크게 성하여 漢의 鼓吹曲「朱鷺」도 魏에서는 「楚之平」으로 고쳤으며 吳에서는 「炎精缺」로, 晋에서는 「靈之祥」으로, 梁에서는 「木紀謝」로, 北齊에서는 「玄精季」로, 모두 그 原題를 고쳤다. 그런데, 이것들은 원곡을 쓰기는 하였으나 辭는 새로 만든 것으로서, 혹은 제목 위에 行字를 가하기도 하고 曲字를 가하거나 吟字를 가하였던 것이다. 이러한 樂府는 모두 음악에 넣을 수가 없었던 것으로, 이들은 古樂府와 상대적으로 新樂府라 하였다. 唐 白居易는 다시 新樂府를 창립하여 가사가 음악과 합쳐져야 한다고 하였으나 결국 음악에는 不合하였다. 그러므로 樂府라 할 때에는 漢代의 樂府를 지칭하는 것이 되었다. 이후로 시인들은 다만 古樂府의 제목을 따서 長短句를 지었을 뿐 전과 같이 이것은 노래로 불리어지지는 않았다. 이에 이르러 樂府는 그 본래의 모습과는 달리 古詩의 한 체로 취급되었다.

그러나 후대 문인에 의해 지어진 樂府詩가 모두 古體詩로만 되어 있는 것은 아니다. 형식적으로 古詩의 한 체로 된 것이 많지만, '竹枝詞'라 일컬어지는 일군의 작품들은 近體 絶句로 지어지기도 하였다. 또 古樂府의 제목을 빈 작품에도 絶句나 律詩로 되어 있는 것이 자주 나타나기도 하였다. 이 점에서 樂府詩는 형식상의 분류가 아니라 古樂府의 제목을 딴 擬古樂府나 古樂府의 정신을 본떠 민속이나 향토색 짙은 시풍의 시를 이름하게 된 것이다. 따라서 樂府詩는 형식적으로 古體 樂府와 近體 樂府로 다시 나눌 수도 있다.

樂府詩는 중국에서 여러 차례 정리, 간행될 때 이미 분류되기 시작하였다. 그 대표적인 것이 宋 郭茂倩의 『樂府詩集』이다. 郭茂倩은 樂府詩를 郊廟歌辭, 橫吹曲辭, 燕射歌辭, 相和歌辭, 鼓吹曲辭, 淸商曲辭, 舞曲歌辭, 近代曲辭, 琴曲歌辭, 雜歌謠辭, 雜曲歌辭, 新樂府辭 등 12종으로 분류한 바 있다. 이 분류는 문제점이 없는 것은 아니나 대체로 용인되고 있다. 다만 이 12종 중에서 문학적인 가치가 있다고 여겨지는 鼓吹歌辭, 相和歌辭, 雜曲歌辭, 淸商曲辭, 橫吹曲辭 등이 주로 거론될 정도이다. 악곡의 형성과 용도에 따른 이러한 분류는 중국 문학 고유의 것이므로 우리나라 시인들의 樂府觀과는 다소 거리가 있으므로 상론은 피한다.

우리나라의 樂府는 처음부터 그것을 관현에 올려 노래를 부르기 위해 제작된 것이 아니다. 文言으로 중국시를 체험한 우리나라 시인에게 있어 이는 당연한 결과가 아닐 수 없다. 우리나라의 樂府는 가사에 지나지 않는 것이다. 그러므로 高麗時代의 李齊賢은 우리나라의 고대 시가를 七言絶句의 한시로 번역하여 이를 小樂府라 하였다.

小樂府는 俗謠를 七言絶句로 한역한 작품을 이른다. 이러한 작품에는 李齊賢의 小樂府에 화답하여 지은 閔思平의 小樂府가 있으며, 조선 후기에 申緯나 李裕元, 李瀷, 李學逵 등에 의해 제작된 바 있다. 여기서는 李齊賢의 것 중 하나를 예로 보인다.

黃雀何方來去飛,　　　　一年農事不曾知.
鰥翁獨自耕耘了,　　　　耗盡田中禾黍爲.
　　　　　　　　　　　　(李齊賢, 「沙里花」)

고려 시대 농민이 불렀음직한 농요를 이렇게 옮긴 것으로 보인다. 이러한 小樂府는 중국 樂府詩와는 성격이 다르다. 다만 민간의 노래를 채집한다는 樂府의 정신을 絶句의 시형에 담았기에 小樂府라 한 것이다.

우리나라의 樂府詩는 이미 崔致遠의 「江南女」에 보이기 시작하고, 이후 李仁老・陳澕・李奎報・洪侃・鄭誧・李穀・李穡・鄭夢周・李崇仁・鄭道傳・李詹 등의 일부 작품이 樂府의 풍이 있는 것으로 알려져 있다. 이들의 작품은 대체로 古樂府를 모의한 擬古樂府다. 본격적으로 擬古樂府가 대규모로 제작된 것은 조선조 성종 연간에 이르러서이다. 成俔에 의해 대규모로 擬古樂府가 제작되었고 조선 중기에 이르러 許筠・申欽・鄭斗卿 등도 뛰어난

擬古樂府를 남기고 있다. 이들 樂府詩는 현실 사회에서 직접적으로 비판하기 어려운 당대 현실을 우회적으로 풍자하기도 하고, 근엄한 사대부로서 형상화하기 어려운 애정의 문제를 운치있게 노래하기도 하였다. 물론 이때에도 이들 樂府詩는 음악과는 무관한 고시의 한 양식일 뿐이다. 다음은 申欽의 「採蓮曲」이다.

東隣女兒覺不襪,　　　兩足如霜踏溪渚.
溪頭蕩槳誰家郎,137)　手折荷花笑相語.
移船同去不知處,　　　別浦驚起鴛鴦侶.
　　　　　　　　　　（申欽,「採蓮曲」）

　이 작품의 배경이 조선 중기라는 특정한 시공간이라 말하기는 어렵다. 그러나 언제 어디에서나 있을 수 있는 남녀간의 내밀한 만남을 운치있게 묘사해내고 있다. 이에 비하여, 擬古樂府와 유사하지만 중국 古樂府의 정신만 빌려 조선의 풍속을 그린 일련의 樂府詩가 있는데 이를 紀俗樂府라 한다. 이러한 紀俗樂府는 唐 劉禹錫이 建安 일대의 山歌를 고쳐 竹枝詞를 지은 데서 비롯한 것이다. 그 정신을 살려 고려시대 李穡의 「驅儺行」,「八關」 등과 같은 작품이 나온 이래, 우리나라의 풍속을 낭만적으로 기술한 시가 문인에 의해 간헐적으로 제작되다가, 조선 후기에 이르러 申光洙의 「關西樂府」, 申維翰의 「金官竹枝詞」, 李鈺의 「俚言集」, 洪良浩의 「北塞雜謠」, 金鑢의 「思牖樂府」, 丁若鏞의 「耽津漁歌」, 「耽津農歌」,「耽津村謠」,「長鬐農歌」 등과 같은 작품이 양산되기에 이른다. 이들 작품은 변방의 풍속이나 민간의 서정을 사실적이면서도 낭만적인 경향으로 표출하고 있다. 洪良浩의 「北塞雜

---

137) 蕩槳 : 노를 저어 감.

謠」에 들어 있는 작품을 아래에 보인다.

豆江四月氷雪消,　　　　松魚始自瑟海至.[138]
江邊家家結大網,　　　　持網赤身入江水.
嗟爾逐魚愼勿過半江,　　半江之外非吾地.
（洪良浩,「豆江」）

　또 李尙迪, 李彦瑱, 趙秀三 등의 위항인에 의해 지어진 外國竹枝詞는 樂府의 영역이 또다시 확장된 결과로 樂府詩의 대상이 외국의 문물과 풍습에까지 미친 것이 있다. 竹枝詞는 원래 남녀의 애정이나 민간의 풍속을 읊조리던 樂府體이지만 조선 후기에 이르러 문인에 의하여 지어진 시체가 되기도 하였다. 申維翰의「日本竹枝詞」를 보인다.

黃金船舶紫綾帷,　　　　大坂繁華第一奇.[139]
二十四橋紅橘裏,　　　　家家珠箔鎖名嬉.
（申維翰,「日本竹枝詞」）

　樂府의 한 유형으로 독특한 것이 詠史樂府이다. 詠史樂府는 한 민족의 역사를 소재로 한 樂府題 시로 조선 초기 金宗直에 의해 지어진「東都樂府」로 처음 나타나, 조선 후기 沈光世의「海東樂府」, 李裕元의「海東樂府」, 李瀷의「海東樂府」, 李匡師의「東國樂府」, 李學逵의「海東樂府」, 申維翰의「嶺南樂府」 등으로 이어진다. 역사를 시의 형식을 빌어 표현한 것으로 역사적 사실을 序

---

138) 瑟海 : 두만강 하구의 바다를 가리키는 듯하다.
139) 大坂 : 오사까.

로 붙이는 것이 일반적이다. 원래 正史는 史官만이 기술할 수 있다. 그러므로 文人들이 감상적으로 역사를 적고 싶을 때 이렇게 樂府라는 이름을 빌리고 있는 것이다. 李奎報가 젊은 시절 五言古詩 형식으로 쓴 「東明王篇」도 그 성격에 있어서는 이와 크게 다를 것이 없다. 그러나 이 때의 樂府는 물론 노래와는 무관한 것이다. 여기서는 金宗直의 것을 보인다.

> 朴堤上 自高句麗還, 不見妻子, 而徑向倭國. 其妻追至栗浦, 見其夫已在船上, 呼之大哭. 堤上但搖手而去. 堤上死後, 其妻不勝其慕, 率三娘子, 上鵄述嶺, 望倭國, 痛哭而死. 因爲鵄述嶺神母焉.

鵄述嶺頭望日本,	粘天鯨海無涯岸.140)
良人去時但搖手,	生歟死歟音耗斷.
音耗斷 長別離,	死生寧有相見時.
呼天便化武昌石,141)	烈氣千年干空碧.

（金宗直, 「鵄述嶺」）

　　우리나라의 樂府詩는 관현에 올려져 노래로 불리어지지는 않았으나, 반복적 수사 기교를 통하여 음악적인 효과가 강하게 느껴지도록 배려하고 있다. 前句의 末尾를 다음 구에 그대로 중복해서 쓰는 蟬聯體의 기법이 자주 구사된 것도 이런 이유에서이다. 또 구법 자체도 三言, 四言, 五言, 六言, 七言으로 자유롭게 변화하는 것이 樂府詩의 한 특징이기도 하다. 이와 함께 잦은 환운이 수반되거나 매구 압운하는 기법이 구사될 때도 많다.

---

140) 鯨海 : 파도가 치는 바다를 이르는 말.

141) 武昌石 : 중국 武昌에 望夫石이 있는데, 아내가 멀리 간 남편을 기다리다가 돌이 되었다고 한다.

長相思,　思不見.　　　心知紙鳶風中戰.[142]
有席可捲石可轉.　　　此心鬱結何時變.[143]
所思遠在天之陬.　　　雲天綠樹晴悠悠.
悠悠不盡愁.　　　　　獨坐彈箜篌.
箜篌如訴復如泣.　　　彈罷不覺羅衫濕.
願爲雙飛鳥,　　　　　向君窓前立.
願爲明月光,　　　　　穿君帷箔入.
悲歌無寐夜何長,　　　魂夢不渡遼山陽.[144]
長相思, 空斷腸.

(成俔,「長相思」)

이 시는 동일한 글자나 구절을 반복 사용하여 리듬감을 형성하고 있다. 특히 "雲天綠樹晴悠悠, 悠悠不盡愁"는 前句의 末尾 "悠悠"를 다음 구에서 중복하여 쓰고 있는 것이다. 이를 蟬聯體라고 한다. 이러한 기법은 樂府詩에서 자주 구사되어 온 것이다.

---

142) 戰은 戰慄의 뜻이다.
143) 鬱結 : 마음이 답답한 모습.
144) 遼山은 중국 요동에 있는 산 이름. 산의 남쪽을 陽이라 한다.

3. 漢詩의 題材와 表現 樣式

문학 자체가 森羅萬象을 그 제재로 하거니와, 漢詩 역시 그 제재의 폭이 매우 넓다. 그러나 그 중에서도 가장 漢詩의 題材로 자주 등장하는 것이 政治, 歷史, 思想, 自然, 友情, 藝術, 愛情 등이다. 여기서는 이러한 제재가 우리나라 漢詩史에서 어떻게 수용되고, 뛰어난 시인들에 의해 어떠한 전형성을 갖고 문학적으로 형상화되는가를 살피고자 한다.

1) 漢詩와 政治

漢文學의 擔當層은 士大夫이다. 士大夫는 나아가면 政治를 行하여 國家를 경영하고 물러나면 제 몸을 닦는 것을 처세의 기본 방도로 여겼다. 李珥는 『東湖問答』 「論臣道」에서, 兼善과 獨善이 士大夫의 기본적인 자세라고 하면서도 獨善보다 兼善을 상위에 두고 있다. 修己와 治人의 두 축에서 修己만으로는 의미가 있지 않고 修己가 治人으로 이어져야 한다고 李珥는 생각했다. 이처럼 士大夫는 설사 士林에 물러나 있어도 정치 현실에서 멀어지기 어려운 것도 사실이다.

이처럼 漢詩의 담당층인 士大夫의 의식은 결코 정치 현실에서 격리될 수 없으며, 文學은 정치에 입문하기 위한 기본적인 교양이기도 하다. 주지하다시피 고려시대의 科擧는 製述科와 明經科로 나뉘어 시행되었다. 비록 과목이 바뀌기는 했으나 製述科에서는 詩, 賦, 頌 및 時務策을 考試 과목으로 하였고, 明經科보다 製述科가 중시되었다. 따라서 과거에 오르기 위해서는 문학이 필수였음을 알 수 있다. 조선시대에는 明經科를 계승한 生員試가 製述科를 계승한 進士試보다 위세를 떨치기도 했으나 進士試의 중요성은 거듭 강조되었다. 이 進士試는 世宗 때 賦와 排律 十韻詩를 고시 과목으로 하였고,『經國大典』에는 賦, 古詩, 銘이나 箴 등을 고시과목으로 규정하고 있다. 이중 銘이나 箴은 후대에 제외되었다. 詩와 賦의 격식은 매우 복잡하여 자구의 聲律은 물론 내용에서도 入題, 鋪敍, 回題 등의 격식을 지켜야 했다.

조선시대의 進士試나 生員試는 成均館 입학 시험이었고 정작 高麗의 製述科와 明經科는 文科로 통합되는데 文科의 初場에서는 講經을, 中場에서는 詩와 賦를, 終場에서는 策, 表, 箋 등을 시험하였다. 謁聖文科나 庭試에서는 表, 箋, 賦, 箴, 頌, 銘, 疏, 制, 論 중에서 출제되었으며, 그 중에도 四六文字로 제작하는 表나 賦가 많이 출제되었다. 또 春塘臺 文科나 文臣庭試에는 여기에 律詩가 더 첨가되기도 하였다. 이와 같은 제도에서 고려나 조선시대의 문학 수업은 곧 정치 수업의 일환으로 간주되었던 것이다.

朝鮮 初期에는 鄭道傳 등이 "詞章을 배격해야 진정한 儒學者가 배출되고 나라를 잘 다스리기 위해 漢, 唐의 풍조를 버리고 盛周의 풍조를 좇아야 한다"고 하여 講經을 중시하였으나, 太宗 때부터는 詞章을 중시하던 高麗末의 풍조로 돌아가야 한다는 반대 의견도 팽배하였다. 이로 인해 朝鮮時代에는 時論에 따라 講經과 製述이 유동적으로 우열이 있어 왔다.

다만 이러한 사정에도 불구하고 문학을 위주로 하여 관리를 뽑은 것은 講經에만 치중하게 되면 文章에 뛰어난 인재가 없어 사신을 접대할 때 詩文으로 응대를 잘하지 못하게 된다는 현실적인 이유 때문이었다. 性理學으로 무장된 士類가 중앙 정계에 대거

진출하게 된 成宗 연간에 특히 詞章을 숭상하던 당시의 습상에 대한 비판이 잦아지거니와, 이에 대해 南袞이 事大를 이유로 詞章을 폐치할 수 없다고 한 주장은 당대 정치 현실에서 문학의 중요성을 잘 대변한 것이다. 이러한 南袞의 주장은 사실상 이미 『論語』「子路」에 보이는 "詩 삼백편을 외우고서도 政事를 맡아서 통달하지 못하거나 사방에 使臣으로 가 능히 홀로 응대하지 못하면 비록 詩를 많이 읽었으나 무엇에 쓰리요(誦詩三百, 授之以政 不達, 使於四方, 不能專對, 雖多亦奚以爲)"라는 孔子의 말에서 기원을 두고 있는 것이기도 하다.

이처럼 漢詩가 使臣을 접대하는 데 필수적인 것이었다는 점도 漢詩의 정치적 효용성이 그만큼 중요하게 용인되고 있었음을 단적으로 입증해 주는 것이라 할 것이다. 詩에 능통치 못하면 外交的인 문제가 야기되곤 한 것은 朝鮮 外交의 현실이었다. 製述官이라는 명칭으로 사신 행렬에 반드시 뛰어난 시인이 참석했던 것은 이러한 현실 때문이었다. 鄭士龍을 위시하여 수많은 문인들이 士林의 탄핵을 받아 물러나 있는 상황에서도 조정으로부터 다시 소환을 받게 되었던 것은 그들의 詩才가 外交에 있어 필수적이었기 때문이다.

權近의 「應製詩」가 제작된 배경은 이러한 사정을 설명해 주는 표본적인 사실이 될 것이다. 「應製詩」는 表箋 문제로 明 太祖가 그 撰者를 불러들였을 때 權近이 鄭道傳을 대신하여 그 앞에 나아가 命題에 따라 詩를 지어 바친 것이다. 이는 그의 博學能文 때문에 가능할 수 있었던 것이기도 하지만, 이러한 역사적 사실을 있게 해 준 것은 역시 문학의 효용성을 존중하던 시대의 요구에 부응한 것이라 할 것이다.

蒼蒼一點漢羅山,1)　　　　遠在洪濤浩渺間.2)
人動星芒來海國,3)　　　　馬生龍種入天閑.4)
地偏民業猶生遂,　　　　風便商帆僅往還.
聖代職方修版籍,5)　　　　此邦雖陋不須刪.
　　　　　　　　　　　　　(權近,「耽羅」)6)

　이 작품은 외견상 政治와 무관한 것으로 보인다. 觀風의 의지가 깊숙히 자리잡고 있는 것은 느낄 수 있지만 표면적으로 政治 문제를 직접 다루고 있는 않다. 그러나 이 시에서 드러내 보이고자 한 부분은 尾聯이다. 耽羅는 조그마한 섬나라에 지나지 않지만 聖代에서는 이를 인정하여 지도를 改修할 때도 지워버리지 않았다는 것이다. 나무판으로 된 지도 위에 탐라는 조그마한 點 하나에 지나지 않지만, 이를 아껴 깎아버리지 않았다는 것이다. 우리나라와 탐라와의 사이에 있었던 역사적 사실을 일깨워 明과 우리나라와의 사이에도 이와 같이 우호적인 관계가 성립되기를 바라고 있는 것은 물론이다.

---

1) 漢羅山은 漢拏山의 異名.
2) 浩渺는 물이 넘실거리는 모습이다. '洪濤浩渺'가 '萬頃滄波'으로 된 데도 있다.
3) 自註에 "新羅 시대에 耽羅人이 來朝하였을 때 客星이 應하였기 때문에 왕이 기뻐 그에게 星子라는 號를 내렸는데 그 자손이 지금까지 전하여 말한다 한다(昔耽羅人來朝新羅, 有客星之應. 羅主喜之, 賜號星子, 其子孫至今傳稱)."라 하였다.
4) 龍種은 八尺 이상으로 키가 큰 말을 이른다. 天閑은 황제의 마굿간이다. 제주도에서 좋은 말이 나는데, 이를 조공하였던 일을 가리킨다.
5) 職方은 『周禮』「夏官」에 보이는 벼슬 이름으로, 天下의 地圖와 四方의 朝貢을 맡았다. 版籍은 土地 및 人口에 관한 것을 기록하는 장부이다.
6) 耽羅 : 제주도의 옛 이름.

文學은 개인의 정치적 입신에도 영향을 미친다. 이 때의 문학 작품은 사물을 읊으면서 자신을 등용해 주지 않은 임금에 대한 원망이나 등용의 소망을 말하는 것이 일반적이다. 鄭襲明의 「石竹花」는 전형적인 예다. 자신의 처지를 패랭이꽃에 비유하여 재주가 있음에도 불구하고 쓰이지 못하고 있는 자신의 처지를 기탁한 것이다.7)

世愛牧丹紅,　　　栽培滿院中.
誰知荒草野,　　　亦有好花叢.
色透村塘月,　　　香傳隴樹風.8)
地偏公子少,　　　嬌態屬田翁.9)
　　　　　　　　（鄭襲明, 「石竹花」)10)

평범한 散文 句法을 사용하면서도 諷喩의 技法이 높은 수준에 이르고 있다. 草野에 사는 자신을 패랭이꽃에 비유하여 세속에서 사랑받는 모란꽃과 대응시키면서 정돈된 모습을 보인다. 大閤이 이 시를 외우는 것을 睿宗이 듣고 즉시 작자를 玉堂에 補任하였다고 한다. 皇甫倬이 芍藥을 읊어 翰林院에 들어간 것도 이와 유사한 양상이다.11)

---

7) 향가인 信忠의 「怨歌」와 고려가요인 鄭敍의 「鄭瓜亭曲」, 그리고 鄭澈의 「思美人曲」과 「續美人曲」 등이 이러한 계열의 국문시가이다. 이른바 忠臣戀主之詞로 불리는 이러한 작품은 버림받은 여인을 자신의 처지에 비기고 있어 염정을 노래한 樂府詩 계열과 유사하다. 이러한 유형은 애정을 다루는 장에서 다시 언급하기로 한다.

8) 隴樹 : 언덕 위의 나무.

9) 屬 : 발음은 '촉'으로 '부치다'의 뜻.

10) 石竹花 : 패랭이꽃.

11) 東館是蓬萊山, 玉堂號鼇頂, 皆神仙之職. 本朝舊制, 雖天子莫得擅其升

둘째 방식은 詩의 내용이 직접 政治에 도움을 줄 사실을 함축하고 있는 것이다. 이 때에도 시의 기능은 여러 가지로 논의될 수 있다. 먼저 앞서 雅頌을 지어서 政事를 돕는다는 방식이 있다. 雅와 頌은 風과 함께 『詩經』에서 보이거니와, 風이 민요적인 성격이 강하다면 雅와 頌은 國家와 帝王의 德을 칭송하는 성격이 짙다. 雅와 頌으로 政事를 돕는다 함은 곧 國家 文物의 성대함과 君王의 盛德을 文學으로 빛낸다 함이요, 이른바 '館閣文字', 혹은 '黼黻文章'으로 개념화될 수 있는 것이다. 이와 같은 文學의 對政治的 기능은 朝鮮이 건국되자 文物 制度의 정비 과정에서 國初 文人들에 의하여 활발하게 활용된 바 있다. 이 시기 文章은 誥命이나 章奏와 같은 館閣文字가 양산되었으며 새 王朝의 偉業과 서울의 새 風物을 읊조린 歌詠, 頌禱의 詞가 많았다. 奏議類는 文體의 성격 자체가 政治 현안을 다루는 것이 일반적이며, 頌贊이나 箴銘도 政治的 理想을 제시하거나 帝王의 德을 칭상한 것이 鮮初 文壇의 모습이었다.

黜, 苟有缺, 必須禁署諸儒薦引, 然後用之. 非有三多之譽七寶之才, 則世皆爲之處, 必未免血指汗顔之誚. 睿王時, 江南揩大鄭襲明, 抱奇才偉量, 涉世無津. 嘗賦石竹花: "世愛牧丹紅, 栽培滿院中. 誰知荒草野, 亦有好花叢. 色透村塘月, 香傳隴樹風. 地偏公子少, 嬌態屬田翁." 時有大閣, 誦此詩達宸聰, 上曰: "非狗監, 何以知相如之尙在耶?" 卽令補玉堂. 毅王初, 賢良皇甫倬十擧擢上第, 會上遊上林賞芍藥, 遂成一什, 侍臣莫膺載, 賢良亦進一篇: "誰道花無主, 龍顔日賜親. 也應迎早夏, 獨自殿餘春. 午睡風吹覺, 晨粧雨洗新. 宮娥莫相妬, 雖似竟非眞." 上大加稱賞. 其後選部, 進擬補館職者, 上觀姓名曰: "莫是嘗進應制芍藥者耶?" 卽以宸翰點之, 直東館. 鄭公後入樞掖居喉舌, 受遺補主, 謇謇有王臣風. 皇甫公亦掌綸誥, 出入臺閣十餘年. 噫! 風雲際會, 古人謂之千載. 今觀二公, 唯以一篇見知, 不煩夢卜, 自然而合. 明良相値, 豈偶然哉? (『補閑集』 下)

또 樂章이라는 장르로 알려져 있는 일련의 詩作은 館閣文字의 대표라 할 만하다. 이 樂章은 成宗年間에 이르기까지 文人들에 의하여 왕성하게 제작된 바 있다. 樂章을 포함한 館閣文字는 대체로 讚美之辭를 위주로 한 美詩의 성격을 띠고 있다. 美詩를 제작하는 까닭은 崔恒이 「龍飛御天歌跋」에서 말한대로 "『詩經』에 頌이 있는 것은 先王의 盛德과 成功을 稱述함으로써 念慕의 懷抱를 寄託하며 동시에 子孫을 保守하는 길을 위해서이다(詩之有頌, 皆所以稱述先王盛德成功, 以寓念慕之懷, 而爲子孫保守之道)".

물론 이러한 유형의 詩는 鮮初라는 특정한 시기에 量産된 것이기는 하지만, 高麗時代나 朝鮮 中期 이후에도 간헐적으로 제작된 바 있다. 高麗時代의 美詩는 종묘제례나 御賜宴, 혹은 王의 行樂 때 王의 명령에 의해 撰進한 應製詩나 때로는 王의 행차시에 儒生들이 올린 歌謠에서 전형적으로 나타나며 특히 詩文을 좋아한 君主의 시대에 집중적으로 나타난다. 이들 美詩는 『詩經』의 雅頌을 전범으로 하고 있어 四言體로 이루어진 것이 많다. 다음은 高麗 睿宗 11년에 제작된 「九室登歌」 중의 한 수다.[12]

應天開基,	鴻圖克昌.[13]
盛德神功,	巍巍堂堂.[14]
積厚流光,[15]	子孫千億.
廟貌蒸嘗,[16]	永永無極.
	(宗廟祭禮樂, 「九室登歌」)[17]

---

12) 이하 館閣詩에 대해서는 金性彦, 「高麗 時代 館閣詩 硏究」(서울대 박사학위논문, 1989)에 힘입은 바 크다.
13) 鴻圖 : 광대한 基業.
14) 巍巍 : 높은 모습을 형용한 말.
15) 流光 : 福澤이 후세에 흐름.
16) 蒸嘗 : 가을과 겨울의 두 제사. 후대에는 제사의 범칭으로 쓰인다.

이 작품은 완전히 정형화되어 있는 宗廟祭禮樂의 예로 王業에 대한 찬미로 일관되어 있다. 天命에 의해 開國되었고, 聖王의 공덕이 높다고 한 다음, 그 복이 후대에까지 영원히 미치도록 宗廟에 제사를 올린다는 내용이다.

일반 漢詩의 영역에서 讚美之辭의 성격이 강한 작품으로는 '早朝詩'라는 것이 있다. 早朝詩는 아침에 왕이 親臨하는 朝會의 장면을 묘사한 일군의 詩로서 唐 賈至의 「早朝大明宮呈兩省僚友」와, 여기에 唱和한 岑參의 「和賈舍人早朝大明宮詩」, 杜甫의 「奉和賈至舍人早朝大明宮」 등에서 전범을 찾을 수 있다. 우리나라에서는 중국으로 사신간 문인들이 중국의 조회에 참석하고 早朝詩를 지은 것이 많다. 李承召의 「早朝」를 보인다.

東華待漏曙光回,[18)]   萬戶千門次第開.[19)]
雙鳳遙瞻扶玉輦,[20)]   九韶還訝上瑤臺.[21)]
香烟殿上霏如霧,[22)]   淸蹕雲間響轉雷.[23)]

---

17) 九室 : 天子의 祖廟.

18) 東華는 東華門으로 중국 北京 궁성의 동문이다. 待漏는 待漏院으로, 신하들이 새벽에 모여 조회를 준비하던 곳이다. 曙光回가 曙光催로 된 데도 있다.

19) 天子의 궁에는 千門萬戶가 있다. 岑參의 「早朝大明宮呈兩省寮友」에 "金闕曉鍾開萬戶, 玉堦仙仗擁千官"이 보인다.

20) 雙鳳은 한 쌍의 봉황, 天子의 수레를 장식하였다. 蘇頲의 「侍宴安樂公主山莊應制詩」에 "簫鼓宸游陪宴日, 和鳴雙鳳喜來儀"가 보인다. 玉輦은 天子의 수레를 미화한 말로 徐陵의 「雙林傳大士碑」에 "玉輦升殿, 雲蹕在階"가 보인다.

21) 九韶는 舜의 악곡 이름으로, 九磬·九招 등으로도 불리운다. 태평시절을 상징한다. 瑤臺는 아름다운 누대로 瑤臺瓊室, 여기서는 임금의 자리를 가리킨다.

22) 여기서 香烟은 조정에 피워둔 좋은 향을 말한다. 杜甫의 「和賈至舍

聖代卽今家四海,24)   盡敎殊俗奉琛來.25)
(李承召, 「早朝」)

李承召는 1480년 奏聞使의 副使로 明에 간 바 있는데, 그 이 듬해인 1481년 2월 12일 북경에 도착하여 14일 새벽 奉天門에 서 天子를 알현하고 이 작품을 제작하였다. 首聯에서는 朝會 때 문에 새벽 일찍 대궐로 가 문이 열리기를 기다리는 모습을 말하 였고, 頷聯에서는 天子의 入朝 광경을 묘사하였다. 頸聯은 조회 광경을 그렸고, 尾聯에서는 事大의 뜻을 말하였다.

이러한 작품은 화려한 궁중 용어를 사용하여 화려한 분위기를 전하고 있다. 典故의 활용이나 제재에서 상투어구에 강한 집착을 보인다. 待漏, 萬戶千門, 雙鳳, 玉輦, 九韶, 瑤臺 등이 그러한 예 이다. 또 이 작품에서는 보이지 않지만 唐代 長安의 御溝에 수양 버들을 심고 楊溝라 부른 데서 나온 御柳와 같은 표현도 早朝詩 에 즐겨 나타나는 상징적 어구이다. 이와 같은 작품으로는 비슷 한 시기 姜淮伯의 「奉天殿早朝」나 조선 중기 鄭士龍의 「早朝」 등 도 명편으로 알려져 있다.

早朝詩 이외에도 春帖詩나 宮闕題에도 이러한 讚美之辭가 보 이며, 가뭄 끝에 내린 단비나 祥瑞를 상징하는 보배를 얻고 왕에 게 헌납하는 祥瑞詩, 첫눈이 내린 상서로움을 읊은 新雪詩에도

人早朝大明宮」에 "朝罷香煙携滿袖, 詩成珠玉在揮毫"가 보인다.
23) 淸蹕은 天子가 출입할 때 禁制하는 행위로, 여기서는 그렇게 하는 요란한 소리를 가리킨다.
24) 家四海 : 四海一家. 『荀子』 「議兵」에 "四海之內若一家, 通達之屬莫 不從服"이 보인다.
25) 琛은 진귀한 보물이다. 蘇軾의 「賜于闐國進奉人進發前一日御筵口 宣」에 "汝等奉琛來觀, 以事言歸"가 보인다.

이러한 사유 방식을 볼 수 있다. 다음은 鄭知常의 「新雪」이다.

昨夜紛紛瑞雪新,26)　　　曉來鴛鷺賀中宸.27)
輕風不起陰雲捲,　　　　白玉花開萬樹春.
　　　　　　　　　　　　(鄭知常,「新雪」)

첫눈이 내려 百官이 왕에게 朝賀하는 모습을 담았다. 『補閑集』
에서는 和艶하고 富貴하다고 하였다. 起句와 承句에서 瑞雪에 대
해 임금에게 祥瑞를 올리는 朝臣들의 모습을 그렸다. 轉句와 結
句는 검은 구름과 白玉花 등의 상징어로 정치적 이상을 희원하고
있음을 알 수 있다. 이러한 양식의 시는 고려 중기에 특히 많고,
조선시대에는 흔하게 나타나지 않는다. 대신 早朝詩가 使行의 증
가와 함께 자주 나타나는 사실이 특기할 만하다.

이와 같이 讚美之辭를 위주로 하는 시편은 왕권을 강화하고 새
로운 정치 상징을 만들어내는 데 기여한 것으로 보인다. 유교 정
치 체제에서 통치의 가장 적절한 수단으로 간주되어온 것이 臣民
의 교화를 통한 德政의 수립이었으며 그러한 교화를 가장 효과적
으로 이루는 방법은 禮樂을 통한 인간 심성을 개조하거나 본래
가진 善心을 發揚하는 것이다. 특히 무력으로 왕권을 교체했을
경우 새 왕조의 지배 계층들은 권력 장악의 정당성을 입증하려
하며, 이것이 새로운 禮制의 정비로 나타난다. 건국 초기에 百官
의 服飾 개정, 宗廟祭禮樂의 개정, 화려한 의식의 진행 등과 같

---

26) 紛紛은 어지러이 날리는 모양이고, 瑞雪은 풍년을 오게 하는 상서
　　로운 눈이다.
27) 鴛鷺는 원앙새와 해오라기로, 그 儀容이 閑雅하여 백관이 朝庭에
　　줄지어 서있는 것을 비유한다. 中宸은 天地가 交合하는 곳, 轉하여
　　天子의 궁전, 곧 임금을 지칭한다.

은 맥락에서 나온 것이 바로 이러한 유형의 讚美之辭를 널리 제작하게 한 것이었다.

제왕에게 올리는 이와 같은 讚美之辭는 국가의 위업이나 군왕의 덕을 칭상하는 이면에 당위성의 제시라는 기능도 갖는다. 즉 실재하지 않는 국가의 위업과 군왕의 덕을 칭송할 때 군왕은 이를 勸戒之辭로 받아들이게 된다는 것이다. 다음은 金富軾의 「東宮春帖」이다.

> 曙色明樓角,　　　　　春風着柳梢.
> 鷄人初報曉,[28]　　　　已向寢門朝.[29]
> 　　　　　　　　　　(金富軾, 「東宮春帖」)[30]

春帖子는 春端帖子, 春端帖, 春帖이라고도 하는데, 宋代에 立春日에 翰林이 春詞를 宮中 文帳에 붙였던 관습에서 유래하였다. 體가 宮詞와 비슷하며, 工麗한 絶句 형식으로 된 것이 대부분으로, 太平을 노래하면서 諷諫의 뜻을 담는다. 이 작품은 東宮이 마땅히 해야 할 일을, 마치 하고 있는 것처럼 형상화하고 있는 것이다. 이러한 작품은 箴銘類에서 자신이 늘 경계로 삼아야 할 것을 신변에 적어두던 것과 동일한 기능을 하고 있는 것이라 하겠다.

> 園花紅錦繡,　　　　　宮柳碧絲綸.[31]

---

28) 鷄人 : 중국 古代에 시각을 알리는 일을 맡아보던 관원.
29) 寢門 : 古禮에 가장 안쪽에 있는 문을 이르는 말. 여기서는 왕의 內室을 가리킨다.
30) 東宮 : 太子宮. 혹은 太子를 가리키기도 한다.
31) 絲綸 : 임금의 명령은 실처럼 가늘지만, 일단 나가기만 하면 밧줄처

喉舌千般巧,[32]　　　　　　春鶯却勝人.
(金良鏡,「書大觀殿黼座後障無逸圖上」)[33]

　이 작품은 大觀殿의 黼座 後障에 그려진 無逸圖가 훼손되자 임금이 金良鏡에게 명하여 쓰게 한 것으로 金良鏡은 命을 받아 詩書 二簇을 지어서 바쳤다고 한다.[34] 이 작품은 임금에 대한 그리움과 찬양을 담고 있다. 먼저 궁중의 화려한 경치를 묘사하고 다음으로 임금 주위의 말만 앞세우는 신하를 조심해야 함을 은근히 권계하고 있다.『詩經』「毛詩注疏」에 "위는 시로써 아래를 교화하고 아래는 시로써 위를 풍자한다. 문식을 주로 하여 둘러서 간하므로 그것을 말하는 자는 죄가 없고, 그것을 듣는 자는 족히 경계할 수 있다(上以風化下, 下以風刺上. 主文以譎諫, 言之者無罪, 聞之者足以戒)."라 한 구절을 詩作으로 실천한 것이 위와 같은 작품이라 하겠다.

　이상에서 漢詩가 갖는 정치적 효용성에 대하여 살펴 보았다. 이와는 반대로 정치 현실 자체가 문학에 그대로 반영되어 그 성격까지도 결정한다는 인식이 일찍부터 있어 왔다.

　治世의 音은 평안하고 즐거우니 그 정치가 조화롭고, 亂世의 音은 원망하고 노여우니 그 정치가 어그러지며, 亡國의 音은 슬프면

───────────────

럼 굵어진다는 뜻으로, 詔勅의 글을 가리킨다.『禮記』에 "王言如絲, 其出如綸"이 보인다. 그러나 일차적으로 "宮柳가 실처럼 푸르다"에서는 그냥 '실'의 뜻으로 쓰이고 있다.

32) 喉舌 : 왕명의 출납을 담당하는 주요 관원을 비유하는 말이다.

33) 大觀殿은 高麗의 宮名. 黼座는 임금이 앉는 자리. 제왕의 뒤에 黼扆를 설치하였기 때문에 黼座라고 한다. 無逸圖는 宋 孫奭이 그린 그림으로 임금의 安逸을 경계하였다.

34)『補閑集』中.

서 시름겨우니 그 백성이 괴롭다.(治世之音安而樂, 其政和, 亂世之
音怨而怒, 其政乖, 亡國之音哀而思, 其民困)35)

여기서 音은 音樂이면서 동시에 詩를 가리킨다. 詩가 政治의
得失을 반영한다는 것이다. 또 詩만 그러한 것이 아니라 文章에
있어서도 政治의 得失이 文體上의 風格으로 나타남은 일찍부터
지적되어 왔다. 『書經』에는 각 시대의 문장이 들어 있는데 夏의
政治는 忠을 숭상하여 文辭가 雄渾하니 「禹貢」을 보면 알 수 있
고, 殷의 政治는 質을 숭상하여 文辭가 簡明하니 「盤庚」을 보면
알 수 있고, 周의 政治는 文을 숭상하여 그 文辭가 婉曲丁寧의
뜻이 많으니 「牧誓」를 보면 알 수 있다고 한다. 정치 현실이 곧
문학의 風格으로 연결된다는 이러한 사고는 고전 시대에 상당히
보편적으로 통용되어 왔다. 經術 文章의 모범인 『詩經』과 『書經』
의 영향권에 있었던 당시로는 오히려 당연한 현상이라 할 수 있
다.

文學이 가지는 이러한 성격 때문에 文學을 통해 政治의 得失을
아는 것이 일찍부터 제도화되었다. 『禮記』「王制」에 "太師에게
命하여 詩를 陳設하고 民風을 본다(命太師, 陳詩以觀民風)."라고
하였고, 이에 대해 그 疏에서는 "그 國風의 詩를 각기 陳設하여
政令의 善惡을 본다(各陳其國風之詩, 以觀其政令之善惡)."라 하여
이 점을 분명히 하고 있다. 政治의 得失을 보기 위한 제도적 장
치가 일찍부터 발달해 있었음을 알 수 있다.

이러한 反映論的인 견해는 우리나라의 文人에게도 또한 발견
된다. 고려 후기 성리학의 유입 이후 문인들은 언필칭 "文以載

---

35) 『詩經』「大序」.

道", 혹은 "文以貫道"라 했을 때, 道의 내용이 철학적인 것보다는 정치적인 것에 가까웠다. 특히 시에서 단순한 개인의 서정보다는 백성의 풍속을 보여주어야 한다는 의식은 李穀이나 李齊賢 등 당시의 사대부에게서 선명하게 드러난다. 특히 李穀은 도처에서 觀風이라는 시의 효용성을 거듭 주장한 바 있거니와 다음도 그러한 예 중의 하나다.

甲第當街蔭綠槐,[36)   高門應爲子孫開.[37)
年來易主無車馬,   惟有行人避雨來.
　　　　　(李穀, 「途中避雨有感」)

　길을 가다 비를 만나 주인을 잃은 큰 집에서 느낀 감회를 그린 작품이다. 이 시는 奢侈만을 일삼고 자손을 가르치지 않아 집안을 망치는 사람을 경계하고 있다. 金宗直이 『靑丘風雅』에서 지적한 대로 "단지 사치하면서 자손을 잘 가르치지 못한 자에게 내린 훈계(徒尙奢侈, 不能訓子孫者, 足以知戒)"를 풍유적인 수법으로 형상화하고 있다. 李齊賢과 閔思平 등이 민간의 노래를 小樂府로 옮긴 것도 넓은 의미에서 보면 觀風의 의지를 보인 것이라 하겠다.

　고려 후기의 누적된 모순을 담은 李穀의 장편 「紀行一首贈淸州參軍」과 尹汝衡의 「橡栗歌」가 민중의 피폐상을 직절하게 보여

---

36) 甲第는 貴族의 화려한 집. 槐는 홰나무. 周代에 대궐에 홰나무 세그루를 심어 三公을 상징하였다. 宋의 王祐가 자손 중에 반드시 三公이 날 것이라 예언하고 들에 홰나무를 심었는데, 후에 과연 아들이 재상이 되었다는 故事가 있다. 이후로 자손의 영달을 위해 뜰에 홰나무를 심는 풍속이 생겼다.
37) 高門 : 높은 대문으로 富貴한 사람의 집을 비유.

준 것으로 알려져 있거니와, 그 이후에도 우리 한시사에서 정치
의 得失을 시작으로 보이는 것이 한시의 한 관례가 되어 왔다.

破屋鳥相呼,　　　　民逃吏亦無.
每年加弊瘼,　　　　何日得歡娛.
田屬權豪宅,　　　　門連暴虐徒.
子遺殊可惜,[38]　　　辛苦竟何辜.
　　　　　　　　　　(元天錫, 「過楊口邑」)

백성들이 다 도망가고 없어 황량해진 楊口의 모습을 본 작자가
그 연유를 묻자 길을 가던 사람이 무거운 세금과 세도가의 횡포
때문에 그렇게 된 것이라 대답하였다. 이 말을 듣고 虐政에 시달
리는 백성들의 아픔을 대신 노래한 것이 이 작품이다.[39]

조선에 들어와서도 이러한 정황은 지속된다. 朝鮮 初期의 문인
成俔은 그의 「浮休子傳」에서 "詩는 性情을 깃들이고 物理를 갖추
며, 風俗을 徵驗할 수 있고 善惡을 알 수 있다. 물러나서는 興趣
에 따라서 생각을 펴고 세월을 보내지만 나아가서는 雅頌을 지어
서 政事를 도와야 하니, 어찌 다만 비웃고 지저귀고 말겠는가(詩
可以寓性情, 該物理, 驗風俗, 知善惡. 居則觸興抽思, 消遣歲月,
出則作爲雅頌黼黻王度, 豈徒嘲嘯而已哉)."라 하였고, 또 「三灘先

---

38) 子遺 : 부모가 없는 고아.

39) 『耘谷行錄』에 原題가 (十五日, 發方山到楊口郡. 吏民家戶欹斜倒地,
　　寂無烟火. 問諸行路, 答曰: "此邑乃狼川郡之兼領官也. 自古地窄田磽,
　　民物周殘. 比來權勢之家, 奪有其田土, 擾亂其人民, 租稅至多, 雖容足
　　立錐之地, 無有空閑. 每當冬月, 收租徵歛之輩, 塡門不已. 一有不能,
　　則高懸手足, 加之以杖, 剝及其骨, 居民不堪, 流離失所, 故如斯也" 予
　　聞其語, 作五言八句, 以著衰亡之實云)으로 되어 있어, 제작의 배경을
　　잘 알 수 있게 한다.

生詩集序」에서도 다음과 같이 지적하고 있다.

> 文章이란 國家의 氣脈이다. 사람이 氣脈이 없으면 그 몸을 보전할 수 없고 병이 날로 깊어간다. 國家에 氣脈이 없으면 綱領을 유지할 수 없고 정치는 날로 나빠진다. 이런 까닭에 옛사람들은 文章의 粹駁으로 世道의 興隆을 徵驗하였다. 治世의 音은 평안하고 즐거우며, 衰世의 音은 傷心하고 답답하며, 亂世의 音은 원망하고 화를 낸다. 이는 신음하고 읊어서 言語 文字 간에 나타낸 것이 그 마음에 쌓인 바를 가릴 수 없었기 때문이다(文章者, 國家之氣脈也. 人無氣脈, 則無以保厥躬, 而病日深矣. 國無氣脈, 則無以維其綱, 而治日卑矣. 是故古之人, 以文章之粹駁, 而驗世道之隆替, 治世之音, 和而平, 衰世之音, 傷而鬱, 亂世之音, 怨而悱. 其所以呻吟佔畢形於言語文字間者, 不能掩其心之所蓄也).

이 글은 『詩經』이 政治의 得失을 보게 해준다는 것은 文學이 마땅히 政治의 得失을 적극적으로 다루어야 한다는 견해로 이어짐을 보여 주고 있다. 이러한 反映論的인 文學觀은 文學이 政治를 위해 봉사해야 한다는 效用論的인 文學觀과 만나게 된다.

이러한 문학관념을 바탕으로 李石亨의 「呼耶歌」, 金宗直의 「洛東謠」 등 현실 비판적인 한시가 나올 수 있었던 것이다. 다만 적나라한 현실을 직절하게 묘사할 때에는 단순한 觀風 의식을 바탕으로 하면서도, 그 반작용이 자신에게 되돌아오지 않도록 문학적 장치를 한다. 앞에서 본 金富軾이나 金良鏡의 작품은 화려한 수사를 통해 군왕의 뜻을 거스르지 않는 방식을 택하거나, 혹은 있어야 할 당위성을 제시하여 군왕으로 하여금 정사를 근면히 베풀도록 권려하는 방식을 취한 것이다. 權韠의 「宮柳」처럼 정치 문제에 대한 풍자의 뜻을 적극적으로 담아 내었다가 필화 사건에

휩쓸리는 것이 정치 현실이기 때문이다.

　이에 비해 일반 고시로 제작된 한시 중에는 구중궁궐에 있는 군왕이 현실 정치의 피폐상을 모르고 있을 때 이를 보고하겠다는 의지를 표방하는 것도 있다. 다음은 成俔의 「伐木行」이다.

寒風慘慘陰雲凝,[40]　　千巖萬壑皆明氷.

嚴冬積雪高於防,　　飛鳥欲過愁難乘.

山間籬落蝸縮殼,[41]　　山人生理何蕭索.[42]

行索蘿蔓補牕牖,　　飢拾橡栗當大嚼.

里胥驅出星火催,　　男扶女挽登崔嵬.[43]

懸鶉百結不掩脛,[44]　　手龜指落顔如灰.

爭求大材不中用,[45]　　丁丁聲振晴雷動.

鞭笞敲扑多督責,[46]　　呼爺袒裼丘山重.[47]

牛疲馬斃人力勞,　　誰能秉耒耕春皐.

我爲棠陰宣化者,[48]　　目不親睹心忉忉.[49]

茫茫五雲隔楓宸,[50]　　豈知民物多艱辛.

愧無巨筆編作圖,　　永爲鄭俠之罪人.[51]

(成俔, 「伐木行」)

---

40) 慘慘 : 매우 슬픈 모습을 형용한 말.
41) 蝸縮殼 : 매우 작고 보잘 것 없는 집을 형용한 말.
42) 蕭索 : 텅 빈 모습을 형용한 말.
43) 崔嵬 : 높은 모습을 형용한 말.
44) 懸鶉 : 옷이 매우 많이 헤져 메추라기 꼬리털처럼 되었다는 비유.
45) 中用 : 용도에 맞다.
46) 『虛白堂集』에 '扑'이 '朴'으로 되어 있으나 잘못이다.
47) 呼爺 : 나무할 때 외치는 소리.
48) 棠陰宣化者 : 牧民官을 이른다.
49) 忉忉 : 근심스러운 모습을 형용한 말.
50) 楓宸 : 宮闕.
51) 鄭俠 : 中國 北宋 때 궁궐의 문을 지키던 사람.

1483년 成俔이 강원도 관찰사로 있을 때 지은 작품으로 伐木하는 백성의 고통을 사실적으로 묘사하고 있다. 마지막 부분에서 작자는 牧民官으로서 鄭俠의 罪人이 됨을 부끄럽다고 하고 있는데, 鄭俠은 宋代 王安石이 新法을 시행하여 백성들이 유리걸식하게 되자 문지기로 있으면서 백성의 참상을 그림으로 그려 神宗에게 바쳤는데, 이로 인해 新法이 폐지되었다. 成俔은 이를 본받아 임금이 모르고 있을 정치의 피폐상을 보고하고자 하는 목적에서 백성의 곤궁상을 사실적으로 묘사한 것이다.

현실비판적인 詩作을 많이 남긴 丁若鏞의 시에서도 鄭俠의 史實을 원용하고 있음을 확인할 수 있다. 「奉旨廉察到積城村舍作」의 "멀리 정협의 유민도를 모방하여, 애오라지 새로운 시를 써서 대궐에 들이리라(遠摹鄭俠流民圖, 聊寫新詩歸紫闥)."가 그 한 예이다. 당시의 현실로는 벼슬을 하고 있는 사대부가 君王을 직접적으로 비판한다는 것은 있기 어려운 일이다. 시에서 제시된 피폐한 정치 현실의 책임 소재도 임금이 아니라 실제 행정 업무를 담당하는 관료에게 돌리는 것이 당연한 관습이다. 현실을 비판적으로 기술한 대부분의 漢詩는 결말부에서 「伐木行」처럼 현실 피폐의 책임 소재를 자신이나 관료에게 돌릴 때가 많다.

蒼生難 蒼生難,[52]	年貧爾無食.
我有濟爾心,	而無濟爾力.
蒼生苦 蒼生苦,	天寒爾無衾.
彼有濟爾力,	而無濟爾心.
願回小人腹,	暫爲君子慮.
暫借君子耳,	試聽小民語.[53]

---

52) 蒼生 : 백성.

小民有語君不知,　　今歲蒼生皆失所.

北闕雖下憂民詔,　　州縣傳看一虛紙.

特遣京官問民瘼,54)　　馹騎日馳三百里.55)

吾民無力出門限,　　何暇面陳心內思.

縱使一郡一京官,　　京官無耳民無口.

不如喚起汲淮陽,56)　　未死子遺猶可救.

(魚無迹,「流民歎」)57)

金海 官奴였다가 免賤되었지만 詩를 지어 守令의 탐욕을 기롱한 후 다른 고을로 달아나 客死한 위항 시인 魚無迹의 작품이다. 그래서 현실 비판과 풍자의 강도는 더욱 높다. 그러나 표면적으로는 여전히 임금의 책임은 묻지 않고 관리층의 총체적인 부정이 백성을 유리걸식하게 만들었다고 말하고 있다.

임진왜란이라는 미증유의 참상을 맞았을 때 시인들은 현실 비판의 강도를 높이면서도 작품 내부에서 시인은 객관적인 기술자에 머물고 있으며 남의 말을 그대로 옮기는 방식을 취하고 있는 것도 자기 보호를 위한 안전 장치라 하겠다. 당시의 詩史로 일컬어지는 許筠의 「老客婦怨」이나 李安訥의 「四月十五日」은 민생의 질고를 이러한 수법으로 형상화한 작품이다. 여기서는 「四月十五日」을 보인다.

---

53) 小民 : 미천한 백성.

54) 民瘼 : 백성의 고통.

55) 馹騎 : 驛站에 비치하는 말.

56) 汲淮陽 : 漢代의 諫臣 汲黯. 直言을 잘 했으며, 淮陽太守가 되어서 정사를 잘 돌보아 누워 다스렸다 한다.

57) 流民 : 고향을 떠나 流浪하는 백성.

四月十五日,　　　平明家家哭.

天地變蕭瑟,　　　凄風振林木.

驚怪問老吏,　　　哭聲何慘怛.58)

壬辰海賊至,　　　時日城陷沒.

惟時宋使君,59)　　堅壁守忠節

闔境驅入城,　　　同時化爲血.

投身積屍底,　　　千百遺一二.

所以逢是日,　　　設奠哭其死.

父或哭其子,　　　子或哭其父.

祖或哭其孫,　　　孫或哭其祖.

亦有母哭女,　　　亦有女哭母.

亦有婦哭夫,　　　亦有夫哭婦.

兄弟與姉妹,　　　有生皆哭之.

蹙額聽未終,　　　涕泗忽交頤.

吏乃前致詞,　　　有哭猶未悲.

幾多白刃下,　　　擧家無哭者.

(李安訥,「四月十五日」)

　壬辰倭亂이 발발했을 때 부모와 함께 피란길에서 죽음의 위기를 여러 번 넘긴 李安訥은 훗날 東萊府에 부임하였을 때 눈으로 본 백성의 비극상을 사실적 수법으로 잘 형상화할 수 있었다. 그래서 이 작품은 許筠의「老客婦怨」과 함께 詩史라 불러도 좋을 것이다. 전쟁으로 가족을 잃어 같은 날 제사를 올려야 하는 참상을 시로써 말하고 있으면서도 전달자인 하급 관리의 입을 빌리고 있다. 이러한 전쟁의 비극은 일차적인 책임이 군왕에게 있겠지만

---

58) 慘怛 : 비참한 모습을 형용한 말.
59) 宋使君 : 東萊城을 지키다 순절한 宋象賢을 가리킨다.

그 소재는 밝히지 않고 보고에 머물고 있는 것이 이러한 작품의 전형이다.

조선 후기에 들어 사회가 혼란해지자 사대부는 山林에 물러나 정치의 혼탁상과 사회의 피폐상을 적극적으로 시에 담기에 이른다. 이러한 작품에서도 수법은 그대로 유지된다. 적극적으로 사회제도의 모순상을 작품화할 때에는 위에서 보는 바와 같이 代人作의 형태를 취하는 것이 일반적이다. 잘 알려진 丁若鏞의 「道姜瞽家婦詞」도 그러한 한 예이다.

丁若鏞은 『詩經』을 재해석하면서 이를 현실 비판의 한 논리로 삼고 있다. 그는 『詩經』의 風 개념을 大人이 군주의 마음을 바로 잡는 것으로 파악하면서 「國風」이 민요라는 설을 부정하였다. 「毛詩序」에서는 風刺와 風化의 合訓으로 風의 개념이 제시되었으나, 朱子는 여기서 풍자는 제거하고 風化만 남겼다고 丁若鏞은 이를 비판하면서 「毛詩序」의 ‘陳古刺今’을 적극적으로 인정하였다. 이러한 논리에서 丁若鏞은 사대부가 군왕의 잘못을 적극적으로 風諫해야 함을 주장하고 그의 실제 시 창작에서도 이를 실천하였다. 그의 작품은 현실에 대한 풍자가 중요한 부분을 차지하고 있는데, 널리 알려진 「哀絶陽」과 같은 일련의 현실 비판적인 작품이 이러한 유형의 것이다. 그럼에도 불구하고 그의 현실 비판적인 작품은 이상에서 본 것과 같이 자기 보호를 위한 문학적 장치를 마련하고 있다. 다음의 「積城村舍」에서도 반작용에 대비한 자기 보호 장치는 조선 전기 成俔의 「伐木行」이나 魚無迹의 「流民嘆」을 잇고 있음을 쉽게 확인할 수 있다.

臨溪破屋如磁鉢,　　　北風捲茅攘戯戯.60)
舊恢和雪竈口冷,　　　壞壁透星篩眼谿.

室中所有太蕭條,　　　變賣不抵錢七八.
尨尾三條山粟穎,(61)　　鷄心一串番椒辣.(62)
破罌餔糊塗穿漏,　　　皮架索縛防墜脫.
銅匙舊遭里正攘,　　　鐵鍋新被隣豪奪.
靑棉弊衾只一領,　　　夫婦有別論非達.
兒穉穿襦露肩肘,　　　生來不識袴與襪.
大兒五歲騎兵簽,　　　小兒三歲軍官括.
兩兒歲貢錢五百,　　　願渠速死況衣褐.
狗生三子兒共宿,　　　虎豹夜夜籬邊喝.
郎去山樵婦傭舂,　　　白晝掩扉氣慘怛.(63)
晝闕再食夜還炊,　　　夏每一裘冬必葛.
野薺苗沈待地融,　　　村篘糟出須酒醱.
餉米前春食五斗,　　　此事今年定未佸.
只怕邏卒到門扉,　　　不愁縣閤受苦撻.
嗚呼此屋滿天地,　　　九重如海那盡察.
直指使者漢時官,(64)　吏二千石專黜罰.(65)
樊流亂本棼未定,　　　龔黃復起難自拔.(66)
遠摸鄭俠流民圖,　　　聊寫新詩歸紫闥.(67)

(丁若鏞,「積城村舍)

廉察使로 지방을 순행하다 積城에 이르러 지은 작품이다. 積城

---

60) 齾齾 : 이가 빠진 모습을 형용한 말.
61) 尨尾 : 삽살개 꼬리. 보잘 것 없는 조의 모습을 형용한 말이다.
62) 鷄心 : 대추의 한 종류. 조그마한 물건을 비유한다.
63) 慘怛 : 비참한 모습을 형용하는 말.
64) 直指使者 : 漢 武帝 때 두었던, 지방을 감찰하던 관원.
65) 二千石 : 漢나라 때 郡守가 二千石의 봉록을 받았다.
66) 龔黃 : 漢의 循吏 龔遂와 黃霸.
67) 紫闥 : 宮闕.

지방의 피폐상을 일일이 나열하고 이것이 조선 만백성의 현실이라 하였다. 집이 허물어져 방안에서 별을 본다든가, 가난하여 夫婦有別을 실천할 방을 따로 가질 수 없다는 대목에서는 참담한 현실 풍자가 더욱 극적이다. 세 살, 다섯 살 된 아이에게 갖은 명목으로 부세가 부과되며, 여름에는 핫옷, 겨울에는 갈옷을 입는다는 데에 이르러서는 비판의 수법도 희화적인 것이 된다. 그러나 다시 이러한 현실의 모순은 군왕이 알기만 하면 절로 해결될 것이라 하여 鄭俠의 「流民圖」를 시로 옮겨 임금께 보고하겠다고 하였다. 이러한 장치는 成俔의 「伐木行」에서 이미 본 것이기도 하다.

이와 함께 사대부는 과거에 있었던 문학적 전범을 활용하여 풍간의 의미를 시 속에 집어넣는 일이 많다. 擬古라는 보호막 뒤에서 정치의 得失을 말하는 것이다. 이는 丁若鏞이 이른 '陳古刺今'에 해당하는 것이다. 그의 현실비판적인 작품 중에서 비교적 강도가 높은 「三吏」는 杜甫의 것을 모의하여 당대 현실을 直截하게 담아 낸 것이기도 하다. 또 「眈津樂府」 등의 일련의 樂府體에서 당대 정치 현실의 피폐상을 드러내고 있는 것도 이와 유사하다. 여기서는 여타 문인들의 작품에서도 자주 보이는 樂府詩 계열을 보인다.

長安甲第橫靑雲,68)　　高樓絲管遙相聞.
漢代丞相七香車,69)　　轔轔夜入金張家.70)

---

68) 甲第 : 매우 좋은 집을 이르는 말.
69) 七香車 : 각종 향료를 뿌린 아름다운 수레.
70) 轔轔은 수레바퀴 소리를 형용한 말. 金張家는 漢代 金日선(石單)과 張安世의 거처. 후대에 尊貴한 집의 뜻으로 쓰인다.

雕盤綺食天廚來,[71]　　　宮中美人顔如花.
燭影熒煌淸漏遲,[72]　　　樽前密語無人知.
門巷斜連夾城路,　　　　平明冠蓋多如霧.[73]
機關欻翕令人迷,[74]　　　白日鼻息吹虹蜺.
一朝人事忽顚倒,　　　　玉臺金閣生春草.
寄語世間跨奢子,　　　　向來浮榮不足恃.
只今人憐賈太傅,　　　　紛紛降灌誰比數.
　　　　　　　　　　　　（權韠,「古長安行」）

「長安道」·「洛陽陌」·「洛陽道」 등의 樂府題는 대체로 長安의
부호한 자제들의 생활을 묘사하고 있다. 權韠의 「古長安行」의
'古'는 「長安行」을 모의한다는 뜻이다. 權韠은 작품을 지어 당시
宣祖의 총애를 받던 金嬪의 오라비 金公凉과 그에게 依附한 李山
海를 풍자하였다.[75] 이처럼 擬古詩가 '陳古刺今'의 정신을 가지
고 있기 때문에 당대 정치 현실과 밀접하게 관련을 가질 때가 많
다. 丁若鏞의 「三吏」가 杜甫의 작품을 조술한 것이면서 모의의
흔적을 남기지 않은 것과는 양상이 다르다. 丁若鏞의 것이 당대
현실을 직접 말한 것이라면 이러한 의고시는 언제나 있을 수 있
는 권귀한 자의 사치와 횡포, 그 밖에 무모한 전쟁이나 이산의
슬픔 등을 소재로 한 것이기 때문에 특정한 시기를 떠나서도 감
동을 줄 수 있다. 權韠의 작품이 풍자의 대상을 구체적으로 적시

---

71) 雕盤은 아름답게 장식한 그릇, 綺食은 성대한 밥, 天廚는 皇帝의 주
　　방.
72) 熒煌은 밝은 모습을 형용한 말, 淸漏는 맑은 물시계 소리.
73) 冠蓋 : 높은 관리를 이르는 말.
74) 機關 : 궁중에 설치한 여러 기계 장치를 말한다.
75) 鄭珉,「石洲 權韠 年譜」,『韓國學論集』 제20집, 한양대, 1993.

하고 있지 않다하더라도 후대의 독자는 그 시대 권력에 빌붙은 자들에 대한 풍자임을 읽을 수 있게 된다.

이와는 양상이 다소 다르기는 하지만 정치 현실 때문에 죽음에 직면하였을 때 자신의 정치관을 우회적으로 보이는 것도 있다. 柳夢寅의 다음 작품에서처럼 자신의 처지를 노파에 비유하여 현실에 추종하는 세력들을 비판함으로써 자신의 처세를 우회적으로 드러낸 것도 있다.

七十老孀婦,　　　　單居守空壺.

慣讀女史詩,76)　　　頗知妊姒訓.77)

傍人勸之嫁,　　　　善男顔如槿.

白首作春容,　　　　寧不愧脂粉.

(柳夢寅,「題寶蓋山寺壁」)78)

光海君을 復位하려는 음모를 꾸민다는 죄로 잡혀간 작자가 자기 뜻을 보이기 위해 지은 작품이다. 仁祖反正으로 좋은 세상을 맞이하고 있다 하더라도, 光海君 밑에서 벼슬한 몸으로 다시 나가 벼슬을 할 수 없음을 寓意的으로 표현하고 있다.

이상과 같이 『詩經』에서 출발한 정치 풍자시는 군왕의 직접적인 통치와 일정한 관련을 갖는다. 이와는 달리 사대부가 국난을 당했을 때 애국충정을 직접 노래한 작품도 漢詩에 자주 보인다.

---

76) 女史詩 : 晉의 張華가 王后 賈氏一族을 경계하여 지은「女史箴」. 女史는 王后의 일을 맡았던 周代의 관직 이름.

77) 妊姒 : 周文王의 母인 太任과 妃인 太姒. 『詩經』(「大雅」),「思齊」에 "思齊大任, 文王之母. 思媚周姜, 京室之婦. 大姒嗣徽音, 則百斯男"이라 하였다.

78) 寶蓋山 : 京畿道 漣川과 江原道 鐵原 사이에 있는 산 이름.

외침을 당한 국가의 곤궁상을 묘사하여 분발을 촉구하거나 불의
에 대한 강개의 정을 노래한 이들 작품은 전란으로 어려움을 겪
었던 역사의 여러 시기에 보인다.

干戈誰着老萊衣.79)　　　萬事人間意漸微.
地勢已從蘭子盡.80)　　　行人不見漢陽歸.
天心錯漠臨江水,　　　廟算凄凉對夕暉.
聞道南兵近乘勝,　　　幾時三捷復王畿.81)
(李好閔,「龍灣行在, 聞下三道兵進攻漢城」)82)

李好閔의 이 작품은 임진왜란을 당하여 위기에 처한 사직을 걱
정하고 의병의 궐기로 수도가 수복되고 있는 상황을 다행하게 여
기고 있다. 전쟁의 와중에 지어진 작품 중으로는 가장 높은 평가
를 받고 있는 것이기도 하다.

일제의 침탈로 국운이 암담했던 구한말에도 이러한 詩作들은
이미 군왕의 손을 떠나버린 정치 현실을 슬퍼하기도 하고, 이순
신과 같은 영웅의 출현을 갈망하기도 하며, 安重根과 같은 의사
의 쾌거를 노래하기도 하였다. 金澤榮의 「嗚呼賦」와 「聞義兵長安
重根報國讐事」, 李建昌의 「牙山過李忠武公墓」, 李南圭의 「三田渡
歎」과 「過李忠武公舜臣墓」, 黃玹의 「忠武公龜船歌」와 「過康津甹

---

79) 老萊衣 : 楚나라의 老萊子가 70세에 늙은 어버이를 즐겁게 하기 위
해 색동옷을 입었다는 故事에서 온 말. 杜甫의 「送韓十四江東省親」
에 "兵戈不見老萊衣, 歎息人間萬事悲"의 句가 있다.
80) 蘭子 : 蘭子島. 義州 威化島 북쪽에 있는 섬.
81) 王畿 : 임금이 사는 서울과 그 주위 지역.
82) 龍灣은 平安道 龍川郡의 옛 이름. 行在는 行在所. 임금이 궁궐을 떠
나 임시로 머무는 처소. 下三道는 忠淸, 全羅, 慶尙道의 총칭.

金義將漢燮」 등은 문인들이 조국에 바친 우국시이며, 柳麟錫, 金福漢, 李康秊, 李麟榮, 崔益鉉 등의 의병장도 憂國文學의 큰 획을 그을 만한 우국시를 남기고 있다. 여기서는 金澤榮의 작품을 보인다.

平安壯士目雙張,　　　　快殺邦讐似殺羊.
未死得聞消息好,　　　　狂歌亂舞菊花傍.
　　　　　　　　　　　（金澤榮,「聞義兵將安重根報國讐事」）

서구라는 이질적인 충격으로 대두된 開化意志가 끝내 망국이라는 역사적 모순을 극복하지 못하는 자기 모순을 드러내고 있을 때, 주체적인 민족적 역량을 동원하는데 그 주도적 역할을 한 斥邪派의 斥外的인 시대 의지가 의병항쟁이라는 민족 운동을 전개하였고, 이러한 민족사의 모순을 극복하는 과정에서 나타난 우국적인 문인 절사와 의병장들이 남기고 간 우국한시는 우리 민족의 의식사에서 기록될 士意識의 높은 향훈을 볼 수 있다. 다음도 그러한 것이다.

鳥獸哀鳴海嶽嚬,　　　　槿花世界已沈淪.83)
秋燈掩卷懷千古,　　　　難作人間識字人.
　　　　　　　　　　　（黃玹,「絶命詩」）

庚戌國恥를 당하고 3일동안 먹지 않고 생각한 끝에 작자는 스스로 죽음을 선택하였다. 그 마지막에 남긴 것이 이 시이다. 結句에서 識字人으로서 죽음을 택하게 된 그의 각오가 엿보인다.

---

83) 槿花世界 : 朝鮮을 이르는 말.

2) 漢詩와 歷史

漢文學의 傳統에서 보면 漢文學은 그 발생 초기에서부터 歷史를 기록하는 수단이었다. 文史哲을 포괄하면서 문화의 총체적 형태로 성장해 온 것이 漢文學의 전통이고 보면 이는 당연한 현상이다. 다만 여기에서 문제 삼고자 하는 것은 純文學的의 관점에서 漢詩와 歷史와의 관련 양상을 따져보려는 것이다. 『書經』의 質朴한 文體美나 『春秋』의 簡潔하고 嚴重한 文體美가 文學 硏究의 대상이 되지 못한다는 것은 아니지만, 오직 形象化된 漢文學 작품에서 歷史가 어떻게 다루어지고 있는가는가라는 문제를 논의의 중심에 둔다는 말이다.

漢文學 작품과 歷史와의 관련 양상은 먼저 歷史를 직접적으로 기술한 것에서 출발한다. 위에서 말한 『書經』이나 『春秋』는 역사를 다룬 책이면서 記事 하나하나가 훌륭한 文學作品일 수 있다. 또한 漢代의 『史記』나 『漢書』 등도 일반 文人의 극찬을 받은 우수한 文學作品이다. 우리나라에 있어서도 뛰어난 古文家인 金富軾의 『三國史記』 「列傳」은 오랫동안 作文의 模範이 되기도 하였다. 역사를 기술한 산문작품 중에는 古文의 정수를 보여주기에 족한 것이 많다.

그러나 역사는 국가기관의 주도로 史官에 의하여 기술되는 것이 일반적이다. 비록 조선 후기 실학자에 의해 私撰 史書가 저술되기도 하고, 당대의 사건을 野史體로 꾸민 기록도 있으며, 李建昌의 『黨議通略』처럼 특정한 주제로 역사를 사사로이 기술한 경우도 있으나, 역사서의 편찬이 일반 문인의 능사는 아니다. 문인은 역사를 객관적으로 기술하기보다는 역사 속의 인물들에 대하여 자신의 비평 안목으로 조망하는 데 더 많은 관심을 기울인다.

이러한 歷史人物論은 기실 宋代 古文家에 의해 왕성하게 창작된 것으로, 의논을 좋아하던 그 시대의 習尙에서 연유한 것이다. 古文의 정착과 함께, 策題로 자주 등장할 만한 역사적 사건에 대한 논의가 일반 문인의 문집에 빈번하게 나타나게 된다.

그런데 이러한 歷史人物論을 펴는 것은 작자의 정치 의식과 밀접히 관련이 되어 있다. 역사서에 기술되어 있는 사건이나 인물의 평가는 곧 작자가 살던 시기의 여러 정치 현실과 무관하지 않기 때문이다. 따라서 역사의 사건을 기술하는 일은 정치적인 성격을 띠기 마련이다. 戊午士禍의 발단이 바로 史草였던 사실이 이러한 사정을 쉽게 알게 해 준다. 다만 역사에 대한 비평이 당대 정치 현실에 대한 비평으로서의 성격만을 지니는 것은 아니다. 역사적 사건을 직접으로 다룬 策文 중에는 과거의 정치 행위에 대한 得失을 논한 것이 많을 뿐 아니라, 이에 대한 평가 역시 비슷한 정치 상황에 대한 관료로서의 대처 능력을 시험하는 자료 제시 수준에서 그치는 것이 많다.

이와 같은 漢文學과 歷史의 관련 양상을 특히 漢詩에 국한시켜 살필 때, 역사를 다룬 漢詩의 양상은 세 가지의 범주에서 설명되는 것이 일반적이다. 곧 史詩, 詠史詩, 懷古詩 등이 그것이다. 널리 알려진 李奎報의 「東明王篇」은 동명왕을 중심으로 한 고구려 건국의 역사를 長篇 古詩로 엮어낸 것으로 史詩의 대표적인 예가 된다. 원문의 篇幅이 길기 때문에 여기서는 일부만 보인다.

〈前　略〉

漢神雀三年,[84]　　　　孟夏斗立巳.[85]

---

84) 漢神雀三年 : 神雀은 神爵의 잘못으로 漢 宣帝의 年號이다. 漢 神爵 三年은 곧 서기전 59년이다.

海東解慕漱,   眞是天之子.[86]

初從空中下,   身乘五龍軌.

從者百餘人,   騎鵠紛襂褷.[87]

淸樂動鏘洋,[88]   彩雲浮旖旎.[89]

自古受命君,   何是非天賜.

白日下靑冥,   從昔所未視.

朝居人世中,   暮反天宮裏.[90]

〈中　略〉

城北有靑河,[91]   河伯三女美.[92]

擘出鴨頭波,   往遊熊心㳌.[93]

鏘琅佩玉鳴,[94]   綽約顔花媚.[95]

初疑漢皐濱,[96]   復想洛水沚.[97]

---

85) 孟夏斗立巳 : 4월 甲寅日을 가리킨다.

86) 原注에 扶餘王 解夫婁가 山川에 제사하여 金蛙를 얻었는데, 天帝가
내려와 자손으로 하여금 그곳에 나라를 세우려 하니 피하라 하여
도읍을 옮겨 東扶餘라 이름하였다. 원래의 땅에는 解慕漱가 天帝의
아들이 되어 와서 도읍하였다고 한다.

87) 襂褷 : 옷자락이 날리는 모습을 형용한 말.

88) 鏘洋 : 소리가 울리는 것을 형용한 말.

89) 旖旎는 펄럭이는 모습을 형용한 말이다. 原注에 解慕漱가 五龍車를
타고 하늘에서 내려 올 때 從者 100여인이 흰 고니를 타고 따랐으며,
채색 구름이 위에 뜨고 음악 소리가 구름 속에서 들렸다고 하였다.

90) 原注에 아침에는 政事를 듣고 저물면 하늘로 올라가니 세상에서 天
王郞이라 불렀다고 되어 있다.

91) 原注에 靑河는 지금의 鴨綠江이라 되어 있다.

92) 原注에 長女는 柳花요, 次女는 萱花요, 季女는 葦花라 되어 있다.

93) 原注에 靑河에서 나와 熊心淵에서 놀았다고 되어 있다.

94) 鏘琅 : 옥이 울리는 소리.

95) 綽約 : 아리따운 모습을 형용한 말.

96) 漢皐 : 산 이름.『韓詩外傳』에 周의 鄭交甫가 漢皐에서 두 여자를
만나 구슬 두개를 찬 것을 보고 그 구슬을 청하여 얻었다고 한다.

97) 여기서 洛水는 洛水의 신을 가리킨다.『漢書』에 伏羲氏의 딸 宓妃

王因出獵見,　　　目送頗留意.
兹非悅紛華,　　　誠急生繼嗣.[98]
三女見君來,　　　入水尋相避.
擬將作宮殿,　　　潛候同來戲.
馬撾一畫地,　　　銅室欻然峙.
錦席鋪絢明,　　　金鐏置淳旨.[99]
蹁躚果自入,　　　對酌還徑醉.[100]
王時出橫遮,　　　驚走僅顚躓.[101]
長女曰柳花,　　　是爲王所止.
河伯大怒嗔,　　　遣使急且馳.
告云渠何人,　　　乃敢放輕肆.
報云天帝子,　　　高族請相累.
指天降龍馭,　　　徑到海宮邃.
河伯乃謂王,　　　婚姻是大事.
媒贄有通法,　　　胡奈得自恣.
君是上帝胤,　　　神變請可試.
漣漪碧波中,[102]　　河伯化作鯉.
王尋變爲獺,　　　立捕不待跬.
又復生兩翼,　　　翩然化爲雉.
王又化神鷹,　　　搏擊何大鷙.

가 洛水에 빠져 신이 되었다고 하였다.
98) 原注에 얻어서 왕비를 삼으면 후사를 둘 수 있다 하였다.
99) 淳旨 : 좋은 음식.
100) 原注에 좌우의 사람들이 궁전을 지어서 여자들이 방에 들어오기를
　　기다렸다가 막으라 하기에 왕이 말채찍으로 땅에 그어 구리집을 만
　　들고 방 안에 술자리를 차리니 여자가 앉아 서로 권하며 마시다 술
　　이 크게 취하였다고 되어 있다.
101) 原注에 왕이 세 여자가 크게 취하기를 기다렸다가 급히 막으니 두
　　여자는 놀라 달아나고 長女 柳花가 잡혔다고 하였다.
102) 漣漪 : 물이 일렁이는 모습을 형용한 말.

彼爲鹿而走,	我爲豺而趡.
河伯知有神,	置酒相燕喜.
伺醉載革輿,	幷置女於輢.103)
意令與其女,	天上同騰轡.
其車未出水,	酒醒忽驚起.104)
取女黃金釵,	刺革從窺出.105)
獨乘赤霄上,	寂寞不廻騎.
河伯責厥女,	挽吻三尺弛.
乃貶優渤中,	唯與婢僕二.106)
漁師觀波中,107)	奇獸行駴駥.
乃告王金蛙,	鐵網投溪溪.108)
引得坐石女,	姿貌甚堪畏.
脣長不能言,	三截乃啓齒.
王知慕漱妃,	仍以別宮置.
懷日生朱蒙,	是歲歲在癸.109)
骨表諒最奇,	啼聲亦甚偉.
初生卵如升,	觀者皆驚悸.
王以爲不祥,	此豈人之類.
置之馬牧中,	群馬皆不履.
棄之深山中,	百獸皆擁衛.
母姑擧而養,110)	經月言語始.

103) 原註에 수레 옆을 輢라 한다 하였다.
104) 原註에 河伯의 술은 7일 만에 깬다고 하였다.
105) 原注에 出은 叶韻이라 되어 있다.
106) 原注에 河伯이 노하여 左右를 시켜 입을 묶어 잡아당기어 입술의
　　 길이가 석 자나 되게 하고 노비 두 사람만을 주어 優渤水 가운데로
　　 추방하였는데, 優渤水는 지금 太白山 남쪽에 있다고 하였다.
107) 漁師 : 어부. 그 이름은 强力扶鄒이다.
108) 溪溪 : 물이 깊은 모습을 형용한 말.
109) 癸亥年, 곧 기원전 58년이다.

自言蠅嘬目,	臥不能安睡.
母爲作弓矢,	其弓不虛掎.111)
年至漸長大,	才能日漸備.
附與王太子,	其心生妬忌.
乃言朱蒙者,	此必非常士.
若不早自圖,	其患誠未已.112)
王令往牧馬,	欲以試厥志.
自思天之孫,	厮牧良可恥.
捫心常竊導,	吾生不如死.
意將往南土,	立國立城市.
爲緣慈母在,	離別誠未易.113)
其母聞此言,	潸然拉淸淚.
汝幸勿爲念,	我亦常痛痞.
士之涉長途,	須必憑駿駬.114)
相將往馬閑,115)	卽以長鞭捶.

---

110) 原注에 柳花가 낳은 알을 마구간에 버렸는데 말들이 밟지 않았고, 깊은 산에 버렸더니 모든 짐승이 호위하였으며, 구름이 끼고 음침한 날씨에도 알 위에는 항상 햇빛이 있어, 왕이 다시 가져다가 어미에게 보내어 기르게 하였더니, 알이 갈라져 아이가 생겼다고 하였다.

111) 原注에 朱蒙이 물레 위의 파리를 능히 맞추었는데, 扶餘에서는 활 잘 쏘는 것을 朱蒙이라 부른다고 하였다.

112) 原注에 따르면, 金蛙王은 아들이 일곱 있어 늘 朱蒙과 놀았는데, 사냥을 하면 朱蒙이 늘 많이 잡자 왕자가 시기하여 朱蒙을 나무에 묶고 사슴을 빼앗으니, 朱蒙이 나무를 뽑아버리고 갔다. 이에 太子가 朱蒙을 일찍 제거하지 않으면 후환이 있을 것이라 왕에게 말하였다 한다.

113) 原注에, 朱蒙이 한을 품고 어머니에게 "나는 天帝의 손자인데 남을 위해 말을 기르니 살아도 죽는 것만 못하므로 남으로 가서 나라를 세우고 싶지만 어머니가 계셔서 마음대로 못합니다." 하였다 한다.

114) 駿駬 : 좋은 말 이름.

115) 馬閑 : 마굿간.

群馬皆突走,　　　　一馬駢色斐.
跳過二丈欄,　　　　始覺是駿驥.
潛以針刺舌,　　　　酸痛不受飼.
不日形甚癯,　　　　却與駑駘似.
爾後王巡觀,　　　　予馬此卽是.
得之始抽針,　　　　日夜屢可餧.
暗結三賢友,116)　　　其人共多智.
南行至淹滯,117)　　　欲渡無舟艤.
秉策指彼蒼,　　　　慨然發長喟.
天孫河伯甥,　　　　避難至於此.
哀哀孤子心,　　　　天地其忍棄.
操弓打河水,　　　　魚鼈騈首尾.
屹然成橋梯,　　　　始乃得渡矣.
俄爾追兵至,　　　　上橋橋旋圮.
雙鳩含麥飛,　　　　來作神母使.118)
形勝開王都,　　　　山川鬱崔嵬.
自坐茀蕝上,　　　　略定君臣位.

〈下　略〉

(李奎報,「東明王篇」)

26세의 李奎報가 『舊三國史』를 얻어 보고 東明王이 君位에 이르기까지의 신비를 古詩의 틀을 빌려 재구성해 본 것이다. 解慕漱와 河伯·柳花·朱蒙·金蛙 등의 인물을 중심으로 고구려의 건

---

116) 三賢友 : 原注에 烏伊, 摩離, 陜父 세 사람이라 하였다.
117) 淹滯 : 原注에 蓋斯水로, 지금의 압록강 동북쪽에 있다 하였다.
118) 原注에, 朱蒙이 이별할 때 어머니가 五穀의 종자를 싸주었으나 보리 종자를 잊어버리고 왔는데, 비둘기 한 쌍이 날아오기에 활을 쏘아 잡아 목구멍을 벌려 보니 보리 종자가 나왔다고 하였다.

국 과정을 장대하게 형상화한 대작이다. 이 작품에서 볼 수 있는 것처럼 역사상 중대한 사건이나 고대의 전설을 내용으로 하여 인물, 시간, 공간의 요소를 갖춘 詩를 史詩라고 한다. 史詩는 서구의 敍事詩와 유사하다. 「東明王篇」은 서양 敍事詩의 기준으로 보더라도 완전한 구조를 취하고 있다.

그러나 「東明王篇」처럼 서양의 敍事詩의 기준에 완전히 합당하지 않더라도 사건의 전개가 분명한 장편의 시를 史詩로 분류하는 것이 일반적이다. 李承休가 중국과 韓國의 역사를 시로 적은 「帝王韻記」 역시 이러한 범주에 들 수 있으며, 洪景來의 난을 다룬 「西寇檮杌」 등도 우수한 史詩라 할 수 있다.

이와 유사한 것에 詩史가 있다. 史詩가 특정한 역사적 사건을 형상화한 것과는 달리, 詩史는 특정 시 작품이 당대 현실을 핍진하게 묘사하고 있어 작품 자체가 하나의 역사서로서 의미를 갖는다는 뜻에서 나온 것이다. 유명한 杜甫의 「三吏」나 「三別」 등이 詩史로서 일찍이 거론된 바 있다. 조선 후기 양산된 사회 현실에 대한 사실적 묘사를 위주로 하는 일군의 시를 여기에 넣을 수 있겠다. 이러한 작품은 정치를 다룰 때 예로 든 바 있으므로 상론을 피한다.

詠史詩는 이와 다르다. 李奎報가 또다른 방법으로 역사를 읊은 예를 아래에 보인다.

軍情洶洶固難違,[119]　　忍遣紅顔正掩暉.
豈以大唐天子貴,　　　窮勢莫庇一宮妃.
　　　　　　　　　　(李奎報, 「開元天寶詠史詩·送妃子」)

---

119) 洶洶 : 시끄러운 모양.

李奎報의 「開元天寶詠史詩」는 唐 玄宗의 고사가 적힌 『天寶遺事』, 『明皇雜錄』 등의 책을 보고 적은 43수의 연작시이다. 이 작품은 政事를 게을리하여 패망에 이른 玄宗과 그의 총애를 받았던 楊貴妃의 일을 시로 적으면서 善惡의 경계를 삼고자 하여 이 작품을 지은 것이라 그 서문에서 밝히고 있다.

그런데 이 작품은 「東明王篇」과는 작법이 다르다. 이 작품은 역사 인물이나 역사 사건을 전반부에 읊고 후반부에 이에 대한 작자의 감회를 적고 있다. 「東明王篇」처럼 記事가 중심에 있는 것이 아니라, 역사에 대한 서정을 의논의 체로 적고 있는 것이다. 물론 「東明王篇」 역시 작품의 결말부에 자신의 의논을 가미하고 있지만, 작품의 중심은 朱蒙이라는 영웅의 행위에 있는 것이며, 역사에 대한 준엄한 비평을 보여주는 이 작품과는 그 논조가 다르다. 또 「東明王篇」이 대장편시임에 비해 이 작품은 단편이라는 차별성도 지적될 만한 것이다. 이와 같은 양식을 詠史詩라고 한다.

詠史詩는 詩史와도 다르다. 형식상 詩史는 詠史詩와 흡사해 보이지만 詩史는 시인의 當代 현실을 담고 있음에 비해 詠史詩는 과거의 사건을 읊는다는 차이가 있다. 과거의 사건이기에 史書를 읽는 것이 詠史詩의 제작 과정이다. 詠史詩는 역사 사실을 직접 읊음으로써 시인의 사상 감정을 붙이고 자신의 견해를 덧붙인 시이다. 左思의 「詠史八首」가 개인의 회포를 노래하는 데 주력하고 있는 데서 보듯이 작가의 비평적 논의가 詠史詩의 중요한 요소가 된다.

그러므로 詠史詩는 이러한 의논성 때문에 작가의 논의가 얼마나 새로운가, 혹은 얼마나 정당한가가 작품의 미감을 결정하는 한 요소가 된다. 예를 들어 수많은 詠史詩의 재료가 되었던 王昭

君의 대한 평가에서 다양한 차이를 보이고 있다. 먼저 王昭君을 말하면서 漢 조정의 무능을 질타하는 諷刺의 성격을 띤 것이 있으며, 이와 반대로 일개 여인의 몸으로 전쟁을 막은 王昭君의 위업을 찬양하기도 한다. 먼저 첫 번째 유형을 보인다.

> 絕代佳人是女戎,[120]   前車相望汗靑中.[121]
> 畵圖不誤春風面,[122]   敵國分明在後宮.
>   (金質忠, 「咏王昭君」)

『國朝詩刪』에서 "千古確論"이라는 批를 달고 있는 것으로도 알 수 있듯이 王昭君에 대한 평가가 적절하다는 측면에서 작품의 우수성이 인정되고 있는 것이다. 대부분의 王昭君을 노래한 작품이 이와 같은 유형으로 되어 있다.

이에 비해 다음 成俔의 「妾換馬」는 樂府의 형식을 빌린 詠史詩로 두번째 유형이라 할 수 있다.

> 君家叱撥桃花鮮.[123]
> 我家粉頰胡然天.[124]
> 胡然天姿妖且姸.
> 膏肓疾祟終難痊.
> 不如永訣割恩憐.

---

120) 女戎 : 女禍.

121) 前車는 역사의 귀감을 가리킨다. 『荀子』 「成相」에 "前車已覆, 後未知更何覺時.", 劉向의 『說苑』에 "前車覆, 後車戒"이 보인다. 汗靑은 書冊, 史書이다.

122) 春風面 : 아름다운 용모.

123) 叱撥 : 北方의 명마로, 靑, 白, 紫의 순색으로 되어 있다.

124) 胡然天 : 황당하다는 뜻의 감탄사.

奉君之室娛芳年.
柳眉嚬翠辭門前.[125]
竹耳登欐風生氈.[126]
鐵蹄如雨不賴鞭.
穿林驅從狼兩肩.
以此易彼兩相全.
豈論高家黃金千.
丈夫壯志人休愆.

(成俔,「妾換馬」)

柏梁體로 된 이 작품은 표면적으로 王昭君을 말하고 있지는 않지만, 그러나 작품의 내용으로 볼 때 匈奴와의 화친책을 위해 王昭君이 匈奴로 가고 있는 것을 알 수 있다. 成俔은 이 작품에서, 당시 女眞과의 잦은 충돌에 대해 和親의 정책을 우회적으로 주장하고 있다고도 볼 수 있게 하는 것이다.

중국에서 詠史詩는 東漢부터 魏晉까지는 역사 서술을 중심으로하여 서정을 깃들이다가 左思, 陶淵明 등에 이르러 詠史와 서정이 결합되어 "史爲我用"의 방식이 증가되는 것이 특징이다. 唐代에는 이를 계승하면서 역사에 대한 반성과 자아의 체험을 직서하거나 역사를 현실의 경물 위에 묘사 배치하여 시공간을 교차하며, 나아가 역사를 통해 자신의 현실에 대한 의식을 반영하는 "古爲今用"의 방식이 생겨났다. 宋代에는 詠史를 통해 현실 정치 및 사회 문제를 비판하려는 태도가 강화되어 議論을 위주로 하는 방식이 선호된다.[127]

---

125) 柳眉 : 아름다운 여자의 눈썹을 이르는 말.
126) 竹耳 : 좋은 말 이름.
127) 降大任,『詠史詩註析』, 山西人民出版社, 1985.

韓國에서 詠史詩도 이와 유사한 발전 단계를 보이고 있다. 崔思齊의 「詠史詩」는 詠史라는 제목으로 된 최초의 작품으로 보이는데, 遼 天祚帝의 정치를 秦始皇에 비겨 노래하고 있어 특정 사실을 대상으로 하고 있지는 아니하다. 아마도 『文選』의 詠史 항목 소재의 시를 詠史詩의 특징으로 파악하고 있었기 때문에, 懷古詩와의 변별성이 강하게 부각된 것은 아닌 듯 싶다. 다만 詠史詩가 단순히 과거 사실을 읊조리는데 그치지 않고 과거 사실을 통해 시인 당대의 현실을 풍자하고 경계한다는 목적 관점이 이 시에서부터 나타나고 있다. 金富軾의 「結綺宮」 역시 특정 사실을 대상으로 한 것은 아니며, 당시의 왕을 隋 煬帝에 비겨 사치스러운 생활에 대하여 비판을 가하고 있는 작품이다. 여기서는 金富軾의 「結綺宮」을 보기로 한다.

堯階三尺卑,128)　　　　千載餘其德.
秦城萬里長,　　　　　二世失其國.129)
古今靑史中,　　　　　可以爲觀式.
隋皇何不思,　　　　　土木竭人力.
　　　　　　　　　　　(金富軾, 「結綺宮」)130)

이후 李仁老의 「讀韓信傳」은 특정 인물을 대상으로 하였으나

---

128) 堯階 : 堯 임금은 천자가 되어서도 비단옷을 좋게 여기지 않고 맛난 음식도 즐기지 않았으며, 흙 계단이 3척이었고 띠풀은 베지 않았다고 한다.
129) 秦始皇은 胡로 진이 망한다 하여 萬里長城을 쌓았으나, 아들 胡亥에 이르러 나라가 망하였다.
130) 結綺宮 : 陳 後主가 結綺閣을 세워 지극히 호화로웠는데, 隋 煬帝가 이를 본 떠 結綺宮을 만들었다.

시인 자신의 역사에 대한 새로운 비평의식을 보여주기 보다는 역사의 시적인 재현에 주력하고 있는 느낌이다. 본격적인 詠史詩는 李奎報에 이르러서 다수 제작되었다. 武臣의 난과 蒙古亂 등 대변란을 겪으면서 역사에 대한 조망이 요구되었고 이에 따라 다수의 작품이 생산된 것으로 보인다.

고려 후기에는 宋詩의 영향이 점점 커지고 性理學이 유입되면서 의론성이 강도를 더해가고 있으며, 작품의 양에 있어서도 이에 이르러 매우 많아지게 된다. 이때 李齊賢·崔瀣·李穀 등에 의해 詠史詩가 대량으로 제작된 것은 세계 제국 元의 庭試에 합격하는 것이 문사의 꿈이었기 때문에 中國史에 대한 광범위하고 체계적인 역사 지식의 습득과 시작의 수련이라는 두 가지 과업을 동시에 충족시킨 결과라고 볼 수도 있다. 이 때문에 이 시기의 詠史詩에는 역사적 사실에 대한 자신의 독자적 재해석보다는 기존의 전승 기록을 토대로 시점을 바꾸는 정도에 머무르는 특징을 보이게 된다.

특히 李齊賢은 古詩나 絶句의 형식을 이용하여 중국사의 인물들에 대한 기록을 경발 참신하게 읊조린 것으로 호평받고 있다. 「鄴城」의 "誰知鄴下荀文若, 永愧遼東管幼安", 「范蠡」의 "不解載將西子去, 越宮還有一姑蘇", 「涿郡」의 "劉郎自愛蠶叢國, 故里虛生羽葆桑" 등이 경구로 일컬어지고 있다.[131] 또 李穀의 「詠史」 27수는 後漢의 역사 사실을 통하여 작가 당시의 정치 현실을 수준 높게 비판하고 있다. 여기서는 「澠池」를 보인다.

強秦有翼虎,[132]　　　　　儒趙眞首鼠.[133]

---

131) "此等作俱入竅, 發前人未發者, 烏可小看, 此亦英雄欺人, 不可盡信"（『惺叟詩話』）

<table>
<tr><td>特會非同盟,134)</td><td>安危在此擧.</td></tr>
</table>

特會非同盟,134)	安危在此擧.
藺卿膽如斗,135)	杖劍立左右.
叱咤生風雷,	萬乘自擊缶.
桓桓百萬兵,136)	一言有重輕.
廉頗伏高義,137)	犬子慕遺名.138)
駕言池上游,139)	去我今幾秋.
餘威起毛髮,	萬木寒颼颼.140)
	(李齊賢, 「澠池」)141)

　　이를 이어 麗末 鮮初에도 詠史詩는 시인의 문집에서 풍성하게 발견된다. 詠史詩는 "以古論今"을 특징으로 함으로써 역사 발달에 있어 감계론적 역사 인식과 역사 교양이 시대 사조로 팽배한 시기에 왕성하게 제작되었다. 특히 고려말 조선 전기에 다량의 詠史詩가 제작된 것도 이 때문이 아닌가 추정된다. 독자적인 通鑑

---

132) 翼虎 : 호랑이에게 날개를 붙였다는 말로 權勢가 강함을 비유한다.

133) 首鼠 : 쥐가 의심이 많아서 머리를 내놓고 관망한다는 뜻으로 망설임을 비유한다.

134) 特會 : 『左傳』 「桓公二年」에 "特相會, 往來稱地, 讓事也"라 하였다.

135) 藺卿 : 趙의 藺相如. 澠池의 모임에서 秦王이 趙王을 욕보이려 하자 秦王으로 하여금 缶를 치게 하여 이를 막았다. 그 공으로 上卿에 올랐다.

136) 桓桓 : 용맹스러운 모양.

137) 廉頗 : 趙의 名將. 藺相如가 澠池에서 세운 공으로 자신보다 높은 벼슬을 받자 처음에는 불평하였지만 나중에는 그의 도량에 감복하였다.

138) 犬子 : 司馬相如의 초명. 후에 藺相如을 사모하여 이름을 따라 고쳤다.

139) 駕言 : 수레를 타다. 言은 어조사.

140) 颼颼 : 바람이 부는 소리.

141) 澠池 : 河南省에 있는 縣名. 秦 昭王과 趙 惠文王이 이곳에서 회동하였다.

學이 발달하고, 이와 함께 우리의 역사에 대한 인식이 고조되기도 하였다. 이미 고려 중엽에 崔詵이 왕명을 받들어 『資治通鑑』을 교정하였고, 고려 말에는 『通鑑綱目』이 經筵의 교재로 채택되었다. 조선에 들어서는 세종 때에 思政殿訓義本 『通鑑』이 간행되고 『明皇戒鑑』이 저술되었으며, 다시 世祖 때에는 주석이 이루어지기도 하였다. 『高麗史』・『高麗史節要』・『東國通鑑』 등의 관찬 사서가 나온 것도 이 시기의 일이다. 또한 역사를 조감할 수 있는 年表類와 系譜圖가 다수 나타나는데, 徐居正의 『歷代年表』, 權踶의 『歷代世年歌』, 金正國의 『歷代承統圖』 등이 그러한 예이다.142) 이러한 역사 인식과 역사서의 편찬 사업으로 우수한 詠史詩가 많이 제작되게 된 것이다.

詠史詩는 連作이 많다는 것도 한 특징이다. 連作으로 된 詠史詩로는 李奎報의 「開元天寶詠史詩」가 43수로 되어 있고, 李穀의 「詠史」도 27수의 대작이다. 조선 전기에도 이러한 전통이 이어져 金安老의 「詠史詩二十四首」와 「詠史雜言二十六首」, 申光漢의 「詠史」 65수, 沈彦光의 「擬詠史」 40수 등이 제작되었다.

이와 함께 조선 전기에는 讀史詩도 활발하게 제작되고 있는데 특히 조선의 역사서와 역사를 소재로 하고 있는 것이 이채롭다. 이미 李仁老의 「讀韓信傳」에서부터 중국 역사를 소재로 한 讀史詩가 보이고 그 이후에도 지속적으로 나타나지만, 조선의 역사나 역사서를 소재로 한 것은 이 시기의 한 특징이다. 徐居正의 「讀三國史」, 金時習의 「詠東國故事」와 「咏百濟故事」, 兪好仁의 「讀閱三國史兼採雜記作東都雜錄」, 李塏의 「讀高麗史恭愍紀」와 「讀東

---

142) 이하 詠史詩와 懷古詩 등의 발전 과정은 심경호, 「韓國漢詩와 歷史」, 『韓國漢詩硏究』 1(새문사, 1993)에 힘입은 바 크다.

史箕子紀」, 周世朋의 「夜讀高麗史有感」과 「讀高麗史有感」 등이 그러한 것에 속한다. 이러한 일련의 詠史詩는 權近의 「應製詩」 중에서도 제작되고 있어 이는 민족 의식의 한 표출 현상이라 할 수 있다.

특히 조선 후기에는 민족사에 대한 사학사적 관심에 따라 論史詩라 할 만한 작품들도 다수 출현하였다. 특히 金正喜의 「石弩詩」는 淸海의 土城에서 발굴된 石斧와 石鏃 등에 대한 고증을 행하면서 사학적 관심을 드러내기도 하였다.

> 此斧此鏃斷爲肅愼物,143)　　更想東夷能大弓.
> 土城舊蹟殊未定,　　　　　得此孤訂猶强通.144)
> 石不自言又不款,　　　　　耶賴山色空濛濛.145)
> 長爪疾書亦不錯,　　　　　長平箭頭古血紅.
> 勝似朝天麒麟石,　　　　　江光如練訛朱蒙.146)
> 　　　　　　　　　　　　（金正喜,「石弩詩」）

石鏃은 春秋 시대 이래 肅愼의 산물로 기록되어 왔는데 조선 후기의 사학자들은 이 肅愼이 바로 淸海에 있었던 것이라 주장한 바 있다. 金正喜는 이를 바탕으로 石斧와 石鏃 등 얼마 남지 않는 증거물을 대면서 이 주장을 증명하고 있으며, 麒麟石을 朱蒙의 일과 연결시키는 것보다 타당하다고 하였다.

詠史詩 중에는 題畵詩의 성격을 띤 것도 있다. 이들은 대부분

---

143) 肅愼 : 중국 동북방의 고대 민족 이름. 靺鞨, 女眞 등과 유사한 계통으로 楛矢와 石弩 등을 잘 만들었다.
144) 孤訂 : 돌도끼와 돌화살촉을 가리킨다.
145) 耶賴山 : 발해에 있던 산 이름으로 추정된다.
146) 朱蒙이 麒麟窟에서 朝天했다는 전설이 있다.

중국 역사를 그린 그림 위에 쓴 것이며, 특정 인물의 행적을 그린 것이므로 일반 詠史詩와 다름이 없다. 그 한 예로 權近의 작품을 보인다.

玉斗碎時獻霸業,[147]　　珊瑚擊處有驕心.[148]
爭如幼日多奇氣,　　倉卒全人慮已深.
　　　　　　　　(權近,「擊甕圖」)[149]

송나라의 명 재상이며 『資治通鑑』이란 거질의 역사서를 편찬한 학자 司馬光의 어린 시절 일화를 소재로 그린 그림에 붙인 題畵詩이면서 동시에 詠史詩이다. 宋의 名宰相 司馬光이 어릴 때 같이 놀던 아이가 물독에 빠지자 모두 놀라 달아났는데, 사마광은 당황하지 않고 큰 돌로 독을 깨뜨려 그 아이를 살려냈다 한다. 위급한 상황에도 불구하고 어린 나이답지 않게 침착하게 행동하여 친구의 목숨을 구했다는 것이다. 일시적인 인정에 이끌려 천하 패업의 기회를 상실했던 鴻門宴의 故事와, 비싸고 귀하기 짝이 없는 珊瑚를 별다른 이유없이 깨뜨리면서 자신의 부귀를 자

---

147) 玉斗碎時 : 鴻門宴에서 張良이 范增에게 예물로 玉斗를 바쳤는데, 그는 이를 받고 칼을 뽑아 깨뜨리면서 “唉! 豎子不足與謀. 奪項王天下者, 必沛公也, 吾屬今爲之虜矣”라 말하였다.

148) 珊瑚擊處 : 晋의 王愷와 石崇이 서로 富를 자랑한 故事.『世說新語』「侈汰」에 “石崇與王愷爭豪, 幷窮綺麗以飾輿服. 武帝, 愷之甥也, 每助愷. 嘗以一珊瑚樹高二尺許賜愷, 枝柯扶疏, 世罕其比. 愷以示崇, 崇視訖, 以鐵如意擊之, 應手而碎. 愷旣惋惜, 又以爲疾己之寶, 聲色甚厲. 崇曰: ‘不足恨, 今還卿.’ 乃命左右悉取珊瑚樹, 有三尺四尺, 條幹絶世, 光采溢目者, 六七枚, 如愷許, 比甚衆, 愷惘然自失”라는 대목이 있다.

149) 『國朝詩刪』에 작자가 鄭道傳으로 되어 있으나, 이는 잘못이므로 『東文選』과 『陽村集』에 의거하여 權近으로 바로잡았다.

랑하던 石崇의 故事를 사마광의 침착한 행동과 대비시킨 것이 史論으로서 힘을 얻고 있다.

조선의 역사를 소재로 한 詠史詩는 金宗直에 의해「東都樂府」라는 독특한 樂府體로 발전하였다. 이 작품은 명나라 李東陽의「擬古樂府」의 영향과 함께 조선 후기 海東樂府體로 정립되어 수많은 문인들이 조선의 역사를 다투어 樂府로 제작하였다. 이러한 작품은 연작 형태로 지어지고 있으며 私撰 史書와도 같이 일정한 史觀을 기저에 깔고 있다. 沈光世의「海東樂府」는 이러한 유형의 대표적인 것이다. 李學逵의「嶺南樂府」에서처럼 단순한 향토애를 발산하고 있는 것도 있다. 여기서는 金宗直의 것을 보인다.

朴堤上 自高句麗還, 不見妻子, 而徑向倭國. 其妻追至栗浦, 見其夫已在船上, 呼之大哭. 堤上但搖手而去. 堤上死後, 其妻不勝其慕, 率三娘子, 上鵄述嶺, 望倭國, 痛哭而死. 因爲鵄述嶺神母焉.

鵄述嶺頭望日本,	粘天鯨海無涯岸.150)
良人去時但搖手,	生歟死歟音耗斷.
音耗斷 長別離,	死生寧有相見時.
呼天便化武昌石,151)	烈氣千年干空碧.
	（金宗直,「鵄述嶺」）

신라의 충신 朴堤上이 高句麗에서 돌아와 집에 들리지도 않고 바로 倭로 다시 떠났는데, 그 부인이 그를 기다리다 딸 셋을 데리고 鵄述嶺에서 죽어 神母가 되었다는 野史를 序로 하고, 이를

---

150) 鯨海 : 파도가 치는 바다를 이르는 말.
151) 武昌石 : 중국 武昌에 望夫石이 있는데, 아내가 멀리 간 남편을 기다리다가 돌이 되었다고 한다.

다시 樂府體의 시로 읊조리고 있다. 詠史樂府는 이처럼 산문의 序 부분과 樂府體의 시로 구성되는 것이 일반적이다.

　　한편 樂府라는 명칭을 붙이지는 않았지만 특히 조선 전기에는 우리 역사에 대한 관심으로 다양한 시체를 선택하여 역사를 시의 소재로 채용하고 있다. 成俔의 〈香飯〉은 일반적인 古詩體로 되어 있는 詠史詩이다. 일반적인 古詩體로 되어 있는 詠史詩는 序를 필수로 하지 않기 때문에 작품의 전반부에서 역사 사건이나 설화적 내용을 서사적 필치로 기술하고 후반부에서 자신의 개인적 정감을 피력하는 것이 일반적이다. 이러한 작품은 설화나 야사를 한시로 재구하기 때문에 서사시로 발전할 가능성도 다분히 내포하고 있으면서, 역사 지식을 독자에게 시의 형식으로 전달한다는 의미도 지닌다.

新春淑氣鷄林堧,　　　翠葆曉出天泉亭.[152]
亭前老鴉自何許,　　　銜貴簡札通丁寧.
南風暗引年小子,[153]　　匕首光韜琴匣裏.
歸來飛箭射穿匣,　　　一人無虞二人死.
百粲流膏酥餌滑,　　　碎分諸果漬崖蜜.
炁之翠釜香浮浮,　　　年年飼鴉十五日.
酬恩報德意不虛,　　　猶勝鐘鼓邀爰居.[154]
當時寓戲作佳味,　　　流轉幾載經居諸.[155]

---

152) 翠葆는 天子의 儀仗의 하나. 푸른 깃을 장대 끝에 이어 만드는데 마치 일산처럼 생겼다. 여기서는 천자의 행차를 가리킨다. 天泉亭은 慶州 교외에 있던 정자 이름.
153) 年小子 : 여기서는 왕비의 情夫를 가리킨다.
154) 鐘鼓는 宗廟에서 연주하는 종과 북. 爰居는 海鳥로, 고대에 이 새에게 제향을 올렸다.
155) 居諸 : 『詩經』(「北風」), 「柏舟」, "日居月諸"에서 나온 말로 日月을

公侯甲第多豪侈,156)　　帳下揉飯皆玉指.
平明奉獻九重天,　　分賜經帳諸學士.157)
我生落魂負良辰,158)　　蔬糲到處潛悲辛.
忽從比隣嘗一鉢,　　腹果不覺凶年貧.
功名富貴夢中夢,　　渺渺瀛洲隔鸞鳳.159)
天廚仙饌不復餐,160)　　麻衣空老寒居洞.
　　　　　　　　　(成俔,「香飯」)

　　『東國通鑑』이나 『三國遺事』 등에 보이는 '射琴匣'의 기사와 유사한 내용을 담고 있는 작품이다. 왕이 天泉亭에 나갔을 때 까마귀가 왕의 일행을 한 곳에 인도하여 서찰을 주었는데, 열어보면 두 사람이 죽고 열어보지 않으면 한 사람이 죽는다고 하였다. 한 사람은 곧 왕을 가리킨다는 주위의 말에 따라 이를 열어보니 '射琴匣'이라 되어 있어, 궁중에 돌아와 琴匣을 쏘았더니, 왕비의 정부가 칼을 들고 숨어 있어 화를 면했는데, 후에 이를 기려 약밥을 만들어 까마귀에게 주었다고 한다. 작품의 전반부에는 여기에서 유래한 궁정의 풍속을 기록하고, 후반부에서는 이러한 행사에 참여하지 못하고 있는 자신의 처지를 슬퍼하였다. 역사에 대한 비평이나 귀감의 제시보다는 사건을 충실하게 재현하고 있는 것이 위에서 본 詠史樂府와 유사하다. 다만 金宗直의 것은 序 부분이 시 속에 용해되어 있어 차이점을 보여 준다. 金宗直 역시 「怛

　　가리킨다.
156) 甲第 : 큰 저택.
157) 經帳 : 經筵과 같다.
158) 落魂 : 落膽. 쓸쓸함을 나타낸다.
159) 瀛洲 : 신선이 산다는 전설상의 땅 이름.
160) 天廚 : 임금의 음식을 만드는 주방.

忉歌」에서 동일한 사건을 다룬 바 있어 역사를 기술하는 방식을 비교할 수 있게 해 준다.

詠史詩가 연작의 형태를 취한 것이 많다 하였거니와, 조선의 역사를 다룬 작품에서도 연작으로 된 大作들이 있다. 金時習의 「詠東國故事」와 「詠百濟故事」가 그러한 예이거니와, 朴珪壽의 「鳳韶餘響絶句」 100수는 조선 왕조의 國基에 대한 긍지를 담은 작품으로, 宮體를 취하고 있는 것이 특이하다.

詠史詩 중에는 역사 자체를 논의하기보다 자신의 뜻을 표방하는 것을 위주로 하기도 한다. 다음 申沆의 시도 그러한 것이다.

我自彈吾琴,　　　　不須求賞音.
鍾期亦何物,　　　　强辯絃上心.
　　　　　　　　　　(申沆,「伯牙」)

伯牙는 춘추시대 사람으로 거문고를 잘타는 것으로 이름이 났다. 그의 친구인 鍾子期는 음악을 잘 분별하였다『列子』「湯問」에 따르면 백아가 거문고를 연주할 때 뜻이 高山에 있으면 종자기가 '좋구나, 높고 높아서 태산과도 같다.'고 하였고, 뜻이 流水에 있으면 종자가가 '좋구나, 넘실넘실하여 長江과 黃河와 같구나.'라 하였다 한다. 이 작품은 이러한 伯牙와 鍾子期의 知音에 대한 고사를 통하여 자신의 일만 바르게 할 뿐, 남이 알아주는 것은 중요하지 않다는 주장을 펴고 있다. 이는 사실 "我讀我書, 如病得蘇"라는 朱子의 설을 歷史에서 구하여 다시 말한 것에 지나지 않는다. 申用漑가 지은 묘비명에 따르면 작자는 음률에 매우 정통하였고 특히, 玄琴과 羯鼓에 장기가 있었다 한다. 또 그는 남에게 자기의 재주를 자랑하지 않아 그의 재능을 아는 사람이 드물었다고 하였다. 이 시는 바로 이러한 그의 인생관을 피력하기 위하여 詠史를 또 한 소재로 사용하고 있는 것이다.

詠史詩와 유사한 것으로 懷古詩가 있다. 懷古詩는 역사 유적이나 특정 지점에 가탁하여 관련 사실을 읊은 시이다. 懷古詩라는 이름은 陳子昂의 「白帝城懷古」나 「峴山懷古」에서 비롯한다. 이 시들은 白帝城과 峴山에서 발단하여 그곳에 관련된 인물과 고사를 두루 읊고 있다. 대부분의 懷古詩는 역사의 현장에서 작자가 지은 것이 많음에 비해 詠史詩는 주로 중국이나 한국의 역사적 사실 등 특정한 인물의 특정한 사건을 史書를 통하여 습득한 후 자신의 견해를 표명한 것이 많다.

詠史詩는 논리성이 중요시되며, 이 때문에 작품의 미감에서도 "千古確論" 등 특정한 사실에 대한 정당한 평가가 요구된다. 이는 곧 순수 서정으로서의 본래적인 詩作과는 일정한 거리에 있으며, 이 때문에 秀作도 그렇게 많지 않다. 이에 비해 懷古詩는 특정한 사건의 현장에서 지난 날을 돌아보고 자신의 주관적 감회를 적는 것이므로 서정시의 圈域에 자리 잡고 있다. 이에 따라 懷古詩는 이른 시기부터 창작되고 있으며 秀作 또한 많다.

羅末麗初 晚唐의 시를 배운 入唐 遊學生들이 중국에서 지은 작품 중에 이미 懷古詩가 나타나고 있다. 崔致遠의 「汴河懷古」, 朴仁範의 「九成宮懷古」 등에서 '懷古'를 題名으로 하고 있거니와, 崔致遠의 「登潤州慈和寺」와 같은 사찰 제영시에서도 懷古的 정서가 전편의 분위기를 지배하고 있는 것을 보면, 晚唐의 기풍이 懷古詩에 잘 어울렸던 것으로 보인다. 高麗에 들어서도 朴寅亮의 「伍子胥廟」나 李仁老의 「半月城」 등은 높은 懷古詩의 수준을 보여 주고 있다. 다음은 朴寅亮의 「伍子胥廟」다.

掛眼東門憤未消,161)　　　碧江千古起波濤.162)
今人不識前賢志,　　　　但問潮頭幾尺高.
　　　　　　　　　　　(朴寅亮,「伍子胥廟」)163)

　참소를 입고 죽은 불우한 영웅 伍子胥의 憤氣로 말미암아 浙江의 潮水가 激烈하다고 믿는 傳來의 이야기를 꾸밈없이 받아들이고 있다. 浙江에 이르렀을 때 바람이 불고 파도가 크게 일자 伍子胥廟에 이 시를 지어 弔喪하니 바람이 잤다고 한다. 忠國의 뜻이 보답받지 못하고 억울하게 죽은 伍子胥를 弔問한 시다. 起句와 承句의 굳센 기운은 伍子胥의 氣象을 상징적으로 드러내 보이고 있다. 이 작품은 무상감을 바닥에 깔고 있어 후대의 懷古詩가 대체로 회고적 감상에 주력하고 있는 것과 동궤의 현상이지만, 회고적 감상과 역사적 무상감 이면에는 정치의 귀감을 제시하는 기능도 갖고 있는 것으로 판단된다.

　新羅와 高麗의 작품 중에는 중국의 역사 유적지를 탐방하면서 지은 것도 있지만 중국에의 왕환이 쉽지 않았던 일반 문인의 懷古詩는 국내의 역사적 현장을 지나면서 지은 것이 대부분이다. 이때 古都에서 그 역사적 무상감을 드러내거나 역사적 사건을 돌아보고 당대 현실을 비판하는 의지를 보여 주기도 하며, 역사의 쾌거나 절의를 칭송하기도 한다. 다음에 徐甄의 「述懷」를 보인다.

---

161) 吳나라의 伍子胥가 참소를 입어 죽게 되자 "내가 죽으면 눈을 빼어서 동문 위에 걸어 두라. 월나라가 오나라를 망하게 하는 것을 보리라(掛吾眼置吳東門, 觀越兵之入)."고 하였다 한다.
162) 浙江의 파도는 소리가 우뢰 같고 하늘에 닿을 듯이 높은 것으로 유명하다.
163) 제목이 「浙江」으로 된 데도 있다.

千載神都隔渺茫,　　　　忠良濟濟佐明王.164)
統三爲一功安在,　　　　却恨前朝業不長.
　　　　　　　　　　　　(徐甄,「述懷」)

　고려 왕조의 유신이었던 徐甄의 作이다. 이 시를 본 臺諫들이 徐甄을 죄주려 하였으나, 고려의 유신으로 시를 지어 나라를 생각하는 것은 伯夷, 叔齊와 同流라하여 太宗이 용서했다고 한다. 吉再 등이 지은 懷古 시조와도 동궤의 것이라 하겠다.

　이러한 亡國의 역사를 돌아본 懷古詩는 조선 시대에 지속적으로 제작되었다. 이러한 작품에서는 역사의 무상감만을 다루고 있는 것은 아니다. 역사 유적지의 성격에 따라 과거의 역사를 개탄하거나 과거의 영웅적 행위에 추모의 정을 기탁한 것도 있다. 다음은 망국의 역사에 바친 충신의 절의를 기리며 회고적 감상에 젖고 있는 보기다.

波咽橋根幽草沒,　　　　先生於此乃成仁.165)
乾坤弊盡丹心在,166)　　　風雨磨來碧血新.167)
縱道武王扶義士,168)　　　未聞文相作遺民.169)

---

164) 濟濟 : 많은 모습을 형용한 말.
165) 成仁 : 『論語』에 이른바 "殺身成仁"의 歇後이다.
166) 丹心 : 정성스러운 마음, 충성심. 鄭夢周는 時調「丹心歌」를 지어 高麗에 대한 자신의 충성심을 보였다 한다.
167) 碧血 : 『莊子』「外物」의 "萇弘死於蜀, 藏其血, 三年而化爲碧"에서 나온 말로 忠臣烈士의 피를 가리킨다.
168) 武王扶義士 : 『史記』「伯夷列傳」에 周 武王이 喪中임에도 殷 紂王을 정벌하러 떠나는 것을 伯夷와 叔齊가 말고삐를 끌어 당기며 간하였는데, 左右의 사람들이 이들을 해치려 하자 姜太公이 "此義人也"라 하고 부축하여 떠나 보냈다 한다.
169) 文相은 南宋의 忠臣 文天祥. 그의 號가 文山이고 右相을 지냈으므

無情有恨荒碑濕,　　　　　不待龜頭墮淚人.170)
　　　　　　　　　　　　　(趙秀三,「善竹橋」)171)

　開城 善竹橋에서 죽음으로 충절을 다한 鄭夢周의 사적을 슬퍼한 懷古詩이다. 周 武王이 喪中에 殷 紂王을 정벌하려 할 때 伯夷와 叔齊가 그 不可함을 諫하다가 죽음을 당할 뻔하였으나, 이들은 義士라 하여 살아남을 수 있었다. 그러나 南宋의 文天祥은 元에 대항하여 싸우다가 포로가 되어 斬首를 당함으로써 遺民으로 살아남지 못하였다. 그러므로 나라가 망할 때의 忠臣은 살아남지 못한다는 것이 이 시에서 말하고자 하는 핵심이다. 무정한 恨이 이미 비석에 젖어 있으니 龜頭 앞에서 굳이 눈물 흘릴 필요가 없다고 시인은 말하고 있는 것이다.

　이와 함께 전쟁이라는 역사의 참상을 돌아보며 현실을 우회적으로 비판한 것도 고려 말 이래로 자주 제작되고 있다. 몽고의 撒禮搭이 鐵州를 공격하였을 때 州守 李元禎이 성을 사수하다가 힘이 다하자 창고에 불을 지르고 처자도 불 속에 뛰어들게 한 다음 자결하였던 사적을 노래한 金坵의 「過鐵州」, 홍건적의 난 때 관군이 홍건적에게 섬멸되었던 棘城鎭에서 전몰자를 조상한 崔淑

　　로 이렇게 부른 것이다. 그는 元에 대항하다가 실패하고 포로가 되어 元의 서울 大都에서 斬首당했다. 獄中에서 지은 「正氣歌」는 후대의 忠臣과 烈士들을 고무시켰다. 遺民은 나라가 망한 후 前 王朝에 대한 義理를 지켜 새 왕조에 벼슬하지 않고 숨어 사는 사람.
170) 龜頭는 거북 모습을 한 비석 받침. 晉의 羊祜가 襄陽을 다스리며 善政을 베풀었는데, 그가 죽은 후 사람들이 그가 평소 자주 놀던 峴山에 비석을 세웠다. 이를 바라보는 사람들이 그의 덕을 추모하여 모두 눈물을 흘렸기에 杜預가 이를 墮淚碑라 불렀다.
171) 善竹橋 : 開城 교외에 있는 다리. 이곳에서 鄭夢周가 李芳遠에 의해 피살되었다.

精의 「棘城懷古」, 경기도 파주를 지나며 권문세가의 전횡을 비판적으로 돌아본 成俔의 「過昌和里」 등이 그러한 예이다. 또 임진왜란과 병자호란 등 전쟁의 참상을 돌아본 작품 중에도 이러한 것이 많다. 앞에서 본 李安訥의 「四月十五日」도 그러한 한 것 중의 하나거니와, 다음은 後金과의 전쟁에서 영웅적 전투를 벌인 金應河 장군을 칭송하면서 반면에 명의 장수와 사대부 출신 장수의 비겁함을 비판하고 있는 것이다.

當日宣川守,　　　　　　藩河戰不歸.172)
大東臣獨有,　　　　　　中國事全非.
尺劍餘秋色,　　　　　　孤城半落暉.
悲嘆塞天闊,　　　　　　倚馬看雲飛.

(洪世泰,「登宣川倚劍亭憶金將軍」)173)

宣川의 倚劍亭에 올라 後金 정벌에 나서 朝鮮人의 氣槪를 보여 준 金應河 將軍을 追想한 작품이다. 都元帥 이하 모든 사람들이 後金에 항복하여 목숨을 건진 데 반하여 당시 宣川郡守로 있다가 출정하여 끝내 돌아오지 못했던 金應河의 사적을 감개롭게 추상하고 있다. 위항인 신분의 洪世泰였으므로 金應河의 쾌거가 더욱 마음을 끈 것이며, 중국에 대한 노골적 질타도 함께 담겨져 있

---

172) 藩河 : 중국 동북방의 땅 이름.
173) 倚劍亭은 平安道 宣川에 있는 정자. 金將軍應河는 光海君 때의 武將 金應河(1580~1619). 1618년(광해군 10) 建州衛(後金)의 반란을 진압하기 위해 明은 우리나라에 원병을 요청하였다. 이듬해 2월 그는 宣川郡守로써 副元帥 金景瑞의 휘하에 속하여 都元帥 姜弘立을 따라 압록강을 건너 갔다. 3월 明 都督 劉綎이 富春嶺에서 敗戰하여 자살하게 되자 金應河는 三千의 군사로 六萬의 적군을 맞아 싸우다 戰士하였다.

다. 이 밖에도 수많은 委巷人이 金應河의 挽詞를 쓰고 있는 것도
그 때문이다.

　일본의 침략이 가시화되던 구한말에는 李舜臣이나 申砬의 유
적지를 지나면서 그들의 영웅적인 행적을 칭상하면서 기울어가는
국운을 근심한 것도 많다. 姜瑋의 「統制營」, 黃玹의 「忠武公龜船
歌」과 李建昌의 「牙山過李忠武公墓」 등이 그러한 것이다.174) 여
기서는 李建昌의 「牙山過李忠武公墓」를 보인다.

元帥精忠四海知,175)　　　我來重讀墓前碑.

西風日夕松濤冷,176)　　　猶似閑山破賊時.

(李建昌, 「牙山過李忠武公墓」)

　그러나 이러한 懷古詩는 작자의 懷古的 감상을 陽的으로 나타
내지 않고 있으므로 詠史詩와의 변별성을 찾기 어렵다. 이 때문
에 詠史詩와 懷古詩를 같은 범주에서 논하기도 한다. 柳得恭의
「二十一都懷古詩」는 題名을 懷古詩로 하고 있으면서도 역사 비평
도 함께 깃들이고 있어 오히려 詠史詩에 가깝다.

歌舞樓殿向江開,　　　半月城頭月影來.177)

紅礎鐙 寒眠不得,　　　君王愛在自溫臺.178)

(柳得恭, 「百濟」)

---

174) 임진왜란을 다룬 懷古詩는 鄭垣杓, 「壬辰倭亂을 照明한 後代의 懷
　　古 漢詩」(『韓國漢詩硏究』 1집, 韓國漢詩學會, 1993)에 자세하고, 개화
　　기의 우국적인 懷古詩는 閔丙秀, 『개화기의 우국 한시』에 자세하다.
175) 精忠 : 사심이 없는 순수한 충성.
176) 松濤 : 소나무가 바람에 흔들리는 소리를 파도 소리에 비유한 말.
177) 半月城 : 扶餘에 있는 百濟의 옛 都城.
178) 白馬江 가에 있는 바위 이름. 百濟王이 그 위에서 놀 때 바위가
　　절로 따뜻해졌으므로 이런 이름이 붙었다고 한다.

檀君에서 高麗에 이르는 우리나라 11개의 王都를 읊은 것이 『二十一都懷古詩』인데, 이 작품은 그 중 百濟의 自溫臺 說話를 詩化한 것이다. 半月城의 自溫臺를 답사하고 지은 것이지만 백제 왕의 실정에 대한 역사적 비평의 날카로움을 읽을 수 잇는 것이다. 이와 함께 조선 후기 민족사에 대한 애정을 시로써 읊어낸 丁若鏞의 「鷄林懷古」와 「扶餘懷古」, 「金井懷古」, 「牛首州」 등은 역사에 대한 考證學的 태도까지 함께 보이고 있어 懷古와 詠史를 겸하고 있다.

3) 漢詩와 思想

문학은 어쩌면 論理를 파괴하는 데서부터 비롯한다 할 수도 있다. 그러므로 문학 작품을 통하여 儒敎哲學인 性理 문제를 논하거나 釋敎의 禪理를 운위하는 것은 문학 연구의 본래적 과제이기 어렵다. 그러나 우리나라 전통 시대의 사대부는 儒敎뿐만 아니라 佛敎, 道敎 등에 대해서도 상당한 소양을 가지고 있었다. 이에 따라 이들 儒敎, 佛敎, 道敎의 敎理나 중심 사상을 직접적으로 논술하거나, 또는 그러한 사유 방식에 따라 詩作을 남기기도 하였다. 이른바 說理詩와 같은 것이 이에 속하는 것은 물론이다. 그러므로 이들의 實相이 어떠한가를 一瞥하는 일도 결코 무의미하지 않을 것이다. 詩를 말하기 위해서는 非詩부터 알아두는 것도 필요하기 때문이다.

그러나 이 가운데서도 儒敎 사상이 漢詩의 내용과 관련을 맺게 된 것은 특히 性理學 중에서도 朱子學이 유입된 시기부터라 할 수 있다. 그 이전의 忠君愛國 따위를 주제로 한 것은 治者의 觀風 의식을 그대로 보인 것에 지나지 않으므로 朱子學的 논리로 굳이 설명할 필요가 없기 때문이기도 하다. 실제로 朱子學이 이 땅에 정착되는 조선 중기 무렵에 가서야 性理學이 漢詩의 소재가 되거나, 性理學的 사유가 詩的 형상화에 영향을 미치게 된다.

　다만 이 이전에도 우리나라 朱子學의 淵源에서 보아 節義派의 조종으로 알려져 있는 鄭夢周의 작품에서는 性理學的 사유의 일단을 찾아볼 수 있다.

鉅細紛萬殊,　　　　粲然斯有理.

處之苟臻極,　　　　物我無表裏.

浮屠異於此,179)　　　懸空譚妙旨.

一切歸幻妄,　　　　君父失所止.

自是千百年,　　　　議論竟蜂起.

上人虛心者,　　　　願與求正是.

（鄭夢周,「幻庵卷子」）

　幻庵이라는 중의 詩卷에 써 준 시이다. 佛教에 대한 鄭夢周의 견해를 확인할 수 있는 작품이거니와, 먼저 만물이 제각기 서로 다르게 나타나지만 여기에는 모두 동일한 이치가 있다고 하여 朱子에 의해 체계적으로 정립된 理一萬殊의 논리를 전제로 하여 格物과 "萬物皆備於我"의 이치를 설명하고 있다. 이러한 이치를 깨닫지 못하고, 현실을 부정하여 비현실적인 것, 즉 空에서 이치를 찾는 불교의 논리는 '君父'와 같은 인륜을 부정하게 되므로 이를 잘못이라 한 것이다. 鄭夢周의 시대는 불교 신앙이 여전히 사상계를 지배하고 있었으므로 불교를 공격하고 新儒學을 옹호하는 논리를 시로써 강조한 것이라 하겠다.

---

179) 浮屠 : 불교를 달리 이르는 말.

性理學이 유입되면서 유교 이념으로 무장된 文人들의 文學觀
念은 이른바 '文以貫道'나 '文以載道'이다. 文學은 그 자체로 意味
를 가지는 것이 아니라, '道'를 싣는 도구로서 존재한다는 이 이
론은 朝鮮 前期 詞章으로 이름을 떨친 文人들조차 그들의 文學觀
을 표명한 글에 상투적으로 등장하는 것이기도 하다.[180) 詞章의
전통을 신봉하는 文人으로서는 이러한 '文以載道'와 같은 文學觀
念이 그들의 詩作 위에 군림하는 支配原理로 작용하지 않았지만,
정통 性理學을 尊崇한 文人들은 '文以載道'를 단순한 구호로 받아
들이지 아니하고 실재로 文章보다는 哲學的 논술에 높은 가치 부
여를 한 것이 사실이다. 그러나, 性理學에 침잠했던 哲學的 文人
역시 많은 漢詩를 남기고 있으며 이때 이들 詩는 '文以載道'를 어
떠한 방식으로든지 수용하려고 힘쓴 흔적을 찾을 수 있다. '文以
載道'의 가장 충실한 유형의 시는 철학적 이치를 산문적으로 기
술하는 방식이다. 우선 「有物」을 보인다.[181)

> 有物來來不盡來,　　　來來盡處又從來.
> 來來本自來無始,　　　爲問君初何所來.
> 　　　　　　　　　　(徐敬德, 「有物」)

徐敬德은 시에 그다지 관심을 기울이지 않아 남기고 있는 시편
이 많지 않다. 이 작품도 그의 '一氣長存'을 말한 것 같기도 하고,
또는 象數學的 관심의 일단을 유희적으로 나타내고 있는 것 같기
도 하거니와, 현전하는 詩作의 대부분은 철학적 이치를 설명하는

---

180) 여기에 대해서는 이 책의 序論 참조.
181) 이하 한국 漢詩와 性理學의 문제는 李鍾默, 「韓國 漢詩와 哲學」
　　(『韓國漢詩研究』 제1집, 1993, 새문사)에 힘입은 바 크다.

데 그의 관심이 집중되고 있음을 알 수 있다. 그는 「原理氣」에서 "太虛의 湛然無形을 先天이라 한다. 그 크기는 바깥이 없고 그 빠르기는 시작이 없으며 그 오는 것은 살필 수 없다. 그 湛然虛靜한 것이 氣의 근원이다.(太虛湛然無形, 號之曰先天. 其大無外, 其先無始, 其來不可究, 其湛然虛靜, 氣之原也)"라고 한 것이라든가, 「理氣說」에서 "바깥이 없는 것을 太虛라고 하고 시작이 없는 것을 氣라고 하니 虛는 곧 氣이다. 虛는 본디 無窮하고 氣도 또한 無窮하다(無外曰太虛, 無始者曰氣, 虛卽氣也, 虛本無窮, 氣亦無窮)"고 한 것, 그리고 「太虛說」에서 "氣는 시작도 없고 생겨나는 것도 없다. 이미 시작이 없으니 어찌 마치는 것이 있겠는가 이미 생겨나는 것이 없는데 어찌 없어지는 것이 있겠는가?(氣無始也, 無生也. 氣無始何所終, 氣無生何所滅)"라 한 것들을 참조하면 이 시는, 사물은 끝없이 생성하고 사라지지만, 그 이면에 있는 氣는 새로이 생겨나는 것도 돌아가는 것도 아닌, 영원히 존재하는 것이라는 그의 독특한 사상을 담고 있는 것으로 볼 수 있다. 徐敬德의 학문은 自得의 妙가 많아 문자나 언어로 표현할 수 있는 학문이 아니라고 한 李珥의 지적을 참고한다면,182) 곧 徐敬德은 문자나 언어로 표현할 수 없는 학문을 말하기 위하여 마치 佛敎에서 頓悟의 경지를 偈頌으로 나타내는 것처럼, 說理詩의 방식을 빌었다고 할 수 있을 것이다.

漢詩의 전통에서 性理學的 논리를 이러한 說理詩의 수법으로 詩作을 남긴 전범은 北宋의 學者 邵雍에서 찾을 수 있다. 邵雍의

---

182) "李珥曰, 此工夫, 固非學者所當法. 敬德之學, 出於橫渠, 其所著書, 若謂之脗合聖賢之旨, 則臣不知也. 但世之所謂學者, 只依倣聖賢之說 以爲言, 中心多無所得. 敬德則深思遠詣, 多有自得之妙, 非文字言語之 學也"(『花潭集』「附錄」)

詩는 中國文學史에서 '邵康節體(邵堯夫體)'로 일컬어지고 있거니
와, 邵雍은 文章을 '餘事'로 간주하면서도 자신의 哲學的 깨달음
을 詩의 형식을 빌어 표현한 것이 많다. 邵雍은「小車吟」·「安窩
吟」·「無苦吟」·「閑行吟」·「歡喜吟」·「首尾吟」 등의 題名 아래
'吟體'의 詩를 수백 편 남기고 있는데, 哲學 뿐만 아니라, 自然·
社會·人生의 이치 등 다양한 소재에 대한 심각한 인식의 결과를
詩로 형상화한 것이다. 邵雍은 道가 내재된 物을 관찰하고 이에
대한 결과를 詩로 표현하게 됨에 따라 그의 詩는 대부분 情이 거
세되고 理를 말하는 것이 많게 된다. 情을 말하는 것이 아니라
理를 말할 때 詩의 경향은 지극히 散文的 陳述이 되기 쉽다. 이
것은 邵雍이 스스로 詩의 工拙을 문제 삼지 않는다고 한 詩作 태
도에서 起因한 것이라 할 수 있지만, 그의 詩는 아예 散文의 法
까지도 이탈하여 마음에 떠오르는 그대로 써내려갔다고 할 정도
이다.183)

　이러한 유형의 시는 우리나라에서도 朱子學이 그 발판을 굳히
기 시작하면서 趙昱, 李滉, 李珥, 任成周 등에 의하여 간헐적으로
제작된 바 있다. 李滉은 盧守愼에게 자신의 철학적 견해를 시로
밝혔으며, 李珥도 成渾과의 토론 과정에서 자신의 견해를 시의
형식으로 집약하여 제시한 바 있다. 여기서는 李珥의 것을 보인
다.

　　元氣何端始,　　　　　無形在有形.184)

---

183) 中國 理學派 詩의 특질은 許總의 『宋詩史』(重慶出版社, 1992)를 참
　　조하였다.
184) "理氣本合也, 非有始合之時, 欲以理氣二之者, 皆非知道者也"라는 주
　　가 달려 있다.

窮源知本合,　　　沿派見群精.[185]
水逐方圓器,　　　空隨小大甁.[186]
二岐君莫惑,　　　默驗性爲情.

(李珥,「理氣詠呈牛溪道兄」)

이 작품은 李珥가 成渾과의 왕복 서한을 통하여 理氣 문제를 논할 때 서간과 함께 보낸 시이다. 理와 氣가 둘이 아니라 하나라는 것을 시의 형식으로 해명하고 있다.

그러나 우리의 관심은 이러한 理學者들이 그들의 性理說을 직설적으로 논술한 說理詩에 있는 것이 아니다. 다만 이들의 성리학적 사고가 문학과 만났을 때, 그들의 일상적인 詩作에 어떻게 형상화되고 있는가에 있다. 이를 위해서는 먼저 사물을 바라보는 理學者들의 눈과 태도를 살펴야 할 것이다.

性理 哲學에서 사물의 인식에 대한 관심은 邵雍의 觀物論에서 출발한다. 觀物은 사물을 본다는 뜻이지만, 단순히 사물의 외면을 본다는 뜻이 아니라 사물의 이면에 들어 있는 이치를 본다는 뜻이다. 邵雍이 "무릇 관물이라고 말하는 것은 눈으로 보는 것이 아니다. 눈으로 보는 것이 아니라, 마음으로 보는 것이며, 마음으로 보는 것이 아니라 理로 보는 것이다(夫所以謂之觀物者, 非以目觀之也. 非觀之以目, 而觀之以心也. 非觀之以心, 而觀之以理也)"[187]라고 한 바 있다.

조선 시대 理學派詩의 선구가 되었다고 할 수 있는 徐敬德의

---

185) "理氣原一, 而分爲二五之精"라는 주가 달려 있다.
186) "理之乘氣流行, 參差不齊者如此, 空甁之說, 出於釋氏, 而其比喩親切, 故用之"라는 주가 달려 있다.
187) 『皇極經世』「觀世」卷十一.

시에 대한 논리는 여기서 출발한다. 徐敬德은 사물에 대한 관찰을 통하여 획득된 객관적 진리를 시에 담고 있는 것이 많다. 徐敬德은 사물에 대한 관찰의 방법을 邵雍에서 구하고 있다. 邵雍은 "理로서 물을 본다(以理觀物)"라 하고, 이것은 구체적으로 "물로써 물을 본다(以物觀物)"는 뜻이라고 부연하고 있다. 곧 자신에게 갖추어져 있는 관념의 틀로 보는 것이 아니라, 사물에 갖추어져 있는 理로써 물을 보아야 한다는 것이다. 邵雍은 다른 글에서 다시 "물로써 물을 보는 것은 성이요, 나로써 물은 보는 것은 정이다. 성은 공정하고 밝지만, 정은 편벽되고 어둡다(以物觀物 性也, 以我觀物 情也, 性公而明, 情偏而暗)."[188]고 말하고 있다. 徐敬德 또한 사물에 대한 인식에 있어서 邵雍의 그것과 같은 모습을 보여준다. 이는 다음 「無題」에서 단적으로 드러난다.

眼垂簾箔耳關門,　　　松籟溪聲亦做喧.
　到得忘吾能物物,　　靈臺隨處自淸溫.[189]
　　　　　　　　　　　(徐敬德,「無題」)

　여기서 눈에 주렴을 걸고 귀에 문을 닫는다고 한 것은 사사로운 정으로 사물을 보지 않기 위해서이다. 곧 '以我觀物'하지 않기 위한 방편이 1, 2구이고 이를 통하여 3구에서 '以物觀物'의 경지에 이르렀음을 말하고 있다. 또 '以物觀物'의 결과는 靈臺, 곧 마음의 평정에 이른다고 하였다. '以物觀物'은 사물에 대한 진정한 지식을 얻기 위한 방법론이면서 수양론임을 알 수가 있다.

---

188) 『觀物外篇』下.
189) 靈臺 : 사람의 마음을 이르는 말.

邵雍의 觀物法은 二程子를 거쳐 朱熹에 이르러 '格物致知'의 설로 정착된다. 성리 철학을 집대성한 朱熹는 천하의 사물이 모두 理를 가지고 있고 나의 마음의 性은 곧 천하 사물이 가지고 있는 理의 전체라고 여겼으므로 천하 사물의 理를 궁구하는 것이 곧 나의 性 속에 있는 理를 궁구하는 것이 되며, 오늘 하나의 性에 들어 있는 理를 궁구하고 내일 또 하나의 性에 들어 있는 理를 궁구하여 이것이 쌓이면 豁然頓悟의 경지가 열릴 수가 있다고 보았다. 사물의 分殊理에 대한 지속적인 탐구 작업의 일환으로 理學者 시인들은 즐겨 자연을 자연 그대로 보는 것이 아니라 자연에 내재해 있는 理를 확인하고 이 理가 자신이 구유하고 있던 理와 합치되는 즐거움을 노래하는 것이 詩作의 임무라고 할 수 있는 것이다.

우리나라의 理學者들도 이와 유사한 논리를 보인다. 다음은 李滉에 이어 性理學을 심화시킨 李珥의 것으로「洪恥齋仁祐遊楓嶽錄跋」의 일부다.

하늘과 땅 사이의 사물은 각기 理를 가지고 있다. 위로 해와 달, 별이 있고 아래로 초목과 산천이 있으며 미세한 술찌꺼기나 재까지도 모두 도체가 깃들여 있어 지극한 가르침이 아님이 없다. 사람들은 아침 저녁 눈으로 보지만 그 이치를 알지 못하니 보지 못하는 것과 무엇이 다르리요? (중략) 다만 산수의 취미만 알고 도체를 알지 못한다면 산수를 아는 것이 귀할 것이 없다("天壤之間物各有理, 上有日月星辰, 下至草木山川, 微至糟粕煨燼, 皆道體所寓, 無非至敎, 而人雖朝夕寓目, 不知厥理 則與不見何異哉 (중략) 但知山水之趣而不知道體, 則亦無貴乎知山水矣).

　이 글은 洪仁祐가 금강산 유람기인 『遊楓岳錄』에 跋로 써준 것이다. 理學派의 사유 구조에서 단순히 산수를 즐기는 것이 만족스럽지 못하고 자연에 깃들여 있는 理를 확인하는 것이 요구되었던 것이다.

　이때 구체적인 詩作에서 이를 어떻게 형상화하고 있는가를 확인하는 것이 다음의 과제이다. 즉 格物致知의 시학은 구체적으로 어떻게 나타나는가? 이에 대해 理學派 시인들은 生意, 天機라는 용어를 즐겨 사용하고 있다. 사물을 관찰하면서 生意나 天機를 살피는 철학자의 자세를 시에 그리는 것이 이러한 시의 전형이 되고 있다.

芸芸庶物從何有.[190]　　　漠漠源頭不是虛.
欲識前賢興感處,　　　　　請看庭草與盆魚.
　　　　　　　　　　　　（李滉, 「觀物」）

　제목을 〈觀物〉이라고 하였는데, 邵雍의 〈觀物〉에서 따온 것이다. 邵雍의 영향이 지대했던 것으로 알려진 徐敬德은 觀物을 통해 易과 陰陽의 원리를 보려고 하였으나, 朱熹의 說을 정통론으로 신봉한 李滉에 이르면 觀物을 통하여 살피고자 하는 理는 生意에 귀착될 때가 많다. 이 시에서 庭草는 곧 程顥가 뜰의 풀을 베지 않고 그 生意를 살핀다는 데서 온 것이며, 盆魚 역시 程顥가 어항에 물고기를 키우면서 그 生意를 보려고 했다는 데서 나온 것이다. 이 시는 많고 많은 사물의 외형이 다양하다고 해서 그 속에 分殊理가 존재하지 않는다는 것은 아니므로, 무심히 지

---

190) 芸芸 : 사물의 많은 모습을 형용한 말.

나칠 잡초나 물고기 속에 내재해 있는 分殊理를 탐구하여 이것이 누적되면 豁然頓悟의 상태에 이른다는 朱熹의 '格物致知'를 확인한 것이다. 이에 따라 庭草나 魚躍鳶飛가 理學派의 시에서 빈번히 등장하고 있음이 쉽게 확인된다.

　격물치지의 시적 형상화는 格物致知하는 자세를 묘사하는 데서 그치지 않는다. 格物致知의 결과를 산문적으로 기술하면 위에서 본 說理性이 강한 시가 되지만 사물을 관찰하여 터득한 理를 다시 자연물에 의탁하여 표출하는 방식의 시도 있다. 자연을 즐기는 이러한 시를 시인의 철학적 태도와 결부시켜 해석하는 것이 반드시 정확한 것만은 아니다. 그러나, 朱熹의 「武夷棹歌」 등의 시를 둘러싸고 야기되었던 일련의 논쟁으로 볼 때 조선의 理學派 시인들은 자연물을 읊조리는 가운데 자신의 철학적 견해나 이미 확립된 철학적 이치를 시작에 담기를 즐겨했음은 충분히 짐작할 수 있다.

黃濁滔滔便隱形,　　　　　安流帖帖始分明.[191]
可憐如許奔衝裡,　　　　　千古盤陀不轉傾.
　　　　　　　　　　　(李滉, 「陶山雜詠十八絶」)

　陶山의 盤陀石은 濯纓潭 가운데 있는데, 장마를 만나 물이 불면 물 밑으로 잠기고 물이 빠지고 물결이 맑아지면 비로소 형체를 드러내는 곳이라 한다. 이러한 경치를 보고 쓴 경물시이면서 黃濁은 性을 가리는 情으로 비유되고, 盤陀石은 불변의 理를 상징하고 있음은 쉽게 알아차릴 수 있다. 비록 情에 의하여 일시적

---

191) 帖帖 : 평안한 모습.

으로 性이 흐려질 수 있지만 가리고 있는 情을 제거하면 본래의
바른 性을 회복할 수 있다는 性情論을 확인한 것이다. 자연물 속
에 내재한 이치를 窮理를 통해 확인하고, 이를 다시 자연물에 상
징적으로 투영하고 있다 하겠다. 곧 자연에 내재한 理를 발견하
고 이를 자신의 마음에 具有되어 있는 理와 상합하는 즐거움을
묘사하고 있으므로 觀物察理와 物我一體의 詩學이라 할 수 있다.
　그러나 李滉의 다음 작품은, 物我 어느 쪽도 직접 자연 속에
내재하고 있는 理를 말하지 않았지만, 스스로 萬有의 理를 읽게
해 준다.

　　　草有一般意,　　　　溪含不盡聲.
　　　遊人如未信,　　　　蕭洒一虛亭.
　　　　　　　　　　　　　(李滉, 「次韻」)

　이 작품은 景濂亭이라는 조그마한 亭子를 읊은 것이지만, 그가
말하고 있는 것은 ‘一般意’와 ‘不盡聲’이 공유하고 있는 자연의 理
다. 모처럼 理學派의 性理論的 사고가 문학과의 만남으로 이룩한
秀作이다.
　그런데 窮理와 居敬은 상보적인 것이거니와, 窮理보다 오히려
居敬을 중시하는 성리학자들도 많다. 산림에 은거하면서 심성을
수양하고 道友들과 이치를 강학하던 理學派에게 이러한 수양의
과정이 시학과 밀접하게 관련이 될 때도 있다. 우선 理學派들은
수양하는 자신의 자세를 시로 나타낼 때가 많다. 李彦迪은 이러
한 경향의 작품에 특장을 보이고 있다.

　　　唐虞事業巍千古,[192)]　　　一點浮雲過太虛.[193)]

瀟灑小軒臨碧澗,　　　　澄心竟日玩游漁.
(李彦迪,「觀物」)

　堯舜의 사업은 儒家의 목표이다. 李彦迪에게 堯舜이 이룩한 治
人의 사업은 이상이지만, 1535년의 정치 현실에서 이것은 현실
적으로 어려운 일이다. 兼善이 불가능해진 시기이므로 獨善, 곧
修己를 하게 된 것이다. 承句의 浮雲은 『論語』에서 이른바 "不義
而富且貴, 於我如浮雲"을 다시 말한 것이다. 이러한 慾이 太虛를
흐리게 하고 있으므로 機心이 없는 물고기의 마음을 배워 흐려진
本心을 맑게 하고자 하는 의지를 보인 것이 이 작품의 뜻이다.
사물을 보고 窮理를 하기보다는 居敬의 자세를 굳건히 하고 있는
것이다.
　그러나 窮理와 居敬은 마음의 수양을 전제로 한 것이므로 한시
에는 고도의 수양으로 이룩한 精神美가 발현된 작품이 있다.

請看千石鍾,　　　　非大扣無聲.
萬古天王峯,　　　　天鳴猶不鳴.
(曺植,「天王峯」)

　原題는 「題德山溪亭柱」이며 轉句도 "爭似頭流山"으로 되어 있
던 것을 후대에 와서 題名을 「天王峯」으로, 轉句도 "萬古天王峯"
으로 고친 것이다. 지리산 천왕봉을 바라보면서 居敬을 실천하고
있다. 曺植은 平居에도 의관을 정제하고 조용히 앉아 수양하는
자세를 잃지 않았다고 한다. 居敬窮理의 경지를 직접 言表에 드

---

192) 唐虞 : 堯舜.
193) 太虛 : 우주 만물의 원시적인 실체를 이르는 말.

러내지 아니하고 문학과의 만남을 통하여 이렇게 말하고 있는 것이다.

이 작품에 대해 申欽은 『晴窓軟談』에서 시운이 호방할 뿐만 아니라 자부심이 적지 않다고 하였다. 지리산의 主山인 天王峯을 바라보면서 굳건한 자세를 배우고자 하는 태도를 읽을 수 있다. 물론 이러한 작품에서도 시인의 수양 정도에 따라 시의 미학이 결정된다고 할 수 있다. "泰山壁立"으로 추앙된 인격을 바탕으로 하고 있기 때문에 시운과 의경이 높아질 수 있었던 것으로 보인다.

이처럼 수양의 과정에서 제작된 시는 물론 그 미학적 근거가 수양의 깊이에 있다. 따라서 좋은 시는 수양의 부차적 산물로 저절로 나오게 된다는 논리적 귀결에 이른다. 朱熹도 「答鞏仲至第四書」에서 "마음에 한 글자라도 세속에 대한 언어와 뜻을 없게 한다면 그 시는 고원해지기를 기다리지 않아도 저절로 높아진다(使方寸之中, 無一字世俗言語意思, 則其爲詩, 不期高遠而自高遠矣)."라 한 바 있다. 性理學的 세계관에 빠져 있는 조선의 평론에도 이와 유사한 것이 자주 발견되거니와, 다음 趙聖期의 언급은 이러한 논리를 시작에 구체적으로 적용되는 논리를 집약하고 있다.

사장의 고하는 기품에 매였으니 재격은 만가지로 다르지만, 의리의 근본은 모두 이 성에 갖추어져 있으니, 일리가 모두 천부적으로 같게 된다. 이 때문에 스스로 오늘날 천명의 바름으로 옛시인들의 바른 성정을 체득하여 징창감발을 계속하게 되면, 그 공은 옛성인이 허다하게 논한 학시의 공효가 우리 몸에 직접 발현될 것이요, 인의와 도덕이 무성히 모여들 것이며, 언어로 표현하게 되면 시가 높아지기를 기다리지 않아도 저절로 높아지게 될 것이다(詞章之高下 係于氣稟, 則才格有萬殊之不齊, 義理之本體 具於此性, 則一理均

天賦之同然. 是故以自家今日天命之善, 而體古昔風人性情之正, 懲創
感發不已, 其功則凡古聖人所論許多學詩之效, 可親見於吾身, 仁義之
府 道德之聚, 藹然言語之發, 亦可以不期高而自高矣.)"194)

趙聖期는 우수한 시를 짓기 위해 문학 수업을 할 것이 아니라
性情의 바름을 획득하면 저절로 시가 우수해진다는 朱熹의 문학
관을 추수하고 있음을 확인할 수 있다. 이러한 논리는 趙聖期 특
유의 것이 아니라 성리학적 사고의 본래적 체질에서 나온 것이며
심지어 詞章에 종사한 인물까지도 이러한 구호를 되풀이하고 있
기도 하다.

理學을 중심으로 보면 心性의 수양에 의해 좋은 시가 저절로
나오는 것이 되지만, 시학에서 볼 때 좋은 시를 쓰기 위해서는 心
性의 수양을 적극적으로 시도하지 않을 수 없다. 자연은 心性의
수양을 위한 가장 훌륭한 공간이다. 이 때문에 周敦頤는 이미 "雅
好佳山水, 復喜吟詠."이라 하였고, 그의 제자 二程이 이른바 "吟風
弄月"의 전통을 확립한 바 있다. 이것은 맹자의 '浩然之氣' 이래
자연을 유람하는 것이 道體를 융발시킬 수 있다는 논리적 근거에
의한 것이며, 이후 '吟詠性情'이 理學派 서경시의 중심 논리로 확
보되었다. 다음 李珥의 작품이 그러한 것 가운데 하나다.

客夢頻驚地籟號,195)　　　打窓秋葉亂蕭騷.
不知一夜寒江雨,　　　　　減却龜峯幾尺高.
　　　　　　　　　　　　　(李珥,「龜峯草堂風雨徹曉」)

---

194)『拙修齋集』「答金進士子益書」.
195) 地籟 : 땅에서 나오는 자연의 온갖 소리.

洪萬宗은 위의 시에 대하여 『小華詩評』에서 시어를 만든 것이 천연스럽고 각기 묘처를 다하였으니 그 性情의 바름이 시에 구현된 것임을 여기에서 볼 수 있다고 하였다. 바른 性情은 수양의 결과이다. 그러면 性情이 바르다는 것을 어떻게 확인할 수 있는가? 이에 대해 홍만종은 '天然'과 '妙處'가 그 근거가 된다고 하였다. 곧 '性情'을 '天然'스러우면서도 '妙處'가 있도록 '吟詠'하였기 때문에 이 작품이 우수하다는 것이다.

'天然'이나 '自然'에 대한 강조는 중국이나 조선 理學派의 詩에서 공통되는 특질이기도 하다. 理學派 시인들은 자연스럽게 지어지는 시를 매우 높게 평가하며 자연스럽게 지어진 시를 이상적인 경지로 친다. 시는 애써 工拙을 따질 것이 아니라 性情을 자연스럽게 읊조린다는 '吟詠性情'의 전통을 충실히 따를 것을 강조한다. 朱熹는 黃庭堅의 시가 "費按排", "著力做", "刻意爲之" 등의 이유를 들어 비판하기도 했으며, 杜甫의 시까지도 "常忘了"라는 이유로 비판하며 오히려 晉宋間의 "沖淡平和" "天然渾成"을 高評하기도 하였다. 趙聖期 역시 杜甫를 포함한 唐詩가 "苦吟"하였다는 이유로 부정한 바 있으며 李彦迪의 「無爲」에 대해 申緯가 "晦齋不屑學操觚"라고 한 것도 바로 이러한 전통을 확인한 것이다.

또 '天然', 혹은 '自然'과 결부된 '妙處'는 시의 내용과 유관하다. 곧 '妙處'는 수양의 정신적 내용이 되어야 한다는 것이다. 그 내용은 李玾가 '沖淡蕭散'을 설명하면서 이러한 경향의 시를 읽으면 淡泊하다고 하였거니와 '閑美淸適'의 미감에서 좀더 구체적으로 설명될 수 있다. 李玾는 『精言妙選』에서 두번째 높은 시의 경지를 "조용히 스스로 얻어져 흥을 붙인 것에서 나왔으니 사색으로 이를 수 있는 것이 아니다. 이 『亭字集』을 읽으면 마음이 편안하고 기운이 화평하여 작은 수레를 타고 뜻에 따라 꽃길과

풀섶길을 가는 것과 같아서 속세의 세리나 화려함은 아득하게 보인다(從容自得, 出於寓興, 非思索可到, 讀此集, 則心平氣和, 如乘小車, 隨意行于花磎草徑, 而勢利芬華, 視之邈矣)."196)라 설명하고 있다. 이러한 미감을 주는 작품은 바로 수양을 통해 획득된 바른 性情에서 나온다는 논리이다.

理學派 시인에게 이러한 시의 미감은 '吟詠性情'에서 나온 것이어서 단순한 '吟風弄月'과는 구분된 듯하다. 李珥는 '酬雲唱月'과 '吟詠性情'을 구분하여 전자는 학자가 좋아할 바가 아니라 하였고, 후자는 얕은 식견을 가지고 있는 사람이 할 수 없는 것이라고 하고 있는데,197) '酬雲唱月'은 '玩物喪志'의 우려가 있지만 '吟詠性情'은 학문적 수양을 통하여 나온다고 한 것이다.

유교 사상과 관련하여 부기할 것은 『論語』나 『孟子』 등의 유교 경전을 典故로 사용하는 문제이다. 전통적으로 經書를 전고로 사용하는 것은 바람직하지 못한 것으로 인식되었다. 다음 지적이 이를 단적으로 보여 준다.

> 朱子가 말하였다. "文字에서 經典의 용어를 즐겨 쓰는 것은 한 병이다. 杜甫의 시에 이르기를 '높고 원대한 데 이르려니 생각이 막혀 걱정이라.' 하였는데, 蘇軾이 '이 시는 법으로 삼기에 부족하다.'"고 하였다. 이 평론이 지극히 공정함을 볼 수 있다. 그런데 요즘 사람들은 옛 사람의 작품에 대하여 감히 그 잘못을 논의하지 못하며 조금이라도 지적함이 있으면 사람들은 문득 망령된 생각이라 욕을 하고 있다.(朱子曰, 文字好用經語, 亦一病. 杜詩云, 致遠思恐泥, 東坡謂, 此詩不足爲法. 此可見評論之至公. 而今人於古人之

---

196) 『栗谷全書』「拾遺」.
197) "酬雲唱月 旣非學者之所當嗜 吟詠性情 又非淺識者之所能" 위와 같은 곳.

作, 不敢議其疵病, 少有指點, 則人輒詆以愚妄)198)

　　당시에 지대한 영향을 미쳤을 것으로 보이는 蘇東坡와 朱子가
經典 문자를 직접적으로 사용하는 것에 대하여 반대하였음을 위
의 기록에서 알 수 있다. 그러나 『論語』에 보이는 "舞雩"나 "乘桴"
등이 시어로 사용된 예는 이미 새로운 것이 아니다. 朱子나 蘇東
坡의 비판은 다만 이전에 잘 보이지 않던 『論語』나 『孟子』 등의
말을 차용하여 한 구를 만든다든가, 아니면 원래의 의미와 다른
쪽으로 전환하여 사용하는 등의 작법을 추구한 일부의 작품을 부
정한 것이라 하겠다.
　　그러나 새로움을 추구하는 일부 시인들의 작품에 이러한 금기
를 깨고 오히려 참신함을 얻은 예들이 보인다. 특히 杜甫와 黃庭
堅을 추종한 시인 중에는 江西詩派에서 주창하는 "以俗爲雅"의 실
천 방식으로 經典의 용어를 시어로 활용한 바 있다. 예를 들어
朴誾의 「古體詩投容齋·三」에서 "行藏百年事, 無固亦無必"은 『論
語』에 보이는 "用之則行, 舍之則藏"과 "子絶四, 毋意, 毋必, 毋固,
毋我"에서 따서 쓴 것이며, 특히 何晏의 註에 "無可無不可, 故無
固行, 用之則行, 舍之則藏, 故無專必"이라 한 것을 재구성하여 한
연으로 만든 것이다. 또 「次擇之韻」 "中歲輒懷三日惡, 丈夫更有一
朝患"의 "三日惡"은 『周易』 "先甲三日, 後甲三日, 終則有始, 天行
也"에 근거를 두고 있는 것이거니와, 下句는 『孟子』 "君子有終身
之憂, 無一朝之患"을 차용한 것이다.
　　특히 盧守愼은 평생 『論語』를 읽어 그 시가 『論語』에서 나온
것이 많고 또 스스로도 자신의 작품이 『論語』에서 전고를 차용한
것이 가장 힘을 얻고 있다고 말한 바 있다.199) 실제 그의 대표작

---

198) 『芝峯類說』 卷九.
199) "林悌入俗離山, 讀中庸八百遍, 得句曰, '道不遠人人遠道, 山非離俗俗

에서도 이러한 예는 매우 많다. "有親仁里接, 無友遠方來"(「記和
龍灘先生韻贈張克業」), "所貴希年更達官,　九人而已亦才難"(「耆老
宴作」) 등이 그러한 예로, 이들은 각기 『論語』의 "里仁爲美", "有
朋自遠方來, 不亦說乎", "孔子曰, 才難, 不其然乎. 唐虞之際, 於斯
爲盛, 有婦人焉, 九人而已" 등에서 用事한 것이다.

　道敎 사상이 이 땅에 들어온 시기는 정확히 알 수 없지만, 고
구려 시대에는 道敎가 대단한 위세를 떨쳤음은 여러 자료에서 알
수 있다. 다만 漢詩에 남아 있는 것으로는 다음 乙支文德의 작품
에서 최초로 도교 사상의 흔적을 찾을 수 있다.

神策究天文,200)　　　　妙算窮地理.201)
戰勝功旣高,　　　　　　知足願云止.202)
　　　　　　　　　　　(乙支文德, 「遺隋將于仲文」)

『隋書』 「于仲文傳」과 『三國史記』 「乙支文德傳」에 이 시의 제
작 경위가 자세히 기록되어 있다. 隋 煬帝가 宇文述과 于仲文을
보내어 高句麗를 침략하게 하였을 때, 乙支文德은 이를 맞아 驕
兵策을 써서 薩水까지 유인한 후 격파하였다. 이 시는 驕兵策의
일환으로 乙支文德이 隋將 于仲文에게 준 것이다. 柳得恭은 이
작품을 우리나라 최초의 본격적인 시로 인정하여 『二十一都懷古
詩』에서 "乙支文德眞才士, 倡五言詩冠大東"이라 칭도하였다. 그런

離山'用中庸語也. 盧蘇齋平生讀論語, 故其詩用論語全句處甚多, 嘗言
　　‘我之詩文, 最於論語中得力'云"(『芝峯類說』 卷十四).
200) 天文 : 日月星辰 등 天體가 운행하는 현상.
201) 地理 : 山川, 土地 등의 환경과 형세. 『周易』 「繫辭上」에 "仰以觀天
　　文, 俯以察地理"의 句가 있다.
202) 『老子』 第四十四章에 "知足不辱, 知止不殆"의 句가 있다. 云은 뜻
　　이 없는 助字.

데 제4구가 『老子』의 "知足不辱, 知止不殆"에서 典故를 구하고 있
는 것으로 보아 이 시기 漢詩에서 이미 道敎 사상의 端初를 찾아
볼 수 있다.

乙支文德은 한국 道家에서 祖宗으로 받들어지기도 하거니와
이후 主體道家의 계열에 있는 인물 중에도 도교 사상을 바탕으로
시를 지은 것이 간혹 보인다. 道家와 儒家를 兼全했던 徐敬德이
參同契를 읽고 趙昱에게 준 「讀參同契戲贈葆眞庵趙景陽」, 趙昱이
尹孝聘이라는 사람의 시에 차운한 「次聘之十二絕」, 朴枝華가 朴
民獻의 시에 차운한 「次正庵見贈」, 蓬萊子 楊士彦의 「有人投詩救
眞訣次其韻贈之」, 古玉 鄭磏의 「寄鄭松江」 등이 그러한 예이다.
여기서는 朴枝華의 것을 보인다.

> 小子之師白玉蟾,[203)]　　手指瓊管度凉炎.[204)]
> 人間化鶴曾留語,[205)]　　海上攀龍不待髥.[206)]
> 已與家兒成勅斷,[207)]　　要携鉛鼎事抽添.[208)]
> 丹成倘欲相隨去,　　造物多猜不必嫌.
> 　　　　　　　　　　(朴枝華, 「次正庵見贈」)

南宗 道敎의 정맥을 이은 白玉蟾을 스승으로 하여 옥피리를 부

---

203) 白玉蟾 : 원래 佛家의 인물이었으나, 陳南의 眞傳을 받아 南宗 道
　　敎의 맥을 이었다.
204) 瓊管 : 옥 피리.
205) 化鶴 : 丁令威가 도술을 배워 학이 되어 요동으로 돌아와 "有鳥有
　　鳥丁令威, 去家千年今始歸"라는 노래를 불렀다고 한다.
206) 攀龍 : 黃帝가 용을 타고 하늘로 올라갔는데, 신하들과 후궁 70여
　　인이 용의 수염을 붙들고 이를 따라 함께 올라갔다 한다.
207) 勅斷 : 裁斷과 같다.
208) 鉛鼎 : 단약을 만드는 솥.

는 자신의 仙風을 말하고 있는 작품이다. 그런데 우리 한시에서 도교는 단순히 老莊 사상이 시의 주제가 되거나 鍊丹術과 신선 사상 등이 시의 전고로 사용되는 것이 문인 작품의 일반적인 경향이다. 다음 金時習의 작품 역시 內丹術을 시의 제목으로 삼았지만, 실은 한적하게 살아가는 자신의 생활상을 보이기 위한 한 재료로 쓰이고 있을 뿐이다.

養氣靈丹非鼎爐,　　　只應肘後一神符.209)
聖賢不賺貽余去,　　　愚知無嫌在我乎.
明日射窓淸靄動,　　　晚煙歸洞淡雲孤.
自從會得山居趣,　　　摩詰重來不可摸.210)
（金時習,「服氣導引」）

丹學에서 丹藥의 복용이 중요한 것이 아니라 마음의 수양이 중요함을 말하고, 자신이 한적하게 살아가는 것 자체가 바로 신선의 경지라 말한 것이다. 頷聯은 首聯에서 말한 이러한 진실을 자신이 실천하고 있음을 말한 것이며, 頸聯은 이러한 자신의 마음을 경물로 대신한 것이기도 하다.

이처럼 도교 사상은 불만족스러운 현실로부터의 외면과 체념이 儒家的 安分 사상으로 이어지는 것이 우리 한시에 많다. 朴枝華의 시에 보이는 일련의 도가적 고사들이 일반 문인의 한시에 사용될 때는 더욱 그러하다. 곤궁한 시인의 전형처럼 알려져 있는 林椿이「次友人見贈詩韻」에서 "問津路遠槎難到, 燒藥空遲鼎不開"라 한 것은 儒家의 현실 세계 참여211)와 道家的 신선술로의

---

209) 인체의 등 뒤에 있는 督脈에서 陽氣가 움직이는 것을 이른다.
210) 摩詰 : 唐의 시인 王維로 그림에 뛰어났다.

침잠이 모두 불가능한 마음의 갈등을 말한 것일 뿐이다. 또 黃廷彧의 「送沈公直忠謙赴春川」 "爲語當時勾漏令, 衰顔須借點砂紅"이라 한 것은 葛洪이 仙道를 배웠다가 鍊丹을 완성하기 위하여 丹砂가 많이 나는 勾漏縣의 縣令으로 자청하여 나갔다는 고사를 활용하여, 늙은 얼굴에 丹砂로 화장이나 하겠다는 것일 뿐 道家的 仙風을 불러일으키는 데까지는 이르지 않고 있다. 신선술을 배워 道를 이룬 뒤 천 년 만에 鶴이 되어 遼東으로 돌아왔다는 漢代의 丁令威 고사도 鶴과 관련된 시편에 나오는 것이며, 도가 사상의 내면과 직접 연결되는 것은 아니다. 黃帝의 수염을 잡는다는 고사도 임금이 승하하였을 때 따라 죽지 못한 신하가 한탄할 때 쓰는 전고일 뿐이며, 역시 道家的인 의미는 거의 나타나지 않는다.

　道家的 취향을 보이면서 시적 형상화에 성공한 유형으로는 擬古詩 계열의 遊仙詞, 步虛詞 등을 들 수 있다. 우리나라에서 遊仙詞로 제목이 붙여진 작품 중에는 許蘭雪軒의 것이 많이 알려져 있다.

皇帝初修白玉樓,[212)]　　　碧溪璇柱五雲浮.
閑呼長吉書天篆,[213)]　　　掛在瓊楣最上頭.
　　　　　　　　　　　　　(許蘭雪軒, 「遊仙詞」)

범상한 여인으로 살기에는 지나칠 만큼 학식과 재주가 뛰어난 許蘭雪軒의 만족스럽지 못한 현실에의 강개를 초월적인 세계에

---

211) 上句의 전고가 『論語』의 "使子路問津焉"에 두고 있는 데서 이 점을 분명히 알 수 있다.
212) 白玉樓 : 천상에 있다는 누각.
213) 長吉 : 唐의 시인 李賀. 長吉은 그의 字이다. 난삽한 시로 유명하다.

대한 동경으로 초탈한 작품이다. 許筠은 불을 때서 지은 밥을 먹은 자의 말이 아니라 하였거니와, 중국 사신 朱之蕃도 세속을 벗어난 아름답고도 뼈대가 있는 작품으로 높게 평가한 바 있다.

한국 한시에서 遊仙의 시적 형상화는 道敎 寺院에서 제작된 것이 많다. 다음은 비록 제목이 「朝天宮」으로 되어 있지만, 내용은 遊仙詞와 동일하다.

碧宇標眞界,214)　　仙壇降太淸.215)
鸞栖珠圃樹,216)　　霞繞紫微城.217)
寶籙三元秘,218)　　神丹九轉成.219)
芝車人不見,220)　　空外有簫聲.
　　　　　　　　　(崔慶昌, 「朝天宮」)221)

崔慶昌이 명나라에 사절로 갔을 때 天帝에 제사하는 곳에 가서

---

214) 碧宇 : 蒼空을 가리키나 여기서는 신선이 사는 집을 의미한다.
215) 太淸 : 道家의 三淸의 하나로 四十支里 상층에 있는 공간을 의미한다. 『抱朴子』에 "上昇四十里, 名曰太淸, 太淸之中, 其氣甚强"이라 하였다.
216) 珠圃樹 : 珠樹. 仙木의 하나. 『山海經』에 "開明北, 有視肉珠樹·文玉樹·玗琪樹·不死樹"의 구절이 보인다.
217) 紫微城 : 天帝가 사는 궁성. 紫微는 北斗星의 북쪽에 있는 별자리 이름이기도 하다.
218) 寶籙은 道敎의 符錄으로 미래를 예언한 책이다. 『丹經』에 "說玉皇寶籙, 三洞秘文"의 구절이 보인다. 三元은 天地人.
219) 九轉丹 : 仙方의 하나. 『眞誥』에 "仙道有九轉神丹, 服之, 化爲白鵠."이라 하였다.
220) 芝車 : 천자나 제후가 종묘에 쓸 물품을 공급하는 밭에 친히 경작하러 갈 때 쓰는 수레. 여기서는 신선이 타는 수레라는 의미로 쓰였다.
221) 朝天宮 : 北京에 소재한 天壇의 異稱으로, 天帝에게 제사하는 곳.

지은 것이다. 도교 사원의 모습을 하늘의 세계로 묘사하였다. 道家의 시로 이룰 수 있는 최고의 경지이기에 許筠은 『國朝詩刪』에서 "仙家上乘"이라는 극찬을 아끼지 않았다. 같은 작가의 「天壇」도 같은 詩題의 시로서 이들은 모두 遊仙詩의 경향을 보이고 있으며, 李承召의 「題丈人觀壁」도 그러한 작품으로 자신의 隱逸과 도교적 세계관이 어울어진 좋은 작품이다. 또 李達의 「步虛詞」도 遊仙詞의 대표작으로 들 수 있다.

　예로부터 우리나라는 신선이 살 것 같은 아름다운 곳이었으므로 작품의 미감에서도 절로 仙趣가 풍기는 것이 많다. 다음 楊士彦의 작품을 본다.

九霄笙鶴下珠樓,[222]　　萬里空明灝氣收.[223]
青海水從銀漢落,　　白雲天入玉山浮.[224]
長春桃李皆瓊蘂,[225]　　千載喬松盡黑頭,[226]
滿酌紫霞留一醉.　　世間無地起閑愁,
　　　　　　　　　　(楊士彦,「萬景臺」)[227]

神仙의 풍모를 지닌 道家 詩人의 시답게 仙趣를 풍기는 詩語를

---

222) 九霄는 높은 하늘. 笙鶴은 仙人이 타는 仙鶴.
223) 空明은 달빛어린 물이나 하늘. 灝氣는 天地 사이에 가득찬 기운.
224) 玉山 : 『山海經』「西山經」에 "又西三百五十里, 曰玉山, 是西王母所居也"라 하고 郭璞의 注에 "此山多玉石, 因以名云.『穆天子傳』謂之群玉之山"이 보인다.
225) 瓊蘂 : 아름다운 꽃을 이르는 말.
226) 黑頭 : 나이가 젊은 사람을 가리키는 말로 여기서는 소나무의 짙푸른 빛을 이른다.
227) 『蓬萊詩集』에 제목이 「清磵亭」으로 되어 있고 그 아래 "或云, 此海山亭作"으로 되어 있다. 萬景臺는 杆城에 있던 누각으로 보인다.

구사하면서 萬景臺의 仙境을 읊은 시이다. 首聯은 만경대에 천지 간의 기운이 모여 학을 탄 신선이 내려오는 듯하다고 말하였으며, 頷聯은 銀河水에서 떨어진 푸른 바닷물과 玉山에 떠 있는 구름을 묘사하여 遠景을 그렸다. 頸聯은 구슬처럼 고운 桃李, 천년 세월을 보내고도 아직 푸른 소나무를 묘사하여 近景을 그렸다. 尾聯은 이러한 仙境에서 붉은 노을을 부어 마시니 속세의 시름을 다 잊겠다고 하였다. 許筠은 『國朝詩刪』에서 "字字烟霞, 仙家神品"이라 극찬하였고, 洪萬宗도 『詩評補遺』에서 "非食火人之語"라 칭찬하였다.

佛敎는 그 수입 초기부터 종교적 신앙을 노래하기 위하여 韻語의 형식을 빌린 偈頌이나 禪理詩를 양산하였거니와, 특히 고려시대에 있어서는 넉넉히 文人詩의 圈域에 들 만한 詩作을 남긴 韻釋들도 많다.

고려 왕조는 國初부터 儒敎治國을 표방하였지만, 사상계를 지배한 것은 저급한 민간 신앙과 불교신앙이었으며, 이러한 기본 성향은 朱子學이 수입된 고려 후기에 이르러서도 변화의 진폭은 크지 않았다. 그러므로 고려 왕조의 문화 풍토에서 배출된 불승 가운데는 儒家의 관료적 發身에 필수 과정인 文科에 급제하고도 山門에 들어간 사람들이 많았다. 특히 이 때의 儒學은 基本儒學, 즉 文學儒敎의 수준에 있었기 때문에 이들의 문학 수업은 단순한 종교인의 교양 이상의 것임은 물론이다. 그러므로 이들 가운데는 禪俗 어느 한쪽에도 떨어지지 아니하고 閑中의 정취를 노래한 秀作을 남기기도 하였다. 다음은 新羅 말기에 이미 문인들의 詩作에 山寺가 소재로 등장하고 있음을 사실로서 보여준 작품이다.

翬飛仙閣在靑冥,228)　　　月殿笙歌歷歷聽.229)

燈撼螢光明鳥道,230)　　　　梯回虹影倒巖局.231)

人隨流水何時盡,　　　　　　竹帶寒山萬古靑.

試問是非空色理,232)　　　　百年愁醉坐來醒.233)

（朴仁範,「涇州龍朔寺閣兼束雲栖上人」）234)

그러나 이 작품은 涇州에 있는 龍朔寺를 직접 배경으로 하고 있을 뿐, 主旨는 '흐르는 물과 같이 한 번 가면 다시 돌아오지 않는 인생'을 노래한 것이다. 頸聯이 너무 높아 尾聯은 行間을 채워놓은 贅言에 지나지 않는다. 고려 중기 李奎報의 다음 작품도 禪味를 느끼게 하는 경지에까지는 이르지 못하고 있다.

山僧貪月色,　　　　　　　　幷汲一瓶中.

到寺方應覺,　　　　　　　　瓶傾月亦空.

　　　　　　　　　　　　　（李奎報,「山夕詠井中月」

이 작품은 起句에서 山僧을 끌어들이고 있지만, 이 때의 山僧은 20대 젊은 시절 탐욕스럽던 李奎報 자신의 모습일는지도 모

---

228) 翬飛는 꿩이 나는 모습.『詩經』(「小雅」)「斯干」의 "如翬斯飛, 君子攸躋"에 대해 朱熹는 "其簷阿華采而軒翔, 如翬之飛而矯其翼也"라 주를 달았다. 후대에 궁전의 화려함을 비유한다. 仙閣은 仙人의 누각인데, 여기서는 절의 전각을 가리킨다.

229) 月殿 : 月宮. 廣寒宮. 즉 달을 가리킨다.

230) 鳥道 : 새나 다닐 수 있는 험한 산길.

231) 巖局 : 문처럼 생긴 바위.

232) 空色 :『般若心經』에 "色卽是空, 空卽是色"의 句가 보인다.

233) 來 : 助字.

234) 涇州는 陝西省 平凉府 부근의 古地名. 秦始皇 때 北地郡에 속했는데, 後魏에 이르러 涇水에서 이름을 취해 涇州로 고쳤다. 束은 편지로 부친다는 뜻.

른다. 起句와 結句의 좋은 대응을 통하여 탐욕스런 삶의 허무함을 노래한 것이다. 특히 結句는『般若心經』의 이른바 "色卽是空, 空卽是色"을 연상케 하지만, 이는 눈 앞의 현상을 그대로 말한 것에 지나지 않으며, 禪理나 禪味를 느끼게 하지는 못한다. 그러나 다음에 보이는 天因이나 沖止의 詩作들은 禪俗 一邊에 떨어지지 않은 禪師의 閑情을 노래한 것으로 문학의 세계에서도 높은 수준을 과시하고 있다.

鑿破雲根構小亭,235)　　　蒼崖一線灑冷冷.
何人解到淸凉溪,　　　　坐遣人間熱惱醒.
　　　　　　　　　　　　(天因, 「冷泉亭」)

스님이 찬 물이 흐르는 정자를 소재로 하여 인간의 번뇌에서 해탈하고자 하는 의지를 말한 것이지만, 일반 사대부의 隱逸과 구조적으로 변별되는 것은 아니다. 다음은 沖止(圓鑑禪師)의 「閑中雜詠」이다.

捲箔引山色,　　　　　連筒分澗聲.236)
終朝少人到,237)　　　　杜宇自呼名.
　　　　　　　　　　　(沖止, 「閑中雜詠」)

이 작품은 문인시의 수준으로도 손색이 없다. 五言詩에는, 시의 잘되고 못됨을 결정짓게 하는 一字가 있다고 하여 이를 詩眼

---

235) 雲根 : 바위. 구름이 높은 산의 바위에서 피어나는 것처럼 보이므로 생긴 말이다.
236) 連筒 : 산골물이 지나도록 연결시켜놓은 대통으로 만든 물길.
237) 終朝 : 아침 내내.

이라 부르기도 하거니와, 承句의 "連筒分澗聲"의 '分'은 『莊子』의 '道分'을 연상케 한다. 대나무 통을 이어 산골 물을 '나누어 가진 다'는 '分'이야말로 말로써 나타내기 어려운 경지를 탁 트이게 말해 주고 있다. 특히 結句의 "自呼名"은, 사물은 스스로 가지고 있는 것으로 살아간다는 萬有의 이치를 깨우쳐 주고 있어 조용한 감동을 준다.

4) 漢詩와 自然

漢詩는 그 성립된 초기 단계에서부터 소재의 원천을 자연에서 구하고 있다. 敍事를 주로 하거나 의론을 주로 하거나 경물이 매개되지 않은 시는 메말라서 시다운 흥감을 느끼지 못한다. 그런데 이때의 自然은 문자 그대로 '스스로 그렇게 있는 것'에서 그치지 않는다. 景物詩나 詠物詩의 세계에서도 景과 物의 상태를 있는 그대로 그리는 데서 끝나는 일은 흔하지 않다. 물론 시인 자신이 완벽하게 자연 속에 몰입하여 자연과 하나가 되는 일도 없지 않으며, 물론 때로는 마치 한 폭의 南畵를 연상케 하듯 완전한 寫景으로 始終하고 있는 시편도 있다. 李崇仁의 「新雪」이 그러한 예이다.

蒼茫歲暮天,[238)]　　新雪遍山川.[239)]
鳥失山中木,　　僧尋石上泉.
飢鳥號野外,　　凍柳臥溪邊.
何處人家在,　　遠林生白煙.
　　　　　　(李崇仁, 「新雪」)

---

238) 蒼茫 : 넓고 멀어서 끝이 없는 모양.
239) 遍 : 音은 '변', 偏과 같다.

李崇仁의 詩世界를 요약하여 흔히 "典雅"하다고 표현하거니와, 첫눈이 내린 歲暮의 山野를 조용하게 또 간결하게 그리고 있는 이 작품이 그 대표적인 것이다. 인간의 감정은 지극히 억제된 채 깔끔한 경물만이 전편을 장식하고 있다. 그러나 그림 같은 이 경물 속에도 시인이 함께 들어 있다. 시인은 아름다운 경물을 바라보며 자연을 탄상하고 있다.

그러나 대부분의 경물시의 세계에서 景과 物은 人間과 직접 만나고 있다. 한시에서 자연은 인간들의 삶의 터전이 되고 있다. 세사가 뜻과 같아 모든 것이 아름답게 보일 때 자연은 풍류의 공간이 되지만, 마음과 세상일이 서로 어긋나고 있을 때 자연은 심각한 현실 대결의 場이 되기도 한다. 이와 함께 자연은 인간들과 가장 가까운 거리에 있기 때문에 物我가 한데 어우러져 일체의 분쟁과 갈등이 몽롱하게 극복 지양되는 경지에 이르게 될 때 調和美의 極致를 이룬다.

시인의 삶이 조화롭고 여유가 있을 때 자연 역시 조화로운 삶의 공간이 된다. 영달한 인물의 시에서 자연은 굳건한 기상을 대변해 주고 있으며, 富豪한 인물의 시에서 자연은 참을 수 없는 興致의 대상이 된다. 먼저 전자의 예를 보인다.

突兀高峯接斗魁,[240]　　　漢陽形勝自天開.
山盤大陸擎三角,　　　海曳長江出五臺.
　　　　　　　　　(朝鮮 太祖,「白岳」)

筆力이 豪壯하여 漢高祖의「大風歌」에 비견되며 왕업을 열 조

---

240) 斗魁 : 北斗七星의 첫 번째에서 네 번째 별. 대개 北斗를 가리킨다.

짐이 여기에 드러난다고 洪萬宗은 『小華詩話』에서 평하였다. 묘사된 자연에서 절로 굳건한 기상을 읽을 수 있다. 이와 같이 자연을 통하여 원대한 기상을 표출하여 강건한 남성미를 발휘하였거니와, 부호한 일생을 보낸 시인의 작품에서 자연은 화려함과 호방함의 미학을 보여 준다. 守成期에 오랫동안 文衡을 잡아 館閣 詩人의 전형을 보여준 徐居正의 다음 작품에서 자연은 풍류의 대상이 되고 있다.

> 金入垂楊玉謝梅,241)　　小池春水碧於苔.242)
> 春愁春興誰深淺,　　　燕子不來花未開.243)
> 　　　　　　　　　　（徐居正,「春日」）

　　버드나무 가지가 누른 금빛으로 변하고 흰 매화꽃이 떨어지는 모습이 감각적으로 제시되었다. 봄 흥취와 봄 시름을 함께 말하였지만 봄은 흥취만이 있는 것이 아님을 강하게 드러내 보이고 있다. 이 작품은 성률에 있어서도 특이한 면모를 보여 주고 있다. 結句의 제4자 "來"는 韻字와 같은 韻目에 있어 근체시의 금기를 파기하고 있다. 이와 함께 무려 "春"이라는 글자를 세 번이나 사용하고 있는 점도, 비록 杜甫의 시에 전례가 있기는 하지만 근체시에서 흔하지 않다. 그러나 이러한 파격은 봄날의 흥취를 더욱 고조시키는 데 큰 힘이 되고 있다. "春愁春興"이라는 반복적 표현에서 경쾌한 리듬감을 읽을 수 있는 데다, "愁"와 "興"이

---

241) 金入垂楊 : 수양버들에 노랗게 새싹이 돋는 것을 뜻한다.
242) 玉謝梅 : 매화의 흰 꽃이 떨어지는 것을 뜻한다.
243) 何應龍의 「江邊卽事」에 "一江春水碧於藍, 船趁潮來不上帆"의 句가 있다.

상반되는 뜻을 가진 글자여서 "深淺"과 함께 그 의미만으로도 리듬감을 강화하고 있다. 起句의 "入"과 "謝"의 상반된 움직임 또한 의미를 통해 리듬감을 형성한 예이다. 또 結句에서도 "未"와 "不"처럼 같은 뜻의 글자를 반복하고, 다시 "來"와 "開"의 동일한 소리를 반복하고 있다. 이와 함께 이 작품은 起句와 結句가 句中對로 되어 있어 더욱 흥겹다. 結句에서 제비가 오지 않아 꽃이 피지 않았다고 한 것은 제비가 돌아오면 곧 꽃도 필 것이라는 것을 거꾸로 말한 것이다. 許筠이 『國朝詩刪』에서 "豪宕"이라 한 것이 바로 이러한 리듬감에서 절로 봄 흥취가 강하게 느껴진다는 것을 강조한 것이라 하겠다. 이처럼 영달한 사람의 작품에서 자연은 풍류의 과시물로 나타나고 있는 것이다.

이에 비해 곤궁한 삶을 살았던 시인의 작품에서 자연은 불우한 자신의 처지에 대한 울분과 강개의 공간이다. 己卯士禍에 동지들이 처형되자 벼슬을 단념하고 명산을 유람하지만, 1521년 辛巳誣獄에 관련되어 사형을 당한 비운의 인물 崔壽峸의 다음 작품은 이를 잘 보여 준다.

古殿殘僧在,244)　　　林梢暮磬淸.245)
窓通千里盡,　　　　　墻壓衆山平.246)
木老知何歲,　　　　　禽呼自別聲.
艱難憂世網,247)　　　今日恨吾生.

---

244) 古殿 : 낡은 집, 여기서는 절의 전각을 가리킨다.
245) 暮磬 : 저녁 무렵의 풍경소리. 劉滄의 「夏日登慈恩寺」에 "塵機消盡話元理, 暮磬出林疏韻澄"이 보인다.
246) 窓通千里盡 墻壓衆山平 : 王維의 「登辨覺寺」 "窓中三楚盡, 林上九江平"에서 점화하였다.
247) 世網 : 세상에 얽매이는 것을 이르는 말. 嵇康의 「難養生論」에 "循

(崔壽峸, 「題萬義村東浮屠」)248)

그의 시는 寓意를 지닌 것이 많다. 이 작품 역시 자신의 운명을 예언한 것으로, 그의 辛苦한 생애가 시에 녹아 있다. 시상을 일으키는 부분부터 辛苦의 모습을 엿볼 수 있다. 특히 頸聯은 곤궁한 시인의 작품에서 드러나는 경물 묘사의 한 전형이 되고 있다. 곧 나무가 늙어서 얼마나 오래되었는지 모르겠다는 上句는 자신의 늙어가는 모습을 쇠잔한 나무에 비긴 것이고, 그러한 늙은 나무에 깃들인 산새의 울음이 아름답지 못하고 절로 슬픔이 배어 있다는 下句는 시인의 강개한 정을 말한 것이기도 하다. 朴誾의 「福靈寺」의 "春陰欲雨鳥相語, 老樹無情風自哀"가 궁함이 심하여 원대한 데 이르기 어렵다는 평을 받은 바 있거니와,249) 시인의 곤궁과 죽음의 그림자가 자연을 이렇게 표현해 내게 하였다고도 볼 수 있게 한다. 尾聯은 『鶴山樵談』과 『惺叟詩話』에서 시인 자신의 운명을 예견한 것으로 설명하고 있고250) 『國朝詩刪』의 批에서도 "끝내 괴로움을 면하지 못할 것임을 알 수 있다(抑

　理, 不經世網"이 보인다.

248) 萬義村 : 水原 舞鳳山에 있던 마을. 萬義寺가 있다.

249) 容齋挹翠少時齊名, 而容之仰翠, 有若不可企及, 使之天假其年, 則其見重華使, 不但容齋而已. 或云 ; "國初以來, 專尙東坡, 而挹翠忽學山谷, 故儕流皆屈服."云. 此說近是. 其詩中 "春陰欲雨鳥相語, 老樹無情風自哀." "天應於我賦窮相, 菊亦與人無好顔"等句, 蓋似黃. 然窮甚, 似難遠到.(『壺谷詩話』)

250) 崔猿亭嘗恐被禍, 放浪物外, 終被叔父之愬, 不免於刑. 其題萬義浮屠詩 : "古殿殘僧在, 林梢暮磬淸. 曲通千里盡, 墻壓衆山平. 木老知何歲, 禽呼自別聲. 艱難憂世網, 今日愧余生" 詩語淸峭, 末句抑逆料其受禍乎?(『鶴山樵談』) : 猿亭登萬義浮屠, 作詩曰 ; "古殿殘僧在, 林梢暮磬淸. 牕通千里盡, 墻壓衆山平. 木老知何歲, 禽呼自別聲. 艱難憂世網, 今日恨吾生" 結句有意, 抑自知其罹禍耶? 惜哉.(『惺叟詩話』)

知其終不免苦)"라 하여 이 점을 다시 밝히고 있어 경련의 이러한 정감이 더욱 처절하게 느껴진다. "世網"의 의미가 이러한 예견을 더욱 가능케 한 것이며, 下句에서 다시 자신의 신세를 한탄하는 목소리가 죽음을 앞둔 사람의 그것처럼 처연하기만 하다. 崔壽峨과 같은 新進士流의 작품에 瘦硬美가 보인다는 지적은 바로 그들의 불우한 처지가 시를 그렇게 만든 것이라 하겠다.

이와 같이 묘사되고 있는 자연의 모습이 시인의 窮達에 따라 미감이 크게 다르다는 데서 역으로 그 작품을 보고 그 인물의 榮達을 점친 예가 많았다. 任埅의 부친 任義伯이 젊은 시절 나주에 갔다가 南門樓에 올라 지은 작품, "千里來遊古錦州, 亂山橫北水南流. 長風吹雨連天暗, 多少羈愁獨倚樓"에 대해 滄洲 金益熙가 "이 작품은 무한한 원대함이 있고 기상이 호탕하여 반드시 높이 오를 것이요, 상심하여 오래 곤궁할 이치가 없다(此作有無限遠致, 氣象甚豪, 必當高騫, 無落魄久困之理)"라 한 바 있으며,251) 洪命耉가 아이적에 "花落天地紅"라 읊었는데 洪瑞鳳의 大夫人이 귀하게 될 것이지만 요절할 것 같다면서 "花開天地紅."이라 하였으면 복록이 무궁하였을 것인데 落字를 써서 오랜 복록을 누릴 기상이 없다고 탄식하였는데 결국 洪命耉는 평안 감사로 있다가 42세로 金化에서 전사하였다고 하는252) 詩讖이 이러한 사정을 잘 말해준다.

특히 정치적 좌절을 겪은 시인에게 자연은 현실과의 적극적인 대결의 장이 되고 있다. 기이한 경물 자체가 울분과 강개의 발산 대상이 되고 있는 것이다.

---

251) 『水村謾錄』.
252) 『小華詩評』.

萬里滄溟掃翳昏,　　　　乾坤初闢坎離門.253)
重峯父祖皆相揖,254)　　　高頂星辰却可捫.
驅石謾傳秦帝跡,255)　　　割腸誰慰楚臣魂.
桑田亦是須臾事,　　　　賊滅時平海水飜.256)
　　　　　　　　（黃廷彧, 「山」）

　黃廷彧이 吉州에 유배되어 있던 시절, 磨雲嶺 높은 봉우리에 올라 바다와 산을 보고 지은 작품이다. 首聯은 까마득한 하늘에 어둠이 물러가고 밝은 해가 떠오르니, 하늘과 땅의 모습이 시야에 들어옴을 말하였다. 『周易』의 卦名을 시어로 사용하여 난해하게 詩想을 일으켰다. 이 구절은 태양이 끓는 듯한 바다에서 떠올라 온 세상을 비춘다는 뜻이다. 頷聯은 산봉우리에서 바다라 보이는 경치를 적은 것이다. 頸聯은 磨雲嶺에 있는 磨雲山城이 바다로 뻗어 있는 모습을 그린 다음, 유배온 자신의 처지를 屈原에 비겨 말하였다. 불우한 처지에 대한 慷慨를 읽을 수 있다. 尾聯에서는 바다물이 용솟음 치는 모습을 형용하였다. 태평이 오면 파도가 잠잠해야 할 것이지만, 자신의 慷慨한 정이 투영된 것이기도 하다.

　이 작품은 시인의 울분과 강개가 기이한 경물 속에 녹아 있다. 黃廷彧이 충성을 다하고도 기구한 운명으로 유배지에서 여생을

---

253) 坎離 : 『周易』에 나오는 말로 水火와 陰陽 등을 뜻하지만, 후대에 道家에서 연단술의 수은을 끓이는 것을 이른다.
254) 杜甫의 「望嶽」 “西嶽峻嶒竦處尊, 諸峯羅立似兒孫”와 비슷한 뜻이다.
255) 秦始皇이 해 뜨는 곳을 보기 위해 바다로 갔다가 神人이 채찍으로 쳐서 돌을 몰아 다리를 쌓는 것을 보았다는 고사가 있다.
256) 盧照隣의 「長安古意」에 “節物風光不相待, 桑田碧海須臾改”가, 白居易의 「詠澗中魚」에 “海水桑田欲變時, 風濤飜覆沸天池”가 보인다.

보내어야 했던 인물이고, 그 유배지와 기이한 경물이 어울어져 웅장하면서도 기이한 작품을 만들어 내었던 것이다. 黃廷彧이 유배지에서 지은 작품의 미감이 대체로 이러하다.

歐陽修가 「梅聖兪詩集序」에서 "무릇 선비 중에 그 가진 바를 온축하고 있으면서도 세상에 베풀 수 없는 자는 흔히 산수에 스스로를 내어놓아 겉으로는 벌레와 물고기와 초목, 바람과 구름의 형상을 보고서 왕왕 그 기괴함을 찾고, 안으로 근심 걱정, 울분이 쌓여 있다(凡士之蘊其所有, 而不得施于世者, 多喜自放于山巓水涯, 外見蟲魚草木風雲鳥獸之狀類, 往往探其奇怪, 內有憂思感憤之鬱積)."라 하여 곤궁한 처지의 시인들이 자연의 기괴함에 탐닉함을 지적한 바 있거니와, 陳師道도 「顔長道詩序」에서 顔長道의 시가 "일을 만나 울분을 터뜨리고, 어려움 때문에 기이함을 보인다(遇事以發憤, 因難而見奇)."라 하였으며, 『后山詩話』에서는 "杜甫는 사물을 만나 기이해져 삼강과 오호처럼 천 리 멀리 뻗어 나갔으니, 바람과 구름으로 인해 기이해졌을 뿐이다(杜之遇物而奇, 三江五湖, 平漫千里, 因風石而奇爾)."라 하였다. 王若虛도 「文辨」에서 陳師道를 평하여 "문장에 뛰어난 자는 일로 인하여 기이함을 낸다(善文者 因事出奇)."라하여 처지에 따라 절로 기이함이 나온다고 하였다.[257]

현실이 여의치 못할 때 불우를 한탄하지 아니하고 자연 속에서 삶의 터전을 제공받아 物我가 한데 어우러져 일체의 분쟁과 갈등

---

257) 물론 奇事가 시인의 곤궁만을 지칭하는 것은 아니다. 盧守愼은 「洪政丞暹賜几杖宴席作」에서 "三從不出相門閨"이라 한 것을 두고 許筠이 『國朝詩刪』에서 "奇事奇語相稱"이라 했을 때 奇事는 1573년 4월 領中樞府事 洪暹의 大夫人이 친정 부친과 남편, 아들이 모두 영의정을 지내게 된 영광스러운 일을 가리킨다. 그러나 대체로 奇事는 기구한 운명으로 생긴 일을 가리킬 때가 많다.

이 몽롱하게 극복 지양되는 경지에 이르게 될 때 調和美의 極致
를 이루기도 한다. 이때에 시인은 자연 속에 몰입하여 세사를 초
탈하게 되는 것이 일반적이다. 鄭士龍의 「紀懷」는 이러한 과정을
잘 보여 주고 있다.

四落階蓂魄又盈,258)   悄無車馬鬧柴荊.259)
詩書舊業抛難起,   場圃新功策未成.
雨氣壓霞山忽暝,260)   川華受月夜猶明.261)
思量不復勞心事,   身世端宜付釣耕.
                 (鄭士龍, 「紀懷」)

이 작품은 鄭士龍의 초기작으로 알려져 있다. 地上의 모든 것
을 포기한 상황은 아니지만, 작자 자신이 현실에서 할 수 있는
어떠한 것도 발견하지 못하고 있을 때 선택할 수 있는 공간이 田
舍이다. 억누를 수 없는 세사에 대한 욕망을 자연과의 합일을 통
해 덮어두려 하고 있다. 이때 물론 곤궁한 시인에게 자연은 중요
한 위안물이 된다.

百歲浮生逼五旬,262)   奇區世路少通津.263)

---

258) 四落階蓂魄又盈 : 蓂은 蓂莢草. 보름간 피었다가 보름간 지므로 曆
    算에 이용한다고 한다. 『白虎通』에 "蓂莢生於階間者, 樹名. 一日一
    莢生, 十五日畢, 至十六日一莢去, 故夾階以明日月也"가 보인다. 魄又
    盈은 달이 다시 차다. 즉 보름이 되었음을 말한다. 魄은 흰 달로 王
    維의 시에서 비롯한 말이다.
259) 車馬 : 수레를 탄 귀인의 왕래를 가리킨다.
260) 戴叔倫의 「獨坐」의 "二月霜花薄, 群山雨氣暝"에서 點化하였다.
261) 金富軾의 「甘露寺次惠素韻」의 "山形秋更好, 江色夜猶明"에서도 보
    인다.

三年去國成何事,　　　萬里歸家只此身.
林鳥有情啼向客,　　　野花無語笑留人.
詩魔觸處來相惱,264)　　不待窮愁已苦辛.265)
　　　　　　　　　　　（金克己,「高原驛」）

　슬하에 석신을 맡을 만한 후사가 없고, 거문고는 流水의 知音이 적었다는 시인이 나그네로 떠돌다 高原驛에서 자면서 지은 작품이다. 尾聯에서 "詩能窮人"의 설을 끌어와 자신의 苦澁한 처지를 말하였지만, 頷聯의 비감을 頸聯에서 극복하면서 산새와 들꽃에 정을 부친 것이 작품의 묘미를 더하고 있어 체념과 달관의 여유를 읽을 수 있다.

　다음에 보이는 金昌翕의「葛驛雜詠」은 완전하게 자연 속의 한적한 삶을 말하고 있지만 이 역시 체념과 달관에서 나온 것임을 읽을 수 있다.

尋常飯後出荊扉,　　　輒有相隨粉蝶飛.
穿過麻田迤麥壟,　　　草花芒刺易罥衣.
　　　　　　　　　　（金昌翕,「葛驛雜詠・一」）

　이 작품은 일견 전원 생활의 한적을 있는 그대로 노래하고 있는 것 같지만, 그러나 그가 선택한 산 속에서의 삶은 현실에서의

---

262) 五旬：五十年.
263) 奇區世路少通津：奇區는 길이 험한 모습. 崎嶇와 같다. 通津은 나루로 통한다는 뜻으로『論語』「微子」의 "使子路問津焉"에서 나온 말. 여기서는 學問이나 處世의 방도를 안다는 뜻으로 쓰였다.
264) 詩魔：詩興이 일어나 억제할 수 없게 만드는 힘의 비유. 白居易의「醉吟」에 "酒狂又引詩魔發, 日午悲吟到日西"의 句가 있다.
265) 窮愁："詩能窮人"의 설을 말한다.

모든 것을 스스로 포기하고 이룩한 마음의 평정이다.

　물론 완전한 체념이 안분과 은일로 이어질 때 자연은 바로 삶의 조화로운 공간이 된다.

　　弊業三峯下,266)　　　　歸來松桂秋.
　　家貧妨養疾,267)　　　　心靜足忘憂.
　　護竹開迂徑,　　　　　　憐山起小樓.
　　隣僧來問字,268)　　　　盡日爲相留.
　　　　　　　　　　　　　（鄭道傳, 「山中」）

　1380년에 경상도 일원에 창궐하던 왜구의 난을 피하여 작자가 경상도 榮州로부터 三峯의 옛집으로 돌아와서 지은 시다. 산속의 집에서 세상의 근심을 잊은 채 자연을 벗하며 조용히 살아가는 은자의 삶을 노래하고 있다. 특히 대숲을 해치지 않으려고 길을 돌아 내었고, 산을 아끼느라 누각을 작게 지었다는 데에 이르러서는 조화의 극치를 보여 준다. 다음 작품은 삶의 조화로운 공간으로서의 자연이 유독 오묘한 삶의 터전으로 설정되고 있음을 보여 준다.

　　籬竹靑靑過雨痕,　　　　古堂依約枕山根.269)
　　頭流秀色三千疊,270)　　妙選雙峰作一村.
　　　　　　　　　　　　（金澤榮, 「求禮同柳二山限韻」)271)

---

266) 三峯 : 鄭道傳이 은퇴하여 살던 곳.
267) 養疾 : 병을 요양하다.
268) 『漢書』「揚雄傳」에 따르면 漢代 揚雄이 奇字를 잘 알아 사람들이
　　술을 싣고 와서 글자의 뜻을 물었다 한다.
269) 依約 : 옛과 같이. 약속이라도 한 듯이.
270) 頭流 : 智異山.
271) 限韻 : 韻을 한정하여 시를 짓다.

이 시에서 지리산은 이미 있는 그대로의 자연물이 아니다. 이 시는 지리산의 자연과 구례 마을의 만남을 성공적으로 이룩한 작품이다. 지리산 쌍봉이 이 마을의 삶의 원천으로 제공되고 있는 것은 물론이다. 滄江은 神韻이 있는 詩, 言外의 言을 즐겨하는 시인으로 알려져 있지만, 이 작품만은 오묘의 극치를 보여주기라도 하는 듯 또다른 秀作을 제조하고 있다. 다음은 李用休의 「有感」이다.

松林穿盡路三丫,272)   立馬坡邊訪李家.
田父擧鋤東北指,   鵲巢村裏露榴花.
                    (李用休, 「有感」)

한마디로 낭만이 차고 넘치는 작품이다. 엄격한 詩作으로 정평이 나있는 李用休의 시세계에서는 찾아보기 어려운 秀作이다. 작자가 제조한 이 마을의 자연은 조금도 꾸밈이 없이 있는 그대로의 자연이지만, 인간들의 삶의 터전으로서는 이미 흡족하게 낭만으로 가득차 있으며 인간과 자연의 만남도 평화롭기만 하다.

李用休과 같은 시인에게 자연이 낭만적인 여유 공간이라면 金時習과 같은 方外의 시인에게 자연은 시인의 *超脫*함을 강화시켜 준다.

有客淸平寺,273)   春山任意遊.
鳥啼孤塔靜,   花落小溪流.
佳菜知時秀,   香菌過雨柔.
行吟入仙洞,   消我百年愁.
                    (金時習, 「有客」)

---

272) 路三丫 : 길이 세 갈래로 나뉘다.
273) 淸平寺 : 강원도 춘천 오봉산에 있는 절 이름.

이는 김시습의 晩年作 중에서도 특히 정제된 작품으로 꼽히는 것이다. 방랑에서 시작하여 방랑으로 일생을 마친 김시습에게 자연은 단순한 삶의 원천 이상으로 특별한 의미 부여를 받음직도 하지만, 이 작품의 자연은 매우 정제된 모습이다. 그러나 이 작품에서 보여주고 있는 자연은 작자의 붓끝으로 제조한 인위적인 창조물이 아니며, 작자 자신의 체험적인 현실을 그대로 보여주고 있어 이 작품에서 제시된 자연은 바로 매월당의 삶의 모든 것을 수렴해주는 안식처로서 소중한 것이 되고 있다.

주목해야 할 것은 현실의 갈등을 자연물을 통하여 해소할 때, 자연과 인간을 몽롱하게 연결하여 갈등을 융화 지양케 하는 작품이다. 이러한 특징은 특히 조선 후기 첨신을 장처로 하는 시인의 작품에서 자주 보인다. 먼저 李尙廸의 「車中記夢」을 보기로 한다.

坐擁貂裘少睡溫,274)　　　依依歸夢到家園.275)
雪晴溪館無人掃,　　　　一樹梅花鶴守門.276)
　　　　　　　　　　　（李尙廸, 「車中記夢」）

이 작품은 작자가 冬至使를 隨行하던 도중에 쓴 것이다. 이 작품 때문에 작자의 명성이 사대부들 사이에 알려진 것으로 전해지고 있다. 梅花와 鶴은 물론 자연물 그대로의 梅花와 鶴이 아니거니와, 梅妻鶴子의 故事를 끌어와 妻와 자식도 자연물의 일부로 설정함으로써 자연과 인간을 몽롱하게 하나로 겹치게 하는 데 성

---

274) 貂裘 : 담비 가죽으로 만든 옷.
275) 依依 : 끝없이 이어진 모습.
276) 宋代의 詩人 林逋가 梅花를 妻로 鶴을 아들로 삼았다(梅妻鶴子)는 故事가 있다.

공하고 있는 것이 이 작품의 長處이기도 하다. 다음은 李德懋의
「曉發延安」이다.

不已霜鷄郡舍東,　　　　　殘星配月耿垂空.

蹄聲笠影朦朧野,277)　　　　行踏閨人片夢中.

(李德懋, 「曉發延安」)278)

　　시인이 사랑을 노래할 때에는, 작자가 시적 정황에 개입하는
것을 꺼리어 최소한 3인칭 시점으로 거리를 유지하는 것이 일반
적이다. 樂府의 틀을 자주 빌려 쓰는 것도 물론 이 때문이다. 그
러나 이 작품에서 시인은 전혀 주저함이 없이 1인칭 시점에서 체
험적인 사실을 詩로써 말하고 있다. 하루밤을 지새우고 새벽에
길을 떠나는 고백적인 사랑을 읊조리고 있으면서 배경과 대상과
시인이 몽롱하게 하나가 되는 분위기를 연출하고 있는 것이 이
작품의 높은 곳이다. 다음에는 卞鍾運의 「中夜聞琴」을 본다.

中夜萬籟寂,279)　　　　何人弄淸琴.

摵摵庭前葉,280)　　　　西風吹古林.

幽人聽未半,　　　　　愀然坐整襟.

寒虫秋自語,　　　　　豈盡不平音.

皎皎天上月,281)　　　　照人不照心.

(卞鍾運, 「中夜聞琴」)

---

277) 朦朧 : 희미한 모습.

278) 延安 : 黃海道에 있는 郡 이름.

279) 萬籟 : 온갖 소리.

280) 摵摵 : 나뭇잎이 떨어지는 소리. 盧諶의 「時興」에 "摵摵芳草零, 榮榮
　　芬華落"의 句가 있는데, 呂延濟가 "摵摵, 落葉聲"이라 注를 달았다.

281) 皎皎 : 밝게 비치는 모습.

가을이 되면 귀뚜라미는 스스로 울게 마련이지만, 중인 계층의 이 시인에게 귀뚜라미 소리는 바로 자신의 不平音과 하나가 되고 있다. 이때의 자연물은 있는 그대로의 자연이 아니며 인간들의 삶과 가장 가까운 거리에 있는 것으로, 이를 통하여 일체의 분쟁과 갈등이 융화 지양되고 있다.

이상에서 삶의 모습에 따라 자연이 갖는 의미를 살펴보았다. 徐居正은 "문장이 나오는 것은 처지를 따라 변화하는 것이어서, 넓기도 하고, 험하기도 하고, 슬퍼기도 하고, 전아하기도 하다(文章之發 隨處轉換, 有浩汗焉, 有峭拔焉, 有悲惋焉, 有典雅焉)"[282]고 하였는데, 곧 한 개인이라 하더라도 처한 환경에 따라 자연을 보는 시각이 다르고 이에 따라 서로 다른 미감의 시가 나온다는 것을 알 수 있다. 위에서 본 金時習의 시에서 자연은 삶의 원천으로 자리하고 있지만 다음 작품에서 자연은 현실 대결의 장으로서 자리하고 있음을 쉽게 읽을 수 있다.

掃葉聲中午夢驚,   起看東嶺白雲生.
直將魚鳥無心趣,   剩得烟霞不世情.[283]
簾外菊香人正靜,   庭前笞潤雨初晴.
無端起我悲秋興,   細讀離騷心未平.[284]
　　　　　　　　　　(金時習,「掃葉」)

이 시는, 모처럼 그가 선택한 자연의 靜寂을 통하여 物我를 超克한 관조의 세계로 몰입하는 듯 하였으나 끝내 가리울 수 없는

---

282)「送李書狀詩序」,『四佳集』.
283) 不世 : 세속적이지 않다는 뜻.
284) 離騷 : 屈原의 楚辭를 이르는 말.

情感의 橫出로 스스로 마음의 평안을 얻지 못하고 있다. 그가 스스로 몸을 던진 것이 자연이지만, 주렴 바깥의 국화 향기, 뜰 앞의 이끼조차도 오히려 그의 마음을 不平하게 할 때가 있기 때문이다.

　이와 같은 환경의 차이가 자연을 바라보는 시각조차 다르게 하지만, 이와 함께 시인의 개성에 따라서는 유사한 경물을 눈 앞에 두고서도 서로 다른 미감으로 이를 승화시키기도 한다.

地僻秋將盡,　　　　山寒菊未花.
病知詩愈苦,　　　　貧覺酒難賒.
野路天容大,　　　　村墟日脚斜.
客懷無以遣,　　　　薄暮過田家.
(鄭誧,「癸未重九」)285)

　이 작품에서 작자는 어려운 삶의 현실을 과다하게 노출시키고 있으나 그가 선택한 田家를 통하여 나그네의 시름을 자연스럽게 여과하고 있다. 情感의 流露가 과다한 것이 鄭誧를 流麗系 詩人으로 규정하게 한 것이다. 이에 비해 다음은 '雄峻'으로 정평이나 있는 鄭夢周가 같은 重九에 쓴 작품이다.

定州重九登高處,286)　　依舊黃花照眼明.
浦溆南連宣德鎭,287)　　峰巒北倚女眞城.
百年戰國興亡事,　　　萬里征夫慷慨情.

---

285) 癸未 重九 : 癸未는 1343년. 重九는 陰曆 九月 九日. 重陽節. 이 날 菊花酒를 마시는 풍습이 있다.
286) 定州 : 咸鏡南道 定平의 옛 이름.
287) 宣德鎭 : 咸鏡南道 定平에 있던 鎭壘.

酒罷元戎扶上馬,288)　　　淺山斜日照紅旌.
　　　　　　　　　　　　(鄭夢周,「定州重九韓相命賦」)289)

　雄渾系 詩人들은 대체로 情感의 流露를 억제하는 것이 일반적인 현상이다. 이 작품에서도 작자는 사실만 말하고 있을 뿐, 꾸미는 일은 전혀 고려하지 않고 있다. 전쟁과 征夫의 非情이 ‘酒罷元戎扶上馬, 淺山斜日照紅旌’에 이르러 말끔히 정돈되고 있다. 높이 말에 올랐기 때문에 본래의 산이야 높건 말건 ‘淺山斜日’이 제격이며 이 때문에 시적 분위기도 절로 부드럽게 마무리된다.
　사찰이나 누대에서의 제영도 시인의 개성과 시대의 풍상에 따라 그 미감의 표현이 크게 다르다.

二八初秋夜290),　　　三千弱水前.291)
昇平好樓閣292),　　　宇宙幾神仙.
曲檻淸風度,　　　　　長空素月懸.
愀然發大嘯,　　　　　孤鶴過蹁躚.293)
　　　　　　　　　(盧守愼,「十六夜喚仙亭次韻」)

　1547년 順天으로 유배되어 있던 시절 盧守愼이 지은 작품이

---

288) 元戎 : 大將軍.
289) 韓相 : 韓方信. 高麗의 武臣으로 紅巾賊을 격퇴하고 서울을 수복하였다.
290) 二八 : 음력 16일. 제목의 十六과 같은 뜻이다.
291) 弱水 : 부력이 약하여 티끌도 가라앉는다는 물.
292) 昇平 : 順天의 옛 이름. 태평한 세월이라는 원래의 뜻을 빌려 다음 句의 宇宙에 대해 借對로 쓰고 있다.
293) 蹁躚 : 빙빙 돌며 춤추는 모습. 杜甫의 「西閣曝日」에 “流離木抄猿, 翩躚山巓鶴”의 句가, 王昌齡의 「灞上閑居」에 “庭前有孤鶴, 飮啄常翩翻”의 句가 있다.

다. 작자는 五言律詩에 특히 솜씨가 뛰어난 것으로 정평이 나 있
는데, 이 작품은 그의 五律 가운데에서도 筆力이 가장 凌厲雄放
하다는 評價를 받고 있다. 비록 유배지에서 제작된 작품이지만
자연과 어울어진 시인의 풍류가 절로 좋기만 하다. 이에 비해 다
음은 "慷慨"의 시인으로 알려진 朴祥의 작품이다.

湛湛長江上有楓,294)　　　　仙臺孤截白雲叢.

彈琴人去鶴邊月,295)　　　　吹笛客來松下風.

萬事一回悲逝水,296)　　　　浮生三歎撫飛蓬,

誰能寫出湖州牧.　　　　　　散步狂吟夕照中.297)

（朴祥,「彈琴臺」)298)

　朴祥의 작품 중에 가장 잘 알려져 있는 것이다. 朴祥이 忠州牧
使로 있던 시절 제작한 작품이다. 전형적인 樓亭詩의 틀을 견지하
고 있다. 그런데 이 작품 수련은『楚辭』宋玉의「招魂」에서 點化
하여 편안하지 못한 詩人의 마음이 경물의 묘사 속에 드러나고 있
으며, 이러한 심사가 함련의 경물에 투영되고 다시 경련에서 비감
으로 전환되었다가, 미련에서 강개한 목소리를 발산하고 있다. 이

---

294)『楚辭』宋玉의「招魂」에 "湛湛江水兮, 上有楓"에서 點化하였다. 湛
　　湛은 물이 깊은 모양이다. 깊은 강물이 단풍나무에 스며들어 그 잎
　　을 무성하게 한다는 뜻이다.

295) 彈琴人 : 琴仙 于勒을 가리킨다.

296) 逝水 :『論語』「子罕」에 "子在川上曰, 逝者如斯夫"가 보인다.

297) 飛蓬 : 바람에 날리는 쑥, 혹은 그 종자. 떠돌아다니는 신세를 비
　　유한다. 賀鑄의「宿寶泉山慧日寺」에 "明發卽南北, 浮生兩飛蓬"이
　　보인다.

298) 彈琴臺 : 忠州에 있는 누대. 琴仙 于勒이 琴을 탄 곳이라 하여 彈
　　琴臺라 한다.

처럼 강개한 시인의 정을 표출하는 작품은『楚辭』에서 점화한 것
이 많다는 것도 한 특징이다. 유배지와 외직이 모두 바람직한 현
실은 아니지만 개성에 따라 盧守愼은 맑은 풍류를 자랑하였고, 朴
祥은 慷慨한 정서를 발산하고 있다. 이는 唐風을 겸비한 盧守愼과
江西詩風을 추종한 朴祥의 차이이며, 동시에 唐宋詩 사이에 엄존
하는 풍상의 차이를 반영한 것이기도 하다. 이에 비하여 비록 그
대상에서 누정과 사찰의 차이는 있지만, 서로 유사한 작법을 하고
있는 崔致遠의 사찰 제영시는 晩唐의 구기를 느낄 수 있다.

登臨暫隔路岐塵,　　　　　吟想興亡恨益新.
畫角聲中朝暮浪,299)　　　　青山影裏古今人.
霜摧玉樹花無主,300)　　　　風暖金陵草自春.301)
賴有謝家餘境在,302)　　　　長敎詩客爽精神.
　　　　　　　　　　　　　(崔致遠,「登潤州慈和寺上房」303)

　　景物詩는 대개 寫景을 먼저 하는 것이 일반적인데 반하여 이
시는 首聯에서부터 促急하게 情을 앞세워 懷古的인 감상에 흐르
고 있다. 修辭에도 用工한 흔적이 역력하여 頸聯에서 玉樹와 金
陵을 借對하고 있다. 頷聯은『全唐詩逸卷』이나『白雲小說』,『東
人詩話』에 頷聯만 적고 있을 정도로 名句로 이름이 높다. 그러나

---

299) 畫角 : 樂器의 이름. 外面에 그림을 그려 넣은 나팔로, 軍中의 시
　　　각을 알리고 士氣를 진작시키는 데 쓰였다.
300) 玉樹 : 陳 后主가 즐겼던 亡國의 音樂「玉樹後庭花」를 가리킨다.
301) 金陵 : 江蘇省 鎭江縣. 三國 吳 이래 六朝의 도읍지였으며, 唐代에
　　　들어 金陵으로 불리웠다.
302) 謝家 : 晋代 謝安, 謝玄 등과 南朝 宋의 謝靈運, 謝惠連 등 江南의
　　　名門 貴族을 가리킨다.
303) 潤州 : 江蘇省 鎭江縣 동쪽의 潤浦.

頷聯이 너무 높아 다시 頸聯과 尾聯을 이어나가기에는 이미 기력이 쇠진한 느낌이다. 이 作品은 杜牧의 名篇「泊秦淮」의 영향이 짙어 "商女不知亡國恨, 隔江猶唱後庭花"가 首聯에서 頸聯에까지 용해되어 있다.

이처럼 唐詩를 숭상하는 시인과 宋詩를 숭상하는 시인들 사이에는 자연을 그려내는 데에도 현격한 차이를 드러낸다. 꼭같이 金剛山을 노래한 成石璘과 金淨의 작품에서도 이러한 차이는 잘 드러나고 있다.304)

一萬二千峯,305)	高低自不同.
君看日輪上,306)	高處最先紅.
	(成石璘,「楓岳」)307)

이 作品은 金剛山으로 가는 스님을 전송하면서 지은 것이다. 金剛山을 통하여, 道를 터득함에 先後와 深淺이 있으니 사람의 性品이 높고 낮음에 달려 있음을 비유한 작품이다.308) 사물의 모습을 보면서 개인적 興感을 노래한 것이 아니라, 이를 통하여 사물의 원리를 파악하고자 한 것이다. 이 作品은 蘇軾의「題西林壁」"橫看成嶺側成峰, 遠近高低各不同. 不識廬山眞面目, 只緣身在

---

304) 이하 唐宋詩의 변별에 대해서는 李鍾默,「朝鮮前期 漢詩의 唐風에 대하여」(『韓國漢文學研究』 제18집, 1995)에 자세하다.

305) 금강산의 봉우리 수를 통칭한 말. 鄭澈의「關東別曲」에 "만이천봉을 역력히 혀여ᄒ니"의 句가 있다.

306) 日輪 : 수레바퀴 같이 둥근 해.

307) 楓岳 : 金剛山의 별칭. 금강산은 봄에는 金剛, 여름에는 蓬萊, 가을에는 楓岳, 겨울에는 皆骨이라는 다른 이름으로 불렸다.

308) 『靑丘風雅』 注에 "喩得道之有先後深淺, 由人性之有高下"라 하였고, 『小華詩評』에서도 유사한 평을 가하였다.

此山中"에서 영향을 받은 것으로 보인다. 蘇軾은 이 작품에서 當局者는 어둡고, 傍觀者는 밝다라는 철학적 이치를 말하였다.[309] 成石璘의 작품은 蘇軾의 것에 비하여 훨씬 회화적이다. 동해에서 해가 떠서 삐죽삐죽 하늘 높이 솟아 있는 봉우리를 붉게 물들이고 있는데, 그 중에서도 가장 높은 봉우리가 가장 먼저 붉게 비치는 모습을 시각적으로 선명하게 보여 주고 있다. 宋風이 의논에 강하다고 하더라도 작품에 따라서는 이처럼 形象化에 뛰어난 솜씨를 보여 준다. 그 속에 人性의 高下에 따라 도를 깨우치는 데에도 先後가 있음을 간접적으로 말하고 있는 것이 이 시가 宋詩의 圈域에 있음을 알게 해 준다.

唐風의 詩作들은 情景의 융합을 꾀한다. 경물 자체에 관심이 있는 것이 아니라 묘사된 경물을 통하여 시인의 정감을 투영하고, 이로써 독자의 마음을 흥기시키는 것이다.[310] 이를 위해 唐風은 작품 전체가 한 편의 그림으로 이루어지기를 지향한다. 다음은 金淨의 작품이다.

落日毘盧頂,   東溟杳遠天.
碧巖敲火宿,   聯袂下蒼烟.
               (金淨,「贈釋道心」)

丙子年(1516년) 가을 金剛山에 들어갔을 때의 작품이다. 높은 毘盧峯에 해가 져서 東海 바다가 어둠 속에 끝없이 펼쳐져 있는

---

309) 周振甫,「唐宋絶詩藝術淺談」(『詩文淺釋』, 北京師範學院出版社 : 北京, 1986), 78~79면. 王水照,「宋代詩歌藝術特點和敎訓」(『唐宋文學論集』, 齊魯書社, 1983)에도 이 시를 들어 哲理性을 지적한 바 있다.
310) 이 점은 周振甫, 앞논문에 자세히 분석되어 있다.

모습을 먼저 그렸다. 이러한 경물의 묘사는 사실 成石璘의 시와 크게 다르지 않다. 그러나 轉句와 結句에서 스님과 바위 틈에서 하룻밤을 지새우고 나서 나란히 함께 산을 내려오는 데 이르러 크게 다르다. 成石璘의 시는 轉句와 結句에서 장부의 큰 기개를 느끼게 한다.311) 이는 蘇軾으로 대표되는 宋風의 한 특징을 보는 듯하다. 무한한 공간을 배경으로 하여 분방하면서도 창달한 기세가 우주를 뒤덮는다는 蘇軾類임을 알 수 있다.

　이에 비해 金淨의 작품은 기세를 느낄 수는 없지만 다정다감한 인간의 정을 느낄 수 있다. 絶句는 轉句가 가장 중요하다. 承句가 起句의 뜻을 이은 것임에 비해 轉句는 의경을 전환하여 結句로 넘겨주어야 하는데, 唐詩에 이러한 규칙을 지키고 있는 것이 많다고 한다.312) 이 작품은 이러한 작법을 잘 따르고 있어 起句에서는 비로봉에 해가 지는 모습을, 承句에서 해가 진 후 어두운 바다의 모습을 그리고 있으며, 起句의 “落”이 承句의 “杳”로 잘 이어지고 있다. 다음 轉句에서는 시상이 완전히 전환된다. 轉換의 강도는 상당한 시간의 경과에서 읽을 수 있다.

　이 작품은 이러한 唐風의 작법을 따르고 있으므로, 장부의 감정을 발산한 成石璘의 시와는 달리 감정이 蘊蓄되고 있으며, 그 속에 흥감을 느끼게 한다. 蘊蓄은 宋風의 發露에 대비되는 唐風의 특징이다. 唐風과 宋風은 시인의 정서를 표출하는 데 있어 蘊蓄과 發露라는 차이를 보여 준다고 한다.313) 이는 또한 唐風의 “陰

---

311) 『國朝詩刪』에서 “看他負遠到氣象”이라 하였다.
312) 張思緖, 『詩法槪述』, 上海古籍出版社, 1988. 140면에 이 점이 상세히 서술되어 있다.
313) 沈德潛은 『淸詩別裁』에서 “唐詩蘊蓄, 宋詩發露, 蘊蓄則韻流言外, 發露則意盡言中”이라 하였다. 郭預衡, 앞책 53면에서 재인용.

柔"와 宋風의 "陽强"과도314) 상통하는 것임을 쉽게 알 수 있다.315)

金淨의 작품에서 금강산의 겉모습은 시인의 興感을 드러내는 데 하나의 배경으로 중요할 뿐이다. 이에 반하여 成石璘의 작품에서는 금강산의 실체가 시에 명시되지 않으면 시가 되지 않는다. 成石璘의 작품은 理趣를 전하려 한 것이므로 그 理趣를 담는 그릇으로서 금강산이 존재하지만, 金淨의 작품에서는 興趣를 말하려 한 것이므로 興趣를 일으키는 대상으로서 금강산이 있다. 곧 金淨의 작품에서 起句와 承句의 금강산 모습은『詩經』의 작법으로 말하자면 興에 해당하는 셈이다. 成石璘의 시는 외양을 중시하므로 금강산에 직접 가보지 않아도 가능하지만, 金淨의 시는 금강산에 대한 興을 중시한 것이므로 금강산을 보지 않으면 이런 싯귀를 만들어낼 수 없다.316)

---

314) 許總의 앞책, 530면에서 唐詩와 宋詩를 이렇게 구분하고 있다.
315)『鶴山樵談』에 金淨의 이 작품과 함께 거론하고 있는 許篈의 시 ("金冲庵登毘盧峰詩曰 云云. 仲氏詩曰, '八月十五夜, 獨立毘盧頂. 桂樹天上寒, 西風一雁影' 可謂同調",『鶴山樵談』) 역시 금강산을 노래하면서도 唐風이 엿보인다. 팔월 보름날 비로봉의 정상에 서니, 달빛이 하늘에서 찬데 가을바람에 기러기 모습이 외롭다고 하였다. 起句와 承句가 산문적인 진술을 하고 있는 것처럼 보이지만 轉句와 結句에서 경물 속에 투영된 시인의 서정을 느낄 수 있다. 許篈 시의 轉句에서 계수나무는 달을 가리키는 말이다. 이 말로 起句의 "八月十五夜"를 계승하면서도 承句의 의경과는 층차가 다른 전환이 일어나고 있으며, 그 계수나무가 차다고 하여 結句의 "寒"에 호응이 되도록 하였다. 또 "一"은 承句의 "獨立"에 호응되어 기러기가 자신의 외로운 처지를 나타낸 감정의 객관적 상관물이 되고 있다. 기러기는 형제를 상징하므로 형제와의 이별이라는 감정이 투영되어 있음을 볼 수 있게 한다. 이처럼 許篈의 작품은 경물의 묘사 속에 진한 감정이 투영되어 있어 唐風으로 읽히게 되며, 許筬이 金淨의 작품과 "同調"라 한 것이다.

이 때문에 成石璘의 작품에서 시인은 금강산 밖에서 금강산을 관조하고 있지만, 金淨의 작품에서 시인은 금강산 안에서 금강산을 즐기고 있다. 이것은 唐風과 宋風의 중요한 차이점이다. 거칠게 말할 때, 그림으로 치면 시인이 그림 속에 있으면 唐風이고, 그림 밖에 있으면 宋風이 되는 셈이다. 시인이 그림의 내부에 있으면 시인과 대상이 하나가 되어 이른바 情景의 융화가 일어나게 된다. 成石璘과 金淨의 작품이 이러한 차이를 선명하게 보여 주고 있다. 시인이 그림의 내부에 있으면 대상에 대한 감정의 이입이나 흥취를 일으키는 것이 가능하지만, 그림의 밖에 있으면 객관적 묘사를 위주로 할 수밖에 없다. 唐風의 興趣과 宋風의 理趣가 이런 것이다.

이러한 도식에 잘 부합하는 것이 鄭道傳의 「訪金居士野居」이다.

秋雲漠漠四山空,317)　　落葉無聲滿地紅.
立馬溪橋問歸路,　　　不知身在畫圖中.
　　　　　　　　　　（鄭道傳, 「訪金居士野居」）

金居士라는 인물의 집을 찾아가면서 지은 작품이다. 起句와 承句에서는 金居士의 집을 찾아가는 과정에서 본 경물을 묘사하였다. 『國朝詩刪』의 評語 "如畫" 그대로 그림과 같은 경치이다. 承句와 轉句 사이에는 전술한 바와 같이 시간의 비약을 여기에서도 읽을 수 있다. 아름다운 경물을 넋을 잃고 바라보는 데 필요한 시간이 지나고 있음을 느낄 수 있다. 轉句에서는 起句와 承句의

---

316) 『國朝詩刪』에 "非涉此境, 安知此妙"라 하였다.
317) 漠漠 : 넓고 아득한 모양.

아름다운 경물 속에 시인을 던져두어 시인이 그림 같은 경물의
일부가 되도록 하였다. 완전한 정지 상태로 들어가 경물과 시인
이 한 폭의 그림이 된 것이다. 『國朝詩刪』에서 이 작품을 唐風이
있는 것으로 지적한 것도[318] 이 때문이다.

  이상에서 한시에서 인간과 자연이 만나는 다양한 양상과 그 미
감을 살펴보았다. 여기에서 하나 더 보탤 것은 詠物詩이다. 하나
의 경물을 대상으로 하면서도 그 속에 시인의 寓意를 담아 넣은
시를 영물시라 부른다. 영물시에서도 산과 물과 나무들이 그려지
지만, 이때의 산과 나무는 스스로 그렇게 있는 것이 아니라 작자
에 의하여 부여된 의미 있는 산과 나무가 된다. 사물의 속성을 그
려서 그것이 곧 시인 자신 또는 인간들의 삶의 문제와 같은 뜻을
가지는 것임을 노래하는 것이 이러한 작품의 전형적인 수법이다.

　　逈石直生空,　　　　平湖四望通.
　　巖根恒灑浪,　　　　樹杪鎭搖風.[319]
　　偃流還漬影,　　　　侵霞更上紅.
　　獨拔群峰外,　　　　孤秀白雲中.
　　　　　　　　　　（定法師,「詠孤石」）

  이 작품은 고구려의 승려 定法師의 것으로, 외로운 바위의 모
습을 그렸지만, 그 속에 시인의 기상을 아낌없이 과시하고 있어
외로운 바위는 자신과 동일시되고 있다. 이를 통하여 세파의 유혹
에도 흔들림이 없는 자신의 굳건한 의지를 보일 수 있는 것이다.

---

318) 『國朝詩刪』의 批에 "玲瓏圓轉, 優入唐域"이라 하였다.
319) 鎭 : 부사로 '常'과 같은 뜻.

峥嶸枯幹尙强堅,[320]　　　爲有蟠根未斷泉.[321]
地下玄龜應已化,[322]　　　人間白首得相傳.
曾將傑氣凌千仞,　　　不復春心在一邊.
苔蘚作花蘿作葉,　　　還知造物未終捐.
（崔岦,「枯木」）

이 작품은 과거에 새로 뽑힌 인물들의 詩才를 시험하기 위하여 시를 짓게 하였을 때 이에 응하여 承政院에 있는 사물들을 노래한 20首 가운데 하나로 작자의 詩才를 과시한 작품이다. 앞부분에서 이 작품은 枯木과 人間의 속성이 같은 것임을 말하고 있을 뿐, 시인 자신과 枯木이 하나임을 말하지는 않았다. 그러나 枯木은 이제 봄이 와도 꽃을 피울 수 없지만, 이끼가 꽃이 되고 덩굴이 잎이 되어 있는 것을 보니 造物主가 끝내 버린 것이 아님을 알 수 있다고 하여 아직도 한 점 元氣가 남아 있는 枯木에다 자신을 비유하고 있다.

방관자의 처지에서 景物을 바라보면서도 사물의 속성을 이용하여 세사를 풍자하는 것도 영물시의 한 특징이다. 다음 李奎報의 「蓼花白鷺」와 같은 것도 그러한 것 중 하나다.

前灘富魚蝦,　　　有意劈波入.
見人忽驚起,　　　蓼岸還飛集.
翹頸待人歸,　　　細雨毛衣濕.

---

320) 峥嶸 : 높은 모양.

321) 爲有는 復有와 같다. 斷泉은 땅 속으로 흐르는 샘 때문에 나무 뿌리가 끊어진다는 뜻이다. 杜甫의 「柟木爲風雨所拔歎」에 "幹排雷雨猶力爭, 根斷泉源豈天意"의 句가 있다.

322) 玄龜 : 큰 거북. 元龜. 商周 때 占卜에 사용하였다.

心猶在灘魚,　　　　　　人道忘機立.
　　　　　　　　　　　　(李奎報,「蓼花白鷺」)

물고기를 노리는 백로의 모습을 통하여 세태를 비판한 것이다. 흔히 백로는 機心이 없는 새로 말하지만 실상은 그렇지 않다는 것이 이 시의 主旨다. 隱者然하는 사람 중에도 세속의 영달을 노리고 있는 자들이 많음을 백로를 빌어 은근히 말한 것이다. 백로는 여물에 있는 물고기를 노리고 있는데도 세상 사람들은 그것도 모르고 백로는 세상일을 다 잊고 한가롭게 서 있는 것으로 말한다는 것이다. 이 작품은 白居易의 「鶴」, "誰謂爾能舞, 不如閑立時"에서 意境을 얻어온 것으로도 보이지만, 「鶴」에서의 "閑立"은 전적으로 '鶴'의 것이며, 여기에는 인간이 개입한 흔적이 보이지 않는다. 그러나 「蓼花白鷺」의 '忘機立'은 이미 세속의 情이 깊이 개입하고 있으며, 세사를 뚫고 보는 날카로움을 엿볼 수 있다.

　이러한 영물시는 영물의 대상에 따라 이미 그 기능을 제한 받기도 한다. 이른바 사군자는 절조의 상징으로 비유된다.

一任繁華與寂寥,[323]　　春頭臘尾也消搖[324].
纏於有意無情處,　　　　已壓千花不敢驕[325].
　　　　　　　　　　　　(鄭芝潤,「梅花」)

온갖 꽃보다 먼저 피어 다른 꽃을 압도하는 梅花를 그린 작품이다. 그러면서 겸손할 줄 아는 군자의 덕을 말하고 있다. 그러

---

323) 一任 : 전적으로 맡기다.
324) 臘尾 : 年末.
325) 『夏園詩抄』에 '千花'가 '千花'로 되어 있으나 誤刻이므로 『大東詩選』에 의거하여 고쳤다.

나 다음 李植의 작품은 제비를 소인에 비하고 있다.

萬事悠悠一笑揮,326)   草堂春雨掩松扉.
生憎簾外新歸燕,327)   似向閑人說是非.
                          (李植,「詠新燕」)

봄이 되어 다시 草堂을 찾은 제비를 두고 읊은 작품이다. 문을
닫고 世上事에 초연하고자 하는 작자에게 구태여 世上의 是非를
알려 주려는 듯 지저귀는 제비가 얄밉다고 하였다. 매화가 군자
로, 제비가 소인으로 상징된다면, 해바라기는 임금을 그리는 충
정의 상징으로 영물시에 자주 나타나고 있다.

無數宮花倚粉墻,328)   遊蜂戲蝶趁餘香.
老翁未及春風看,   空有葵心向太陽329).
              (黃廷彧,「次李伯生純仁詠玉堂小桃」)330)

여기서는 玉堂의 복숭아꽃을 읊은 것이다. 그러나 세상 돌아가
는 사정도 알지 못하고 공연히 충정만 남아 있어 임금을 생각하
고 있다는 우의를 담고 있는 작품이다. 해바라기는 해를 따라 돌
아가는 식물로, 태양은 임금을 상징하기 때문이다. 대궐의 담장
에 꽃이 피어 온갖 벌 나비들이 날아들고 있지만, 이 늙은이(작

---

326) 悠悠 : 많은 모습.
327) 生憎 : 얄밉다. 얄궂다.
328) 宮花 : 宮中 또는 御苑에 피어 있는 꽃.
329) 葵心 : 해바라기가 해를 향하는 마음. 君王이나 長上의 덕을 우러
     른다는 뜻.
330) 伯生 : 李純仁(1543~1592)의 字. 號는 孤潭.

자)는 봄바람이 부는 것조차 알지 못하고 공연히 해바라기 같은 마음만 있어 임금을 생각하고 있다는 것이다.

다음 黃眞의 작품은 작자가 解語花의 신분이기 때문에 더욱 운치가 있어 보인다.

誰斲崑山玉,331)   裁成織女梳332).
牽牛離別後,333)   謾擲碧空虛.
                    (黃眞,「詠半月」)

詩妓로 이름을 떨친 작자가 하늘의 반달을 보고 읊은 작품이다. 그러나 달을 가리켜 흔히 月梳라 하거니와, 여자들의 일용품인 빗의 모양이 반달처럼 생겼기 때문에 작자는 이를 노린 것이다. 빗은 반달로, 직녀는 작자로, 견우는 물론 사랑하는 임으로 자리 바꿈을 해도 좋을 것이다. 사랑하는 임을 만나지 못하는 여인에게 빗은 소용없는 물건이 된다. 그래서 공중에 던져 버린 것이 반달이 되었다는 뜻까지 곁들이고 있는 것이 妙處다. 비유의 수법이 워낙 현란하여, 이 작품은 끝까지 읽지 않으면 主旨를 놓칠 우려가 있다.

이와 같은 영물시는 경물을 통하여 자신의 처세를 말하고 세사를 풍자하며, 기발한 상상력을 동원하여 사물을 재해석하는 것이 특징이다. 이때 발생하는 우의는 자연물을 대하는 태도에 따라 여러 가지 양상으로 나타날 수 있다. 다만 情景의 합일을 추구하기보다는 景物은 경물대로 시인의 정서는 정서대로 분리되는 것

---

331) 崑山 : 崑崙山. 美玉이 많이 난다고 함.
332) 織女 : 銀河의 서쪽에 있는 별.
333) 牽牛 : 銀河의 동쪽에 있는 별.

이 일반적이다. 대부분 작품이 宋詩風으로 읽히는 것도 이 때문이다.

5) 漢詩와 友情

『論語』에 "以文會友"라는 말이 있다. 朱子는 講學으로 벗을 만나면 道가 증진된다는 뜻으로 풀이했지만, 글자 그대로 본다면 문자 행위로 벗을 만난다는 뜻이 된다. 문학 행위 자체가 벗을 상대함에 매우 중요한 요소라는 뜻으로 본다면, 특히 漢詩는 벗과의 만남에 매우 필수적인 소양이 될 수 있을 것이다. 전통 시대의 선비들은 어릴 적부터 벗과 어울려 학문을 논하는 한편, 詩酒를 즐기기도 하였던 것이다. 이에 따라 벗과의 만남과 헤어짐이 漢詩의 소재로서 큰 비중을 차지하는 것은 물론이다.

벗을 만나면 술이 없을 수 없고, 술이 있으면 시가 없을 수 없다. 그러기에 漢詩의 담당층은 절친한 벗끼리 모임을 결성하여 詩酒를 즐겼다. 세상이 태평하면 태평을 즐기면서 詩酒를 즐기고, 세상이 어지러우면 세상을 피해 자위의 수단으로 詩酒를 즐겼던 것이다. 이러한 詩酒의 모임이 조직화되면 詩社라 부르기도 하지만, 詩社라 하더라도 지속적인 활동을 보인 것이 아니라 한때의 풍류를 즐기기 위한 모임이므로 특정한 시기의 詩會보다는 서로 뜻이 맞는 사람끼리 詩酒를 즐기면서 友情을 나누는 것이 더욱 의미가 있다. 이러한 詩社의 전통은 魏晉의 竹林七賢이나, 王羲之와 謝安, 孫綽 등이 蘭亭禊를 맺었다는 蘭亭 故事에 바탕을 두고 있기도 하다.

우리 문학사에서 이러한 詩酒의 모임이 분명하게 나타난 것은 고려 중기 竹林高會라 할 수 있다. 竹林高會는 무신의 난으로 문

사들이 핍박을 받게 되자, 李仁老·吳世才·林椿·趙通·皇甫
沆·咸淳·李湛之 등이 金蘭之交를 맺어 花朝月夕에 회동하였으
므로 당시에 이렇게 부른 것이다. 이들 詩會에서의 詩作은 시대
를 통탄하고 불우를 강개하거나, 자연에의 탐닉을 소재로 한 것
으로 추정된다.

물론 漢文學史에서 언급되는 이러한 詩會는 대부분 일시적인
것일 때가 많지만, 개성적인 차이를 전제로 하면서도 하나의 유
파로서 불릴 만한 공통성을 띠기도 한다. 그러한 예로 대단한 명
성을 지닌 시인들의 모임을 들자면, 조선 초기 匪懈堂 安平大君
을 중심으로 한 集賢殿 문사들의 귀족적이고 궁중적인 詩會, 한
세대를 지나 朴誾·李荇·南袞 등 海東江西詩派의 한강가 蠶頭
峯, 혹은 개성 천마산 詩會, 조선 중기 이른바 三唐詩人의 奉恩
寺 주변의 詩會, 이보다 조금 뒤 唐風을 계승한 權鞸, 李安訥 등
이 중심이 된 東岳과 한강가의 詩會 등을 들 수 있다. 또 이러한
士族들의 詩會에 영향을 받아 後四家를 중심으로 한 白塔 詩會,
그리고 거리에 버려진 委巷人들의 詩會도 당대 시단의 부러움을
받으며 성황을 이루기도 하였다.

匪懈堂 安平大君을 중심으로 한 그룹은 成三問, 朴彭年, 李塏,
申叔舟 등이 핵심 구성원이 되어 귀족적 풍류를 과시하였다. 世
宗을 扈從하고 지방에 가서 함께 酬唱하기도 하며 이와 함께 安
堅 등의 그림이나 匪懈堂의 집을 소재로 대단위의 연작시를 짓기
도 한다. 「夢遊桃源圖」에 붙인 시나 「匪懈堂四十八詠」 등이 이들
의 풍류와 우정을 잘 보여준다. 이러한 작품들은 우정 자체를 형
상화한 것이라기보다는 동일한 사물을 두고 뜻을 함께하는 벗들
이 모여 성황리에 詩會를 가진 것에 의미가 있을 듯하다.

詩史에 우뚝 솟은 대시인의 詩會로는 朴誾과 李荇, 南袞, 鄭希

良 등이 天磨山과 蠶頭峯 등에서 즐긴 것이 후대의 시선집에도 명편으로 많이 소개되고 있다. 『蠶頭錄』과 『天磨錄』 등의 이름으로 이들의 수창집을 남긴 바 있다. 이들은 江西詩派를 배우면서 자신들의 불우한 처지를 때로는 橫逸하게, 때로는 平淡하게 묘사해내면서 韓國 漢詩의 수준을 한 단계 높힌 것으로 평가되고 있다.

이들이 江西詩派의 세례를 받은 詩派라면 이른바 三唐詩人들이 어울린 교유와 풍류는 漢詩史에서 唐風의 울림을 더욱 가속화시켰다고 할 수 있다. 이들은 南原에서 林悌, 梁大樸과 시회를 열면서 『龍城酬唱錄』을 남기기도 하였으며, 奉恩寺를 오가며 詩會를 갖기도 하였다. 白光勳과 崔慶昌이 젊은 시절 宋翼弼・崔岦・李山海・李純仁・河應臨・尹卓然 등과 八文章334)의 이름을 얻으면서 三淸洞과 武夷洞에서 詩會를 가진 적도 있었다. 또 이들과 일정한 관련을 맺고 있는 林億齡・鄭澈・金麟厚・宋純・高敬命 등은 星山에 모여 수많은 樓亭詩를 수창하기도 하였다.

또 朴誾과 李荇이 비록 함께 江西詩를 배웠지만, 각각 橫逸과 平淡의 개성을 발휘한 것처럼, 임란 직후 權韠과 李安訥은 각기 조선의 李白과 杜甫로 일컬어지면서 뚜렷한 개성으로 뛰어난 우정의 시세계를 보여 주며 이른바 東岳詩壇의 중심인물로 활약하였다. 이들 외에 鄭碏・李好閔・具瑞鳳・趙緯韓・趙纘韓・車天輅・梁慶遇・林悌 등도 함께 교유하여 趙緯韓의 집이 있던 楊花渡・權韠의 집안이 세거하던 마포, 具容의 별장이 있던 楮子島, 그 밖에 西江, 臺山, 龍山 등지의 한강 도처와, 李安訥의 집이 있

---

334) 이른바 八文章에 李純仁, 尹卓然 대신 李珥와 楊士彦을 꼽기도 한다.

던 남산 근처와 東園, 별장이 있던 광나루 등에서 많은 시를 남겼다.

詩社를 결성하여 시와 우의를 돈독히 한 것으로는 위항인의 詩會가 대표적이다. 士族들의 소규모 詩會는 일찍부터 있어 왔지만, 위항인들의 結社는 그들의 집착과 의지의 강도 때문에 조선 후기 詩史에서 큰 의미를 부여받게 된 것이다. 洪世泰는 洛社를 조직해 시를 짓고 풍류를 즐기면서 『海東遺珠』라는 위항 시집을 내었으며, 高時彦, 蔡彭胤 등은 위항 시집 『昭代風謠』를 편찬하면서 詩會를 즐겼다. 이를 이어 千壽慶, 張混 등은 松石園詩社를, 張混과 그의 제자들은 七松亭詩社를, 朴允默과 그 후진들은 西園詩社를 열어 위항인의 詩社가 절정을 이루게 된다. 또 劉在建, 趙熙龍, 崔景欽 등의 稷下詩社, 姜瑋를 중심으로 한 六橋詩社도 이를 이었다.

委巷人은 체념과 安分 속에서도 끊임없는 자기 확인의 의지를 보이면서 知己를 구하는 것으로 구체화되지만 이때 知己를 구하는 대상은 士族 쪽보다는 현실적으로 자신들과 유사한 신분의 同類에게서 구하는 것이 일반적이다. 위항인들의 知己 문제에 논의를 새삼스럽게 펼치는 것이 의미를 갖는 것도 이 때문이다. 서얼 출신인 李德懋는 知己와 知音의 차이를 설명하여 "대개 知音과 知己는 차이가 있다. 知己는 知心相同이요, 知音은 文詞技藝를 알아주는 것(大抵知音與知己有異, 知己卽與知心相同, 而知音者能相知文詞技藝而已)."335)이라 하였다. 자신의 詩才가 사대부 사이에 널리 인정을 받았지만, 자신의 신분적 차별에 의한 한을 이해해주지 않은 현실 때문에 知己와 知音을 분리하여 생각케 된

---

335) 李德懋, 『淸脾錄』 卷三.

것으로 보인다. 譯官 출신인 卞鍾運 역시 「知己說」을 펴 知己의 의미를 "知我心"으로 풀고 "남이 내가 아니거든 어찌 나의 마음을 알아주리오?(人非我 安知我之心也)"336)라 말하고 있다. 이렇게 우울한 심정을 토로하여 신분적 한계를 초월한 이해를 원하였음에도 이것이 불가능한 현실을 한탄하고 있는 것이다.

이러한 위항인의 知己意識을 잘 드러낸 작품 예를 아래에 보인다.

晚學迷多歧,　　　空憐未遇師.
世無知己友,　　　案有寫懷詩.
地僻溪山近,　　　人間歲月遲.
平居得安分,　　　聊此百年期.
（金尙彩, 「幽居書懷」）

스승도 알아주는 이도 없기에 시를 적는다고 한 이 작품에서 자신들의 존재를 알아주지 않음에 대한 강한 탄성을 읽을 수 있다. 이들이 知己가 없음을 한탄하였지만, 사대부와 사귀기 어려운 처지에서 위항인들 사이의 교유가 더욱 의미를 갖게 된 것이고, 이에 따라 詩社에 대한 요구가 더욱 강하였을 것으로 보인다. 이와 함께 위항인들은 스스로 同類의 행적에 대해 우호적인 작업을 동시에 수행하기도 한다. 『熙朝軼事』, 『壺山外記』, 『里鄕見聞錄』, 『葵史』 등의 편찬이 이러한 의식의 소산이기도 하다.

위항인의 詩社뿐만 아니라 일반 사대부의 詩會에서도 그 詩作은 상당히 다양한 양상을 보였다. 우선 서로의 솜씨를 과시하기 위하여 제작한 시가 많았을 것이라는 것은 상상하기 어렵지 않

---

336) 「知己說」, 『歡齋集』 卷二.

다. 이미 竹林高會에서부터 이러한 모습이 나타난다.

昔在文陣間,337)	爭名勇先購.
吾嘗避銳鋒,338)	君亦飽毒手.339)
如今厭矛盾,	相逢但呼酒.
宜停雙鳥鳴,340)	須念兩虎鬪.341)
	(李仁老,「贈四友倣樂天」)

李仁老가 白居易의 「贈友五首」를 모의하여 林椿·趙通·李湛之·足庵의 네 벗에게 준 작품이다. 그 중 이 작품은 林椿에게 준 것으로 林椿에게 이제는 재주를 다투지 말고 唱和를 나누자고 한 것인데, 시의 내용에서 보면 복잡한 典故를 끌어들여 싸움을 거는 듯하다. 文陣에서 두 마리 호랑이가 싸우는 듯한 모습을 여기서 볼 수 있다. 이처럼 友情을 바탕으로 하면서도 단순한 友誼가 아니라 재주를 서로 겨루고 있는 것도 있다.

또 이러한 모임에서는 백일장의 성격까지 띠었던 것으로 보인다. 이들은 촛불에 금을 그어 시간을 정한 다음, 누가 가장 먼저 시를 짓는가를 겨루기도 한 일이 위항인의 詩社에서 보이거니와 士族의 詩會에서도 시를 짓고 벌주를 내리는 일이 있었던 것으로

---

337) 文陣 :『玉堂遺事』에 張九齡이 文陣의 雄師가 되었다는 기록이 있다.
338) 避銳鋒 :『魏志』「張魯傳」에 "今人走避銳鋒, 非有惡意"가 보인다.
339) 飽毒手 :『晋書』「石勒載記」에 石勒이 어릴적 李陽과 자주 치고박고 싸웠는데 후에 왕위에 올라 그를 불러 잔치를 베풀면서 "卿亦飽孤毒手"라 하였다 한다.
340) 雙鳥 : 韓愈의 「雙鳥」에 "不停兩鳥鳴"이 보이는데, 雙鳥는 杜甫와 李白을 가리키는 것으로 보인다. 여기서는 자신과 林椿을 가리킨다.
341) 兩虎鬪 :『史記』「藺相如傳」에 두 마리의 호랑이가 싸우면 둘 다 살아남을 수 있는 것은 아니라는 말이 있다.

보인다. 다음 李荇의 시에서는 우정을 나누는 시 모임과, 詩規에
따라 벌주를 내리던 모습을 짐작할 수 있다.

赤壁千載後,342)　　勝絶鼇頭峯.343)
當時兩玉人,344)　　幽賞頗疊重.
扣舷泝流光,345)　　俯瞰馮夷宮.346)
擧酒徵舊令,347)　　淸響敵笙鏞.348)
俛仰已陳迹,349)　　白首空龍鍾.350)

---

342) 赤壁 : 蘇軾이 「赤壁賦」에 “壬戌之秋七月旣望, 蘇子與客泛舟遊於赤
壁之下”가 보인다.

343) 鼇頭 : 楊花渡 동쪽 언덕에 있다. 姜希孟의 記에 “西湖는 도성에서
10리도 떨어져 있지 않은데 形勝이 東方의 제일이다. 서호의 남쪽
에 끊어진 언덕이 있는데 형상이 큰 자라 머리 같으며 혹은 鼇頭라
이름한다. 언덕의 밑이 서호 가운데 뾰죽하게 바늘처럼 나왔는데,
형세가 높아서 서호의 승경을 모두 볼 수 있다.” 하였다.

344) 兩玉人 : 玉人은 용모가 아름다운 사람을 이르는 말이다. 여기서는
蘇軾이 「赤壁賦」에 나오는 蘇軾과 客을 가리킨다.

345) 扣舷는 뱃머리를 두르리며 노래에 박자를 맞춤. 蘇軾 「赤壁賦」
“扣舷而歌之”가 보인다. 流光은 달빛에 비치는 강물을 이르는 말.
蘇軾 「赤壁賦」 “扣舷而歌之, 歌曰, 桂棹兮蘭槳, 擊空明兮泝流光”이
보인다.

346) 俯瞰은 내려 보는 것으로, 元稹의 「松鶴」에 “俯瞰九江水, 旁瞻萬里
鶴”이 보인다. 馮夷宮은 馮夷之幽宮. 水神 河伯이 산다는 집이다. 여
기서는 깊은 골짜기로 흐르는 물을 가리킨다. 蘇軾의 「後赤壁賦」에
“俯馮夷之幽宮”이 보인다.

347) 徵舊令 : 예전의 법령을 다시 선포하다. 여기서 舊令은 詩會에서의
규칙을 이르는 말이다.

348) 笙鏞 : 생황과 종. 蘇軾의 「赤壁賦」에 “客有吹洞簫者, 倚歌而和之,
其聲嗚嗚然, 如怨如慕, 如泣如訴, 餘音嫋嫋, 不絶如縷, 舞幽壑之潛蛟,
泣孤舟之嫠婦”가 보인다.

349) 俛仰 : 세월이 짧음을 형용한 말. 『莊子』「在宥」에 “其疾俛仰之間而
再撫四海之外”라 하였다.

350) 龍鍾 : 누추한 모습.

高歌廣陵散,　　　　　　落日生悲風

(李荇, 「追憶壬戌七月蠶頭之遊, 用張湖南韻」)351)

1502년 朴誾, 南袞 등은 한강의 蠶頭峯에 올라 자주 詩酒를 즐겼는데, 그 때를 회상하고 지은 작품이다. 자신들의 풍류를 蘇軾의 「赤壁賦」에 나오는 그것에 비기고 있기 때문에, 「赤壁賦」의 영향이 여러 곳에서 감지된다. 이 작품에서 蠶頭峯 詩會의 모습을 짐작할 수 있거니와, 정해진 시간 안에 시를 짓지 못하면 벌주를 내리는 모습도 아울러 알 수 있다.

또 詩會에서 分韻의 형식으로 詩作을 즐기기도 하였다. 分韻은 특히 여러 사람이 모인 詩會에서 특정한 詩句를 하나씩 나누어 시를 짓는 방법이다. 예를 들어 李荇의 「七月八日, 同叔達浩叔子美叔奮會適庵, 以結廬在人境, 分韻得鏡字」는 1503년 7월 8일 洪彦弼·曹伸·叔達·浩叔 등과 함께 曹伸의 집에 모여 지은 것으로 陶潛의 「飮酒」 "結廬在人境"의 구절을 하나씩 운자로 하여 이들이 시를 짓기도 하였다.352)

聯句도 친한 벗들끼리 어울려 놀면서 함께 시를 짓는 것이기 때문에 詩會의 행사에서 나타날 수 있는 형식이다. 우리 한시에서 聯句는 특히 林椿의 것이 유명하다. 앞에서 林椿은 李仁老와 막역지간이라 하였거니와 이들이 함께 지은 聯句도 유명하다. 또 조선 후기 위항인들은 그들의 집단적 결속을 과시하기 위하여 많은 聯句를 남기고 있다. 聯句는 漢 武帝 때 諸臣들이 지은 柏梁

---

351) 壬戌은 1502년. 張湖南韻은 朱子의 「讀張湖南七月十五夜詩」를 가리킨다.

352) 이와 조금 다르지만, 朴誾의 「霖雨十日, 門無來客, 悄悄有感於懷. 取'舊雨來今雨不來.'爲韻, 投擇之, 乞求和示」에서처럼 蘇軾의 시구 전체를 韻字로 하여 7수씩 연작으로 화답하는 것도 있다.

臺聯句에서 비롯하였다고도 하거니와, 朝鮮中期 까지는 柏梁體 형식이 주로 개인에 의해 창작되었으나 中期를 지나면서 士族들의 소규모 詩會에서도 제작되어 그들의 집단적 결속을 과시하기도 하였다. 위항인들은 이러한 전통을 이어, 二人 이상이 모이면 한 두 聯 씩 주고 받는 聯句의 제작에 열을 올리게 된 것이다. 朴昌元의 『澹翁集』에는 「算博士體聯句」라 하여 數詩體를 빌어 聯句를 짓고 있으며 「四時聯句一至十言石洲體」라 하여 層詩로 된 聯句를 남기기도 하였다. 이처럼 전통 시대의 騷人들은 詩會에서 다양한 양식을 동원하여 詩才를 과시하고, 結社를 통하여 위안을 얻을 수 있었던 것으로 보인다.

여러 사람이 집단적으로 참여하는 詩會가 아니라도 절친한 벗과의 사이에서 시로써 우정을 형상화한 것도 많다. 먼저 벗에게 시를 주어 청탁의 뜻을 은근히 부치는 것이 있다. 杜甫의 시에 이러한 것이 자주 보이거니와 다음 林椿의 시도 벼슬에 오르지 못한 자신의 신세를 한탄하면서 추천의 청탁을 은근히 보내고 있다.

十載崎嶇面撲埃,353)　　長遭造物小兒猜.354)

問津路遠槎難到,355)　　燒藥功遲鼎不開.356)

科第未消羅隱恨,357)　　離騷空寄屈平哀.358)

---

353) 崎嶇 : 길이 험한 모습.

354) 造物 : 조물주.

355) 問津 : 『論語』「微子」의 "使子路問津焉"에서 나온 말. 후대에는 學問이나 處世의 방도를 묻는다는 뜻으로 쓰였다.

356) 燒藥 : 仙丹을 煉鍛함.

357) 羅隱 : 唐末의 詩人. 本名은 橫, 字는 昭諫. 어려서부터 詩로 이름 났으나, 열 번이나 과거에 떨어진 뒤 改名하였다.

358) 離騷 : 『楚辭』의 篇名. 屈原(屈平은 屈原의 本名)이 楚 懷王에게 충성을 바쳤는데, 참소를 입어 쫓겨나게 되자 「離騷」를 지어 자신

襄陽自是無知己,359)　　　明主何曾棄不才.360)

　　　　　　　　　（林椿,「次友人見贈詩韻」）

　작자 林椿은 鄭仲夫의 亂 때에 고초를 겪었으며, 詩名이 뛰어났음에도 불구하고 과거에 누차 떨어져 布衣로 일생을 마친 불우한 시인이다. 때문에 그의 시도 苦寒瘦淡하다는 평을 받았는데, 이 시는 그 대표적인 작품이다. 尾聯에서 孟浩然의 "不才明主棄, 多病故人疎"를 點化하여 자신의 처지를 해명하고, 王維와 같은 친구가 나와 자신을 천거해주기를 은근히 호소하고 있다.

　詩會 등에서 한때의 즐거움을 나누는 데서 그치지 아니하고 친한 벗을 보내면서 그 이별의 읊조린 것에도 수작이 많다. 이러한 작품은 贈別詩, 혹은 贈送詩라는 이름으로 불리운다. 외지로 떠나는 사람을 보내면서 벗이 가는 곳의 상황을 미리 상상적으로 묘사하고 전송의 뜻을 부치는 것이 일반적이다.

歲暮倦遊客,361)　　　關河山萬重.362)

　　　의 뜻을 밝혔다고 한다.

359) 襄陽 : 唐의 시인 孟浩然. 그가 襄陽 사람이므로 이렇게 부른 것이다.

360) 孟浩然의 「歲暮歸南山」에 "不才明主棄, 多病故人疎"의 句가 있다. 明主는 唐 玄宗을 가리킨다. 孟浩然이 친구 王維의 도움으로 궁전을 구경하다가 玄宗에게 들켰다. 평소 이름을 알고 있었기에 그에게 시를 지어 보라고 했는데, 앞의 시를 읊자 玄宗이 "卿不求我, 我豈棄卿"이라 하고 쫓아 내었다고 한다.

361) 倦遊客 : 遊學이나 벼슬살이에 지친 사람을 의미하는데, 한나라 문사 司馬相如가 벼슬살이에 지친 상황을 묘사할 때 쓴 말이다.『史記』「司馬相如傳」에 "長卿故倦遊"의 句가 보이고, 陸機의 「長安有狹邪行」에 "余本倦遊客, 豪彦多舊親"의 句가 보인다.

362) 關河 : 보통 山河의 의미로서 고생많은 여행길을 의미한다. 戰場을 가리키기도 한다. 庾信의 「哀江南賦」에 "提挈老幼, 關河多年"의 句

孤雲隨去馬,　　　落葉沒行蹤.
嶺外餘荒業,　　　沙邊一釣翁.
相思明月滿,　　　夢盡海天東.
　　　　　(金淨,「送崔生猿老往臨瀛」)363)

이 시는 작자가 자신과 함께 金宏弼의 門下에서 同門修學한 친우 猿亭 崔壽峸을 고향땅 江陵으로 보내며 준 것이다. 당시 士林의 주목을 받은 이 두 사람은 매우 절친한 사이로 주고 받은 시도 여러 수 있다. 먼저 首聯에서 벗이 먼 곳으로 내려감을 말하여 破題한 다음, 頷聯과 頸聯에서 경물의 묘사를 곁들여 벗이 가는 모습과 고향에서 있을 일을 상상하여 그려내고 있다. 尾聯은 이 후의 그리움을 말한 것이다. 벗과의 이별을 노래한 작품 중에서도 특히 律詩로 된 唐詩風의 시는 대개 이러하다.

絶句로 된 이별의 노래는 특히 三唐詩人의 唐風을 즐기는 시인들의 詩作에서 흔하게 보이는 것들이다.

桐花夜烟落,　　　海樹春雲空.364)
他日一杯酒,365)　　　相逢京洛中.
　　　　　(李達,「江陵別李禮長之京」)

가 보이고, 羅鄴의「留題張逸人草堂」에 "關河客夢還鄉後, 雨雪山程出店遲"의 句가 보인다.

363) 崔猿老는 崔壽峸, 猿亭은 그의 호. 臨瀛은 江陵의 옛이름.

364) 벗을 그리는 마음을 표현한 구절로, 杜甫의「春日憶李白」"渭北春天樹, 江東日暮雲"의 구절과 의상이 유사하다.

365) 一杯酒 : 한잔 술. 李白의「江夏別宋之悌」에 "人分千里外, 興在一杯中", 許渾의「送客南歸有懷」에 "長安一杯酒, 座上有歸人", 王維의「送元二使安西」에 "勸君更進一杯酒, 西出陽關無故人"의 구절이 보인다.

이 시는 명작으로 알려진 작품이다. 이 시의 구법은 王維의「鳥鳴澗」“人閒桂花落, 夜靜春山空. 月出驚山鳥, 時鳴春澗中”과 매우 흡사하고 用韻도 같다. 起句와 承句는 比興의 수법으로 친우와 이별하는 분위기를 극대화하고 있는데 특히 承句는 杜甫의「春日憶李白」“渭北春天樹, 江東日暮雲”에서 그 의상을 빌린 것이다. 轉句는 한잔 술도 나누지 못하고 이별하는 정한을 잘 표현하였다.

江月圓還缺,366)	梅花落又開.
逢春歸未得,	獨上望鄕臺.367)
	(林億齡,「送白彰卿還鄕」)368)

　　고향으로 돌아가는 백광훈에게 준 贈送詩이다. 이 작품은 林億齡이 강원도 관찰사로 있을 때의 작품으로 추정된다. 金克己의 시를 표절했다는 혐의를 받기도 한 起句와 承句는 자연물의 推移를 통해 흐르는 세월을 말하였다. '還'과 '又'는 달과 꽃의 자연적 추이를 드러낼 뿐 아니라, 자연의 추이를 보며 그저 세월을 보낼 수 밖에 없는 시인의 아쉬운 마음을 드러내고 있다. 轉句와 結句는 벼슬살이에 매여 고향에 돌아가지 못한 채 다만 고향을 그리는 시인의 모습을 그렸다. 이때 林億齡의 나이는 이미 60을 넘어

---

366) 이 구절은 李白의「望廬山瀑布二首」의 “海風吹不斷, 江月照還空”의 下句와 같은 표현이다.

367) 獨上望鄕臺 : 古人이 오래 수자리에 나가 돌아가지 못하거나 타지에서 떠돌아다닐 때, 왕왕 높은 곳에 오르거나 대를 쌓아 고향을 바라보았다 한다. 羊士諤의「登樓」에 보이는 “獨上高樓故國情”, 王勃의「蜀中九日登玄武山旅眺」에 보이는 “九月九日望鄕臺, 他席他鄕送客盃”와 통하는 의경이다.

368) 白彰卿 : 白光勳. 彰卿은 그의 字.

더욱 고향 생각이 절실하였을 것이다. 고향으로 돌아가는 벗의
모습이나 가는 길에 대하여 전혀 언급하지 않고, 외로이 남게 된
시인 자신의 처지만을 읊고 있어 떠나는 벗을 향한 離別의 情이
오히려 절실하게 느껴지는 시이다.

다음 白光勳의 「洛中別友」도 명편으로 알려져 있다.

長安相送處,369)   無語贈君歸.
却向江南望,   靑山又落暉.
                        (白光勳, 「洛中別友」)

서울에서 전라도로 가는 벗을 전송하며 준 贈別詩이다. 起句와
承句에서 헤어지는 아쉬움이 너무 크기 때문에 贈別의 말마저 해
주지 못함을 말하였다. 轉句와 結句에서는 친구가 떠나는 강남
땅에 俗塵의 서울과 대비되는 노을 지는 푸른 산이 바라보인다는
말로 떠나는 벗에게 자신의 아쉬움을 표현하고 있다. 이 시의 轉
句는 벗과의 이별을 말로 표현하는 대신 벗이 가고 있는 곳을 문
득 바라본다고 하여 헤어지는 아쉬움의 강도를 더하고 있다. 여
기에서 "却向"이라는 虛字를 連用하고 있는데 대해 許筠은 『國朝
詩刪』에서 담담한 말이 맛이 있다고 평하였다.

특히 白光勳은 이별의 정서를 매우 잘 형상화한 시인이다. 그
가 이별을 앞두고 쓴 시 중에서도 다음 작품은 이별하는 아쉬움
보다 상대방을 오히려 부러워하고 있다.

地異雙溪勝,370)   金剛萬瀑奇.

---

369) 長安 : 당나라의 수도이지만, 여기서는 漢陽을 가리킨다.
370) 雙溪 : 雙溪寺. 智異山에 있는 절.

名山身未到,   每賦送僧詩.
                          (白光勳, 「贈思峻上人」)

　이 작품은 智異山과 金剛山을 두루 유람하는 峻上人을 부러워하고 있는 것이 이 작품의 주제이다. 자신은 그럴 수 없는 아쉬움을 상대방의 떠남을 통하여 잘 드러내 보인 작품으로, 이별의 뜻은 들어 있지 않다.
　이러한 作品은 대개 唐風을 느끼게 하지만, 이에 반하여 宋詩風의 贈別詩에서는 보내는 이의 묘한 심사를 시에 담아내는 것이 특징이다.

清平山色表關東,371)   下有昭陽江漢通.372)
馳出都門一疋馬,   沂洄春水半帆風.
送人作郡鬼爭笑,373)   問舍求田囊又空.
爲語當時勾漏令,   衰顔須借點砂紅.374)
                          (黃廷彧, 「送沈公直忠謙赴春川」)375)

　沈忠謙이 弘文館에 있다가 春川으로 나간 1578년의 작품이다. 首聯은 沈忠謙이 부임할 春川이 천하의 명승임을 말하였다. 頷聯

---

371) 清平山 : 春川 昭陽湖에 있는 산.
372) 昭陽 : 春川을 지나 漢江으로 합류하는 강.
373) 鬼爭笑 : 자신은 군수로 나가지도 못하고 매양, 다른 사람을 보내는 送別詩만 쓰고 있어 귀신조차 웃을 정도라는 뜻이다.
374) 勾漏令 : 葛洪, 『晋書』「葛洪傳」에 의하면 葛洪이 仙道를 배웠는데 煉丹을 완성하기 위해 丹砂가 많이 나는 勾漏縣令을 자청하여 나갔다 한다. 杜甫의 「贈李白」에 "我來相顧尙飄蓬, 未就丹砂愧葛洪"의 句가 있다.
375) 公直 : 沈忠謙(1545~1594)의 字. 號는 四養堂. 沈義謙과 明宗 妃의 동생이다. 『四養堂集』이 전한다.

은 춘천으로 부임해가는 과정을 상상해 본 것이다. 말을 힘차게 달려 도성 문을 빠져나가는 모습과 강물을 따라 뱃길로 춘천으로 향하는 모습이 매우 박진감이 있다. 東門을 『國朝詩刪』에서 都門으로 한 것은 下句의 春水와 대우를 정교하게 하려는 의도가 들어 있다. 春水는 봄물로 해석되지만 春川이라는 고유명사로 읽히도록 되어 있어 東大門을 지칭하는 東門과 정치한 대우를 이루고 있는 것으로 볼 수도 있다.

頸聯과 尾聯은 자신의 처지를 읊은 것이다. 자기는 군수로 나가지도 못하면서 매양 다른 사람들이 군수로 나가는 것을 보내는 시만 쓰고 있노라니 귀신도 다투어 웃는다는 것이다. 농사를 짓는 데만 관심이 있을 뿐 원대한 딴 뜻은 없지만 주머니가 비어서 그것도 마음대로 할 수 없음을 말한 것이 頸聯의 본 뜻이다. 그래서 尾聯에서 작자는, 丹砂가 많이 나는 것으로 유명한 勾漏縣 縣令 葛洪에게 말하여, 자신의 늙은 얼굴에 丹砂로써 화장이나 할 수 있게 해 달라고 부탁하고 있다. 頸聯에 이르러 이 후반 부분이 작자 자신의 처지를 말한 것임을 알게 하는 솜씨는 범용한 시인으로서는 도달하기 어려운 경지임에 틀림없다.

그런가 하면 서로 먼 곳에 떨어져 그리는 정을 담아 편지처럼 보낼 때도 많다. 이 때 벗과 주고 받는 시는 和答의 성격을 가질 때가 많아, 서로 같은 韻字로 시를 지어 뜻을 보일 때도 있다. 우정을 바탕으로 한 漢詩 중에 가장 많이 보이는 것이 이런 유형의 것이다. 다음 盧守愼과 金麟厚의 화답시가 그 한 보기다.

有友多篇翰,　　　　因人問死生.[376]

---

376) 杜甫의 「送蔡希魯都尉還隴右因寄高三十五書記」 "因君問消息, 好在阮元瑜"에서 點化하였다.

明年歲在巳,[377]　　孟夏日斜庚.

俯仰音容改,[378]　　毫釐事業傾.[379]

波鷗萬里闊,[380]　　櫪馬五更驚.[381]

落月南桃浦,[382]　　屯雲古岬城.[383]

須成地下會,　　且許夢中迎.

　　　　（盧守愼,「酬寄金河西」）

謫遠天南客,　　孤懷寄十生.

秋風入蟋蟀,　　春日幾倉庚.[384]

去國心應折,[385]　　懷親淚自傾.

精誠天地感,　　妙句鬼神驚.

際海雲凝島,　　環山雪滿城.

明時知不廢,　　何日笑相迎.

　　　　（金麟厚,「次韻寄蘇齋」）

---

377) 巳 : 丁巳年(1557)으로 보인다.

378) 俯仰 : 俯仰之間. 매우 짧은 시간을 이르는 말이다. 杜甫의 「寫懷二首」에 "放身八極外, 俯仰俱蕭瑟"이 보인다.

379) 毫釐 : 매우 작은 양을 가리키는 말이다.

380) 杜甫의 「奉贈韋左丞丈二十二韻」 "白鷗波浩蕩, 萬里誰能馴"에서 가져왔다.

381) 櫪馬 : 자유롭지 못한 신세를 마굿간에 매여있는 말로 비유한 말이다. 潘岳의 「馬汧督誄」에 "靑煙傍起, 櫪馬長鳴"이 보인다.

382) 南桃浦 : 珍島에 있던 포구 이름.

383) 屯雲古岬城 : 杜甫의 「與李十二白同尋范十隱居」 "落景聞寒杵, 屯雲對古城"에서 點化하였다. 杜甫의 이 표현은 謝惠連의 「西陵遇風獻康樂」 "屯雲蔽曾嶺, 驚風湧飛流"에서 온 것이고, 韓愈의 「送進士劉師服東歸」 "夏槐作雲屯", 陳與義의 「種竹」 "蒼雲屯十里", 蘇軾의 「和趙景貺栽檜」 "汝陰多老檜, 處處屯蒼雲" 등에서도 원용된 바 있다.

384) 倉庚 : 倉鶊과 같다. 꾀꼬리의 별칭이다. 『詩經』(「豳風」)「東山」에 "倉庚于飛"가 보인다.

385) 去國 : 本國, 혹은 고향을 떠난다는 뜻도 있으나 여기서는 조정이나 도성을 떠난다는 뜻이다.

1557년 珍島에 유배되어 있던 盧守愼과 중국으로의 사행이 예정된 金麟厚가 서로 주고 받은 작품이다. 이 시기 두 사람이 서로 화답한 작품이 많아 우정의 돈독함을 엿볼 수 있다. 盧守愼의 시는 金麟厚가 여러 번 시를 써 안부를 물었음을 말하고, 이어 자신의 현 상황을 자세히 말하여 간절한 그리움을 드러내었다. 金麟厚의 작품 역시 은거하고 있는 자신에게 편지를 보낸 사실을 곡진하게 적고 있으며, 기약할 수 없는 후일의 만남을 기다리고 있다. 이러한 화답시는 편지를 대신하여 서로의 정을 돈독히 할 수 있었던 것으로 보인다.

다음 崔慶昌의 시도 이와 비슷한 것이다.

<table>
<tr><td>草草河邊酒,[386)</td><td>悠悠別後期.[387)</td></tr>
<tr><td>聊因北歸客,[388)</td><td>始寄去年詩.</td></tr>
<tr><td>塞外早霜落,</td><td>關中芳草衰.</td></tr>
<tr><td>相思月頻滿,</td><td>秋鴈到來遲.[389)</td></tr>
</table>

(崔慶昌, 「因李益之北歸寄朴觀察民獻」)390)

咸鏡道觀察使로 떠난 朴民獻에게 헤어질 때의 아쉬움을 담아

---

386) 草草 : 급박한 모습. 杜甫의 「送長孫九侍御赴武威判官」에 "聞君適萬里, 取別何草草"의 句가, 梅堯臣의 「令狐秘丞守彭州」에 "前時草草別, 渺漫二十年"의 句가 있다.

387) 悠悠 : 아득한 모습. 顧況의 「古意」 其三에 "吾惟抱貞素, 悠悠白雲期"의 句가 있다.

388) 北歸客 : 李達을 가리킨다.

389) 秋鴈 : 기러기는 편지를 전해주는 使者로 비유되는데, 여기서는 朴民獻의 회답을 가져올 것을 의미한다.

390) 益之는 李達의 字. 朴民獻(1516~1586)은 字가 希正, 號가 瑟僩齋. 徐敬德의 門人으로, 함경도 병마절도사와 함경도 관찰사를 지낸 바 있다.

작자가 마침 함경도로 가는 李達의 편에 편지 대신 보낸 시이다. 한강가에서 이별주를 마시고 훌훌 떠나간 상대에 대한 그리움을 물씬 느낄 수 있다.

　헤어진 후 오래 만나지 못하는 벗에 대한 그리움도 시인이 즐겨 채택하는 漢詩의 소재이다. 이러한 작품은 앞에서 본 贈別詩와 구성법에서는 크게 다르지 않지만 정감의 流露는 풍부하다.

憶與安東醉秀才,[391]　　短舠乘興月中廻.
奉恩寺裏花如雪,　　　　把顥亭前水似苔.[392]
好事野人碁一局,　　　　多情村媼酒三盃.
六年重到題詩處,　　　　目斷南天暝色來.
　　　　　（李安訥,「楮島許巨源淮家有懷權汝章」）[393]

　이 작품은 李安訥이 1597년에 6년전 權韠, 具容 등과 시를 짓던 한강의 楮島, 許淮의 巨源亭에 들러보고 지은 작품이다. 전쟁으로 폐허가 되어버린 곳에 서서 지난날의 우정과 풍류를 돌아보았다. 과거를 회상한 頷聯과 頸聯에서 지난날 즐거웠던 일들을 구체적으로 나열하여 독자로 하여금 긴 여운을 느끼게 한다.

巉巖天磨鎭,[394]　　　　蕭條蜀莫州.[395]
江山餘故國,　　　　　　風雨送殘秋.

---

391) 安東은 權韠의 본관이 安東이기에 이른 말이다. 秀才는 아직 벼슬길에 오르지 않은 사람을 이르는 말.
392) 把顥亭 : 한강가에 있던 정자 이름.
393) 楮島는 한강에 있던 섬이름. 許淮는 미상, 巨源은 그의 자로 보인다. 汝章은 權韠의 字.
394) 天磨山은 開城에 있는 산. 巉巖은 산이 높고 가파른 모습.
395) 蜀莫州 : 開城의 옛 이름.

古寺楓林落,   空城瀑布流.
故人京雒去,396)   惆悵不同游.397)
                          (李建昌, 「天磨山懷于霖」)398)

開城에서 작자가 서울로 떠난 金澤榮을 그리워하며 지은 시이
다. 벗이 없는 산천이 가을과 겹쳐져 더욱 쓸쓸하게 묘사되고 있
다.

벗을 그리워하지만 이미 벗이 죽고 없을 때 그 비감은 절로 배
가된다. 이러한 작품에는 친구의 사망 당시에 적은 挽詞와, 세월
이 지난 후 옛벗을 그리는 懷舊詩가 있다. 먼저 전자의 예를 보
인다.

幽明相接杳無因,399)   一夢慇懃未是眞
掩淚出山尋去路,   曉鶯啼送獨歸人
  (權韠, 「哭具金化喪几于楊州之山中, 因日暮留宿天明出山」)

權韠의 절친한 친구인 具容이 33세의 나이로 金化縣監 재직
중 세상을 떠난 것을 통곡한 작품이다. 楊州에 벗을 묻고 날이
저물어 거기서 유숙하고 산을 나선 느낌을 적은 것이다. 친우의
죽음에 대한 절절한 정이 담겨있다. 벗의 죽음을 슬퍼한 挽詞로
서는 매우 높은 평을 받은 작품으로 李廷龜가 權韠을 製述官으로
천거할 때 이 시를 宣祖에게 읊자, 宣祖가 칭찬하고 權韠의 시고
를 가져오게 하여 이를 보고 "權韠이 具容과 더불어 교분이 얼마

---

396) 京雒 : 서울.
397) 惆悵 : 슬퍼서 탄식하는 모습.
398) 于霖 : 金澤榮의 字.
399) 幽明 : 저승과 이승.

나 깊기에 시어가 이처럼 구슬픈가?” 하였다 한다.

친하게 지내던 벗은, 시간이 흐르면 그에 대한 비감은 더욱 간절한 법이다. 죽은 벗의 자취를 보고 쓴 작품에 우수한 것이 많다.

卷裏天磨色,　　　　　依依尙眼開
斯人今已矣,400)　　　古道日悠哉.
細雨靈通寺,401)　　　斜陽滿月臺.402)
死生曾契闊,403)　　　衰白獨徘徊.
　　　　　　　(李荇,「題天磨錄後」)404)

朴誾, 李荇, 南袞 등 3인이 1502년 開城에 있는 天磨山에서 놀면서 지은 詩集『天磨錄』을 보면서 1503년 士禍에 희생된 朴誾을 그리워한 작품이다. “斯人今已矣”나, “死生曾契闊” 등과 같이 挽詞에서 즐겨 쓰는 표현들이 이 시의 한 특징이 되고 있다. 虛字의 구사를 통하여 슬픔의 강도를 더하게 한 것이 높은 수준을 과시한 부분이다. 尾聯의 下句 “衰白獨徘徊”는 上句 “死生曾契闊”을 절실하게 뒷받침해 주고 있다. 산 자와 죽은 자는 다시 만날

---

400) 斯人今已矣 :『論語』「雍也」에 孔子가 冉伯牛의 질병에 대해 “亡之命矣夫! 斯人也而有斯疾也”라 하였다.
401) 靈通寺 : 開城에 있는 절.
402) 滿月臺 : 開城에 있는 누각.
403)『詩經』(「邶風」)「擊鼓」의 “死生契闊, 與子成說”애서 나왔다. 蘇軾의「同年王中甫挽詞」에 “出處升沈十年後, 死生契濶幾人存”의 句와「董儲郎中嘗知眉州與先人遊過安邱訪其故居見其子希甫留詩屋壁」에 “死生契濶君休問, 灑淚西南向白雲”의 句가 보인다.
404) 天磨錄 : 朴誾, 李荇, 南袞 등 3인이 1502년 開城에 있는 天磨山에서 놀면서 지은 시를 모아 엮은 책이다.

수 없어, 허옇게 흰 머리가 되어 홀로 배회한다는 것이다.

이와 유사한 것에 懷人詩라는 것이 있다. 懷人詩는 沈約이 王融, 謝朓, 王諶 등 당대의 저명한 인사 9인을 회상한 「懷舊詩」 9수, 阮籍・嵇康・劉伶・阮咸・向秀를 회상한 顔延年의 「五君詠」, 杜甫의 「八哀詩」, 司馬光의 「五哀詩」 등도 같은 부류의 시다. 이러한 시는 杜甫가 「八哀詩」 小序에서 말한 바와 같이 "옛일을 탄식하고 어진 자를 사모하는(歎舊懷賢)" 마음에서 애도대상의 죽은 시점을 크게 문제삼지 않고 일시에 현인들을 사모하고 애도하는 감정을 읊은 것이다.

우리나라에는 조선 전기에 金守溫 등 14인을 애도한 成俔의 「存沒口號十四首」가 있고, 申景濬・南龍萬・李匡呂・洪儒浩・黃景源・李獻慶・宋載道・洪秉哲・申光河・鄭景淳을 추모한 洪良浩의 「十哀詩」405)가 있다. 또 朴齊家가 柳琴・李東儒・李光錫・李檗을 애도한 「四悼詩」 또한 같은 성격의 것이다. 위항인도 懷人詩에 집착을 보여, 李尙迪은 「懷人詩」와 「續懷人詩」 連作을 남기고 있고, 金奭準은 그의 문집 『紅藥樓詩集』 외에도 별도로 『懷人詩錄』, 『續懷人詩錄』을 저술하여 200여 수의 懷人詩를 남기고 있다. 이들은 王士禎의 「懷人絶句」에서 직접적으로 영향을 받은 듯하다. 여기에는 위항인들의 交遊에 대한 열정이 어느 정도인가를 알게 해준다. 이러한 懷人詩는 당대 인물의 존재 양상을 살피는데 좋은 자료가 되고 있으며 작품마다 人物評을 하고 있어 論詩와 論人의 성격을 공유하고 있다. 다음은 金奭準의 『懷人詩錄』에 있는 것 중의 하나다.

---

405) 『耳溪集』 「輓詞錄」에 실린 74수의 만사의 일부이다.

　　誰知三雪是前身,406)　　　　鐵筆淋漓轉逼眞.407)
　　問字學書推獎語,　　　　　　古東秋史紫霞門.408)
　　　　　　　　　　　　　　　　(金頍準, 「韓小貞應耆」)409)

　　轉句와 結句는 申緯가 韓應耆에게 준 시 「申紫霞侍郎贈韓小貞詩」 "問字學書韓壽汝, 古東秋史紫霞門. 存亡且莫傷懷抱, 載酒山房對夕曛"을 차용한 것으로 이왕의 시를 통하여 인물을 평하고 있다. 이에 이르러 자신과 申緯·金正喜·韓應耆 사이의 공동체적 유대감을 부각시키는데 성공하고 있다.

　　懷人詩는 죽은 자를 대상으로 하는 것이 일반적이지만, 살아있는 벗을 생각하며 읊은 것도 있다. 許筠의 「前五子詩」나 「後五子詩」, 朴瀰·鄭弘溟·申翊聖·李明漢의 「五子詩」, 金尙憲의 「次六懷韻」 7언 절구 6수 등이 그러한 예이다. 또 수십 수에 달하는 朴齊家의 「懷人詩」·「續懷人詩」도 있는데 살아있는 사람을 위주로 하고 있다.410)

6) 漢詩와 繪畵

　　漢詩는 繪畵와 깊은 관련을 맺고 있다. 회화와 한시는 그 작법에서도 밀접한 상관관계를 맺고 있거니와, 특히 동양의 회화에는

---

406) 三雪 : 文三橋와 何雪語를 가리킨다.
407) 淋漓 : 글씨 등이 매우 생동감이 있어 물이 뚝뚝 떨어질 듯하다는 뜻.
408) 古東은 李翊會의 호, 秋史는 金正喜의 호, 紫霞는 申緯의 호.
409) 韓小貞 : 이름은 應耆로, 생평은 자세하지 않다.
410) 懷人詩에 대해서는 安大會, 「韓國漢詩와 죽음의 문제」(『韓國漢詩研究』 3, 태학사, 1995)를 참조하였다.

제화시라 하여 그림에 시를 붙이는 것이 일반화되어 있기도 하다. 淸의 方薰이 『山靜居畵論』에서 이른바, "높고 심원한 뜻과 생각은 그림으로 부족하여 시를 써서 이를 편다(高情逸思, 畵之不足, 題以發之)."라 한 데서 잘 드러나듯이, 그림과 시는 상보적인 기능을 하고 있기도 하다. 또 동양의 그림은 시를 쓴 글씨와 함께 詩, 書, 畵가 함께 어울어져야 가장 아름다울 수 있다고 인식되었으며 심지어 낙관까지 함께 보아야 한다는 주장도 설득력 있게 제기되었다.

중국에서 題畵詩는 盛唐에 이르러 杜甫와 李白에 의해 성행되기 시작하였으나, 이 시기에는 그림에 직접 쓰는 일은 드물고 시의 한 소재로 이용되었을 뿐이었다. 蘇軾으로부터 "詩中有畵", "畵中有詩"의 평을 받은 王維에 이르러 시와 그림의 내면 관계가 밀접히 연관되기 시작한다. 그 후 北宋 시기에 문인화가 발달하면서 제화시는 더욱 발전하였으며 특히 元明代에 제화시가 성숙한 경지에 이른 것으로 평가되고 있다.411)

우리나라의 題畵詩는 宋代 문인화의 영향을 받기 시작한 고려 중엽부터 보인다. 그 중 李仁老의 다음 작품은 초기 題畵詩의 수준이 이미 상당한 경지에 이르렀음을 보여 주고 있다.

一帶滄波兩岸秋,　　　風吹細雨洒歸舟.
夜來泊近江邊竹,412)　　葉葉寒聲摠是愁.
　　　　　　　　　　　(李仁老,「瀟湘夜雨」)413)

---

411) 중국의 제화시에 대해서는 周積寅·史金城, 『中國歷代題畵詩選注』(西泠印史, 1985)를 참조하였다.

412) 杜牧의 「泊秦淮」에 "煙籠寒水月籠沙, 夜泊秦淮近酒家"의 句가 있는데, 이를 연상하게 만든다.

413) 瀟湘 : 中國 湖南省에 있는 瀟水와 湘水의 合稱.

　중국 宋代의 山水畵家인 宋迪이 그린 八景圖는 뒤에 즐겨 畵題로 이용되었는데, 이 시는 八景圖의 하나인 '瀟湘夜雨'에 대한 題畵詩이다. 原題는 「宋迪八景圖」이며, 그 아래 「平沙落鴈」·「遠浦歸帆」·「江天暮雪」·「山市晴嵐」·「洞庭秋月」·「瀟湘夜雨」·「煙寺晚鍾」, 「漁村落照」 등 七言絶句 여덟 수가 실려 있다. 이 작품은 단풍에 물든 강언덕을 따라 푸른 물이 띠처럼 흐르는데, 가랑비 속에 떠가던 배가 강변 대숲에 정박하니 대잎에 부딪쳐 소리가 나는 것이 마치 근심을 하소연하는 듯하다는 것을 말하였다. 특히 '葉葉'은 대잎을 가리키면서, 동시에 대잎이 흔들리는 소리를 형용한 말로도 읽히는 것이 묘미가 있다. '瀟湘夜雨'는 잘 그려도 그림일 뿐 그 속에 소리를 형용할 수 없지만, 이를 시로 적을 때는 바람 소리, 비소리, 대잎 소리 등 다양한 소리가 울려 퍼지게 된다. 그림으로 그릴 수 없는 소리를 형용할 수 있다는 점에서 시는 그림과 상보적이라 할 만하다.

　瀟湘八景圖는 중국과 일본에서도 대단한 유행을 하였거니와, 우리나라에도 성황을 이루어 李仁老 후에 李奎報·陳澕·李齊賢이 瀟湘八景圖에 題畵詩를 남기고 있거니와, 특히 조선 초기에 이르면 安平大君을 중심으로 한 문사들과 安堅이 만나면서 瀟湘八景圖 제화시가 상당수에 이르게 된다. 安平大君은 瀟湘八景圖에 李仁老와 陳澕 등의 제화시를 붙이고 당시의 뛰어난 문인들로 하여금 다시 시를 짓게 한 데서 이러한 현상이 일어나게 된 것이다.414)

　이와 함께 安平大君 주위의 문인들은 安堅의 수작 「夢遊桃園

---

414) 瀟湘八景圖에 대해서는 安輝濬, 『韓國繪畵의 傳統』(文藝出版社, 1988)에 자세하다.

圖」·「四時八景圖」 등에도 수많은 제화시를 남기고 있으며, 이 시기 문인들의 작품에서 상당히 큰 비중을 차지하고 있는 것이 바로 제화시이기도 하다. 특히 八景圖에 대한 유행이 조선 초기에 수많은 지역을 八景, 혹은 그와 같은 한정된 숫자로 경치를 일컬으면서 이에 대하여 시를 짓고 있는 것도 여기에서 생긴 풍조로 짐작된다.

전통 회화는 크게 나누면 山水畵와 花鳥畵, 人物畵 등으로 분류되며, 이에 따라 제화시도 각기 그 양상을 조금씩 달리 한다. 山水畵에 붙인 題畵詩는 먼저 그림의 내용을 재현하여 그 맑은 산수의 흥취를 즐기며, 이를 바탕으로 하면서 山水間으로 歸去來를 실천하지 못하는 자신의 처지를 돌아보는 것이 많다.

黃葉秋風裡,	靑山落照時.
江南杳何處,	一棹去遲遲.415)
	(月山大君, 「題畵扇」)

부채 위의 그림에 붙인 題畵詩이다. 起句와 承句에서 가을 바람 속의 누른 낙엽과, 석양이 질 때의 푸른 산을 색채로 대비시키면서 그림의 배경을 설명하였다. 轉句에서는 그림에 나타나지 않았지만 배가 가는 곳을 제시하고, 結句에서 느릿느릿 흘러가는 외로운 배의 遠景을 묘사함으로써 閒遠한 정취를 표현하였다. 풍류로 이름 높던 王族의 작품답게 畵意가 과장되지 않고 담담히 묘사되고 있다. 그림의 뜻을 이렇게 부연하면서 동시에 그러한 곳에서 한가하게 살고자 하는 뜻이 깃들어 있다.

---

415) 一棹 : 외로운 배. 杜牧의 「送薛種游湖南」에 "憐君片雲意, 一棹去瀟湘"의 句가 있다.

蘆洲風颭雪漫空,416)　　沽酒歸來繫短篷.417)
橫笛數聲江月白,　　　宿禽飛起渚烟中.418)
　　　　　　　　　　（高敬命,「漁舟圖」）

湖南系 詩人의 一人이며 義兵將으로도 이름 높은 高敬命의 題
畫詩이다. 눈이 내리는 물가에 배를 매고 한가로이 피리를 부는
어부의 閑趣를 그림 그대로 읊어내었다. 聲韻과 格律이 唐風에
핍진하다는 높은 평가을 받기도 하였다.419)

江上峯巒合,　　　　江邊木樹平.
白雲迷遠近,　　　　何處是蓬瀛.420)
　　　（姜希顔,「蔡子休421)求畵作靑山白雲圖一幅因題其上」）

姜希顔은 姜淮伯의 손자이며 姜碩德의 아들로 祖子孫 3대에
걸쳐 문학으로 이름을 날렸으며, 글씨와 그림에도 뛰어났다. 蔡
子休라는 사람이 그에게 그림을 청하기에 그림을 그리고 그 위에
쓴 작품이다. 높은 산이 좌우에 빽빽하게 늘어서 있어 강이 잘
어울어져 있고 강변에는 나무가 가지런히 뻗어 있다 하였다. 그
위에 흰 구름이 덮혀 있어 원근을 가릴 수 없으니 신선이 사는
곳이 따라 어디에 있겠느냐고 반문하고 있지만, 바로 이곳이 신

---

416) 蘆洲 : 갈대가 있는 물 가.
417) 司空曙의 「江村卽事」에 "罷釣歸來不繫船, 江村月落正堪眠"의 句가
　　 있다.
418) 江月白 : 李白의 「贈漢陽輔錄事」에 "天淸江月白, 心靜海鷗知"의 句
　　 가 있다.
419) 『小華詩評』上.
420) 蓬瀛 : 蓬萊山과 瀛洲. 곧 신선이 사는 곳이다.
421) 蔡子休 : 미상. 蔡壽의 부친 蔡伸保, 혹은 그 일족으로 추정된다.

선이 사는 곳임을 말하고 있다. 許筠이 그림과 글씨뿐만 아니라 시에도 뛰어난 솜씨를 발휘하고 있다고 칭찬한 바 있거니와, 그림에 뛰어난 인물답게 묘사된 경치가 맑아 仙趣까지 엿보이는 姜希顔의 정신을 담아내고 있다.

山水畫에 붙인 것이면서도 의논을 겸한 詩作도 더러 있다. 이러한 작품은 宋詩風, 특히 江西詩派를 배운 시인들의 작품에서 자주 보인다.

昔上毘盧覽衆山,422)　　　今從摩詰認屛顔.423)
屯雲古檜深深洞,424)　　　落日危橋淺淺灣.
跨鶴風流窮左海,425)　　　籠鵝文彩擅東韓.426)
可憐嶺外稀年客,427)　　　贏得城中滿袖潸.

(盧守愼, 「題鶴林守428)遊金剛軸」)429)

---

422) 杜甫의 「望嶽」에 "會當凌絶頂, 一覽衆山小."이 보인다.

423) 摩詰은 唐의 시인이자 화가인 王維의 字. 屛顔은 높고 험준한 모습. 巉巖과 같다.

424) 屯雲 : 구름이 머무르다. 杜甫의 「與李十二白同尋范十隱居」에 "落景聞寒杵, 屯雲對古城"이, 謝惠連의 「西陵遇風獻康樂」에 "屯雲蔽會嶺, 驚風湧飛流"이, 韓愈의 「送進士劉師服東歸」에 "夏槐作雲屯"이, 陳與義의 「種竹」에 "蒼雲屯十里"이, 蘇軾의 「和趙景貺栽檜」에 "汝陰多老檜, 處處屯蒼雲" 등이 보인다.

425) 跨鶴風流 : 王子喬가 학을 타고 하늘로 올라간 풍류. "王子喬, 好吹笙作鳳凰鳴, 游伊洛之間. 道人浮丘公接以上崇山, 三十餘年後, 求之于山上, 見桓郎曰, 告我家, 七月七日, 待我于緱氏山巓. 至時, 果乘白鶴駐山頭, 望之不得到. 擧手謝時人, 數日而去"가 『列仙傳』 「王子喬」에 보인다. 鶴林守에 연결하기 위한 고사이다.

426) 籠鵝 : 『晋書』 「王羲之傳」에 王羲之가 거위를 좋아하여 『道德經』을 손수 베껴 도사가 기르던 거위와 바꾸었다 하였다. 鵝溪 李山海와 연결시키는 고사이다.

427) 稀年 : 일흔을 이르는 말. 杜甫의 「曲江」에 "酒債尋常行處有, 人生七十古來稀"에서 나온 말이다.

일흔 전후의 나이에 정승으로 있으면서 낙향의 의지를 거듭 피력하던 시절의 작품이다. 『蘇齋集』의 夾注로 보아 李慶胤의 畵軸에 들어 있는 金禔의 그림에 李山海의 시가 이미 붙어 있었던 것으로 보인다. 首聯은 과거와 현재를 대비시키면서 옛날 비로봉에 올랐을 때 뭇 산을 내려다만 보았는데, 이제 王維처럼 뛰어난 화가의 그림을 보니 그 산이 험준함을 더욱 실감하겠다는 뜻이다. 그림을 보거나 명성을 듣다가 산에 올라 보니 더욱 좋더라는 것이 일반적인 발상이지만 이 작품에서는 이를 거꾸로 하여 새로운 뜻을 얻고 있다. 首聯에서 對를 이룬 偸春體를 이루고 있지만, 고유명사와 산문적 구법의 강건함이 偸春體의 가벼움을 상쇄시키고 있다. 頷聯은 그림의 내용이다. 杜甫 등의 시구에서 點化하여 上句를 재창출하고 下句에 자신의 참신한 표현으로 대로 이루어 낸 것이 높은 솜씨를 느끼게 한다. "屯"과 "古"와 "深深", "落"과 "危"와 "淺淺"의 호응도 예사롭지 않다. 上句의 "雄渾"이 下句의 "雅亮"과 어울리지 않는다는 평을 인정할 수 있지만, 그림 자체가 그러하기 때문에 묘사의 핍진함을 얻었다고도 볼 수 있다. 許筠이 "宗柄의 벽화"라 평한 것도 이 때문이다. 頸聯은 王微之, 王羲之의 고사와 함께 鶴林守의 鶴과 鵝鷄의 鵝를 의경으로 끌어 들이면서 그들의 풍류와 재주를 칭찬한 것이 공교롭다. 李睟光은 지나친 作爲가 天眞을 잃었다 하여 "斷章取義"의 貶語를 붙였지만, 오히려 정교한 典故의 구사를 볼 수 있다. 尾聯은 고향으로 돌아가지 못하는 자신의 처지를 말한 것으로 頸聯까지의 풍류가 자신의 宦路와 대비되어 慷慨로운 情을 더해주고 있다.

---

428) 鶴林守 : 李慶胤. 조선 중기의 畵家로 字는 秀吉, 號는 駱坡·駱村·鶴麓 등이며, 본관은 全州이다. 산수화에 뛰어났다.
429) 原注에 "金禔畵山, 鵝溪題詩"라 하였다.

古紙淋漓寶墨痕,[430]   青山無處可招魂.[431]
百年寂寞頭渾白,   風雨空齋獨掩門.
                    (李荇,「書朴誾題畫屏詩後」)

　　1513년경 知己 朴誾이 죽은 후 그의 遺墨을 만지면서 비감에
젖어 있는 작품이다. 朴誾이 써놓은 시구는 아직도 먹이 마르지
않아 금방 쓴 것 같은데, 朴誾은 이미 죽어 다시 찾아 볼 수가 없
고 홀로 살아남은 자신은 고민에 머리가 온통 센 채, 그를 추억하
며 홀로 상념에 잠긴다는 내용이다. 李荇이 朴誾을 그리워한 시
는 이와 같이 처창한 느낌을 주는 것이 많다. 이 작품에서는 그림
의 내용을 그려내는 일은 전혀 고려되고 있지 않아 그림은 다만
友情의 형상화에 제공된 재료일 뿐이다. 다음도 그러한 예다.

十年流落二毛人,[432]   千里江山入眼新.
楚子不成巫峽夢,[433]   漁翁還負武陵春.[434]

---

430) 淋漓는 물이 뚝뚝 듣는 모습, 혹은 생동감이 있는 모습을 형용하는
　　말이다. 韓愈의 「醉後」에 "淋漓身上衣, 顚倒筆下字"이 보이고 杜甫의
　　「奉先劉少府新畫山障歌」에 "元氣淋漓長濡濕, 眞宰長訴天應泣". 李商
　　隱의 「韓碑」에 "公退齋戒坐小閣, 濡染大筆何淋漓"가 보인다. 寶墨은
　　珍貴한 먹이나 이로써 그린 圖書를 가리키는 말이다. 蘇軾의 「書歸
　　去來陽關二圖後」에 "兩本新圖寶墨香, 樽前獨唱少秦王"이 보인다.
431) 靑山 : 墓地를 가리킨다. 蘇軾의 「予以事繫御使臺獄云云遺子由詩」
　　에 "是處靑山可埋骨, 他年夜雨獨傷神"이 보인다.
432) 二毛 : 머리가 센 것을 이르는 말.
433) 巫峽夢 : 戰國시대 宋玉의 「高唐賦」에서 楚나라 襄王이 雲夢澤에
　　서 놀이한 것을 기록하였는데 그곳에서 懷王과 巫山 神女가 雲雨의
　　정을 나눈 일이 소개되어 있다. 뒤에 巫峽은 남녀간에 은밀히 만나
　　는 일을 비유한다. 陳德武의 「玉蝴蝶」에 "夢回巫峽, 春在瑤池"의 구
　　가 보인다.
434) 武陵春 : 晉나라의 武陵에 사는 어부가 복사꽃이 흐르는 물을 거

雲烟洞口僧三輩,　　　　風雨峯頭月一輪.

隱几早知吾喪我,435)　　　北山何必更尋眞.436)

　　　　　　　　　　　(朱溪君, 「山水圖」)

　이 題畫詩는 산수도를 보고 현실 세계의 자신을 돌아보고 있다. 首聯에서 그림을 대하는 작자의 심사를 직설적으로 드러내고 있다. 10년 동안 세상에 떠돌며 늙은 작자는 산수도에 그려진 빼어난 산수를 보고 눈이 번쩍 뜨인 것이다. 頷聯은 首聯 上句에서 제시한 10년 동안 세상에서 떠돌며 세월을 보내느라 환상적인 巫峽의 만남도 이루지 못하고, 武陵桃源도 찾아가지 못한 사실을 고사로 들어 제시하고 있다. 頸聯은 首聯 下句를 받아 천리 강산의 새로운 경치를 묘사하였다. 이렇게 頷聯과 頸聯은 首聯의 내용을 이어받아 서로 대조적인 내용을 전개하고 있다. 尾聯은 예전에 공명을 버리고 참된 나를 찾았다면 산수가 그를 버리고 떠난 나를 꾸짖지 않을 것이라는 뜻으로 쓴 것이다. 산수도를 보고 공연히 세상에 나와 공명을 찾느라 자연에 몰입하지 못한 자신을 반성하고 있다. 이 산수도는 단순한 題畫詩로서 보다는 그림을 보고 자신의 인생을 반성하는 의미를 보인 것이 특이하다.

　　슬러 올라가 仙境을 찾았다는 고사. 李白의 「和盧侍御通塘曲」에 "行盡綠潭潭轉幽, 疑是武陵春碧流"가 보인다.

435) 吾喪我 : 『莊子』 「齊物論」에 "南郭子綦隱几而坐, 仰天而嘘, 荅焉似喪其耦.……今者知吾喪我"에서 온 것이다. "내가 나를 잊었다"는 말은 도를 이룬 오늘의 내가 공명에 사로잡혔던 지난날의 나를 잃었다는 의미이다.

436) 北山 : 孔稚珪의 「北山移文」에서 공명을 쫓아 북산을 버린 사람을 꾸짖은 사실을 고사로 이용하였다. 그러므로 공명을 쫓아 산을 버린 사람을 대신하여 다른 참된 은자를 찾을 필요가 있었겠느냐는 의미이다.

花鳥畵에 붙인 시는 마치 그림을 그리듯이 대상을 감각적이면
서도 생동감 있게 그려내는 것을 특징으로 한다.

樹雲幽境報南訛.437)   休說東風捲物華.438)
紅綻綠荷千萬柄.439)   却疑天雨寶蓮花
                          (朴祥,「夏帖」)

尹壕의 四時圖에 붙인 작품으로 계절마다 2수씩 각기 경물과
인물을 읊었다. 병풍에 왼편에는 경물을, 오른 편에는 인물을 그
렸는데, 경물은 隷書로, 인물은 八分體로 썼다고 한다. 申芿의
솜씨라고 한다. 나무가 빽빽하게 우거진 깊은 곳의 무성한 경관
이야말로 남쪽에서 무엇인가 무럭무럭 자라고 있음을 알려준다는
것이다. 그림을 靜態的인 그림으로 만 바라보지 아니하고 자연의
움직이는 모습으로 그리고 있다. 특히 轉句와 結句에서 선택한
'綻', '雨'와 같은 동사들은 모두 動的인 美感을 나타내기에 적절하
다. 綠荷 천만 그루에서 붉은 꽃이 마구 피어나서 마치 하늘에서
寶蓮花를 비내리는 것 같다고 한 結句의 솜씨는 초심자가 이해하
기에는 어려운 경지임에 틀림없다.

　물론 山水畵에 붙인 題畵詩처럼 그림을 그린 사람에 대한 칭송
을 위주로 하는 것도 花鳥圖에 붙인 題畵詩의 한 특징이다. 다음
이도 이와 비슷한 것이다.

---

437) 南訛 : 여름날의 耕作. 訛는 化育. 여기서는 남쪽에서 무엇인가 무
　　럭무럭 자라고 있음을 말한 것이다.
438) 物華 : 景色.
439) 紅綻 : 붉은 꽃이 피다. 杜甫의 「陪鄭廣文遊何將軍山林十首」 其五
　　에 "綠垂風折筍, 紅綻雨肥梅"의 句가 있다.

渭畝靑靑竹數竿,440)　　移來卷裏摠琅玕.441)

王孫筆妙化工外,　　　學士名高北斗間.442)

丹鳳忽宣天上詔,443)　彩毫仍吐谷中蘭.

自然意足難形處,　　　聲色前頭句未安.

(黃廷彧,「題許端甫444)竹帖石陽正445)畵竹而朱天使446)畵蘭」)

黃庭彧이 죽기 얼마 전에 쓴 작품으로 보인다. 許筠의 대나무 詩帖에 종실 石陽正이 대나무 그림을 그리고, 朱天使가 난초를 그렸는데, 여기에 黃廷彧이 덧붙인 詩다. 首聯은 許筠의 詩에 대해 칭찬한 것이다. 許筠이 대나무를 읊은 것을 가리켜 허균이 책 속으로 대나무를 옮겨왔다고 한 것을 참신한 표현임에 틀림없다. 頷聯은 石陽正이 하늘의 솜씨로 그림을 그려내었음을 칭찬한 것이며, 이 때문에 許筠의 명성이 더욱 높아지리라는 것이다. 頸聯은 朱天使가 난초를 그린 것을 아름답게 말한 것이다. 중국의 사신이므로 後趙의 石虎가 五色紙에 詔書를 써서 나무로 만든 丹鳳의 입에 끼워 반포한 고사를 끌어들이고 있는데, 下句 '吐'의 鍛鍊이 돋보인다. 尾聯은 이것으로 충분하여 더 보탤 것이 없으므

---

440) 渭 : 중국의 물 이름. 좋은 대나무의 산지이다.

441) 琅玕 : 玉의 한 종류. 좋은 대나무를 이르는 말. 여기서는 좋은 문학 작품을 이르는 말이다.

442) 北斗 : 『唐書』「狄仁傑傳」에서 蘭仁基가 狄仁傑을 가리켜 "北斗以南一人而已"라 칭찬한 바 있다.

443) 丹鳳 : 後趙의 石虎가 五色紙에 詔書를 써서 나무로 만든 丹鳳의 입에 끼워 반포한 데서 나온 말로 天子의 詔書를 가리킨다.

444) 許端甫 : 許筠. 端甫는 그의 자이다.

445) 石陽正 : 灘隱 李霆. 字는 仲爕, 世宗의 玄孫으로 石陽正에 봉해졌다. 詩書畵에 뛰어났다. 그의 대나무 그림이 전하고 있다.

446) 朱天使 : 중국의 사신 朱之蕃. 夾註에 "帖中又有朱天使畵蘭"으로 되어 있다.

로 자신의 졸렬한 시가 부끄럽다는 謙辭를 붙인 것이다. 許筠의
詩와, 남들이 그린 대와 난초 그림에 어울리지 못하다 하고 있는
데, 구어에 가까운 표현이 오히려 빛을 발한 곳이다.
　다음은 花鳥를 함께 그린 그림에 붙인 제화시이다.

　　蕭蕭孤影暮江潯,447)　　　紅蓼花殘兩岸陰.
　　謾向西風呼舊侶,　　　　不知雲水萬里深.448)
　　　　　　　　　　　　　　(蘇世讓, 「題尙左相震449)畵鴈軸」)

　조선 초기의 유명한 화가 金禔가 그린 갈대 그림과 기러기 그림
에 붙인 題畵詩이다. 蘇世讓은 尙震이 소장하고 있던 이 그림에
題畵詩를 쓰면서 자신의 처지를 은연 중에 담아 내어 絶唱으로 인
정받았다. 여뀌꽃 진 강언덕에 벗을 만나여 가물거리는 구름 속으
로 사라지는 쓸쓸한 기러기의 모습이 자신과 포개어지고 있다.
　말이나 소 등의 동물을 그린 그림에는 이들 동물의 모습을 핍
진하게 그린 것보다 대상을 통해 상상력을 동원하여 새로운 의경
을 개척한 것이 높은 평가를 받았다.

　　望夷宮裏失天眞,450)　　　走入桃源避虐秦.
　　背上落花仍不掃,　　　　至今猶帶武陵春.
　　　　　　　　　　　　　　(鄭士龍, 「桃花馬」)

---

447) 蕭蕭 : 竦立貌.『世說新語』「容止」에 "嵇康身長七尺八寸, 風姿特秀.
　　　見者嘆曰, ‘蕭蕭肅肅, 爽朗淸擧’"라 하였다.
448) 雲水 : 구름과 물. 韓愈의 「酬韶州張使君惠書」에 "韶州南去接宣溪,
　　　雲水蒼茫日向西"의 구가 있다.
449) 尙震 : 字 起夫, 號 泛虛亭·향일당송峴, 諡號 成安, 木川人.
450) 望夷宮 : 秦의 궁전 이름. 진나라 말기에 趙高가 秦의 二世를 여기
　　　서 죽였다. 王安石의 「桃源行」에 "望夷宮中鹿爲馬, 秦人半死長城下"
　　　가 보인다.

明宗이, 濟州에서 바친 桃花馬를 보고 신하들에게 시를 지으라고 하자 鄭士龍이 이 시를 지어바쳤다.451) 붉은 얼룩 무늬가 있는 桃花馬를 보고 마음껏 상상력을 발휘하고 이를 바탕으로 의경을 구성한 작품이다. 桃花馬의 명칭에 착안하여 말이 秦나라의 학정을 피해 武陵桃源으로 달아났으므로 그 등에 떨어졌을 복숭아꽃이 지금도 남아 있어 桃花馬가 되었다고 한 것이다. 結句에서 武陵春이라 한 것은 아직도 말 등에 붉은 얼룩점이 남아 있는 것을 이른 말이다. 이와 같이 의경을 구성한 것은 흥취가 거세되기 마련이지만, 造語의 공교로움을 특징으로 한다. 이 때문에 柳夢寅은 이 작품에서 취할 것이 없다고 혹평하기도 하였다.452)

이에 비해 唐風으로 제작된 동물 그림 題畵詩는 그림의 모습을 맑고 깨끗하게 재현하는 것이 일반적이다.

---

451) 『於于野談』의 기록을 따른다. 洪萬宗은 이 작품이 宣祖가 제주도에서 온 桃花馬를 보고 신하들에게 시를 짓게 하였을 때 鄭士龍이 王命에 의해 지어바친 작품이라 하였다(『詩評補遺』 上). 그러나 이 기록을 믿는다면 鄭士龍이 죽기 직전 3년 사이(1567~1570)에 지어진 작품이 되는데, 자찬한 문집에서 뺐다고 하는 기록(望夷宮과 虐秦 같은 용어를 사용했기 때문에 應製詩로 부적절한 것으로 인식되었고, 이 때문에 『湖陰雜稿』에 실려지 않았다고 한다)으로 보면 1551년 이전의 작품으로 보아야 한다. 柳夢寅은 인조 1년에 죽었기 때문에 『於于野談』에서 말하고 있는 先朝는 宣祖의 先王인 明宗(1545~1567)이 된다. 鄭士龍이 1545년 경 刑曹判書나 1546년 知敦寧府事 등의 관직에 있었을 때의 작품으로 보는 것이 온당할 듯하다.

452) "詩者言志, 雖辯語造其工, 而苟失意所歸, 則知詩者不取也. 昔先王朝有桃花馬, 使君臣賦之, 鄭士龍詩曰, '望夷宮裏失天眞, 走入桃園遣虐秦. 背上落花仍不掃, 至今猶帶武陵春.' 士龍自選私藁, 三選其詩而三刪之, 故湖陰集中無是詩. 其賦桃花, 可謝巧矣, 而扣其中終無歸, 指望夷虐秦之語, 豈合於應敎之制乎? 宜夫終見刪也"(『於于野談』)

老猿失其群,   落日孤査上.[453)]
兀坐首不回,[454)]   想聽千峰響.
                      (羅湜,「題畫猿」)

　이 그림은 申光漢, 鄭士龍 등이 남의 집에 모여 蒲桃畫를 보며
詩想을 가다듬고 있을 때 羅湜이 술에 취해 단번에 쓴 작품으로
申光漢과 鄭士龍이 붓을 집어던졌다는 일화가『惺叟詩話』에 전한
다. 唐風이 있는 것으로 칭도되었으며, 李達이 그림 속의 그림이
라 평하고 있듯이[455)] 그 묘사가 핍진하다. 이 시의 句法은 盛唐
의 樂府詩「伊州歌」의 법식을 갖추었다고 한다. '老猿'이 4구 전
체의 주어가 되고 있는데, 이처럼 絶句에서 모든 구가 끊어짐이
없이 한꺼번에 연결되는 것을 伊州格이라 한다. 이 작품은 伊州
格을 구사하면서 원숭이의 모습을 운치있게 그려내고 있다.
　人物畫에 대한 제화시는 그림 속에 있는 인물의 생각까지도 그
려내는 것을 장처로 한다. 그림으로는 충분히 전달되지 않으므로
이러한 특징이 생긴 것 같다.

閑來相與鬪圍碁,[456)]   却被春嬌下子遲.[457)]
手托香腮無限意,   桃花枝上囀鶯兒.
                          (李承召,「美人圖」)

---

453) 査 : 나무가지의 뜻으로 楂·槎와 서로 통한다.
454) 兀坐 : 꼿꼿이 앉다.
455)『鶴山樵談』.
456) 圍碁 : 바둑.
457) 春嬌는 요염한 봄빛. 陳樵의「垂絲海棠賦」에 "扶春嬌而無力兮, 色
　　韡韡而可餐"이 보인다. 下子는 바둑돌을 놓는다는 뜻.

  1458년 謝恩副使로 중국에 다녀온 후의 작품으로 추정된다. 그림에 그려져 있는 미인의 아름다운 자태가 매우 운치있게 묘사되고 있다. 題畵詩는 그림의 정신을 잘 드러내어야 좋은 작품이 될 수 있다. 느릿느릿 한가하게 바둑을 두다가 어디엔가 있을 임을 그리는 여인의 정을 그림의 정신으로 보았다. 轉句가 명사구로 되어 "無限意"의 여운이 더욱 길게 하고 있으며, 結句의 복숭아꽃과 꾀꼬리의 울음소리가 여인의 간절한 그리움을 더욱 강렬하게 하고 있다. 許筠은 艶情詩의 좋은 맛을 이 작품에서 느낄 수 있다고 하였다.

睡起重門淰淰寒,458)　　　鬢雲繚繞練袍單.
閑情只恐春將晚,459)　　　折得梅花獨自看.
　　　　　　　　　　　　　（魚無迹,「美人圖」）

  이 작품은 미인의 모습을 형용하고, 그 미인의 고독을 말하였다. 重門이라 한 것은 美人의 고독감을 강화해 주고 있으며, 다시 承句의 練袍單의 "單"으로 호응된다. 轉句의 "閑情"은 한가한 마음으로 풀이할 수도 있지만, 미인이 봄흥취에 이끌려 생기는 戀情으로 해석할 필요가 있다. 참으려 해도 참을 수 없는 春心이므로 "只"가 더욱 의미 있게 들린다. 轉句는 起句와 承句에서 묘사된 그림 모습이 감정으로 전환되고 있어 시상 전환의 수법이 멋지다. 結句에서 매화꽃을 꺾어들고 홀로 보는 것은 宋風에서 흔하게 보이는 추상적인 감정의 표백과는 다르다. 매화는 이른바

---

458) 淰淰 : 오싹오싹한 한기.
459) 閑情 : 남녀의 정. 昭宗의 「巫山一段雲」에 "春風一等少年心, 閑情恨不禁"이 보인다.

四君子의 하나로 절조를 상징한다. 그러면서 봄이 늦어가는 것은
『詩經』에서 보이는 "漂有梅"의 심상과 어울려 미인이 헛되이 늙어
가는 것에 대한 서러움을 말한 것이 된다. 이 작품은 그림의 내
용을 회화적으로 보여주면서도, 시인의 情感이 깊숙히 녹아 있
다. 이 때문에 이 작품은 唐風이 강한 것으로 되고 있으며, 『國
朝詩刪』에서 "殊非俗語, 大逼唐人"이라 한 것으로 보인다. 魚無迹
의 「美人圖」는 이로써 본다면 〈傷春〉 등의 제목으로 된 작품과
크게 다르지 않다.

<blockquote>

玉指尖頭擧示之,　　　銅錢兩箇貫靑絲.
買糖買餠隨兒願,　　　更勿啼呼惱阿嬭.460)
　　　　　　　　　　　(李用休, 「題美人戲嬰圖」)

</blockquote>

　가는 손가락 끝에 동전 두 잎을 들어 보이면서 엿 사달라면 엿
사주고 떡 사달라면 떡 사줄테니 제발 그만 칭얼거리라는 여인의
말 소리를 들을 수 있다. 尖新의 시풍을 견지하면서, 그림 속의
미인의 행동을 눈으로 보듯 선명하고 운치 있게 묘사하고 있다.
　인물화의 또다른 양상으로는 앞에서 본 詠史詩와 비슷한 성격
을 띠는 것이 있다. 특히 중국 인물화에 대한 제화시는 대부분
이러하다.

<blockquote>

玉斗碎時獻霸業,461)　　　珊瑚擊處有驕心.462)

</blockquote>

---

460) 阿嬭 : 어미를 음차한 표기.
461) 玉斗碎時 : 鴻門宴에서 張良이 范增에게 예물로 玉斗를 바쳤는데,
　　그는 이를 받고 칼을 뽑아 깨뜨리면서 "唉! 豎子不足與謀. 奪項王天
　　下者, 必沛公也, 吾屬今爲之虜矣"라 말하였다.
462) 珊瑚擊處 : 晋의 王愷와 石崇이 서로 富를 자랑한 故事. 『世說新

爭如幼日多奇氣,　　　　　倉卒全人慮已深.

(權近, 463) 「擊甕圖」)464)

　　송나라의 명 재상이며 『資治通鑑』이란 거질의 역사서를 편찬한 학자 司馬光의 어린 시절 일화를 소재로 그린 그림에 붙인 題畵詩이다. 일화의 내용은 주에서 보인대로 위급한 상황에도 불구하고 어린 나이답지 않게 침착하게 행동하여 친구의 목숨을 구했다는 것이다. 작자는 이 그림을 보고 이와 전혀 다른 두가지의 歷史典故를 떠올리고 있다. 起句에서는 잠시의 인정에 이끌려 천하 패업의 기회를 상실했던 鴻門宴의 故事를, 承句에서는 비싸고 귀하기 짝이 없는 珊瑚를 별다른 이유없이 깨뜨리면서 자신의 부귀를 자랑하던 石崇의 故事를 각각 끌어들여 司馬光의 침착한 행동과 대비시켜 의논을 적실하게 하고 있다. 結句의 의논이 정채를 띠는 것이 바로 제화시이면서 동시에 영사시인 작품의 핵심이라 하겠다.465)

　　　語』「侈汰」篇에 "石崇與王愷爭豪, 并窮綺麗以飾輿服. 武帝, 愷之甥也, 每助愷. 嘗以一珊瑚樹高二尺許賜愷, 枝柯扶疏, 世罕其比. 愷以示崇, 崇視訖, 以鐵如意擊之, 應手而碎. 愷旣惋惜, 又以爲疾己之寶, 聲色甚厲. 崇曰: '不足恨, 今還卿.' 乃命左右悉取珊瑚樹, 有三尺四尺, 條幹絶世, 光采溢目者, 六七枚, 如愷許, 比甚衆, 愷惘然自失"라는 대목이 있다.

463) 『國朝詩刪』에 작자가 鄭道傳으로 되어 있으나, 이는 잘못이므로 『東文選』과 『陽村集』에 의거하여 權近으로 바로잡았다. 『陽村集』 卷三에 같은 제목 아래 二首가 실려 있으며, 이 작품은 첫째 수이다. 題下에 "自註, 用弟慮逋韻"라는 주가 있다.

464) 擊甕圖 : 宋의 名宰相 司馬光의 어릴 때 일화를 소재로 그린 그림. 같이 놀던 아이가 물독에 빠지자 모두 놀라 달아났는데, 사마광은 당황하지 않고 큰 돌로 독을 깨뜨려 그 아이를 살려냈다 한다.

465) 『詩評補遺』에서도 이러한 특성을 가진 시를 보이고 있다. "徐居正

　　누각을 그린 그림에 붙인 시는 그다지 많지 않지만, 다음 鄭士龍의 「滕王閣圖應製」는 응제시의 본질을 보여주면서 이상에서 말한 제화시의 여러 요소를 겸하고 있는 수작이다.

劃革孤隋靖八荒,466)　　　根盤仙李葉輝光.467)

山河宰割通南紀,468)　　　節鎭雄腴屬少王.469)

物力擅殷誇宇內,470)　　　城池控勢占炎方.

時丁多暇觀遊賁,　　　　　制出高懷結構良.471)

直壓巴山成枕臂,472)　　　俯臨衡浦作滄浪.473)

　　四皓圖詩曰, ‘於世於名兩已逃, 閑碁一局子頻敲. 此中妙手無人會, 最有安劉一着高.’ 申光漢呂望圖詩曰, ‘淸渭東流白髮垂, 一竿誰見釣璜時. 悠悠湖海多漁父, 不遇文王定不知.’ 古人作詩, 最貴結句有精神, 此兩詩結, 得皆神妙”

466) 劃革은 없애고 바꾼다는 뜻. 『後漢書』「左雄傳」에 “劃革五等, 更立郡縣”이 보인다. 八荒은 여덟 곳의 황량하고 먼 곳.

467) 根盤仙李 : 杜甫의 「冬日洛城北謁玄元皇帝墓」에 “仙李蟠根大, 猗蘭奕葉光”에서 온 말이다. 杜甫의 시는 唐이 老子를 받들어 聖祖로 삼으므로 뿌리가 크고 잎이 무성하다고 한 것이다. 仙李는 『神仙傳』 “老子生而能言, 指李樹曰, 以此爲我姓”에서 나온 말이다.

468) 宰割 : 全權을 장악하여 차지한다는 뜻이다. 『史記』「陳涉世家」에 “宰割天下, 分裂山河”가 보인다. 南紀는 남쪽 지방을 이르는 말이다. 『唐書』「天文志」에 따르면 “負險用武之國”이라 한다. 王勃의 「滕王閣序」에 “臺隍枕夷夏之交”라 하였다.

469) 節鎭은 節度使를 두는 요충지를 이르는 말. 여기서는 洪州를 가리킨다. 雄腴는 지세가 웅장하고 기름지다는 뜻이다. 少王은 滕王, 곧 唐 高祖의 22子 李元嬰이다. 王勃의 「滕王閣序」에 “雄州霧列”이라 하였다.

470) 物力은 可用한 物資이다. 이 구절은 王勃의 <滕王閣序> “物華天寶, 龍光射牛斗之墟.”를 염두에 두고 쓴 표현이다.

471) 高懷는 고상한 회포나 큰 뜻. 杜甫의 「贈鄭十八賁」에 “高懷見物理, 識者安肯哂”이 보인다. 結構는 詩文과 書畵 등에서 부분의 조합이나 배열.

般倕效技工難狀,474)　　神鬼輸功妙叵量.475)

納日簷盧先曉白,　　受風寮薄未秋凉.

清都恍惚移眞界,476)　　紫府深嚴秘玉皇.477)

吳楚殫奇供玩好,478)　　鄒枚摛藻盛文章.479)

名誇一世還消歇,　　事去千年費贊襄.480)

竹色松聲俱境寂,481)　　清江白石秖心傷.482)

高秋勝會朋簪盍,483)　　健筆雄詞腹藁忙.484)

---

472) 巴山 : 洪州의 滕王閣이 아니라 四川의 滕王亭 근처의 산이므로 이 시에 적합하지 않다. 이 점은 金萬重이 지적한 바 있다. 巴山이 굽어서 巴字처럼 생겼기에 "枕臂"라 한 것이다. 杜甫의 「滕王亭子·一」에 "君王臺榭枕巴山, 萬丈丹梯尙可攀"을 염두에 두고 쓴 표현이다.

473) 衡浦 : 衡山 남쪽의 포구. 王勃의 「滕王閣序」에 "雁陣驚寒, 聲斷衡陽之浦"가 보인다.

474) 般倕 : 公輸般(魯般)과 倕. 모두 이름난 匠人이다.

475) 叵 : 不可와 같다.

476) 眞界 : 寺觀. 여기서는 仙界의 뜻으로 쓴 듯하다.

477) 淸都·紫府는 모두 神話나 傳說에 나오는 天帝의 궁궐, 또는 帝王이 거주하는 都城. 여기서는 南昌을 미화한 말이다. 玉皇은 道敎의 紫府大帝.

478) 玩好 : 즐길 만한 진기한 보배.

479) 鄒枚는 鄒陽과 枚乘. 부유하고 재주 있는 문인의 대명사이다. 摛藻는 文才를 펼침. 虞世南의 「門有車馬客行」에 "高談辨飛兎, 摛藻握靈蛇"가 보인다.

480) 贊襄 : 협조함.『書經』「皐陶謨」에 "予未有知, 思曰贊贊襄哉"에서 나온 말이다. 여기서는 讚揚과 같은 뜻이다.

481) 杜甫의 「滕王亭子·二」에 "寂寞春山路, 君王不復行. 古墻猶竹色, 虛閣自松聲"을 염두에 두고 쓴 표현이다.

482) 杜甫의 「滕王亭子·一」에 "淸江碧石傷心麗, 嫩蕊濃花滿目斑"을 염두에 두고 쓴 말이다.

483) 勝會는 성대한 모임. 張又新의 「三月五日陪貸付泛長沙東湖」에 "從今留勝會, 誰看畫蘭亭"이 보인다. 朋簪盍는『周易』「豫」에 "大有得, 勿疑, 朋盍簪"이 보이고 孔穎達 疏에 "盍合也, 簪疾也"라 하였다.

神借便風須發秘,　　　才雖宿構敢攖鋩.485)

地因人勝須恢拓,486)　事待文傳要激昻.487)

霞鶩至今餘物色,488)　畵圖終古謾留藏.

飛雲捲雨懷時遠,489)　佩玉鳴鑾撫跡亡.490)

作記致高光熖爛,　　　重新事偉姓名香.

政同分陝歸釐革,491)　貶極投荒尙倔强.492)

---

484) 健筆雄詞는 氣勢가 웅장한 문장을 비유하는 말. 杜甫의 「戱爲六絶
句·一」에 "庾信文章老更成, 凌雲健筆意縱橫"이, 岑參의 「送魏升卿」
에 "如君兄弟天下稀, 雄詞健筆皆若飛"가 보인다. 腹藁는 마음에서
우러난 문장. 王勃이 매번 碑頌을 쓸 때 먹을 갈기 전에 낯을 덮고
누웠다가 갑자기 일어나 一筆揮之로 썼다고 하여 당시 사람들이 그
를 腹藁라 불렀다. 『新唐書』「文藝傳上·王勃」에 보인다.

485) 宿構는 미리 준비함. 『三國志』「王粲傳」에 "善屬文, 擧筆便成, 無所
改定, 時人常以爲宿構."가 보인다. 攖鋩은 칼끝을 잡다. 朱鼎의 「玉
鏡臺記·召太眞」에 "劇虜驍夷皆授首, 狂夫犯順敢攖鋒"이 보인다.

486) 恢拓 : 開拓發展, 弘揚.

487) 激昻 : 奮發昻揚.

488) 霞鶩 : 떨어지는 노을과 외로운 오리. 王勃의 「滕王閣序」 "落霞與
孤鶩齊飛, 秋水共長天一色"에서 나온 말이다.

489) 飛雲捲雨 : 王勃의 「滕王閣序」에 "畵棟朝飛南浦雲, 朱窓暮卷西山
雨"라 하였다.

490) 佩玉鳴鑾 : 佩玉은 귀족이 차던 옥이고, 鳴鑾은 말 재갈에 붙어 있
는 방울이다. 『禮記』「玉藻」에 君子는 수레에 있을 때는 방울 소리
를 듣고, 갈 때는 패옥을 울린다고 하였다. 王勃의 「滕王閣序」 "佩
玉鳴鑾罷歌舞"에서는 宴會에 참석한 賓客을 가리킨다.

491) 陝은 지금의 陝西省에 있는 縣名으로, 周公旦과 召公奭이 陝땅을
동서로 나누어 다스렸는데, 후대에는 外職에 나가는 관원을 비유하
는 말로 쓰인다. 釐革은 改革과 같다.

492) 投荒은 매우 거친 곳으로 내쫓김. 何景明의 「喜望之量移兼寄」에
"嶺海投荒日, 燕臺遠望時"가 보인다. 王勃은 어릴 때부터 文才로 명
성을 날려 沛王의 王府에 들어갔는데, 당시에 여러 왕들이 鬪鷄를
좋아하는 것을 두고 장난으로 「檄英王鷄文」을 썼다가 왕들의 관계
를 이간질한다 하여 王府에서 축출되었고 이 때문에 劍南 땅에서

舊閣淪江徵信史,493)　　新臺出漢繼遺芳.494)

微臣詎列三王後,495)　　歌頌無能獻斐狂.496)

　　　　　　　　　　　(鄭士龍,「題滕王閣圖」)497)

鄭士龍이 庭試에서 지은 것으로 장원을 차지한 명편이다. 許筠은 삼엄하고 웅장하며 아름다운 데다 짜임까지 치밀하다고 극찬하였으며 함께 시험을 치른 退溪도 鄭士龍의 이 작품을 보고 자기 글을 제출하지도 않고 돌아갔다고 한다.498) 그림을 다양한 미감으로 재구하면서, 흥취를 불어넣고 그림의 우수성을 칭송하였다.

　조선 시대에 자주 보이는 그림 중에 하나가 契會圖이다. 고려 시대부터 문인들의 耆老會와 契會가 성행하였고, 조선 시대에도 이러한 모임이 지속되었다. 이를 그린 그림이 성행하였고, 그 잔

떠돌았다. 倔强은 남에게 굽히지 않는 강직함. 倔彊, 倔僵으로도 쓴다. 桓寬의 『鹽鐵論』「論功」에 "倔强居傲, 自稱老夫"가 보인다.

493) 信史 : 믿을 만한 역사 기록. 『公羊傳』「召公十二年」에 "春秋之信史也"라 하였다.

494) 遺芳 : 전대의 인물이 남긴 아름다운 명성을 비유하는 말. 『抱朴子』「正郭」에 "林宗存爲一世之所式, 沒則遺芳永播"가 보인다.

495) 三王 : 王勃·王緖·王仲舒·韓愈의 「新修滕王閣記」에 "及得三王所爲序賦記等, 壯其文辭, 益欲往一觀而讀之"라 하였다. 王勃이 序를, 王緖가 賦를, 王仲舒가 記를 남겼다.

496) 斐狂 : 發憤함. 杜牧의 「奉和詩」에 "唱高知和寡, 小子斐然狂"이 보인다. 여기서는 『論語』「公冶長」 "歸與, 歸與, 吾黨之小子狂簡, 斐然成章, 不知所以裁之"의 뜻으로 쓴 듯하다. 그러나 이에 대해 何晏은 멋대로 천착하여 글을 이룬다는 뜻으로 풀이하기도 하였다.

497) 滕王閣 : 唐 高祖의 아들 元嬰이 洪州刺史로 있을 때 세운 누각인데, 후에 元嬰이 滕王에 봉해졌기 때문에 이 이름이 붙었다. 현재 江西省 南昌市 贛江 가에 있다. 滕王閣圖는 이를 그린 그림이다.

498) 『於于野談』.

치 자리에 시가 없을 수 없어 이에 붙인 시도 양산된 것이다. 다
음은 그 중 하나이다.

跪捧絲綸入夜宣,499)   又從晨鼓侍經筵.500)
極知鳳沼深嚴地,501)   長拜龍顏咫尺天.502)
綾被夢驚淸禁月,503)   錦袍香惹御鑪烟.504)
他年萍水遙相憶,505)   勝事須憑畫史傳.506)
                            (蘇世讓,「題承政院契軸」)

이 시는 承政院 관리들의 모임에 붙인 시이다. 조선 전기에 중

---

499) 絲綸 : 임금의 말씀.『禮記』「緇衣」에 이르기를, "子曰: '王言如絲,
    其出如綸, 王言如綸, 其出如綍'"이라 하였다. 杜甫의 「和賈至舍人早
    朝大明宮詩」에 "欲知世掌絲綸美, 池上於今有鳳毛" 成三問의 「紫薇
    花」에 "歲歲絲綸閣, 抽毫對紫薇"의 구절이 보인다.
500) 晨鼓 : 새벽을 알리는 북소리.
501) 極知는 잘 알다. 蕭妃의 「夜夢」에 "昨日夢君歸, 賤妾下鳴機. 極知意
    氣薄, 不着去時衣"라 하였다. 鳳沼는 鳳凰池로서 궁궐의 연못. 謝庄
    「讓中書令表」에 "臣聞璧門天邃, 鳳沼神深" 梅堯臣의 「次韻景彛祀高
    禖書事」에 "君門賜胙予何有, 不似肯誇鳳沼傍"의 구가 보인다.
502) 龍顏咫尺天 : 임금님을 가까이에서 모심을 비유한 말이다.『左傳』
    「僖公九年」에 "天威不違顏咫尺"에서 나온 말이다. 王安石 「和蔡樞
    密孟夏旦日西府書事」에 "蓮翻入賀知君意, 咫尺威顏不隔霄"의 구가
    보인다.
503) 淸禁 : 궁궐을 가리킨다. 궁궐이 깨끗하고 엄숙함을 의미한다. 杜
    牧의 「洛陽秋夕」에 "淸禁漏閑煙樹寂, 月輪移在上陽宮"의 구가 보인
    다.
504) 御鑪 : 임금이 쓰는 화로. 柳宗元의 「省試觀慶雲圖詩」에 "抱日依龍
    袞, 非烟近御鑪"의 구가 보인다.
505) 萍水 : 부평초가 물을 따라 여기저기 떠돌아 다님. 일정치 않게 여
    기저기 떠돌다 만나기 때문에 우연한 만남을 비유한다.
506) 畫史 : 화가를 가리킨다. 王安石의 「純甫出僧惠崇畫要予作詩」에
    "畫史紛紛何足數, 惠崇晚出吾最許"의 구가 보인다.

앙 관서에선 구성원들간의 계모임이 잦았고 그 때마다 그 성대한 모임을 그림으로 그리고 시를 지어서 자랑하려 하였다. 그리하여 契會圖와 契軸詩가 지금도 많이 남아있다. 이 시는 그러한 시 중의 하나로서 임금님을 가까이에서 시종하던 승정원 관리의 일을 중심으로 화려하게 표현하고 있다. 수련에서는 이른 새벽부터 늦은 밤까지 임금님을 시종하는 承旨의 맡은 바 임무를 진술하였다. 頷聯과 頸聯은 승지들이 대궐안에서 누리는 영광을 구체적인 예를 통하여 보여주고 있다. 함련은 깊고 엄숙한 곳에서 임금님을 지척에서 모시는 것을 묘사하였고, 경련은 비단이불을 덮고 대궐에서 숙직하며, 비단 옷으로 대궐의 향기를 날리며 다니는 모습을 형용함으로써 임금님을 가까이서 모시는 영광을 좀더 구체적으로 묘사하였는데 함련과 경련은 바로 계회도에 그려진 승지들의 모습이라 할 수 있다. 이상의 표현이 승정원 관리의 사연이라면 미련은 계축의 의미에 대한 설명이다. 지금 이 계회의 구성원들이 훗날 부평초처럼 여기저기 흩어졌다가 다시 만나서 이 시절의 그 좋던 일이 그리울 때를 위해서는 반드시 화가들의 그림 솜씨를 빌려 이를 그림으로 그려두어야 한다고 하였다. 미련의 내용으로 보아 이 시는 계회도에 붙인 시로써 계의 구성원들의 특징적인 사연을 잘 묘사하고, 마지막으로 그림으로 그리려는 의도에 찬동함으로써 계회도에 붙인 시의 기능을 잘 살리고 있다. 이에 대해 許筠은 "그 무리들 중에 제일이다."고 높이 평가하였다.

7) 漢詩와 愛情

　愛情은 東西古今을 막론하고 文學을 낳게 하는 중요한 소재의 하나다. 우리 漢文學의 遺産 가운데에도 愛情 문제를 다루고 있는 것이 적지 않다. 韓國 漢文學에서 愛情을 읊고 있는 작품은 크게 두 유형으로 나눌 수 있다. 愛情을 소재로 한 문학 작품은 작품 내부의 화자가 작가와 동일시 되는 경우와 그렇지 못한 경우로 나누어진다. 작가와 동일시되는 현상은 작가의 실제 경험을 바탕으로 한 작품에서 나타난다. 그렇지 못한 작품은 여러가지 장치를 사용하여 작가의 허구적인 상상을 작품화하고 있음을 드러낸다.

인간의 보편적 감정인 남녀간의 사랑이 원천적으로 봉쇄된 전통 시대 사회에서는, 실질적으로 漢詩 생산의 담당자이기도 한 사대부들의 애정 교감도 부인과 기생을 제외하고는 제도적으로 허용되지 않았던 것이 사실이다. 보다 엄격하게 말하면, 기본적으로 남녀간에 사랑을 나누는 일은 부부간의 것일 뿐이다. 그런가 하면, 儒敎的 倫理意識이 지배하던 전통 사회에 있어서는 부부간의 애정 표현조차도 매우 제한적이었으며, 더욱이 이를 문학 작품으로 형상화하는 일은 결코 흔하게 나타나지 않았다. 그나마 현재 전하고 있는 대부분의 艶情詩는 그 대상이 妓生들이며, 이러한 현상은 우리나라 漢詩史의 한 특징적인 사실로 지적될 수 있다.

사정이 이와 같을 때 詩人들은 文學의 慣習이라는 전통의 틀을 이용하게 된다. 문학 작품은 작가의 실제적 경험 뿐만 아니라 虛構的 追體驗도 형상화하기 일쑤이다. 작가의 虛構的 追體驗, 곧 想像力을 동원하여 엮어낸 작품은 작품의 내용이 작가와 동일시 되지 않을 수 있으므로 사회의 비난으로부터 비교적 자유로울 수 있다. 이렇게 제작된 작품은 물론 작가의 직접적 경험을 대상으로 한 것과는 美學의 근저에서부터 달라질 수 밖에 없다.

　이로써 보면 愛情을 소재로 하고 있는 전통 시대의 작품은 크게 작가의 실체험을 바탕으로 하고 있는 것과 작가의 허구적 상상력을 바탕으로 하고 있는 것으로 대별될 수 있다. 이때 작가의 허구적 상상력을 바탕으로 한 작품은 작중 話者와 作家가 동일시되는 것을 피하기 위하여 다양한 장치를 준비할 수 있다. 이러한 장치에 따라 작가의 허구적 상상력을 바탕으로 작품을 제작할 때에는 다시 여러 가지 방법이 가능하다. 작중 화자와 작가가 동일시되는 것을 기피하는 방법으로 가장 흔하게 보이는 것은 中國의 文學 전통을 이용하는 것이다. 韓國漢文學의 典範이 되어 온 것이 中國 文學이므로 중국의 문학적 관습을 활용하는 것이 가장 안이한 방법일 수 있기 때문이다.

　中國 文學에서 愛情을 소재로 한 작품은 樂府詩와 詞에서 주로 발견된다. 詞는 그 음률의 어려움 때문에 우리 文人에게 용이한 제작을 허용치 않았으므로 韓國 漢文學에서는 주로 樂府詩를 模擬하는 것으로 愛情詩의 명맥을 유지해 왔다. 古樂府를 모의한 愛情詩는 대체로 詩的 話者가 여성이거나, 그렇지 않더라도 최소한 3인칭 시점으로 되어 있어 객관적 거리를 유지하고 있다. 작가와 동일시되는 것이 원천적으로 봉쇄될 수 있기 때문에 대부분의 愛情詩가 이 유형에서 발견된다. 中國의 古樂府를 模擬하는 방법으로는 제목을 그대로 따오는 경우와 제목은 古樂府와 다르지만 樂府詩의 고유한 風을 느낄 수 있게 제작한 유형으로 다시 나눌 수 있다.

　이밖에도 愛情詩 중에는 中國 愛情詩의 특정한 제목을 차용한 것도 있다. 그 단적인 예가 無題詩이다. 唐 李商隱 이래 無題라는 제목으로 된 詩作 중에서 많은 부분이 愛情을 소재로 하고 있다. 이러한 유형의 작품은 樂府風의 愛情詩에 비해 模擬의 정도는 훨씬 약하지만 특정 작품의 전통에 기대고 있는 것은 마찬가지다. 또 小說이라는 허구적인 틀을 빌려 愛情詩를 제작하고 있는 경우도 있다. 이른바 愛情小說에서의 揷入詩가 그것이다. 이렇게 보면 揷入詩가 많은 愛情小說은 愛情文學의 寶庫라 할 만하다.

이러한 愛情詩의 현실을 고려하면서 韓國 漢文學에서 제조한 愛情詩의 구체적인 모습을 보면, 대체로 다음과 같은 것들을 들 수 있다. 먼저 작가의 실재적 경험을 바탕으로 하고 있는 유형부터 보기로 한다. 작가의 실재적 체험을 바탕으로 한 愛情詩는 기생에게 준 文人의 작품과, 不特定 여인에게 준 작품, 부인에게 주거나 죽은 부인을 애도한 작품, 기생이 남성에게 준 시 등으로 나누어 생각할 수 있다.

기생에서 준 작품은 「贈妓」, 「寄妓」 등과 같은 제목으로 된 것이 많다. 작품의 내용은 작가가 실제 경험했던 사실을 바탕으로 한다. 기생과 가연을 맺지 못하였으면 이를 두고 장난기 어린 시를 지을 수도 있으며, 기생과 좋은 인연을 맺었을 때에는 그 기생과의 이별을 슬퍼하는 시를 짓기도 한다. 다음 작품은 銀臺仙라는 기생에게 준 姜渾의 작품이다.

扶桑館裏一場驪,507)　　　宿客無衾燭燼殘
十二巫山迷曉夢,508)　　　驛樓春夜不知寒
　　　　　　　　　　　（姜渾,「寄星山妓」）

---

507) 扶桑館 : 경상도 開寧에 있던 驛館.
508) 巫山은 열두 봉우리로 되어 있다. 楚 襄王이 高唐에서 잠을 자다
　　가 꿈에 찾아온 여인과 하룻밤 동침하였다. 다음날 아침 그 여인이
　　떠나면서 "저는 무산에 사는 神女인데 매일 아침이면 구름이 되고
　　저녁이면 비가 됩니다." 하였다. 이 고사는 男女의 交驩을 비유한다.

姜渾이 嶺南監司로 내려 가 있을 때 星州 기생 銀臺仙을 사랑하였다. 하루는 星州로부터 여러 지방을 순시하다가 扶桑驛에 쉬게 되었는데, 扶桑驛이 星州에서 반나절 거리에 있어 기생이 또한 따라 갔었다. 姜渾은 저녁 무렵 기생과 차마 헤어질 수 없어 이 驛에서 자게 되었다. 이 詩는 정이 들었던 그 기생에게 헤어지면서 지어준 작품이다. 침구가 갖추어지지 못한 역관에서도 봄밤의 추위를 느낄 수 없을 정도로 여인과의 동침이 즐거웠다는 내용이다. 2구에서 촛불심지가 가물거린다는 것은 남녀가 뒤엉킨 모습이 촛불과 함께 밖으로 비친다는 것을 가리킨다. 또 3구에서 巫山을 전고로 사용하고 있는데 巫山은 男女 交歡의 상징물로 자주 쓰인다. 전날 밤의 즐거움이 새벽까지 강한 여운으로 남아 있다는 뜻으로 새벽 꿈에 열두 봉우리 巫山이 아른거린다고 했다.

기생과의 사랑은 육체적인 性愛를 노출시킬 때도 있다. 이때 육체 관계의 즐거움은 巫山이라든가, 雲雨와 같은 「高塘賦」의 전고를 주로 활용한다. 이와 같은 기생과의 愛情詩는 상대가 기생이기 때문에 가능한 것은 물론이다.

「贈別」, 「贈人」, 「別情人」, 「送人」, 「懷人」, 「待人」 등의 제목으로 되어 있는 작품도 있다. 이러한 작품 중에는 명시적으로 말하고 있지는 않아도 기생과의 愛情을 다룬 것이 많으므로 기생에게 준 작품과 크게 다르지 않다.

五更燈燭照殘粧,509)　　　　欲語別離先斷腸.
落月牛庭推戶出,　　　　　杏花疎影滿衣裳.
　　　　　　　　　　　　(鄭誧, 「梁州客館別情人」)510)

---

509) 殘粧 : 지워져 얼룩덜룩한 화장.
510) 梁州 : 慶尙道 梁山의 옛이름.

새벽 무렵 사랑하는 사람과의 이별이 엉성한 살구꽃에 어우러져 정감을 더해주고 있다. 起句의 ‘殘’과 承句의 ‘先’에서 날카로운 정감이 잘 드러나며, 結句의 “杏花疎影”에 이르러 ‘殘’과 ‘先’의 정한을 悲感으로 마무리해 주고 있다. 流麗한 鄭誧 詩의 전형을 보여 준 것이기도 하다.

고려시대에 제작된 이러한 유형의 작품 중에는 大同江이나 開城의 天壽門 등을 배경으로 하고 있는 것이 많아 고려인의 애정 표현 양상을 구체적으로 보여준다. 특히 大同江의 이별을 다룬 鄭知常의 「送人」은 우리에게 너무 잘 알려져 있거니와, 이 詩가 樂府처럼 管絃에 올려져 노래로 불리워지기까지 하였다고 한다. 여기서는 天壽門의 이별을 다룬 崔斯立의 것을 보인다.

天壽門前柳絮飛,　　　　一壺來待故人歸.
眼穿落日長程畔.511)　　　多少行人近却非.
　　　　　　　　　　　　（崔斯立,「待人」）

天壽門은 개성에 있는 것으로 대동강과 함께 고려시대 이별의 장소로 많이 나타난다. 사람을 기다려 본 사람이라면 동감할 수 있는 감정을 잘 표현한 작품이어서 조선 전기까지 널리 人口에 膾炙되었다고 한다 .

조선시대에 들어서면 이와 같은 유형의 시는 그 양상을 달리한다. 이것은 고려에 비해 愛情의 문학적 形象化에 대한 사회적 인식의 변화에 기인하는 것으로 보인다. 朱子學을 정치 이념으로 채택한 조선 시대에 있어서는, 자신의 애정 표현에 대한 사회적

---

511) 眼穿 : 뚫어지게 바라보다. 韓愈의 「酒中留上襄陽李相公」에 “眼穿長訝雙魚斷, 耳熱何辭數爵頻”이 보인다.

비난에서 벗어나기 위하여 대상을 기생으로 선택하거나 그렇지 않으면 작가의 허구적 상상력을 동원하는 방법에 의존함으로써 작가의 실재적 경험과 동일시되지 않을 수 있는 樂府風의 模擬 양식을 선택하기도 한다. 다만, 朝鮮 前期 唐詩風의 전개 과정에서 唐詩에 능했던 작가의 손에서 「傷別」이나 「懷人」 등의 제목으로 애정시가 제작되기도 한다.

池面沈沈水氣昏,512)　　枕邊魚擲夜深聞.513)
明宵泊近驪江月,514)　　竹嶺橫天不見君.515)
　　　　　　　　　　　(李胄, 「傷別」)

忠州 客館 동쪽에 있던 自警堂에 머물며 쓴 시로, 이별을 앞둔 밤의 정황이 눈에 보일 듯하다. 수면에는 안개가 짙게 깔리고, 물고기 뛰어오르는 소리까지 들릴 만큼 조용한 밤 잠을 이루지 못하는 모습을 그려볼 수 있다. 李胄는 이 작품 이외에도 「懷人」 등의 애정시를 남기고 있다. 그런데 이러한 작품에서는 이별의 대상이 남자인지 여자인지조차 분명하지 않을 때가 있다. 벗에게

---

512) 沈沈은 깊고 고요한 모양. 何遜의 「宿南洲浦」에 “沈沈夜看流, 淵淵朝聽鼓”가, 杜甫의 「醉時歌」에 “淸夜 沈沈動春酌, 燈前細雨詹花落”이, 劉禹錫의 「懷妓」에 “三山不見海沈沈, 豈有仙蹤更可尋”이 보인다. 水氣는 水煙, 水蒸氣. 庾信의 「初晴」에 “夕陽含水氣, 反景照河堤”가 보인다.

513) 魚擲 : 물고기가 수면에 뛰어오르다. 周賀의 「晩題江館」에 “澄波月上見魚擲, 晩徑葉多聞犬行”이 보인다.

514) 驪江 : 한강의 상류로 驪州 북쪽에 위치해 있다.

515) 竹嶺 : 경북 豊基郡 서쪽에 위치해 있다. 여강과 서로 맞지 않아 金萬重은 月岳의 잘못이라 하였다. 이 구절의 의경이 이 작품은 李白의 「峨眉山月歌」 “夜發淸溪向三峽, 思君不見下楡州”에서 빌어온 것임도 밝힌 바 있다.

준 시에서도 이상과 같은 제목을 붙이기도 한다. 다만, 이 작품은 「忠州自警堂詩」 혹은 「忠原客館詩」 등으로 된 곳도 있어 기생과의 이별을 다룬 것으로 추정할 수 있다. 조선 시대에 들어오면서 작가의 실재적 경험을 배경으로 하는 애정시는 이와 같이 애정의 대상을 추상화시킬 때가 많으며, 唐詩風이 물씬 풍기도록 배려하여 세인의 비난을 감쇄시키기도 한다.

　기생이나 혹은 不特定 여인과의 사랑을 주제로 한 漢詩는 매우 농염하고 간절함을 특징으로 한다. 이에 비해 자신의 실재한 婦人에게 준 작품은 嚴正한 夫婦有別의 儒家的 倫理를 느끼게 한다. 부부간의 愛情이 오늘날의 그것과 다를 리가 없지만, 이를 시로 남겨 준 자료는 참으로 드물다. 우리나라의 漢詩史에서 보이는 부부간의 愛情詩는 남성 시인이 멀리 떠나 있으면서 가족에 대한 근심과 위로의 말을 겸하고 있는 「寄內」라는 題名의 시와 죽은 아내를 애도한 「悼亡」이라는 題名의 시로 대별될 수 있다. 전자의 예로 가장 잘 알려진 작품은 吳達濟의 「瀋獄寄內南氏」이다.

琴瑟恩情重,　　　相逢未二朞.
今成萬里別,　　　虛負百年期.
地闊書難寄,　　　山長夢亦遲.
吾生未可卜,　　　須護腹中兒.
　　　　　　（吳達濟, 「瀋獄寄內南氏」）

　결혼한지 채 2년도 안된 나이에 瀋陽으로 끌려가서 옥중에서 지은 작품이다. 百年偕老 하자는 기약은 만리나 떨어진 瀋陽의 옥중에서는 지킬 수도 없고, 오히려 살아 돌아갈 수 있을는지도

알 수 없는 상황에서 뱃속에서 크고 있을 아이 근심을 하고 있다. 부부간의 愛情을 다룬 한시는 濃艶한 기운이 배제되기 마련이요, 오히려 平淡한 미학을 드러낼 뿐이다. 「寄內」류의 작품이 白居易에서부터 본격화되었고, 白居易의 「寄內」나 「贈內」 등의 작품은 부인과의 生活事를 담담히 읊고 있기도 하다. 吳達濟의 이 작품에서도 부인에 대한 그리움은 6구에서 은근히 微動시키고 있다. 길이 멀어서 그런지 꿈에서조차 부인에게 달려가는 것이 늦어지고 있다고 함으로써 부인을 그리는 감정의 움직임도 靜的이다. 이곳에서 죽을지도 모르는 자신 대신 뱃속의 아이를 키우면서 위로로 삼으라고 부탁하는 이 詩는 愛情詩에서 흔히 보이는 화려함이나, 애틋한 사랑의 감정도 거세될 수 밖에 없다.

부인과의 사랑을 주제로 한 또다른 유형의 시는 죽은 부인을 위로하는 悼亡詩이다. 悼亡詩는 潘岳이 喪妻하고 지은 데서 유래한 것으로 보인다. 그 중 絶調는 金正喜의 「配所挽妻喪」이다.

聊將月姥訴冥府,516)　　　來世夫妻易地爲.
我死君生千里外,　　　　使君知我此心悲.
　　　　　　　　　　　　(金正喜, 「配所挽妻喪」)

제주도로 귀양가 있을 때 妻의 죽음을 듣고 지은 작품이다. 중매의 神인 月下老人에게 來世에는 夫婦의 처지를 바꾸어 태어나도록 해서 妻를 잃은 자신의 슬픔을 대신 느끼게 하겠노라는 내용의 이 작품은 문학적 형상화의 기교를 떠나 전편의 분위기가 무거운 감동을 준다. 이 작품은 유배지에서 지은 것이기 때문에

---

516) 月姥 : 남녀의 혼인을 관장한다는 전설상의 신. 月下老人이라고도 한다.

그렇지 않지만 悼亡詩는 일반적으로 부인과 유관한 사물을 매개
로 하여 부인을 잃은 공허감을 노래할 때가 많다.

案上空餘女則文,517)　　　山頭唯有一孤墳.
長天萬里無消息,　　　　何處人間更見君.
　　　　　　　　　　　　(楊士彦,「哭內」)

1구에서 부인이 쓰던 책상위에 女則文을 드러내어 婦德을 은
근히 칭송하면서도 2구에서는 이를 새로 생긴 부인의 외로운 무
덤과 有無의 대비를 보인 것이 이 작품의 妙處이다. 그러면서도
수식을 보태지 아니하고 다시 만날 수 없는 애절함을 드러내고
있다.

이러한 유형의 작품에서는 寄內詩와 마찬가지로 수식을 일삼
지 않고 작자의 비감을 平淡하게 드러내는 것이 오히려 수작으로
꼽힌다. 진솔한 감정을 드러낼 때 독자의 감동을 강하게 한다.
夫婦間의 사랑은 "和而不樂, 哀而不傷"의 儒敎的 관념이 투영되어
平淡한 미의식을 드러내는 것이 특징이다. 이러한 특징은 정실
부인이 아닌 첩이나 기생과의 관계에서 이루어진 詩作과 비교할
때 선명하게 드러난다. 앞에서 본 姜渾의 시에서처럼 雲雨나 巫
山夢 등 정염의 상징물은 철저히 거세되어 있다.

여성이 지은 한시 중에도 愛情의 실제 상황을 그대로 보인 작
품이 다수 전한다. 다음은 黃眞伊의 「奉別蘇判書世讓」이라는 작
품이다.

月下庭梧盡,　　　　霜中野菊黃.

---

517) 女則文 : 여성의 법도를 적은 책.

樓高天一尺,518)   人醉酒千觴.
流水和琴冷,   梅花入笛香.
明朝相別後,   情與碧波長.
      (黃眞伊, 「奉別蘇判書世讓」)519)

　黃眞伊가 蘇世讓과 이별하며 지은 이 작품은 남성 시인이 사랑하는 여인과 헤어지면서 지어준 것과 그 품격이 크게 다르지 않다. 오동잎 지고 국화가 만발한 가을 높은 누각에 올라 이별을 슬퍼하면서 술을 먹고, 서로의 정을 시와 노래로 푸는 모습을 담고 있다. 尾聯에서 그리움이 푸른 강물처럼 길 것이라는 표현은 단순하지만 긴 여운을 준다. 詩妓로 명성을 떨친 黃眞伊답게 수준이 절로 높다.

　물론, 愛情의 실제 상황을 노래한 작품 중에서 지금까지 전하고 있는 것은 대부분 기생이나 첩의 작이다. 일반 여염집의 女性이 남편, 혹은 情人을 그리워하는 시를 제작하는 것은 생각하기 어렵다. 다만 許蘭雪軒은 공부하러간 남편을 그리워하면서 「寄夫江舍讀書」라는 작품을 남기고 있다. 특히 金三宜堂은 남편과 생년월일이 같고 또 부부간의 금슬이 좋아 부부간에서 詩로 화답을 한 것이 여러 편 전하고 있어 이채롭다. 다음은 남편과 金三宜堂이 첫날 밤에 주고 받은 시이다.

相逢俱是廣寒仙,520)   今夜分明續舊緣.

---

518) 天一尺 : 하늘에서의 거리가 한 자라는 말로, 누각이 높은 것을 말한다.
519) 蘇世讓 : 조선 전기의 문인. 호는 陽谷, 本貫은 晉州다. 율시에 뛰어났으며 그의 松雪體도 유명하다.
520) 廣寒仙 : 달 속에 있다는 전설상의 계수나무. 여기서는 廣寒仙子,

配合元來天所定,521)　　　　世間媒妁摠紛然.

十八仙郎十八仙,　　　　洞房華燭好因緣.
生同年月居同閈,　　　　此夜相逢豈偶然.
「同里有河氏家, 雖貧而世以文學鳴, 有子六人, 其第三曰湜, 風采俊偉, 才藝通敏, 父母每往見奇之, 遣媒妁結婚姻, 遂行卺禮, 禮成之夜, 夫子連吟二絶, 妾連和之」

　天定配匹로 만난 인연의 즐거움을 노래한 것 중 첫번째 酬唱이다. 金三宜堂은 이 이외에도 여러 차례에 걸쳐 남편과 주고 받은 시를 남기고 있어 부부간의 애정시를 나란히 볼 수 있게 하였다.
　女流 漢詩 중에 남편이나 사랑하는 士族에게 주는 詩는 金三宜堂이나 黃眞伊의 작품에서 볼 수 있는 것처럼 남성이 부인이나 아끼던 여인에게 주는 것과 크게 다르지 않다. 그러나, 사랑하는 남성과 헤어져 있게된 상황에서 제작된 작품은 樂府風, 혹은 특정한 詩題를 모방하여 이들과는 양상을 달리한다. 이때의 愛情詩는 강한 현실성을 획득하게 된다.

西風摵摵動梧枝,522)　　　碧落冥冥雁去遲.523)
斜倚綠窓仍不寐,　　　　一眉新月上西池.
（楊士奇妾, 「閨怨」）

　이 작품은 楊士奇의 妾이 楊士奇를 애절하게 기다리고 있는 정

　　곧 달에 산다는 嫦娥와 같은 신선을 가리킨다.
521）配合 : 配匹과 같다.
522）摵摵 : 바람 소리를 형용한 말.
523）碧落 : 하늘을 이르는 말.

을 잘 그려내고 있다. 「閨怨」으로 제목이 붙여진 시는 唐 王昌齡 이래 남편과 이별한 여인의 한을 그리는 전통을 가지고 있어 擬 古的 성향이 매우 강하다. 다음 林悌의 「閨怨」과 비교해 본다.

十五越溪女,524)　　　羞人無語別.
歸來掩重門,525)　　　泣向梨月花.526)
　　　　　　(林悌, 「閨怨」)

여성이 남성을 그리워하는 애정시를 제작할 때에도 남성 시인 이 제작하는 애정시의 틀을 그대로 차용하고 있음을 보여준다. 林悌 작품에서 시적 화자는 소녀이므로 작가인 林悌와 동일시되 지 않는다. 그러나, 楊士奇 妾의 첩이 지은 「閨怨」은 시적화자와 작가가 동일시되는 특징이 있다. 이에 따라 楊士奇 妾의 「閨怨」 은 허구적 상상력을 바탕으로 하고 있기보다는 실제한 경험을 바 탕으로 하고 있는 것으로 읽혀 강한 현실감을 획득하게 된다. 그 러나 이 작품은 무명씨의 唐人의 것이라는 一說도 있어, 그 眞僞 를 가려야 할 것 같다.

남성 시인이 허구적 상상력에 의존하여 愛情을 읊고 있는 典範 중에서 가장 대표적인 것이 樂府詩이다. 樂府詩는 민간의 사랑 노래를 채록한 것이다. 그러므로 우리나라의 漢詩 작품에서 가장 많은 분량을 차지하고 있는 것이 바로 이 樂府詩 계열의 愛情詩

---

524) 越溪女 : 越나라 溪邊의 여자. 越나라에는 美人이 많았다 하여 美 人을 越溪女라 한다. 李白의 「送祝八之江東, 賦得浣沙石」에 “西施越 溪女, 明艷光雲海”의 句가 있다.
525) 重門 : 겹문. 戴叔倫의 「春怨」에 “金鴨香消欲斷魂, 梨花春雨掩重門” 의 句가 있다.
526) 梨花月 : 달빛이 비친 배꽃.

이며, 中國에서도 사정은 같다. 다만 樂府詩와 유사한 것에 詞라는 양식이 또 있다. 중국에서는 특히 詞를 중심으로 愛情詩가 발달해왔다고 할 만큼 愛情詩의 중요한 부분을 詞가 담당했다. 그러나 중국의 음률에 疏遠한 우리나라의 문인들이 詞를 제작하는 것은 쉬운 일이 아니다. 따라서 우리나라에서 詞의 형식으로 제작된 愛情詩는 흔하게 나타나지 않았다.

樂府詩는 원래 실재한 남녀간의 愛情 문제를 다루었으나, 우리나라에서 남녀간의 愛情을 다룬 樂府詩는 실제 상황이 아닌 경우가 대부분이다. 이 때문에 오히려 우리나라의 樂府詩는 愛情詩의 主流를 담당해 올 수 있었다. 점잖은 양반이 남녀간의 사랑을 소재로 하여 시를 짓는다는 것이 쉽지 않았을 것이라는 것은 생각하기 어렵지 않다. 중국의 樂府詩를 모의하는 과정에서 오히려 우수한 愛情詩가 양산된 결과를 가져오게 된 것이다.

樂府風의 愛情詩는 고려시대에서부터 간헐적으로 제작되어 왔다. 高麗時代 樂府詩는 「妾薄命」, 「征婦怨」, 「江南曲」, 「江南柳」등의 제목으로 나타난다. 다음은 鄭夢周의 「征婦怨」이다.

一別年多消息稀,   塞垣存沒有誰知.[527]
今朝始寄寒衣去,[528]   泣送歸時在腹兒.[529]
            (鄭夢周, 「征婦怨」)

전쟁으로 인해 오랫동안 離散해 있던 여인의 서러움을, 뱃속에

---

527) 存沒 : 生死와 같다.
528) 寒衣 : 겨울 옷.
529) 在腹兒 : 出征갈 때 뱃속에 있던 아이. 張籍의 「征婦怨」에 "夫死戰場子在腹, 妾身雖存如晝燭"의 句가 있다.

있던 아이가 장성하여 옷심부름을 하는 것으로 형상화하고 있다. 전쟁이 잦았던 고려 후기의 역사적 상황을 생각할 때, 단순한 愛情보다는 가혹한 軍役의 폐단을 우회적으로 비판하고 있는 의지를 읽을 수 있다. 원래 「征婦怨」은 唐代의 新樂府題로, 출정나간 남편을 둔 아낙네의 원망을 노래하는 전통을 가지고 있으며, 「寄遠」 등의 樂府題도 비슷한 내용으로 되어 있다. 孟郊, 張籍 등의 「征婦怨」이 널리 알려졌거니와 鄭夢周의 이 작품 역시 그러한 전통을 따르고 있다.

　이 작품에서 또 지적할 수 있는 것은 시적 화자의 문제이다. 愛情을 노래하는 樂府詩의 전통에서는 남성 시인의 작품이라도 시적 화자는 늘 여성이 등장하는 것이 관례이기 때문이다. 李穀의 「妾薄命」 역시 여인의 가면을 쓰고 버림받은 여인의 한을 노래하고 있다.

生不識人面,　　　　長年在深屋.530)
一爲色所誤,　　　　反遭珉欺玉.531)
憎愛古無常,　　　　朝恩暮乃疎.
悒悒詠秋扇,532)　　望絶登君車.
金牀爲誰拂,533)　　繡被久已收.
閨空寒月落,　　　　但見螢火流.
沈憂暫成夢,　　　　依稀鬪百草.534)

---

530) 白居易의 「長恨歌」에 "楊家有女初長成, 養在深閨人未識"이 보인다.
531) 珉玉：珉은 玉과 비슷한 돌. 흔히 好壞나 貴賤을 대비하는 말로 쓰인다.
532) 悒悒은 답답한 마음을 형용한 말. 漢 成帝의 宮人 班婕妤가 소박을 당하자 부채에 자신을 비겨 여름에 임의 품에 노닐다가 가을에 부채가 상자 속에 버려져서 은정이 중도에 끊어짐을 노래하였다.
533) 金牀：침상을 미화한 말.

世無相如才,535)　　　　誰令復舊好.
　　　　　　　　　　　　(李穀, 「妾薄命次李白韻」)

　버림 받은 여인의 한을 읊은 작품이다. 이러한 樂府詩는 비록 古樂府를 모의하긴 하였으나 특히 愛情과 같은 보편적 주제를 담을 때에는 상당한 정도로 현실에 대한 비판적 기능을 갖는다. 즉 여자가 젊고 예쁠 때 사랑을 받다가 늙고 추하게 되면 버림을 받는 것은 동서고금의 보편적인 일이므로 이러한 주제로 쓴 詩作들은 특정한 상황과 결부되면 강한 현실감을 획득한다. 그러므로 이러한 樂府詩는 비록 직접적으로 현실을 문제 삼지는 않지만, 보편적 주제와 결부될 때 강한 현실감을 갖게 된다고 할 수 있다. 이 점은 위에서 본 鄭夢周의 「征婦怨」에서도 그대로 적용된다. 어느 시대이고 전쟁으로 離散의 고통을 받지 않은 시대는 드문 법이지만, 전쟁이 잦았던 고려말의 상황과 결부될 때에는 강한 현실감을 획득할 수 있는 것이다.

　이러한 樂府詩는 조선조에 들어와서 더욱 활성화된다. 특히 朝鮮 前期에는 樂府風이 강한 愛情詩가 많이 등장하고 있는데, 이것은 朝鮮前期 詩風과 일정한 관련이 있다. 朝鮮이 건국되었을 때 文壇의 牛耳를 잡은 것은 당연히 館閣의 氣가 왕성한 인물들이다. 館閣의 體가 화려함을 특장으로 하고 있을 때 이를 발휘할

---

534) 依稀는 가물거리는 모습. 5월 5일에 鬪百草의 놀이가 중국 남방에 있었다.

535) 相如 : 漢의 문장가 司馬相如. 漢 武帝의 陳皇后가 소박을 당하여 長門宮에 물러가 있을 때, 司馬相如에게 千金을 주어 자신을 위하여 賦를 지어달라고 부탁하니, 이에 司馬相如가 「長門賦」를 지었다. 賦를 좋아하던 武帝가 이를 보고 陳皇后를 다시 아끼게 되었다고 한다.

수 있는 愛情詩가 다수 창작될 수 있었던 것이다. 이 시기 月山
大君이 여러 편의 愛情詩를 남기고 있는 것은 바로 이러한 시단
의 경향성에 근거한 것이다.

朝亦有所思,　　　　暮亦有所思.
所思在何處,　　　　千里路無涯.
風潮望難越,　　　　雲雁托無期.
欲寄音情久,536)　　　中心亂如絲.537)
　　　　　　　　　（月山大君,「有所思」）

이와 함께 朝鮮 前期에는 擬古風의 漢詩가 많이 제작된다. 成
侃, 成俔 형제, 申欽 등이 그 걸출한 예이다. 이들에 의해「獨不
見」,「長相思」,「秋夜長」,「妾薄命」,「妾安所居」,「妾換馬」,「有
所思」등의 擬古樂府詩가 제작된다. 이들은 비록 제목은 서로 달
라도 임과의 이별을 슬퍼하는 내용이 대부분이다.

秋夜長 秋夜長,　　　雲間明月流淸光.538)
天澹澹 露瀼瀼,539)　蘭有秀　菊有芳.540)
良人遠在天一方,　　紅鉛洗淚愁空房.
鴻雁南飛翔,　　　　尺書不得將.
道路阻且長,541)　　魂夢空忙忙.

---

536) 音情 : 소식이나 편지.
537) 中心 : 心中.
538) 淸光 : 맑은 달빛.
539) 澹澹은 맑은 모습, 瀼瀼은 물기가 있는 모습.
540) 漢 武帝의 <秋風辭>에 "蘭有秀兮菊有芳, 懷佳人兮不能忘."의 구가
　　 있다.
541) <古詩 十九首>에 "道路阻且長, 會面安可知."의 구가 있다.

夜深搗夜暗斷腸,　　　　　　錦衿寂廖爲誰香.
　　　　　　　　　　　（成俔,「秋夜長」）

擬古樂府에 솜씨를 보인 成俔의 작품이다. 한 구의 자수를 다양하게 변하시키고 운을 자유롭게 바꾸어가면서 반복적인 수사를 구사하고 있어 율동감이 두드러진 작품이다. 고려시대 樂府風의 愛情詩에 비해 조선 초기 館閣의 화려함이 돋보인다. 成俔은 國初의 制度 文物을 정비하는데 큰 역할을 했던 인물로, 作詩의 전범이 될만한 詩를 가려 뽑아『風騷軌範』을 엮고, 스스로 擬古樂府詩集『風雅錄』까지 편찬하였다. 이『風雅錄』에는 우수한 愛情詩가 많이 실려 있다. 그런데, 특이한 것은 成俔의 愛情詩가 다분히 宮中志向性을 보인다는 점이다. 忠臣戀主之詞로 일컬어지는 작품이 대체로 버림받은 여인이 남성을 그리워하는 비유 수법을 쓰고 있음을 감안한다면 館閣의 문인으로서 당연한 현상이라고 할 만하다.

조선 전기 愛情詩의 흥성은 詩史的으로 볼 때 이러한 화려함을 長處로 하는 館閣體의 詩가 등장하면서 이와 잘 어울리는 艶情한 내용이 다루어지게 된 데 따른 것이며, 다른 한편 古風에 능한 작가들이 擬古詩를 쓰는 과정에서도 愛情詩가 다량으로 생산될 수 있었던 것으로 보인다.

이와 함께 조선전기 愛情詩의 융성은 唐詩風의 전개와도 밀접한 관계를 갖고 있다. 조선 전기 唐詩風의 성행에 선구적 구실을 한 것으로 알려지고 있는 이른바 三唐詩人에 대해 許筠이 復古의 공이 있다고 한 것으로도 알 수 있거니와, 조선 전기 唐詩風의 작품은 대체로 擬古의 혐의가 짙다. 자신의 시가 시의 이상향인 唐詩에 가깝게 보이기 위하여 唐詩風을 모의하는 것은 자연스러운 현상이다. 許筠 등이 다른 글에서 지적한 바와 같이 三唐詩人이 唐風 중에서도 특히 晩唐風으로 기울고 있었던 것은 성률의 아름다움까지 고려한 盛唐風의 높은 경지보다는 纖巧한 晩唐風을 선호했기 때문이다. 그러므로 조선 전기에 唐詩風의 선구라 할 만한 申從濩·申光漢·崔慶昌·白光勳·李達 등과 이들을 이어 본격적인 唐風을 구사해낸 林悌·權韠·鄭斗卿 등에 의해 愛情詩가 집중적으로 제작되었음은 오히려 당연한 현상이라 할 수 있다.

唐詩風의 시를 구사한 시인들은 唐의 시인이 즐겨 읊었던 愛情詩의 의경을 빌어와 남녀의 愛情을 읊을 때 흔하게 보이는 것이 無題詩이다.

玉頰雙啼出鳳城,542)　　曉鶯千囀爲離情.
羅衫寶馬河關路,543)　　草色迢迢送獨行.544)
　　　　　　　　　　（崔慶昌, 「無題」）

「無題」는 李商隱의 작품에 연원을 두고 있는 것으로 여인의 相思의 情을 유려하게 묘사하는 특징을 가지고 있다. 이 詩는 제목이 「贈別」로 된 것도 있어 고운 님과 헤어지는 아픔을 唐詩라는 틀을 통하여 형상화하고 있음을 알 수 있다. 앞에서 본 「閨怨」이나 「閨情」 등의 작품도 樂府詩는 아니지만 「無題」와 유사하다. 다음에 보이는 宮詞도 愛情詩의 本鄕이다.

---

542) 鳳城 : 서울의 미칭. 秦 穆公의 딸 弄玉이 피리를 부니 봉황이 그 성에 내려 앉아 丹鳳城의 명칭이 있게 되었다고 한다.
543) 河關 : 河流와 關隘 길이 멀리 떨어진 것을 이르는 말.
544) 迢迢 : 아스라히 먼 모습.

東風院院落花飛,　　　侍女燒香掩夕扉.
過盡一春君不見,　　　殿門金鎖綠生衣.545)
　　　　　　　　　　　(李達,「宮詞」)

봄을 맞아 님을 기다리는 마음은 애절하지만 끝내 기다리는 님
은 오지 않아 시름에 잠긴 궁녀를 형상화한 작품이다. 王建의
「宮詞」"秋殿淸齋刻漏長, 紫微宮女夜燒香", "春風院院落花飛, 金鎖
生衣製不開" 등에서 온 것임을 한 눈에 알아보게 한다. 唐詩에
솜씨를 보인 시인들이 즐겨 제작하는 시가 바로 이러한「宮詞」이
며, 특정한 唐詩에서 點化한 것이 많다. 이러한 작품이 唐詩의
품격이 있는 것으로 칭송을 받기도 했다.

　擬古樂府가 성행하고 唐風이 高潮되면서 조선 중기의 愛情詩
는 새로운 양상의 단서를 보이기 시작한다. 古樂府의 풍격을 강
하게 견지하면서도 그 내용에 있어서는 당대의 현실을 강도 높게
비판하고 있는 것이 그 특징이라 하겠다.

庭前楊柳正堪攀,　　　泣向長條損玉顔.
自恨不如胡地雪,　　　風吹猶得度龍山.
　　　　　　　　　　(鄭斗卿,「邊城怨曲爲閔尙書棄妾」)

변방에서 閔尙書라는 사람에게 버림받은 妾에게 지어준 작품
이다. 詩의 분위기는 樂府詩의 그것과 다를 바 없지만 그 내용에
있어서는 虛構가 아니라 現實이다. 이러한 경향은 朝鮮 中期 이
후의 愛情詩가「採蓮曲」이나「竹枝詞」로 변질하고 있는 것과 유
관하다. 成俔에 의해 대표되는 朝鮮 前期 樂府詩가 虛構의 묘사

---

545) 金鎖는 황금으로 된 자물쇠. 綠生衣는 푸른 이끼가 돋아났다는 뜻.

에 치중하였던 것에 비해 後期의 樂府詩는 풍속의 기록에 힘을 기울이고 있는 것이 많다. 이에 따라 愛情詩의 제목도 古樂府의 특정 제목을 따오기보다는 「採蓮曲」이나 「竹枝詞」와 같은 것을 애용하고 있다. 「採蓮曲」과 「竹枝詞」는 전통적으로 민간의 풍속을 읊는 것이므로 조선 중기 이후에 이러한 題名의 작품은 朝鮮的 체취가 엿보이는 방향으로 변화하고 있는 것이다. 申欽의 다음 작품도 이러한 변화의 한 모습을 보이고 있는 것이다.

東隣女兒脚不襪,　　　　兩足如霜踏溪渚.
溪頭盪槳誰家郎,546)　　手折荷花笑相語.
移船同去不知處,　　　　別浦驚起鴛鴦侶.
　　　　　　　　　　　　（申欽, 「採蓮曲」）

「採蓮曲」은 물가를 배경으로 하여 남녀의 은밀한 정을 다룬다. 이 작품은 樂府詩가 원래 민간의 가요에서 출발했던 전통을 이으면서도 남녀간의 애정을 적실하게 묘사하고 있다.

　조선 후기에 이르러 이러한 경향은 더욱 가속화되어 특히 민간의 풍속 묘사를 위주로 하는 「竹枝詞」가 대규모로 제작된다. 이 때에도 虛構 묘사보다는 實景의 묘사가 두드러진다.

山有花傳嶺外歌,547)　　遺音不斷洛東波.
鴉頭十五唱歌女,548)　　月落楓江愁奈何.549)
　　　　　　　　　　　　（李學逵, 「金官竹枝詞」）

---

546) 盪槳 : 노를 저어감.
547) 山有花 : 메나리꽃. 전통 민요로 널리 불리워졌다.
548) 鴉頭 : 두 갈래로 땋아내린 머리카락.
549) 楓江 : 언덕에 단풍이 든 강.

　　원래 「竹枝詞」는 변방의 풍속을 읊조리거나 민간 남녀의 愛情
을 노래하는 양식이다. 이 작품은 이러한 양식을 빌어 金海 지방
처녀의 아련한 그리움을 그리고 있다. 朝鮮 後期 널리 불리워진
〈山有花歌〉와 洛東江邊이라는 실제 지명이 등장하여 사실적인 풍
속의 묘사가 낭만적인 시풍과 어우러지고 있다. 조선 후기 樂府
風의 애정시는 이처럼 實景 속의 낭만적 시풍을 구가하는 것이
특징으로 나타난다. 古樂府의 意境을 모방하는 것이 아니라 민간
의 노래를 채집하는 樂府의 정신을 따른 것이라 할 수 있다.
　　이러한 경향의 또다른 모습은 古樂府의 제목은 그대로 따르면
서 그 내용은 조선 후기의 민요를 연상케 하는 것들이다.

昨日餞君去,　　　　　冒闇歸暫暹.
上堂執華燈,　　　　　郎遽已生疑.
　　　　　　　　　　（崔成大,「古艶曲」）

　　이 작품은 남성시인이 여성화자의 입을 빈다는 古樂府의 틀을
지키면서도, 조선 후기의 애정 풍속을 직절하게 담고 있다. 이러
한 경향의 작품은 崔成大·申維翰·李學逵 등에 의해 즐겨 제작
된 바 있으며, 이들은 新題 樂府라 할 만한 제목을 새로이 만들
어내기도 했다.
　　愛情을 소재로 하고 있는 漢文學 작품 중 이채를 띠는 것은 愛
情小說의 존재이다. 漢文愛情小說은 이미 『太平通載』에 실려 전
하는 「崔致遠」에서 그 틀이 확립되었고, 朝鮮에 들어서는 金時習
의 傳奇集 『金鰲新話』의 「李生窺墻傳」과 權韠의 「周生傳」에서 빛
을 발하였으며, 「雲英傳」에서도 그 정채를 드러내고 있다. 한문
으로 된 愛情小說은 일반적으로 愛情詩를 삽입하고 있는데, 이러

한 소설 작품은 전편의 분위기가 감미로운 낭만으로 차 있어 詩로써 읽는 소설이라 할 만하다. 그러나 詩才가 뛰어난 작가일수록 揷入詩의 介入이 두드러지게 나타나는 특징적인 사실도 엿볼 수 있다. 金時習의 『金鰲新話』, 權韠의 「周生傳」 등이 그 단적인 예가 될 것이다. 그래서 이들은 소설이라는 보호막을 이용하여, 평소에 부르지 못한 사랑의 노래를 마음껏 부르고 있다. 愛情小說이 艶情詩의 寶庫가 되고 있는 것도 물론 이 때문이다.

「李生窺墻傳」은 松都에 살던 李生이 崔氏의 딸을 만나 사랑을 나누는 데서 시작한다. 부모의 반대로 李生은 嶺南地方으로 귀양을 가게 되고 崔娘은 相思의 병에 걸리게 된다. 이에 崔娘의 부모가 나서서 李生과 결혼을 성사시키고, 두 사람은 다시 만나 사랑을 나누게 된다. 그러나, 紅巾賊의 난으로 피난을 가다가 崔娘은 죽고 李生은 홀로 죽음을 면한다. 李生은 집으로 돌아와 쓸쓸히 추억에 젖어 있는데 죽은 崔娘이 나타나 다시 옛날처럼 사랑을 즐긴다. 얼마후 崔娘은 다시 저 세상으로 가고 이에 李生도 병이 들어 죽는다는 내용으로 되어 있다. 이 작품에는 사랑을 주고 받는 愛情詩가 삽입되어 있으며 全篇의 분위기도 이 시에 의하여 지배되고 있다. 이러한 揷入詩는 사건이 야기되는 사태, 즉 '만남'의 계기를 제기해주는 수단으로서의 구실을 하고 있어, 사실상 意思 전달의 通路가 되고 있다.

「李生窺墻傳」의 서두 부분에서 李生은 책을 끼고 崔娘의 집을 지나다가 다음과 같은 시를 읊조리는 소리를 듣는다.

　　獨倚紗窓刺繡遲,　　　　百花叢裏囀黃鸝.550)

---

550) 黃鸝 : 꾀꼬리.

無端暗結東風怨,　　　　不語停針有所思.

路上誰家百面郞,　　　　靑杉大帶影垂楊.
何方可化堂中燕,　　　　低掠珠簾斜度牆.

첫째수에서 젊은 여인이 자신의 미래 낭군에 대한 상념을 노래하고 연애 감정을 말하였다. 다시 둘째수에서는 누구집 아들인지도 모르는 서생의 모습을 언뜻보고 자신이 제비가 되어서라도 담장을 넘어가 만나고 싶은 충동을 묘사하였다. 이 시는 「李生窺墻傳」의 서두가 어떻게 진행될 것인지 사건의 발단을 豫料的으로 알게 해 준다.

「周生傳」은 周生을 중심으로 俳桃와 宣花의 삼각 애정을 그린 작품이다. 고향으로 돌아온 周生이 다시 俳桃라는 기생을 만나 사랑을 나누다가, 宣花라는 여인을 만나게 되자 다시 宣花와 애정을 나눈다. 俳桃에게 宣花와의 밀회가 발각되어 周生은 宣花를 만날 수 없게 되지만, 俳桃가 갑자기 죽어 다시 宣花과의 사랑이 가능해진다. 그러나, 宣花의 동생 國榮의 죽음으로 宣花를 만날 수 없게 된 周生은 고향을 떠나지만, 周生과 宣花가 모두 相思病에 걸려 죽게 되었을 때 재회의 기회가 주어진다. 이때 임진왜란이 발발하여 周生은 宣花를 만나지 못한 상태에서 조선으로 출병하게 된다. 이 작품 역시 「李生窺墻傳」과 같이 산문으로 진행되는 서사적 골격에 삽입 애정시를 감상할 수 있는 구조로 짜여져 있다.

柳外平湖湖上樓,　　　　朱甍碧瓦照靑春.[551]

---

551) 朱甍碧瓦 : 아름답게 꾸민 집을 이르는 말.

香風吹送笑語聲,　　　　隔花不見樓中人.
却羨花間雙燕子,　　　　任情飛入朱簾裏.
徘徊美人踏歸路,　　　　落照纖波添客思.

과거에 실패한 周生이 배와 화물을 사서 장사를 다니다 다시 고향 전당에 돌아와 기생 俳桃를 만나 사랑을 나누지만, 새로운 여인 宣花에 대한 그리움으로 宣花의 집을 배회하다가 宣花는 만나지 못하고 돌아오는 길에 시를 읊었다. 宣花의 집은 화려하고 그곳 사람들은 즐거워하지만, 자신이 그곳으로 들어갈 수 없는 슬픔을 노래한 작품이다.

이러한 愛情詩는 「周生傳」이라는 전체적 문맥에서 읽을 때 더욱 활력이 넘친다. 마치 기생과의 사랑을 주제로 한 愛情詩에서 작자가 처해있는 사랑의 기쁨과 이별의 슬픔을 시의 배경으로 할 때 시의 빛깔이 잘 드러나는 것과 같다.

기생과의 사랑을 소재로한 愛情詩가 기생과의 일화와 함께 소개될 때 그 구조는 愛情小說과 유사하다. 그러나 기생과의 사랑을 주제로 한 愛情詩는 실재한 사건 속에서 불리워진 사랑의 노래라면 「李生窺墻傳」이나 「周生傳」에 삽입되어 있는 愛情詩는 허구적 愛情譚을 배경으로 한 사랑의 노래인 셈이다.

4. 韓國漢詩略史

1) 漢詩의 초기 모습

우리나라에 漢詩가 전래된 시기를 정확히 밝히기란 불가능하거니와, 늦어도 서기전 2세기경에는 漢字가 우리나라에 들어왔을 것이라는 일반적인 추정을 따른다면, 漢詩가 민족의 문학으로 수용, 향유된 것은 이보다 훨씬 뒤라고 해야 할 것이다. 물론 古朝鮮 時代 麗玉의 작으로 알려지고 있는 〈箜篌引(公無渡河歌)〉이나 高句麗 琉璃王의 〈黃鳥歌〉, 駕洛國 首露王의 降臨說話 속에 곁들여 전하는 〈龜旨歌〉 등의 고대가요가 四言四句體의 漢詩 형태로 전해지고 있지만, 이것들은 모두 후대에 漢文으로 번역된 것이며 原歌는 실전된 것으로 보인다. 더욱이 〈箜篌引〉은 출전 문헌인 晉 崔豹의 『古今注』와 宋 郭茂倩의 『樂府詩集』에 따르면, 그 국적조차도 불투명한 형편이다. 다만 乙支文德이 隋將 于仲文에게 주었다는 〈遺隋將于仲文〉(五言 四句)이나, 高句麗의 중 定法師가 자신을 외로운 돌에 비유하여 읊었다는 〈詠孤石〉(五言 八句)과, 高句麗人이 지은 것으로만 알려져 있는 〈人蔘讚〉(四言 四句)이 高句麗 시대의 작품으로 전해지고 있을 뿐이다.

중국 대륙과 연접해 있던 高句麗가 한자 문화의 수용에 있어서 新羅보다 앞섰을 가능성은 충분하지만 지금으로서는 統一新羅와 高麗가 남겨준 자료 이외의 다른 자료는 접할 수 없는 실정이다. 新羅는 621년(眞平王 43)부터 정식으로 唐나라와 국교를 가지게 되었는데, 640년(善德女王 9)에 唐나라 太宗이 太學을 증설하고 외국의 자제에게 유학을 허락함에 따라 高句麗·百濟와 더불어 新

羅에서도 입학의 기회를 얻게 되었으며, 한자 문화를 직접적으로 체험하게 된 것도 이 때부터이다.

그러나 본격적으로 유학생을 唐나라에 파견하게 되는 것은 新羅의 삼국 통일 이후의 일이다. 新羅는 삼국 통일로 우선 지리적으로 중국을 쉽게 내왕하게 되었으며, 삼국 통일의 성취도 唐나라와의 합작에 의하여 가능하게 되었으므로 入唐 유학의 편의도 최대한으로 보장받을 수 있었던 것으로 보인다. 650년(眞德女王 4)에 〈致唐太平頌〉(五言古詩)을 비단에 짜서 唐나라에 바친 것도 新羅의 삼국 통일 직전에 있었던 일이다. 이에 따라 821년(憲德王 13)에 처음으로 金雲卿이 賓貢科에 급제한 이래 많은 합격자를 내었다. 중국측의 문헌에 산재해 있는 여러 기록들을 살펴보면 金可紀가 뒤이어 賓貢進士에 급제하였으며 845년(文成王 7)에는 재래의 유학생 중에서 崔利貞, 金叔貞, 朴季業을 방환하고 있고 新入한 金允夫, 金立之, 朴亮之 등 12인을 國子監에서 習業하게 한 사실을 볼 수 있다. 이 밖에도 金夷吾, 金文蔚, 李同 등이 咸統 연간에 급제하고 있으며 僖宗 연간에는 崔致遠, 崔匡裕 등이 뒤따라 급제하였다. 우리나라의 漢詩가 거꾸로 중국에까지 알려져 『全唐詩』에 작품을 전하고 있는 新羅人으로는 〈憤怨詩〉를 남긴 王巨仁을 비롯하여 高元裕, 金眞德, 薛瑤, 金地藏, 崔致遠, 金立之, 金可紀, 金雲卿 등을 확인할 수 있다. 이들 대부분이 직접 중국에 들어가 漢詩를 배우고 익힌 유학생 등이라는 사실에 유의할 필요가 있다.

2) 羅末麗初詩의 성격

新羅末 高麗初는 왕조사에서도 서로 겹치는 기간이 18년이나

되지만 문학사의 현실에 있어서도 상당한 부분에서 성격을 같이 하고 있다. 이 시기 漢詩의 특징으로는 본격적으로 중국을 배운 유학생들과, 이들이 이룩한 詩業에 힘입어 간접으로 漢詩를 체험한 고려 초기 일군의 시인들이 당시의 風尙인 晚唐을 배운 것을 지적할 수 있다. 그러나 이들은 정작 唐나라를 배우면서도 바로 앞 시기의 격조 높은 盛唐을 뛰어넘어 오히려 綺麗한 六朝詩에 관심을 보였으며 그들의 詩作에도 六朝風이 농후하다. 물론 이러한 현상은 六朝 시대의 모범 문장집이라 할 수 있는 『文選』이 太學의 교재로서 또는 科試 과목으로 채택되고 있었으므로 오히려 당연한 결과라 할 수 있다. 뿐만 아니라 晚唐의 綺靡와 六朝의 綺麗가 사실상 가까운 거리에 있었기 때문에 이들이 晚唐과 六朝 사이를 내왕한 것은 자연한 일일지 모른다.

그러나 시의 內質에 있어서는 晚唐과 그 이전의 唐詩 사이에는 현격한 차이가 존재한다. 杜甫나 韓愈, 白居易 등 盛唐과 中唐의 시인들은 정치력으로 나라를 구하려는 의지를 가지고 있었으며 이것이 그들의 시에도 반영되고 있지만, 晚唐의 시인들에 이르러서는 이러한 큰 뜻이란 생각조차 하기 어려웠으며 그들에게는 시를 짓는 즐거움만이 있었을 뿐이었다. 망국으로 치닫고 있던 新羅의 경우도 이와 흡사하였다. 때문에 초기의 습작 과정에서 중국시를 익히던 우리나라 시인들로서는 격조 높은 盛唐보다는 곱고 아름답기만 한 晚唐과 六朝의 장식미에 쉽게 영합될 수 있었던 것으로 보인다.

詩型의 선택에 있어서는 대체로 七言이 우세하며, 특히 律詩가 대부분을 차지하고 있는 것이 두드러진 현상이다. 崔致遠의 경우도 작품의 전체에서 보면 絶句가 압도적으로 우세하지만 名篇으로 알려진 작품에는 七言律詩가 많다. 우리나라 漢詩가 일반적으로 絶句보다는 律詩, 五言보다는 七言에 명작이 많은 것과 같은 현상이다. 물론 晩唐의 명편 가운데는 絶句가 많다. 나라와 시가 함께 쇠미해진 晩唐에서 長篇을 뽑아낼 저력이나 여유를 기대하기란 어려운 일이며 때문에 晩唐의 纖巧가 短型의 絶句를 즐겨 선택한 것은 오히려 자연한 추세일 것이다. 그러나 우리나라의 경우에 있어서는 현존하는 羅麗初 시의 대부분이 入唐遊學生들의 초기작이고 보면, 시를 익히는 습작과정에서 直截한 絶句 형식으로 명편을 제작하기란 결코 쉽지 않았을 것이다.

　내용에 있어서도 대체로 뜻을 이루지 못한 작자 자신을 悔恨하고 있거나 懷古的인 감상으로 흐르고 있는 것이 대부분이다. 慷慨와 悲愁를 섬세한 미감으로 표현하려는 고심을 읽을 수 있으나 시에 몰입함에 있어 대체로 시야가 좁아 미소한 부분 묘사에서 華靡를 보여줄 뿐이다. 신라 말기 崔致遠이 唐나라에 유학할 때에는 이미 유학생의 수가 수백 명에 이르렀다고 하지만, 시로써 후세까지 이름을 전하고 있는 시인으로는 崔致遠, 崔匡裕, 崔承祐, 朴仁範 등이 고작이다. 崔致遠의 사촌아우 崔彦撝는 문장으로 일세에 이름을 드날렸지만 몇 편의 金石文字만 남기고 있을 뿐 그의 시편은 단편조차 찾아볼 수 없다. 고려의 개국으로 三韓이 다시 통일되었지만 衣冠 典禮는 新羅의 그것을 沿襲하였으며 詩壇의 풍토도 이후 200여년 동안 新羅末에서부터 익혀온 晩唐의 풍상이 계속 지배적이었다. 더욱이 國初에 채택한 과거제도의 실시로 高麗의 문풍이 크게 떨치게 되었으며, 빛나는 詞章學의 전통이 기반을 굳히게 된다.

　그러나 후세까지 온전하게 시를 전하고 있는 이 시기의 시인으로는 초기의 吳學麟, 崔承老를 비롯하여 張延祐, 崔沖, 崔瀹, 李資諒, 李顗, 崔奭, 朴寅亮, 金緣, 崔惟善, 郭輿, 權適, 李資玄, 印

份, 金富軾, 鄭襲明, 金富儀, 高兆基, 崔惟淸, 鄭知常 등이 있으며 이 가운데에서도 朴寅亮, 金富軾, 鄭襲明, 高兆基, 鄭知常, 崔惟淸 등이 대표적인 시인으로 꼽힐 정도이다. 婉麗한 시풍으로 拗體詩를 시범하기도 한 鄭知常의 작품 가운데에는 후세까지도 絶唱으로 불리는 것이 많다. 金富軾은 『三國史記』에서 보여준 문장력 때문에 그의 문장과 鄭知常의 시가 나란히 칭도되었지만, 그의 시 역시 고려 중기를 대표하기에 부족함이 없다.

3) 宋詩學의 수용과 韓國詩의 발견

新羅末 高麗初의 200년 동안 시단은 柔靡·輕佻한 晩唐風이 俗尙이 되어왔지만, 고려 중기에 이르러 이러한 풍상은 시대의 추세에 따라 커다란 변혁의 국면을 맞이하게 된다. 산문에 있어서는 表, 箋, 章, 奏 등이 이때까지도 事大文字로서 중요시되고 있었으므로 騈儷文의 전통이 그대로 지속되었지만, 운문에 있어서는 전 시대의 속상에 대하여 시단 내부에서 이미 거부 반응이 나타나기 시작하였으며, 蘇軾으로 대표되는 宋詩學의 유입으로 결정적인 국면이 전개된다. 浮華한 詞章을 일삼는 당시의 科文을 가리켜 배우들의 작희와 다를 것이 없다고 한 林椿은 近世의 科試가 聲律에 구애받고 있는 현실을 개탄하고 있다. 그러나 새로운 시대의 문장으로 유행하는 蘇軾의 글에 대해서는 매우 긍정적인 반응을 보여, 일찍이 蘇軾의 글을 읽은 일은 없지만 句法에서 이미 암암리에 그것과 부합하고 있음을 李仁老와 더불어 시인하고 있다. 蘇軾이 죽은 지 불과 수십년에 林椿, 李仁老와 같은 시단의 중진이 東坡詩의 묘법을 터득하였다면 그것은 분명히 東坡詩의 위세가 高麗 중기 시단에 크게 떨치고 있었음을 사실로써

증거해 주는 것이다.

그러나 林椿과 李仁老 등의 東坡詩에 대한 관심은 東坡詩를 배우고 익히던 초기 단계의 일이거니와, 이 뒤의 후진들이 『東坡集』을 읽는 것도 다만 그것을 중거로 하여 고사를 원용하는 도구로 삼으려는 데 있었던 것이다. 때문에 東坡詩로 대표되는 중국시를 수용함에 있어 風骨과 意境, 辭語와 用事의 기술에 이르기까지 그 예술적인 경계를 포괄적으로 배운다는 것은 처음부터 어려운 일이므로 文言으로 중국시를 배운 우리나라 漢詩가, 詞語나 聲律과 같은 형식적인 기교에서 도달할 수 있는 한계를 李奎報는 일찍이 간파하여 우리나라 시인들이 극복해야 할 한국시의 과제를 선명하게 제시한 바 있다. 이로써 보면 이 시기의 대표적인 시인으로 꼽히는 李仁老는 '무엇을 쓸 것인가?'보다 '어떻게 쓸 것인가?'에 대하여 세심한 관심을 보였기 때문에 스스로 "문장은 천성에서 얻어지는 것"이라 하면서도 후천적인 공부에 주력한 시인이 되었으며, '무엇을 어떻게 나타내야 할 것인가?'를 문제삼은 李奎報는 타고난 천재로서 자기 시를 쓰는 것으로 만족한 셈이다.

林椿과 吳世才는 李仁老와 더불어 당시 시단의 거점인 竹林高會의 핵심 구성원이 되었다. 林椿은 자신의 곤궁한 처지를 형상화한 작품으로 높은 평가를 받았으며, 蘇軾와 黃庭堅의 묘법을 터득한 것으로 알려져 있다. 李仁老는 竹林高會의 盟主로 斧鑿의 흔적이 없는 琢句의 솜씨를 과시하였다. 또 吳世才는 韓愈와 杜甫의 體를 얻어 당대에 크게 이름을 얻었다.

陳澕와 金克己도 流麗한 솜씨로 다양한 시세계를 과시하여 모두 이 시기의 대표적인 시인으로 각광을 받고 있다. 景幾體歌 〈翰林別曲〉의 "元淳文 仁老詩 公老四六 李正言 陳翰林 雙韻走筆"

에서 陳翰林이 바로 陳澕로 李奎報와 당대에 이름을 나란히 하였
으며, 美麗한 시풍을 과시하였다. 金克己는 생평이 자세하지 않
지만, 『三韓詩龜鑑』에 가장 많은 시가 뽑혀 있는 대작가이다. 그
의 시는 언어 구사력이 풍성하면서도 평담한 맛을 풍긴다. 이외
에도 金君綏, 兪升旦, 金良鏡은 주로 高宗 때에 활약한 중요 시
인으로 꼽힌다. 崔滋를 비롯한 金之岱, 郭預, 金坵, 李藏用, 洪侃
등도 이 시기를 마무리한 대표적인 시인으로 기록될 만하다.

4) 性理學의 輸入과 韓國詩의 定着

高麗는 國初부터 儒敎治國을 표방하였지만 忠烈王 때에 이르
기까지 그것은 思想儒敎가 아닌 基本儒敎의 수준에 있었다. 때문
에 通經明史와 같은 儒子들의 일상적인 글공부는 곧 문학 수업으
로 발전하기 마련이어서 文風이 크게 떨쳤다. 그러나 安珦이 만
년에 朱子를 숭모하면서부터 우리나라는 처음으로 宋代의 性理學
에 접하게 되었으며 白頤正, 禹倬, 權溥 등이 宋儒의 성리학을
연구하여 그 선구가 된다. 이로부터 李齊賢, 朴忠佐, 李穀 등이
白頤正에게 배웠으며 李穡과 鄭夢周가 成均館에서 性理書를 강론
하여 李穡의 문하에서 朴尙衷, 金九容, 李崇仁, 鄭道傳, 權近 같
은 학자가 배출되었다.

그러나 이들은 모두 性理學의 영역을 깊이 파고 들지 않았기
때문에 唐宋 이래의 '文以貫道'나 '文以載道'와 같은 문학 관념을
문자에 드러내는 데에까지는 이르지 않았다. 鄭道傳이 본격적인
道學文學觀을 개진한 것은 그 뒤의 일이다. 물론 白頤正, 鄭夢周,
李崇仁, 吉再 등은 그들의 작품에 邵康節이나 朱子의 그것을 모
방한 흔적을 남기기도 하였지만, 詞章學의 전통이 완전히 달라진

것은 아니었다. 다만 이 시기의 시인 등이 觀風의 의지를 보여 風俗을 徵驗하고 세태를 반영하려는 특색은 지적할 만하다. 李齊賢이 당대의 民歌를 小樂府로 남겨놓은 것이 그 단적인 예라 하겠다.

이 시기의 시인 중에 李齊賢이 가장 대표적이다. 萬象을 구비한 그의 시는 당시의 제일 가는 大家로 추앙을 받기도 하였다. 같은 시대의 崔瀣와 李穀도 일세에 이름을 드날렸다. 이들은 각기 困頓과 觀風을 특징으로 하고 있다. 鄭誧의 流麗한 시도 아름다운 작품으로 사랑을 받았으며 그 아들 鄭樞 역시 아버지의 '流麗'를 이어받아 뛰어난 시인으로 일컬어진다. 李穡과 鄭夢周의 豪放한 기상은 후세에 높은 칭송을 받았으며, 특히 李穡의 '豪放'과 李崇仁의 '典雅'는 좋은 대조를 보이기까지 한다.

이밖에도 朴尙衷, 權漢功, 閔思平, 辛蔵, 田祿生, 韓宗愈, 白文寶, 李公遂, 李達衷, 卓光武, 韓脩, 偰遜, 李仁復, 金九容, 柳淑, 李集, 李存吾, 元天錫, 元松壽, 吉再 등이 高麗末에서 朝鮮初에 이르기까지 聲望이 높았던 시인들이다.

5) 朝鮮 前期의 다양한 전개

朝鮮은 그 창업과 동시에 性理學을 통치이념으로 채택함으로써 문학관념에 있어서도 朱子學(思想儒敎)이 문학 위에 군림하는 載道觀이 성립하게 된다. 그러나 이러한 효용적인 문학관이 결코 문학의 생산을 방해하는 데까지 이르지는 않았으며 도리어 문학의 內質에 있어서는 金昌協의 말과 같이 시를 보면 그 사람까지도 알게 하는 다양한 전개를 보인다.

시단의 전체적인 분위기는 앞 시대에서 숭상한 宋詩學의 영향권에서 크게 벗어나지 못하였지만 걸출한 시인의 배출을 보지 못한 國初에 있어서도 鄭以吾, 李詹 등은 中唐의 高品을 제작하고 있으며 徐居正, 金宗直, 金時習에 이르러 조선 왕조 시단의 터전이 굳혀진다. 徐居正과 金宗直은 각각 그들이 편찬한 『東文選』과 『靑丘風雅』를 통하여 그들이 지향하는 시세계의 경계를 간접으로 드러내 보였다. 徐居正은 26년 동안 文衡을 잡고 있으면서 館閣의 大手로 추앙받았다. 金宗直은 그의 『靑丘風雅』에서 스스로 시대의 풍상에서 멀리 떨어져 '豪放'과 '新警'을 거부하고 嚴重·放達한 詩觀으로 일관하고 있어 詩史 연구에 중요한 것을 가르쳐 주고 있다. 그리고 超邁한 金時習의 시세계는 그만이 도달할 수 있는 독자적인 세계를 열고 있다. 시 말고는 따로 할 것이 없었기 때문에 시를 위하여 시를 쓰는 낭비를 일삼게 되었으며 시가 없으면 말할 수 없었기 때문에 자신에 관한 모든 것도 시로써 해명한 보기 드문 시인이 되었다.

그러나 朝鮮의 시업이 다양하게 갖추어지기 시작한 것은 中宗代를 전후한 시기이다. 전대부터 騷壇에 큰 영향을 끼친 東坡詩風이 주류를 이루면서도 黃庭堅과 陳師道 등의 江西詩派를 배워 李荇, 朴誾, 鄭士龍 등 이른바 海東의 江西詩派의 출현을 보게 된 것도 이때의 일이다. 이들은 新奇를 추종하고 詭僻에 빠진 중국 江西詩派의 병폐를 어느 정도 극복하면서 자신들의 개성을 발휘하여 一家를 이루어, 朴誾의 橫逸, 李荇의 平淡, 鄭士龍의 奇古가 나란히 一時의 으뜸이 되었다. 이러한 현상은 우리나라 漢詩가 江西詩派의 '新奇'를 추종할 수 있을 만큼 높은 수준에 이르고 있음을 뜻한다. 후일 宣祖代의 대표적인 시인 盧守愼과 黃廷彧이 그들의 詩作에서 江西詩派의 氣味를 드러내고 있는 것도, 그들의 솜씨가 높은 수준에 이르고 있기 때문에 이를 간헐적으로 시험해 본 것이다.

그런가 하면 이들과는 달리 申光漢, 羅湜, 金麟厚 등은 수준 높은 唐法으로 당시의 시단을 다채롭게 하여 주었다. 또 朴祥, 林億齡, 金麟厚는 湖南詩壇의 선구로서도 널리 알려져 있거니와, 특히 林億齡과 金麟厚는 그 인품이 고매하여 시도 사람과 같다는 평을 받고 있다. 七言律詩에 특장을 보인 鄭士龍은 다음 시기의 盧守愼, 黃廷彧과 더불어 湖蘇芝로 병칭되며 館閣의 大手로서 추앙을 받았으며, 盧守愼의 시는 杜甫와 『論語』를 바탕으로 하였으며 黃廷彧은 奇逸과 웅장한 시세계를 과시하였다.

조선 초기의 안정에 힘입어 풍요로운 穆陵盛世를 이룩한 宣祖·仁祖 연간은 시단에 있어서도 또한 많은 인물들이 배출되어 盛市를 이룬다. 조선의 시단이 본격적으로 唐을 배우고 익혀 唐風이 크게 일어난 것도 이때이며 그 계기를 마련한 것은 朴淳이다. 세칭 三唐詩人으로 불리는 李達, 白光勳, 崔慶昌 등이 모두 朴淳으로부터 唐을 배워 高敬命, 林悌 등과 더불어 湖南詩壇을 함께 빛나게 하였다. 權韠과 崔岦은 이 시기의 대표적인 시인이기도 하지만 특히 權韠의 시와 崔岦의 문장을 쌍벽으로 일컫는 것은, 崔岦의 문명이 너무 높았기 때문이다. 이밖에도 시업으로 일가를 이룬 시인으로는 許筠과 李好閔, 車天輅, 柳夢寅, 李安訥 등을 들 수 있다. 그밖에 李廷龜, 申欽, 張維, 李植 등의 이른바 漢文四大家는 문장에 대한 명성으로 그들의 시에 대한 평가는 감쇄된 실정이다. 이 가운데서도 李好閔의 시 〈龍灣行在聞下三道兵進攻漢城〉은 임진왜란을 소재로 한 작품 중에서는 가장 빼어난 것으로 정평이 나 있으며, 李安訥의 東岳詩壇은 지금까지도 그 이름이 유전되고 있다. 賤類 가운데서도 劉希慶, 白大鵬 등이 시로써 이름을 얻었으며 黃眞伊, 李梅窓, 李玉峰, 許蘭雪軒은 여류시인으로 이름이 높다.

6) 朝鮮 후기의 寂寞과 漢詩의 終章

壬辰倭亂과 丙子胡亂은 시단까지도 황량하게 하였다. 흔히 천하가 어지러울 때 인물이 배출된다고 하지만, 그러나 穆陵盛世의 풍요는 오로지 전 시대의 안정에 힘입은 결과이며 兵亂 때문에 인물이 쏟아져 나온 것은 결코 아니다. 兩亂 후 肅宗代에 이르는 70여년간은 문자 그대로 공백기이다. 다만 鄭斗卿, 李敏求가 적막에서 일어나 우뚝하게 시단을 돋보이게 하였을 뿐이다. 특히 鄭斗卿은 虛景의 묘사와 높은 기상으로 높은 평가를 받았다.

肅宗代에 이르러 모처럼 태평성세를 구가하는 안정을 되찾았지만 정치 내부에서 불붙기 시작한 黨論의 가열로 士林이 다시 빛을 잃고 시업이 침체해진다. 그러나 이 무렵 조선 왕조 건국으로부터 300년을 지나면서 지금까지 사대부 반열에 참여하지 못한 중간 계층의 시인들이 등장하여 혹은 개별적으로, 혹은 집단적으로 그들만이 향유할 수 있는 새로운 시세계를 이룩하기 시작한다.

이와 때를 같이하여, 조선 후기 시단은 당시의 정치 참여 세력과 일정한 거리를 두면서 산림에서 詩業에만 침잠한 일부 사대부 시인들에 의하여 朝鮮詩의 眞境을 보여 주는 이른바 眞詩 運動이 일어나기 시작한다. 金昌協, 金昌翕 형제와 이들의 문하에서 출입한 李秉淵, 兪拓基 등이 이에 속하며, 신분 계층에서 이들과 서로 다른 처지에 있으면서도 시를 통하여 이들과 交遊한 洪世泰 등도 이 운동에 뜻을 같이한 시인이다. 李匡呂와 申光洙는 이들과 서로 다른 처지에서 자기 시를 쓰고 있었으며, 특히 李匡呂는

朴趾源의 문장과 병치되어 당대 제일대가로 추앙받았는데, 그의 시는 깊이가 있으면서도 간결한 특징을 지닌다.

英正祖 연간에 단연 빛을 발한 시인은 이른바 後四家이다. 李書九, 李德懋, 柳得恭, 朴齊家가 중국에서 『韓客巾衍集』을 내면서 이러한 이름이 붙여진 것이다. 이들 가운데서도 특히 李德懋, 柳得恭, 朴齊家 등은, 젊은 시절의 節熱로써 이룩한 竹枝詞와 같은 작품을 통하여 자유분방한 그들의 시세계를 새롭게 독자적으로 이룩하고 있다. 그들은 庶流라는 신분의 굴레 때문에 사회적 진출에는 일정한 한계가 그어져 있었지만, 이 때문에 이들은 오히려 士大夫 圈域의 사회적 규범에서 쉽게 逸脫할 수 있었으며, 이들만이 향유할 수 있는 독자적인 시세계를 획득하고 있다.

詩·書·畵 三絶로도 이름 높은 申緯는 千情萬狀을 자유자재로 표현하여 조선조 제일대가로 불리기도 하였거니와, 민족의 애환을 시로써 노래한 대표적인 시인이기도 하다. 蘇軾을 특히 사숙하였지만 그가 이룩한 독특한 詩體 때문에 그의 시는 흔히 變調라는 비평을 받기도 한다. 그밖에 丁若鏞과 金正喜는 경세가이면서도 시에 뛰어났다. 丁若鏞은 『詩經』에서 諷刺의 개념을 강조하면서 당대 현실의 모순상을 장편에 실어낸 것이 높은 평가를 받고 있으며, 金正喜는 博學을 바탕으로 한 시를 제작하였는데 난삽하리 만큼 중압감을 준다.

한편 조선 후기는 사대부의 詩業이 침체해진 반면에 委巷詩人의 진출이 두드러지게 나타난 시기로 특징지어질 수 있다. 洪世泰의 『海東遺珠』를 필두로 위항시인의 시집인 『昭代風謠』, 『風謠續選』, 『風謠三選』이 60년 간격으로 간행되어 그들의 이름을 후세에까지 전하려는 위항인의 피맺힌 소망이 이들 시집 속에 응결되고 있기 때문이다. 대체로 시작의 수준에 있어서는 사대부의 그것에 미치지 못하지만 이 가운데서도 高時彦, 鄭來僑, 趙秀三 등은 높은 수준의 작품을 남겼다.

그런가 하면 이른바 下大夫一等之人으로 자처한 醫譯 및 律科 출신의 中人 가운데는 스스로 그들을 구속할 수 있는 신분의 굴레에서 일탈할 수 없는 한계를 감수하면서, 독자적인 시세계를 향유하는 데 성공한 시인들도 있다. 물론 譯官 출신 시인 가운데에도 회화시로 이름 높은 李尙廸이나 寒淸한 詩作으로 騷壇의 칭예를 받은 鄭芝潤과 같이 이미 이들의 詩作이 사대부의 圈域에 함께 자리할 수 있는 시인이 있는가 하면, 거침없이 세상을 내달리면서 그들의 삶과 不平音을 절제된 감정 처리로 토로한 시인들이 있다. 玄錡, 張之琬, 卞鍾運 등이 그 대표적인 시인이다. 사회로부터 버림받은 삶의 부분을 오만과 蕪雜으로 노래한 黃五도 이들과 함께 논해야 할 시인이다.

그러나 이 시기 정통 한시는 전반적으로 쇠퇴하고, 樂府詩나 民謠風의 한시가 자주 보인다. 崔成大, 申維翰, 李學逵, 李鈺, 金鑢 등이 그러한 시풍의 대표적 작가이다. 이들은 젊은 시절의 낭만적 정감을 운치 있게 그려내어, 조선 후기 낭만적인 시풍의 한 흐름을 장식하였다. 정통 漢詩가 쇠미하면서 파격적인 시들이 등장하는데, 심지어 이른바 언문풍월이라는 희작이 유행하기도 하였다.

우리나라 漢詩가 사실상 끝장이 난 한말에 이르러 이른바 韓末의 四大家로 불리는 姜瑋, 李建昌, 金澤榮, 黃玹이 한꺼번에 나타나 終章을 빛내었다. 姜瑋에게 시를 배운 李建昌의 發薦으로 金澤榮과 黃玹의 이름이 세상에 널리 알려지게 되었지만 뒷날 이들 세 사람은 나란히 우리나라 한문학사의 마지막 장을 찬란하게 장식하였다. 黃玹의 젊은 시절 지은 시는 골격이 뛰어나 높은 평가를 받았으며 李建昌, 金澤榮은 시보다 산문으로 더욱 명성을 얻었다.

제3장

文章篇

1. 文章의 分類

文章이란 槪念은 時代에 따라서 차이가 있지만 일반적으로 文彩와 같은 뜻으로 사용되었다. 古代에는 表情達意의 文字를 組合한 것을 모두 文章으로 통칭하였으며, 후세에 있어서도 詩人, 文人이라고 專稱하지 않고 통상 文章家라고 할 때의 文章은 이와 같은 뜻으로 쓰인 것이다.

근대의 文體論에서는 흔히 文學 作品을 韻文과 散文으로 구분하기도 하지만 漢文學에서는 그 기준의 설정이 간단하지 않다. 詩가 韻文인 것은 말할 나위도 없지만 韻文의 일종인 賦와 같은 것은 그것이 점차 散文化됨에 따라 오히려 韻이 있는 古文과 같이 여겨기도 하였던 것이다. 그리고 일반적으로 散文이라고 여겨지는 文章에 있어서도 對偶를 취하는 경우가 없지 않으며 때에 따라서는 부분적으로 押韻을 하기도 한다. 특히 이러한 경향이 두드러지게 나타나는 것이 騈文으로서, 祭儀的 文章에 있어서는 전체 또는 부분적으로 騈文的인 성질을 가진 것이 많다. 그러므로 歷代의 選文家나 文學理論家들은 文章을 다음과 같이 분류하고 있다.

晉 陸機는 詩, 賦, 碑, 誄, 銘, 箴, 頌, 論, 奏, 說 등 十種으로 분류하였고, 梁 劉勰은 『文心雕龍』 篇目에서 明詩, 樂府, 詮賦, 頌賦, 祝盟, 箴銘, 誄碑, 哀弔, 雜文, 諧讔, 史傳, 諸子, 論說, 詔策, 檄移, 封禪, 章表, 奏啓, 議對, 書記 등 20류로 분류하였다. 梁 蕭統의 『文選』에는 賦, 詩, 騷, 七, 詔, 冊, 敎, 策文, 表, 上書, 啓, 彈事, 牋, 奏記, 書, 移, 檄, 難, 對問, 設論, 辭, 序, 頌, 贊, 符命, 史論, 史述贊, 論, 連珠, 箴, 銘, 誄, 哀文, 碑文, 墓地, 行狀, 弔文, 祭文 등 39류로 분류되어 있으며, 宋 鄭樵의 『通志』 「藝文略」에는 楚辭, 別集, 總集, 詩總集, 賦, 讚頌, 箴銘, 碑碣, 制誥, 表章, 啓事, 四六, 軍事, 案刊, 刀筆, 俳諧, 奏議, 論策, 書, 文史, 詩 등 21류로 분류되어 있다. 明 吳訥의 『文章辯體』에서는 50류로 분류되어 있으다. 明 徐師曾의 『文體明辯』에는 百餘類로 세분되어 있다.

清 姚鼐는 그의 『古文辭類纂』에서 13류로 나누고 있는데, 그 내용은 다음과 같다.

① 論辯類 : 諸子書에서 기원한 것으로 秦 이후의 단편 의론문들이 이에 속하며, 先秦시대의 經書와 史書는 제외한다. 論, 辨,

說, 議, 解, 難, 釋, 原, 喩, 對問 등을 여기에 포함시켰다.

② 序跋類 : 책의 앞뒤에 붙이는 글로서 議論과 敍事를 겸한 것이다. 史序, 詩文集序가 그것이다. 序, 題, 跋, 書, 讀, 引 등을 여기에 포함시켰다.

③ 奏議類 : 요순시대 및 三代에 賢臣들이 군주에게 올린 글에서 기원한 것으로 신하가 임금에게 올리는 것이다. 전국시대 이후의 上書, 表, 奏, 疎, 奏議, 封事, 對策 등을 여기에 포함시켰다.

④ 詔令類 : 『尙書』의 誓, 誥에서 기원한 것으로 군주가 신하에게 내리는 글이다. 詔策, 命令, 制誥, 論勅, 敎戒, 璽書, 檄移, 露布, 批判, 券契 등을 여기에 포함시켰다.

⑤ 書說類 : 遊說文 또는 윗사람에게 올리거나 붕우간에 주고 받는 書牘을 말한다. 전국시대에 遊說家들이 모시던 군주를 떠나 다른 나라로 갈 때 이런 글을 올렸다고 한다. 書說, 牘札, 簡帖 등을 여기에 포함시켰다.

⑥ 贈序類 : 師弟, 朋友, 親屬과 이별할 때 주는 글과 壽序文을 지칭하는 것으로 勸勉하는 내용이 많다. 序, 說 등을 여기에 포함시켰다.

⑦ 傳狀類 : 傳記나 行狀을 지칭하는 것으로 사람의 일생을 적은 글이다. 본래는 司馬遷의 『史記』「列傳」에서 기원한 문체이다. 傳과 行狀이 여기에 속한다.

⑧ 碑誌類 : 『詩經』에서 공덕을 歌頌한 것으로부터 시작되었다. 돌에 새겨 무덤 앞에 새우기도 하고 壙 속에 넣기도 했는데, 전자를 碑, 表라 하고 후자를 誌라 하여 구분하기도 한다. 刻石文, 碑文, 墓誌銘, 墓表文 등을 여기에 포함시켰다.

⑨ 雜記類 : 비문과 비슷하나 비문은 인물의 공덕을 칭송하는 데 치중하는 것에 비해 잡기류는 山川, 樓臺, 大小事를 기념한 글이다. 곧 記物, 記景, 記事로서 金石에 새기지 않은 글이다.

⑩ 箴銘類 : 三代 이래의 聖賢들이 스스로를 경계하기 위하여 쓴 글에서 기원한 것으로 문장이 질박하면서도 뜻이 깊다. 자기 성찰과 타인에 대한 권면이 주요 내용이다. 箴文, 銘文, 座右銘, 戒, 規 등을 여기에 포함시켰다.

⑪ 頌贊類 : 『詩經』의 頌에서 기원한 것이다. 어떤 인물이나 사물에 대해 찬미하는 글로, 반드시 金石에 새기지는 않았다. 史贊, 畵贊, 頌文, 符命 등을 여기에 포함시켰다.

⑫ 哀祭類 : 死者의 靈前에서 죽음을 애도하는 문장으로, 哀悼와 弔喪의 내용이 주가 된다. 祭文, 哀辭, 誄, 弔 등을 여기에 포함시켰다.

⑬ 辭賦類 : 屈原의 『楚辭』에서 기원한 것으로 운문과 산문의 중간적 성격을 띠고 있다. 詩에서처럼 운을 두는 것이 원칙이나 그렇지 않은 것도 많다. 騷, 辭, 七, 賦 등을 여기에 포함시켰다.

『古文辭類纂』은 문체를 13류로 분류하고 있으며 명칭 또한 前代의 예와는 달리 일률적으로 두 글자씩을 사용하여 통일성과 체계성을 보여 주었다. 다시 말해서 類의 명칭으로 가장 적절한 두 자를 조합함으로써 비슷한 성격의 글들을 최대한으로 포괄하는 동시에 간결하고도 명확함을 견지했던 것이다. 그리하여 앞선 시기의 『文選』에서 범했던 무분별성의 오류나 『文體明辨』의 결함으로 지적되어 왔던 子目의 번다함을 방지했다. 『古文辭類纂』이 나옴으로써 문체론은 역사적인 진일보를 이루었으며, 이는 이후 고문작가의 지침서로 높이 평가되었다.

또 淸 曾國蕃의 『經史百家雜鈔』에는 총 三門十一類로 나누었는데, 다음과 같다.

　　著述門 : ① 論著類, ② 辭賦類, ③ 序跋類
　　告語門 : ① 詔令類, ② 奏議類, ③ 書牘類, ④ 哀祭類
　　記載門 : ① 傳誌類, ② 敍記類, ③ 典志類, ④ 雜記類

　이상의 분류를 보면 이는 文章을 그 형식과 내용에 따라 분류한 것에 지나지 않은 것이다. 특히 鄭樵의 분류에서 보인 別集, 總集 등은 文集의 형식에 따른 것으로서 文體의 分類形式이 아닌 것을 알 수 있다. 그러나 各家의 주장과 문체 변천의 궤도에 따라 그 분류 양상도 많은 차이를 나타내고 있음을 알 수 있으며, 따라서, 文章의 개념도 시대에 따라 변이하고 있음을 확인할 수 있다. 明 徐師曾의 『文體明辯』 이전에 있어서는 詩나 樂府도 모두 文章의 범주 속에 수용하고 있으나 淸代 姚鼐의 『古文辭類纂』에 이르러서는 古文(散文)이 詩와는 독립된 양식으로 분리되고 있음을 알 수 있다.

　한편 우리나라에서는 文章을 분류하려는 새로운 시도는 보이지 않고, 또 현전하는 選文集도 드물다. 騈儷文을 모은 崔瀣의 『東人之文四六』, 詩를 함께 수록하고 있는 『東文選』, 金宗直이 『東文選』을 의식하고 편찬한 『東文粹』, 洪吉周가 李穡 이하 12명의 글을 뽑은 『大東文雋』, 朝鮮 末期 宋伯玉이 18인의 글을 뽑아 모은 『東文集成』, 舊韓末 金澤榮이 편찬한 『麗韓九家文鈔』에 중국인 王成淳이 金澤榮의 것을 추가하여 成冊한 『麗韓十家文鈔』, 張志淵이 뽑은 『大東文粹』가 있을 정도이다. 이들은 대부분 문체별로 글을 싣고 있는 것이 아니라 작가별로 문장을 뽑아 실었을 뿐이다. 문장의 분류 의식을 엿볼 수 있는 것은 『東文選』 정도로, 여기에는 『文選』의 분류를 원용하여 辭, 賦, 詩, 詔勅, 敎書, 制誥, 冊, 批答, 表箋, 啓, 狀, 露布, 檄書, 箴, 銘, 頌, 贊, 奏議,

箚子, 文, 書, 記, 序, 說, 論, 傳, 跋, 致語, 辨, 對, 志, 原, 牒, 議, 雜著, 策題, 上梁文, 祭文, 祝文, 疏, 道場文, 齋詞, 靑詞, 哀詞, 誄, 行狀, 碑銘, 墓誌 등 52류로 나누고 있다. 이 분류는 문체상의 특징을 고려한 것이기보다는 비슷한 이름을 가지고 있는 것들을 하나로 통합한 것이다. 예를 들어 序에는 贈序의 序와 序跋의 序가 함께 묶여 있으며, 說도 論辨의 說과 贈序에 속하는 說이 혼동되어 있다.

근대에 이르러서는 文體를 古文, 騈文, 時文, 白話文 등 四種으로 나누어 설명하기도 하지만 여기서는 전통 시대의 古文, 騈文, 辭賦로 한정하여 살펴보기로 한다.

1) 辭賦

辭賦는 그 발달 단계에서 보면 韻文이 散文化한 것이다. 이것이 韻文과 散文의 경계를 불분명하게 하는 所以이기도 하다. 일반적으로 辭는 楚辭的인 것, 즉 抒情的인 것, 賦는 漢賦적인 것, 즉 敍事的인 것을 幷稱하는 것이다. 그러나 古代에서부터 辭와 賦가 획연히 구별되는 것은 아니었다. 『史記』의 〈司馬相如傳〉에서 "景帝는 辭賦를 좋아했다."라든가, 魏文帝가 『典論』〈論文〉에서 "王粲이 辭賦에 長하였다."라고 한 것은 辭와 賦의 구별을 의식한 것이 아니다. 楚辭의 계통을 이은 漢代의 賦를 辭賦라 부르기도 하였던 것이다. 한편 『漢書』「藝文志」〈詩賦略〉에 〈屈原賦〉를 편입시키고 있는 것은 辭와 賦를 같은 것으로 인식했기 때문이다.

辭賦의 연원이 된 楚辭는 楚國의 文學임을 의미하는 것으로, 〈離騷〉를 중심으로 하는 屈原의 작품과 그의 제자 宋玉 등의 諸

賦를 지칭하는 것이며, 이것을 계승한 것이 兩漢의 辭賦이다. 辭賦의 특징은 樂歌가 아니라는 점과 아름다운 文辭를 사용하여 섬세한 묘사를 하는 데 있다. 漢代初에는 賈誼가 〈弔屈原賦〉를 지어 이름을 떨쳤고, 武帝 때에 이르러서는 辭賦의 大家로 알려진 司馬相如가 나와 〈子虛賦〉, 〈上林賦〉, 〈大人賦〉, 〈美人賦〉 등을 지었다. 특히 司馬相如는 文字에 정통하였기 때문에 어려운 語句를 사용하였는바, 이것을 배운 후대의 작가들이 辭賦라고 하는 것은 어려운 어구를 사용하는 것으로 오해하여 난해한 작품을 짓게 되었다고 전한다. 이밖에도 枚乘, 東方朔 등이 楚辭를 본뜬 辭賦를 지었으며 前漢 말기에는 揚雄의 〈甘泉賦〉, 〈羽獵賦〉 등 司馬相如를 모방한 작품이 나왔다.

後漢에 이르러 文辭를 꾸미는 기술과 방법이 극도로 발달하여 漢賦의 특징을 이룩하였다. 班固의 〈兩都賦〉, 張衡의 〈兩京賦〉 같은 것이 그 대표적이다. 六朝에 이르면 이러한 작품이 더욱 성행하게 되어 晋代의 陸機, 潘岳, 左思 등 유명한 작가들이 많이 배출되었다. 그러나 이후 그 眞意가 없어져 騈儷文의 영향을 강하게 받은 騈賦가 일세를 풍미하여 品格이 떨어졌다. 다시 唐代에 이르면 六朝의 騈賦가 더욱 형식화된 律賦가 등장하게 되었는데, 이는 당대의 科擧制度와 결합하여 문학적으로 인정받을 만한 작품을 생산하지는 못하였다. 宋代에 이르러서는 律賦의 지나친 형식화에 반대하는 문풍이 일어 다시 文賦로 바뀌어 산문화하였다. 明淸代에는 뛰어난 작가들이 나오지 않았다.

賦의 형식에 있어서는 그 서술방식에 따라 直敍體와 問答體로 나누어 볼 수 있다. 屈原의 賦는 대체로 直敍體이며, 宋玉의 賦에 이르러 問答體가 나타난다. 漢代의 長篇賦에 있어서 問答體가 많으며 그 問答의 형식도 여러 가지가 있다. 한 편은 대체로 三

段으로 나누어지고 처음에 序, 다음에 본문, 끝에 '亂曰', '系曰', '重曰', '歌曰', '訊曰' 등의 文이 붙는다. 그러나 모든 賦가 다 삼단 구성으로 되어 있는 것은 아니며 楚辭系의 賦는 序가 오히려 없다.

또 賦의 구법은 매우 복잡하기는 하나 대체로 楚辭의 구법이 기초가 되고 있다. 楚辭는 南方의 民謠에서 일어난 것이므로 北方의 民謠에서 발달한 『詩經』과는 詩形이 스스로 다르다. 『詩經』이 대개 四言을 기조로 하고 있는 데 반하여 楚辭는 三言을 基調로 하고 있다. 또한 '兮'字와 같은 音調 助字를 일정한 위치에 사용한다. 이것이 놓이는 위치에 따라 三種의 시형으로 나누어 볼 수도 있다. 每句의 중간에 兮자를 넣는 경우, 偶數句 끝에 兮자를 두는 경우, 奇數句의 끝에 兮자를 놓는 것과 같은 것이 그것이다.

辭賦의 분류를 기도한 徐師曾의 『文體明辯』에서는 楚辭 외에 賦를 四體로 나누어 古賦, 俳賦, 律賦, 文賦라 하였다. 古賦는 漢代의 賦를 말하는데 諷諫의 뜻이 많고 대체로 산문체로 되어 있으나 騷體의 賦와 짧은 형식의 小賦도 있다. 騷體는 특히 楚辭를 모방한 賦를 일컫고, 小賦는 산문체의 長篇賦처럼 문답의 형식을 빌지 않고 四言을 위주로 한 운문으로 된 것을 말한다. 俳賦는 駢賦라고도 하며 魏晉 이후 南北朝 시기에 크게 성한 양식으로 唯美와 淫靡를 추구하고 對偶와 음절상의 조화를 중시한다. 律賦는 唐代의 律體化한 賦를 지칭하는 것으로 관리 등용때 시험 과목에 賦를 課함에 따라 對偶, 聲律에 신경을 쓰게 되어 規式化한 것이다. 文賦는 宋代의 賦를 지칭하는데 古文運動의 영향으로 산문화된 것이며 修辭보다는 내용에 치중하는 특성을 가진다. 歐陽修의 〈秋聲賦〉와 蘇軾의 〈赤壁賦〉가 그 대표이다.

辭賦와 유사한 것으로 騷가 있으나 辭賦와 본질적으로 다르지 않다. 또 七이란 문체가 있는데 이는 辭賦의 遺風으로 騈儷文과 유사하나 辭意는 이와 다르다. 기타 對文, 說論 등의 명칭이 있으나 이 역시 辭賦에 기원한 것이다. 連珠는 그 辭가 곱고 四六 對偶의 운이 있는 글이다. 辭賦의 일종이나 七과 마찬가지로 독립된 한 체로 보기는 어렵다.

우리나라에 辭賦가 나타나기 시작한 것은 高麗 중기 이후이다. 辭는 李仁老의 〈和歸去來辭〉, 李穡의 〈流水辭〉, 鄭夢周의 〈思美人辭〉, 李崇仁의 〈哀秋夕辭〉 등 당대 문장가들에 의해 제작되었다. 그러나 조선 시대에 와서는 두드러진 辭 작품은 쉽게 보이지 않는다. 여기서는 李穡의 작품을 본다.

水之趨兮惟下, 日百折兮不舍.[1] 不入于海兮, 何科之停, 盈必進兮,[2] 誰稅其駕.[3] 彼行潦[4]之靡不源兮, 尙逞威於大雨之炎夏也. 勢暫似兮旋踵,[5] 猶足夸於鄙者也. 吾寧不食於井之渫兮,[6] 大虛[7]日星之倒寫[8]也. 矧雜穢之不幷兮, 夫何滌而何泄也. 毋航斷港[9]兮, 恐其窒

---

1) 舍 : 머물러 휴식함.
2) 『孟子』「離婁下」에 "盈科而後進"이 보인다. 科는 구덩이(坎)의 뜻, 盈은 滿의 뜻이다.
3) 稅其駕 : 『史記』〈李斯傳〉에 "物極則衰, 吾不知所稅駕也."가 보인다. 稅(탈)은 脫과 같다.
4) 行潦 : 도랑에 괸 물. 行은 洐과 같다.
5) 旋踵 : 돌아선다는 뜻이나, 여기서는 물러난다는 뜻으로 쓰였다.
6) 不食於井之渫 : 우물을 쳐서 물을 깨끗이 하였는데도 먹지 않는다. 『周易』「井」에 보이는 말이다. 신하가 몸을 깨끗이 하여 덕을 쌓았는데도 임금에게 등용되지 않는 것을 비유한다.
7) 大虛 : 하늘을 이르는 말.
8) 寫 : 瀉와 같다.
9) 斷港 : 앞이 막힌 내. 港은 支流의 뜻이다.

也. 毋踵弱水10)兮, 恐其溺也. 迺從而亂11)之曰,

　性一兮, 淑慝12)之胡形. 才一兮, 取舍之是嬰.　澗泉之幽幽,13)　江
海之冥冥.14)　我歌其中兮, 鬢毛之星星.15)　千載有人兮, 有耳其聆.

李穡,「流水辭」

兮를 매구 중간에 삽입하는 형식을 취하면서 자신의 철학을 노
래하여 『楚辭』의 遺響이라 할 것이다. "넉넉하게 노닐면서도 남음
이 있고, 두터우면서도 끝이 없다(優遊而有餘, 混厚而無涯)."거나,
"바람이 불고 강물이 흘러 막힘이 없다(風行水流, 略無凝滯)."로
평가되는 牧隱 文章이 이룩한 辭文學의 초기 성과 중의 하나이다.
　賦는 崔致遠의 〈詠曉賦〉가 처음이며 金富軾의 〈啞鷄賦〉, 李仁
老의 〈玉堂栢賦〉와 〈紅桃井賦〉, 李奎報의 〈春望賦〉, 崔滋의 〈三都
賦〉, 李穡의 〈觀魚臺小賦〉 등이 고려시대의 대표작이다. 조선 시
대에 이르러서는 姜希孟, 金宗直, 李荇, 朴誾 등이 古賦의 작가
로 활약했으나 그렇게 활성화되지는 못한 편이다. 오히려 부의
주류는 科賦로 흘러 科試의 도구가 되고 말았다. 科試의 기세가
약해진 舊韓末에 와서야 漢文學의 終章을 장식한 古文家들에 의
해 古賦가 다시 생산되는 실정이다. 이 시기 金澤榮의 〈嗚呼賦〉,
李建昌의 〈巴蕉賦〉, 曺兢燮의 〈汎舟洛江賦〉, 卞榮晚의 〈七夕賦〉가
그 대표적인 작품이다. 中國에서도 明淸代에 이르러서는 뛰어난
작가가 나타나지 않았거니와, 中國의 音律에 익숙하지 못한 우리

---

10) 弱水 : 浮力이 없어 모든 사물이 다 가라앉는다는 전설상의 강.
11) 亂 : 古代 樂曲의 마지막 章을 이르는 말.
12) 淑慝 : 善惡과 같다.
13) 幽幽 : 깊고 조용한 모양을 형용한 말.
14) 冥冥 : 深遠한 모습을 형용하는 말.
15) 星星 : 머리가 희뜩희뜩한 모습을 형용한 말.

나라 文人들에게 있어서 辭賦의 수용이란 처음부터 한계가 있었던 것이라 할 것이다. 여기서는 애국적 강개를 읊은 金澤榮의 〈嗚呼賦〉를 감상한다.

嗚呼, 東西南北 無非地兮, 余何生乎玆堁? 古往今來 亦多日兮, 余又何丁[16]乎玆辰? 呼皇穹[17]而欲問兮, 穹嘿默而無言. 嗚呼, 穹旣邈然不我答兮, 請敷衽[18]而自陳.

惟上世之淳朴兮, 各守邦而諡民. 國無問[19]其大小兮, 德惟論夫醨醇[20]. 自厥朴之日散兮, 紛虎奪而狼攘[21]. 戈已長而猶恐其或短兮, 疆已闊而猶患其不廣. 嗟我彈丸黑子[22]之邦兮, 處斯際也良難. 恭雌伏[23]以自免兮, 筐于人[24]而僕臣. 夫惟如此而爲國兮, 豈云賢於紀綱三家之村[25]?

然其運之極盛兮, 天或授以奇人. 摧西鋒於薩水兮[26], 褫東魄於龜船[27]. 嗚呼哀哉, 哀莫哀於今日兮, 疇[28]能不令辱及于吾君? 競迎虎而餉肉兮, 從而乞其餘殭, 欲以延其須臾之命兮, 庸詎[29]知夫吾身亦一肉也旃[30]?

---

16) 丁 : 當과 같다.
17) 皇穹 : 하늘.
18) 敷衽 : 경건한 마음으로 옷깃을 여민다는 말.
19) 無問 : 莫論과 같다.
20) 醨醇 : 厚酒와 薄酒. 여기서는 민속의 厚薄을 비유한다.
21) 列强의 침략을 비유한 말이다.
22) 彈丸黑子 : 매우 작은 것을 비유하는 말.
23) 雌伏 : 암컷처럼 온순하게 복종한다는 뜻.
24) 筐于人 : 남의 보호를 받는다.
25) 三家之村 : 집이 세 채 있는 조그마한 마을.
26) 乙支文德 장군이 薩水에서 隋나라 대군을 물리친 일을 가리킨다.
27) 李舜臣 장군이 거북선으로 왜적을 물리친 사실을 가리킨다.
28) 疇 : 누구.
29) 庸詎 : 어찌.
30) 旃 : 焉과 같다.

　　嗚呼, 今日萬國之際, 或與曩時異兮. 持公法而會洹[31], 苟使眞能
自治兮. 雖綿弱[32]猶不喪國權, 何吾君之仁聖兮, 而偶遺乎厥議? 豈
天命之若斯兮? 抑怪鬼之好戲.

　　東風贔屭[33]兮, 海水暴揚. 涵陸浩浩兮, 橫拔仁王[34]. 光化[35]之鐘
兮, 何人于夕[36]? 箕子[37]之神兮, 何族于食[38] 嗚呼哀哉, 已矣兮. 吾
其無如鬼而無如天.

　　獨祖宗之崇儒兮, 其終也得一義士安重根[39]. 彼生氣之凜然兮, 孰
云國之盡圮? 庶英靈之顧我兮, 搴秋蘭以竢乎江之涘.

金澤榮, 「嗚呼賦」

　뛰어난 古文家인 金澤榮이 일본에 의해 國運이 다했음을 슬퍼
하면서도 安重根의 거사를 기뻐하는 격정적인 내용을 노래하기
위해서 정치한 논리의 전개를 보이는 古文보다는 다분히 서정적
인 賦의 형식을 적절히 이용한 작품이다. 賦가 가지는 서정적 감
동의 서사화가 돋보인다.

2) 騈儷文

　騈儷文은 騈文, 혹은 四六文이라고도 한다. 騈儷文이라고 하는

---

31) 洹 : 중국의 강이름. 戰國時代 여기에서 六國이 秦에 대항하여 會盟
　　을 가졌다. 여기에서는 헤이그 만국평화회담을 가리킨다.
32) 綿弱 : 매우 연약하다는 뜻.
33) 贔屭 : 힘이 있는 모양을 나타내는 말.
34) 仁王 : 仁王山.
35) 光化 : 光化門.
36) 何人于夕 : 어떤 사람이 저녁에 종을 치겠는가?
37) 箕子 : 조선 시대 대부분의 문인들은 始祖를 箕子로 생각하였다.
38) 何族于食 : 어떤 민족이 제삿밥을 바치겠는가?
39) 安重根 : 민족의 원수 이또 히로부미를 처단하였던 義士.

것은 對偶를 사용하는 특징 때문에 붙여진 이름이다. 騈이란 두 마리의 말이 나란히 마차를 끄는 것, 儷는 사람이 나란히 耕作한다는 데서 생긴 말로 짝, 夫婦라는 뜻으로 쓰인다. 또 對를 이루는 구절이 대개 四言과 六言으로 이루어져 있기 때문에 四六文이라고도 하는 것이다. 騈儷文은 구법의 변화가 平仄으로 조화되고 每 兩句가 一俳가 되어 4句가 一偶가 되는데, 騷도 아니고 賦도 아닌 一格을 이룬 것으로 이것은 賦에서 연변한 것이다. 柳宗元의 "騈四儷六"이란 말에서 騈文이란 이름이 나왔다. 騈文이 완전히 성립된 齊와 梁, 그리고 晚唐은 모두 문학의 형식적인 수식을 존중하던 시대이기 때문에 산문 중에서도 극도로 수식화한 騈文이 이때에 발달한 것 같다.

그러나 騈儷文의 연원은 이미 『書經』의 對偶에서 그 조짐이 보이며 秦 李斯의 〈諫逐客書〉, 漢 賈誼의 〈過秦論〉과 같은 글에도 騈儷文의 기미가 있다. 특히 前漢 王粲의 〈聖主得賢臣頌〉이나 〈四子講德論〉 같은 것은 이미 騈儷文에 근접하고 있으며, 後漢 班固의 〈典引〉, 崔駰의 〈達旨〉, 蔡邕의 〈釋晦〉 같은 글은 六朝의 騈儷文과 아주 가까와졌다. 이 밖에 思想家의 文으로 王充의 『論衡』, 王符의 〈潛夫論〉, 仲長統의 〈昌言〉 등에서 볼 수 있는 것과 같이 後漢代에는 散文에서 對偶를 사용하는 것이 유행이었다. 이것은 이 시대에 성행했던 賦의 영향이었다고 여겨진다.

魏晉代를 거치면서 산문은 더욱 騈儷體로 변하여, 齊 武帝의 永明 末年에는 沈約, 謝朓, 王融 등에 의하여 聲音의 조화를 散文에 시도한 이른바 永明體 문장이 이룩되었으며 陳의 徐陵, 庾信 등이 뒤를 이어 騈儷文을 완성시켰다. 이후 騈儷文은 初唐四傑에 이르러 극도로 성행하여 위로는 制誥에서부터, 아래로는 表, 啓, 檄, 序記, 頌贊, 祝祭, 誄辭에 이르기까지 이것을 사용하게 되었다. 元明 以後 다시 頌體로 일변하여 이를 계승하였다.

騈儷文의 특징은 첫째 각종의 對偶를 사용하고, 둘째 4자, 6자의 구조를 기본으로 하며, 세째 平仄, 押韻 등으로 聲音의 조화를 도모하고, 네째 典故를 빈번하게 사용하여 문장의 함축성을 강조하며, 다섯째 文辭가 華美하다는 것 등을 들 수 있다. 이 점은 騈儷文이 설득을 위주로 한 글이면서도 浮華한 수식을 가미한다는 점에서 論議나 論理文에 적합치 못한 결함도 지닌다. 中唐에 이르러 韓愈, 柳宗元 등의 古文復古運動에 밀려 일시 그 세가 꺾이었다가 唐이 쇠미해짐에 따라 재생의 기운이 나타나는 듯 하였으나 宋代에 다시 쇠퇴하게 되었다. 그러나 이후에도 四六文의 기교는 公私文書에 지속되었으며, 특히 朝廷의 詔令이나 위에 올리는 疏箚奏議는 계속 四六文으로 제작되었다. 또 淸 말기에는 일부 문인들에 의해 문예문으로 환영받기도 하였다.

騈儷文의 총집으로서는 최고의 것이라고 할 수 있는 蕭統의 『文選』은 문체를 39류로 편집하고 있는데, 그 가운데 賦, 詩, 騷, 七은 운문이기 때문에 나머지 34체가 騈文에 속하는 것이다. 이 밖에도 문체별로 분류한 選文集을 보면 奏疏, 詔令, 私牘, 傳誌 등에 騈文의 例가 많으며 특히 頌, 銘, 箴, 誄 등은 대부분 騈儷體를 취하고 있다.

우리나라에는 일찍부터 『文選』이 작문의 모범서로 읽혔는데 바로 이 『文選』이 騈儷文의 총집이기도 하다. 고려 중기까지의 騈儷文을 選한 崔瀣의 『東人之文·四六』에서 騈儷文의 성행을 짐작케 한다. 古文이 일반화되는 朝鮮 中期까지 우리나라 문장의 대표적인 문체가 바로 이 騈儷文이었고 朝鮮 中期 이후에도 館閣文字의 대부분이 이 문체로 지어졌다. 新羅 崔致遠의 〈檄黃巢書〉, 金富軾의 〈進三國史表〉 등은 騈儷文으로 된 명편이다. 여기서는 崔致遠의 것을 보인다.

　　廣明40)二年七月八日, 諸道都統檢校太尉某41)告黃巢42).

　　夫守正修常曰道, 臨危制變曰權43). 智者成之於順時, 愚者敗之於
逆理. 然則雖百年繫命, 生死難期, 而萬事主心, 是非可辨. 今我以王
師則有征無戰44), 軍政則先惠後誅, 將期剋復上京, 固且敷陳大信, 敬
承嘉諭, 用戢奸謀. 且汝素是遐氓, 驟爲勍敵45), 偶因乘勢, 輒敢亂
常, 遂乃包藏禍心, 竊弄神器46), 侵凌城闕, 穢黷宮闈, 其當罪極滔
天, 必見敗深塗地47).

　　噫, 唐虞已降, 苗扈弗賓48), 無良無賴之徒, 不義不忠之輩, 爾曹所
作, 何代而無. 遠則有劉曜王敦49), 覬覦晉室, 近則有祿山朱泚50),
吠噪皇家. 彼皆或手握强兵, 或身居重任, 咤吒51)則雷奔電走, 喧呼則
霧塞煙橫. 然猶暫逞奸圖, 終殲醜52)類, 日輪闊輾, 豈縱妖氛, 天網53)

---

40) 廣明 : 唐 僖宗의 연호(880-881).
41) 諸道統檢校太尉某 : 高騈을 가리킨다. 從事官 崔致遠의 代作이므로
　　이러한 표현을 한 것이다.
42) 黃巢 : 唐末 王仙芝를 이은 반란군의 우두머리.
43) 權 : 權道. 正道는 아니지만 임시방편으로 일을 처리하는 것을 이른
　　다.
44) 有征無戰 : 征은 王이 不義한 諸侯를 치는 것이고, 戰은 제후끼리
　　이익을 위해 다투는 것을 이르는 말이다.
45) 勍敵 : 힘이 센 도적.
46) 神器 : 皇帝의 지위를 비유한 말.
47) 敗深塗地 : 一敗塗地.
48) 苗扈弗賓 : 苗는 舜에게 반란을 일으킨 三苗, 扈는 夏에 반란을 일
　　으킨 부족. 賓은 歸服의 뜻이다.
49) 劉曜王敦 : 劉曜는 晉 懷帝 때 長安을 침공하였던 匈奴人. 王敦은
　　晉 元帝 때 武昌에서 난을 일으킨 인물.
50) 祿山朱泚 : 祿山은 安祿山. 唐 玄宗 때 范陽에서 난을 일으켰다. 朱
　　泚는 唐 德宗 때 姚令言과 난을 일으켜 皇帝를 잠칭했던 朱滔.
51) 咤吒 : 기침하는 소리.
52) 醜 : 類와 같다.

高懸, 必除兇族. 況汝出自閭閻之末, 起於隴畝之間, 以焚劫爲良謀, 以殺傷爲急務, 有大愆可以擢髮54), 無小善可以贖身, 不唯天下之人皆思顯戮, 抑亦地中之鬼已議陰誅. 縱饒假氣遊魂, 早合55)亡神奪魄.

凡爲人事, 莫若自知. 吾不妄言, 汝須審聽. 比者我國家, 德深含垢, 恩重棄瑕, 授爾節旄56), 寄爾方鎭57). 爾猶自懷鴆毒58), 不斂梟59)聲, 動則齧人, 行唯吠主, 乃至身負玄化60), 兵纏紫微61). 公侯則奔竄危途, 警蹕62)則巡遊遠地, 不能早歸德義, 但養頑兇. 斯則聖上於汝, 有赦罪之恩, 汝則於國, 有辜恩之罪, 必當死亡無日, 何不畏懼于天. 況周鼎63)非發問之端, 漢宮豈偸安之所. 不知爾意, 終欲奚爲.

汝不聽乎, 道德經64)云, "飄風不終朝, 驟雨不終日", 天地尙不能久, 而況於人乎? 又不聽乎, 春秋傳65)曰, "天之假助不善, 非祚之也, 厚其凶惡而降之罰", 今汝藏奸匿暴, 惡積禍盈, 危以自安, 迷以不復, 所謂燕巢幕上66), 漫姿騫飛, 魚戲鼎中, 卽看燋爛.

---

53) 天網 : 하늘이 惡人을 잡는 그물, 轉하여 天子가 행하는 刑罰의 뜻으로 쓰인다.

54) 擢髮 : 머리카락을 뽑는다는 뜻으로, 이루 헤아릴 수 없이 많음을 비유한다.

55) 合 : 當의 뜻이다.

56) 節旄 : 天子가 외직으로 나가는 관원에게 符信으로 주던 깃대.

57) 方鎭 : 한 지방을 鎭戍하는 벼슬.

58) 鴆毒 : 짐새의 깃에 있는 강한 독.

59) 梟 : 어미를 잡아먹는다는 새. 惡人을 비유하는 말이다.

60) 玄化 : 玄德한 敎化.

61) 紫微 : 帝王의 宮을 상징하는 별자리 이름.

62) 警蹕 : 警은 帝王의 행차에 대한 侍衛, 蹕은 이 때 사람들을 물리치는 일. 여기서는 帝王의 출입을 가리킨다.

63) 周鼎 : 禹 임금이 만들어 周代까지 전해져 帝位를 상징하는 九鼎. 問鼎은 帝位를 넘본다는 뜻이다.

64) 道德經 : 『老子』.

65) 春秋傳 : 『春秋左傳』. 해당 구절은 昭公 12年條에 보인다.

66) 燕巢幕上 : 제비가 천막 꼭대기에 집을 짓는다는 말로, 처지가 매우 위태롭다는 비유이다.

　　我緝熙[67]雄略, 糺合諸軍, 猛將雲飛, 勇士雨集, 高旌大旆, 圍將楚塞之風, 戰艦樓船, 塞斷吳江之浪. 陶太尉[68]銳於破敵, 楊司空[69]嚴可稱神, 旁眺八維[70], 橫行萬里, 旣謂廣張烈火, 爇彼鴻毛, 何殊高擧泰山, 壓其鳥卵. 卽日金神[71]御節, 水伯[72]迎師, 商風[73]助肅殺之威, 晨露滌昏煩之氣, 波濤旣息, 道路卽通. 當解纜於石頭[74], 孫權後殿[75], 佇落帆於峴首[76], 杜預[77]前驅, 收復京都, 剋期旬朔.

　　但以好生惡殺, 上帝深仁, 屈法申恩, 大朝令典, 討官賊者, 不懷私忿, 諭迷途者, 固在直言, 飛吾折簡[78]之詞, 解爾倒懸之急. 汝其無成膠柱[79], 早學見機, 善自爲謀, 過而能改. 若願分茅[80]列土, 開國承家, 免身首之橫分, 得功名之卓立, 無取信於面友, 可傳榮於耳孫[81]. 此非兒女子所知, 實乃大丈夫之事. 早須相報, 無用見疑, 我命戴皇天, 信資白水[82], 必須言發響應, 不可恩多怨深. 或若狂走所牽, 酣眠

---

67) 緝熙 : 光明의 뜻이다.
68) 陶太尉 : 晉의 陶侃. 南蠻을 토벌하는 데 큰 공을 세워 太尉에 올랐다.
69) 楊司空 : 隋의 楊素. 陳을 칠 때 배로 揚子江을 내려가니 사람들이 江神과 같다고 하였다.
70) 八維 : 八方과 같다.
71) 金神 : 가을을 주관하는 신.
72) 水伯 : 水神 馮夷.
73) 商風 : 秋風.
74) 石頭 : 吳王 孫權이 秣陵에 세운城.
75) 後殿 : 후방을 맡은 軍陣.
76) 峴首 : 峴山. 杜預가 여기에서 吳와 대치하였다.
77) 杜預 : 晉나라 사람으로 吳를 치는 데 큰 공을 세웠다.
78) 折簡 : 竹簡. 주로 간단한 편지를 이른다.
79) 膠柱 : 융통성이 없음을 비유한 말.
80) 分茅 : 帝王이 諸侯를 봉할 때 白茅에 封域의 방향을 상징하는 빛깔의 흙을 싸서 하사하였다. 토지와 권력을 나누어준다는 뜻으로 쓰인다.
81) 耳孫 : 먼 後孫.
82) 白水 : 굳게 믿음을 지킨다는 비유.

未寤, 猶將拒轍83), 固欲守株84), 則乃批熊拉豹之師, 一麾撲滅, 烏
合鴟張85)之衆, 四散分飛, 身爲齊斧86)之膏, 骨作戎車之粉, 妻兒被
戮, 宗族見誅, 想當燃腹之時, 必恐噬臍不及87). 爾須酌量進退, 分別
否臧88). 與其叛而滅亡, 曷若順而榮貴. 但所望者, 必能致之. 勉尋壯
士之規, 立期豹變,89) 無執愚夫之慮, 坐守狐疑90). 某告.

崔致遠, 「檄黃巢書」

入唐 遊學生으로는 드물게 높은 지위에 올랐고 黃巢의 난 때
高騈의 從事官으로 戰場에 나섰던 崔致遠의 작품이다. 중국 사람
들까지도 그의 이름을 우러러보게 한 名文으로, 道와 權을 대전
제로 한 構成의 妙가 크게 돋보인다. 說得의 문장인 騈儷體의 長
處를 살려 명확한 논리와 적절한 비유를 통하여 강한 설득력을
보이고 있기도 하다. 도리에 어긋나고 天理를 역행한 黃巢의 죄
를 엄히 꾸짖고 있는 이 글은 黃巢가 "不唯天下之人皆思顯戮, 抑
亦地中之鬼已議陰誅."의 대목을 읽다가 너무 놀라서 침상에서 굴
러 떨어졌다는 일화까지 전한다. 虛辭를 제외한 글자가 四言이나
六言 등으로 對를 이룬 騈儷體의 형식이 잘 드러난다.

---

83) 拒轍 : 螳螂拒轍. 스스로의 힘을 헤아리지 못하고 대적함.
84) 守株 : 守株待兔. 어리석게 일이 저절로 이루어지기를 기다린다는
   비유.
85) 烏合鴟張 : 烏合之卒.
86) 齊斧 : 出征할 때 齋戒하고 사당에 들어가 받는 도끼.
87) 噬臍不及 : 때늦은 후회를 비유하는 말.
88) 否臧 : 善惡과 같음.
89) 豹變 : 『論語』에 "君子豹變"이 보인다. 빨리 改過遷善함을 이르는
   말.
90) 狐疑 : 여우가 의심이 많다는 데서 나온 말로, 決斷性이 없음을 비
   유한 말.

3) 古文

　일반적으로 古文이라는 용어는 세가지 뜻을 가진다. 첫째, 文字로서의 古文이 있다. 文字로서의 古文은 漢字를 처음 만들었다고 전하는 倉頡의 文字, 혹은 그후의 大篆, 小篆, 蝌蚪文字 등의 옛날 글자를 일컫는 것이다. 둘째, 典籍으로서의 古文이 있는데, 孔子의 집 벽에서 나왔다는 今文에 대비되는 秦 이전의 典籍을 古文이라고 한다. 秦 始皇의 焚書坑儒 이후 훼손된 典籍을 漢의 學者들이 재구성한 것이 今文이라면, 훼손되지 않고 전해왔다는 점에서 古文이라고 하나 僞書의 논쟁이 여전한 실정이다. 셋째, 文體로서의 古文이 있다. 여기서 논의의 대상으로 삼는 것은 바로 文體로서의 古文이다.

　文體로서의 古文에서도 다시 두 가지 함의를 가지는데, 후세의 四六文에 대하여 秦, 漢 이전의 經史子家의 明快를 주로 하는 고래의 散文을 지칭하기도 하고, 唐의 韓愈 이래 散文의 주류를 점해온 散筆文의 이름으로 쓰이기도 한다. 그런데 韓愈 등이 주창한 古文 運動은 浮華한 수식을 반대하고 秦漢의 質朴한 文章을 본받아 當代 口語에 가깝게 쓰자는 것이었으므로 그 정신에 있어 秦漢의 古文이나 唐宋의 古文이 본질적으로 다르지는 않다. 다만, 明代에 이르러 唐과 宋의 古文이 秦漢 이래의 질박한 古文과는 거리가 있다고 하여 秦漢의 古文을 바로 본떠야 한다고 주장한 文章家들이 등장하는데, 이들을 擬古文派라고 하고 唐과 宋의 古文을 唐宋古文이라 구별하여 부르기도 한다.

　일반적으로 中國의 散文은 漢字의 특성에 따라 簡潔美, 暗示性, 粧飾性 등 세 가지 특징을 뚜렷이 보이고 있다. 그리고 文章의 형식은 先秦 時代의 『論語』, 『孟子』, 『莊子』, 『荀子』, 『韓非

子』 등 諸家의 議論文에서 기틀이 잡혀 漢代에 와서는 賈誼의 〈治安策〉, 〈過秦論〉 등의 論策文 및 左丘明이 지었다는 『春秋左氏傳』, 司馬遷의 『史記』 등에서 쓰인 敍事文으로 발전하였다. 이때까지도 文章의 기본 형식은, 기록과 의사 전달이 주목적이었으므로 粧飾性보다는 簡潔美, 暗示性이 추구되었다.

그러나 漢代를 지나 六朝時代에 접어들면서 中國의 散文은 浮華한 것이 習尙이 되어 騈儷文을 주로 사용하였다. 蕭統의 『文選』에 수록된 中世의 文章은 거의 騈儷文으로서 이것은 純粹文學에 속하는 것이었다. 唐 이전에도 이 浮華한 騈儷文의 폐단을 改革 復古하려는 議論이 識者間에 있었다. 後周의 文帝는 蘇綽을 시켜 『書經』을 모방한 〈大誥〉를 지어 天下에 頒布케 하였고, 그 뒤로부터는 文筆을 모두 그 體에 依倣케 하였다. 隋의 文帝 때에도 浮華한 文章을 배척하여 天下의 公私文翰을 모두 實錄으로 하라고 하였는데 泗州刺史인 司馬幼의 表文이 특히 華艶하다고 하여 罪를 논하기도 하였다. 그러나 唐初에 張說, 蘇頲 등 名手들의 文章은 모두 화려한 騈儷體였으며 당시 古體文를 짓는 이는 거의 없었다.

大曆, 貞元 年間에 이르러 文字가 古學을 많이 숭상하게 됨에 따라 文人들이 揚雄, 董仲舒의 述作을 모방하게 되었다. 獨孤及, 梁肅이 가장 조예가 깊었으므로 儒林에서 이를 추종하였으며 韓愈도 그들을 따라 古文을 배웠다. 이러한 분위기에서 韓愈, 柳宗元 등 二大柱石에 의하여 제창된 古文復興運動은 魏晉 이래 성행한 騈儷文에 대한 반동으로서뿐만 아니라 침체했던 儒學의 전통을 다시 찾고 이를 宣揚하기 위한 방법으로 文風, 文體 및 文學, 言語의 改革運動이기도 하였다. 특히 韓愈는 그 자신의 사회적 지위와 아울러 古道를 계승한다는 뚜렷한 文學觀으로 인하여 그 영향력은 더욱 컸다. 그러나 唐代에서 五代를 거치는 동안 다시 浮華한 文體가 유행하여 古體文을 짓는 이가 없었는데, 宋代에 이르러 尹師魯, 歐陽修 등이 다시 韓愈의 古文을 배우며 唐代의 古文運動을 이어 갔다.

近代에 와서는 이른바 唐宋八大家를 모방한 文體를 古文이라 하며 이를 따로 新古文이라고 부르기도 한다. 唐宋八大家란 明, 茅坤이 선정한 唐의 韓愈, 柳宗元과 宋의 歐陽修, 蘇洵, 蘇軾, 蘇轍, 王安石, 曾鞏 등의 八人을 말하는 것이다. 그러나 末世에 이르러서는 難句와 僻字 등을 나열하여 文理가 통하지도 않는 것을 古文이라 부르는 폐단이 생기기도 하였다.

우리나라에 있어서도 崔致遠 이래 騈儷文이 성행하다가 金富軾, 李齊賢을 거쳐 古文이 제작되기 시작하였으나 그 威勢가 크지 못하였고 朝鮮 中期 이후 唐宋의 古文을 배운 張維, 李植, 金昌協 등에 이르러 古文이 文士에 의해 널리 애용되는 文體가 되고 있다. 이에 비해 尹根壽, 崔岦, 許穆, 申大羽 등은 先秦 古文을 애호하여 이를 모의하는데 특히 힘을 써 擬古文派로 일컬어지기도 하였다. 古文의 예를 다음에 보인다.

　　國朝近世文章, 最推谿谷澤堂[91]爲作家, 余嘗妄論二氏之文, 以謂谿谷近於天成, 澤堂深於人工, 比之於古, 盖髣髴韓柳[92]焉. 二氏以後作者多矣, 然其能追踵前軌, 卓然名世者, 亦少. 最後乃始得息庵金公焉. 公之文, 雖天成不若谿谷, 而人工所造, 殆可與澤堂相埒. 乃其瑰奇沉瀁[93]之致, 鼓鑄淘洗[94]之妙, 則又獨擅其勝云.

---

91) 谿谷澤堂 : 谿谷은 張維, 澤堂은 李植. 조선 중기의 대표적인 문장가이다.
92) 韓柳 : 韓은 韓愈, 柳는 柳宗元. 唐의 대표적 古文家이다.
93) 瑰奇沉瀁 : 珍奇하고 淸朗함.

　　盖嘗謂我東之文, 其不及中國者, 有三. 膚率而不能切深也, 俚俗而
不能雅麗也, 冗靡而不能簡整也. 以故, 其情理未晰, 風神未暢, 而典
則無可觀. 若是者, 豈盡其才之罪, 亦其所蓄積者薄, 所因襲者近, 而
功力不深至耳.

　　公旣才素高, 於學又甚博, 而尤好深湛之思, 鑱畫之旨95), 自少攻
詞賦, 已能一掃近世陳腐熟爛之習, 而自刱新格, 每試輒驚其主司, 而
一時操觚之士96), 競相慕效, 以求肖似. 及其爲古文辭, 上溯秦漢, 下
沿唐宋, 以放於皇明諸大家, 參互擬議, 究極其變用, 成一家言. 大抵
本之以意匠, 而幹之以筋骨, 締之以材植, 而傅之以華藻, 卒引之於規
矩繩墨, 森如也. 章箚尤精覈工篤, 其指事陳情, 論利害辨得失, 能曲
寫人所不能言, 往往刺骨洞髓97), 而要不失古人氣格. 詩律亦沈健而
麗絶, 不作浮聲慢調. 盖其爲稿者, 凡二十五卷. 而試求其一篇, 近於
膚率俚俗而冗靡者, 無有焉. 嗚呼, 公之於文章, 其人工至到, 雖謂之
奪天巧, 可也, 而於以接武賡澤也, 其可以無愧矣.

金昌協, 「息庵集序」

　　唐宋古文의 특징으로 지적되는 論理性이 이 글에서 잘 구현되
고 있다. 앞 부분에서 金錫冑의 문장이 뛰어남을 古文史를 통해
말하고 중간에서 이를 接武賡澤이라 하여 부연하고 또 "近於膚率
俚俗冗靡者, 無有焉"라 하여 首尾照應을 이루고 있다. 이는 歐陽
修의 文章技巧를 받아들인 것이거니와 文章의 흐름이 논리정연하
고도 간결하게 구성되도록 배려하고 있음을 알 수 있다. 그러면
서도 僻字나 난삽한 표현을 쓰지 않고 평이한 표현을 하고 있어
唐宋古文의 한 전형을 보이고 있다. 이에 비해 다음에 보이는 문

---

94) 鼓鑄淘洗 : 精練하고 깨끗이 씻어냄.
95) 鑱畫 : 깎고 꾸밈.
96) 操觚之士 : 文士를 이르는 말.
97) 刺骨洞髓 : 骨髓까지 파고들 정도라는 뜻.

장은 호흡 자체가 사뭇 다름을 느낄 수 있다.

　　夫足於性者, 天損98)不能入, 故能常游萬物之祖.99)　若李先生者,
豈100)其人虖101).

　　先生諱匡呂, 字聖載. 少而率禮蹈謙, 閨庭之行以睦, 長而敦說詩
書, 多識前代載言102).　漱六蓺之芳津,103)　步先哲之絶軌, 栖遲衡
蓽,104) 表植人倫. 道存林宗105), 韻諧淵明, 故其文發揮性靈, 理致冲
遠, 詩亦風情所寄, 泱乎有正始之音106). 雖不事藻麗靡曼107),　而其
語皆高妙出塵, 譬隨和108)在璞, 吐彩流潤, 片章隻言, 郵傳萬口. 見
古文異書, 心甚樂之, 然諷味數回, 宣暢志意而已. 有人來求書, 欣然
濡豪數紙畢盡. 諭掖109)後進, 惠訓不倦, 都下紳珮110), 聆風景111),

---

98)　天損 : 自然的인 損傷.
99)　游萬物之祖 : 본성을 해치지 않아 만물의 근원에서 노닌다는 뜻.
　　『莊子』「山木」에 "若夫乘道德而浮遊則不然. 无譽无訾, 一龍一蛇, 與
　　時俱化, 而无肯專爲, 一上一下, 以和爲量, 浮遊乎萬物之祖."가 보인
　　다.
100)　豈 : 추측을 나타내는 말로, 其와 같다.
101)　豈其人虖 : 豈는 추측을 나타내는 말로, 其와 같고, 虖는 乎와 같
　　다.
102)　載言 : 國家의 會盟을 기록한 말.
103)　漱六蓺之芳津 : 六蓺는 六藝, 芳津은 汁液의 미칭.
104)　栖遲衡蓽 : 栖遲은 떠돌다 쉬는 것이고, 衡蓽은 매우 초라한 집이
　　다. 『詩經』에 "衡門之下, 可以栖遲."가 보인다.
105)　林宗 : 郭太. 林宗은 그의 字. 後漢 사람으로 墳典에 박통하여 제
　　자가 수천에 이르렀다.
106)　正始之音 : 正始는 魏 齊王의 年號. 이때 何晏, 王弼 등이 老莊 사
　　상을 바탕으로 한 淸淡의 기풍을 숭상하였고, 嵇康, 阮籍 등이 시조
　　로 이름을 떨쳤다.
107)　藻麗靡曼 : 華麗의 뜻으로, 모두 아름다운 文辭를 가리킨다.
108)　隨和 : 隨侯의 구슬과 卞和의 옥. 진귀한 보배이지만, 잡석에 섞여
　　있어 오래 알아주는 사람이 없었다.
109)　諭掖 : 깨우쳐 이끎.

隨觀高挹112), 淸聲名藉甚. 於是傾倒屣履113), 聞至皆驚. 蒲葵洛詠114) 亦入摹效. 然世之學先生者, 多是形骸之外, 公之所以愈遠. 嘗除寢郞115), 一肅, 卽公得從所好, 縱志散朗. 春秋六十四. 沒于國西門外平洞里第巖藪. 知名莫不失聲.

今太史氏李公亦慕用無窮者也. 以爲使芳流歇絶光靈不屬吾輩之恥, 第次遺文縣諸不刊, 俾余爲之序. 余以寡陋獲私於先生久矣, 追先人敦媤之誼, 感筆札知己之深, 爰摽大略, 系之卷後. 其如扇播芳烈116), 揄揚世德, 墓誌家牒詳焉. 上之五年四月朔朝, 平州申大羽書.

申大羽, 「李參奉文集序」

이 글은 글자의 선택에서부터 평이한 唐宋古文과는 다름을 알 수 있다. 句讀가 쉽지 않을 뿐만 아니라 문장 자체가 난삽하기도 하다. 先秦의 古文을 模擬한다는 의식 때문에 이와 같은 현상이 생긴 것으로 보인다.

---

110) 紳珮 : 관리들을 이르는 말.

111) 風景 : 風貌.

112) 高挹 : 매우 겸손함.

113) 傾倒屣履 : 傾倒는 마음으로 탄복함, 屣履는 신발을 채 신지도 않고 뛰어나갈 정도로 바쁘다는 비유.

114) 蒲葵洛詠 : 蒲葵는 열대 지방에서 나는 상록수의 하나. 그 잎으로 부채를 만든다. 洛詠은 洛生詠. 콧소리를 내면서 시를 읊조린다는 뜻. 東晋의 謝安이 이에 능하였다. 蒲葵洛詠은 부채를 부치면서 시를 읊조린다는 뜻.

115) 寢郞 : 參奉의 별칭.

116) 扇播芳烈 : 아름다운 향기와 매운 정절을 부채로 부쳐 퍼뜨리다.

2. 文章의 形式과 性格

乾隆末 이래로 古文 作家의 교과서가 된 淸 姚鼐의 『古文辭類纂』은 文體를 13류로 나누어 편집하고 있다. 이들은 辭賦, 詔令, 箴銘, 哀祭, 頌贊과 같이 韻文에 가까운 것과, 論辨類, 奏議類, 書說類, 贈序類를 주로 하는 議論體, 그리고 傳狀類, 碑誌類, 雜記類, 筆記類를 주로 하는 敍事體 등으로 나누어진다. 다만 序跋은 敍事文이면서도 論議文의 성질을 띤 것이 많아 兩體의 특징을 겸유하고 있다. 辭賦는 위에서 보였으므로 약한다.

1) 論辨類

論, 辨, 說, 議, 解, 難, 釋, 原, 喩, 對問 등이 여기에 속한다. 論은 『書經』〈洪範〉과 諸子書에서 근원한 것으로 특히 『韓非子』의 글은 후대의 論辨類와 거의 같다. 賈誼의 〈過秦論〉은 首와 尾, 起와 落이 구비되어 論의 規式이 되고 있다. 說, 辨, 議, 解, 原 등의 명칭을 가진 글도 대부분 諸子書에서 근원하고 있으며, 그 作法은 〈過秦論〉에서 이미 보인 것이다.

우리나라 문장 중에는 許筠의 〈豪民論〉과 張維의 〈漢祖不錄紀信論〉, 朴趾源의 〈伯夷論〉 등이 秀作으로 꼽힌다. 여기서는 許筠의 글을 보인다.

天下之所可畏者, 唯民而已. 民之可畏, 有甚於水火虎豹, 在上者, 方有狎馴, 而虐使之, 抑獨何哉? 夫可與樂成而拘於所常見者, 循循然[1]奉法, 役於上者, 恒民也. 恒民不足畏也. 厲取之, 而剝膚椎髓[2],

竭其廬入地出3), 以供無窮之求, 愁嘆咄嗟4), 咎其上者, 怨民也. 怨民
不必畏也. 潛蹤屠販5)之中, 陰蓄6)異心, 僻倪7)天地間, 幸8)時之有故,
欲售9)其願者, 豪民也. 夫豪民者, 大可畏也.

　豪民伺國之釁, 覘事機之可乘, 奮臂一呼於壟畝10)之上, 則彼怨民
者, 聞聲而集, 不謀而同唱, 彼恒民者, 亦求其所以生, 不得不鋤耰棘
矜, 往從之以誅無道也. 秦之亡也, 以勝廣11), 而漢氏12)之亂, 亦因
黃巾13), 唐之衰而王仙芝14)黃巢乘之, 卒以此亡人國而後已. 是皆厲
民自養之咎, 而豪民得以乘其隙也. 夫天之立司牧15), 爲養民也, 非欲
使一人恣睢於上, 以逞溪壑16)之慾矣. 彼秦漢以下之禍, 宜矣, 非不幸
也.

　今我國不然, 地陋阨而人少, 民且呰窳17)齷齪, 無奇節俠氣. 故平
居, 雖無鉅人雋才 出爲世用, 而臨亂 亦無有豪民悍卒倡亂, 首爲國患

---

1) 循循然 : 질서 있는 모양
2) 剝膚椎髓 : 뼈와 살을 발리 정도로 착취가 심하다는 뜻.
3) 廬入地出 : 집과 토지에서 나는 모든 소득을 이르는 말.
4) 咄嗟 : 혀를 차고 한숨을 쉼.
5) 屠販 : 백정과 장사아치를 이르는 말.
6) 蓄 : 養과 같다.
7) 僻倪 : 깊숙이 한쪽에 묻혀 있음.
8) 幸 : 다행으로 여기다.
9) 售 : 채우다.
10) 壟畝 : 논밭의 두둑.
11) 勝廣 : 陳勝과 吳廣. 秦나라 말기에 병사 900인을 이끌고 처음으로
　　봉기하였던 인물들이다.
12) 漢氏 : 漢나라를 이르는 말.
13) 黃巾 : 東漢 말기에 張角 등이 중심이 되어 봉기한 농민군. 머리에
　　黃巾을 둘렀기에 이 이름이 생겼다.
14) 王仙芝 : 唐나라 때 農民叛亂軍의 영수. 黃巢가 이에 가담하여 더욱
　　세력이 커지게 하였다.
15) 司牧 : 백성을 맡아 다스리는 관리.
16) 溪壑 : 많다는 비유.
17) 呰窳 : 게으름.

者, 其亦幸也. 雖然, 今之時, 與王氏[18]時不同也. 前朝賦於民有限, 而山澤之利, 與民共之, 通商而惠工, 又能量入爲出, 使國有餘儲, 卒有大兵大喪, 不加其賦. 及其季也, 猶患其三空[19]焉. 我則不然, 以區區之民, 其事神奉上之節, 與中國等, 而民之出賦五分, 則利歸公家者, 纔一分, 其餘狼戾於姦私焉. 且府無餘儲, 有事則一年或再賦, 而守宰之憑以箕斂[20], 亦罔有紀極. 故民之愁怨, 有甚王氏之季. 上之人恬不知畏, 以我國無豪民也. 不幸而如甄萱弓裔[21]者出, 奮其白梃, 則愁怨之民, 安保其不往從, 而蘄梁六合之變[22], 可蹺足須也. 爲民牧者, 灼知可畏之形, 與更其弦轍[23], 則猶可及已.

許筠, 「豪民論」

民衆의 威力을 은근히 강조하여 爲政者로 하여금 올바른 정치를 펴도록 주장을 정치하게 편 글이다. 論은 論理가 정연하고 말은 지리하지 않아야 한다. 論理가 정연하면서도 궤변으로 치달아서는 아니되며 論旨가 원만하게 진행되어야 한다. 〈豪民論〉은 이러한 論의 특징을 잘 지키고 있다. 먼저 백성의 유형을 분류한 다음, 豪民의 성격에 대해 진술하고 中國 歷史에서 실재했던 豪民의 실례를 구체적으로 들어 그 뜻을 분명히 하면서 豪民이 득세할 수 있는 상황을 말하고 있다. 이와 같은 論理의 전개 이후 우리나라에 이러한 豪民이 없음을 다행으로 생각한다고 하여 論旨를 변화시킨다. 이는 뜻을 반대로 하여 새로운 주장으로 연결

---

18) 王氏 : 高麗를 이르는 말.
19) 三空 : 흉년이 들어 사당에 제사를 지내지 못하고, 서당에는 학생이 없게 되고, 뜰에는 개가 없게 된다는 뜻.
20) 箕斂 : 철저하게 거두어들인다는 뜻.
21) 甄萱弓裔 : 後百濟와 後高句麗를 일으켰던 장군.
22) 蘄梁六合之變 : 黃巢의 난과 같은 변고를 가리킨다.
23) 弦轍 : 軌道를 바로 잡는다는 뜻.

시키기 위한 것이다. 즉 우리나라의 상황을 역사적으로 말하고 지금까지는 豪民이 득세할 수 없었지만 이제는 豪民이 득세할 수도 있음을 말하여 爲政者의 警覺心을 촉구하는 방식을 취하고 있다. 이글은 말을 반복하지 않고 새로운 題材를 끌어들이면서 爲政의 道를 論理整然하게 주장하고 있다.

辨은 論과 기본적으로 같다. 韓愈의 〈諱辨〉이나, 柳宗元의 〈桐葉封弟辨〉 등에서 體가 완성되었다. 우리나라에서는 洪奭周의 〈無命辨〉이 유명하다.

當然而然者義也, 莫之然而然者命也. 聖人由義, 而命在其中, 君子以義順命, 中人以上, 以命斷義, 中人以下, 不知命而忘其義. 是以不知命, 而能安於義者, 鮮矣, 不達於義, 而能安其命者, 未之有也.

然命有時而不言, 義無往而不行. 故事親以孝, 無問其命矣, 事君以忠, 無問其命矣, 修已以敬, 無問其命矣, 砥行以勤, 無問其命矣. 雖然命有時而不言, 亦有時而不得不言. 故窮達有命, 不可求也. 死生有命, 不可逃也, 貴賤有命, 不可營也, 貧富有命, 不可圖也.

蓋命非所以動聖賢, 而可以厲中人, 非所以處常事, 而可以斷禍福. 知命之不可以容力也, 則吾無所施其巧矣, 知命之非出於安排也, 則吾無所用其心矣.

夫脅肩諂笑[24)]而取富貴者, 有之矣, 秉義蹈難而身死亡者, 亦有之矣. 然時至於富貴, 則抗道者, 未始不達, 運直於死亡, 則忍恥者, 亦未必能全命. 固如是, 不可得而移也. 人苟於斯而知之明也, 人苟於斯而信之篤也, 則夫孰有勞心而求利, 包羞而偸生者乎?

故苟不知義, 命無用也, 苟爲知義也, 則命之有補於世敎亦大矣. 自夫無命之說起, 而不信命之人衆. 於是乎純樸離而機智繁, 天道誣而人事瀆, 干祿徼利貪生畏死之徒滋, 而天下亂矣. 此所謂無命之害也. 惟

---

24) 脅肩諂笑 : 아첨을 심하게 하는 모습을 형용한 말.

君子一聽之命, 而惟義之是從.

洪奭周, 「無命辨」

無命辨은 命이 없음을 주장하고 논한 글이 아니라, 命이 없다는 無命에 대한 변론이라는 뜻이다. 命을 안 믿고 貪利偸生하다가 禍機를 밟지 말고 安義順命하라는 주장을 명석한 논리로 설파한 작품이다.

說은 『莊子』에 기원을 두고 있으나 體格이 다른 寓言을 위주로 하는 體와 直敍의 體로 구분된다. 전자의 대표작으로는 柳宗元의 〈捕蛇者說〉이나 韓愈의 〈雜說〉을 들 수 있을 것이며, 후자로는 韓愈의 〈師說〉에서 그 전형을 볼 수 있다. 우리나라의 說 역시 이와 같아 李奎報의 〈鏡說〉, 〈舟賂說〉이나, 權近의 〈蜜蜂說〉, 姜希孟의 〈盜子說〉, 金邁淳의 〈鵲鴟說〉은 寓言을 위주로 하고 있고, 金澤榮의 〈天王狩河陽說〉은 역사적 사실에 대한 直敍의 體로 되어 있다.

民有業盜者, 敎其子, 盡其術. 盜子亦負其才, 自以爲勝父遠甚. 每行盜, 盜子必先入而後出, 舍輕而取重, 耳能聽遠, 目能察暗, 爲群盜譽. 誇於父曰, "吾無爽25)於老子26)之術, 而强壯過之. 以此而往, 何憂不濟27)?" 盜曰, "未也. 智窮於學成而裕於自得, 汝猶未也." 盜子曰, "盜之道, 以得財爲功, 吾於老子, 功常倍之, 且吾年尙少, 得及老子之年, 當有別樣手段矣." 盜曰, "未也, 行吾術, 重城可入, 秘藏可探也, 然一有蹉跌, 禍敗隨之. 若夫無形跡之可尋, 應變機而不括, 則非有所自得者, 不能也. 汝猶未也."

---

25) 爽 : 過失, 失敗.
26) 老子 : 父親.
27) 濟 : 일을 이루어내다.

　　盜子猶未之念聞. 盜後夜與其子, 至一富家, 令子入寶藏中, 盜子耽取寶物, 盜闔戶下鑰, 攪使主聞. 主家逐盜, 返視鎖鑰猶故也, 主還內. 盜子在藏中, 無計得出, 以爪搔爬, 作老鼠嚙齧之聲, 主云, "鼠在藏中損物, 不可不去." 張燈解鑰, 將視之, 盜子脫走. 主家共逐, 盜子窘, 度不能免, 繞池而走, 投石於水. 逐者云, "盜入水中矣." 遮躝[28]尋捕. 盜子由是得脫歸, 怨其父曰, "禽獸猶知庇子息, 何所負, 相軋乃爾?" 盜曰, "而後乃今, 汝當獨步天下矣. 凡人之技, 學於人者, 其分有限, 得於心者, 其應不窮, 而況困窮怫鬱, 能堅人之志, 而熟人之仁者乎? 吾所以窘汝者, 乃所以安汝也, 吾所以陷汝者, 乃所以拯汝也. 不有入藏迫逐之患, 汝安能出鼠嚙投石之奇乎? 汝因困而成智, 臨變而出奇, 心源一開, 不復更迷, 汝當獨步於天下矣." 後果爲天下難當賊.

　　夫盜賊惡之術也, 猶必自得, 然後乃能無敵於天下, 而況士君子之於道德功名者乎? 簪纓[29]世祿之裔, 不知仁義之美·學問之益, 身已顯榮, 能抗前烈而軼舊業, 此正盜子誇父之時也. 若能辭尊居卑, 謝豪縱·愛淡薄, 折節志學, 潛心性理, 不爲習俗所搖奪, 則可以齊於人, 可以取功名. 用舍行藏[30], 無敵不然, 此正盜子因困成智, 終能獨步天下者也. 汝亦近乎是也. 毋憚在藏迫逐之患, 思有以自得於心, 可也. 勿忽.

姜希孟, 「盜子說」

　　說은 원래 經義의 뜻을 敷衍하여 자신의 뜻을 말하는 體로 詳細한 論議가 필수적이다. 이 體는 고인의 뜻을 답습하는 것을 금기로 여긴다. 그러나 이러한 直敍의 說과 寓言의 說은 다르다. 寓言의 說은 文章의 전반부에서는 허구적인 상황을 설정하고 후반부에서 전반부에서 설정한 상황으로부터 유추된 결론을 바탕으

---

28) 遮躝 : 그만둔다는 뜻.
29) 簪纓 : 士族을 일컫는 말.
30) 用舍行藏 : 쓰이면 나아가 道를 행하고, 버림받으면 물러나 숨는다는 뜻. 『論語』에 "用之則行, 舍之則藏."이 보인다.

로 새로운 자신의 뜻을 말한다. 여기서는 도둑의 道를 전반부에서 말하여 사소한 도둑의 道도 이러하거늘 學問의 道는 어떠해야 되겠는가에 대한 대답이 절로 나오도록 설정하고 있다. 李奎報의 〈舟賂說〉은 뇌물로 배를 먼저 타고 강을 건너는 세태를 그린 다음 이를 官道에 비유하여 문란한 벼슬길을 풍자하고 있다. 일반 論辨類가 정치한 論理를 위주로 하여 주장이 직설적으로 개진됨에 반하여, 이렇게 寓言을 곁들인 說은 세태와 풍속을 우회적으로 풍자하여 문학성이 높은 것이 많다. 우리나라에서는 직서체에 못지 않게 우언의 설이 많이 제작되었다.

議는 기원적으로 朝廷에서의 議와 사사로운 議가 함께 출발했으나 朝廷에서의 議는 후에 狀奏로 되었고, 私議는 論辨類에 속하게 되었다. 朴趾源의 〈限民名田議〉는 議의 한 전형이다. 解는 韓愈의 〈進學解〉, 〈獲麟解〉나 王安石의 〈復讐解〉가 正體이며 論과 크게 다르지 않다. 釋은 解와 같다. 이 두 體는 우리나라에서는 많이 제작되지 않았다. 原은 한 사물의 뜻을 推本한다는 뜻을 가진다. 韓愈의 〈原道〉가 초기의 대표작이다. 우리나라에서는 近代 卞榮晩의 〈原死〉도 수작이지만, 이 작품은 이미 古文家의 것이 아니다.

聖雄胥入地, 勇士謀夫, 亦終於不免. 姜姬[31]在時, 傾國走世, 一夕而露消[32], 崇文華詞, 孤律幽歌, 或流落人間, 傳誦到今, 而作之者, 其人俱已杳焉. 嗚呼, 天地不仁, 以萬物爲芻狗[33], 則於吾人乎, 獨何

---

31) 姜姬 : 黃帝는 姬水에서 일어났고, 炎帝는 姜水에서 일어났다. 곧 黃帝와 炎帝를 가리키는 말이다.
32) 露消 : 이슬처럼 사라짐.
33) 芻狗 : 옛날 중국에서 제사 때 사용하던 짚으로 만든 개. 제사가 끝나면 내버리므로 소용이 없으면 버리는 물건을 비유하는 말이다.

有焉? 第芸芸庶品34), 常可爲也, 有情者斯衆, 是可堪乎, 其可悲也
哉.

雖然新陳代替, 天憲35)之不易也, 實之將結, 花爲謝36)焉, 萌之將
發, 仁必豫壞, 秋不黃落, 春無柔條, 先之以冥夜, 乃有朝暉之粲如也.
人亦有然, 前輩殂落, 后生斯繼, 相替迭興, 而世事以成, 變化出焉.
如是觀焉, 死無足悲矣.

藉使人類而稟或異此者, 金睛鐵啄, 鋼腎銅脊, 水火不壞, 刀劍捲
刃, 止有生理, 終鮮死法, 而彼男女相愛之事, 仍行其間焉. 將見此世,
地無片隙, 互相陵踏, 頂項腹背, 盡作路途矣. 於此之時, 則殤者37)爲
大福之人, 彭祖38)爲次福之人矣. 如是觀焉, 死無足悲矣.

人之生世, 捨類無樂, 故越阡度陌39), 勤以相存, 非枉然也. 往來湖
山, 互歌贈答, 非荒嬉也. 然日暮興盡焉, 歸影或相錯也, 歸固有止於
其室者, 亦有永于重泉40)者矣, 而亦奚足以欣戚於其間. 蓋倦有大小,
而爲久暫之息肩41)云爾. 如是觀焉, 死無足悲矣.

是身如芭蕉, 中無可賴, 偶藉大氣, 暫生此世, 隨化泯滅, 幻同一
夢, 而我之子孫, 類能綿延, 正如蕉之子孫, 未嘗斬絶. 由是, 則我變
而爲子孫. 顧子孫不必稱引也, 我歌而辭世, 則其韻響傳于谷風42)矣.
我怒而就土, 則其餘毒繫在鷲爪矣. 山拱而立, 我之恭默也, 海翻而

　　　이 대목은 『老子』에 나온다.
34) 芸芸庶品 : 수많은 만물을 이르는 말.
35) 天憲 : 天命과 같다.
36) 謝 : 凋落의 뜻이다.
37) 殤者 : 미성년으로 요절한 사람.
38) 彭祖 : 堯 임금 때의 신하로, 殷나라 말년까지 800세를 살았다고 하
　　는 전설상의 인물.
39) 越阡度陌 : 언덕이나 밭둑길을 넘어다니는 것.
40) 重泉 : 黃泉.
41) 息肩 : 짐을 어깨에서 내려 쉰다는 뜻으로, 책임을 벗어남을 비유한
　　다.
42) 谷風 : 東風.

嘯, 我之飛騰也, 星瞬夕天, 我之思索歟, 朝日騰霧, 我之德容歟, 春
草生于野, 我之慈惻, 尙有跡焉. 涼泉噴於野. 我之文詞, 仍不竭焉,
卽無佛氏輪回蛇畜之理. 我未曾暫滅也. 如是觀焉, 死無足悲矣.

　仲尼曰, 朝聞道, 夕死可矣.43) 又曰, 後生可畏.44) 盖大人, 以道
爲生, 不以毛髮皮膚生, 故不憂其身之遽死. 惟殷望後生之弘道, 道未
嘗死, 誰謂之人未嘗死, 可也. 不滿七尺之軀之人, 果時生而時死也,
塞乎天間之, 夫何嘗一息死也. 無死也, 而憂死, 惟小人有之焉. 如是
觀焉, 死無足悲矣.

卞榮晩, 「原死」

　죽음에 대한 原論을 개진한 글이다. 인생은 한 번 죽음이 있기
마련이지만, 죽음을 걱정할 필요가 없는 死無足悲의 경지를 적고
있다. 窠臼에 얽매임이 없는 山康齋 문장의 일면을 잘 보여 준
다. 漢文學의 終章에 이룩한 수작이지만, 이미 古文家의 것이 아
니라, 현대 수필처럼 읽히는 한 편의 小品일 뿐이다.

2) 奏議類

　書疏, 章表, 奏啓, 議對, 封事 혹은 彈劾, 箚子나 箋狀 등이 여
기에 속한다. 이들은 모두 臣下가 임금에게 올린 글로 명칭을 조
금씩 달리 한 것이다. 書는 편지글이지만 임금에게 올린 것은 奏
議類가 된다. 上書, 上言 등으로 된 것도 있는데 하급관리가 상
급자에게 올릴 때에도 이 문체를 쓰지만 이 때에는 書說類로 분
류하는 것이 일반적이다. 우리나라에서도 일찍 이 문체가 있어

---

43) 『論語』 「里仁」에 보이는 말이다.
44) 『論語』 「子罕」에 보인다.

金后稷의 〈上眞平王書〉나 成忠의 〈獄中上義慈王書〉 등이 전하고
있다. 〈上眞平王書〉를 보인다.

> 古之王者, 必一日萬幾45), 深思遠慮, 左右正士46), 容受直諫, 孜
> 孜矻矻,47) 不敢逸豫48), 然後德政醇美, 國家可保.
> 　今殿下, 日與狂夫獵士, 放鷹犬, 逐雉兎, 奔馳山野, 不能自止. 老
> 子曰, "馳騁曰獵, 令人心狂."49) 書曰, "內作色荒, 外作禽荒."50) 有一
> 于此, 未或不亡. 由是觀之, 內則蕩心, 外則亡國, 不可不省也. 殿下
> 其念之.

金后稷,「上眞平王書」

金后稷은 智證王의 曾孫이다. 이 때 眞平王이 사냥을 좋아하
여, 金后稷이 여러 번 간언을 하였으나 왕이 듣지 않자, 병들어
장차 죽게 되었는데, 세 아들에게 왕의 잘못을 고치지 못한 것을
통한하며 왕이 사냥하러 가는 길에 자신의 뼈를 묻으라고 하였
다. 왕이 그 길을 지나 사냥을 떠나려 할 때 가지 말라는 소리가
묘에서 들려왔고, 왕이 이에 뉘우쳐 다시는 사냥을 하지 않았다
고 한다. 간단한 글이지만 愛國衷情이 잘 드러난다. 전반에서 一
般論을 개진하고, 『老子』와 『書經』을 예로 든 다음 결말부에서

---

45) 一日萬幾 : 하루하루 만 가지 일의 조짐을 살핀다는 뜻으로, 帝王의
　　일상적인 政務를 가리킨다.
46) 正士 : 정직한 선비.
47) 孜孜矻矻 : 근면하여 나태하지 않는 모습을 형용한 말.
48) 逸豫 : 安樂의 뜻이다.
49)『老子』에 "五色令人目盲, 五音令人耳聾, 五味令人口爽, 馳騁田獵, 令
　　人心發狂, 難得之貨 令人行妨."이 보인다.
50)『書經』「夏書」에 "訓有之內作色荒, 外作禽荒."이 보인다. 色荒은 女色
　　으로 나라를 망치는 것이고, 禽荒은 사냥으로 나라를 망치는 것이다.

전반부의 주장을 매듭짓는 삼단 구성법을 택하고 있다.

疏는 事理를 疏通시킨다는 뜻이다. 우리나라의 文集에 많은 작품이 실려 있으며, 특히 官職을 사양할 때 여러 차례 올리기도 하였다. 朝鮮 中期 대표적인 古文家 金昌協의 〈辭戶曹參議疏〉도 그 중의 한 편이다.

伏以臣, 天地間一罪人也. 自先臣被禍51) 以來, 鑽燧52)旣已六易矣, 而頑然冥迷, 訖不能減死. 泯泯53)而處, 踽踽54)而行, 忽焉若不知至痛之在己, 而苟活之爲可恥, 蓋將生爲不孝之人, 死爲不孝之鬼而已矣.

誠不自意, 天日重明, 朝著廓淸, 而愍恤之典, 首及於先臣. 凡所以開示聖意, 伸雪冤鬱, 以昭洗於泉壤者, 無復有餘憾. 雖天地之大, 河海之廣, 未足以喻此盛德. 臣於是俯仰感激, 且喜且悲 五情55)摧咽, 不覺淸血之交迸也. 顧臣不孝之罪, 上通於天, 固已久矣, 而在今日, 益知其無以自贖焉.

昔緹縈56)一女子耳, 猶能以咫尺之書, 感悟主意, 脫父於刑禍. 田橫之客57), 非有骨肉之恩, 而徒以義氣相感, 不惜一死, 以相殉於地

---

51) 先臣被禍 : 金昌協의 부친 金壽恒이 己巳換局 때 珍島 유배지에서 賜死된 것을 가리킨다.

52) 鑽燧 : 본래는 불을 얻는 방법으로, 나무를 송곳으로 뚫어서 그 마찰력으로 불을 일으키는 것을 이르는 말인데, 여기서는 『論語』의 "鑽燧改火", 곧 계절이 바뀔 때마다 그 계절의 나무를 사용함을 의미하여 한 해를 가리킨다.

53) 泯泯 : 어지럽고 분분한 모습을 형용하는 말.

54) 踽踽 : 고독한 모습을 형용한 말.

55) 五情 : 喜, 怒, 哀, 樂, 怨의 다섯 가지 감정.

56) 緹縈 : 漢 文帝 때 太倉令 淳于意의 딸로, 그 아버지가 형벌을 받게 되자 官婢로 들어가 아버지의 죄를 대신하겠다고 글을 올렸다.

57) 田橫之客 : 韓信이 齊를 치자 田橫이 스스로 齊王에 즉위하고 門客 500인을 이끌고 섬으로 도주했는데, 劉邦의 명으로 洛陽에 가다가

下. 若臣當先臣禍變之日, 進旣不能碎首北闕, 以丐其生, 退又不能引
伏歐刀58), 與之同死, 是則身爲男子, 而曾不及一弱女, 親爲父子, 而
反不若從游之客也. 且昔齊女號天, 震風擊殿,59) 燕臣痛哭, 嚴霜墜
夏.60) 夫精誠之所感, 足以上干蒼天, 發見精祲61), 而今臣竄伏窮山,
隱忍偸生, 曾不能奮發至誠, 感動陰陽, 以幸宸聰之一悟, 淹延62)歲
月, 以至于今日, 向非殿下至仁至明, 則臣雖老死塡溝壑, 終無以白先
臣覆盆63)之冤, 而洗其丹書64)之籍矣. 終古以來, 爲人子而不孝者,
豈復有如臣之甚者哉?

　臣竊意, 鼎革65)之初, 百度維新, 人倫風化之際, 尤所當加意. 如臣
不孝者, 必將先正其罪, 以勵一世, 而乃反與無故廢置者, 同被甄
敍66), 遂至有地部67)新命, 此豈區區意念之所及哉. 抑臣尤有所隱痛
於中者, 先臣立朝四十年, 事君行己之方, 憂國奉公之節, 具有本末,
不待陳述, 而惟其小心謹愼, 不以權位自居, 謙恭畏約, 終始如一, 其
於鬼神之忌, 人道之禍, 宜無自以致之. 特以臣之兄弟, 無一行能, 虆

　　漢의 신하가 됨을 수치로 여겨 자살했다. 이에 500인의 門客들이 모
　　두 자살하였다.
58) 歐刀 : 형벌을 집행하는 데 쓰는 칼.
59) 春秋時代 齊의 大夫 杞梁이 莒땅을 습격하다 전사하자 그의 처가
　　성 밑에서 여러 날을 우니, 성이 무너졌다고 한다.
60) 鄒衍이 燕 昭王을 섬겼는데, 昭王을 이은 惠王이 그를 하옥시키니,
　　여름인데도 서리가 내려 북방의 땅이 차가와져 곡식이 나지 않았
　　다. 이에 鄒衍이 律을 불자 날이 따스해져서 禾黍가 자라났다고 한
　　다.
61) 精祲 : 사람을 침범하람 天地의 氣
62) 淹延 : 淹連. 머뭇거림.
63) 覆盆 : 항아리를 머리에 이는 것으로, 임금의 은택을 입지 못함을
　　비유한다.
64) 丹書 : 죄인의 이름을 적어두던 책.
65) 鼎革 : 革命, 改革.
66) 甄敍 : 벼슬에서 물러난 사람 중에 다시 뽑아서 관직을 내려주는 일.
67) 地部 : 戶曹의 별칭.

緣68)幸會, 相繼登朝, 歷敭淸顯69), 驟躋下大夫70)之列, 榮寵赫然, 爲世所指目, 而臣等罔念負乘之戒71), 止足之訓,72) 冥行冒進, 乘至盛而不反, 終使滿盈之菑, 獨及於先臣, 而臣則倖免, 其爲不孝, 又莫大於此矣. 臣每念及此, 未嘗不慚冤酷, 汗淚俱下. 竊自誓, 長爲農夫, 以沒其世, 而不復列於士大夫之林, 久矣. 今若幸一時之會, 忘宿昔之志, 輒復影纓結綬, 以馳騁於當世, 則是將重得罪於仁孝君子, 而無以見先臣於地下矣. 臣雖甚頑 豈忍爲此哉.

　仰惟殿下, 德盛覆載73), 化洽生成, 雖鳥獸魚鼈之微, 皆欲各遂其性. 如臣至情, 誠宜在所憐愍, 倘蒙俯垂仁恩, 亟命遞臣職名, 仍令刊去其姓名於朝籍, 不復有所檢擧74), 則臣謹當優游畎畝, 涵泳聖澤, 日與樵夫牧叟, 抃手謳吟, 以頌祝太平萬世, 而九地之下, 亦將結草以圖報矣. 惟聖明哀而察之, 不勝幸甚.

金昌協,「辭戶曹參議疏」

　　朝鮮時代 文人의 文集에 가장 많이 전하는 글 중의 하나는 바로 벼슬을 사양하는 청원서이다. 이러한 글 중에서도 金昌協의 이 글은 典雅한 金昌協 古文의 정수를 보여주는 작품이다. 己巳換局때 賜死된 아버지 金壽恒에게 자식의 도리를 못한 불효의 죄와 永平에 은거하고자 하는 작자의 간절한 의사가 감정의 굴절을 따라 잘 조화된 명편이다. 임금에게 자신의 뜻을 굽힘없이 주장

---

68) 夤緣 : 뒷 배경으로 벼슬길에 나아감.
69) 淸顯 : 淸宦과 顯職.
70) 下大夫 : 堂下官인 大夫.
71) 負乘之戒 : 小人이 君子의 자리에 있어서는 아니된다는 경계.『周易』「解」에 "乘者君子之器也, 負者小人之事也."가 보인다.
72) 止足之訓 : 그칠 줄 알고 만족을 알아서 넘치고 차지 않도록 조심하라는 교훈.『老子』에 "知足不辱, 知止不殆."가 보인다.
73) 覆載 : 天覆地載. 임금의 聖德이 天地에 다한다는 뜻.
74) 檢擧 : 薦擧.

하면서도 禮를 결하지 않은 선비의 정신을 읽을 수 있다. 朴趾源의 雄渾과 대비되는 農巖의 典雅를 보여 주는 작품이다.

章表는 漢代에 기원한 것으로 알려져 있다. 唐代 科擧試驗科目에 들기도 하였으나 章은 이후 없어지고 表는 계속 제작되었다. 章은 그 作法이 要約되면서도 疏略하지 않고 밝으면서도 얕지 않은 데(要而非略 明而不淺) 있으며, 表는 뜻을 雅正하게 하여 그 바람을 불러 일으키고, 文을 맑게 하여 그 화려함을 달린다(雅義以扇其風 淸文以馳其麗)는 風格上의 차이도 있다. 그러나 이 兩者는 모두 懇切하면서도 浮華한 뜻은 없어야 한다. 諸葛亮의 〈出師表〉나 李密의 〈陳情表〉가 잘 알려져 있는 것은 이들 문장이 이러한 표의 특성이 잘 드러나고 있기 때문이기도 하다. 兩漢의 기미가 있는 것으로 평가된 바 있는 金富軾의 〈進三國史表〉도 이 점에서 名篇이라 할 수 있다. 다만 고려 이후에는 表가 거의 보이지 않는다.

臣某言, 古之列國, 亦各置史官以記事. 故孟子曰, 晉之乘, 楚之檮杌, 魯之春秋 一也.[75] 惟此海東三國, 歷年長久, 宜其事實著在方策[76], 乃命老臣俾之編集, 自顧缺爾, 不知所爲.

中謝[77]. 伏惟聖上陛下, 性唐堯之文思[78], 體夏禹之勤儉, 宵旰[79] 餘閒, 博覽前古, 以謂今之學士大夫, 其於五經諸子之書, 秦漢歷代之史, 或有淹通而詳說之者, 至於吾邦之事, 却茫然不知其始末, 甚可歎

---

75) 『孟子』「離婁下」에 보인다. 乘, 檮杌, 春秋는 모두 史書名이다.
76) 方策 : 方冊과 같다. 文獻의 뜻이다.
77) 中謝 : 上表文의 敬辭. "誠惶誠懼頓首頓首"의 8자를 줄인 것이다.
78) 文思 : 功業과 道德.
79) 宵旰 : 宵衣旰食. 날이 새기 전에 일어나 옷을 입고 해가 진 후에 늦게 저녁을 먹는다는 뜻으로 天子가 政事에 부지런함을 이른다.

也. 況惟新羅氏高句麗氏百濟氏, 開基鼎峙, 能以禮通於中國. 故范
曄80)漢書, 宋祁81)唐書, 皆有列傳, 而詳內略外, 不以具載, 又其古
記, 文字蕪苗, 事跡闕亡. 是以君后之善惡, 臣子之忠邪, 邦業之安危,
人民之理亂, 皆不得發露以垂勸戒, 宜得三長之才82), 克成一家之史,
貽之萬世, 炳若日星.

　　如臣者, 本非長才, 又無奧識, 泊至遲暮83), 日益昏蒙, 讀書雖勤,
掩卷卽忘, 操筆無力, 臨紙難下. 臣之學術, 蹇淺如此, 而前言往事,
幽昧如彼. 是故疲精竭力, 僅得成編, 訖無可觀, 秖自愧耳.

　　伏望聖上陛下, 諒狂簡84)之裁, 赦妄作之罪, 雖不足藏之名山, 庶
無使墁之醬瓿, 區區妄意, 天日照臨, 謹撰述本紀二十八卷, 年表三
卷, 志九卷, 列傳十卷, 隨表以聞, 上塵天覽.

金富軾,「進三國史表」

　이 글은『三國史記』를 進呈할 때 붙여 올린 것이다. 新羅, 高
麗에 걸쳐 형식적이고 화려한 騈文이 유행하던 당시의 文風과는
달리 金富軾은 평이한 산문을 잘 썼다. 그러나 이 글 자체는 騈
文이다.

　奏는 政事를 말하고 典義를 올리며 急變을 보고하고 잘못을 彈
劾하는 글의 총칭이며, 啓는 임금의 마음을 열어준다는 뜻이다.
奏와 啓는 신하가 임금에게 올리는 것이나 하급 관료가 상급 관
료에게 올리기도 한다. 議는 政事를 논의하여 올리는 것이며, 駁

---

80) 范曄 : 南朝 宋나라 사람으로 經史에 밝고 文章에 뛰어났다.『後漢
　　書』를 지었다.
81) 宋祁 : 宋나라 때 사람으로 歐陽修와 함께『新唐書』를 지었다.
82) 三長之才 : 史家로서 구비해야 하는 세 가지 특점, 즉 才, 學, 識을
　　다 갖춘 인물.
83) 遲暮 : 暮年.
84) 狂簡 : 뜻이 크나 해 놓은 일이 소홀함.

議는 雜議의 대칭으로 쓰인 것인데 議와 거의 같다. 對는 임금의
命에 의거하여 짓는 對策과, 일을 탐색해 의견을 올리는 私對가
있다. 議와 對는 史官의 글에서 자주 보이고, 科試와 관련되어
많이 제작된 문체이다. 策은 策略을 올린다는 뜻이다. 策文에는
制策, 對策, 奏策의 三種이 있다. 制策은 策問이라고도 하는데
朝廷에서 치르는 科試의 제목이다. 對策은 왕의 물음에 대해 정
치 사회적 견해를 진술하는 것이며 奏策은 進策이라고도 하는데
科試에 관계없이 신하가 주체적으로 올리는 奏文이다. 策文은 이
미 漢代의 科試에 있었고 우리나라에서도 일찍부터 科試의 科目
으로 있어 왔다. 이 때문에 策文은 정치 사회적 견해를 밝히면서
도 그 文章은 美麗해야 한다. 賈誼의 〈治安策〉이 명문으로 알려
져 있다. 우리나라의 文人의 文集에도 策文이 자주 보인다. 李珥
와 丁若鏞의 〈文策〉이 특히 유명하다.

封事는 機密을 요하는 글이라는 뜻을 가지나 후대에는 반드시
그렇게만 쓰인 것은 아니다. 栗谷의 〈萬言封事〉가 유명하다. 彈
劾은 奏의 별칭이다. 奏劾은 그 목적이 법을 밝게 하고 나라를
맑게 하는 데 있어 붓 끝에 바람이 일어야 하고 종이 위에 서리
가 응겨야 한다고 할 정도로 기세가 있어야 한다. 忠義의 氣가
없으면 해 낼 수 없고 雅建한 문장력이 없으면 공교로울 수 없는
文體라 하겠다. 箚子나 箋狀은 書疏와 기본적으로 같다. 다만 狀
은 신하가 임금에게 올리는 것 외에 平輩 사이에도 쓰인다. 또
箋은 平輩에 쓰는 書牘도 있다. 李成桂가 王位에 오르기 전에 쓴
〈上恭讓王箋〉이나 李克堪의 〈進高麗史節要箋〉은 일반적인 書牘이
아니라 奏議에 해당한다. 箚子는 우리 文人의 文集에 자주 보이
거니와 특히 李植의 〈司諫院箚子〉가 이름을 떨쳤다.

3) 詔令類

詔策, 命令, 制誥, 諭勅, 敎戒, 璽書, 檄移, 露布, 批判, 券契 등이 여기에 속한다. 帝王이 신하에게 주는 글이다. 이 문체는 이미 『書經』에 命, 誥, 誓 등의 이름으로 보인다.

詔令은 秦始皇이 天下를 통일한 이래 皇帝가 臣下에게 내리는 글을 일컬었으나, 후대에는 朝廷에서 내리는 公文의 總稱으로 쓰인다. 특히 漢 이래로는 天子의 글을 詔라 하고 皇后와 太子, 諸侯의 글을 令이라 하였다. 이로 인해 후대에 신하들도 이 문체를 쓰기도 하였으나 詔만은 쓰지 않았다. 詔는 詔書, 혹은 詔旨라고도 하며 즉시 告한다는 뜻을 가지고 있다. 策은 冊과 같다. 郊祀나 祭享, 皇后나 諸侯, 太子를 세울 때, 王이나 妃를 봉할 때에 쓰인 글이다.

策問은 이와 달리 역대 관리의 등용 시험에 쓰인 것인데, 策題를 내린 글은 詔令의 體이지만 이에 대한 관리의 답은 奏議類에 속한다. 命은 三代 王言을 지칭한 것으로 封爵에 쓰였고, 遺囑에 쓰이는 顧命도 있다. 制誥는 制書, 制詔라고도 하며, 群臣과 백성들에게 告하는 글이다. 誥는 『書經』에서 시작되었고 秦 이후에 制로 이름을 바꾸었다. 封賞이나 罰罪, 赦令 등에 주로 쓰였으나 唐宋에 들어서는 制誥라는 이름으로 追贈이나 除授, 加勳 등에도 쓰였다. 諭는 天子가 諸侯에게 告하는 글이지만, 書翰을 통하지 않는 傳語도 諭라고 한다. 후대에는 官廳에서 百姓에게 告하는 글도 諭라고 했다. 勅은 百官의 勸戒, 軍民의 曉諭 등에 쓰였다. 敎는 말을 내어 백성이 따르게 한다는 뜻으로, 警戒시킨다는 뜻의 戒와 함께 王后나 大臣이 함께 쓰던 文體이다. 후대에 戒는 스스로 警戒로 삼는 自戒, 집안의 사람들에게 주는 家戒, 세상과 정치의 訓戒를 내리는 것 등으로 제작되어 論辨類와 크게 다르지 않아 論辨類에 넣기도 하고, 箴銘의 別體로 보기도 하나 근원적으로는 詔令에 속한다. 璽書는 天子의 옥새를 찍어 봉한 것이다.

詔令이나 命令, 制誥, 諭勅은 騈文과 같은 韻文으로 되어 있는 것이 많으나 唐宋 이후 古文이 정착되면서 특히 戒는 산문으로 된 것도 나타났다.

檄移는 古代에 軍事上의 文件으로 軍征時에 쓴 聲討文이다. 臣民을 曉諭하거나 徵發할 때에도 쓰였다. 檄은 二尺의 木簡에 글을 쓴 것이 관례여서 二尺書라 하기도 하고 급할 때에는 깃털에 끼워 보내었으므로 羽檄이라고도 하였다. 移는 풍속을 바꾼다는 뜻을 가지고 있는 것으로 민심을 수습하고자 할 때 쓰인 글이다. 檄移는 唐 이전에는 주로 산문으로 씌어졌으나 唐 이후에는 騈文이 많다. 앞에서 본 崔致遠의 〈檄黃巢書〉가 대표적인 檄文이다. 露布는 檄과 명칭은 다르지만 쓰임이 같은 것으로, 露板이라고도 한다. 國家의 偉業을 誇示하고 皇帝의 德을 널리 알리는 데 쓰인다. 批答은 天子가 臣下의 의견을 채집하여 이에 답하는 글이다. 후대에 批答은 신하가 관직을 사퇴하는 疏를 올릴 때 이를 허락하지 않는 글로 많이 제작되었는데, 이는 不允批答이라는 이름으로 된 것이 많다. 判은 獄事의 판결에서 비롯하였으나 唐宋 이후 관리의 채용 시험에 쓰이기도 하였다. 券契는 約定을 명백히 한다는 뜻을 가지고 있으나 후세에는 鄕約, 契約, 婚書, 條約 등의 문건에 쓰이게 되었다. 그외 敎文, 德音 등이 詔令體에 속한다.

이러한 詔令의 體는 근원적으로 帝王이 내리는 글이었으나 詔나 批答 등을 제외하고는 일반 문사의 손에서 지어지는 것으로 변화한 것이 대부분이다. 또 君王의 詔令이라도 일반 문사가 代作하는 것이 오히려 일반적이다. 文體에 있어서도 韻文으로 지어진 것이 많다. 詔令은 公文書이기 때문에 문학성이 뛰어난 작품은 많지 않다. 奏議類가 같은 공문서이면서도 文士의 개성이 文體의 美로 나타난 것과는 달리 詔令體는 자체의 격식에 얽매인 것이 많기 때문이다.

우리나라의 詔令體 문장 중에서 널리 알려져 있는 글은 新羅 文武王의 〈大赦文〉, 〈冊高句麗王文〉과 〈遺詔〉, 朝鮮 世宗의 〈諭會寧節制使李澄玉書〉, 成宗의 〈諭許琮〉, 肅宗의 〈戒酒綸音〉 등이다. 여기서는 文武王의 〈大赦文〉을 보인다.

往者, 國家間於兩國, 北伐西侵, 暫無寧世, 戰士暴骨, 積於原野. 先王[85] 入唐請兵, 本欲平定兩國[86], 雪累代之深恥, 全百姓之殘命. 百濟雖平, 高麗未滅, 寡人承業, 終成先志, 今兩敵旣平, 四隅靜泰. 臨陣立功者, 幷已酬賞, 戰士幽魂, 追以冥資. 但囹圄無辜, 未蒙新澤, 可赦國內, 犯五逆[87]死罪已下, 悉皆放出. 百姓貧寒, 取他穀米者, 待年熟, 只還其母, 不熟者, 子母俱免.

文武王, 「大赦文」

詔令體는 내용에 따라 특성을 달리한다. 관직을 除授하는 글은 화려해야 하고, 封冊의 글은 윤기가 있어야 하며, 勅令을 내릴 때에는 星漢의 빛이 드러나야 하고, 戰爭에 유관한 글은 雷聲의 威嚴이 있으야 하며, 罪를 赦하는 글은 봄 이슬의 溫和함이 있어야 하고, 法을 頒布할 때에는 秋霜같아야 한다고 했다. 이 글은 文武王이 三國을 통일한 후 국내외에 布告令을 내려 赦免을 베푼 것이다. 전쟁에 희생된 자를 慰撫하고 窮乏에 빠진 백성을 救恤

---

85) 先王 : 太宗武烈王을 가리킨다.
86) 兩國 : 百濟와 高句麗를 가리킨다.
87) 五逆 : 五常을 범한 죄.

코자 한 文武王의 溫和함이 봄 이슬처럼 녹아 있는 글이다.

帝王의 글은 選文하지 않는다는 前代의 원칙에서 詔令類가 選文된 예는 드물다. 또 대부분의 詔令文은 代筆文의 성격이 많고 이 때문에 임금이 내린 글이라 할지라도 御製가 아닌 경우가 많다. 후대에 帝王의 命을 받들어 쓴 것 외에도 일반 文人이 詔令의 체를 模擬하여 쓴 예도 많다. 이때의 詔令體는 이미 詔令體의 本領에서 벗어나 書牘類가 되는 것이 일반적이다. 崔致遠의 〈檄黃巢書〉는 高騈을 대신해 쓴 것이기도 하지만 이때의 檄이란 詔令體가 되기보다는 오히려 書牘類에 속하는 것으로 보는 것이 온당하다. 啓는 남에게 祝賀나 陳情을 할 일이 있을 때 윗사람에게 올리는 書牘文이 되었고, 上書나 露布, 牒, 檄 등의 文體도 대부분 君王의 言辭를 적은 것이 아니라 君王의 命令에 근거해 신하가 아랫 사람에게 命을 告하는 書牘의 一體로 변하였다. 이 점에서 순수한 의미의 詔令體로는 敎書, 制誥, 冊, 批答 등만 남게 되었다. 다음에 代筆한 詔令의 한 體를 보인다.

> 云云 卿貪邪所忌, 忠亮不回, 先考尙賢, 早授洪鈞之任[88], 寡人受命, 以爲同德之臣. 自春以來, 稱疾求免, 雖嘉止足之義, 未符倚注[89]之心, 知予至誠, 無或遜避, 前已曲諭, 夫復何言?
>
> 　　　　　　　　　　　　　　　「睿宗不允魏繼廷乞退詔」

睿宗이 辭退하려는 魏繼廷의 請을 허락지 않으면서 내린 詔令文이다. 騈儷文으로 쓰는 詔令의 例에 맞게 이 글 역시 騈儷體로 되어 있다. 비록 睿宗의 詔書이지만 이 글이 睿宗에 의해 직접

---

88) 洪鈞之任 : 나라의 정권을 담당하는 임무.
89) 倚注 : 믿고서 일을 맡김.

지어진 것은 아니다. 작자가 알려져 있지 않으나 아마 詞命을 담당했던 藝文館의 한 文官의 作으로 추정된다. 典雅溫潤의 풍격을 지닌 詔令體의 특성을 이 글은 잘 구현하고 있다.

4) 書牘類

書牘類는 편지글이다. 여기에는 書說, 牘札, 簡帖 등이 속한다. 古代에는 신하가 帝王에게 올리는 公文書와 동료간에 왕래한 글을 書라 통칭하였다. 후대에 이르러서 전자를 奏議類라 일컫고 후자만을 書라고 하게 되었으며, 그 범위가 넓어져 上行이나 下行의 경우에도 書라고 하게 되었다. 說은 論說의 說과 書說의 說이 있어 전자는 論辨類에, 후자는 書牘類에 속한다. 漢 이후에는 說보다 書라는 명칭으로 대체되었다.

牘은 나무에 글을 써 보낸 것으로 札이라고도 하고, 대나무에 써 보낸 것을 簡이라고 한다. 帖은 札과 같으나 帖이 주로 公文書에 사용됨에 비해 牘札은 私用文에 쓰인다. 牘札은 尺牘, 書札이라고도 불린다. 簡은 대나무에 쓰는 것으로 그 大略을 적는다는 뜻이다. 帖은 원래 書簡이었으나 후대에는 習字의 範本으로 쓰이기도 한 이름이다. 慶事에 客을 請하는 것을 이르는 請帖, 사건을 밝혀 남에게 알리는 揭帖 등의 별체가 있다. 黃庭堅이 서독을 刀筆이라 한 뒤에 刀筆이라는 명칭이 생기기도 하였다.

書牘類는 일찍이 『書經』과 『左傳』 등에 나타났으나, 公文이 아닌 書牘으로서 후대에 規式이 된 글은 司馬遷의 〈報任安書〉이다. 이글은 자신의 불행과 세상의 不義에 대한 혐오를 간절하게 써내려가 書牘體의 長處를 보여주었다고 평가되고 있다. 魏晉南北朝 시기에 이르러 書牘類는 公文의 성격을 벗어나 政治와 學問, 개인적 신변사와 감정 등 폭 넓은 내용을 담게 되었고, 예술적으로도 美文化된 특징을 지녀 騈儷文의 所用處로 널리 환영받았다. 唐宋代에는 古文運動의 여파로 書牘文도 내용상, 형식상 변화를 겪게 된다. 浮華한 六朝의 文章을 벗어나 政治와 學術, 文學에 대한 진지한 論議가 주류를 이루고, 文章도 口語에 가까운 簡易한 것으로 변화하였다. 韓愈의 〈答李皐書〉는 唐代 書牘의 본질을 보여주며 書牘을 통해 진지한 文學에 대한 討論이 이루어졌음을 알 수 있다.

우리나라에서도 書牘은 많은 名篇을 남기고 있는데, 李齊賢의 〈上元伯住丞相書〉, 洪奭周의 〈答舍弟憲仲書〉, 宋時烈의 〈上淸陰金先生書〉, 金邁淳의 〈答丁承旨若鏞書〉, 崔益鉉의 〈致日本政府大臣書〉 등이 名文으로 알려져 있다. 다음은 公文으로서의 성격을 띤 李齊賢의 書牘이다.

> 月日, 薰沐齋戒, 百拜上書于丞相執事.
> 禹90)思天下有溺者, 如己溺之, 稷91)思天下有飢者, 如己飢之. 天下之溺與飢者, 非禹手擠之, 而稷奪其餔也, 何其心斷然自以爲己責而不辭哉? 天之降任於大人, 本欲使之濟斯民也, 苟視困窮無告者, 恬不爲救, 豈天之降任意耶? 所以忘胼胝92)之苦, 躬稼穡之勤, 宅九土93), 粒94)烝民, 左右95)高舜, 而澤及萬世者也. 設有一人焉, 不幸而轉溝壑, 陷濤瀨, 禹稷而見之, 將圖其斯須96)之活而已耶? 吾知其必爲之

---

90) 禹 : 中國 周나라 때 뛰어난 신하. 후에 임금이 되었다.
91) 稷 : 中國 周나라 때의 뛰어난 신하.
92) 胼胝 : 손과 발에 굳은 살이 생김.
93) 宅九土 : 온 세상에 집을 주다.
94) 粒 : 낟알을 먹여주다.
95) 左右 : 輔弼하다.
96) 斯須 : 짧은 시간을 이르는 말.

計, 使之不復憂飢與溺, 然後其心安焉.

恭惟丞相執事, 光輔聖天子, 不動聲色 措天下於泰山之安, 戴白之老97) 以爲復見中統至元98)之理, 人之生于此時, 可謂大幸矣. 如是而有一人焉, 困窮之勢, 甚於飢溺, 執事其何以處之哉? 往歲, 我老瀋王99), 遭天震怒, 措躬無所, 執事哀而憐之, 生死肉骨100)於雷霆101)之下, 得從輕典, 流宥遠方, 再造之恩, 有踰父母. 然其地甚遠且僻, 語音不同, 風氣絶異, 盜賊之不虞, 飢渴之相逼, 支體羸瘠, 頭鬚盡白, 辛苦之狀, 言之可爲流涕. 執事忍視之耶? 語其親, 則世皇之親甥也,102) 語其功, 則先帝之功臣也. 又其祖考, 爰自太祖聖武皇帝草創之時, 慕義先服, 世著勤王之效, 其功不可忘也. 雖執迷不悟, 罪至罔加, 原103)其本心, 固亦無他. 竄謫以來, 已及四年, 革心改過, 亦已多矣.

伏望執事, 旣嘗力救於初, 無忘終惠於後, 敷奏黈聰104), 導宣天澤俾還故國, 以終餘年, 其爲感激, 豈止轉溝壑者, 飫美食, 陷濤瀨者, 履坦途而已哉? 若謂時未可也, 姑徐爲之, 日延月引, 而爲賢且有力者所先, 天下之士, 將謂執事見事獨遲, 小國之人, 將謂執事爲德不竟. 竊爲執事惜之.

李齊賢,「上元伯住丞相書」

李齊賢은 元의 지배 시기에 임금을 도와 高麗의 獨立性을 유지하는 데 헌신한 愛國的 文人이다. 이글은 元에 의해 奧地로 유배

---

97) 戴白之老 : 머리가 흰 노인.
98) 中統至元 : 모두 元 世祖의 年號. 太平을 구가하였다.
99) 瀋王 : 忠宣王을 가리킨다.
100) 生死肉骨 : 죽은 자를 살려 내고, 뼈만 남은 데 살을 붙여준다는 말로, 곧 再生의 은혜를 이르는 말.
101) 雷霆 : 元나라 皇帝의 震怒를 비유한 말.
102) 高麗는 元 지배기에 元의 부마국이었다.
103) 原 : 따져보다.
104) 黈聰 : 皇帝를 이르는 말.

된 충선왕의 방환을 청한 것이다. 비굴함을 보이지 않고 元 丞相
을 치켜올리면서도 文章의 論理로 은근히 壓力을 가하는 솜씨는
오히려 편지글이기 때문에 그 長點을 최대한으로 발휘하고 있다.
李齊賢이 金富軾과 더불어 우리나라 古文의 先驅임을 보여주는
글 중의 하나이기도 하다. 書牘은 자신의 마음을 모두 풀어 내면
서도 言語가 진실하고 간곡해야 하는 것이 특징이다. 李齊賢의
이 글은 말이 지극히 간곡하면서도 하고자 하는 말을 다하고 있
으며, 붓을 훨훨 날리면서도 風采가 그 속에 깃들어 있다 하겠
다. 書牘은 그 내용에 제한이 없다. 단순한 안부보다는 義理를
따질 때 편지글 형식을 많이 빌리고 있는 것이 漢文學의 한 傳統
이다. 뛰어난 哲學者들이 서로의 의견을 개진하며 활발한 토론을
벌인 글도 대부분 편지글의 형식이다. 즉 李滉과 奇大升이 四端
七情을 논하거나 李珥와 成渾이 理氣를 따진 것도 이 書牘을 통
해서였다. 또 李奎報의 〈答全履之論文書〉에서처럼 文學論을 開陳
하고 있는 것도 많다. 이 때문에 書牘類에 名篇이 많고 또 個人
의 文集에 가장 많은 분량을 차지하고 있다. 文學論으로는 이밖
에 金宗直의 〈答南秋江書〉, 金澤榮의 〈答人論古文書〉, 曹兢燮의
〈與金滄江〉 등이 유명하다. 편지글 형식을 빌어 자신의 文學觀을
피력한 金澤榮의 글을 보기로 한다.

>　　自識足下以來, 知足下好文有至心. 玆者, 又辱致所著文, 而請詳示
> 爲文之法, 其辭甚恭, 其意甚勤. 此僕平生, 所不幾遇者也. 雖僕之知
> 識不逮古人, 而重以衰昏, 其何敢不竭其愚, 以奉助一二乎?
> 　　盖凡曰理曰氣曰心曰性, 聖人未嘗言之於道, 而後世儒者言之, 以
> 明聖人之道. 曰體曰法曰妙曰氣, 古人未嘗言之於文, 而後世文人言
> 之, 以明古人之文. 體者, 或典雅或雄渾或簡嚴或和夷或幽奇之類之名

也, 法者, 於章篇之間, 起之承之轉之合之之名也. 妙者, 就起承轉合
之中, 爲或出或入或縱或橫或起或伏或呑或吐或直或曲或豊或羸或長
或短或高或下, 千萬變化之名也. 氣者, 鼓之盪之躍之驟之臭之味之神
之韻之之名也. 然則體之典雅雄渾幽奇之類, 隨時變易, 靡有一定, 讀
禹謨105)者, 未可以非周誥106), 讀韓愈者, 未可以非蘇軾矣. 至於起
承轉合, 乃爲文者萬世不易之定法, 非是則, 言無其序, 辭不得達, 而
無所謂文者矣.

然法雖萬世不易, 而不易之中, 又必有大變易, 然後其法也活, 而文
至於工. 此所以有出入縱橫長短高下之類之運用之妙, 而彼出入縱橫
長短高下之類之妙. 旣皆得其必當之位, 則氣於是乎, 自然而鼓盪, 自
然而躍驟, 自然而臭味, 自然而神韻, 如雷之動, 如岳之聳, 如浪之奔,
如酒之醴, 如牛肉之在烹, 如異花之初放, 如盖世之名公鉅人, 盛服而
坐, 雖無一嚬一呵, 而左右之人, 已不能仰視. 凡自古以來, 以最能文
名者, 卽其氣之最盛者也. 然氣有正有戾, 有淸有濁, 故善用法妙, 則
其氣正淸, 而爲前之所云. 反之則其氣戾濁, 而爲窘澁擁腫勾棘一切狂
惑之類, 此其不可不深思, 而急辨之者也.

嗚呼, 昔韓愈氏, 生於後世人才寢微107)之時, 不得不詳言以告人,
故其與李翶書108), 始論爲文之妙. 然其言能引而抗之, 含蓄淵厚, 而
今余也, 距韓之時又下矣, 故不得不畢露盡洩, 而爲淺薄之歸, 豈不可
愧可歎哉? 然僕之此言, 足下其皆知之耶, 抑未也. 言者有限者也, 知
者無方者也. 以有限之言, 而啓無方之知, 雖聖人亦有所不能盡, 故天
下之學術, 雖曰資乎師友, 而其實皆出於自知. 足下其將如之何哉?

雖然抑有一言, 夫所謂文章者, 簡而言之, 則不過曰文理. 理也者學

---

105) 禹謨 : 禹임금이 나라를 다스린 방책을 뜻하는 말인데, 여기서는
『書經』「虞書」의 <大禹謨>를 가리킨다.
106) 周誥 :『書經』「周書」에 있는 <大誥>, <康誥>, <酒誥>, <召誥>,
<洛誥> 등을 가리킨다.
107) 寢微 : 衰微.
108) 李翶書 : 韓愈가 李翶에게 준 편지글. 古文論을 개진하고 있다.

問之源, 本是非之準繩, 趣味之所生, 解悟之所機括也. 故凡彼體法妙
氣之屬, 皆不能不資乎理, 如魚之不能不資乎水. 故僕閱歷於半世之
間, 多見爲文者, 理順則其成也易, 理滯則徒用力而無所成. 今足下之
文, 雖似有所未至者, 而其理則頗順. 循是而往, 思之弗措, 藉令今日
不知, 必有知之之一日, 苟知之, 則安有僕言亦安有所謂體法妙氣乎?
若所致之文之置議, 止於數篇者, 欲其因一隅而推三隅[109]之自知也.
足下其亦以此亮之而已.

金澤榮, 「答人論古文書」

이 글은 서간문의 형식을 빌어 古文의 作法을 피력한 것이다.
文은 그 속성과 원리로 體, 法, 妙, 氣의 넷이 있지만 이를 제작
에 활용할 때에는 自在無方하며 문장은 궁극적으로 理順해야 함
을 말하고 있다. 다른 사람이 古文에 대한 의견을 개진한 것에
대해 자신의 의견을 피력한 것으로 書牘文이 한 편의 文學論文으
로 활용되고 있음을 알 수 있게 하는 글이다. 書牘文이 사사로운
안부의 말로 채워진 것도 많지만 文學, 歷史, 哲學 등에 대한 高
邁한 견해가 들어 있게 된 것도 書牘文이 가지는 文體上의 장점
에서 기인한 것이다.

乙酉[110]五月二十二日, 恩津宋時烈, 謹齋沐裁書, 請納再拜之禮于
淸陰[111]老先生座下.
小生今去懸弧之歲[112]卅有九矣. 自省事以來, 竊聽於輿人走卒[113]

---

109) 因一隅而推三隅 : 사물의 네 귀퉁이 가운데 하나를 들어서 다른
    셋을 앎. 『論語』에 "擧一隅而知三隅反."이 보인다.
110) 乙酉 : 仁祖 23년. 이 해에 金尙憲이 瀋陽에서 환국하였다.
111) 淸陰 : 조선 중기의 문신 金尙憲의 호,.
112) 懸弧之歲 : 弧는 弓, 『孔子家語』「觀鄕射」 註에 "男子生則懸弧於其
    門, 明必有射也."라 하였다.

之口, 則皆曰, 今日山斗之望114), 惟有淸陰大爺也. 然而生長東南, 足迹罕出于庭除115)之外, 雖一鄕之士, 尙不得友, 況敢望供灑掃於門下, 以承大爐鞴116)之造化, 則每誦陳了翁責沈之章117), 而自歎曰, 士之爲仁, 雖在於我, 而不可以他求. 然豈不曰, "事其大夫之賢者乎. 雖世後千載, 地距萬里, 猶可以尙論而神會, 今幸生幷一世, 居不越國, 而好賢尙德之心, 出於秉彝而不可泯, 則竊庶幾賴天之靈, 萬一有以卒償其平生之至願.

　曩者忽聞先生有萬里之行, 則又愕然自失, 以爲知之於聖賢, 雖曰有聖, 而其所謂命者, 亦出於天而不能變, 則孟子之言, 或有所不可知者, 而吾生之不幸, 抑無乃終不遇於盛德之君子哉. 然自時以來, 先生聲名日益高, 道義日益隆, 人紀118)賴以植, 斯文賴以存, 日月不足明, 而泰山不足高, 則不知澹菴文山119)竟如何, 而吳澄許衡120)之徒, 以儒自名者, 又不翅如黃鵠壞蟲之相遠, 則小生之所以日夜北望而馳義者, 又萬倍於前日, 而不能以自解矣.

　及今無事東還, 則又知天之所以生德者, 雖匡人121)桓魋122), 終不奈何, 而日月所照, 霜露所墜. 凡有血氣者, 孰不欲執策奉鞶, 以趨下風, 而小生請見之誠, 又有甚異於人者. 蓋其性質偏駁, 志氣昏濁, 存心持己, 每在乎人欲之中, 而不能以自拔.

---

113) 輿人走卒 : 衆人과 隷人.
114) 山斗之望 : 泰山 과 北斗처럼 든든히 기댈 만한 名望.
115) 庭除 : 庭階.
116) 爐鞴 : 鞴는 風具, 화로에 불을 피운다는 말로, 敎導를 가리킨다.
117) 陳了翁責沈之章 : 宋 陳瓘이 程顥를 알지 못한 것을 한탄하고 葉公沈이 孔子를 모른 것에 비하여 지은 글. 了翁은 陳瓘의 호.
118) 人紀 : 人道.
119) 澹菴文山 : 宋의 학자 胡銓과 文天祥의 호.
120) 吳澄許衡 : 宋나라 사람으로 모두 元에 벼슬하여 失節하였다.
121) 匡人 : 孔子가 衛에서 陳으로 갈 때 匡땅의 사람들이 포위하여 곤경에 빠뜨렸다.
122) 桓魋 : 春秋 때 宋나라 사람으로 孔子를 살해하려 하였다.

頃嘗獲親有道, 粗聞古人爲己之學, 而用力不勇, 厚蔽難開, 歲月侵
尋123), 欻過半世, 每中夜起坐, 徒切愧懼今日之來. 蓋將頓首再拜,
獲瞻大君子盛德光儀, 萬一有得於觀感之間, 而有以消其輕躁浮露之
萌, 而革其卑陋汚賤之習, 則一日之所親炙, 豈不大於百世下聞風而興
起者乎.

　　伏願先生坐而受之, 不辜其所以來之意, 而又使知孟子之終不我欺,
則先生之賜大矣. 謹以書先于將命者, 而立于門屏之外, 以俟進退焉.

宋時烈,「上淸陰金先生書」

丙子胡亂에 斥和하여 瀋陽에 被拘된 지 6년 만에 大義를 宣明
하고 무사히 환국한 金尙憲에게 올린 글이다. 私牘이지만 義理를
중하게 다루고 있음을 알 수 있다.

5) 贈序類

送序라고도 하는 贈序類에는 序와 說이 있다. 贈序類는 親交가
있는 人物이 먼 곳으로 떠날 때 지어주는 글로 勸勉의 뜻이 많
다. 序跋類와 함께 論議되기도 하나 姚鼐의 『古文辭類纂』에 이르
러 序跋에서 분리, 독립된 文體로 인정되었다. 序는 詩序에서 연
변한 것으로 古代 文人들이 친구나 師友들과 이별할 때 餞別宴을
베풀고 술을 마시면서 詩를 짓고, 여기에 序를 써 준 데서 비롯
되었다. 後代에는 餞別의 의식이 없거나 혹은, 詩를 쓰지 않고서
도 惜別과 祝願, 勸勵의 말을 써주게 된 것이다. 唐初까지도 詩
와 序를 함께 써주어 序跋과 文體가 크게 다르지 않았으나 詩와
분리되면서 體가 달라진 것이다. 韓愈의 〈送孟東野序〉나 〈送董邵

---

123) 侵尋 : 漸進의 뜻.

南序〉는 실제 餞別의 자리에서 제작된 것으로 후대 贈序의 모범이 되었다. 그러나 韓愈의 또다른 序인 〈送董邵南遊河北序〉는 단순한 酬應의 作이 아니고 文以載道의 理論的 실천을 보인 글로, 작자의 理想이나 識見, 師友間의 상호 勸勵 등의 내용이 서사적이면서도 서정적이고 說理적인 文體로 되어 있어 序의 성격이 또 한번 바뀌기도 한다. 이 전통은 柳宗元의 〈送薛存義序〉나 歐陽修의 〈送徐無黨南歸序〉 등으로 계승되기도 하였다.

우리나라 文人의 글에도 贈序類가 많고 또 名篇이 적지 않다. 李齊賢의 〈送辛員外北上序〉, 崔岦의 〈送林佐郎鄰舟師統制使從事官序〉, 李植의 〈送權生尙遠序〉, 張維의 〈送吳肅羽出牧驪州序〉, 洪奭周의 〈送鄭景守世翼宰鎭安序〉, 李建昌의 〈送朴梧西行臺之燕序〉 등이 이름을 떨친 글이다.

> 吳起[124]有言, 舟中人皆敵國也, 亦足戒夫今日尸舟師[125]者乎. 曰不然也, 而近之也. 彼爲魏侯[126]言. 君失德, 則人不附, 即同舟皆敵, 以況其外云耳. 今之舟師, 調千萬人而載之, 以浮以泊以當勍敵於不測之洋中, 殆所謂置之死地而又甚者也. 設有叛去之心, 末由矣. 尸此者, 撫之而已, 奚敵之能爲? 吾故不然. 惟夫不能使人之多寡與舟稱, 舟之利鈍與人謀, 而且頡頑[127]軍費, 自肥而羸下, 使人人望敵知必死, 不知戰而生, 雖其身不暇附敵, 而其心寧, 及我皆亡, 則謂之敵, 亦可也, 況空地上之丁壯而驅之海. 敵雖善劫, 不能也. 束舟中之丁壯, 而受其敗, 敵雖善襲, 不能也如是, 又適足以爲大敵之資, 吾故近之.
>
> 今有能得吾說, 而存戒焉, 必有以易此道, 而爲必可以截敵. 無慮乎

---

124) 吳起 : 戰國時代 魏나라 사람으로 用兵에 뛰어났는데, 『吳子』를 지었다.

125) 尸舟師 : 水軍統制使를 보좌한다는 뜻.

126) 魏侯 : 吳起를 가리킨다.

127) 頡頑 : 멋대로 쓴다는 뜻.

其越鯨波而爲患, 復安有舟中敵哉? 朝廷新拜舟師統制使李公, 中外
咸謂, 是必能寬南顧之憂, 而吾友林員外[128], 以材進士, 先已充從事
官, 告以將行, 輒用此說爲贈, 庶其持獻于牙下[129]云.

崔岦, 「送林佐郎舟師統制使[130]從事官序」

班固와 韓愈, 晚年에는 歐陽修의 글을 매우 좋아했던 崔岦의
글이다. 兵法에 능하였던 吳起가 배를 타고 있는 사람은 모두 적
이라고 한 말을 인용하고, 이 말이 한편으로 잘못되었지만 다른
한편으로는 이치에 근사한 것이 있음을 말하면서, 水軍統制使의
從事官으로 가는 林佐郎을 勸勵하고 있다. 崔岦은 뜻을 지나치리
만큼 깊이 하고 奇異한 句를 쓰기 좋아하여 그의 文章은 난삽하
기까지 했다. 이 글은 난삽한 데까지 이르지 않았으나 論辨類에
서나 볼 수 있는 정치한 論理의 전개를 보이고 있다. 贈序類에
議論이 가미된 唐宋의 것을 모범으로 했기 때문에 그렇게 된 것
으로 보인다. 贈序類에서 흔히 보이는 勸勵의 말이 감쇄되어 있
는 것도 이 글의 한 특징이다.

贈序와 유사한 것에 壽序와 賀序, 謝序 등이 있다. 壽序는 元
代에 생겨난 것으로 祝壽의 글이고, 賀序와 謝序도 각기 慶賀와
感謝의 뜻을 보낼 때 준 글이다. 字說은 贈序의 별체로 蘇明允의
〈名二子說〉 등에서 비롯하여 일반 文人의 文集에도 가끔 보이는
것이다. 字나 名을 지어주면서 함께 준 글이다. 蘇洵의 아버지
名字가 序였기 때문에 제목에 序 대신 引이나 說을 썼다고도 한
다. 또 引은 序跋의 引이 있어 文集의 序를 대신하기도 하였다.
우리나라의 文人의 글에는 흔하지 않다. 여기서는 李植의 〈送蔡

---

128) 員外 : 員外郞. 조선시대 佐郞에 해당한다.
129) 牙下 : 牙는 장군의 숙소. 牙下는 곧 장군의 幕府를 가리킨다.
130) 舟師統制使 : 水軍統制使와 같다.

司書裕後赴北幕引〉을 보인다.

　　向者, 僕評[131]北幕, 僅半年, 初非時選也, 又値上將張甚, 奴視[132]文士, 有不快意, 輒齮齕[133]之. 僕於時, 但日飮燒酒, 靡所可否事. 間奉方伯[134]指揮, 一出六鎭[135], 仍得徧窺塞垣, 荒城古戍, 無遠不到. 或引老校舊裨, 登高指點[136], 詢問表裏山川[137]. 外至靺鞨之墟, 慨想我祖宗開基啓覇, 侔跡岐雍[138]. 與夫謀臣猛士, 鱗襲雲蒸, 佐成雄武, 有以也, 而憤今時胡虜之倔强, 爲之扼腕酸眦者, 累矣. 然此徒壯年粗心耳, 於旁人, 且不以相語, 況敢措一辭規一策, 妄自衒於油幢間耶.

　　今者, 大司馬[139] 以北路武將多不法, 而元戎困於籌畫, 請別選三司[140]英俊, 充其幕佐, 銓衡再注, 而得蔡君伯昌[141]. 君以妙齡, 登大科, 出入臺閣[142], 聲望高于時. 爲人端介深密, 不喜飮酒. 念朝廷選任之重 嶷然[143]有當官之心. 嗟乎, 此眞評事哉. 君到北幕, 當日有所爲, 或有以僕向時之事, 導君以便逸者, 君第應之, 曰時不同故也.

　　崇禎庚午[144]夏, 德水李植, 書于漢城西寓舍.

　　　　　　　　李植, 「送蔡司書[145]裕後赴北幕引」

---

131) 評 : 評事. 兵使의 俗僚로 開市에 대한 일을 맡아보았다.
132) 奴視 : 奴僕視. 하인을 대하듯이 무섭게 쳐다봄.
133) 齮齕 : 남의 재능을 시기하여 헐뜯음.
134) 方伯 : 監司.
135) 六鎭 : 朝鮮 世宗 때 女眞의 침입에 대한 대책으로 함경도에 설치한 요새.
136) 指點 : 손가락으로 가리켜 보임.
137) 表裏山川 : 험한 山川을 이르는 말.
138) 岐雍 : 周 文王 때의 옛 나라 이름.
139) 大司馬 : 兵曹判書의 별칭.
140) 三司 : 司憲府, 司諫院, 弘文館을 아울러 이르는 말.
141) 蔡君伯昌 : 蔡裕後. 伯昌은 그의 字. 號는 湖洲이다.
142) 臺閣 : 司憲府와 司諫院을 아울러 이르는 말.
143) 嶷然 : 높은 모습을 형용한 말.
144) 崇禎庚午 : 인조 8년(1603). 崇禎은 明 毅宗의 年號.

李植의 文章은 精緻한 結構를 자랑으로 한 것이 많고 이 글도 그 중 하나다. 贈序는 文章의 氣勢뿐만 아니라 立意를 중시하는 文體이다. 이 글은 結構가 뛰어난 것으로 알려져 있거니와 立意를 높이 잡아 無窮하게 변화시킨 名文이다. 즉 李植이 評事로 있을 때의 고충과 北塞의 중요성을 말하고, 蔡裕後의 능력을 부추킨 다음, 자신이 못다한 일을 훌륭히 수행해 줄 것을 은근히 勸勵하고 있다. 특히 변방의 중요성을 말한 대목에서 높은 기개를 읽을 수 있다.

이외에 또다른 序가 있다. 詩를 짓고 이에 序를 하는 데서 출발하였으나 후대에 와서 모임을 기리는 글에 쓰이기도 하였다. 王羲之의 〈蘭亭集序〉나 王勃의 〈滕王閣序〉, 李白의 〈春夜宴桃李園序〉 등이 이에 속한다. 그러나 이러한 序의 실체는 記에 가깝다. 이 때문에 序記라고도 한다.

6) 傳狀類

傳狀類는 傳記와 行狀으로 사람의 일생을 기술한 글이다. 고대의 傳은 記와 분리되지 않아 傳을 記라 하기도 하고 記를 傳이라 하기도 하였다. 後代에 인물을 적는 것을 傳이라 하고 事蹟을 적는 것을 記라 하게 되었다.

傳에는 대략 세 종류가 있다. 史書에 들어 있는 人物 傳記를 史傳이라 하고 史書 외에 일반 文人이 적은 전을 私傳이라 한다. 그 밖에 허구적인 인물의 이야기를 적는 소설체가 있다. 史傳은 司馬遷의 『史記』〈列傳〉에서 비롯하였고, 후대 일반 文人의 私傳

---

145) 司書 : 侍講院의 정6품 벼슬.

에까지 심대한 영향을 미쳤다. 일반 문인의 私傳은 唐代에 생겨난 것이다. 史傳은 善惡을 兼하지만 일반 문인의 私傳은 그 善行만을 취하는 것이 일반적이다. 私傳의 종류는 다양하다. 스스로 자신의 일생을 적은 傳記를 自傳이라 하는데, 陶淵明의 〈五柳先生傳〉, 陸羽의 〈陸文學自傳〉이 그 대표적인 작품이다. 蘇軾의 〈方山子傳〉 등과 같이 한 家門의 내력을 적은 傳을 家傳이라 한다. 韓愈의 〈圬者王承福傳〉, 柳宗元의 〈種樹郭橐駝傳〉, 〈梓人傳〉 등과 같이 자신의 뜻을 기탁한 傳을 托傳이라 하고, 특히 자신의 傳記를 다른 사람인 것처럼 쓴 것을 自托傳이라 한다. 우리나라에서는 崔澱의 〈猊山隱者傳〉이 自托傳의 한 예이다.

먼저 史傳의 예를 보인다.

溫達高句麗平岡王146)時人也. 容貌龍鍾147)可笑, 中心則睟然. 家甚貧, 常乞食以養母, 破衫弊履, 往來於市井間, 時人目之爲愚溫達. 平岡王少女兒好啼, 王戲曰, "汝常啼聒我耳, 長必不得爲士大夫妻, 當歸148)之愚溫達." 王每言之.

及女年二八, 欲下嫁於上部高氏, 公主對曰, "大王常語, 汝必爲溫達之婦, 今何故改前言乎? 匹夫猶不欲食言, 況至尊乎? 故曰, 王者無戲言. 今大王之命謬矣, 妾不敢祗承." 王怒曰, "汝不從我敎, 則固不得爲吾女也. 安用同居? 宜從汝所適矣."

於是, 公主以寶釧數十枚, 繫肘後, 出宮獨行, 路遇一人, 問溫達之家, 乃行至其家, 見盲老母, 近前拜, 問其子所在. 老母對曰, "吾子貧且陋, 非貴人之所可近. 今聞子之臭, 芬馥異常, 接子之手, 柔滑如綿, 必天下之貴人也. 因誰之俯以至於此乎? 惟我息不忍飢, 取楡皮於山

---

146) 平岡王 : 高句麗의 25대 王.
147) 龍鍾 : 초라하고 못생긴 모습을 형용한 말.
148) 歸 : 시집보낸다는 뜻.

林, 久而未還." 公主出行至山下, 見溫達負楡皮而來, 公主與之言懷.
溫達勃然149)曰, "此非幼女子所宜行, 必非人也, 狐鬼也, 勿迫我也."
遂行不顧.　公主獨歸宿柴門下,　明朝更入,　與母子備言之.　溫達依
違150)未決, 其母曰, "吾息至陋, 不足爲貴人匹, 吾家至窶, 固不宜貴
人居." 公主對曰, "古人言, 一斗粟猶可舂, 一尺布猶可縫,151) 則苟爲
同心, 何必富貴然後可共乎?" 乃賣金釧, 買得田宅奴婢牛馬器物, 資
用完具. 初買馬, 公主語溫達曰, "愼勿買市人馬, 須擇國馬病瘦而見放
者, 而後換之." 溫達如其言, 公主養飼甚勤, 馬日肥且壯.

　高句麗常以春三月三日, 會獵樂浪152)之邱, 以所獲猪鹿, 祭天及山
川神. 至其日, 王出獵, 群臣及五部153)兵士皆從. 於是 溫達 以所養
之馬隨行, 其馳騁常在前, 所獲亦多, 他無若者. 王召來問姓名, 驚且
異之. 時後周武帝出師, 伐遼東, 王領軍逆戰154)於拜山之野, 溫達爲
先鋒疾鬪斬數十餘級,　諸軍承勝奮擊大克.　及論功,　無不以溫達爲第
一. 王嘉歎之曰, "是吾女婿也." 備禮迎之, 賜爵爲大兄155), 由此寵榮
尤渥, 威權日盛.

　及陽岡王156)卽位, 溫達奏曰, "惟新羅割我漢北之地爲郡縣, 百姓
痛恨, 未嘗忘父母之國. 願大王不以臣愚不肖, 授之以兵, 一往必還吾
地." 王許焉. 溫達臨行誓曰, "鷄立峴157)竹嶺已西, 不歸於我, 則不返
也." 遂行與羅軍戰於阿且城158)之下, 爲流矢159)所中, 路而死. 欲葬,

---

149) 勃然 : 화를 벌컥 내는 모습.
150) 依違 : 머뭇거리는 모양.
151) 一斗粟猶可舂, 一尺布猶可縫 : 원래는 兄弟間의 和合을 말하는 속
　　담이나, 여기서는 부부의 合心을 강조한 말이다.
152) 樂浪 : 지금의 平安道 지방을 이르던 말.
153) 五部 : 高句麗의 행정 단위.
154) 逆 : 맞아서 싸운다는 뜻.
155) 大兄 : 高句麗의 벼슬 이름.
156) 陽岡王 : 高句麗의 26대 王.
157) 鷄立峴 : 慶尙道 聞慶에 있는 고개 이름.
158) 阿且城 : 竹嶺 근처에 있던 성 이름.

柩不肯動, 公主來撫棺曰, "死生決矣, 於乎歸矣." 遂擧而窆. 大王聞
之, 悲慟.

金富軾,「溫達傳」

金澤榮에 의해 朝鮮 最高의 古文으로 칭도되었던 작품이다. 이
글은 이미 高麗 中期 古文의 경지가 일정한 위치에 이르렀음을
보게 한다. 생동감이 넘치면서도 간결한 묘사는『三國史記』列傳
의 도처에서 나타나는 것이기도 하다. 金富軾의 또다른 傳〈都彌
傳〉과 함께 우리나라 史傳의 대표적인 것이라 할 만하다. 傳은,
忠孝 才德의 선비가 있어도 그 자취가 인멸될까 우려하거나, 혹
은 비록 그 일은 한미하나 후세에 法이 될 만한 것을 대상으로
하는 글이다. 〈溫達傳〉과 〈都彌傳〉은 이러한 傳의 정신에 걸맞는
작품이다.

李彦瑱, 字虞裳, 京師人也, 家世業象胥160). 彦瑱以譯科官本院,
聰穎絕人, 讀書過目不遺, 文辭贍給, 能擊鉢賦文, 又善書而疾. 嘗冬
日晏起盥櫛, 端坐抄書, 未朝食而得卅餘頁. 字畫皆端楷如印本, 亦無
脫謬處, 其精敏類此.
　通信使行, 彦瑱以才膺書記選, 浮海入日本, 一船中, 多能文士, 然
神捷無有過彦瑱者. 日本人素狡, 每我使往, 輒群至索翰墨, 或預搆詩
文, 多至屢千百言, 卒出求和, 冀以困之. 我人亦不欲詘, 必揮灑副之,
然亦患其太迫. 及彦瑱至, 群倭持五百箋, 索五言律, 彦瑱卽磨墨數
升, 且吟且書, 俄頃而足, 群倭環顧驚喜. 復持五百箋, 請曰, "已服公
才, 思願試公記性." 彦瑱又且念且書, 如錄已言, 指間颯颯161)起秋雨
聲, 須臾擲筆, 整襟而坐, 日未哺而書千箋, 賦五百律, 所記誦亦如之,

---

159) 流矢 : 누가 쏜 것인지 알 수 없는 화살.
160) 象胥 : 譯官의 별칭.
161) 颯颯 : 바람이나 비 소리를 형용한 말.

倭愈驚歎, 吐舌以爲神也, 於是彦瑱之名, 噪一時云.

　彦瑱雖負才名, 然坐微賤, 竟邑邑[162]不得志, 而死年纔三十餘. 未死時, 嘗出其所著, 悉火之曰, "存亦無益世, 誰知李彦瑱者?" 其妻奔救之不及, 只收燼餘若干首, 藏之, 彦瑱死, 始行於世. 彦瑱少從李用休[163], 學星曆勾股之法, 略通梗槪云. 閩人曰, "余嘗從擒院小史, 見彦瑱燼餘詩, 命繕書一本, 名之曰, 江陽焦尾集, 贈友人金照明遠矣, 不知果無憗也."

　大抵其詩少調格, 然瞻敏亦可見, 若假之以年, 或當有所進也. 惜夫, 虞仲翔[164]云, "靈芝無根, 醴泉無源." 彦瑱之謂乎.

金祖淳,「李彦瑱傳」

李彦瑱은 위에서 본 바와 같이 뛰어난 詩人으로 一時를 울렸지만 미천한 신분의 인물이었다. 그 자취가 인멸될까 우려하여 閥閱인 金祖淳이 傳을 쓴 것이다. 李彦瑱의 傳은 여러 文人에 의해 저작되었는데 朴趾源의 이른바 九傳의 하나인 〈虞裳傳〉의 立傳人物 역시 바로 李彦瑱이다. 그만큼 뛰어난 능력이 있었고, 또 奇行으로 사람들에게 널리 알려져 여러 차례 立傳이 된 것으로 보인다.

傳은 실제 있었던 歷史的 人物을 대상으로 하는 것이 원칙이다. 그러나, 傳 중에는 立傳 인물이 허구적으로 설정되었거나 인물의 일생 자체가 워낙 소설적 흥미가 있어 소설로 변질한 작품도 있다. 이러한 유형에는 먼저 假傳이 있다. 韓愈의 〈毛穎傳〉, 柳宗元의 〈蝂蝂傳〉 등은 傳의 이름을 빌어 세상을 풍자한 寓言으로 이를 假傳이라 한다. 假傳은 爲文戲筆의 글이다. 사물의 근원과 성질을 繁多한 典故를 활용하여 傳으로 만든 것이다. 역사

---

162) 邑邑 : 뜻을 얻지 못한 모습.
163) 李用休 : 조선 후기의 문신. 經學과 시에 뛰어났다.
164) 虞仲翔 : 中國 三國時代 吳의 虞翻. 仲翔은 그의 字

적 사실이나 典故를 허구적 상상력으로 再構成하고 있으므로 문학성이 주목되기도 한다. 林椿의 〈麴醇傳〉은 술을 의인화한 것인데 술에 대한 褒貶이 李奎報의 〈麴先生傳〉과는 달라서 작자의 개성적 격차를 보여준다. 이 후에도 文人의 戱作으로 假傳이 간헐적으로 제작되었다. 이러한 戱作의 경향은 假墓誌銘이나 假墓碣銘 등의 영역으로 확대된 예도 있다.

위에서 본 托傳 〈種樹郭橐駝傳〉에서 郭橐駝가 실존 인물인지는 불명확하다. 오히려 著者 寓意를 담기 위하여 허구적으로 설정한 것일 수도 있다. 朝鮮後期의 傳에도 이와 같은 허구적인 인물의 傳이 있다. 그 단적인 것이 朴趾源의 〈兩班傳〉이다. 〈兩班傳〉은 兩班을 立傳의 대상으로 하고 있지만 朴趾源이 兩班社會의 虛實을 풍자하기 위하여 제작한 社會批評文이기도 하다. 이러한 작품은 傳의 영역에서 그대로 수용할 수 없는 奇文의 성격이 짙다.

兩班者, 士族之尊稱也. 旌善之郡, 有一兩班, 賢而好讀書, 每郡守新至, 必親造其廬而禮之. 然家貧, 歲食郡糴, 積歲至千石. 觀察使巡行郡邑, 閱糴糴165), 大怒曰, 何物兩班, 乃乏軍興166). 命囚其兩班, 郡守意哀其兩班貧無以爲償, 不忍囚之, 亦無可奈何. 兩班日夜泣, 計不知所出. 其妻罵曰, 生平子好讀書, 無益縣官糴, 咄兩班兩班, 不直167)一錢.
其里之富人, 私相議曰, 兩班雖貧, 常尊榮, 我雖富, 常卑賤, 不敢騎馬, 見兩班, 則跼蹜屛營168), 匍匐拜庭, 曳鼻膝行, 我常如此其僇辱也. 今兩班貧, 不能償糴, 方大窘, 其勢誠不能保其兩班, 我且買而有169)之. 遂踵門而請償其糴, 兩班大喜許諾.

---

165) 糴糴 : 還穀의 出納. 三政의 하나이다.
166) 軍興 : 軍糧米.
167) 直 : 値와 같다.
168) 跼蹜屛營 : 몸을 공 모양으로 구부리고 두려워함.

　　於是富人立輸其糶於官. 郡守大驚異之, 自往勞其兩班, 且問償糶
狀, 兩班氈笠170), 衣短衣, 伏塗謁, 稱小人, 不敢仰視. 郡守大驚, 下
扶曰, 足下何自貶辱若是. 兩班益恐懼, 頓首俯伏曰, 惶悚, 小人非敢
自辱, 已自鬻其兩班, 以償糶, 里之富人, 乃兩班也. 小人復安敢冒其
舊號, 而自尊乎. 郡守嘆曰, 君子哉, 富人也, 兩班哉, 富人也. 富而
不吝義也, 急人之難仁也, 惡卑而慕尊智也. 此眞兩班. 雖然, 私自交
易, 而不立券, 訟之端也. 我與汝約郡人而證之, 立券而信之, 郡守當
自署之.

　　於是郡守歸府, 悉召郡中之士族及農工商賈, 悉至於庭. 富人坐鄉
所171)之右, 兩班立於公兄172)之下, 乃爲立券曰, 乾隆十年173)九月
日, 右明文段, 屈賣兩班, 爲償官穀, 其直千斛, 維厥兩班, 名謂多端.
讀書曰士, 從政爲大夫, 有德爲君子, 武階列西, 文秩敍東, 是爲兩班,
任爾所從. 絶棄鄙事, 希古尙志, 五更常起, 點硫燃脂, 目視鼻端, 會
踵支尻, 東萊博議174), 誦如氷瓢. 忍饑耐寒, 口不說貧, 叩齒彈腦,
細嗽嚥津, 袖刷毾冠, 拂塵生波, 盥無擦拳, 漱口無過, 長聲喚婢, 緩
步曳履. 古文眞寶175), 唐詩品彙176), 鈔寫如荏, 一行百字. 手毋執
錢, 不問米價, 署毋跣襪, 飯毋徒髻, 食毋先羹, 歠毋流聲, 下箸毋舂,
毋餌生葱, 飮醪毋嘬鬚, 吸煙毋輔窊, 忿毋搏妻, 怒毋踢器, 毋拳毆兒
女, 毋詈死奴僕. 叱牛馬, 毋辱鬻主, 病毋招巫, 祭不齋僧, 爐不煮手,
語不齒唾, 毋屠牛, 毋賭錢. 凡此百行, 有違兩班, 持此文記, 卞正于
官. 城主旌善郡守押, 座首別監177)證署. 於是通引178)搨印錯落, 聲

---

169) 有 : 享有.
170) 氈笠 : 벙거지. 여기서는 동사로 전성되었다.
171) 鄕所 : 地方의 자치 기구.
172) 公兄 : 서리의 별칭.
173) 乾隆十年 : 乾隆은 淸 高宗의 연호. 乾隆十年은 1745년.
174) 東萊博議 : 宋 呂祖謙이 지은 책 이름.
175) 古文眞寶 : 중국의 詩文을 모은 책으로, 우리나라에 큰 영향을 끼
　　　쳤다.
176) 唐詩品彙 : 明 高棅이 편찬한 唐詩 선발 책자.
177) 座首別監 : 모두 鄕廳의 有司이다.
178) 通引 : 고을 원 아래서 잔심부름을 하던 사람.

中嚴鼓, 斗縱參橫[179].

　戶長讀旣畢, 富人悵然久之曰, 兩班只此而已耶. 吾聞兩班如神仙, 審如是, 太乾沒, 願改爲可利. 於是乃更作券曰, 維天生民, 其民維四[180]. 四民之中, 最貴者士, 稱以兩班, 利莫大矣. 不耕不商, 粗涉文史, 大決文科, 小成進士, 文科紅牌[181], 不過二尺, 百物備具, 維錢之橐. 進士三十, 乃筮初仕, 猶爲名蔭, 善事雄南[182], 耳白傘風, 腹皤鈴諾[183], 室珥治妓, 庭穀鳴鶴. 窮士居鄕, 猶能武斷, 先耕隣牛, 借耘里氓, 孰敢慢我, 灰灌汝鼻, 暈髻汰鬚, 無敢怨恣.

　富人中其券, 而吐舌曰, 已之已之, 孟浪哉, 將使我爲盜耶. 掉頭而去, 終身不復言兩班之事.

朴趾源,「兩班傳」

文體는 『史記』의 列傳體를 모방하고 있다. 朴趾源의 초기작으로, 당시 兩班士類들이 그들의 본분을 망각하고 世德에 기대어 작폐만을 일삼고 있는 현실을 풍자하고 士道를 바로잡을 것을 말하기 위하여 傳의 형식을 빈 사회비평문이다. 이 때문에 이 작품은 傳 형식을 개조한 일종의 奇文이다.

이에 비해 趙緯韓의 〈崔陟傳〉이나 李恒福의 〈柳淵傳〉은 立傳 대상 인물의 생애가 워낙 기구하여 소설적 관심으로 확대된 예이다. 崔陟이 임진왜란을 배경으로 하여 겪는 시련의 연속이나 柳淵의 訟事를 둘러싸고 진행되는 사건의 전개는 傳의 敎訓性을 이미 벗어나 소설적 흥미를 유발하고 있어 널리 읽혔던 것으로 보

---

179) 斗縱參橫 : 북두칠성과 參星이 가로 세로로 늘어선 모양. 여기서는 도장이 어긋나게 찍힌 모습을 형용한 말.
180) 有四 : 士農工商을 가리킨다.
181) 紅牌 : 과거에 급제한 사람에게 주는 붉은 종이로 된 합격 증명서.
182) 雄南 : 뛰어난 南行.
183) 鈴諾 : 수령이 시령줄을 당기면 줄 끝에 달린 방울 소리를 듣고 下僚가 대답하는 것을 이른다.

인다. 그밖에 權韠의 작품으로 알려져 있는 〈周生傳〉처럼 이름은
傳으로 되어 있으나 傳의 격식에서 완전히 벗어난 것도 있다.
　　行狀은 漢代에서부터 이미 있어 왔으며 韓愈의 〈贈太傅董公行
狀〉은 후세 行狀의 모범이 되었다. 行狀은 傳과 비교할 때 인물
의 平生 事跡이 상세하고 장대하며, 傳에서 즐겨 쓰는 인물의 褒
貶이 없고 단지 인물에 대한 稱賞만 있다. 원래 行狀의 목적이
墓誌銘이나 諡號의 자료로 제공되게 하는 것이기 때문이다.

　　錢處士, 諱鶴鳴, 字九皐, 其先出於吳越, 後爲南通白蒲[184]之大族.
父諱棠以上, 多以農家者流, 行其仁義. 母如皐[185]劉氏.
　　處士儀貌淸疎, 識度高朗, 少時好讀書, 順奉二親. 及長, 與兄弟析
田分居, 則束其書, 專治田曰, "後其食而先其敎, 非序也, 不可爲. 舍
壟畝, 而趣萬鍾[186]之利者, 世多有其人, 然此又非吾之所能爲也." 草
喫褐着, 與用事備役, 同苦樂, 以至白首. 所獲於田間者, 頗多矣, 然
見所親者之困於食, 則未嘗不爲之匍匐拮据[187]. 故田之益者無幾, 而
茅舍席門[188], 猶夫初也. 年三十六, 哭其妻如皐倪氏, 遂不復娶, 而
安其窮.
　　有三子輝華灝, 令輝華繼治田, 而獨縱灝使游學曰, "汝其卒吾未卒
之書乎." 居其七十, 灝訪澤榮, 徵壽詩[189]. 後灝邀余游其園曰, "是請
亦吾大人平日之意也." 至則處士適已出游, 比余舟離園數里, 而始返
矣. 以失余爲大恨, 屢屢形諸口. 迨其寢疾, 命灝取所藏余小像來, 對
而語余曰, "子韓遺民有道者, 惜吾之不若也." 因顧灝曰, "我死, 汝能
求一狀於此公乎." 余聞其事, 感而就見. 處士始不省, 少頃稍稍神返,
而能省之, 語諸子曰, "吾今而後可瞑也." 夫因申言及于狀.

---

184) 南通白蒲 : 揚子江 하류 지방으로, 金澤榮이 이곳에 망명와 있었다.
185) 如皐 : 中國 江蘇省의 한 縣名.
186) 萬鍾 : 매우 많은 俸祿을 이름.
187) 匍匐拮据 : 힘써 일함.
188) 席門 : 거적으로 만든 문. 가난한 집을 가리킨다.
189) 壽詩 : 長壽를 축원하는 詩.

　嗚呼, 中州二十二省之大, 其中賢士大夫, 何限其人也. 雖今中州習
尙, 隨時變嬗, 文章之作, 不逮乎古, 而亦不可謂竟無其人矣, 而處士
及獨膝余, 而不置者, 豈固好異樂新, 如好貨者之見遠方珍怪物也. 蓋
其當中國今日綴旒[190]之勢, 寤寐憂歎之餘, 見余之式薇播越[191], 有
以感激觸發, 而至於此. 假令遭余之所遭, 豈不謀得十萬橫磨劍[192],
以與讐人相見, 又或濡其足於東海之波, 而以從魯仲連[193]氏也耶. 若
處士者, 其可謂慷慨隱君子, 而自食其力之一節, 誠不足以盡之也.
　處士之卒, 爲中華民國八年己未五月十二日, 享年凡七十. 二三子
之外, 又有二女, 爲施康壽倪謙之妻. 灝出嗣近親, 具通新舊學, 見爲
南通商業學校敎員. 葬地卜於其第之西田云. 是爲狀.

金澤榮,「錢處士行狀」

　傳과 行狀은 후세에 傳할 만한 行業을 취하여 사실을 서술한
것이다. 行狀은 史官에게 올려 列傳에 넣거나, 墓誌銘을 구하기
위한 것이므로 자세한 것을 중시한다. 그러나 이 〈錢處士行狀〉은
錢鶴鳴의 生平을 자세히 서술하기보다는 金澤榮이 망명지 南通에
서 錢鶴鳴이라는 知己를 얻게 된 것에 대한 慷慨를 드러내는 데
역점을 두고 있어 行狀의 정격에서는 벗어나 있는 작품이다.

　일반 行狀과는 조금 다른 것으로 逸事狀이 있다. 인물의 平生
事跡을 적는 것이 아니라 逸事와 遺文을 적은 것이다. 또 述 혹
은 行述이 있는데 李翶의 〈陸歙州述〉에서 비롯한 것으로 傳과 유
사하고 行狀과 거의 같은 것도 있다. 史略은 歸有光의 〈先妣事

---

190) 綴旒 : 면류관에 단 구슬을 이르는 말로, 매우 위태한 것을 비유한
　　다.
191) 式薇播越 : 式薇는 『詩經』「邶風」의 편명으로 시들었다는 뜻이다.
　　播越은 離散, 流亡의 뜻이다.
192) 橫磨劍 : 精銳의 戰士를 비유하는 말.
193) 魯仲連 : 戰國 時代 齊의 義士로, 秦을 皇帝의 나라로 받들려 하자
　　바다물에 빠져 죽을지언정 신하 노릇은 하지 않겠다고 하였다.

略〉에서 처음 보인 것이다. 行狀과 유사하며 墓誌나 傳의 기본자
료로 제작된 것이다. 錄은 杜牧의 〈燕將錄〉에서 비롯된 것인데
傳과 유사하다. 實錄은 韓愈의 〈純宗實錄〉에서 비로소 나타난 것
으로 史書 本紀의 體와 흡사하다. 다음에 實錄의 일부를 보인다.

二十一年194)丙寅二月丁丑, 以李滉爲資憲大夫工曹判書. 滉性明澄
溫謙, 端祥和粹, 潛心道學, 體驗硏究, 多所自得. 充養功深, 無復圭
角, 辭受取與, 必揆諸義, 一毫不苟, 未嘗言人過, 亦不輕許人也. 其
縷析精微闡明義理之功, 東方先儒所未有也. 學者仰之如泰山北斗, 其
飄然脫灑195)難進易退之節, 眞有鳳凰翔于千仞氣像, 一鄕士大夫, 觀
咸而化, 皆恥作非義, 而不屑貨利, 其德之入人者深矣.

「明宗實錄」

三年196)庚午十二月朔甲午, 崇政大夫判中樞府事李滉卒. 命贈領議
政, 賜賻葬祭如禮.
　滉旣歸鄕里, 屢上章, 引年乞致仕, 不許. 至是有疾, 戒子寯曰, 我
死, 該曹197)必循例請用禮葬, 汝須稱遺令, 陳疏固辭. 且墓道勿用碑
碣, 只以小石題其面曰, 退陶晚隱眞城李公之墓, 以嘗所自製銘文, 刻
其後可也. 數日而卒. 寯再上疏辭禮葬, 不許.
　滉字景浩, 其先眞城人. 叔父堣兄瀣, 皆聞人. 滉天資粹美, 材識穎
悟. 幼而喪考, 自力爲學, 文章夙成. 弱冠198)遊國庠199). 時經己卯之
禍200), 士習浮薄, 滉以禮法自律, 不恤人譏笑, 雅意恬靜, 雖爲母老,

---

194) 二十一年：明宗 21년(1566).
195) 脫灑：脫俗.
196) 三年：宣祖 3년(1570년).
197) 該曹：禮曹를 가리킨다.
198) 弱冠：20세를 이르는 말.
199) 國庠：成均館.
200) 己卯之禍：己卯士禍. 中宗 14년 南袞, 沈貞 등이 趙光祖를 誣告하
　　여 士類가 被禍한 일.

由科第入仕通顯, 非所樂也. 乙巳之難[201], 幾陷不測, 且見權奸濁亂,
力求外補以出. 旣而兄瀣忤權倖[202]寃死. 自是決意退藏, 拜官多不就,
專精性理之學, 得朱子全書, 讀而喜之, 一遵其訓, 以眞知實踐爲務,
諸家衆說之同異得失, 皆旁通曲暢, 而折衷於朱子, 義理精微, 洞見大
原, 道成德立, 愈執謙虛, 從遊講學者, 四方而至, 達官貴人, 亦傾心
向慕, 多以講學飭躬爲事, 士風爲之丕變.

「宣祖修正實錄」

實錄은 編年體로 되어 있다. 王의 在位 年月日을 干支로 적은
다음 記事를 적는다. 여기서는 李滉의 官職 除授 기록을 적고 있
다. 그 다음은 實錄 編纂者의 評이다. 巨儒와 高官의 죽음도 實
錄에서 빠뜨리지 않는데, 이 때에는 해당 인물의 略傳을 적는 것
이 관례이다. 李滉의 죽음은 『宣祖修正實錄』 三年 十二月 甲午
기사에 나오며, 여기에도 李滉의 略傳이 들어 있다. 이러한 글은
卒記라고도 한다.

7) 碑誌類

碑誌類는 원래 詩歌로 功德을 稱頌한 데서 비롯한 것이다. 功
德을 稱頌하고 金石에 이를 새겼다. 후대에는 人物의 行蹟을 韻
文에 가깝게 돌에 새겨 세우거나 묘 속에 묻는 글이 되었다.
墓道 文字 중에서 墓 위에 세우는 것을 墓碑文 또는, 墓表文라
하고 墓 속에 묻는 것을 墓誌라 하여 구분하기도 하지만, 반드시
그런 것만은 아니다. 墓誌銘은 전반에 死者의 生平을 적고 뒤에

---

201) 乙巳之難 : 乙巳士禍. 明宗 元年 尹元衡이 尹任을 誣告하여 善類를
　　竄死한 일.
202) 權倖 : 李芑, 李洪男 등을 가리킨다.

頌贊의 銘文을 붙인다. 銘을 붙이지 않은 것은 墓誌일 뿐이다. 誌는 序에 해당하는 散文으로 死者의 世系, 名字, 爵位, 行治, 壽年, 卒葬月日, 子孫의 大略과 葬地 등의 사실을 적는다. 誌는 散文, 銘은 韻文으로 적는 것이 正格이지만, 이 중 어느 하나만 있는 것도 있고, 銘文이 散文으로 된 것도 있다. 墓誌銘은 死者의 집에서 뛰어난 文人에게 청탁하여 지은 것이 대부분이다. 이 때문에 墓誌銘은 墓碑文과 함께 名篇이 많다.

특히 唐宋 古文에 墓誌銘이 많으며, 『麗韓十家文鈔』에도 이 墓誌銘이 많이 選文되어 있다. 中國에서는 韓愈의 〈柳子厚墓誌銘〉이 널리 알려져 있다. 우리나라에서도 朴趾源의 〈洪德保墓誌銘〉, 李建昌의 〈兪叟墓誌銘〉 등이 名文으로 알려져 있다. 墓表는 死者의 學德을 表彰한다는 뜻으로 후세에는 墓 앞의 碑文을 총칭하는 것이 되었다. 여기에는 神道碑銘과 墓碣文이 있다. 神道는 墳墓의 東南方을 이르는 말인데 神道에 碑를 세우기 때문에 神道碑銘이라 한 것이다. 唐 이후 五品 이상의 官員은 墓碑를 세우고 七品 이상의 관원은 墓碣을 세웠는데, 곧 死者의 品階에 따라 명칭을 달리 한 것일 뿐, 文體上의 변별성은 없다. 宋代 이후 表라는 것이 생겨났는데 全文이 散文이고 韻文의 銘이 없는 것이다. 歐陽修의 〈瀧岡阡表〉가 墓表의 대표작이라 할 만하다. 여기서 阡表는 墓表와 같다. 우리나라에서는 李植의 〈沈舍人墓表〉, 朴趾源의 〈李處士墓碣銘〉 등이 유명하다. 여기서는 李建昌의 〈兪叟墓誌銘〉을 보인다.

歲干支仲秋之月, 某日癸未, 織屨兪叟君業, 以疾終于江華下道尹汝化203)之陳舍204). 壽七十, 無子. 厥明, 里三老205)集于汝化, 謀所以送叟者. 汝化來告余, 余予之以弗茹之地206), 俾瘞之. 且爲之誌,

有字無名, 無譜無籍, 傷也　其死, 可得以詳, 而其生, 則闕也. 叟中歲
獨身流寓, 與汝化爲客主三十年, 樸吶無佗能, 日惟業織屨　然不自鬻
以畀汝化, 汝化鬻得米, 則遺之使炊, 不得, 或累日不炊. 里人無所持
來求屨, 叟卽與, 或匿直[207]不以還, 久亦不自往索, 故或終年一步不
出門. 余家與汝化, 相望而近, 然余竟不識叟面, 叟殆非庸人者歟.

　抑余嘗悲古昔聖賢, 終身未嘗一事行於世, 而其所業皆所以行者也.
今叟亦終年, 未嘗一步行於路, 而其所業, 亦惟所以行者也. 雖其具鉅
細有不同, 而其勤而無所用於己則同, 又可悲也. 然聖賢, 旣不能自
行, 而天下又卒不用其道, 反以招譏謗, 嬰患厄, 恤焉而不寧. 若叟,
固無意於行　而隣里之人, 猶用其屨而歸其直, 叟得以食其力, 以老以
終, 無他患. 使叟果庸人也, 則可以無憾, 叟而果非庸人也, 抑又何
憾? 銘曰,

　　五穀芃芃[208]民所寶　　　　斂精食實委枯槁[209]
　　惟叟得之以終老　　　　　　生也爲屨葬也藁[210].

李建昌,「兪叟墓誌銘」

　　이름도 알려지지 않은 어떤 늙은이의 죽음을 통하여 名文의 제
작을 시험한 글이다. 家系와 生平 등 아는 것이 없으므로 절로
墓誌銘의 變體가 되고 있다. 李建昌은 뛰어난 문장가이지만, 이
글은 辭가 理를 가리우고 있는 才勝한 문장이라는 비평을 받았
다. 兪叟의 生死를 지푸라기 하나로 짜맞춘 銘의 솜씨가 이 글을

---

203) 尹汝化 : 그 생애가 자세하지 않다.
204) 陳舍 : 빈 집.
205) 三老 : 마을의 長老를 말한다.
206) 弗茹之地 : 갈아 먹지 못하는 땅.
207) 直 : 値와 같다.
208) 芃芃 : 무성한 모양을 나타내는 말.
209) 斂精食實委枯槁 : 곡식의 알갱이를 거두어 먹고 지푸라기는 버린
　　다는 뜻.
210) 葬也藁 : 죽어서 장사지낼 때 거적대기에 쌓여 무덤으로 갔다는
　　뜻.

더욱 돋보이게 한다.

碑刻은 돌에 冊封이나 紀功의 文을 새긴 것으로 古代에는 韻文으로 지었으나 漢代에 이르러 序가 붙기 시작하였다. 후대의 碑刻文에서는 오히려 序가 더 중시되어 韻文의 銘이 없는 것도 생겨났다. 다만 銘은 押韻되어 있는 것이 상례이다. 班固의 〈封燕然山銘〉, 韓愈의 〈平准西碑〉 등이 後世 碑刻文의 모범이 되었다. 우리나라에서는 洪奭周의 〈觀音寺遺墟碑〉가 유명하다.

　　直南海縣二十里, 溟漲211)之所環, 蒙衝212)之所出入, 名其地曰觀音浦者, 故三道統制使贈議政府領議政忠武李公殉國之所也. 公以舟師, 大破倭寇於海中, 海上無倭警者, 今二百三十有餘年, 而公則爲飛丸所中以歿. 嗚呼, 壬辰之難, 我東之陽九213)也, 時則有忠藎勇知之若而人214), 左右我宣廟, 以克襄中興, 烈旣咸銘彝鐘被竹素215), 焯乎其有燿矣. 至勳塞天地, 聲震華夷, 焯爀磊落, 軒宇宙而揭日星者, 薦紳婦孺, 不謀一辭, 以忠武公爲稱首.

　　蓋公以偏陬積弱之旅, 當百萬賈勇216)之敵, 蔽遮一方, 屹然爲干城, 如張睢陽217), 橫波絶流, 出奇制勝, 使渠凶, 摧敗煨燼而無遺, 如周公瑾218), 用少擊衆, 前無勍敵, 威聲所轟, 遠邇望風, 如岳武

---

211) 溟漲 : 남쪽의 큰 바다.

212) 蒙衝 : 艨衝. 쇠가죽으로 船體를 싸서 화살과 돌로부터 방비하며 적함과 충돌하여 파괴할 수 있게 만든 戰艦.

213) 陽九 : 災厄. 陰陽家의 數理에서 풀어놓은 것으로 전쟁과 재난을 입을 운세에 해당한다.

214) 若而人 : 몇 사람.

215) 彝鐘竹素 : 彝鐘은 宗廟의 祭器, 竹素는 역사를 적는 대나무와 비단.

216) 賈勇 : 자신의 勇力을 과시함.

217) 張睢陽 : 唐의 張巡. 玄宗 때 수양 태수로 安祿山과 싸우다 순절하였다.

218) 周公瑾 : 赤壁大戰 때 吳의 장군 周瑜. 公瑾은 그의 字이다.

穆[219], 再造區宇,[220] 斡危奠泰, 以一身爲宗國輕重, 如郭汾陽李西
平[221]. 若其開誠布公, 鞠躬盡瘁, 德威交彰, 畎卒咸懷, 而卒之以志
決身殲, 則惟諸葛忠武侯[222]是已. 武侯之歿以疾病, 而公之歿也以戰,
然武侯之歿, 漢室遂危, 公則雖沒矣, 而遺烈之所覃被, 式至今社稷是
賴, 公於是亦可以無憾矣.

　　公之功之忠,　竉于綸音,　昭乎琰琬,[223]　紀在太常[224],　載在盟
府[225], 煥燁乎學士大夫之歌誦敍述, 固無容復贅也. 惟公績寔多在海
上, 其肇暢武功, 由湖南水閫, 則有左水營大捷碑, 式遏凶鋒, 永靖湖
畿, 在碧波之戰, 則有鳴梁大捷碑, 樹牙建閫, 坐收淸晏, 在三道統制
營, 則有固城忠烈祠碑, 至順天之忠愍祠, 南海之忠烈祠, 古今島之誕
報廟, 咸有顯刻, 以詔無極. 獨玆爲立懂, 成仁之所, 而顧無文以徵其
實. 我聖上三十二年壬辰,[226] 宣廟圖恢之四周甲也, 惟聖上撫歲興懷,
咸秩忠勞功宗之祀, 首及于公. 于時公之八世孫恒權, 實踐公舊治, 統
制三道水軍, 承王命, 侑[227]公于是地, 設壇以降靈, 退諏于衆, 伐大
石以表其址, 而章之以銘辭, 人於是謂統制克世矣.

　　其銘曰,
　　維南戴日, 巨渤茫洋. 恬風無浪, 蛟鰐深藏.
　　閭井如櫛, 婦子熙熙. 犁牛箔簋, 不識鼓旗.
　　云誰之賜, 懷我忠武. 桓桓忠武, 實奠東土.

---

219) 岳武穆 : 南宋의 忠臣 岳飛. 武穆은 그의 諡號. 金과의 和平을 반
　　대하다가 獄死하였다.
220) 再造區宇 : 再造는 再生의 뜻, 區宇는 온 세상.
221) 郭汾陽李西平 : 郭汾陽은 唐代 安史의 난을 평정하여 汾陽王에 봉
　　해진 郭子儀, 李西平은 唐代 朱泚의 난을 평정한 공으로 西平王에
　　봉해진 李晟.
222) 諸葛忠武侯 : 諸葛孔明. 忠武는 그의 諡號.
223) 琰琬 : 國家의 寶器.
224) 太常 : 禮曹에 딸려 諡號에 대한 일을 맡아보던 分掌.
225) 盟府 : 誓約의 서류를 넣어두는 창고.
226) 純祖 32년(1832)을 가리킨다. 임진왜란이 일어난지 4甲子, 곧 240년
　　뒤이다.
227) 侑 : 제사를 지낸다는 뜻.

> 穹龜健鶻,228) 大奮厥庸, 鳴梁洗甲, 玉浦休烽.
> 盈盈萬艘, 漕彼鴨渚. 鑾輿229)徐返 鐘石在簴.
> 公勳萬世, 公則先逝, 洪波渺瀰, 萬眦同涕.
> 公靈不昧, 上有星斗. 驅𥔥產祉, 永綏黎首.
> 截彼海浦, 公仁攸成. 維烈載永, 維石之貞.
>
> 　　　　　　　　　　洪奭周,「觀音浦遺墟碑」

　이 글은 李舜臣의 紀功을 위해 忠武公 李舜臣이 殉國한 觀音浦에 세운 碑에 새겨져 있던 글이다. 碑刻文字에도 議論이 들어갈 수 있지만, 이 글에서는 壬辰倭亂 240년 후에야 비로소 遺墟碑를 세우게 된 경과만을 객관적으로 기술하고 있다. 다만 銘에서는 四言의 長文으로 忠武公의 위업을 후세에 드리우고자 하였다. 銘이 碑刻의 중심이지만, 여기서는 오히려 序가 중심이 되고 있다. 드날림이 없는 글이지만, 千斤과도 같은 무게를 느낄 수 있다.

8) 雜記類

　雜記類는 山川, 樓臺, 大小事를 기념하기 위하여 지은 글로 記와 志가 여기에 속한다. 記는 그 내용이 매우 복잡하지만 크게 記物類와 山水記, 人事雜記로 나누어 볼 수 있다. 記物의 記는 『禮記』〈考工記〉에서 비롯하여 韓愈의 〈畫記〉가 후세의 모범이 되었다. 書畫나 器物 등에 題한 짧은 글로 해당 書畫나 器物의 형체와 藝術的 특징, 得失의 경위 등을 기록한다. 書畫일 경우에는 이와 관련된 인물을 그리워하는 것으로 연결되고, 器物에서는 議

---

228) 穹龜健鶻 : 『麗韓十家文鈔』의 注에 公이 거북선을 창제하여 快鶻의 글자로 표지하였다."라 하였다.

229) 鑾輿 : 임금의 수레.

論으로 이어지는 것이 일반적이다. 記, 序, 題 등의 명칭을 붙이기도 한다. 또 器物이 藝術品일 경우에는 그에 대한 讚嘆으로 작품을 종결하는 것이 많다. 崔岦의 〈李少尹所有古畫識〉는 記物의 記 중에서도 대표작으로 꼽힌다.

 李斯文伯胤[230]氏, 得古畫於亂後, 不知何代人作, 意其爲安堅[231] 筆也. 今以諗余, 余非知畫者, 然安堅去今未遠, 頗嘗睹其眞迹. 堅之畫, 妙處不可知, 卽一樹一石, 他人一畫不如者. 雖余可知, 此爲堅筆無疑也, 獨漫漶[232]剝落已甚, 堅之爲不宜其古至此, 此特中間有於庸奴人之手, 藏之不善故耳. 然向使善藏, 則已入於富貴有力之家, 未必斯文得也, 又安知不出造物者意耶?

 繹閱之, 大抵崇山也, 回溪也. 山之離合殊狀, 而寺觀者于其縹緲[233], 屋廬者于其窈窕, 亭榭者于其陡絶, 無非稱也. 溪之源委難窮, 而曾岊懸之者爲瀑, 虹橋跨之者爲泓, 輕舸揚之者爲波, 唯左右逢也, 有驢馬之往來, 有漁酒之什具, 有紳裾之團欒, 要之, 對山專壑而主盟泉石者, 當有其人焉. 然不可知也, 人也, 不可知, 況爲之丹靑者耶. 或引畫出茗溪似輞川[234]者詩, 而疑其人於趙松雪[235]. 盖亦物色焉, 冠帽有詹, 而任者以背, 所以認爲元時者乎. 然我東之制, 自近堅作故多如此, 余未信其謂也. 第森然明白者, 木脫葉丹, 禾稼登場, 爲九月間景耳.

 余與斯文, 遭四方多虞, 未可求田問舍, 不知何處作秋風也, 令人撫圖羨而悲之.

崔岦, 「李少尹所有古畫識」

---

230) 李斯文伯胤 : 조선 중기의 문신 李弘冑(1562-1638). 伯胤은 그의 字,
　　 號는 梨川, 本貫은 全州.
231) 安堅 : 조선 초기의 화가.
232) 漫漶 : 어지러운 모습.
233) 縹緲 : 아스라한 모습.
234) 輞川 : 唐의 시인 겸 화가 王維가 은거하던 곳.
235) 趙松雪 : 元의 문인 학자 趙孟頫. 松雪은 그의 號.

이 글은 古畵를 보고 이것이 安堅의 것임을 고증하고 이어 이 그림의 유통 경위와 이에 대한 감개의 정을 적고 있다. 난삽하기로 이름난 崔岦의 글이지만 記物文의 요건은 두루 갖추고 있다. 다만 사물의 의미를 의논하기보다는 작품에 대한 고증을 위주로 하고 있다.

山水記는 다시 樓臺나 名勝古蹟地를 유람하면서 그에 대한 沿革과 작자의 감회를 적은 臺閣名勝記와, 山水의 기행을 적은 山水遊記로 대별된다. 臺閣名勝記는 정해진 격식이 없어 議論을 펴기도 하고 抒情的 감회를 적기도 하며 敍景에 머물기도 한다. 臺閣名勝記는 다른 雜記類와 같이 그 근원이 碑文에 있는데 臺閣名勝記가 더욱 그러하다. 다만 碑文이 記事와 頌德에 중점이 있는 반면, 臺閣名勝記는 論議나 감회를 위주로 한다. 碑文은 韻文의 銘이 있음에 비해 記는 銘이 없는 것이 많다.

臺閣名勝記에 名文이 많은데, 우리나라의 경우에도 記 중에서 특히 臺閣名勝記의 비중이 높다. 歐陽修의 〈醉翁亭記〉, 蘇軾의 〈喜雨亭記〉 등이 우리나라의 文人에게 널리 읽혔고, 우리나라에서는 李齊賢의 〈雲錦樓記〉, 李植의 〈澤風堂志〉, 金昌協의 〈三一亭記〉, 朴趾源의 〈以存堂記〉, 金邁淳의 〈此君軒記〉, 李建昌의 〈見山堂記〉 등이 名文으로 알려져 있다. 朴趾源의 것을 아래에 보인다.

進士張仲擧, 魁傑人也. 身長八尺, 餘落落有氣岸, 不拘小節. 性嗜酒自豪, 乘醉多口語失, 以故鄕里厭苦之, 目之以狂生, 謗議溢於朋曹間, 有欲以危法中之者. 仲擧亦自悔焉曰, "我其不容於世乎.", 思所以避謗遠害之道, 掃一室, 閉戶下簾而居, 大書以存, 而顔其堂.
易曰"龍蛇之蟄以存身",236) 盖取諸斯也. 一朝, 謝其所從飮酒徒曰,

“子姑去, 吾將以存吾身.” 余聞而大笑曰, “仲擧存身之術止此, 則難乎
免矣. 雖以曾子之篤敬, 終身所以服而誦之者, 何如也? 常若莫保其朝
夕, 至死之日, 啓示237)手足, 始能自幸其全歸, 而況於衆人乎? 一室
之推, 而州里可知也, 州里之推, 而四海可知也. 夫四海如彼其大也,
自衆人而處之, 殆無容足之地. 一日之中, 自驗其視聽言動, 罔非僥生
而倖免爾. 今仲擧懼物之害已也, 蟄于密室, 欲以自存, 而不知自害
者, 存乎其身, 則雖息跡閑影, 自同拘繫238), 適足以滋人惑, 而集衆
怒也. 其於存身之術, 不亦疎乎? 嗟乎, 古之人憂忌畏讒者, 何限? 類
藏於田野, 藏於巖穴, 藏於漁釣, 藏於屠販239), 而巧於隱者, 多藏於
酒, 如劉伯倫240)之倫, 可謂巧矣. 然至荷鍤而自隨, 則亦可謂拙於圖
存矣. 何則, 彼田野巖穴漁釣屠販, 皆待外而藏者也. 至於酒, 昏冥沈
酣, 自迷其性命, 遺形骸而罔覺, 顚溝壑而不䘏, 又何有乎241)烏鳶螻
蟻也哉? 是飮酒欲其存身, 而荷鍤適以累之也. 今仲擧之過在酒, 而猶
不能忘其身, 思所以存之, 則謝客而深居, 深居不足以自存, 則又妄自
標其號, 而昭揭之, 是何異乎伯倫之荷鍤也哉?”

　　仲擧悚然爲間242)曰, “如子之言也, 提吾八尺之軀, 將安所投乎?”
余復之曰, “吾能納子之軀於耳孔目竅, 而雖天地之大, 四海之廣, 將無
以加其寬博, 子其願藏於此乎? 夫人物之交, 事理之會, 有道存焉, 其
名曰禮. 子能克子之身, 如摧大敵, 節文於斯, 儀則於斯, 非其倫也,
不留於耳, 身之藏也, 恢恢243)乎有餘地矣. 目之於身亦然, 非其倫也,
不接於目, 身不碍乎睚眦矣. 至於口也亦然, 非其倫也, 不設於口, 身
不入乎齮齕矣. 心之於耳目, 有大焉, 非其倫也, 不動於中, 則吾身之

---

236) 해당 구절은 「繫辭·下」에 보인다.
237) 啓示 : 내어 보이다.
238) 拘繫 : 구속되어 있는 罪囚.
239) 屠販 : 푸줏간과 상점.
240) 劉伯倫 : 晉의 문인 劉伶. 伯倫은 그의 字이다. 竹林七賢의 한 사
　　　람으로 술을 좋아하여 술에 취해 쓰러져 죽으면 남이 묻게 삽을 늘
　　　지고 다녔다고 한다.
241) 何有乎 : 무슨 문제(상관)가 있겠는가.
242) 間 : 짬을 두다.
243) 恢恢 : 넓은 모습, 혹은 여유 있는 모습.

全體大用, 固不離乎方寸244)之間, 而將無往而不存矣."
　仲擧揚手曰, "是子欲使我藏身於身, 以不存存也. 敢不書諸壁, 以
存省焉?"

朴趾源, 「以存堂記」

臺閣名勝記는 원래 사실을 기록하는 것이 正體이다. 그러나 歐
陽修, 蘇軾의 記에 이르면 議論의 體로 변한 것이 많은데 朴趾源
의 이글도 以存堂의 연유를 적기보다는 處世의 방도를 논한 變體
에 속한다.

이에 비해 記物文은 韓愈의 〈畫記〉이래 敍事的 기술로 시작하
여 議論으로 종결짓는 것이 正體가 되고 있다. 이러한 글은 대체
로 論議가 勝한 글이지만 金富軾의 〈惠音寺新創記〉와 같이 사업
의 經過를 충실하고 객관적으로 기록한 것도 있다. 申叔舟의 〈畫
記〉는 安平大君이 소장한 그림을 기록한 것으로 회화사에 중요한
자료가 되고 있다.

山水遊記는 山川의 경개를 묘사하면서 敍情과 論議를 함께 편
글로 오늘날의 기행문에 해당한다. 賦 중에도 司馬相如의 〈上林
賦〉에서 볼 수 있는 바와 같이 山水의 아름다움을 묘사한 것이
많은데, 이것들은 虛景을 현란한 修辭로 묘사하는 데 비해 山水
遊記는 눈 앞에 실제로 보이는 實景을 묘사한다는 차이점이 있
다. 記는 山水를 노닐면서 기록한 글이기 때문에 그 시대 詩의
특징과 유관하다. 즉 興을 위주로 한 唐詩에 비해 理를 중시하는
宋詩의 경향에 따른 宋의 記는 풍경의 묘사 속에 道를 말한 것이
많다. 王安石의 〈遊褒禪山記〉나 蘇軾의 〈石鍾山記〉가 그 대표적
인 名文이다. 이미 陶淵明의 〈桃花源記〉에서도 시대의 풍상을 그

---

244) 方寸 : 마음.

대로 반영하고 있기도 하다. 南宋 이후에는 日記體의 山水遊記가 양산되는데 陸游의 〈入蜀記〉가 이러한 유형의 글로 잘 알려져 있다. 우리나라에서는 『熱河日記』는 그 자체로 뛰어난 記이기도 하지만 그 중에서도 〈一夜九渡河記〉, 〈夜出古北口記〉가 널리 칭상을 받은 작품이다. 洪良浩의 〈遼野日出記〉도 名文으로 알려져 있다. 여기서는 朴趾源의 〈一夜九渡河記〉를 보인다.

　　沙河出兩山間, 觸石鬪狠, 其驚濤駭浪, 憤瀾怒波, 哀湍怨瀨, 犇衝卷倒, 嘶哮號喊, 常有摧破長城之勢, 戰車萬乘[245], 戰騎萬隊, 戰砲萬架, 戰鼓萬坐, 未足喩其崩塌潰壓之聲.
　　沙上巨石, 屹然離立[246], 河堤柳樹, 窅冥鴻蒙[247], 如水祇河神, 爭出驕人, 而左右蛟螭[248], 試其拏攫也. 或曰 "此古戰場, 故河鳴然也." 此非爲其然也, 河聲在聽之如何爾.
　　余家山中, 門前有大溪, 每夏月, 急雨一過, 溪水暴漲, 嘗聞車騎砲鼓之聲, 遂爲耳祟焉. 余嘗閉戶而臥, 比類而聽之. 深松發籟, 此聽雅也. 裂山崩崖, 此聽奮也. 群蛙爭吹, 此聽驕也. 萬筑迭響, 此聽怒也. 飛霆急雷, 此聽驚也. 茶沸文武[249], 此聽趣也. 琴諧宮羽, 此聽哀也. 紙窓風鳴, 此聽疑也. 此皆聽不得其正, 特胸中所意設, 而耳爲之聲焉爾.
　　今吾夜中一河九渡, 河出塞外, 穿長城, 會楡河[250]潮河黃花鎭川諸水, 經密雲[251]城下, 爲白河[252]. 余昨舟渡白河, 乃此下流. 余未始入遼, 時方盛夏, 行熱陽中, 而忽有大河當前, 赤濤山立, 不見涯涘, 蓋

---

245) 乘 : 네 필의 말이 끄는 수레.
246) 離立 : 竝立.
247) 鴻蒙 : 天地의 氣가 아직 분리되지 않은 상태.
248) 蛟螭 : 아직 용이 되지 못한 이무기.
249) 文武 : 북과 징을 이른다.
250) 楡河 : 水名.
251) 密雲 : 縣名.
252) 白河 : 水名.

千里外暴雨也.　渡水之際,　人皆仰首視天,　余意諸人者仰首默禱于天,
久乃知渡水者,　視水回駛洶蕩,　身若逆泝,　目若沿流,　輒致眩轉墮溺,
其仰首者,　非禱天也,　乃避水不見爾,　亦奚暇默默祈其須臾之命也哉.　其
危如此,　而不聞河聲,　皆曰,　遼野平廣,　故水不怒鳴.　此非知河也,　遼
河未嘗不鳴,　特未夜渡爾.　晝能視水,　故目專於危,　方惴惴253)焉,　反
憂其有目,　復安有所聽乎.　今吾夜中渡河,　目不視危,　則危專於聽,　而
耳方惴惴焉,　不勝其憂.　吾乃今知夫道矣,　冥心者,　耳目不爲之累,　信
耳目者,　視聽彌審,　而彌爲之病焉.

　　今吾控夫,　足爲馬所踐,　則載之後車,　遂縱鞚浮河,　攣膝聚足於鞍
上,　一墜則河也,　以河爲地,　以河爲衣,　以河爲身,　以河爲性情.　於是
心判一墜,　吾耳中遂無河聲.　凡九渡無虞,　如坐臥起居於几席之上.　昔
禹渡河,　黃龍負舟,254)　至危也,　然而死生之辨,　先明於心,　則龍與蝘
蜒,　不足大小於前也.　聲與色,　外物也,　外物常爲累於耳目,　令人失其
視聽之正,　如此而況人生涉世,　其險且危,　有甚於河,　而視與聽,　輒爲
之病者乎.　吾且歸吾之山中,　復聽前溪而驗之,　且以警巧於濟身,　而自
信其聰明者.

朴趾源,「一夜九渡河記」

발랄한『熱河日記』의 문장 가운데서도 古文 형식으로 쓴 대표
적인 글 중의 하나이다. 熱河를 건너면서 본 것을 사실적으로 그
려낸 기교가 돋보이거니와, 일반적인 記에서 흔하지 않은 뛰어난
의논이 높이 평가됨직하다.

山水遊記에는 錄이라는 이름을 붙인 것도 많다. 대표적인 예는
金宗直의 〈遊頭流錄〉이 그것이다.

---

253) 惴惴 : 근심하고 두려워하는 모양.
254) 禹 임금이 강을 건널 때 黃龍이 등으로 배를 지자 모든 사람들이
　　　두려워하였으나, 禹는 안색이 변하지 않았다고 한다(『淮南子』「精
　　　神訓」).

某生長嶺南, 頭流乃吾鄉之山也, 而遊宦南北, 塵埃汨沒, 年齒已四
十, 尙不得一遊焉. 辛卯春, 持左符于咸陽, 頭流在其封內, 嵬然蒼翠,
擧眼斯得, 而凶年民事, 簿書倥傯, 殆二期. 又不敢一遊焉, 每與兪克
己255), 林貞叔256)語此, 未嘗不介介千懷. 今年夏, 曹太虛257)自關東
來, 從余讀禮, 及秋, 將返于庭闈, 而求遊玆山. 余亦念羸瘵日增, 脚
力益衰, 今年不遊, 則明年難卜, 況時方仲秋, 露霾已霽, 三五之夜,
翫月於天王峯, 鷄鳴觀日出. 明朝, 又周覽四方, 可一擧而兼得, 遂決
策遊焉. 乃邀克己, 共大虛, 按壽親書所云遊山具, 稍增損其所賚, 十
四日戊寅, 德峯寺僧解空來, 使爲鄕導, 韓百源請從, 遂歷嚴川, 憩于
花巖, 僧法宗尾至, 問其所歷, 阻折頗詳, 亦令導行至地藏寺. ---(中
略)---

辛巳曉, 日升暘谷, 霞彩暎發, 左右皆以余困劇, 必不能再陟, 余念
數日重陰, 忽爾開霽, 天公之餉我多矣. 今在咫尺而不能勉强, 則平生
芥滯之胸, 終不能盪滌矣, 遂促晨餔, 褰裳, 徑往石門以上, 所履草木,
皆帶氷凌, 入聖母廟, 復酹而謝曰, 今日天地淸霽, 山川洞豁, 實賴神
休, 良深欣感. 乃與克己解空, 登北壘. 大虛已上板屋矣, 雖鴻鵠之飛,
無出吾上, 時因新霽, 四無纖雲, 但蒼然茫然不知所極. 余曰, 夫遍觀
而不得其要領, 則何異於樵夫之見. 盍先望北而次東次南次西, 且也自
近而遠, 可乎, 空頗能指示之, 是山, 自北而馳至南原, 首起爲般若峯,
東迤幾二百里, 至此峯, 更峻拔, 北蟠而窮焉. 其四面支峯裔壑258),
競秀爭流, 雖巧曆, 不能究其數. 見其雉堞, 若曳而繚者, 咸陽之城歟,
靑黃膠戾而白虹橫貫者, 晉州之水歟, 靑螺點點, 庚而橫, 蠡而立者,
南海巨濟之群島歟, 若山陰丹谿雲峯求禮河東等縣, 皆隱於襞積之中,
不得而視也. --- (下略)

金宗直, 「遊頭流錄」

---

255) 兪克己 : 조선 성종 연간의 문인 兪好仁. 克己는 그의 字.
256) 林貞叔 : 성종 때의 문신 林大仝, 貞叔은 그의 字, 號는 晦軒, 本貫
　　　은 羅州이다.
257) 曹太虛 : 조선 성종 연간의 문인 曹偉. 太虛는 그의 字이다.
258) 支峯裔壑 : 뻗어나온 산봉우리와 골짜기.

金宗直이 지리산을 오른 일을 기록한 글이다. 윗부분은 山行의 경위와 天王峯을 올라 사방을 두루 살피는 대목을 보인 것이다. 서정적인 감회보다는 사실의 객관적 진술에 치중하고 있는 이 글은 이미 當代에 널리 읽혔던 것이다. 이러한 山水遊記는 조선 중기 이후에는 비슷한 것끼리 묶어 거질로 된 것도 있는데, 그 중 『臥遊記』는 금강산을 위시한 名山의 山水遊記를 묶은 것인데, 후대에 유람을 할 때 많이 참조하였다 한다.

그밖에 人事雜記는 人間의 雜事를 기록한 글이다. 이들은 臺閣이나 山水, 記物이 아닌 인간의 행위 자체가 대상이 된다. 志라는 이름을 붙인 것도 있다. 물론 이때의 志는 記와 같은 뜻이다. 唐宋 古文에 이러한 文體가 자주 보이는데 劉禹錫의 〈救沈記〉, 曾鞏의 〈越州越公救災記〉 등이 名篇으로 알려져 있다. 水災와 旱災를 다룬 이러한 글은 災殃의 참상과 뛰어난 인물의 救難 행위를 敍事的 필치로 묘사해내고 있다. 南宋 이후 敍事的 雜記類가 양산되다가 明에 들어서는 敍情的인 분위기로 變移된 것으로 알려져 있다.

9) 序跋類

序跋類는 책의 앞뒤에 붙이는 글로 議論과 敍事를 겸하고 있다. 記事文이면서도 자신의 주장을 논리적으로 펴는 것이 많다. 여기에는 序, 題, 跋, 書, 讀, 引 등이 속한다. 序는 著作이 이루어진 후 그 연유와 내용, 체제와 목차 등을 적는 글이다.

序는 『詩經』의 詩序에서 연유되었지만 후대에 규범이 된 것은 司馬遷이 『史記』를 쓴 후 적은 〈太史公自序〉이다. 歐陽修의 〈梅聖兪詩集序〉, 〈釋秘演詩集序〉, 曾鞏의 〈列女傳目錄序〉 등도 명편

으로 알려져 있다. 우리나라에서는 成俔의 〈樂學軌範序〉, 張維의 〈白沙先生文集序〉, 金邁淳의 〈三韓義烈女傳序〉, 金澤榮의 〈重編燕巖集序〉 등이 유명하다. 이러한 글은 敍事가 주를 이룬 것, 議論이 주를 이룬 것으로 대별된다. 먼저 전자의 예로 成俔의 글을 보인다.

　　惟我大東, 自三韓鼎峙以來, 國皆有樂, 然樂器未備, 聲音多缺, 雜於夷鞨259) 鄙俚之作, 孰有釐正260)之者. 至高麗中葉, 宋帝賜太常261)之樂, 至我朝, 大明錫御府之藏, 由是磬管笙竽琴瑟之器又備矣. 恭惟世宗大王, 以天縱之聖, 精於音律, 欲洗從前之陋習, 適巨黍生於海州, 彩石産於南陽, 是天敷和氣於東方, 授大有爲之君, 以新制作也. 於是取黍定律, 取石作磬, 又作樂腔262). 因腔作譜以審節奏之疾舒, 當時掌樂者, 只朴㙫一人, 然㙫之所得, 土苴263)耳. 豈有裨於聖算之萬一, 不過贊助而已. 世祖大王尤精於樂, 多製歌曲, 又能撰定禮樂以薦於廟264), 其作成之方, 遹追先志而爲之. 顧其時無贊助之者, 是可歎也.
　　今我殿下, 以聖繼聖, 仰遵成憲, 發前聖所未發, 興禮樂於太平, 此其時矣. 樂院所藏儀軌及譜, 年久斷爛, 其幸存, 亦皆疎略訛謬, 事多遺闕, 爰命武靈君, 臣柳子光曁臣俔, 與注簿臣申末平, 典樂臣朴棍, 臣金福根等, 更加讐校265), 先言作律之原, 次言用律之方, 及夫樂器儀物形體制作之事, 舞蹈綴兆266), 進退之節, 無不備載, 書成, 名曰樂學軌範. --- (中略)

---

259) 夷鞨 : 문화의 정도가 낮은 外族.
260) 釐正 : 바로 잡다.
261) 太常 : 宗廟의 禮儀를 관장하는 官署.
262) 樂腔 : 樂調.
263) 土苴 : 쓰레기.
264) 薦於廟 : 宗廟祭禮에 연주하다.
265) 讐校 : 대조하여 바로잡다.
266) 綴兆 : 舞蹈의 행렬과 위치.

　　夫才之能否不一，故其知樂有難易，妙於手者，或迷於節，能於節
者，或失其原，知一隅者雖多，而能兼該曉暢者，盖寡．甚矣，樂之爲
難也．好音過耳而便滅，滅則無迹，猶影之有形而聚，無形而散也．苟
能有譜則可知緩急，有圖則可辨形器，有籍則可知施措之方，此臣等，
所以不揆鄙拙而撰之也．

成俔，「樂學軌範267)序」

　序는 跋과 함께 精實과 嚴潔을 특징으로 한다．精實은 序가 작
자의 취지를 밝히는 데 있고, 文彩의 美를 보이기 위한 것이 아
니기 때문이다．또 嚴潔은 지나치게 상세한 취지의 기술로 인해
난잡한 데 이르지 않아야 함을 경계한 것이다．〈樂學軌範序〉는
音樂의 意義를 밝히고『樂學軌範』이 저술된 趣旨를 상세히 진술
하여 序의 본령을 보이고 있는 작품이다．

　序 중에 의논이 가미된 것도 상당히 있다．특히 문집의 序에
이러한 것이 많은데, 상대에 대한 칭송이 논리성을 가질 때 설득
력이 있기 때문이다．權近의 〈恩門牧隱先生文集序〉를 보인다．

　有天地自然之理，卽有天地自然之文，日月星辰，得之以照臨，風雨
霜露，得之以變化，山河得之以流峙，草木得之以敷榮，魚鳶268)得之
以飛躍．凡萬物之有聲而盈兩儀269)者，莫不各有自然之文焉，其在人
也，大而禮樂刑政之懿，小而威儀文辭之著，何莫非此理之發現也．物
得其偏而人得其全，然因氣稟之所拘，學問之所造，能保其全而不偏
者，鮮矣．聖人猶天地也，六籍270)所載，其理之備，其文之雅，蔑271)

---

267) 樂學軌範 : 朝鮮 成宗 때 成俔, 申末平 등이 왕명으로 편찬한 朝鮮
　　의 音樂에 대한 지침서.
268) 魚鳶 : 물고기와 솔개. 해당 구절은『中庸』에 보이는데, 후대에는
　　理의 流通을 상징한다.
269) 兩儀 : 하늘과 땅.
270) 六籍 : 六經.

以加矣.

秦漢已前, 其氣渾然, 曹魏272)以降, 光岳氣分, 規模蕩盡, 文與理固蓁塞也. 唐興, 文教大振, 作者繼起, 初各以奇偏, 僅能自名, 逮至李杜韓柳273)然後, 渾涵汪洋, 千彙萬狀, 有所總萃, 宋之歐蘇274), 亦能奮起, 追軼前光, 嗚呼盛哉.

吾東方牧隱先生, 質粹而氣淸, 學博而理明, 所存妙契於至精, 所養能配於至大, 故其發而措諸文辭者, 優游而有餘, 渾厚而無涯, 其明昭乎日月, 其變驟乎風雨, 巋然而萃乎山岳, 霈然而浩乎江河, 賁若草木之華, 動若鳶魚之活, 富若萬物, 各得其自然之妙, 與夫禮樂刑政之大, 仁義道德之正, 亦皆粹然會歸於其極, 苟非稟天地之精英, 窮聖賢之蘊奧, 騁歐蘇之軌轍, 升韓柳之室堂, 曷能臻於此哉. 自吾東方文學以來, 未有盛於先生者也. 嗚呼至哉. 永樂二年秋七月門人.

權近, 「恩門牧隱先生文集序」

權近은 經術과 文章의 一致를 실천적으로 이루어낸 인물이다. 이 글에서는 스승 牧隱의 문학을 논하면서 載道論에 입각한 자신의 문학관을 피력하고 있다. 전반부에서 문학의 원론에 대하여 논의하고 후반에서 牧隱 문학의 우수성을 드러내고 있으므로 論議가 勝한 序라 하겠다.

跋은 글이나 책 뒤에 붙이는 文體이다. 序는 後序라 하여 冊尾에 붙이는 것도 있으나 跋은 冊尾에만 붙이는 것이 일반적이다. 跋文은 題後, 後, 讀, 書로도 쓰이며 題跋은 그 총칭이다. 題辭는 이와 달리 文頭에 붙이는 것으로 책 제목의 本末을 기록한다는 뜻이다. 題와 讀은 唐代에 시작되었고 跋과 序는 宋代에 생겼다

---

271) 蔑 : 無와 같다.
272) 曹魏 : 曹丕의 魏.
273) 李杜韓柳 : 李白, 杜甫, 韓愈, 柳宗元.
274) 歐蘇 : 歐陽修와 蘇軾.

고 한다. 題辭에는 朴趾源의 〈幻戲記題辭〉가 유명하고 跋文으로
는 李滉의 〈陶山十二曲跋〉, 申從濩의 〈東文粹跋〉, 洪奭周의 〈書漢
書馮野王傳後〉 등이 널리 알려져 있다. 아래에 李滉의 글을 보인
다.

　　　右陶山十二曲者, 陶山老人[275]之所作也. 老人之作此, 何爲也哉?
吾東方歌曲, 大抵多淫哇不足言. 如翰林別曲[276]之類　出於文人之口,
而矜豪放蕩, 兼以褻慢戲狎, 尤非君子所宜尙. 惟近世有李鼈[277]六歌
者, 世所盛傳. 猶爲彼善於此, 亦惜乎其有玩世不恭之矣, 而少溫柔敦
厚之實也. 老人素不解音律, 而猶知厭聞世俗之樂, 閑居養疾之餘, 凡
有感於情性者, 每發於詩.
　　然今之詩, 異於古之詩, 可詠而不可歌也. 如欲歌之, 必綴以俚俗之
語, 蓋國俗音節, 所不得不然也. 故嘗略倣李歌, 而作爲陶山六曲者,
二焉. 其一言志, 其二言學, 欲使兒輩朝夕習而歌之, 憑几而聽之, 亦
令兒輩, 自歌而自舞蹈之, 庶幾可以蕩滌鄙吝, 感發融通, 而歌者與聽
者, 不能無交有益焉.
　　顧自以蹤跡頗乖, 若此等閑事, 或因以惹起鬧端, 未可知也. 又未信
其可以入腔調諧音節與未也. 姑寫一件, 藏之篋笥, 時取玩以自省, 又
以待他日覽者之去取云爾.

李滉,「陶山十二曲跋」

　　國文詩歌의　意義를 논할 때 흔히 인용되는 글이다. 자신이 쓴
노래의 의미를 논하는 자리에서 자연스럽게 國文詩歌의 효용성이
부각된 것이다. 序跋類는 두 가지 體가 있다. 하나는 論議를 위
주로 하는 것이고 다른 하나는 敍事를 위주로 하는 것이다. 〈樂

---

275) 陶山老人 : 李滉을 스스로 이른 말.
276) 翰林別曲 : 高麗 高宗 때 翰林諸儒가 지었다는 경기체가.
277) 李鼈 : 朝鮮 世祖 연간의 문인.

學軌範序〉가 敍事를 위주로 하였다면 이 글은 敍事와 함께 論議를 곁들이고 있다. 즉 자신이 〈陶山十二曲〉을 짓게 된 경위와 함께 늙음을 잊고 泉石膏肓과 講學과 思索에 沈潛하는 생활을 淡泊하게 표백하고 있는 것이다. 敍事的인 요소는 억제되고 道學者로서의 효용적인 詩觀을 논의하고 있는 것이 이 글의 성격이다. 일반적으로 敍事體의 序跋은 서적에 붙은 것이 많고 論議體의 序跋은 시집등에 많이 보인다. 물론 〈陶山十二曲跋〉과 같이 대부분의 序跋은 敍事와 論議를 겸하고 있다.

贈序類에 속하는 引은 序跋의 體로 된 것도 있다. 蘇洵의 〈族譜引〉에서 보이기 시작한 명칭이나 많이 제작된 것은 아니다.

10) 箴銘類

箴銘類는 箴, 戒, 規 등이 이에 속한다. 勸勵와 警戒의 말을 적은 것이다. 箴에는 官箴과 私箴이 있는데 古代의 箴은 臣下가 君王에게 올리는 諫言인 官箴에서 출발하였으나 후대에는 自警, 自箴 등의 私箴이 유행하였다. 序가 있는 것도 있는데 序는 보통 산문으로 되어 있으나 箴은 운문인 것이 일반적이다. 私箴은 자신의 결점과 과실을 분석 비판하고 자신의 경계로 삼는 것이 많다. 韓愈의 〈五箴〉이 유명하다. 戒는 잠과 유사하나 후대에 書牘이나 論辨體로 변하기도 하였다. 戒의 名篇으로는 柳宗元의 〈三戒〉가 대표적인데, 俗人들에 대한 諷刺의 뜻이 강하다. 箴은 官箴에서 출발하여 주로 위에 올리는 글이 되었지만, 規는 臣下들 상호간의 規戒를 적은 것이다. 唐 元結의 〈五規〉가 典範이 되고 있다.

우리나라의 箴에는 李穡의 〈自儆箴〉과 李達衷의 〈愛惡箴〉이 널리 알려져 있다. 여기서는 李達衷의 것을 보인다.

有非子[278], 造無是翁[279]曰, "日有群議人物者, 人有人[280]翁者,
人有不人[281]翁者. 翁何或人於人, 或不人於人乎?"
翁聞而解之曰, "人人吾, 吾不喜, 人不人吾, 吾之不懼, 不如其人人
吾, 而其不人不人吾. 吾且未知人吾之人 何人也, 不人吾之人 何人
也. 人而人吾, 則可喜也. 不人而不人吾, 則亦可喜也. 人而不人吾,
則可懼也. 不人而人吾, 則亦可懼也. 喜與懼, 當審其人吾不人吾之人
之人不人如何耳. 故曰, '惟仁人, 爲能愛人, 能惡人.' 其人吾之人 仁
人乎? 不人吾之人 仁人乎?"
有非子 笑而退. 無是翁 因作箴以自警, 箴曰,
子都[282]之姣, 疇不爲美?
易牙[283]所調, 疇不爲旨.
好惡紛然, 盍求諸己?

李達衷, 「愛惡箴」

글을 만들기 위해 問答形式을 가설한 序를 붙였다. 有非와 無
是는 모두 가공적인 인물로서 '아니다', '없다'의 뜻이다. 나에 대
한 愛惡의 감정으로 남을 평가해서는 아니된다는 序를 붙이고 箴
에서는 子都와 易牙의 人物典型을 통해 人物評價의 기준을 자신
에 두지 말라는 경계의 뜻을 함축성 있게 제시하고 있는 글이다.
箴銘의 銘은 碑刻의 銘과는 다르다. 碑刻의 銘은 頌德을 목적
으로 하지만 箴銘의 銘은 신변의 器物이나 家屋 등에 새겨 스스

---

278) 有非子 : 가상의 인물로, 그릇됨이 있는 사람이라는 뜻이다.
279) 無是翁 : 가상의 인물로, 여기서는 작자의 분신이다.
280) 人 : 사람으로 여기다.
281) 不人 : 사람으로 여기지 않다.
282) 子都 : 中國 古代의 美男子.
283) 易牙 : 春秋時代 음식 조리에 뛰어났던 사람.

로의 경계로 삼는 글이다. 특히 座右銘은 몸 가까운 자리에 써두어 늘 보고 각성하기 위한 글이다. 室銘은 집의 벽에 써두는 銘이다. 劉禹錫의 〈陋室銘〉이 유명하다. 名山大川에 警句를 돌에 새긴 山川銘도 있다. 銘 대신 〈書履〉, 〈書井〉처럼 書를 붙이기도 한다. 銘文은 四言으로 짓는 것이 일반적이며, 風格上으로 "博約而溫潤"을 특징으로 하는데 내용이 충실하면서도 간결하고 溫和潤澤하여야 한다는 뜻이다.

우리나라의 銘으로는 李奎報의 〈樽銘〉, 〈琴鳴〉, 李齊賢의 〈崔春軒壺矢銘〉, 鄭道傳의 〈竹窓銘〉, 權近의 〈鑄鍾銘〉 등이 알려진 것들이다. 여기서는 室銘의 일종인 鄭道傳의 글을 보인다.

三峯隱者, 見彦暢父李先生, 問曰, "子號苗窓, 然乎? 夫竹其心虛, 其節直, 其色經歲寒而不改, 是以君子尙之. 以勵其操, 至於詩, 以興君子生質之美, 學問自修之進, 則其所托者深矣. 古人之取於竹, 非一, 敢問所安?" 先生曰, "未也, 無甚高論. 且竹春宜鳥, 其聲高亮, 夏宜風, 其氣淸爽, 秋冬宜雪月, 其容洒落. 至於朝露夕煙, 晝影夜響, 凡所以接乎耳目者, 無一點塵俗之累. 予於是, 早起盥漱, 坐竹窓淨几, 焚香或讀書, 或彈琴, 有時撥置萬慮, 默然危坐, 不知吾身之寄於竹窓也. 噫, 先生之樂, 不在竹. 但得之心而寓之於竹耳. 請以是銘之.
有闢其窓, 有鬱者竹. 君子攸宇, 其貞如玉.
左圖右書, 閱此朝夕. 不物於物,[284] 維樂其樂.

鄭道傳,「竹窓銘」

箴과 銘은 모두 警戒를 위주로 한 글이지만 특히 銘은 頌贊의 뜻을 겸하기도 한다. 〈竹窓銘〉은 序에서 記처럼 竹窓의 의미를 논의하고 있지만, 銘에서는 銘의 文體에 걸맞게 대나무의 德을

---

284) 不物於物 : 외물에 구애되지 않는다는 뜻.

頌贊하고 그 德을 본받겠다는 의지를 표명하고 있다. 銘은 간결
하면서도 깊은 意趣를 담고 있다.

　이와는 달리 商周時代 鍾鼎에 글을 새긴 것을 銘이라고도 하는
데 이는 箴銘의 銘과 구분하여 銅器銘文이라 한다. 權近의 〈鑄鍾
銘〉은 朝鮮 王朝가 漢陽에 도읍을 정한 후 큰 종을 만들어 市街
에 달았을 때 그 의의를 적은 글이다.

　　　於穆我王,285)　受命溥將.286)　聿來新邑,287)　于漢之陽.288)
　　　昔在松都, 國步斯蹙.289) 我王代之, 除虐以德.
　　　民不見兵, 會朝淸明.290) 賢智效力, 躋于大平.
　　　遠近如歸, 旣庶旣繁. 乃鑄厥鍾, 乃聲晨昏.
　　　我功我烈, 是勒是鐫. 鎭于神都, 於千萬年.

　　　　　　　　　　　　　　　　　　　　　　權近, 「鑄鍾銘」

　종을 만들게 된 경위는 따로 序에 자세히 기록되어 있으나, 여
기서는 銘만 보였다. 4구씩 換韻하면서 내용을 점차적으로 발전
시켜 나간 것이 마치 古詩를 연상케 하며 韻文으로 된 銘의 정격
을 보여 주고 있다.

11) 頌贊類

　頌, 符命, 贊 등이 여기에 속한다. 頌은 聖德을 美化하여 神明

---

285) 於穆 : 감탄사. 아아.
286) 溥將 : 廣大.
287) 聿來 : 助字.
288) 漢之陽 : 한강의 남쪽.
289) 國步 : 國家의 운명.
290) 會朝 : 이른 아침. 轉하여 하루 아침에.

에게 告한 것이다. 〈商頌〉처럼 神明에게 告하는 것이 正格이지만 〈魯頌〉과 같이 人事를 서술한 變體도 있다. 隋唐에 頌으로 取試하기도 하였는데 後代에는 주로 變格이 제작되었다. 符命은 頌과 유사한 것으로, 王者가 天命을 받는 符節의 뜻을 지닌 封禪文인데, 唐 이후에는 제작이 드물었다. 玉牒文이라 하기도 한다. 또 雅라는 文體가 있는데 『詩經』에 근원을 두고 있고 頌과 같으며 역시 드문 文體이다. 四言을 위주로 하나 五言, 六言, 七言이 끼어들기도 한다. 詩처럼 押韻을 한다.

우리나라의 문장 중에서는 李奎報의 〈尹司業安撫南原頌〉, 〈平契丹頌〉, 李齊賢의 〈三王頌〉 등이 選文集에 보이고 있다. 이중 李齊賢의 〈三王頌〉은 李齊賢이 禹, 湯, 文王의 사당에 알현하고 頌을 올린 것이다. 다음은 李齊賢의 〈三王頌〉중 〈文王頌〉이다.

> 周家積累, 爰自后稷.[291) 西伯勃興,[292) 儀刑四國.[293)
> 夷牙就養,[294) 虞芮質成.[295) 發揮易象,[296) 馴致頌聲
> 三分有二, 不愆服事. 文在茲乎, 德其至矣.
>
> 　　　　　　　　　　　　　李齊賢, 「文王頌」

頌은 風格이 典雅하고 말이 맑아야 한다. 賦처럼 말을 부연해내면서도 지나치게 화려해서는 아니되며 銘처럼 경건해야 하지만

---

291) 后稷 : 周 文王 때 농사일을 맡아본 신하.
292) 西伯 : 周 文王.
293) 儀刑은 모범이 되었다는 뜻. 四國은 사방의 나라.
294) 夷牙 : 殷의 유민 伯夷와 姜子牙. 姜子牙는 太公 望.
295) 虞芮 : 周나라 초기의 두 나라 이름. 밭을 다투다가 西伯에게 가서 분쟁을 해결하고자 하였는데, 周 땅에 가보니 사람들이 서로 양보하는 것을 보고 부끄러워하며 돌아왔다고 한다.
296) 易象 : 『周易』의 상징을 풀이한 글.

警戒의 뜻은 없다. 〈文王頌〉은 文王의 功德을 간명히 서술하면서 嚴正한 기운을 유지하고 있다.

贊은 司馬相如의 〈荊軻贊〉에 기원을 두고 있는 것으로 말이 화려하고 규모가 크면서도 변화가 있는 것이 특징이다. 산문으로 된 것도 있고 운문으로 된 것도 있다. 贊에는 人物과 文章, 書畫를 칭송한 雜贊, 죽은 자의 德을 찬미한 哀贊, 『史記』〈索隱〉에 보이는 史贊 등으로 세분된다. 雜贊은 美化의 뜻만 있고 史贊은 褒貶을 함께 한다. 傳에 붙인 傳贊도 있다. 史贊, 傳贊, 哀贊 등은 正格이 아니다. 李齊賢의 〈史贊二篇〉과 〈白樂天眞贊〉, 〈蘇東坡眞贊〉, 李穡의 〈判三司事崔公畵像贊〉과 〈上札贊〉, 姜希孟의 〈假山讚〉 등이 알려져 있는 작품이다. 李穡의 〈判三司事崔公畵像贊〉을 아래에 보인다.

    洪武十二年[297] 夏四月乙丑, 中官[298] 傳旨若曰, “判三司事崔瑩, 事我先考, 竭力奮義, 扞我外侮, 克至于今日休, 予甚嘉之. 今其麾下, 圖鴻山破陣[299] 之狀, 將垂示無窮, 汝穡其贊之.” 臣穡竊惟國家之用文武臣也, 腹心[300] 以養元氣, 爪牙[301] 以禦外侮, 而天下之人, 隨時安危, 而注意焉. 至於出將入相, 朝廷倚之爲重, 邊鄙賴之以寧, 犴猾畏威而摧伏, 寇盜聞風而退縮, 求之今日, 判三司尤其傑然者也.
    判三司事[302] 卽尙書令[303], 自庚寅年[304] 以來, 禦寇海隅, 敵愾河

---

297) 洪武十二年 : 1379년.
298) 中官 : 內侍.
299) 鴻山破陣 : 禑王 2년 7월에 왜구가 公州를 침입하여 元帥 朴仁桂가 전사하였다. 이에 崔瑩이 자청하여 나가 왜군을 鴻山으로 유인하여 대파하였다.
300) 腹心 : 임금을 곁에서 잘 보필하는 신하.
301) 爪牙 : 武臣을 이르는 말.
302) 判三司事 : 고려 시대, 三司의 으뜸 벼슬로 종1품이다.
303) 尙書令 : 高麗時代, 尙書都省의 으뜸 벼슬로, 종1품이다.

南, 定難興王305), 驅僧北鄙大小戰八十七次, 批亢擣虛, 遇險出奇,
而年過六十, 氣益不衰. 非天錫勇智, 何以至此. 三司之先世, 以文章
佐我王國, 位宰相司貢擧306), 歷歷可數, 而三司公獨用兵略, 當艱難
多故之日, 立雄偉不常之功, 往往橫槊賦詩,307) 氣蓋一世. 又以先考
視黃金如土塊之訓, 銘之于心, 故其淸白之操, 老而益堅. 三司公, 文
武忠孝, 可謂兼之矣.

洪惟聖上殿下, 遹追先志, 崇德報功, 激礪精明, 剛毅之氣, 以濟否
運, 以迓大平, 宜三司公之首膺光寵, 如此其至也. 猗歟休哉. 臣穡不
知手之舞之, 足之蹈之, 長言之, 其詞曰,

有烈威聲, 惟剛惟明. 海盜震怖, 國之干城. 土豪屛縮, 民之司
平308).

受封開府309), 惟仕之臚. 惟公之心, 心于乃父. 惟氷之淸, 惟蘗之
苦.

峨峨鴻山, 鼓勇陣間. 英姿颯爽, 氣振區寰. 圖形惟肖, 以聳瞻觀.
惟古有語, 德輶鮮擧. 擧之惟公, 非公誰歟. 庶幾康强, 在我王所.

李穡,「判三司崔公畫像贊」

贊은 韻을 단 四言의 글이다. 簡約하면서도 情을 다하여야 하
는 것이 찬의 생명이다. 이 글은 高麗末의 判三司事 崔瑩의 畫像
을 두고 그의 아름다움을 칭송한 것이다. 그림의 내용은 鴻山 전
투에서 용맹을 떨친 崔瑩의 날쌘 모습을 그 부하가 그린 것이며,
여기에 贊을 붙이게 한 것은 禑王이다. 李穡은 墓誌銘에서 恒用

---

304) 庚寅年 : 1350년.

305) 興王 : 興王寺.

306) 司貢擧 : 科擧의 考試官.

307) 橫槊賦詩 : 창을 들고 시를 지음. 武臣이면서도 문학에 뛰어남을
　　　가리킨다.

308) 司平 : 法을 집행하는 관원.

309) 開府 : 官府를 열어 관리를 둠. 원래는 三公의 지위에 있는 사람만
　　　이 開府할 수 있는데, 여기서는 判三司事의 업무를 본다는 뜻이다.

하는 수법 그대로 序를 통하여 崔瑩의 모든 것을 한 눈으로 읽을 수 있게 드러내었으며, 이를 贊에서 다시 韻文으로 웅장하고도 간결하게 讚美해 내고 있다. 이 贊이 文章과 詩 어느 한 쪽도 모자람이 없는 작품이며, 學者의 무게까지 함께 실려 있는 名作이다.

12) 哀祭類

哀祭類는 死者의 靈前에서 죽음을 애도하는 문장이다. 哀辭, 誄, 弔, 祭文 등이 여기에 속한다. 祭文에는 두 종류가 있다. 古代에는 天地와 山川에 제사를 지낼 때 쓴 글을 祭文이라 하였으나 후대에 와서는 사람의 죽음을 애도하는 글도 祭文이라 하게 되었다. 祭文은 祭享을 표시하는 격식이 전형화되어 있어, 冒頭에 "某年某月某日에 某는 술과 안주를 갖추고 죽은 某의 靈前에 제사를 올린다"는 투로 시작하여 "嗚呼哀哉"나 "嗚呼痛哉"를 외치고 "尙饗"으로 결말을 짓는다. 祭文은 산문으로 된 것도 있으나 四言의 韻文으로 된 것이 일반적이다. 墓誌는 死者의 生平을 기술하고 頌贊은 死者의 功德을 칭송하는 것이기 때문에 이것들은 남의 청탁으로 代筆하는 예가 많았지만 祭文은 死者를 추도하기 때문에 代作이 없다. 이 때문에 祭文은 恭과 哀를 抒情的으로 처리한다는 특징을 가진다. 韓愈의 〈祭柳子厚文〉처럼 대부분의 祭文은 죽은 친구를 애도하는 글이지만 남편이나 부인, 자식을 애도한 것도 있다. 그래서 후대에 이르러서는 형식적으로 慣行化되기도 하여 代筆에 의존하는 일이 많아졌다. 韓愈의 〈祭十二郎文〉은 조카의 죽음을 애도한 祭文으로 후세에 널리 모범이 되었다. 山川의 靈物에게 제사를 지내거나 古人과 古跡에 제사를 告하는 것이 祭文의 원류이다. 이러한 祭文 중에는 韓愈의 〈祭鱷魚文〉이 특히 유명하다.

　우리나라의 祭文 중에도 名篇이 많다. 張維의 〈祭金而好文〉이나 金昌協의 〈亡弟再期祭文〉 등이 널리 칭상되었던 작품이다. 여기서는 張維의 것을 보인다.

　　吁嗟而好, 世之所謂壽夭云者, 吾不知其何說也. 長於人者, 世謂之壽, 而未必長於天, 短於人者, 世謂之夭, 而未必短於天. 然則有長於天而短於人者, 則是人所夭而我所壽也. 吁嗟而好, 知此者誰哉?
　　子之病也, 我見之矣, 子之死也, 我聞之矣. 陰陽不能擾其關310), 二竪311)不能汩其舍312), 氣愈萎而神愈王313), 則病能困子, 而不能亂子矣. 言已閉而意不迷, 息將絶而覺不昏. 從容暇豫314), 正席而瞑, 則死能亡子, 而不能奪子矣. 然則病之所能困, 與死之所能亡者, 固可謂短矣. 若其所不能亂, 與所不能奪者, 則豈遽止於二十五春秋, 而遂滅哉 吁嗟而好, 知此者誰哉?
　　有母在堂, 有婦在房, 稚孤子子, 未免于懷抱, 此固生民之至痛, 人理之所不堪者, 然皆未足爲而好慟也. 獨恨嘉穀未遂, 嚴霜不待, 良驥就途, 華軸先摧, 求益之志莫遂, 可大之業未究, 使其沒而長者, 旣不能極其分, 而又不得令人人知之也. 此則豈特以悼吾子而已? 抑可爲斯道長痛耳. 吁嗟而好, 其知此也歟? 嗚呼哀哉.

張維,「祭金而好文」

　張維는 남달리 42수나 되는 祭文을 남기고 있는데, 그 가운데서도 이 글이 대표작으로 꼽히고 있다. 그는 而好를 제사하면서

---

310) 擾其關 : 그 經脈을 흔든다는 비유.
311) 二竪 : 사람의 膏肓 사이에 생긴다는 不治病.
312) 汩其舍 : 심장을 흐리게 한다는 비유.
313) 王 : 旺과 같다.
314) 暇豫 : 한가하고 편안함.

而好를 말하지 않았다. 친구의 죽음을 통하여 삶의 의미를 말하고 있을 뿐이다. 이 글은 祭文이지만 悽愴도 없고 嗚咽도 없다. 淚線을 자극하는 激發處는 더욱 없다. 平緩하면서도 辭理를 구비하고 있어 典雅通暢한 張維 산문의 미감을 실감케 할 뿐이다.

古人과 古跡에 祭祀를 告하는 글 중에는 祭 도는 弔라는 이름을 붙인 것도 많다. 弔는 祭文의 일종으로 두 종류가 있다. 나라에 재앙이 있을 때 쓰인 것과 개인의 죽음에 쓰인 것이 그것이다. 후대에는 주로 후자가 제작되었다. 弔文 중에는 古人과 古跡을 추모하는 듯이 하면서 정치 현실을 풍자하는 작품이 생산되기도 하였다. 士禍를 불러 일으킨 金宗直의 〈弔義帝文〉은 바로 項羽에 의해 옹위되었다가 폐출된 義帝의 죽음을 애도한 것으로 燕山朝의 분노를 불러일으킨 바 있다.

丁丑十月日, 余自密城315)道京山, 宿踏溪驛, 夢有神人, 披七章之服316), 欣然而來, 自言楚懷王孫心317), 爲西楚覇王318)所弑, 沈之郴江319). 因忽不見. 余覺而愕然曰, 懷王, 南楚之人也, 余則東夷之人也. 地之相去, 不翅萬有餘里, 而世之前後, 亦千有餘載, 來感于夢寐, 玆何祥也. 且考之史, 無投江之語, 豈羽使人密擊, 而投其屍于水歟.

---

315) 密城 : 密陽의 옛 이름.
316) 章服 : 日月星辰 등의 도안을 새겨놓은 古代의 禮服. 각 도안마다 一章이 있는데, 天子는 12章, 群臣은 品階에 따라 9·7·5·3章의 차이가 있다.
317) 懷王 : 項梁이 起義하고 楚의 마지막 왕 懷王의 손자 心을 추대하여 懷王으로 삼았다가 나중에 義帝로 높였다. 秦이 망한 후 項羽에 의해 피살되었다.
318) 西楚覇王 : 秦이 망한 후 項羽는 자립하여 스스로 西楚覇王이라 하였다.
319) 郴江 : 中國 湖南省 桂陽 東쪽에 있는 강 이름. 項羽는 秦나라 末期에 義帝를 세워 郴땅에 도읍하였다.

是未可知也. 遂爲文以弔之.

　惟天賦物則320), 以予人兮. 孰不知其尊四大與五常.321)　匪華豊而
而嗇兮, 曷古有而今亡. 故吾夷人又後千祀兮, 恭弔楚之懷王. 昔祖
龍322)之弄牙角323)兮,　四海之波殷爲巭,　雖鱣鮪鰍鯢324)曷自保兮,
思漏網而營營325). 時六國之遺祚兮, 沈淪播越326)僅媲婦編氓. 梁327)
也南國之將種兮, 踵魚狐328)而起事. 求得王而從民望兮, 存熊繹329)
於不祀. 握乾符330)以面陽兮, 天下固無尊於芊氏331). 遺長者332)以入
關兮, 亦有足覩其仁義. 羊狠333)狼貪334)擅夷夫冠軍335)兮, 胡不收以
膏諸斧336). 嗚呼, 勢有大不然者兮, 吾於王而益懼. 爲醢醋337)於反
噬338)兮, 果天運之蹉蹉. 郴之山礮以觸天兮. 景晻暖而向晏. 郴之水

---

320) 物則 : 만물의 법칙.
321) 四大는 道家에서 말하는 네 가지, 즉 道大, 天大, 地大, 王亦大이고,
　　 五常은 儒家에서 말하는 仁, 義, 禮, 智, 信을 가리킨다.
322) 祖龍 : 秦始皇.『史記』「秦始皇紀」에 "今年祖龍死"의 구절이 보인
　　 다. 祖는 始, 龍은 人君을 뜻한다.
323) 牙角 : 軍中에서 부는 피리의 한 가지. 여기서는 포악한 무력을 상
　　 징한다.
324) 鱣鮪鰍鯢 : 힘없고 약한 백성들을 가리킨다.
325) 營營 : 여기저기 왔다갔다하는 모양
326) 沈淪播越 : 沈淪은 零落, 播越은 放浪의 뜻이다.
327) 梁 : 項梁. 項羽의 숙부.
328) 魚狐 : 陳勝, 吳廣 등 秦에 항거하여 起義한 군웅들을 가리킨다.
329) 熊繹 : 周代 楚나라의 始祖.
330) 乾符 : 제왕의 符瑞. 천자가 될 상서로운 조짐.
331) 芊氏 : 楚王室의 姓.
332) 長者 : 寬厚한 성품을 지닌 劉邦을 말한다. 여러 제후들 가운데 劉
　　 邦이 가장 먼저 函谷關에 들어갔다.
333) 羊狠 : 羊처럼 말을 듣지 않고 고집을 부림. 狠은 很과 同字.
334) 狼貪 : 이리처럼 탐욕스러움.
335) 冠軍 : 上將軍 宋義를 말함. 項羽에 의해 피살되었다.
336) 膏諸斧 : 죽임을 당함을 이른다. 膏鋒鏑과 같다. 膏鋒鏑은 槍날에
　　 기름칠을 한다는 뜻이다.
337) 醢醋 : 사람을 죽여 그 고기를 소금에 절이는 형벌.
338) 反噬 : 동물이 은혜를 잊고 주인을 묾. 여기서는 義帝가 시해된 것

流以日夜兮, 波淫泆而不返. 天長地久恨其曷旣兮, 魂至今猶飄蕩. 余
之心貫于金石兮, 王忽臨乎夢想. 循紫陽之老筆339)兮, 思墮蜳340)以
欽欽, 擧雲罍以酹地兮, 冀英靈之來歆云.

金宗直,「弔義帝文」

祭文과 유사한 것에 誄와 哀辭가 있다. 誄는 死者의 諡號를 정
할 때 쓴 글로 死者의 德行을 나열하여 영원히 표창한다는 뜻을
가지고 있다. 序가 붙어 있는 것도 있는데 序에서는 死者의 德을
散文으로 진술하고 誄辭에서 이를 韻文으로 서정적 감회를 적는
다. 이 때문에 誄는 먼저 世系와 行業을 적고 哀傷의 뜻을 깃들
이지 않는다는 "傳體而頌文 榮始而哀終"으로 그 미감이 요약될 수
있다. 후대에는 諡號를 정하기 위해서는 諡冊이나 諡議가 쓰이게
되었고, 이에 따라 誄는 諡號와 무관하게 제작되기도 하였다.
　哀辭는 특히 불행히 夭死한 인물의 죽음을 애도할 때 주로 쓰
이는 글이다. 재주가 있는데도 쓰이지 못함을 슬퍼하고 덕이 있
는데도 오래 살지 못한 점을 애통히 여긴 것이 哀辭의 특징이다.
哀辭는 대부분 序가 있는데 이 序에서 생전의 재주와 덕을 적고
末尾에 四言이나 五言의 詩, 혹은 騈儷體로 애석한 정을 적는 것
이 일반적이다. 序詞는 傳과 같고 結句는 詩를 본떴다고 한 지적

을 이른다.

339) 紫陽之老筆 : 紫陽은 宋의 朱熹의 별칭. 朱熹의 아버지 朱松이 紫
陽山에서 讀書하였는데 朱熹는 다른 곳에서 관리로 있으면서 紫陽
書室을 짓고 아버지를 잊지 않는 뜻을 보였다. 후대 사람들이 이하
여 紫陽으로 朱熹의 별칭으로 삼았다. 朱熹는 春秋大義에 입각하여
司馬光이 撰한『自治通鑑』에 나오는 曹操의 魏 正統論을 부정하고
劉備의 蜀漢 正統論을 주장하였다. 이러한 朱熹의 正統觀念을 紫陽
書法이라고 한다.

340) 墮蜳 : 마음이 공연히 안정되지 못한 모양.

도 이 때문이다. 皇帝나 皇后, 大臣의 죽음에 쓰는 哀冊이나 哀頌도 제문의 일종이지만 드물게 쓰이는 문체이다. 그밖에 先祖나 先師의 제사에 주로 쓰는 告, 강렬한 감정의 유로를 뜻하는 哭 등도 있으나 일반 제문과 크게 다르지 않다. 哀辭로는 金昌協의 〈黃生柱河哀辭〉, 朴趾源의 〈李夢直哀辭〉 등이 알려진 것들이다. 여기서는 朴趾源의 〈李夢直哀辭〉를 보인다.

　　大凡人之生可謂倖矣, 而其死也非巧, 何者? 一日之中, 其所以觸危亡犯患難者, 不知其有幾, 而特其倏忽341)於毫髮之際, 經過於頃刻之間, 而適有耳目之捷, 手足之捍, 故自不覺其所以然者, 而夫人者, 亦能坦懷安行, 無終夕之慮也. 誠使人人者, 常懷不虞之慮, 則惵然畏懼, 雖終日閉門掩目而處, 將不勝其憂爾.

　　昔有望氣者342), 相一女子戒牛觸, 嘗臨戶屈343), 挑戶激, 觸耳而死, 屈則牛也. 又算命者344), 論一丈夫當食金而死, 嘗早食, 肺吸其匙而死. 其奇中巧驗如此, 而又未嘗不先事而丁寧戒囑, 然金非可食之物, 而牛非閨門之畜, 則雖知命之士, 難可逆料, 而戒謹于此也. 嗚呼, "君子恐懼乎其所不聞, 戒愼乎其所不睹."345) 豈觸牛食金之謂哉? 要之, 不登高不臨深, 愼言語節飮食, 而戒吾一念之所內發耳, 其於外至之患, 亦復何哉?

　　李夢直諱漢柱, 德水人, 忠武公之後也. 其考節道使諱觀祥, 於吾姉婿徐金吾346)重修氏爲內舅. 故夢直自其幼時從余學, 其妹婿朴氏子齊雲347), 年少能文章, 號曰楚亭, 與余善. 夢直世世將家348), 雖從武業

---

341) 倏忽 : 시간이 빨리 지나가는 모습.

342) 望氣者 : 사람의 기운을 보고 吉凶을 점치는 사람.

343) 도 : 『麗韓十家文鈔』에 "귀지를 파내는 기구. 朝鮮에서 만든 글자로, 음은 도이다."라 하였다.

344) 算命者 : 사람의 운명을 점치는 사람.

345) 해당 구절이 『中庸』에 보인다.

346) 金吾 : 義禁府의 별칭. 여기서는 義禁府 都事를 가리킨다.

347) 朴氏子齊雲 : 조선 후기의 시인 朴齊家.

乎, 然喜文士, 常從楚亭, 遊於余. 爲人, 幼娟好, 及其壯, 疎朗可喜.
一日, 習射南山中, 中荒矢[349]死, 死又無子.

嗚呼, 國家昇平日久, 四境無金革可戰鬪之事, 而士之獨死乎鋒鏑
之下者, 豈非巧歟? 夫人一日之生, 可謂倖矣. 於是作辭以哀夫壯士之
死於戰場者, 而以弔夢直焉. 辭曰

士踊躍兮赴戰場, 風沙擊兮兩軍當.

聲厮暴兮還不颺, 口含劍兮前舞槍.

目不瞬兮集衆鋥, 踏右足兮左脚揚.

竭膂力兮爲君王, 容聲惡兮諒非狂.

嗚呼死已久兮立不僵, 矢[350]猶握兮兩目張.

蔭子孫兮表其鄕, 史書之兮流芬芳.

朴趾源,「李夢直哀辭」

哀辭는 情은 痛傷을 主로 하고, 辭는 哀惜을 다한다는 文體이
다. 이 글도 夭死한 제자 李夢直을 애도하는 스승의 정을 七言의
辭體로 써내려 가고 있다. 전반부에 李夢直의 날래고 용감한 모
습을 형상화하여 그 재주가 뛰어났음을 말하고, 죽은지 오래 되
었는데도 넘어지지 않고 서 있어 손은 오히려 불끈 쥔 채 두 눈
을 부릅떴다고 하여 애석의 감정을 다하였다. 그러나 이 글의 序
에서는 죽음의 문제를 진지하게 논의하고 있다. 哀辭의 序는 傳
과 같은 것이 正格인데 朴趾源은 활쏘기 연습을 하다가 잘못 날
아든 화살에 죽은 李夢直의 예를 통해 人生의 의미를 주로 말하
고 있을 뿐, 李夢直의 生平은 끝부분에 간략히 붙이고 있다. 正
格보다는 變格으로 자신의 문장을 과시했던 朴趾源 특유의 필법

---

348) 將家 : 武將의 가문.
349) 荒矢 : 잘못 날아든 화살.
350) 矢 : '手'로 된 데도 있다.

이 여기서도 보인다.

13) 筆記類

전통적인 문장 분류에 筆記라는 이름이 있었던 것은 아니다. 雜記나 雜著, 漫錄 등의 이름으로 기록된 각종 小品과 故事 등을 편의상 '筆記'로 묶어 본 것이다. 원래 이러한 글은 先秦 諸子나 史傳에 연원을 둔 것과는 달리 小說, 筆記小說이라 불렀던 것이다. 이는 독립된 문체로 성립될 만한 격식이 있는 것이 아니고 자유로이 붓 가는 대로 쓴 것 임을 뜻하는 것이다.

筆記類는 한 세대의 인정세태를 묘사한 것, 인물의 품평에 중점을 둔 것, 한 지역의 산천 풍속을 기술한 것, 物理와 技藝, 經世致用을 강구한 것도 있으며, 그밖에 逸話나 野談 등을 채록한 것 등도 그 내용이 매우 다양하다. 따라서 筆記類에는 여러 서적에 편린으로 존재하는 神話, 故事, 逸話, 寓言, 傳說을 비롯하여, 독립된 책으로 간행되는 漫錄, 逸話, 野談 野史集 등이 모두 여기에 포함된다.[351] 그러나 여기에서는 漢文 文體의 형식미를 구비하고 있으면서 독립적인 작품으로 평가될 수 있는 것들을 특히 筆記類라 해 둔다. 즉 그 형식이 자유로워 특정한 文體에 귀속될 수 없는 일련의 수필 형식의 글을 筆記類라 규정하기로 한다. 이때 筆記類의 圈域에는 寓言이나 小品, 奇文 등이 들 수 있을 것이다.

이와 같은 筆記類 산문 가운데는 문답체를 활용한 것이 많다. 특히 자신의 주장을 우회적으로 드러낸 것에 이러한 것이 흔하

---

351) 陳必祥(沈慶昊譯), 『한문문체론』(이회문화사, 1995)에서 이러한 입장을 취하고 있다.

다. 다음 鄭道傳의 작품이 그러한 것이다.

　　寓舍卑側隘陋, 心志鬱陶. 一日出遊於野, 見一田父, 厖眉皓首, 泥
塗霑背, 手鉏而耘. 予立其側曰, "父勞矣." 田父久而後視之, 置鉏田
中, 行原以上, 兩手據膝而坐, 頤予而進之. 予以其老也, 趨進拱立.
　　田父問曰, "子何如人也? 子之服雖敝, 長裾博袖, 行止徐徐, 其儒
者歟? 手足不胼胝, 豊頰皤腹, 其朝士歟? 何故至於斯? 吾老人, 生
於此, 老於此. 荒絶之野, 窮僻瘴癘之鄕, 魍魅之與處, 魚鰕之與居,
朝士非得罪放逐者不至, 子其負罪者歟?" 曰, "然". 曰, "何罪也? 豈以
口腹之奉, 妻子之養, 車馬宮室之故, 不顧不義, 貪欲無厭, 以得罪
歟? 抑銳意仕進, 無由自致, 近權附勢, 奔走於車塵馬足之間, 仰哺於
殘盃冷炙之餘, 聳肩諂笑, 苟容取悅, 一資或得, 衆皆含怒, 一朝勢去,
竟以此得罪歟?" 曰, "否."
　　"然則豈端言正色, 外示謙退, 盜竊虛名, 昏夜奔走, 作飛鳥依人之
態352), 乞哀求憐, 曲邀橫結, 釣取祿位, 或有官守, 或居言責, 徒食
其祿, 不思其職, 視國家之安危, 生民之休戚, 時政之得失, 風俗之美
惡, 漠然不以爲意, 如秦人視越人之肥瘠353), 以全軀保妻子之計, 偸
延歲月, 如見忠義之士, 不顧身慮, 以赴公家之急, 守職敢言, 直道取
禍, 則內忌其名, 外幸其敗, 誹訪侮笑, 自以爲得計. 然公論誼騰, 天
道顯明, 詐窮罪覺, 以至此乎?" 曰, "否."
　　"然則豈爲將爲帥, 廣樹黨與, 前驅後擁, 在平居無事之時, 大言恐
喝, 希望寵錫, 官祿爵賞, 惟意所恣, 志滿氣盛, 輕侮朝士, 及至見敵,
虎皮雖蔚, 羊質易慄, 不待交兵, 望風先走, 棄生靈於鋒刃, 誤國家之
大事? 否則豈爲卿爲相, 狠愎自用, 不恤人言, 佞己者悅之, 附己者進
之, 直士抗言則怒, 正士守道則排, 竊君上之爵綠, 爲己私惠, 弄國家

――――――――――

352) 飛鳥依人之態 : 친근하고 사랑스런 모양. 『新唐書』「長孫無忌傳」에
　　"褚遂良鯁亮, 有學術, 竭誠親於朕, 若飛鳥依人, 自加憐愛."의 구절이
　　보인다.
353) 아무런 관심이 없는 것을 이르는 말이다. 韓愈의 <爭臣論>에 "視
　　政之得失, 若越人視秦人之肥瘠, 忽焉不加喜戚於其心." 이라는 구절
　　이 보인다.

之刑典, 爲己私用, 惡稔而禍至, 坐此得罪歟?"曰,"否."

"然則吾子之罪, 我知之矣. 不量其力之不足, 而好大言, 不知其時之不可, 而好直言, 生乎今而慕乎古, 處乎下而拂乎上, 此其得罪之由歟. 昔賈誼354)好大, 屈原355)好直, 韓愈356)好古, 關龍逢357)好拂上, 此四者, 皆有道之士, 或貶或死, 不能自保. 今子以一身, 犯數忌, 僅得竄逐, 以全首領, 吾雖野人, 可知國家之典寬也. 子自今其戒之, 庶乎免矣."

予聞其言, 知其爲有道之士. 請曰, "父隱君子也. 願館而受業焉." 父曰, "予世農也. 耕田輸公家之租, 餘以養妻子. 過此以往, 非予之所知也. 子去矣. 毋亂我."遂不復言, 予退而歎之. 若父者, 其沮溺358)之流乎.

鄭道傳,「答田父」

經世의 포부와 經國의 文章으로 一世를 울린 鄭道傳의 이 글은

---

354) 賈誼 : 漢 武帝 때의 大夫로서 政論家이자 賦의 작가이다. 그의 뛰어난 재주와 빠른 출세를 시기한 권신들의 참소로 長沙王의 太傅가 되었다. 다시 梁 懷王의 太傅가 되었으나 회왕이 落馬하여 죽자 마음의 충격을 이기지 못하고 일 년만에 죽고 말았다.

355) 屈原 : 전국시대 초나라 사람. 충신이었으나 왕에게 간언하다 모함을 받아 쫓겨났고 후에 汨羅水에 투신자살했다고 전해진다.

356) 韓愈 : 字는 退之. 河南 南陽 사람. 일찍이 唐 憲宗이 佛骨을 조정에 들여 오려 할 때 이를 極諫하다가 潮州 刺史로 폄직되기도 했다. 唐代 古文 운동을 제창하여 柳宗元과 더불어 '文以載道'의 구호를 내세워 많은 優美한 작품을 남겼다.

357) 關龍逢 : 夏의 桀王이 밤낮으로 술에 취해 지내자 관룡방은 항상 『黃圖』로써 간했다. 관룡방이 서서 떠나지 아니하자 걸이, "그대는 또 요망한 말을 하는군." 하면서 『黃圖』를 불태우고 관룡방을 죽였다.

358) 沮溺 : 長沮와 桀溺. 春秋 時代의 두 은자. 밭을 가는데 마침 孔子의 무리가 그 옆을 지나게 되었다. 孔子가 子路를 시켜 그들에게 나루를 묻게 하자 가르쳐주지 아니하고 오히려 孔子의 周流天下를 기롱했다. (『論語』「微子」)

農夫와의 문답 형식을 假設하여 자신의 포부와 정치관을 우회적
으로 드러내 보이고 있다.

寓言도 이와 유사하다. 寓言이라는 용어는 『莊子』「寓言」에서
그 근원을 찾아볼 수 있다. 남의 말을 빌려 말하는 것이므로 말
은 여기에 있고 뜻은 다른 곳에 있다는 정도로 풀이된다. 우리
漢文學에서 寓言은 薛聰의 〈花王戒〉에 대해 神文王이 "그대의 寓
言은 진실로 깊은 뜻이 있으니 기록하여 王者의 훈계로 삼고 싶
다(子之寓言, 誠有深志, 請書之以謂王者之戒)."라 한 데서 처음
보인다. 金庾信의 기사에 들어 있는 〈龜兎之說〉도 이를 이은 寓
言의 명편이다.

특히 전통적인 한문 산문 중 寓言은 대부분 허구적인 인물을
가설하고, 그의 입을 통해 자신의 주장을 우회적으로 펴는 것이
대부분이다. 『莊子』에 들어 있는 寓言이 그러한 것이거니와, 대
표적인 우언집인 蘇軾의 『艾子雜說』, 劉基의 『郁離子』가 그러한
전통을 잇고 있다. 조선조에서 특히 이와 유사한 것으로는 成俔
의 『浮休子談論』에 실린 「寓言」을 들 수 있다.[359]

> 東皐子患貧, 問術於鹿皮翁. 翁曰, "江西有吳生者, 善蓄穀, 能散而
> 能斂之, 權其子母[360]而相濟之. 民之就貸者雲集, 不勞徵督而如期畢
> 償. 由是, 困廩皆滿, 雖凶年飢歲, 而家食有裕, 子盍往而學焉?"
> 東皐子往見吳生, 而盡得其所爲, 日夜操籌, 窮錙銖[361]而計之, 散
> 穀於民, 則强者拒而不納, 弱者逃而避之, 未數歲而失其業, 其貧益
> 甚. 見翁而責之曰, "子誑我矣." 翁曰, "我非誑子, 是子之術疎也. 國

---

359) 이하 인물 寓言은 李鍾默, 「浮休子談論과 寓言의 양식적 특성」,
　　　(『古典文學硏究』 4집, 1991)을 참조하였다.
360) 子母 : 이자와 원금.
361) 錙銖 : 매우 작은 단위를 이르는 말.

中有鄭大夫者, 能乘時射利, 穀賤則貿布, 穀貴則貿穀, 布穀相貿, 而
其利益博, 以富稱於國中, 子盍往學焉?"

東皐子往謁大夫, 而請其術, 盡得其所爲, 日夜皇皇362), 惟恐其不
及友商賈, 而後僮僕未幾爲商賈, 僮僕所欺, 盡失其業. 又見翁而責之
曰, "子誑我矣." 翁曰, "我非誑子, 是子之術疎也. 東郊有老生者, 募
人耕野, 開田數十頃, 分流溝畝, 一歲所穫, 幾數百斛, 子盍往而學
焉?"

東皐子聞其說而樂之, 其富可指日而待也, 令健僕率其徒數人, 往
莅之, 糴穀於官, 借牛於人, 具千夫畚錘, 其墾有日. 未幾, 健僕爲虎
所噬, 而其徒皆解散, 卒無成焉.

東皐子大慍曰, "吾聽子之言, 三學而三不成. 子何誑我如是?" 翁曰,
"人有能有不能, 貧富天也, 巧拙性也, 子不見射雉者乎? 能者控馬盤
回, 而雉不驚, 不能者皆遠見, 而飛起矣. 子不見釣魚者乎? 能者魚爭
食餌, 而曳之不絶, 不能者雖把能者之竿, 投能者之餌, 而魚不來矣.
小技尙如此, 況大事乎? 以彼三人之術, 易子之文學, 則彼之不能文
學, 亦如子之於富也."

東皐子聞翁之言, 安分守拙, 遂以文學終焉.

成俔, 『浮休子談論』「寓言」

이 글은 人物 寓言의 전형을 보여 준다. 寓言은 등장 인물의
命名法이 독특하다. 이 작품의 東皐子는 시로 자적하며 과거에
응시하지 않았던 戴敏의 號이기도 하지만, 여기서는 동쪽 언덕의
사람 정도의 의미이다. 鹿皮翁 역시 『列仙傳』에 나오는 機巧한
인물이지만 여기서는 지모를 일신에 갖춘 인물로 등장한다. 『浮
休子談論』의 「寓言」에 실려 있는 작품의 등장 인물의 명명법은
대개 이러하거니와 인물 우언의 전형적인 것이기도 하다. 이는
『莊子』 등 고대 寓言의 명명법을 수용한 것이므로 등장 인물이

---

362) 皇皇 : 바쁜 모습.

허구적인 것임을 분명히 하려는 의도에서 이렇게 한 것이다. 이
와 함께 시간과 공간 배경을 春秋戰國이거나 추상적인 것으로 설
정하는 것도 유사한 논리로 설명될 수 있다. 이후에 나온 張維의
〈寓言〉, 朴趾源의 〈虎叱〉 등에서도 이러한 전형이 그대로 반복된
다.

〈虎叱〉과 유사한 방식으로 제목이 되어 있는 李建昌의 〈鹿言〉
역시 이와 유사한 筆記類 산문이다. 成俔의 것과 유사하여 정통
인물 寓言의 전형적인 작품이 되고 있다.

> 李子有羸勞363)之疾, 詢于醫, 醫曰, "服鹿茸則吉." 於是, 出獵于東
> 陽364)之峽, 踰月而無獲. 倦而少息, 夢一丈夫, 黃冠蒼裘, 頎而甚
> 澤,365) 厥角隆然, 一雙三尺, 趨而前曰, "余鹿先生也, 竊聞吾子將求
> 藥物於余, 跋履霧雨, 淹于玆山之墟, 得無億歟?" 李子怍而謝曰, "誠
> 如先生言, 歆聲望塵366)之日久矣, 先生將何以敎鄙人367)?"
> 鹿先生曰, "僕聞之, 下醫觀色, 中醫觀脈, 上醫無觀, 默然而識. 僕
> 之於子, 所謂不言而得者也. 相368)子之疾, 非陰非陽, 非火非風, 五
> 官均適, 六氣順通, 貌弱骨勁, 體癯神豐, 宜壽永年, 孔369)厚且融.
> 然而猶有求於余者, 殆吾子不能養而充之, 反有以撓其外, 而汩其中
> 也. 夫衛生之道, 非一, 而妨身之事, 亦多矣. 醇醴醹酥370), 妖嬌嬈
> 娥371), 發人之狂, 動人之邪, 智者避之, 如視網羅, 愚夫溺焉, 不恤

---

363) 羸勞 : 病弱.
364) 東陽 : 원래는 중국의 지명이나, 여기서는 동남쪽의 장소라는 뜻의
   허구적인 장소이다.
365) 頎는 키가 큰 모습, 澤은 살진 모습.
366) 歆聲望塵 : 명성을 흠모하여 자취를 찾음.
367) 鄙人 : 자신을 낮추어 이른 말.
368) 相 : 살피다.
369) 孔 : 매우.
370) 醇醴醹酥 : 모두 좋은 술을 이른다.
371) 妖嬌嬈娥 : 예쁜 여자를 이르는 말.

其他. 以吾子之高明, 豈有是耶? 然子徒知數者之傷人, 而不知子之所
以召疾者, 乃有過耶. 子爲文章, 凡幾十年, 口不輟哦, 手不停編, 不
屑爲今, 力追古先, 大化陵夷[372], 世降時遷, 非子不才, 勢使之然.
子不知此, 矻矻逾前, 憤悱愁苦, 忘食與眠, 嘔心髮白. 自古所憐, 子
於仕進, 自謂知足, 希古騖遠, 內實大欲, 群譏衆譽, 不挂耳目, 獨思
千古, 輝映簡竹[373]. 觀古聖賢, 有顯有伏, 好名之躁, 何異干祿? 大
道肫肫[374], 爲牝爲谷[375], 勞心外馳, 是爲桎梏. 子之爲人, 遇事徑
情, 喜慍之感, 多偏少平, 紛綸激軋, 交發疊生, 悔而不改, 自搖其精.
子之平居, 喜閑厭煩, 偃仰終日, 足不窺園, 四體弛解, 支不束根[376],
久習成性, 淸氣乃昏. 凡此皆吾子致疾之原, 吾子其思吾言. 且子徒求
藥於僕, 而不知僕之所以能爲藥於子者, 吾子其亦欲聞之耶? 僕山林
之毛群[377]也, 目不辨史皇[378]之書, 心不涉姬孔[379]之文, 得失則數
莖春草, 是非則一片秋雲, 逍遙放浪, 無戚無欣, 跳躍遨遊, 載馳載
奔,[380] 其中常逸, 其外常勤, 逸者所以葆其天, 勤者所以引其年. 僕
非有爲而爲也, 蓋亦任其自然而然耳. 夫何世人之不寤, 乃欲自利而戕
物. 旣攫吾角端之肉, 又探吾胃中之血, 彼將肆暴而縱慾, 又豈但爲服
餌而療疾. 惟子明足以燭理, 仁足以相恤, 而反信庸醫之說, 將以擾吾
鄕, 而劫吾室, 得無爲千慮之一失乎? 嗟哉. 人之有生, 儲精毓秀, 誰
謂彼天而不私? 覆盡收其餘臭濁滓垢, 以畀余族, 命之曰獸, 獸能自愛
以全其受, 人苦不節, 虧其富有, 反來相奪, 於心安否, 且譬之於飮食,
酒醪升而糟粕委, 黍稷登而糠粃棄. 未聞有憂酒醪之不釀, 而益以糟
粕, 憫黍稷之不鑿, 而補以糠粃者. 今以吾子聰明靈秀之稟於天者, 猶

---

372) 陵夷 : 언덕이 평평해짐. 여기서는 쇠퇴한다는 뜻.
373) 簡竹 : 역사를 이르는 말.
374) 肫肫 : 성실한 모습, 혹은 풍성한 모습.
375) 牝과 谷은 텅 비어 있는 곳. 여기서는 大道가 텅 빈 마음에 조용
    히 채워져 있음을 뜻한다.
376) 支不束根 : 支節이 뼈를 감싸고 못함.
377) 毛群 : 털이 있는 짐승.
378) 史皇 : 文字를 만들었다는 蒼頡.
379) 姬孔 : 周公 旦과 孔子.
380) 載는 발어사.

以爲未愜, 而頻取於如僕之鄙, 不幾近於糟粕充上尊, 糠粃盛六簋381)
乎? 僕非惜此腥臊之軀也. 竊不能不爲賢君子耻之也."

　李子俛首, 良久起而對曰, "敬聞鹿先生之嘉音. 詩云'我有嘉賓, 鼓
瑟鼓琴, 和樂且湛.'382)者也. 罷獵而歸, 佩服銘箴, 豈惟去疾, 且以養
心.

李建昌, 「鹿言」

이 글은 바로 李建昌 자신의 체험적인 인생 비평이다. 사슴의
입을 빌어 말하는 방식을 택함으로써 마음 놓고 이 글을 이어나
갈 수 있었으며, 결과적으로 명문의 제작이 가능케 되었다. 李建
昌의 문장은 흔히 기백이 약한 것이 흠으로 지적되기도 하지만,
더할 수 없는 아름다움과 정밀함 속에 理法을 갖춘 그의 論議는
자로 잰 듯 정확하다.

寓言 중에는 成俔의 것처럼 『莊子』적인 분위기를 추구하는 것
도 있지만, 일반 문인의 筆記類는 이처럼 허구적인 대상과의 문
답 형식을 차용하여 자신의 주장을 표출하는 것이 더 일반적이
다. 洪大容의 『毉山問答』 역시 虛子와 實翁의 대화체로 자신의
사상을 표출하고 있는 寓言의 하나이다. 다음은 그 일부이다.

　虛子383)曰, "古人云, '天圓而地方', 今夫子言, '地體正圓', 何也?"
　實翁曰, "甚矣, 人之難曉也. 萬物之成形, 有圓而無方, 況於地乎?
月掩日而蝕, 於日蝕, 體必圜, 月體之圜也. 地掩日而蝕, 於月蝕, 體
亦圜, 地體之圜也. 然則, 月蝕者, 地之鑑也. 見月蝕, 而不識地圜,
是猶引鑑自照, 而不辨其面目也, 不亦愚乎?"

洪大容, 『毉山問答』의 일부

---

381) 六簋 : 제사에 黍稷 등 여섯 가지 곡식을 담는 祭器.
382) 『詩經』 「小雅」 <鹿鳴>에 보인다.
383) 虛子 : 架空의 人物. 虛子와 實翁을 내세워 問答體로 꾸민 것이다.

이 글은 자신의 주장을 남에게 설득하기 위하여 대화 형식을 차용한 것이다. 이와 같은 글은 전통적인 문체 분류의 어디에도 들 수 없는 것이지만, 내용을 들여다 보면 論辨類의 변체라고도 할 수 있을 것이다. 李珥의 『東湖問答』도 이러한 글이거니와, 張志淵의 〈亞寶先生問答〉은 皇城新聞의 사설란에 국한문 혼용체로 싣고 있는 것으로, 筆記類가 論辨類의 한 변체로서 존재해 온 것임을 사실로 보여 준 것이다.

稗官小品은 明淸小品의 영향을 받은 것이지만, 우리의 정서와 현실을 운치있게 다루고 있어 현대 수필의 본령이 여기에 근원을 두고 있다고 해도 과언이 아니다. 李用休, 朴趾源, 金鑢, 李鈺, 李德懋 등의 글에 이러한 것이 자주 보인다. 여기서는 李德懋의 것을 보인다.

一鼠入鷄窠中, 四足仰抱鷄卵而臥, 一鼠啣其尾, 曳之墜于窠外, 則仍又啣其尾, 曳之輸于穴. 瓶有油或蜜, 蹲于瓶, 以尾探入于中, 塗之以出, 回身舐其尾.
一黃鼠[384]渾身塗濁泥, 不辨首尾, 縮前二足, 人立[385]于田畔如朽杙[386]狀, 一黃鼠瞑目屛氣[387], 僵臥[388]于其下. 有鵲來窺, 以爲死一喙之, 故[389]蠢動, 則鵲疑躍而坐于朽杙, 朽杙開口噉其足, 鵲始知坐于黃鼠之首也. 渾身蚤咀, 迺啣一木, 先沈尾于溪, 蚤避水萃于腰脊, 隨沈隨避, 涔涔[390]沒項, 蚤盡集于木, 然後捨木於水, 騰身於岸.

---

384) 黃鼠 : 족제비.
385) 人立 : 사람처럼 서다.
386) 朽杙 : 썩은 말뚝. 원문에는 "朽"로 되어 있으나 잘못으로 보인다.
387) 屛氣 : 숨을 죽이다.
388) 僵臥 : 시체처럼 누워 있다.
389) 故 : 일부러.
390) 涔涔 : 물이 불어나는 모습. 여기서는 조금씩 물 속에 몸을 잠기게 하는 모습.

孰敎之乎? 本無言語相曉, 假使一鼠抱卵臥, 其一安知啣其尾乎?
一黃鼠作杙立, 其一安知僵其身乎? 是豈非自然乎? 雖然, 人有狹小
術, 以肆狡黠者, 其鼠黃鼠之類乎?

李德懋,「耳目口心書」

쥐가 서로 도와 계란과 꿀을 훔치는 것과, 족제비가 서로 도와
까치를 잡고 벼룩을 물리치는 생태계의 미세한 부분을 자세하게
묘사하고 있다. 이와 같은 글은 전통적인 문체로는 그려낼 수 없
는 것으로, 현대적인 수필의 모습과 닮아 있다 하겠다.

　稗官小品 중에는 야담을 수용하면서 다른 한편 자신의 주장을
우회적으로 드러낸 것도 있다. 許生 대문에 널리 알려진 朴趾源
의 〈玉匣夜話〉의 기사도 그러한 것이다.

　許生居墨積洞391), 直抵392)南山下. 井上有古杏樹, 柴扉向樹而開.
草屋數間, 不蔽風雨. 然許生好讀書, 妻爲人縫刺以糊口. 一日妻甚飢
泣曰, "子平生不赴擧, 讀書何爲?" 許生笑曰, "吾讀書未熟." 妻曰, "不
有工乎?" 生曰, "工未素學, 奈何?" 妻曰, "不有商乎?" 生曰, "商無本
錢, 奈何?" 其妻恚且罵曰, "晝夜讀書, 只學奈何. 不工不商, 何不盜
賊?" 許生掩卷起曰, "惜乎, 吾讀書 本期十年, 今七年矣."
　出門而去, 無相識者. 直之雲從街393), 問市中人曰, "漢陽中, 誰最
富?" 有道卞氏者, 遂訪其家. 許生長揖曰, "吾家貧, 欲有所小試, 願
從君借萬金." 邊氏曰, "諾." 立與萬金, 客竟不謝而去. 子弟賓客視許
生丐者也, 絲條穗拔394), 革履跟顚395), 笠挫袍煤396), 鼻流淸涕.
客旣去皆大驚曰, "大人知客乎?" 曰, "不知也." "今一朝, 浪空擲萬

---

391) 墨積洞 : 南山 밑에 있던 동네 이름.
392) 直抵 : 곧바로 이름.
393) 雲從街 : 鐘路.
394) 絲條穗拔 : 허리띠가 낡아 속실이 이삭이 패듯이 나온다는 뜻이다.
395) 革履跟顚 : 가죽신 뒷굽이 닳아서 찌그러졌다는 뜻이다.
396) 笠挫袍煤 : 모자가 주저앉고 도포는 구질구질하다는 뜻이다.

金於生平所不知何人, 而不問其姓名, 何也?" 卞氏曰, "此非爾所知.
凡有求於人者, 必廣張志意, 先耀信義, 然顔色愧屈, 言辭重複. 彼客
衣屨雖弊, 辭簡而視傲, 容無怍色, 不待物而自足者也. 彼其所試術,
不小, 吾亦有所試於客. 不與則已, 旣與之萬金, 問姓名何爲?"

於是許生已得萬金, 不復還家. 以爲安城畿湖之交, 三南之綰口, 遂
止居焉. 棗栗柹梨, 柑榴橘柚之屬, 皆以倍直[397]居[398]之. 許生榷[399]
菓, 而國中無以讌祀. 居頃之, 諸賈之獲倍直於許生者, 反輸十倍. 許
生喟然嘆曰, "以萬金傾之, 知國淺深矣." 以刀鑄布帛綿, 入濟州, 悉
收馬鬣鬃曰, "居數年, 國人不裹頭矣." 居頃之, 網巾價至十倍.

許生問老篙師曰, "海外豈有空島可以居者乎?" 篙師曰, "有之. 常
漂風直西行三日, 夜泊一空島, 計在沙門[400]長崎[401]之間. 花木自開,
菓蓏自熟, 麋鹿成群, 游魚不驚." 許生大喜曰, "爾能導我, 富貴共
之." 篙師從之. 遂御風東南入其島. 許生登高而望, 悵然曰, "地不滿
千里, 惡能有爲? 土肥泉甘, 只可作富家翁." 篙師曰, "島空無人, 尙
誰與居?" 許生曰, "德者人所歸也. 尙恐不德, 何患無人?"

是時邊山群盜數千, 州郡發卒逐捕, 不能得. 然群盜亦不敢出剽掠,
方饑困. 許生入賊中, 說[402]其魁帥曰, "千人掠千金, 所分幾何?" 曰,
"人一兩耳." 許生曰, "爾有妻乎?" 群盜曰, "無." 曰, "爾有田乎?"
笑曰, "有田有妻, 何苦爲盜?" 許生曰, "審[403]若是也, 何不娶妻樹屋
買牛耕田, 生無盜賊之名, 而居有妻室之樂, 行無逐捕之患, 而長享衣
食之饒乎?" 群盜曰, "豈不願如此, 但無錢耳." 許生笑曰, "爾爲盜,
何患無錢? 吾能爲汝辦之. 明日視海上風旗紅者, 皆錢船也. 恣汝取
去." 許生約群盜. 旣去, 群盜皆笑其狂. 及明日, 至海上, 許生載錢三
十萬, 皆大驚羅拜曰, "唯將軍令." 許生曰, "惟力負去." 於是群盜爭負

---

397) 直 : 値와 같다.
398) 居 : 잡아두다.
399) 榷 : 다 긁어 모은다는 뜻.
400) 沙門 : 中國 廣東 바다에 있는 섬.
401) 長崎 : 일본에 딸린 섬.
402) 說 : 달래다.
403) 審 : 진실로.

錢, 人不過百金. 許生曰, "爾等力不足以擧百金, 何能爲盜? 今爾等雖欲爲平民, 名在賊簿, 無可往矣. 吾在此俟汝, 各持百金而去, 人一婦一牛來." 群盜曰, "諾" 皆散去. 許生自具二千人一歲之食, 以待之. 及群盜至, 無後者. 遂俱載入其空島. 許生權盜, 而國中無警矣.

於是伐樹爲屋, 編竹爲籬. 地氣旣全, 百種碩茂, 不菑不畬, 一莖九穗[404]. 留三年之儲餘, 悉舟載, 往糶長崎島. 長崎者, 日本屬州. 戶三十一萬, 方大饑, 遂賑之, 獲銀百萬. 許生歎曰, "今吾已小試矣." 於是悉召男女二千人, 令之曰, "吾始與汝等入此島, 先富之, 然後別造文字, 創製衣冠. 地小德薄, 吾今去矣. 兒生執匙, 敎以右手. 一日之長, 讓之先食." 悉焚他船曰, "莫往則莫來." 投銀五十萬於海中曰, "海枯有得者. 百萬無所容於國中, 況小島乎?" 有知書者, 載與俱出曰, "爲絶禍於此島."

於是遍行國中, 賑施與貧無告者. 銀尙餘十萬曰, "此可以報卞氏." 往見卞氏曰, "君記我乎?" 卞氏驚曰, "子之容色, 不少瘳得, 無敗萬金乎?" 許生笑曰, "以財粹面, 君輩事耳. 萬金何肥於道哉?" 於是以銀十萬付卞氏曰, "吾不耐一朝之饑, 未竟讀書, 慙君萬金." 卞氏大驚, 起拜辭謝, 願受什一之利. 許生大怒曰, "君何以賈竪視我?" 拂衣而去.

卞氏潛躡之, 望見客向南山下, 入小屋. 有老嫗井上澣. 卞氏問曰, "彼小屋誰家?" 嫗曰, "許生員宅. 貧而好讀書, 一朝出門不返者, 已五年. 獨有妻在, 祭其去日." 卞氏始知客乃姓許, 歎息而歸. 明日悉持其銀, 往遺之. 許生辭曰, "我欲富也, 棄百萬而取十萬乎? 吾從今得君而活矣. 君數[405]視我計口送糧, 度身授布, 一生如此足矣. 孰肯以財勞神?" 卞氏說許生百端, 竟不可奈何. 卞氏自是度許生匱乏, 輒身自往遺之. 許生欣然受之. 或有加則, 不悅曰, "君奈何遺我災也?" 以酒往, 則益大喜, 相與酌至醉. 旣數歲, 情好日篤.

嘗從容言五歲中, 何以致百萬. 許生曰, "此易知耳. 朝鮮舟不通外國, 車不行域中, 故百物生于其中, 消于其中. 夫千金小財也, 未足以盡物. 然析而十之, 百金十亦足以致十物. 物輕則易轉, 故一貨雖絀,

---

404) 一莖九穗 : 곡식이 많이 열렸다는 뜻.
405) 數 : 자주.

九貨伸之. 此常利之道, 小人之賈也. 夫萬金足以盡物, 故在車專車,
在船專船, 在邑專邑, 如網之有罟, 括物而數之. 陸之産萬, 潛停其一,
水之族萬, 潛停其一, 醫之材萬, 潛停其一, 一貨潛藏, 百賈涸, 此賤
民之道也. 後世有司者, 如有用我道, 必病其國." 卞氏曰, "初子何以
知吾出萬金, 而來吾求也?" 許生曰, "不必君與我也. 能有萬金者, 莫
不與也. 吾自料吾才足以致百萬. 然命則在天, 吾何能知之? 故能用我
者, 有福者也. 必富益富, 天所命也, 安得不與? 旣得萬金, 憑其福而
行, 故動輒有成. 若吾私自與406), 則成敗亦未可知也." 卞氏曰, "方今
士大夫欲雪南漢之恥407), 此志士扼脆奮智之秋408)也. 以子之才, 何
自苦沈冥以沒世耶?" 許生曰, "古來沈冥者, 何限? 趙聖期409)可使敵
國, 而老死布褐, 柳馨遠410)足繼軍食, 而逍遙海曲. 今之謀國政者,
可知已. 吾善賈者411)也. 其銀足以市412)九王413)之頭, 然投之海中
而來者, 無所可用故耳." 卞氏喟然太息而去.

　　卞氏本與李政丞浣414)善. 李公時爲御營大將415), 嘗與言委巷閭閻
之中, 亦有奇才可與共大事者乎. 卞氏爲言許生. 李公大驚曰, "奇哉,
眞有是否? 其名云何?" 卞氏曰, "小人與居三年, 竟不識其名." 李公
曰, "此異人. 與君俱往." 夜公屛416)騶徒, 獨與卞氏俱步, 至許生. 卞
氏止公立門外, 獨先入見許生, 具道李公所以來者. 許生若不聞者,
曰, "輒解君所佩壺." 相與歡飮.

　　卞氏閔417)公久露立, 數言之. 許生不聽. 旣夜深, 許生曰, "可召

---

406) 自與 : 스스로 돈을 대다.

407) 南漢之恥 : 丙子胡亂 때 淸나라에게 굴복당한 일을 가리킨다.

408) 秋 : 時와 같다.

409) 趙聖期 : 朝鮮 中期의 학자. 號는 拙修齋.

410) 柳馨遠 : 朝鮮 後期의 실학자. 號는 磻溪.

411) 善賈者 : 좋은 가격을 받고 물건을 파는 사람. 여기서는 좋은 대우
　　를 받고 나아가는 것을 가리킨다.

412) 市 : 산다는 뜻.

413) 九王 : 淸 太祖의 14子로 淸의 건국에 큰 공을 세웠다.

414) 李浣 : 朝鮮 後期의 武臣. 孝宗을 받들어 北伐을 계획하였다.

415) 御營大將 : 御營廳의 수장. 종2품이다.

416) 屛 : 물리치다.

客." 李公入, 許生安坐不起. 李公無所措躬, 乃叙述國家所以求賢之意. 許生揮手曰, "夜短語長, 聽之太遲. 汝今何官?" 曰, "大將." 許生曰, "然則汝乃國之信臣, 我當薦臥龍先生[418], 汝能請于朝三顧草廬乎?" 公低頭良久曰, "難矣. 願得其次." 許生曰, "我未學第二義." 固問之, 許生曰, "明將士以朝鮮有舊恩, 其子孫多脫身東來, 流離惸鰥, 汝能請于朝, 出宗室女, 遍嫁之, 奪勳戚權貴家以處之乎?" 公低頭良久曰, "難矣." 許生曰, "此亦難, 彼亦難, 何事可能? 有最易者, 汝能之乎?" 李公曰, "願聞之." 許生曰, "夫欲聲大義於天下, 而不先交結天下之豪傑者, 未之有也. 欲伐人之國, 而不先用諜, 未有能成者也. 今滿洲遽而主天下, 自以不親於中國, 而朝鮮率先他國而服, 彼所信也. 誠能請遣子弟入學, 遊宦如唐元故事[419], 商賈出入不禁, 彼必喜其見親而許之. 妙選國中之子弟, 薙髮胡服, 其君子往赴賓擧[420], 其小人遠商江南, 覘其虛實, 結其豪傑, 天下可圖, 而國恥可雪. 若求朱氏[421]而不得, 率天下諸侯薦人於天, 進可爲大國師, 退不失伯舅之國[422]矣." 李公憮然曰, "士大夫皆謹守禮法, 誰肯薙髮胡服乎?" 許生大叱曰, "所謂士大夫, 是何等也. 産於彝貊之地, 自稱曰士大夫, 豈非騃乎? 衣袴純素, 是有喪之服, 會撮如錐, 是南蠻[423]之椎結也, 何謂禮法? 樊於期[424] 欲報私怨, 而不惜其頭, 武靈王[425]欲强其國, 而不恥胡服. 乃今欲爲大明復讎, 而猶惜其一髮, 乃今將馳馬擊釰, 刺鎗弭弓飛石, 而不變其廣袖, 自以爲禮法乎? 吾始三言, 汝無一可得而

---

417) 閔 : 悶과 같다.

418) 臥龍先生 : 諸葛孔明.

419) 唐元故事 : 統一新羅와 高麗 때 唐과 元에 유학한 사람이 많았다.

420) 賓擧 : 외국인으로서 치루는 과거 시험.

421) 朱氏 : 明 皇室의 姓이 朱氏이다.

422) 伯舅之國 : 姓이 다른 諸侯國.

423) 南蠻 : 中國 남쪽의 오랑캐.

424) 樊於(오)期 : 燕나라의 太子 丹이 秦始皇을 암살하려 할 때, 秦에서 요구하는 樊於期의 목을 베어 들고 가면 진시황을 만날 수 있을 것이라 생각하여, 번오기에게 말하였더니 번오기가 진시황의 원수를 갚기 위하여 스스로 자기 목을 베어주었다.

425) 武靈王 : 戰國時代 趙나라의 왕.

能者, 自謂信臣, 信臣固如是乎? 是可斬也." 左右顧索釰, 欲刺之.
公大驚而起, 躍出後牖疾走. 歸明日復往, 已空室而去矣.
朴趾源,「許生傳」

尹暎이라는 사람에게 들은 이야기라 하였지만, 당시 비슷한 致
富談이 여러 야담집에 전한다. 다만 야담집에는 梅花라는 기생에
게 혹한 서생이 세 차례에 걸쳐 삼십만냥을 뿌리고 낡은 화로를
그 대가로 받았는데, 이것이 秦始皇 때 不死藥을 달이기 위한 화
로로 천하의 보배인지라 이를 팔아 큰 부자가 되었다고 한 정도
의 것이다. 朴趾源은 北學派로서의 정치·경제적 견해를 주장하
기 위하여 이 야담을 수용하되, 박진감 있는『孟子』투에 가까운
고문 문체로 문학적 형상화에 성공한 패관소품이다. 발랄한 문장
으로 소설적 흥미를 갖추게 된 것은 朴趾源이 스스로 말한 法古
創新에 힘입은 것인지도 모른다.

3. 韓國漢文文章略史

詩가 그러했던 것처럼 散文에 있어서도 우리나라에서 본격적인 文章을 示範한 것은 三國時代 이후의 일이다. 우리는 選文冊子도 많은 것을 가지고 있지 않지만, 이것들에 선발·수록되고 있는 문장들도 대부분 新羅 것에 편중되고 있으며,『三國史記』와 같은 史書조차도 新羅를 계승한 高麗의 史官에 의하여 기술된 것이므로 그 사정은 다를 것이 없다.

다만 三韓文으로 알려져 있는 馬韓王의 〈讓百濟王書〉와, 詩作이라고는 단 한 편도 전해 주고 있는 것이 없는 百濟의 문장인 〈上後魏孝文帝表〉와 成忠의 〈獄中上義慈王書〉를 볼 수 있으며, 史書에 이름만 보이는 〈上南齊武帝表〉가 있었음을 알 수 있을 뿐이다.

그런가 하면, 新羅의 것으로 수록되고 있는 문장들도 대부분 정치나 외교적인 목적의 성취 수단으로 쓰여진 것으로, 〈請改定國號兼上王號〉(智證王時), 金后稷의 〈上眞平王書〉, 文武王의 〈遺詔〉와 〈冊高句麗王文〉, 〈答薛仁貴書〉, 薛聰의 〈花王戒〉, 祿眞의 〈上角干金忠恭書〉 등이 그 중요한 것들이다.

더욱이 이 무렵까지도 新羅에는 唐에서 使臣이 詔書를 가지고 오면 一見에 通曉할 수 있는 사람은 强首밖에 없었다는『三國史記』의 기록을 감안하면, 이때에도 新羅에는 漢文이 일반화되는 데까지는 이르지 못했던 것으로 보이며, 이 시기에 제작된 文武王의 〈遺詔〉나 〈冊高句麗王文〉, 그리고 비교적 문장의 체제를 갖춘 〈答薛仁貴書〉와 같은 글을 제작한 것도 强首일 것이라는 추정을 가능케 한다.

이로써 보면 三國時代의 대표적인 문장가로는 强首를 들 수 있
으며, 統一新羅 이후의 문장가로는, 唐에 遊學하여 20대의 在唐
시절에 〈檄黃巢書〉와 같은 名文을 제작한 崔致遠과, 〈代甄萱寄高
麗王書〉를 쓴 崔承祐 등을 들 수 있을 뿐이다. 이에 대해서는 雲
養 金允植의 〈答人論靑丘文章原流〉에서도 확인할 수 있다.

지난날 삼국 중엽 이후 公用文書는 모두 『文選』을 依倣하였다.
任强首, 崔致遠은 그 중 드러난 자이다. 고려 초기에도 아직 그러
하였으나, 名臣들의 章奏와 碑碣의 제작에 왕왕 兩漢의 기미가 있
어 후세의 미칠 바가 아니었다. 그 말기에는 益齋 李齊賢, 稼亭 李
穀, 牧隱 李穡 등의 여러 공들이 古文新辭을 창도하여 세상에 크
게 울렸다(在昔, 三國中葉以後, 公用文書, 皆倣文選, 如任强首, 崔
文昌, 其顯者也. 至麗初猶然, 而名臣章奏及碑版之作, 往往有兩漢氣
味, 非後世所及. 及其季也, 益齋稼亭牧隱諸公, 唱爲古文新辭, 大鳴
於世).

이 글은 당시의 詞壇의 習尙이 文選文에 있었던 사실과 그 대
표적인 인물이 强首와 崔致遠임을 알게 해 준다. 崔致遠의 시문
은 平易近雅한 것으로 일컬어지기도 하지만, 〈檄黃巢書〉와 같은
것은 檄文의 公式을 충실하게 이행하고 있을 뿐 아니라, 불 같은
기백이 전편에 달리고 있어 浮華한 騈儷文이 흐르기 쉬운 纖弱의
타성도 말끔이 극복하고 있다.

新羅의 문화적 전통을 그대로 이어받은 고려 왕조에 들어와서
도 騈儷文을 숭상하던 詞壇의 風尙은 달라진 것이 없었으나, 그
중기에 이르러 詞壇의 내부에서 拒否反應이 나타나기 시작한다.
詞壇의 俗尙에 대하여 그 폐해를 직접 토로하고 나선 것은 林椿

이다. 그는 당시의 科文이 浮華한 詞章을 위주로 하기 때문에 마치 俳優들의 作戲와 다를 것이 없다고 불평했다. 그러나 그의 문장 역시 騈儷文의 窠臼에서 빠져 나오지 못했다.

그러나 高麗 中期까지도 六朝의 文選文이 모범 문장으로 행세하던 당시의 풍속에서 빠져 나온 金富軾은 그의 『三國史記』를 통하여 質朴한 西漢의 古文을 시범했다. 그가 제작한 〈溫達傳〉은 바로 그 중요한 증거이며, 金允植이 이른바 '兩漢氣味'도 이를 두고 이른 것이다.

高麗 一代를 통하여 가장 분방하게 붓을 휘두른 李奎報도 당시의 俗尙을 거부하고 唐宋古文의 簡潔한 매력에 미련을 갖기도 했지만, 明快를 특징으로 하는 古文의 구속을 감내할 수 없었다. 사로잡히지 않고 자유롭게 붓 가는 데로 내려 갈겨야 직성이 풀리는 그에게 굴레란 처음부터 가당치 않았다. 그러나 편짓글 한 장에 一千數百言을 거침없이 쏟아 내는 힘과 기상은 그의 權能임에 틀림없다.

儒敎治國을 표방한 高麗 王祖의 정치 풍토에 孔孟의 기본 儒學을 추상적인 개념으로 체계화한 朱子學의 기풍을 불어 넣은 李齊賢은 詩와 文에 모두 뛰어난 솜씨를 과시했다. 이때까지도 四六對偶를 오로지하던 당시의 詞壇에서 떨어져나와 韓愈, 歐陽修의 古文新辭를 제창하여 세상을 크게 울린 것이 그이다. 金富軾이 『三國史記』를 통하여 豊厚樸古한 西漢의 산문을 시범했지만, 이는 唐宋의 古文과는 스스로 구별되는 것이다.

李齊賢의 문하에서 나온 李穡이 程朱의 學을 존숭하였기 때문에 그의 글에 奏疏 語錄의 氣味가 많았다고 하지만, 李齊賢의 영향을 받은 李穡의 문장은 아래로 陽村 權近, 佔畢齋 金宗直 등에 相傳된 것이 사실이고 보면, 李齊賢이 후세의 문장가에 대하여

開山의 功을 끼친 것은 움직일 수 없는 사실이다. 그러나 李穡의 글에는 높은 곳도 없으며 낮은 곳도 없다. 쫓거나 내닫는 성급함도 없이 한가롭고 여유에 차 있다. 애써 꾸미지 않았지만, 스스로 말이 풍부하여 金宗直이 말한 그대로 먹을수록 맛있고 배부르게 해 준다. 李穡의 문장은 그가 死去한 수백년 동안 헐뜯는 입놀림이 나타나지 않을 정도로 크게 떨쳤다. 문장을 대하는 風尙이 달라진 朝鮮 中期 이후에 있어서도 그의 이름은 흔들리지 않았다. 秦漢 이전의 古文을 주창한 崔岦도 우리나라 문장은 당연히 牧隱으로 으뜸을 삼아야 한다고 했으며, 자손을 위하는 자는, 굳이 韓愈나 柳宗元에서 시작할 것이 아니라, 『牧隱集』을 읽는 것으로 족하다고 했다.

金宗直의 詩가 대체로 嚴重放達한 것으로 定評이 나 있거니와, 그의 文도 넓고 질펀하게 시종 밀어 붙이는 것으로 일관하고 있다. 꾸미거나 뚝 떨어지게 맺고 끊는 재주는 부릴 줄 모른다. 終止符를 찍을 자리를 그만큼 어렵게 만들고 있다는 표현이 오히려 眞率에 가까울 것이다. 이렇게 보면 李齊賢과는 너무 동떨어지고 李穡과의 거리가 오히려 가깝게 느껴진다.

우리나라 詞壇에 古文다운 古文을 시범한 것은 朝鮮 中期의 이른바 漢文四大家이다. 老少黨에 따라 象月谿澤, 또는 谿澤象月로 불리는 象村 申欽, 月沙 李廷龜, 谿谷 張維, 澤堂 李植이 그들이다. 象村과 月沙의 文章은 대체로 擬古文에 가까운 것으로 치부될 때가 많지만, 특히 月沙의 문장은 平易한 것으로 정평이 나 있다.

谿谷과 澤堂의 문장은 大同과 小異를 함께 보이면서 古文家로서의 名聲도 一世에 나란히 드날렸다. 谿谷의 문장은 대체로 平緩하면서도 辭理를 구비하고 있어 典雅通暢한 것이 그의 것이다.

金昌協은 이러한 谿谷의 문장을 寬平한 天資에서 얻어진 것이라 결론지었다. 이에 앞서 谿谷을 牧隱과 비교하여 그 雄大한 것은 牧隱을 따르지 못하지만 精巧한 것은 이보다도 지나친다고 하였으며, 文彩는 다소 손색이 있으나 그 이치에 있어서는 정밀하다 하였다. 澤堂의 문장은 번드름하게 그리거나 꾸며서 얽어놓은 것이 없다. 때문에 깎아 낼 것도 없고 꿰매는 일은 더욱 할 수 없는 노릇이다. 보태고 싶어도 보탤 수 있는 여지를 도무지 찾을 수 없도록 만들어 놓은 것이 澤堂의 글이다.

四大家도 그 반쪽은 擬古文派로 지목되기도 하거니와, 崔岦, 尹根壽, 許穆, 柳夢寅, 申大羽 등도 先秦이나 秦漢 古文을 애호하여 이를 모의하는 데 특히 힘을 썼기 때문에 擬古文派로 일컬어지기도 한다. 崔岦은 韓愈의 문을 모범으로 하면서도 明 擬古派를 배워 秦漢文을 擬古한 것으로 알려져 있다. 尹根壽는 더욱 明의 擬古派에 경도되어 '文祖先秦'의 구호를 제창하였다. 許穆은 經世의 관점에서 六經 古文을 모범으로 하여 그의 학문을 스스로 古學이라 천명하였으며, 그의 문장 역시 '奇崛宏肆'를 특징으로 한다. 柳夢寅 역시 明代 擬古文派의 영향을 받으면서 宋代의 散文을 비판하고 秦漢古文을 창작의 모범으로 삼아야 한다고 주장한 바 있거니와 그의 문장은 唐宋古文에서 벗어나 있다. 申大羽는 洪奭周가 그의 문장이 先秦을 그대로 그려내려 하여『國語』와『穀梁傳』을 準則으로 삼았다고 하였으며, 그의 문장은 字字句句 先秦古文을 모의한 것으로 알려져 있다.

그러나 朝鮮 後期 詞壇에 兩大山脈을 이룩한 것은 農巖 金昌協과 燕巖 朴趾源이다. 農巖의 典雅한 문장과 燕巖의 雄渾한 문장을 함께 일컫는 까닭도 여기에 있다. 특히 道學과 文章이 함께 빼어나기로는 農巖만한 이가 없다. 그의 문장은 南公轍이 말한

대로 道服을 입고 山林과 經典 사이를 배회한 眞儒者의 文章이다. 爲堂 鄭寅普가 "우리나라 五千年 역사에 오직 이 한 사람뿐"이라 한 기준도 이것과 다르지 않을 것이다.

燕巖의 문장을 그만큼 높은 자리에 올려 놓은 것은 滄江 金澤榮이다. 그는 燕巖의 記事文을 가리켜 近世의 제일 문장이라 칭찬했다. 뿐만 아니라, 燕巖의 문장은, 先秦의 문장을 하려고 하면 先秦의 문장이 되고, 司馬遷의 문장을 하려고 하면 司馬遷의 문장이 되고, 韓愈와 蘇軾의 문장을 하려고 하면 곧 韓愈, 蘇軾의 문장이 된다고 극찬했다. 그러나 이에 대하여 深齋 曺兢燮은 潑剌한 『熱河日記』와 같은 문장을 가리켜 金聖歎의 『水滸志』나 『西廂記』와 같은 것이라 했다. 그러나 『熱河日記』 이후에 贖罪의 뜻으로 쓴 〈課農小鈔〉와 같은 문장은 그가 古文家임을 재확인케 하는 증거로서도 뛰어난 것이다.

燕巖 이후 황량한 詞壇의 공백을 모자람없이 매꾸어 준 문장가로 臺山 金邁淳과 淵泉 洪奭周가 있다. 이들은 나란히 臺淵文章으로 一世에 이름을 떨쳤다. 臺山의 체질은 論辨에 강하여 長江流水와 같이 도도히 흐르는 기상은 그의 것이 아니었으며, 奇險한 것은 더욱 아니었다. 그러나 臺山 문장의 전편에는 歷史意識과 批評精神이 두루 貫流하고 있다. 수준 높은 그의 論辨을 가능케 한 것도 이것에 힘입음이 크다. 그래서 金邁淳의 글은 너무 緊切하여 오히려 刻薄하다는 것이 흠으로 지적되기도 하지만, 洪奭周의 맑은 소리는 簡潔謹嚴한 것이 그 문장의 전부다. 그는 썩어서 냄새나는 옛 사람의 말을 밑천으로 써 먹는 일은 절대로 하지 않았으며, 그렇다고 時好에 맹목적으로 따르는 것도 스스로 거부했다.

우리나라 漢文學이 終章으로 치닫고 있을 때에, 李建昌의 發薦

으로 金澤榮과 黃玹이 나란히 詞壇에 등장하여 이들은 뒷날 가장 가까운 文友가 되었으며, 漢文學의 終章을 훌륭하게 마무리했다. 특히 金澤榮과 李建昌은 모두 詩文에 兩美하여 雄渾한 金澤榮의 문장과 典雅한 李建昌의 문장은 모두 세상의 기림을 받았다. 다만 기세 등등한 金澤榮의 문장은 후반이 약한 것으로 지적되기도 하며, 李建昌 역시 氣弱한 것으로 비판받기도 한다.

工具書 이용법

漢文學은 中國에서 전래되어 이 땅에 토착화된 것이다. 이를 연구하기 위해서는 중국의 역사와 문화, 사상, 예술 등은 물론 우리나라의 것까지 두루 살피고 익혀야 한다. 그러나 그렇게 넓고 깊은 大陸文化의 總體를 個人의 직접적인 독서 체험으로 접근하는 일은 사실상 불가능하다. 그러므로 중국 역사의 중요한 시기마다 이를 극복하려는 노력이 工具書의 편찬으로 나타나기 시작하였으며, 이를 통하여 후대인들은 대륙 문화의 구체적인 事象 하나하나에 이르기까지 쉽게 그리고 편리하게 이해할 수 있게 되었다. 여기서는 漢文學을 연구하려는 초심자를 위하여 공구서의 실태와 그 이용법을 간략히 소개하기로 한다.

(1) 字典類

공구서 중에 가장 손쉽게 접하게 되는 것이 字典類이다. 字典이란 한 글자를 단위로 하여 일정한 순서로 배열한 후 形, 音, 義를 보이고 그 用法을 설명한 것이다.

字典의 원조라 할 수 있는 것은 『說文解字』(14卷, 敍目 1卷)이다. 이 책의 편찬자 許愼은 東漢시대의 經學家로 처음에는 今文을 배웠으나 후에 賈逵로부터 古文을 배워 今文과 古文에 두루 정통한 학자였다. 今文과 古文의 논쟁이 벌어지자 금문가들이 문자를 해석함에 견강부회가 심하여 原義를 잃는 경우가 많다고 여긴 그는, 古文經에서 자료를 취하여 本書를 저술하였다. 그는 문자의 종류를 둘로 나누어 象形과 指事로 이루어진 獨體를 文, 形聲과 會意로 이루어진 合體를 字라 불렀으므로 本書의 제목은 곧 "文字를 解說한다"는 뜻이 된다. 小篆을 위주로 하면서 古文과 籀文도 함께 수록하여 총 9,353자를 싣고 있는데, 이중 重文(異體字)이 1,163자이다.

이 책은 처음으로 部首排列法을 창안하여 一部에서 亥部에 이르는 540部에 各字를 안배하였다. 이 방법은 『玉篇』, 『類篇』, 『字彙』, 『康熙字典』 등 후대의 字典에서도 部首의 총수나 文字의 안배에서만 차이를 보일 뿐 그대로 준용되었다. 구성체제는 形이 비슷하거나 관련이 있는 部首끼리 같이 배열하고 그 안에서 뜻이 관련되는 글자끼리 같이 묶어 배열하였다. 먼저 字義를 풀이하고 다음으로 六書의 원리에 의거하여 字形을 분석하는 방식을 취하고 있는데, 간혹 讀音을 달아 두기도 했다.

이 책의 原本은 이미 망실되었고 현재는 大徐本으로 불리는 北宋 徐鉉의 校正本과 小徐本으로 불리는 徐鍇의 『說文解字系傳』이 전한다. 大徐本은 1963년 中華書局에서 영인되었으며, 小徐本은 四部叢刊에 전한다. 淸代에 많은 주석본이 나왔는데, 그 가운데 중요한 것으로 段玉裁의 『說文解字注』, 桂馥의 『說文解字義証』, 王筠의 『說文句讀』, 朱駿聲의 『說文通訓定聲』 등이 있다.

이후의 字典은 이를 바탕으로 하고 있는데, 魏晉時代 晉의 呂

忱이 편찬한『字林』, 梁 顧野王이 편찬한『玉篇』등이 있었으나
『字林』은 산일되었다.『玉篇』의 편찬자 顧野王은 梁 武帝 때 太
學博士로서 命을 받들어『說文解字』를 바탕으로 本書를 저술하였
다.『說文解字』의 部首에서 11部를 刪去하고 13部를 증가시켜
총 542部에 16,917字를 수록하였다. 部首 내에서의 배열은 形의
近似에 따르지 않고, 事物分類에 의거하였다. 每字 아래 먼저 反
切을 달고 古書를 인용하여 訓詁를 달았으며 간혹 按語를 붙인
곳도 있다. 元刊本을 영인한 四部叢刊本과 原本 殘卷이 실린 叢
書集成本이 있다. 우리나라에서 字典을 흔히 玉篇이라 부르는 것
은 바로 이 책의 영향을 받은 것이다.

　『康熙字典』(淸 張玉書 · 陳廷敬 等 奉勅撰, 36卷)의 原名은『字
典』이나 康熙年間에 나왔으므로『康熙字典』이라고 부른다. 明 梅
膺祚의『字彙』와 張自烈의『正字通』에 기초를 두어 子丑寅卯 등
12集으로 체제를 갖추었다. 214개의 部首를 두고 重文 1,995자
를 포함 49,030자를 수록하고 있어 근세 이전에 나온 최대의 字
典이다. 1958년에 中華書局에서 영인본이 나왔다. 다만 부분적인
오류가 있는데, 淸代 王引之의『字典考證』을 참조하여 잘못을 바
로 잡을 수 있다.

　『新華字典』(改訂本, 商務印書館, 1989)은 현재 중국에서 가장
널리 쓰이는 字典으로 1953년 人民敎育出版社에서 注音字母音序
本이 나온 이래, 1957년 商務印書館에서 수정 제1판을 냈고
1987년까지 수정 제6판이 간행되었다. 간체자, 이체자, 번체자를
포함 약 11,100자가 수록되었고, 音序順으로 배열하였다.

　『漢語大字典』(徐中舒 主編, 湖北 · 四川辭書出版社, 1986~
1990, 共 8冊)은 현재까지 출간된 字典 가운데 가장 큰 자전이다.
『康熙字典』의 214部를 산정하여 200部로 部首를 나눈 다음 약

56,000자를 수록하였다. 每字의 아래에 甲文, 金文, 小篆, 隸書를 보였고, 注音으로 현대 발음 뿐 아니라 中古反切과 上古韻部까지도 표시하였다. 釋義에서는 本義, 引伸義, 假借義의 순서로 배열하였다. 『正中形音義綜合大字典』(高樹藩編, 臺灣正中書局, 1974, 增訂初版)도 참고할 만한 字典이다.

한자의 대부분을 수록하려는 字典과는 달리 諸家의 경전에 쓰인 한자를 이해하기 위한 字典도 만들어졌다. 『經典釋文』(唐 陸德明 撰, 序錄 1卷, 本文 29卷)은 儒家 經典의 注音과 釋義를 위주로 한 것이다. 本文은 『周易』, 『古文尙書』, 『毛詩』, 『周禮』, 『儀禮』, 『禮記』, 『春秋左傳』, 『春秋公羊傳』, 『春秋穀梁傳』, 『孝經』, 『論語』, 『老子』, 『莊子』, 『爾雅』의 주석이다. 먼저 書名과 章節을 밝히고 대상 語句를 뽑은 후 그에 대한 注音 또는 釋義를 달았다. 四部叢刊本이 있으며, 통용되는 『十三經注疏』의 해당 조목 아래 주석의 형식으로 실려 있다. 단 『論語』와 『孟子』에는 실리지 않았다.

『經籍纂詁』(106卷)의 편찬자 淸 阮元은 『十三經注疏校勘記』의 저자이며 『皇淸經解』의 편집자이기도 하다. 本書는 經史를 읽기 위한 기본작업인 訓詁를 위해 저술되었다. 唐 이전의 經史, 諸子, 楚辭, 文選과 字書, 韻書에서 取材하여 주석하였다. 『佩文韻府』의 체제에 따라 韻目排列法을 취하고 있는데, 먼저 本義를, 다음으로 引伸義를 싣고 그 다음으로 名物象數를 실었다. 1982년 中華書局에서 나온 영인본이 있다. 운목배열법에 의해 수록하였기에 검색에 불편이 있었으나 姜聲尉의 『漢文辭書한글音順索引』(學古房, 1992)이 출간되어 이용이 편리해졌다.

『一切經音義』(唐 慧琳 撰, 100卷)는 『經典釋文』의 예를 따라 佛經을 주석한 것이다. 高麗本이 最善本으로 알려져 있으며, 遼

希麟의 『續一切經音義』와 합본하여 1986년 上海古籍出版社에서 출간되었다.

이외에, 일반적인 字典과는 달리 특수한 목적을 위하여 만들어진 字典도 있다. 보다 전문적인 뜻을 분야별로 검색할 필요가 있을 때 요긴하게 쓰일 수 있는 字典이다. 『同源字典』(王力 著, 商務印書館, 1982)은 동일한 어원을 가지고 있으면서 후에 뜻이 분화되어 아직 관련이 있으나 의미가 완전히 같지는 않은 字들을 同源詞로 규정하고, 고대의 訓詁著作에서 대상을 뽑아 비교하였다. 『金石大字典』(汪仁壽 編, 天津古籍影印, 1982)은 金石文에 실린 各體의 글자를 모았다. 『강희자전』의 부수배열에 따라 楷書를 標題로 하고 그 아래 籒文에서 璽印文字에 이르기까지의 各體의 字를 실었다. 『草字編』(洪鈞陶 編, 文物出版社, 1983)은 중국 역대 명가의 草書를 모은 것으로 標題字 7,900餘字에 重文(異體字)이 97,800餘字에 이른다. 『宋元以來俗字譜』(劉復·李家瑞 編, 文字改革出版社, 1957)는 宋元明淸代에 나온 民間刻本 戲曲小說 12종에서 간체자와 속체자 6,240자를 뽑았다. 아세아문화사의 영인본이 있다. 淸 趙之謙의 『六朝別字記』, 羅振玉의 『碑別字』 등은 碑文의 이체자를 살피는 데 참고할 만하다. 최근 국립국어연구원에서 나온 『漢字略體調査硏究』(1994)나, 해인사에서 나온 『佛經異體字』 등은 우리 문헌의 異體字를 파악하는 데 참고가 된다.

虛字를 알기 위해서는 『助字辨略』(淸 劉淇 撰, 5卷)이 유용하다. 이 책은 宋元 이전의 經典子史와 戲曲, 小說에서 虛辭 476개를 뽑아 重言, 省文, 助語, 斷辭, 疑辭, 詠嘆辭 등 30類로 나누어 訓詁하였다. 체제는 平水韻에 의거하였으며 평성이 2권, 상성, 거성, 입성이 각 1권씩이다. 허사만을 논의한 최초의 저서이다.

필획색인을 첨부한 1954년판 中華書局 영인본이 있다. 또『經典釋詞』(淸 王引之 撰, 10卷)는 虛辭 160개를 喉音(1~4), 牙音, 舌音 등 古聲母에 따라 배열하였다. 1985년에 나온 江蘇古籍出版社의 영인본이 있다.『詞詮』(楊樹達 撰, 中華書局, 1954)은 허사 약 500개를 풍부한 예증을 들어 설명한 책이며,『古書虛字集釋』(裴學海, 中華書局, 1954)은 허사 290개를『經典釋詞』를 따라 喉, 牙, 舌, 齒, 脣音의 5類에 배열한 책이다.

우리나라에서는 韻書의 索引을 위한 字典을 만드는 작업이 지속으로 진행되어『韻會玉篇』,『三韻聲彙補玉篇』,『全韻玉篇』 등이 편찬되었다.『韻會玉篇』(1536)은 崔世珍이 중국의『古今韻書擧要』에 수록된 한자를 字形과 四聲 별로 분류하여 배열한 책으로 音義의 설명이 없이 글자만 배열하였다.『三韻聲彙補玉篇』(1751)은 洪啓禧가『三韻聲彙』의 부록으로 저술한 책이다.『全韻玉篇』은 편저자와 편찬연대가 자세하지 않지만 正祖 연간 奎章閣에서 편찬한『奎章全韻』을 모체로 한 것이다. 종래의 것과는 달리 각 글자 아래 國音, 漢文註釋, 韻目 등을 상세하게 달아 본격적인 字典의 역할을 하고 있다.

근대에 들어서는 池錫永의『字典釋要』(匯東書館, 1909)와 崔南善의『新字典』(新文館, 1915) 등이 나왔다. 근래에는 순수한 字典보다 詞典을 겸하게 한 것이 대종을 이루는데, 張三植의『漢韓大字典』(省文社, 1964), 李相殷이 감수한『漢韓大字典』(民衆書林, 1966)이 널리 사용되고 있으나, 韻目을 표시하지 않아 漢詩를 공부하는 데는 불편하다.

(2) 韻書類

漢詩를 공부하는 사람들에게 韻書는 필수적인 참고서이다. 특히 文言으로 漢詩를 배운 우리나라 詩人들은 그 表現手段으로서의 中國語에 疏遠하기 때문에 韻書는 항상 가까운 곁에 두고 참고해야 할 책이다. 대표적인 중국의 운서로는 『切韻』, 『廣韻』, 『集韻』 등이 있다. 『切韻』은 隋의 陸法言이 편찬한 것으로 206운으로 나누어 中古音의 자음 체계를 확정하였는데, 唐의 孫愐이 이를 증보하여 『唐韻』이라 하였다. 『廣韻』(5卷)은 宋의 陳彭年과 丘雍 등이 重修한 책으로 원명은 『大宋重修廣韻』이다. 唐代에 나온 『切韻』의 체계를 이었다. 平聲 57韻, 上聲 55韻, 去聲 60韻, 入聲 34韻의 총 206韻으로 分韻하였다. 각권의 卷首에 韻目表가 있는데 해당 운목 아래 "××同用" 혹은 "獨用"의 구분이 있다. 후인이 이를 근거로 하여 한시의 제작에 적용되는 平水韻을 만들었다. 上海古籍出版社에서 1983년에 『鉅宋廣韻』이란 이름으로 출간하였다. 『集韻』은 丁度 등이 이를 감수하여 다시 편찬한 책이다. 金의 王文郁이 편찬한 『平水新刊韻略』은 206운을 106운으로 병합하였는데, 그 병합된 운을 平水韻이라 한다. 우리나라 漢詩는 대체로 平水韻을 바탕으로 하였지만, 『平水新刊韻略』이 유입되기 이전에도 漢詩가 제작되었으므로 때에 따라 『廣韻』도 참조할 필요가 있다.

우리나라의 韻書로는 훈민정음 창제 후 申叔舟 등이 편찬한 『東國正韻』(1447), 朴性源의 『華東正音通釋韻考』(1747), 洪啓源의 『三韻聲彙』(1751) 등이 있으며, 특히 正祖의 명에 의해 李德懋 등이 편찬한 『奎章典韻』이 가장 널리 알려져 있다. 역시 平水韻을 따르고 있으며 平, 上, 去, 入을 한꺼번에 표시한 四段式 구성을 취하고 있다.

(3) 辭典類

字典이 글자 하나씩을 단위로 하여 그 뜻을 풀이한 것임에 비해 詞書는 詞意, 成語, 典故를 해석하는 공구서이다. 최초의 詞書인 『爾雅』는 西漢 때 편찬된 것으로 보이는데, 처음에는 올바른 經典 해석을 위한 공구서로 이용되다가 唐代에 이르러 그 지위가 격상되어 十三經의 하나로까지 편입되었다. 釋詁, 釋言, 釋訓, 釋親, 釋官, 釋器, 釋樂, 釋天, 釋地, 釋丘, 釋山, 釋水, 釋草, 釋木, 釋蟲, 釋魚, 釋鳥, 釋獸, 釋蓄의 19篇으로 구성되어 있는데, 앞의 셋은 일반 詞語의 풀이이고 나머지는 物名의 訓詁이다. 晋 郭璞의 注와 宋 邢昺의 疏로 이루어진 『爾雅注疏』(四部叢刊本)가 기본 텍스트로 쓰이고 淸 邵晋涵의 『爾雅正義』와 郝懿行의 『爾雅義疏』가 주된 주석서로 이용된다. 이 책의 영향은 대단히 광범위하여 후대에 本書를 依倣하여 『小爾雅』, 『埤雅』, 『騈雅』, 『通雅』, 『別雅』 등의 편찬이 이루어지기도 하였다.

또 漢의 揚雄이 지은 『方言』은 방언 사전으로 郭璞의 注가 있다. 이 책은 이용하기가 난삽하므로 淸 章炳麟의 『新方言』을 이용하는 것이 편리하다.

그러나 『爾雅』나 『方言』이 중국 고대 문학에는 긴요한 자료가 되지만, 우리 문헌을 연구하는 초심자들이 이용하기는 어렵다. 현대에 출간되어 연구자들이 가장 기본적으로 사용할 만한 辭典들을 소개하기로 한다.

『新華辭典』(商務印書館, 1990, 修訂版)은 앞에서 보인 『新華字典』과 함께 나온 것으로 중국에서 가장 보편적으로 쓰이는 辭典

이다. 音序順으로 수록하였고, 單字 약 12,000개와 詞語 약 30,000개가 실려 있다.『辭源』修訂本(商務印書館, 1979~1984, 共4冊 ; 縮印合訂本, 1987, 1冊)은 1915년에 나온『辭源』正篇과 1931년에 나온『辭源』續篇을 기초로 하여 그것을 수정, 보완한 것이다. 전래하는 字書, 韻書, 類書를 기초하여 語辭의 해석을 위주로 하였고 백과지식을 위한 뜻풀이와 용례를 첨가하였다. 인용된 글의 출처를 명확히 밝히고 있음이 특징이다. 單字 12,890개, 詞語 84,134개, 총 97,024條를 해설하였다.『辭海』合訂本(上海古籍出版社, 1989)은 1936년에 초판이 나왔으며,『辭源』과는 달리 百科事典的 성격을 지닌다. 1961년부터 各科別로 16分冊을 내었다. 1979년 新1版은 20冊으로, 1989년 출간된 新2版은 26책으로 구성되었다. 이 가운데 語詞, 哲學, 宗敎, 中國古代史, 中國近代史, 中國地理, 歷史地理, 文學, 藝術, 語言學 등이 문학연구에 주로 참고가 된다. 1989년 1冊으로 合訂本이 출간되었다.

『大漢和辭典』(諸橋轍次 編, 大修館書店, 1955~1960, 13책)은 214部로 나누었고, 48,960字와 526,500條의 詞語가 수록되었다. 日本에서 나온 대표적인 사전이며 강성위의 앞의 책으로 이용에 편리하다.『中文大辭典』(高明 主編, 華岡出版社, 1973, 10책)은 214部首의 체제에 單字 약 50,000개, 詞語 약 370,000개를 수록하였다. 臺灣에서 나온 대표적인 사전이며 강성위의 앞의 책으로 이용에 편리하다.『漢語大詞典』(羅竹鳳 主編, 上海辭書出版社, 1986~1993. 13책)은 『강희자전』의 部首에 기초하여 200部로 나누고, 各字 아래의 詞語는 筆劃에 의해 정리하였다. 370,000條의 詞語가 수록되었다.

우리나라의 사전류는 그다지 많지 않다. 壇國大學에서 5책 예정으로 1992년부터 출간하고 있는『韓國漢字語辭典』은 총 22책

분량의 『漢韓大辭典』의 일부로 계획되어 우리나라에서 특수하게 쓰여온 단어들을 모아 설명한 책이다.

그밖에 『辭通』(朱起鳳 著, 開明書店, 1934 ; 上海古籍出版社, 1982)은 古書에 보이는 雙音節詞(聯綿詞)를 모아 平水韻에 의거하여 배열하였다. 『聯綿字典』(符定一 編, 商務印書館, 1943 ; 中華書局, 1983)은 『辭通』과 같은 내용을 다루었으나 인증이 더 풍부한데 『康熙字典』의 체제를 따르고 있다. 『騈字類編』(淸 張廷玉 著, 奉勅撰, 240권)은 2음절로 된 複音詞를 모아 용례를 보인 것이다. 天地, 時令, 山水, 居處, 珍寶, 數目, 方隅, 采色, 器物, 草木, 鳥獸, 虫魚, 人事의 十三門으로 나누어 1,604字彙를 수록하고 있으며 1984년에 中國書店이 影印하였다.

그밖에 특수한 사전으로 成語辭典이 있다. 『中國成語大辭典』(上海辭書, 1987)은 古今成語 18,000餘條를 歷代 文獻에서 인용하여 실었다. 또 『古事成語大辭典』(上下, 韓國敎育出版公社, 1984)도 참조할 만하며, 『古代格言辭典』(何長鳳 主編, 貴州人民出版社, 1988)은 先秦에서 淸末에 이르는 시기의 經史子集과 詩文戲曲에 보이는 格言 4,000條를 ①志向抱負, ②攻書治學, ③理財齊家, ④修身養性, ⑤處世爲人, ⑥倫理道德, ⑦育材樹人, ⑧選賢壬能, ⑨爲國爲民, ⑩治國爲政, ⑪執法循律, ⑫兵法軍事, ⑬哲理物性 등 13類로 나누어 싣고, 각류에서는 시대순으로 수록하였다.

典故詞典은 典故를 찾는 데 유용하게 편집된 것이다. 『佩文韻府』(淸 張玉書 等 奉勅撰, 444卷)는 1704년(康熙 43) 康熙帝의 勅命으로 撰述된 것으로 佩文은 강희제 자신의 書室名이기도 하다. 平水韻의 106韻에 의해 單字 1,0000개와 詞語 48,0000餘條에 대한 詩文의 용례가 실려 있다. 영인본에 四角號碼索引이 첨

부되어 있어 이용에 편리하다. 일종의 類書이나 詩文의 典故 또는 用例를 찾는 데 필수적이다. 1983년 上海古籍書店의 영인본이 있다. 6권이 색인인데 四角號碼 검자법을 따르고 있으며 총획 검자가 끝에 수록되어 있다. 『漢語典故詞典』(王慰庭 等編, 江蘇古籍出版社, 1985)에는 2,600餘條의 詞語가 실려 있고, 『古書典故辭典』(杭州大學 編, 江西人民出版社, 1984)에는 5,400餘條의 詞語가 실려 있다. 『文學典故辭典』(山東大學 編, 齊魯書社, 1987)도 참조할 만하며, 『常用典故辭典』(徐成志 等編, 上海辭書出版社, 1985)은 每條目 아래에 같은 典故로 쓰인 다른 詞語들을 배열하고 있다.

또 『全唐詩典故辭典』(范之麟·吳庚舜 主編, 湖北辭書出版社, 1989)은 『全唐詩』에 실린 詞語 7,000餘條를 선택하여 出典과 釋義, 例句를 밝히고 있으며, 『全元散曲典故辭典』(呂微芬 編, 湖北辭書, 1985)은 『全元散曲』에서 詞語 약 1,000條를 선택하여 出典과 釋義, 例句를 밝히고 있다. 그밖에 『古典詩詞典故辭典』(陸尊梧 等 編, 天津人民出版社, 1992)은 典故 1,200개와 用典形式 15,000여개를 수록하였으며, 『唐代詩詞語詞典故詞典』(陸尊梧 主編, 社會科學出版社, 1992)는 15,000여개의 語詞와 약 3,500의 典故를 싣고 있다.

문학 작품과 관련된 사전도 상당수 있다. 『宋元語言詞典』(龍潛庵, 上海辭書出版社, 1985)은 宋元明淸의 戱曲, 小說, 詩詞에서 俗語 약 11,000條를 뽑아 풀이하였다. 『唐宋詩詞常用語詞典』(盧潤祥, 湖南出版社, 1991)은 詩詞에 자주 쓰이는 實辭와 虛事를 약 3,000條 釋義, 書證, 按語의 순으로 풀이하였다. 『唐詩字詞大辭典』(華齡出版社, 1993)은 작가 237인과 작품 1,706수의 唐詩를 대상으로 語詞를 실었다. 『詩詞曲語辭匯釋』(張相, 中華書局,

1953)는 詩詞曲에 쓰인 特殊語辭 약 600條의 뜻을 밝힌 것이다. 同種의 것 가운데 최초의 것이다. 『詩詞曲語辭例釋』 增訂本(王鍈, 中華書局, 1986)은 윗책에 대한 補遺의 성격을 지닌다. 『詩詞曲語辭集釋』(王鍈·曾明德, 語文出版社, 1991)은 張相과 王鍈의 앞의 두 책에 대한 補遺의 성격을 지니며 색인이 부록으로 제시되어 있다. 『金元戲曲方言考』(徐嘉瑞, 商務印書館, 1956)는 元明의 戲曲에 보이는 俗語 약 750條를 풀이하였다. 『小說詞語匯釋』 修訂本(陸澹安, 上海古籍出版社, 1979)은 白話小說에 보이는 약 8,000條의 詞語를 풀이하고, 소설에 나타난 成語 약 2,000條를 부록하였다. 『戲曲詞語匯釋』(陸澹安, 上海古籍出版社, 1981)은 古典 戲曲에 보이는 詞語 약 3,900條를 풀이하고, 이 밖에 成語 약 400條를 싣고 있다. 『魏晋南北朝小說詞語匯釋』(江藍生, 語文出版社, 1988)은 330여조의 詞語를 풀이하였다. 『舊詩佳句辭典』(王藝孫 編, 岳麓書社, 1988)은 좋은 구절로 널리 일컬어진 詩句를 모아 사전의 구실을 하게 한 책이다.

　문학 일반에 걸친 사전도 있다. 『中國古代文學詞典』(劉蘭英 等編, 廣西人民出版社·廣西敎育出版社, 1986~1989, 共5冊)은 제1책 作家 1109조, 社團·流派·竝稱 361조, 제2책 著作 1253조, 藝術形象 383조, 제3책 名篇 1736조, 文體 175조, 제4책 古代文賦名句 2,000餘條, 제5책 古代詩詞曲名句 2,000餘條. 등으로 나누어 싣고 있다. 『中國古代文學理論辭典』(趙則誠·張連弟·畢萬忱 主編, 吉林文史出版社, 1985)은 약 1,100조의 詞目을 ①歷代 理論家 ②理論著作 ③文體流派 ④名詞述語의 넷으로 분류하여 설명하였다. 『文章體制辭典』(金振邦, 東北師大, 1986)은 2,313조의 詞目을 文體總類, 記敍文, 議論文, 說明文, 應用文, 詩歌, 詞, 小說, 戲劇, 曲藝, 文體論家, 文體論著作及分類法의 12類로 나누

어 해설하였다. 또 『中國古代詩詞曲詞典』(華東師大, 江西敎育出版社, 1987)은 4,000여조의 사목을 作家, 作品, 文體, 作法, 風格流派, 詞牌, 曲牌, 詩話, 詞話, 曲話, 名詞述語 등으로 나누어 설명하였다. 『文藝美學辭典』(往向峰 主編, 遼寧大學, 1987)은 1,200餘條의 詞目을 文藝美學基本問題, 文藝美學一般問題, 文藝審美分流創造, 中國文藝美學要略, 外國文藝美學要略의 다섯 類로 나누어 설명하였다.

『千古名句詩話辭典』(許欽承, 中州古籍出版社, 1989)은 229句의 名句를 선정하고 각 條目의 該當詩話를 붙여두었다. 『中國神話傳說辭典』(袁珂, 上海辭書出版社, 1985)은 3,006條의 詞目을 人·物·天地·書·事·其他의 6類로 나누어 설명하였다. 그밖에 『新編詩詞曲賦辭典』(侯健 主編, 江西人民出版社, 1989)도 참조할 만하다. 『中國文體學辭典』(朱子南 主編, 湖南敎育出版社, 1988), 『古詩百科大辭典』(王洪 主編, 光明日報出版社, 1991), 『唐詩百科大辭典』(王洪 主編, 光明日報出版社, 1990), 『古代散文百科大辭典』(王洪 主編, 鶴苑出版社, 1991), 『歷代賦辭典』(遼寧人民出版社, 1992), 『古文知識辭典』(劉蘭英 主編, 廣西人民出版社, 1992) 등도 이용하면 좋다.

修辭學과 결부하여서는 『修辭學詞典』(王德春 主編, 浙江敎育出版社, 1987)이 있는데 1,320條의 詞目을 해설하고 있으며, 그 내용은 修辭學異論, 話語修辭, 語言手段修辭, 語體風格, 修辭方式 등을 포함하고 있다. 『漢語修辭格大辭典』(唐松波·黃建霖 主編, 中國國際廣播出版社, 1989)은 修辭格을 157條目으로 분류하고 해당 修辭格의 예를 들고 설명을 가하고 있다.

『古文鑑賞辭典』(吳功正 主編, 江蘇文藝出版社, 1987), 『古代散文鑑賞辭典』(王彬 主編, 農村讀物, 1987), 『古文鑑賞大辭典』(徐

仲玉 主編, 浙江敎育出版社, 1989), 『唐宋八大家散文鑑賞辭典』(呂晴飛 主編, 中國婦女出版社, 1991), 『寓言鑑賞辭典』(文杰·羅琳 主編, 中國商業出版社, 1991), 『古詩鑑賞辭典』(賀新輝 主編, 中國婦女出版社, 1988), 『詩經鑑賞辭典』(任自彬·和近健 主編, 河海大學, 1989), 『樂府詩鑑賞辭典』(李春祥 主編, 中州古籍出版社, 1990), 『漢魏六朝詩歌鑑賞辭典』(呂晴飛·李觀鼎·劉方成 主編, 中國和平出版社, 1990), 『漢魏晋南北朝隋詩鑑賞辭典』(盧昆·孫安邦·潘愼 主編, 山西人民出版社, 1989), 『唐詩鑑賞辭典』(蕭滌非 等 撰 寫, 上海辭書出版社, 1983), 『唐詩鑑賞辭典補篇』(周嘯天 主編, 四川文藝出版社, 1990), 『唐宋詩詞評析詞典』(吳熊和 主編, 浙江人民出版社, 1990), 『宋詩鑑賞辭典』(繆鉞 等 撰 寫, 上海辭書出版社, 1987), 『唐宋詞鑑賞辭典』(唐圭璋 主編, 江蘇古籍出版社, 1986), 『唐宋詞鑑賞辭典』(唐圭璋 等 撰 寫, 上海辭書出版社, 1988), 『金元明淸詞鑑賞辭典』(唐圭璋 主編, 江蘇古籍出版社, 1989), 『金元明淸詞鑑賞辭典』(王步高 主編, 南京大學, 1989), 『古代愛情詩詞鑑賞辭典』(李文祿·宋緖連 主編, 遼寧大學, 1990), 『中國歷代咏花詩詞鑑賞辭典』(孫映逵 主編, 江蘇科學技術出版社, 1989), 『中國古代山水詩鑑賞辭典』(余冠英 主編, 江蘇古籍出版社, 1989), 『歷代怨詩趣詩怪詩鑑賞辭典』(周溶泉 主編, 江蘇文藝出版社, 1989), 『元曲鑑賞辭典』(賀新輝 主編, 中國婦女出版社, 1988), 『中國古典小說六大名著鑑賞辭典』(霍松林 主編, 華岳文藝出版社, 1988), 『紅樓夢鑑賞辭典』(上海師大 編, 上海古籍出版社, 1988), 『金甁梅鑑賞辭典』(石昌渝 主編, 北京師大, 1988) 등은 사전의 기능에다 작품 해설까지 겸하고 있는 특수한 사전이다.

특정한 서적을 중심으로 한 사전도 있다. 『詩經詞典』(向熹, 四

川人民出版社, 1986)은 『詩經』에서 2,826개의 單字와 약 1,000개의 詞語의 쓰임을 풀이하였다. 『春秋左傳詞典』(楊伯峻·徐提 編, 中華書局, 1985)은 詞語 10,000餘條를 뽑아 풀이하고 쓰인 예를 들었다. 『唐詩三百首詞典』(彭鐸, 陝西人民出版社, 1986)은 唐詩三百首의 詩語를 파악하는 데 도움이 된다. 『紅樓夢辭典』(周汝昌 主編, 廣東人民出版社, 1987)은 9,000餘條의 詞語를 풀이한 책이며, 『紅樓夢辭典』(楊爲珍·郭榮光 主編, 山東文藝, 1986)은 2,682條의 詞語를 ①詞語之部에 싣고 있고, 작품에 출현하는 詩詞曲 등을 ②詩詞之部에서, 443인의 등장인물을 ③人物之部에서 각각 풀이하였다. 『世說新語詞典』(張萬起 編, 商務印書館, 1993)은 語詞 6,100여조, 고유명사 1,900여조를 수록하고 있으며, 『世說新語詞典』(張永言 主編, 四川人民出版社, 1992)도 참조할 만하다. 『周易大辭典』(蕭元 主編, 中國工人出版社, 1991), 『周易辭典』(張善之 編, 上海古籍出版社, 1992) 등은 周易을 공부하는 데 유용하다.

인명 사전도 구비해야 할 사전의 하나이다. 『中國人名大辭典』(臧勵龢 等編, 商務印書館, 1921 ; 上海書店, 1980)은 神話時代에서 清末까지의 40,000餘人에 대해 기술하였다. 人名 아래 朝代, 字號, 籍貫을 적고 生平을 약술하였다. 生卒年은 기록하지 않은 경우가 대부분이다. 『中國文學家大辭典』(譚正璧 編, 上海光明書店, 1934 ; 上海書店, 1981)은 老子에서 近代의 劉師培에 이르는 6,800餘人을 수록하였다. 매 인물마다 字號, 籍貫, 생졸년, 주요사적, 저술상황 등을 기술하였다. 『中國文學家辭典』(四川人民出版社, 1979~)은 古代篇 4冊, 現代篇 3冊으로 계획되었다. 중요한 작가에 대하여는 평가까지도 덧붙이고 있다. 『唐人行第錄』(岑仲勉, 中華書局, 1962)은 唐人들의 排行으로 인물을 검색

할 수 있다. 『史諱擧例』(陳垣, 北京科學出版社, 1958)는 史諱의 방법과 종류, 그리고 史實의 예를 들고 있다. 『稱謂錄』(淸 梁章鉅 撰, 32卷)은 古書에 보이는 다양한 호칭과 칭호를 망라하였다. 1991년 岳麓書社에서 출간되었다. 『中國文學家大辭典』唐五代卷(周祖讚 主編, 中華書局, 1992)는 문학가들의 인명 사전이며, 『中國人名大辭典』上下(景仁文化社 編, 1974), 『中國文學大辭典Ⅱ』作家篇(연세대 중문과, 다민출판사, 1992) 등도 참조할 만하다.

우리나라의 인명을 검색하기 위해서는 『韓國人名大辭典』(新丘文化社, 1989)과 『韓國人名字號辭典』(啓明文化社, 1988) 등을 이용할 수 있다. 특히 전자는 한국사에 있어서 중요한 인물들에 대한 생애와 업적을 수록한 대표적인 인명사전이다. 실존 인물뿐만아니라 설화적 인물이나 고전문학의 대표적인 주인공들까지 소개하였고 한국사에 중요한 영향을 미친 외국인도 다루고 있다. 부록으로 실린 여러 연표나 일람표들도 매우 유용하다.

지명사전으로는 『中國古今地名大辭典』(臧勵龢 等編, 商務印書館, 1931;1981)이 가장 수록된 조목이 많은 대형 사전이다. 이 책은 山脈, 名勝, 河流, 鐵路, 交通, 古迹 등 고금의 지명 40,000餘條를 群經, 諸子, 歷代典志, 각종 地方志 등에서 뽑아 기술하였다. 또 『中國古典詩詞地名辭典』(魏嵩山 主編, 江西敎育出版社, 1989)는 詩詞 속에 보이는 지명 18,000여조를 해당 詩詞를 인용하면서 풀이하였다. 『中國歷史文化名城辭典』(上海辭書出版社, 1985)은 이름난 省 24개소의 명승 3,100여조를 각 지역 별로 나누어 설명하였다. 『中國歷史地名辭典』(復旦大學 編, 江西敎育出版社, 1986)도 참조할 만하다. 우리나라에서는 權相老의 『地名沿革考』(東國文化社)가 역사 지명을 살피는 데 큰 도움이 되며, 『國譯新增東國輿地

勝覽』(민족문화추진회, 1969)의 제6책의 색인을 이용할 수 있다.

言語學 관련 사전으로는 『古漢語知識辭典』(羅邦柱 主編, 武漢大學, 1988)이 있다. 이 책은 1,863條의 詞目을 ①槪說 ②文字學 ③音韻學 ④訓詁學·詞匯學 ⑤語法學 ⑥修辭學 ⑦目錄學·版本學·校勘學 ⑧語文學家·學術流派 ⑨古漢語專著·工具書의 9類로 나누어 해설하였다. 『古代漢語敎學辭典』(周大璞 主編, 岳麓書社, 1991)은 ①槪說 ②文字學 ③音韻學 ④詞匯學 ⑤訓詁學 ⑥語法學 ⑦修辭學 ⑧文體學 ⑨語文學家 ⑩語文學著作의 10類로 나누어 해설하였다. 그밖에 『古代漢語知識辭典』(向熹 主編, 四川人民出版社, 1988), 『古漢語語法修辭詞典』(李思德·鄭龍潤·張永華 等編, 明天出版社, 1988) 등도 참조할 만하다.

史學 분야에는 『中國歷史大辭典』(上海辭書出版社, 1983~　)이 있는데 先秦史, 秦漢史, 魏晋南北朝史, 隋唐五代史, 宋史, 遼夏金元史, 明史, 淸史 上·下의 斷代史 9冊과 民族史, 歷史地理, 思想史, 史學史, 科技史의 專科史書 5冊으로 발간예정이며 현재 계속 출간 중이다. 『中國文化史詞典』(楊金鼎主編, 浙江古籍出版社, 1987)은 文史哲을 포괄하는 문화사 전반에 대한 항목을 46개 부문으로 나누어 해설하였다. 『中國歷代職官辭典』(中州古籍出版社, 1987)은 日本의 日中民族科學硏究所가 편한 것으로 中國 歷代의 職官 명칭 1,376條를 설명하였다. 『中國歷代官制辭典』(徐連達 主編, 安徽古籍出版社, 1991)도 유사한 책이다. 우리 역사에 대해서는 정확성은 결여되고 있지만 『韓國史大辭典』(李弘稙 編, 敎育圖書, 1990)이 자세하다.

哲學과 美學, 宗敎 분야의 사전으로는 다음과 같은 것이 있다. 『哲學大辭典』(上海辭書出版社, 1985~)은 馬克思主義哲學, 中國哲學史, 外國哲學史, 邏輯學, 美學, 倫理學의 6책으로 간행할 계

획으로 현재 간행중이다. 『美學辭典』(王世德 主編, 知識出版社, 1986)은 美學理論, 中國美學, 外國美學, 文藝의 네 부문에 걸쳐 673條를 해설하였다. 『文藝美學辭典』(王向峰 主編, 遼寧大學出版社, 1987)도 이와 유사하다. 『宗敎詞典』(任繼愈主編, 上海辭書出版社, 1981)은 6,700餘條의 詞目을 해설하였다. 『中國儒學辭典』(趙吉惠·郭厚安 主編, 遼寧人民出版社, 1988)은 先秦에서 1986년까지의 시기에 유학관련 詞目 2,200餘條를 人物, 典籍著述, 學派書院, 槪念詞語의 네 부문으로 나누어 설명하였다. 『佛學大辭典』(丁福保 撰, 上海醫學書局, 1922 ; 文物出版社, 1984)은 佛敎관련 詞目 30,000餘條를 설명하였다. 『道敎大辭典』(李叔還, 巨流圖書公司, 1979), 『望月 佛敎大辭典』(塚本善隆, 世界聖典刊行協會, 1954) 등도 참조할 만하다.

그밖에 『書法辭典』(范韌庵·李知賢, 江蘇古籍出版社, 1989)이 있는데 ①中國歷代書法家 847人 ②中國歷代書迹 1,259條 ③書法論著 287部 ④書法叢帖 114種 ⑤書法名詞述語 ⑥書法體例 ⑦書法工具材料 ⑧中國書法史年表의 순으로 해설하였다. 『中國美術辭典』(沈柔堅 主編, 上海辭書出版社, 1987)은 5,816條의 詞目을 ①通用名詞述語 ②會話 ③書法 ④篆刻 ⑤版畫 ⑥建築藝術 ⑦工藝美術 ⑧陶瓷藝術 ⑨靑銅藝術 ⑩彫塑의 10類로 나누어 해설하였다. 『中國音樂詞典』(繆天瑞·吉聯抗·郭乃安 主編, 中國音樂出版社, 1984)은 音樂을 아는 데 참고할 만하다. 『中國學藝大辭典』(近藤春雄, 大修館書店, 1979)은 중국의 문학, 사상, 音韻, 언어, 문자, 金石, 書畫, 역사, 지리, 음악 등에 관계된 인명, 書名, 사항을 해설한 사전이다. 일본어 순서로 되어 있으며 총획색인이 있다. 부록으로 중국과 일본의 年號와 中國의 主要叢書에 대한 내용일람이 수록되어 있다.

『簡明中國古籍辭典』(胡道靜 主編, 齊魯書社, 1989)은 1,944條의 詞目을 ①統類 ②體例 ③分流·目錄 ④版本 ⑤人物 ⑥要籍 ⑦藏書處의 일곱 부문으로 나누어 설명하고 있다. 『簡明中國古籍辭典』(吳楓 主編, 吉林文史出版社, 1987)도 유사하다. 『中國民俗辭典』(鄭傳寅·張建 主編, 湖北辭書出版社, 1987)은 3,500餘條의 詞目을 ①名詞述語 ②生養婚娶 ③飮食起居 ④複式冠履 ⑤往來應答 ⑥歲時節令 ⑦游藝競技 ⑧民間工藝 ⑨占卜禁忌 ⑩喪葬祭祀 ⑪信仰崇拜의 11類로 나누어 설명하고 있다. 『中國風俗辭典』(上海辭書出版社, 1990), 『中國風俗辭典』(葉大兵·烏丙安 主編, 上海辭書出版社, 1990) 등도 이와 유사하다. 『事物異名別稱詞典』(徐成志 等編, 齊魯書社, 1990)은 事物의 異名과 別稱을 天時部·地理部·人事部(上·下)·動物部·植物部의 5類로 나누어 설명하고 있다. 『歲時紀時辭典』(周一平·沈茶英, 湖南出版社, 1991)도 유사하다. 『文史工具書詞典』(祝鴻熹·洪澹侯 主編, 浙江古籍出版社, 1990)은 工具書 3,000餘種을 ①工具書 ②工具資料書의 둘로 나누어 배열하고 설명을 가했다. ①에는 字典(韻書)·辭典(詞典), 書目, 類書, 政書, 索引, 手冊, 年鑑, 年表, 歷表, 圖錄, 百科全書를 포함시키고, ②에는 方志, 資料匯篇, 傳記, 年譜, 叢書, 總集을 포함시키고 있다. 『中國辭書辭典』(伍杰 主編, 河北人民出版社, 1989)도 있다. 우리나라에서는 『中國文學大辭典1』 著作篇(연세대 중문과, 다민출판사, 1992)이 출간되어 있다.

우리나라의 특수한 사전으로는 典故 부분에서 『韓國故事大典』(金舜東 編著, 回想社, 1969)과 『成語大辭典』(亞細亞文化社), 『韓國故事大辭典』(세종대왕기념사업회) 정도가 있지만, 수록된 양이 적어 크게 도움이 되지는 않는다. 『古法典用語集』(法制處, 1979)은 법률 용어 뿐만 아니라 정치, 제도사의 중요한 어휘가

망라되어 매우 유용한 책이다. 『韓國書誌學辭典』(景仁文化社,
1974)은 한국 서지에 대한 사항을 아는 데 중요한 책이다.『韓國
民俗大觀』(高麗大學校 民族文化研究所, 1982), 『韓國民俗大辭典』
(민족문화사, 1994) 등은 민속 관계를 파악하는 데 유용하다.
1988년에서 1991년에 걸쳐 韓國精神文化研究院에서 27책으로
출간한 『한국민족문화대백과사전』은 인명, 지명, 역사, 문화 등
우리 고전에 대한 풍부한 사항을 수록한 책이다.

(4) 目錄類

서적을 분류하여 그 목록을 정리한 책은 漢文學 연구에 필수적
인 공구서이다.『漢書』「藝文志」, 『隋書』「經籍志」 등 史書의 일
부를 이루며 目錄이 등재되어 왔으며, 후대에는 『通志』「藝文
志」, 『文獻通考』「經籍志」 政書에도 목록이 들어 있다. 종합적인
目錄으로 淸 紀昀이 官撰으로 主編한『四庫全書總目提要』가 크게
참고할 만하다. 四庫全書에 수록되어 있는 서적에 대한 간략한
소개를 겸하고 있는 이 책은 부분적 오류가 있으므로『四庫提要
辨證』(余嘉錫 著, 中華書局, 1974)을 함께 보는 것이 좋다. 그밖
에 개인이 소장하고 읽은 책의 목록을 정리한 私家 書目이 있으
며, 專類書目으로는 근대 上海圖書館에서 출판된 『中國叢書目
錄』, 上海古籍出版社의 『中國叢書綜錄』, 『京都大學人文科學研究
所漢籍目錄』(同朋舍, 1982) 등이 이용에 편리하다.

우리나라에서는 雜書나 문집의 일부에 目錄을 실어둔 예가 많
다. 成俔의 『慵齋叢話』, 『弘齋全書』에도 書目이 보인다. 본격적
인 目錄類로는 魚叔權의 『攷事撮要』, 金烋의 『海東文獻總錄』, 徐
有榘의 『鏤板考』 등의 본격적인 書目이 보인다. 최근에 鄭亨愚·

尹炳泰가『攷事撮要』,『鏤板考』등을 영인하여『韓國의 冊板目錄』(보경문화사, 1995)을 출간하여 이용이 편리하게 되었다.

　외국인의 것으로는 모리스 꾸랑의『韓國書誌』(李姬載 譯, 일조각, 1994), 근대 일본인 前間恭作의『古鮮冊譜』등이 있으며, 근대인 우리 서지학자의 것으로는 李仁榮의『淸芬室書目』,『李王職藏書閣古圖書目錄』, 尹炳泰의『韓國古書綜合目錄』과『韓國木板目錄總覽』, 정신문화연구원에서 간행된『韓國冊板目錄總覽』 등이 있다. 그 중에 특히 尹炳泰의『韓國古書綜合目錄』은 현존하는 木板本 대부분을 집록하여 좋은 자료가 되며 기존 책판의 목록을 書名順으로 배열하고 색인까지 붙인『韓國冊板目錄總覽』도 이용에 크게 편리하다. 또 대학이나 기관에 소장되어 있는 古書目錄書도 상당수에 이른다. 서울대 규장각의『奎章閣圖書韓國本總目錄』과 문화재관리국의『藏書閣圖書韓國版總目錄』, 국립중앙도서관의『古書目錄』, 국사편찬위원회의『古書目錄』 등이 대표적인데, 이들은 李相殷이『古書目錄』으로 합간한 바 있다. 그밖에 대학과 개인이나 단체에서 보관하고 있는 目錄書도 있는데, 이들을 포함한 종합적인 目錄書가 요구되고 있는 실정이다.

(5) 表譜類

　연대나, 인물, 동일류의 사물, 한 역사적 인물의 경력 등을 연대순에 따라 유별로 이어나가며, 뭇 서적에서 그 유에 따라 자료를 수합하여 책으로 만든 것을 表譜라 한다. 예를 들면 明 王象의『群芳譜』와 이를 淸代에 증보한『廣群芳譜』는 식물과 약재 등을 기르는 방법과 관련 시문을 모아 수록하고 있다. 또 인물에 대한 表譜로는 淸 王懋弘의『朱子年譜』가 유명하다. 개인의 보표는 世系, 生卒, 經歷, 時事, 師友, 著述 등을 내용으로 하며, 특히 시나 문장의 제작을 시간에 따라 나누어 기술하기도 하여 漢文學 연구자들에게 매우 유용한 자료가 된다. 『歷代名人年譜』는 수많은 인물의 사항을 한 데 묶어 이용에 편리하며, 夏承燾의 『唐宋詞人年譜』, 詹瑛의 『李白詩文系年』 등은 年譜 체제로 시문을 수록하고 있으며 근래 중국에는 개별 작가의 年譜가 계속 출간되고 있다. 表는 史書의 일부를 이루면서 다양한 사실을 정리한 것인데, 특히 年表가 가장 상용된다.

韓國의 表譜로는 丁若銓의 『玆山魚譜』, 『才物譜』(亞細亞文化社, 1980) 등이 유명하다. 『國朝人物考』(서울대출판부), 『國朝榜目』, 『司馬榜目』 등은 인물 연구에 큰 도움이 된다. 또 우리나라에는 譜學이 일찍부터 발달하여 本貫만 아는 사람들의 행적을 찾고자 할 때 각 성씨별로 되어 있는 族譜를 확인하는 것이 필요하다. 지속적으로 族譜가 간행되고 있지만, 오히려 근대 이전의 舊譜를 보는 것이 더 정확할 때가 많다. 族譜는 국립중앙도서관에 가장 많이 비치되어 있다. 간편한 것으로는 『韓國系行譜』(보고사)가 있다.

韓國 漢文學 연구에 중요한 연표로는 魚允中의 『東史年表』, 李萬運·李德懋의 『紀年兒覽』(태학사) 등이 있다. 전문적인 것으로는 尹炳泰의 『韓國書誌年表』가 있는데, 『朝鮮王朝實錄』의 도서 간행 기사를 연대순으로 초록하여 역술한 책이다. 근년에 인물에 대한 年表가 일부 연구자들에 의해 만들어지고 있는데 漢文學 연구의 기초적인 작업으로 매우 고무적인 일이다. 『東洋年表』(李鉉淙 編著, 探究堂, 1992)는 韓, 中, 日의 연표로, 年號를 서기로 환산하고 싶을 때 손쉽게 이용할 수 있는 공구서이다. 품계, 관직표와 과거제도에 대한 설명도 매우 유용하다.

(6) 地理志類

　　예전의 地理志는 요즘과 달리 특정 지역의 정치, 경제, 문화 등의 현황을 종합한 史的인 典籍이다. 이 때문에 漢文學 연구에 地理志는 공구서로 큰 의의를 갖는다. 우리나라의 地理志로는 『三國史記』와 『高麗史』의 「地理志」, 『實錄』의 「地理志」 등이 있고, 전문적인 地理志로는 『新增東國輿地勝覽』 Ⅰ~Ⅶ(民族文化推進會 譯, 1969)이 있다. 이 책은 成宗이 盧思愼, 姜希孟, 徐居正, 成任, 梁誠之 등에게 『東國輿地勝覽』을 찬수케 한 뒤, 中宗때 李荇, 洪彦弼 등이 校誤, 增補하여 1530년(中宗 25)에 만든 『新增東國輿地勝覽』을 번역한 것이다. 내용은 각 도의 연혁과 총론, 관원을 적은 후, 牧, 府, 郡, 縣의 建置沿革, 官員, 郡名, 姓氏, 風俗, 形勝, 山川, 城郭, 土産, 樓亭, 學校, 驛院, 烽燧, 建物, 信仰, 古蹟, 人物, 題詠 등 자세한 설명으로 이루어져 있으며 Ⅶ은 색인으로, 일반, 성씨별, 인명별, 토산별, 소제목별 색인이 수록되어 있어 여러 가지 기능을 하고 있다. 특히 漢詩文이 많이 수록되어 있는데, 개인 문집에 전하지 않는 작품도 수록되어 있어 자료의 가치가 높다. 金正浩의 『大東地志』(아세아문화사)도 중요한 자료이다. 또 조선 후기에 나온 私撰邑志도 체재가 이와 유사하여 참고할 만하다.

(7) 叢書類

　　叢書는 공구서라 하기는 어렵지만, 자료를 찾는데 유용하므로 여기서 함께 다룬다. 板本을 위주로 한 것에는 『四部叢刊』, 『百衲本二十四史』 등이 있어 널리 이용되고 있다. 주요 텍스트의 輯

要를 위주로 한 『四部備要』, 『叢書集成』은 經史子集으로 나누어 주요 서적을 싣고 있어 개별 서적을 일일이 찾아다니는 수고를 덜어준다. 특정 시기의 것을 모은 『漢魏叢書』가 있다. 같은 부류를 모은 것 중에 『皇淸經解』, 『皇淸經解續編』 등은 經을 풀이한 책을 모은 것으로 漢學의 전통을 따르고 있다. 儒家 계열로는 『十三經注疏』, 『古經解匯函』, 『通志堂經解』 등이 있는데, 특히 『十三經注疏』는 漢에서 宋에 이르기까지 注說이 담긴 13종의 서적을 거두어 놓은 것으로 注(傳, 解, 詁, 箋, 章句)는 經을 풀이하고, 疏로 注의 뜻을 논하여 밝히는 체재로 되어 있다. 이때에는 "疏不破注", 곧 注에 다소 통하지 않는 설이 있더라도 疏를 쓰는 사람이 注의 내용을 건드리지 않고 그 뜻이 통하도록 풀이하는 전통을 따른다.

史部를 모은 것으로 中華書局의 표점본 『二十四史』가 널리 유통되고 있는데 역사 전고를 확인려 할 때 매우 긴요하다. 子部로는 世界書局의 『新編諸子集成』이 유명하다. 문학작품을 대상으로 한 것으로 淸代에 나온 것을 中華書局에서 표점본으로 간행한 『全唐文』과 『全唐詩』, 明代에 나온 『漢魏百三名家集』, 淸代에 나온 『全上古秦漢三國六朝文』, 근대인 丁福保의 『漢魏兩晉南北朝詩』 등이 있다. 이들은 典故 확인에 매우 긴요한 책이다. 詞를 연구하는 사람들에게는 朱祖謀의 『彊村叢書』가, 曲을 연구하는 사람에게는 臧懋循의 『元曲選』이 매우 중요하다.

『古今圖書集成』(淸 陳夢雷 等 奉勅撰, 10,000卷)은 6匯編 32典 6,109部로 구성된 중국 최대의 類書이다. 1934년 上海中華書局에서 영인하였다.

근대의 叢書 중에 초학자들이 이용하기에 편한 것으로 대만에서 나온 『漢詩大觀』이 있는데, 索引이 있어 詩句 첫부분의 비슷한 용례를 찾는 데 도움이 된다. 또 日本에서 나온『漢詩大系』는 주요 시인과 작품을 모아 놓고 주와 번역까지 되어 있어 이용에 편하다. 일본에서 나온『漢文大系』는 초학자들이 갖추어야 할 자료를 중심으로 구두와 주석이 가해져 있어 참조하기에 좋다.『中國文學批評資料彙編』1~5(國立編譯館, 1979)은 비평 자료를 모아 놓아 참고하기 좋다.『中國大百科全書』(中國大百科全書出版社)은 語言文字, 中國文學, 外國文學, 戲曲曲藝, 中國歷史(秦漢史·遼宋西夏金史·元史), 地理學·人文地理學, 考古學, 哲學, 民族, 宗敎 등을 폭넓게 수록하였다.『文史哲百科辭典』(高淸海 主編, 吉林大學出版社, 1988)도 유사한 책이다.

　우리나라의 叢書는 그다지 많지 않다. 木版本『高麗大藏經』, 필사본『群書要目』등이 있는데, 후자는 고려 시대부터 조선 후기까지의 문집 213권을 수록하고 있는 방대한 서적이다.『大東野乘』은 조선 중기까지의 野史, 雜錄, 筆記類를 집대성한 것이다. 번역과 색인이 첨부되어 있어 이용에 더욱 편리하다. 최근 민족문화추진회에서『韓國文集叢刊』을 표점본으로 간행하고 있어 漢文學 연구자들에게 善本의 문집을 제공하고 있다. 문학 분야의 叢書로는 洪萬宗이 편한『詩話叢林』이 있어 그 이전까지 나온 詩話類를 선별하여 수록하였다. 또 洪重寅의『東國詩話彙成』은 역대 시화를 작가별 편년체로 편집한 책이다. 任廉의『暘葩談苑』은『詩話叢林』을 근간으로 하여 그 이후의 시화를 첨가하였다. 또 편자를 알 수 없는『靑韻襟叢』역시 유사한 성격의 詩話叢書이다. 최근에는 우리나라 역대 시화를 대부분 수집한『韓國詩話叢編』(趙鍾業 編, 태학사, 1996)이 출간되어 연구자들에게 편의를 제공하고 있다.

(8) 類書類

　類書는 관련 자료를 유별로 분류 편찬하여 검색에 편하게 한 공구서이다. 叢書가 완전한 서적을 한 곳에 수집 망라한 것이라면, 類書는 각 서적 가운데 몇몇 단락이나 구절을 취하여 한 부류 속에 분류해 둔 것이다. 시문 제작에 이용되도록 한 것이므로, 현재에는 역으로 典故를 확인하는 데 매우 긴요한 책이다.

　항목별로 된 것으로 唐代에 나온 『藝文類聚』(唐 歐陽詢 等 奉勅撰, 100卷), 虞世南의 『北堂書鈔』, 『初學記』(唐 徐堅等 奉勅撰, 30卷) 등이 가장 자주 이용된다. 『藝文類聚』는 天·歲時·地 등 48部로 分門하였고, 727개의 細目이 있다. 1982년 上海古籍에서 索引을 붙여 출간하였다. 『初學記』는 『藝文類聚』의 체례를 의방하였으며, 23部 313細目으로 구성되었다. 1962년 中華書局에서 출간하였고, 1980년 같은 곳에서 許逸民의 『初學記索引』이 출간되었다.

　宋代의 『太平御覽』(宋 李昉 等 奉勅撰, 1,000卷), 『太平廣記』(宋 李昉 等 奉勅監修, 500卷), 『冊府元龜』(宋 王欽若 等 奉勅撰, 1,000卷), 『事文類聚』(宋 祝穆 編, 237卷) 등도 규모가 매우 큰 類書들이다. 『太平御覽』은 55部로 分門하였고, 4,558細目이 있다. 인용이 풍부하고 다른 곳에서 찾기 힘든 자료가 많아서 "類書之冠"이라 불린다. 1985년 中華書局에서 영인본이 나왔고, 1935년 哈佛燕京學社에서 나온 『太平御覽引得』이 있다. 『太平廣記』은 92部로 나뉘어 있으며, 『四庫全書總目』에는 小說家에 편입되어 있다. 1961년 中華書局에서 출간했으며, 1982년 같은 곳에서 羅錫厚 등이 편한 『太平廣記索引』이 나왔다. 『冊府元龜』은 宋 眞宗이 歷代 君臣의 아름다운 일을 取材하라는 명을 내려 上古에

서 五代에 이르는 17史에서 뽑아 撰한 것이다. 冊府는 藏書한 장소의 이름이며 元龜는 큰 거북이로 龜鑑의 뜻이다. 31部로 分門하였고 1,104細目으로 구성되었다. 正史에서 취한 것이 가장 많으며 宋代 최대의 類書이다. 1960년 中華書局에서 영인하였다. 『事文類聚』(宋 祝穆 編, 237卷)는 1992년 書光社에서 영인본과 『事文類聚索引』(林鍾旭 編, 書光學術資料社, 1992)이 출간되었다.

淸代의 『淵鑑類函』(淸 張英 等 奉勅撰, 450卷)은 『太平御覽』· 『事文類聚』 등 17종의 類書와 總集을 기초로 찬하였다. 45部 2,536細目으로 구성되었다. 세부항목에서 釋名·典故·對偶·摘句·詩文의 순으로 배열하였다. 1932년 中國書店에서 영인하였다.

韻目에 따라 배열된 元代의 『韻府群玉』과, 淸代 『佩文韻府』가 있는데, 索引을 통하여 시어의 용례를 확인할 수 있다. 淸代의 『騈字類編』은 두 글자로 이루어진 단어를 그 윗 글자에 따라 분류하여 詩文의 용례를 들고 있어 역시 詩語의 용례를 확인하는 데 크게 보탬이 된다.

우리나라에서는 이러한 책이 매우 희귀하여 權文海의 『大東韻府群玉』이 거의 유일한데, 韻目에 따라 분류하고 우리 시의 용례를 싣고 있다. 다만, 이른바 百科事典式 서적으로 알려져 있는 李睟光의 『芝峯類說』, 金堉의 『類苑叢寶』, 趙在三의 『松南雜識』 등이 다소 類書의 성격을 띠고 있지만, 단순히 기존의 자료를 취합한 것이 아니라 자신의 견해를 더하였기에 類說이라 부르는 것이 좋을 듯하다. 『五洲衍文長箋散稿』, 『燃藜室記述』(李肯翊 編, 民族文化推進會, 1967) 등도 유사한 성격의 책이다.

(9) 注疏類와 箋注類

　注疏는 경전을 주해한 것으로『十三經注疏』도 여기에 포함될 수 있다. 注疏의 명칭으로는 傳, 箋, 注, 解故(解詁), 集解, 章句, 義疏, 疏, 正義, 音義, 釋文 등이 있다. 箋注는 경전이 아닌 일반 서적에 주석을 단 것으로, 箋은 특히 사실에 注를 다는 것을 이른다. 箋注는 經典이나 고서가 난해하기에 나온 것이다.『十三經注疏』의『詩經』에 毛亨과 毛萇의 傳, 鄭玄의 箋, 孔穎達의 疏,『春秋』에는 杜預의 集解,『周禮』『儀禮』『禮記』에는 鄭玄의 注 등이, 四書와『詩經』,『楚辭』등에 朱子의 傳이 注疏로 널리 알려져 있다. 箋注書는 과거에서부터 현재까지 지속적으로 나오고 있는데, 대표적인 것으로는『史記』에는 裴駰의 集解, 張守節의 正義, 司馬貞의 索隱,『漢書』에는 顔師古의 注가 유명하며,『資治通鑑』에는 胡三省의 注,『老子』에는 王弼의 注,『莊子』에는 郭象의 注,『文選』에는 李善의 注가 널리 읽힌다. 문집의 주로는 李壁의『王荊文公詩注』, 任淵과 史容의『山谷詩注』가 크게 알려져 있다.

　우리나라에는 일찍부터 중국 문헌을 재간행할 때 贈注를 달거나, 독자적인 서적을 간행하면서 注를 넣은 것이 제법 있다. 조선 초기에 간행된 것으로 보이는『夾注名賢十抄詩』,『靑丘風雅』,『精選唐宋千家聯珠詩格』등이 그 예이다.『精選唐宋千家聯珠詩格』은 徐居正 등이 중국인의 미진한 주를 보충한 것이다. 權近의 〈應製詩〉에 손자 權覽이 注를 단 것도 널리 알려져 있다. 일반 문집에는『退溪集』에 붙어 있는 文集考證을 들 수 있는데, 退溪의 제자들이 退溪 詩文에 대하여 출처를 중심으로 주해를 가한 것이다. 또 金安老의『希樂堂集』에 注가 자세히 달려 있는데, 아마 스스로 주를 단 것으로 보인다. 조선 후기의 문집 중에는 청나라 문집 체재의 영향을 받아 評과 注가 함께 실린 것이 있는데, 그 한 예가 위항인 金進洙의 『碧蘆別集』이다. 중국 문학에 대한 것으로는 李植이 杜甫의 시에 注와 批를 단『澤風堂批解』가 杜詩의 주석으로는 큰 성과로 평가되고 있다.

經學의 분야에서는 權近의 『詩淺近錄』 등과, 丁若鏞의 『論語古今注』와 『尙書古注』 등, 申綽의 『詩次故』, 『書次故』 등은 조선 經學의 수준을 보여 주는 중요한 箋注書이다. 또 『朱子大全箚疑輯補』(한국학자료원)도 방대한 注疏書이다. 이 책은 李滉 이래, 宋時烈, 金昌協 등이 지속적으로 보충하고 李恒老가 집성한 것이다.

箋注와는 조금 다르지만 고려 시대 『三韓詩龜鑑』에 趙云仡이 批를 달고, 許筠이 『國朝詩刪』에 批와 評을 달아 漢詩 감상에 도움을 주게 한 것도 참고할 만하다. 또 성종 연간에 나온 『杜詩諺解』 역시 箋注를 포함하여 우리말로 번역까지 한 책이라 杜詩를 연구하는 데 참조가 많이 된다.

(10) 索引

漢文學을 연구하려면 참고해야 할 서적이 너무 많으므로 간편하게 이를 찾아보기 위해서는 색인이 필요하다. 叢書 가운데 필요한 서적을 찾으려면 전술한 『中國叢書綜錄』을 참조하면 되고, 『說文解字』에서 한 필요한 篆文을 찾고자 하면 『說文通檢』을 참조하면 된다.

색인의 방법으로는 여러가지가 사용된다. 部首筆劃檢字法, 筆劃首筆檢字法, 音序檢字法, 形數檢字法 등이 있다. 部首筆劃檢字

法은 部首가 전적에 따라 다를 때가 많으므로 다소 불편하며, 筆劃首筆檢字法은 총획의 수가 다를 때가 많아 역시 불편하다. 形數檢字法의 대표적인 것이 四角號碼法인데, 익히는 데 다소 어렵지만 알고나면 매우 편하며, 중국 서적에 이 방법으로 색인이 된 것이 많다. 전술한 『佩文韻府』가 四角號碼索引으로 되어 있다. 또 『十三經索引』(1955)처럼 어구의 제일 첫번째 글자의 필획수에 따른 것이 있으며, 또 하버드 옌칭의 引得처럼 어떠한 글자로도 구절이나 제목을 알 수 있게 된 것도 있다.

현재 자주 쓰이는 색인류에는 다음과 같은 것이 있다. 『二十五史紀傳人名索引』(上海古籍出版社, 1990)은 二十五史의 傳과 紀에 나오는 인명을 색인으로 처리한 것이다. 『室名別號索引』(陳乃乾, 中華書局, 1962)은 1933년 출간된 『室名索引』과 1936년의 『別號索引』을 합하여 成冊한 것으로 室名이나 別號로 人物을 검색하는 데 유용하다. 『淸人別名字號索引』(王德懿 編, 대만, 1985), 『古今人物別名索引』(陳德藝, 嶺南大學, 1937)도 유용한 책으로, 특히 후자는 上海書店에서 1982년 영인하였다. 『文選索引』 上, 下(斯波六郎 主編, 正中書局, 1970)은 梁 昭明太子 蕭統이 편찬한 『文選』의 구절에 대한 색인이다. 총획순으로 배열되어 있으며, 부수획과 四角號碼, WADE식 발음표기에 따른 檢字表가 하권에 수록되어 있다.

전술한 『漢詩大觀』은 堯임금 때의 작품이라고 전해지는 〈擊壤歌〉와 〈康衢謠〉 등으로부터 宋나라까지의 한시를 모은 叢書인데, 『陶淵明集』(一), 『李太白詩集』(二), 『杜少陵詩集』(三), 『王右丞詩集』(三), 『白樂天詩集』(四), 『蘇東坡詩集』(五) 등의 개인 시집이 실려 있고 나머지는 시선집들이다. 七, 八은 색인인데, 총획순으로 되어 있으며 한시의 어느 한 구절이 누구의 무슨 시인지 알

수 있게 해준다. 그러나 구절의 첫글자를 알고 있어야만 한다는
단점이 있다. 같은 획수의 글자는 로마자 표기의 순서로 되어 있
다. 구절을 찾으면 '쪽수, 줄수'가 나와 있다.

『李白歌詩索引』(平岡武夫 主編, 上海古籍出版社, 1991)은 총획
으로 원하는 字를 찾아 四角號碼 번호를 안다. 번호에 따라 원하
는 어구를 찾으면 작품번호를 얻을 수 있다. 책의 앞부분에 있는
작품일람표를 이용하면 제목을 얻을 수 있다. 그러나 다시 李白
의 詩集에서 원문을 찾아야 하는 번거로움이 있다. 이 때 이용할
수 있는 책은 『李太白全集』(中華書局, 1977) 上中下이다. 下권에
총획순으로 되어 있는 제목 색인이 있다.

『杜詩引得』乾, 坤(Harvard~Yencing Institute, 1966)은 찾
으려는 어구의 첫자를 총획검자표를 이용하여 찾으면 四角號碼
번호가 부분과 그 번호를 알 수 있다. 번호에 따라 어구를 찾으
면 그 어구가 쓰인 원시의 구절과 '쪽수/시의 일련번호/구절번호'
를 얻을 수 있다. 이 번호에 따라 乾권에 실린 원문을 찾으면 된
다. 그밖에 최근 중국의 現代出版社에서 『全唐詩』의 작가별 一字
索引을 계속 출간하여 初唐四傑, 韓愈, 李商隱, 李賀 등의 것이
출간된 바 있다. 『朱子文集固有名詞索引』(중화당)도 나와 있다.
『初學記索引』, 『太平御覽引得』, 『太平廣記索引』, 『事文類聚索引』
등은 전술한 바 있다.

우리나라에서 나온 색인류 중에 姜聲尉의 『漢文辭書한글音順
索引』(學古房, 1992)이 이용이 편리한데, 『中文大辭典』, 『大漢和
辭典』, 『經籍纂詁』 등 자주 보아야 할 사전류에 특정 글자가 실
린 면을 가나다 순으로 배열하고 있다. 『韓國文集總索引』(精進出
版社, 1994)은 전술한 『韓國文集叢刊』에 수록된 작품을 제목에
따라 가나다 순으로 정리한 것이어서 이용에 편리하다. 『東國輿

誌勝覽』은 국역을 하면서 Ⅶ에 일반, 성씨별, 인명별, 토산별, 소제목별 색인이 수록되어 있다. 전술한 『大東韻府群玉』의 索引 역시 아세아문화사에서 간행된 바 있다. 그밖에 민족문화추진회 등의 번역서에 함께 들어 있는 일련의 서적에 대한 索引도 참고하면 편리하다.

민병수 閔丙秀

서울대학교 국어국문학과 졸업
동 대학원 박사과정 수료(문학박사)
한국한문교육연구회 회장
한국한시학회 회장
서울대 명예교수(현)
청파 한문서실 개설

韓國漢文學槪論

초판 제1쇄 발행 1996년 11월 30일   초판 제4쇄 발행 2008년 9월 20일
지은이 민병수
펴낸이 지현구 **펴낸곳** 태학사 **등록** 제406-2006-00008호
주소 경기도 파주시 교하읍 문발리 파주출판도시 498-8
전화 마케팅부 (031) 955-7580~2 편집부 (031) 955-7584~90 **전송** (031) 955-0910
홈페이지 www.thaehaksa.com **전자우편** thaehak4@chol.com

ⓒ 민병수, 1996
값은 뒤표지에 있습니다.

ISBN 978-89-7626-176-2   93810